Milagro

John Nichols

MILAGRO

ou

La guerre des haricots

Traduit de l'américain
par Evelyne Châtelain

Londreys

AVEC TOUT MON AMOUR A RUBY
ET NOS ENFANTS, LUKE ET TANIA.

Pour Andrés Martinez, et tous les membres de la Tres Rios Association, dont j'admire le combat.

Que ce livre soit aussi un clin d'œil à Mike, en souvenir de la première nuit passée près du Heart Lake, des truites suicidaires, du mauvais côté de la montagne, et de cet aller et retour de huit kilomètres pour atteindre le Latir.

Avec mes remerciements et mon amitié à Rini.

Si je ne prends soin de moi, qui le fera pour moi ?
Et si je ne prends soin que de moi, qui suis-je ?

Hillel

Prologue

Pourquoi ce petit salopard plein de bière veut-il nous attirer des ennuis ?

Les gens de Milagro

Dans la vallée des Miracles, les théories sur les motivations de Joe Mondragón allaient bon train. Au début, Bernabé Montoya, le sheriff à l'esprit un peu embrumé mais néanmoins compréhensif, estimait que ce n'était qu'une manifestation irrationnelle supplémentaire de la part d'un personnage vil, d'un enfant parvenu à l'âge mûr avec une agressivité grosse comme une montagne, qui commençait à prendre la mouche. Avec un clin d'œil sardonique, Tranquilino Jeantete, le propriétaire du Frontier Bar, disait que Joe avait été poussé par une irrépressible envie d'enchiladas accompagnés d'authentiques fayots de Milagro et relevés de quelques couilles de la bande à Devine. Nick Rael, l'épicier, s'imaginait que Joe en était arrivé là parce qu'il ne pouvait pas payer l'ardoise de quatre-vingt-seize dollars laissée au magasin ; à moins qu'il n'ait été mû par une malveillance innée de renégat et n'ait nourri l'espoir de contrôler le commerce des armes tout en mettant Nick sur le pavé. Le grand coupable et responsable du barrage d'Indian Creek, Ladd Devine III, qui détenait entre ses mains le destin de Milagro, tel un œuf à la fragile coquille, considérait que Joe avait commis une agression personnelle contre son empire, le barrage, et ladite coquille d'œuf. Et ce vieil immortel d'Amarante Córdova, qui habitait sur le côté ouest de la grand-route, dans la banlieue fantôme, croyait que Dieu en personne avait ordonné à Joe de déclencher la révolution sans plus tarder.

Quoi qu'il en fût, s'il y avait à ce sujet une myriade d'opinions, les avis divergeaient aussi quant aux conséquences d'un tel acte. « Pourquoi ce petit salopard plein de bière veut-il nous attirer des ennuis ? », disaient certains. D'autres entonnaient plus paisiblement : « Je n'en pense ni bien ni mal. Attendons, on verra bien. »

D'autres encore, quel que fût leur parti-pris vis-à-vis du barrage, s'armèrent et se préparèrent à la guerre, tandis que, dans la capitale, le gouverneur et l'ingénieur d'Etat se rongeaient les sangs en se demandant comment ils allaient bien pouvoir maintenir leur insoutenable position.

Bien sûr, ceux qui étaient du côté de Joe Mondragón, tout comme ceux qui étaient contre lui, en arrivèrent au consensus final que, pour agir ainsi et précipiter la guerre qui allait s'ensuivre, Joe devait avoir perdu la raison. Les gens étaient également persuadés que seul un miracle pourrait sauver Joe d'un geste aussi stupide que suicidaire. Pourtant, Milagro manifestait une forte propension non seulement à la folie, mais aussi à l'accumulation de miracles.

Prenez par exemple le berger du début XIXe siècle du nom de Cleofes Apodaca et son chien de troupeau dépenaillé, qu'il appelait de manière irrévérencieuse Pendejo, ce qui, traduit librement signifie « idiot » ou « imbécile » et, dans une acception plus littérale, « poil pubien ».

Aujourd'hui, Cleofes Apodaca pourrait prétendre au titre de patron de la sainte Folie de Milagro.

Dès le début ou presque, quand Cleofes n'était encore qu'un enfant, tout le monde avait prévu une fin tragique. En ces temps reculés, l'évêque visitait la paroisse de Milagro environ une fois tous les cinq ans et profitait de cette occasion pour confirmer la marmaille du village. Il avait la manie de toujours donner une petite gifle sur la joue de l'enfant, juste après l'avoir confirmé, afin de lui rappeler qu'il devait se préparer à souffrir pour sa foi. Quand l'évêque avait tapoté de la droite la joue ronde du petit Cleofes Apodaca, le futur berger lui décocha un coup de poing vengeur sous le menton; le prélat en fit une culbute et heurta son crâne chauve sur les fonds baptismaux. De ce jour, les villageois surent que Cleofes s'était fourré dans les ennuis jusqu'aux cou.

Pendant longtemps, pourtant, Cleofes mena une existence presque normale, bien que fort solitaire. Les voisins gardaient leurs distances, prétendant qu'il avait *El Ojo*, le mauvais œil. Les femmes éloignaient leurs bébés, de peur que, si Cleofes les admirait ou pis encore, leur faisait des chatouillis, les poupons ne tombent malades et ne deviennent bossus. Si, dans un jardin, les plantes jaunissaient ou s'infestaient de vermine et de pucerons, le propriétaire avait tendance à en rejeter la faute sur le mauvais œil de Cleofes Apodaca. Les femmes enceintes faisaient des détours de plus d'un kilomètre pour éviter Cleofes, et s'assurer ainsi qu'il ne manquerait à leur rejeton ni nez, ni doigt, ni quelque autre précieux appendice.

Les gens croyaient également que, la nuit, ce solitaire qui avait molesté l'évêque et nommé son chien Pendejo se transformait lui-même en noir corniaud et hantait les fossés d'irrigation pour se livrer au génocide des grenouilles. C'est pourquoi, pendant toute la première moitié du XIXe siècle, on n'entendait que rarement les grenouilles coasser la nuit à Milagro. En fait, pendant plus d'une décennie, alors que Cleofes Apodaca était encore dans sa prime jeunesse, les grenouilles étaient aussi rares que les chameaux et les lingots d'or.

Un fermier accusait même Cleofes d'avoir provoqué la naissance de six agneaux à deux têtes dans son troupeau, et ce, au cours du même printemps! Mais la plus étrange des anomalies jamais attribuées à ce rogue solitaire au mauvais œil fut sans doute l'infirmité infligée à l'une des chèvres de Timoteo Mondragón, née à la fois avec un vagin et un pénis, sans testicules, toutefois. Pendant des années, cet animal schizoïde erra dans l'enclos, montant allègrement toute femelle en vue tout en se faisant monter par les boucs. Cela provoqua une situation instable et fort confuse au sein du troupeau et, très vite, les femelles devinrent stériles et les mâles impuissants. L'immense troupeau de Timoteo se réduisit à une peau de chagrin, tout cela parce que le mauvais œil de Cleofes Apodaca avait donné naissance à l'animal hermaphrodite.

Cleofes était bien connu aussi pour toujours avaler la première bouchée des mets, alors que chacun sait que c'est dans cette première bouchée que résident tous les mauvais sorts; il avait aussi la déplorable habitude de cultiver des géraniums blancs sur le rebord de ses fenêtre, alors que ces fleurs sont une invitation à la mort absolument infaillible. Ajoutant l'insulte à l'injure, ce berger arrogant et solitaire se baladait sans la moindre racine d'oshá pour se protéger des morsures de serpents venimeux.

« Tôt ou tard, Cleofes se fera avoir! » murmuraient, craintifs, ses pairs plus superstitieux. Effectivement, ils ne se trompaient pas.

La chute commença le jour de la disparition de Pendejo. Cleofes, qui ne s'était jamais marié, en eut le cœur brisé. Il chercha son chien dans tous les recoins, parcourut les montagnes de Minuit, écuma le plateau de Strawberry, fouilla les gorges du Rio Grande, mais Pendejo avait disparu de la surface de la terre! Cleofes implora les saints de faire revenir son chien sain et sauf. Il supplia santo Niño de Atocha de retrouver l'animal, et comme, par tradition, santo Niño usait des milliers de paires de chaussures à parcourir les routes accomplissant miracles et actes de charité, Cleofes se mit à coudre des souliers pour la petite statuette du saint logée dans une niche de l'église. En fait, bien vite, un jour sur deux, le berger loufoque faisait une apparition à l'église avec une paire de minuscules chaussons. Ce rituel se poursuivit pendant des mois et des mois jusqu'à ce que la statuette disparaisse sous un énorme tas de pantoufles qui descendaient en guirlandes sous les prie-dieu. Hélas, Santo Niño refusait de rendre à Cleofes Apodaca son chien bien-aimé.

En se transformant ainsi en cordonnier industrieux, le berger en vint à négliger animaux, champs et maison — tout tombait en ruines bien au-delà du réparable. En voyant cela, les villageois se frottaient les mains en caquetant allègrement et fièrement : « Ah, ah, Cleofes récolte au centuple le fruit de son coup de poing ! » C'est à peu près à cette époque que les grenouilles refirent leur apparition dans les fossés d'irrigation. De nouveau, on les entendit coasser la nuit ; de toute évidence, le vieux berger était trop occupé à coudre ses souliers miniatures pour l'enfant saint et à chercher Pendejo de tout autre manière pour avoir le temps de se livrer à ses promenades canines le long des voies d'eau.

Après sa phase de cordonnier, Cleofes se mit à battre la campagne avec une petite statue de santa Inéz del Campo qui était supposée retrouver les animaux perdus. Mais il ne rencontra guère plus de succès avec la sainte qu'avec santo Niño de Atocha. Pis encore, il en usa ses propres souliers et se blessa les pieds au sang. Il allait pieds nus, pleurant et sanglotant, se martelant la poitrine, s'arrachant les cheveux tandis que des parasites microscopiques s'échappaient du crottin de cheval et grimpaient sur les pieds nus, s'infiltrant dans les veines, envahissant entrailles, estomac et foie. Des filaires audacieux, parvenus jusqu'aux globes oculaires, le rendirent aveugle ; il maigrit à vue d'œil et devint fort malheureux. L'esprit confus, le berger invoqua l'aide de saint Antoine, bien que ce saint fût loin de posséder les pouvoirs de santa Inéz quant à la recherche des animaux perdus.

Soudain, par un jour d'été orageux, Cleofes entendit Pendejo aboyer, ce qui lui apporta une grande joie si l'on excepte un détail mineur : les aboiements venaient du plus profond de la terre sous un champ de luzerne où des milliers d'oiseaux gracieux, appelés pluviers des prairies, faisaient leurs nids. Qu'à cela ne tienne, le berger se saisit d'une pelle et se mit à attaquer farouchement la terre sous laquelle, apparemment, son chien était emprisonné.

Pendant d'innombrables matinées et après-midi, par pleine lune, nouvelle lune ou vieille lune, sous l'orage, le ciel étoilé ou pendant les journées venteuses, Cleofes maniait la bêche et creusait, creusait, creusait, toujours plus profond vers son tendre ami qui, pas un instant, ne cessa d'aboyer, de gémir, de grogner, de japper, de se lamenter, comme tous les chiens impatients de revoir leur maître. Au début, les pluviers pépièrent et sifflèrent de terreur, s'envolant de partout, et assaillant de coups de bec le berger en haillons qui ne leur prêtait aucune attention. Pourtant, ils finirent par s'habituer aux travaux de l'intrus et se remirent à couver leurs œufs mouchetés. Bientôt, dix mille poussins pluviers sautillaient tout autour du puits de Cleofes Apodaca en pépiant comme des fous. Cependant, les badauds curieux s'agglutinaient autour du champ, fascinés par l'absurdité de la scène, à l'affût du retour de Pendejo. Quand ils s'aperçurent que son apparition n'était pas pour bientôt, hommes et femmes apportèrent des seaux qu'ils retournèrent pour s'en faire des sièges ou alors se rendirent sur les lieux à cheval pour s'installer à côté de leur monture qui observait d'un œil hébété. Très vite, un lascar entreprenant du nom de Carlos Lavadie (l'arrière grand-oncle de l'actuel petit salopard d'Eusebio Lavadie) apporta deux douzaines de chaises qu'il loua pour un duro chacune. Lorsque l'affaire Pendejo fut résolue, Carlos avait fait fortune et allait engendrer toute une lignée des patrons les plus haïs de la ville.

Pas un instant, Pendejo ne cessa d'aboyer ou de gémir, Cleofes continuait donc à creuser. Il déterra des os, des pointes de flèches et de merveilleuses poteries de terre; il fit voler gobelets d'argent, pièces d'or géantes, joyaux étincelant de mille feux. En fait, il était tombé sur le trésor des Sept Cités de Cibola qui avait attiré Coronado[1] au nord du Mexique, pas si longtemps auparavant. Mais le berger se contenta d'empiler tous ces objets d'arts iridescents en un énorme tas scintillant avant de se remettre à la tâche. Le moment venu, il glissa de longues échelles dans son trou. Laborieusement, progressant pas à pas, il hissait les seaux de terre et les déversait sur les gigantesques monticules qui s'élevaient tout autour du puits. Les poussins pluviers grandirent et émigrèrent. La saison des pluies arriva et s'en alla; des feuilles dorées virevoltèrent dans les champs et tombèrent dans son trou. Le givre scintilla sur la terre. L'hiver était venu. Infatigablement, Cleofes persévérait. Pour survivre, il se nourrissait de vers, d'escargots et des petites créatures molles, sourdes et aveugles qui hantent le sol humide et mystérieux.

1. Coronado: conquistador du XVIe siècle (N.D.T.).

Soudain, Cleofes rencontra une source chaude. En un éclair, le puits se remplit d'une eau minérale toute fumante ; le berger fou se noya, le trésor des Sept Cités de Cibola fut englouti. « *Qué milagro !* » s'écrièrent les spectateurs ; Pendejo cessa d'aboyer ; il se mit à neiger, et, pendant des jours et des jours, un chœur de grenouilles, ivres d'allégresse, claironnèrent leur joie à en casser les oreilles aux pies, coqs, chiens et coyotes du voisinage.

Cependant, pendant des années encore, selon les conteurs les plus inventifs, des bulles d'air continuèrent de s'échapper à la surface de cette source souterraine, et on raconte qu'un busard solitaire a tournoyé au-dessus du site pendant toute une décennie sans le moindre instant de répit. Ensuite, l'eau s'est évaporée, la terre s'est soulevée, si bien qu'aujourd'hui, aucune dépression, si légère soit-elle, ne marque le terrain. Plus personne ne sait dans quel champ le berger loufoque a creusé son trou légendaire.

Cleofes Apodaca n'est pas le premier enfant de la vallée des Miracles à avoir fouillé les entrailles de la terre nourricière. La légende veut qu'un pasteur de Milagro qui avait perdu la raison ait foré un tunnel pour atteindre la cloche qui tintinnabulait sous son église. Tout cela s'est produit en des temps lointains, à l'époque où il était presque impossible de faire venir une cloche dans le Nouveau Monde, et José Gonzales Péchékovich, prêtre venu de Séville — via Prague —, désirait à la folie une cloche digne de sanctifier son édifice religieux.

En clair : padre Péchékovich avait envie d'une cloche depuis si longtemps, qu'un beau jour il s'est mis à entendre un joli tintement de bronze sous la poussière de son humble église de terre battue.

Le pasteur empoigna une pelle et se rua sur le sol tel un chien à la poursuite d'un lapin. Immédiatement, il se mit à déterrer des os, comme si la coutume voulait qu'on enterrât les morts dans la maison de Dieu. Bien vite, le padre Péchékovich — qui avait mis à jour suffisamment d'os pour devenir le fournisseur officiel de toutes les danses macabres — chancelant, les yeux injectés de sang, en plein délire, semait furieusement des milliers et des milliers d'os dans toutes les directions d'où le tintement magnifique, quelque part au cœur de la terre, lui faisait tourner la tête. Pendant un mois, ses ouailles vinrent assister au culte parmi les terriers de renards, les péronés et les tibias, mais, finalement, l'appel de la cloche finit par leur casser les oreilles et le village devint temporairement mécréant. Cet arrangement convenait à merveille au padre Péchékovich qui n'avait plus une minute à consacrer à sa congrégation. Dans l'espoir d'accélérer les choses, il engagea une dizaine d'Indiens Pueblo de Chamisaville pour participer aux travaux. De jour comme de nuit, ils écorchaient, entaillaient, piochaient, creusaient toujours plus profond, découvrant des os blanchis à la tonne, tandis que le prêtre fou errait, la bave aux lèvres, tel un enragé. Plus tard, terrorisés par les fantômes, les Indiens s'en allèrent et le padre en profita pour verrouiller son église de l'intérieur. Il creusait, creusait, jour et nuit, sans relâche, bredouillant des propos incohérents, tout en cherchant la cloche mélodieuse qui pas un instant ne cessa ses ding ding dong, ding ding dong, ding ding dong.

Finalement, le padre Péchékovich s'attaqua aux fondations mêmes de son église qui s'effondra au-dessus de lui, sonnant ainsi l'accord final à une autre épopée de forage de l'histoire de Milagro.

Il y avait bien d'autres faits et gestes, mythes, légendes, contes de fées étranges qui, considérés dans leur ensemble, donnèrent son nom à la Vallée des Miracles. Par exemple, on raconte aujourd'hui encore comment un homme appelé Onofre Martínez a perdu son bras et comment un petit bout de femme, Ruby Archuleta, a tué un cerf de ses mains nues.

Pourtant l'incroyable saga de ce vieil immortel d'Amarante Córdova, qui a joué au poker avec la mort depuis 1880, en remportant toutes les manches sans une seule exception, est sans doute la plus fascinante de toutes ces légendes et peut-être aussi celle qui jette une lumière plus éclairante sur la guerre provoquée par le geste inconsidéré de Joe Mondragón.

Première partie

On ne peut pas acheter des balles avec des bons d'alimentation.

Nick Rael

Amarante Córdova avait treize enfants. Ou plutôt, lui et sa femme, Elizabeth, mieux connue sous le nom de Betita, avaient treize enfants, qui étaient ou avaient été: Nadia, Jorge, Pólito, María Ana, Berta, Roberto, Billy, Nazario, Gabriel, Ricardo, Sally, Patsy et Cipriano. Betita, qui n'avait jamais été malade de sa vie, mourut en 1963, le 22 novembre, le même jour que le président Kennedy; elle ne fut pas tuée d'une balle dans la tête cependant. Elle fendait du bois sous une sereine tempête de neige quand, soudain, elle posa sa hache pour aller se promener sur le plateau, le long de la voie ferrée de Milagro-García. Plus tard, en parlant de la mort de sa femme, Amarante disait toujours à ses auditeurs: « Vous ne pouvez pas vous imaginer comme cette journée était belle. Les flocons descendaient aussi légers que des plumes de cygnes. Les corbeaux voguaient dans le ciel dans un silence absolu. En levant les yeux, on voyait les grands oiseaux noirs flotter parmi les flocons, telles les pâles ombres de nos aïeux, les premiers pionniers à s'installer dans la vallée. Comme il avait beaucoup plu en automne, les armoises avaient une couleur lavande, la seule couleur sur le plateau noir et blanc emmitouflé dans la neige. Vous vous souvenez sans doute que Betita avait les cheveux blancs comme neige et qu'elle portait une robe noire et un châle de laine que Sally, notre fille, celle qui est mariée au plombier de Doña Luz, lui avait tricoté pour son anniversaire, bien des années auparavant.

Lentement, prenant tout son temps, elle traversa le plateau jusqu'à la crête des gorges. « Et là, elle a regardé en contrebas, racontait Amarante. Pendant longtemps, elle est restée suspendue, comme un vœu qu'on ose à peine formuler. Les parois de la gorge donnaient une pâle lueur dorée aux flocons qui tombaient à des centaines de mètres plus bas sur la rivière de glace. Les corbeaux tournoyaient dans les airs, avec un murmure d'ailes aussi silencieux que la neige. Tout était paisible. J'étais à la maison. Je ne l'avais pas vue partir. Mais comme elle ne revenait pas avec les bûches, j'ai sellé notre cheval, le vieux Buster qui n'est plus, et je suis allé à sa recherche en suivant les traces de pas. Quand j'ai quitté la route pour prendre le sentier, une chouette est tombée du ciel qui s'obscurcissait pour se poser sur un poteau de cèdre à moins de dix mètres de moi. Comme vous le savez, une chouette est toujours annonciatrice de la mort, c'est alors que j'ai compris que Betita avait disparu dans les gorges. Quand je suis arrivé sur la crête, un énorme corbeau s'était posé à la place de Betita. En me voyant, il a étendu ses ailes immenses, plus larges que mes bras écartés, et s'est envolé, comme pour envoyer un baiser d'adieu de ma femme dans la tempête languissante. Le lendemain, on a ouvert l'église pour la seconde fois de l'année afin de prier pour le repos du président Kennedy, mort à Dallas. Mais moi, j'ai allumé mes cierges à la mémoire de Betita, et personne ne s'est aperçu de rien. Trois mois plus tard, on a retrouvé son corps sur les berges, à trois kilomètres en aval de Chamisaville. »

Les filles et les fils Córdova s'étaient dispersés, comme on dit, aux quatre vents. Ou plutôt aux trois vents, l'est ayant toujours été un anathème pour les enfants de Milagro, dont le Mississippi est symbolisé par les montagnes de Minuit, cette chaîne qui s'étend du nord au sud, à un kilomètre ou deux de leurs jardinets.

Nadia, qui fut d'abord serveuse à Doña Luz puis à Chamisaville, finit dans le bar de Capital City où elle mourut violemment — et récemment — au cours d'une querelle d'amoureux. Jorge avait émigré en Australie où il élevait des moutons, comme dans son village natal. Pólito, qui avait passé toute sa vie à se promener ici et là, s'était marié trois ou quatre fois et avait élevé des moutons dans le Wyoming, le Montana et l'Utah, mourut fort jeune des suites d'une grippe. María Ana, qui voulait être danseuse, prit le train pour San Fransisco et, après des années de travail acharné, de coups de cœur et de petits rôles dans le ballet de la ville, se fit mal au dos et finit par enseigner la danse au studio d'Arthur Murray. Berta épousa un Anglo qui cultivait des melons en Californie et, curieusement, n'eut jamais d'enfants. Roberto, Billy et Nazario devinrent métayer, mécanicien, chauffeur de camion, plongeur, commis de cuisine à Los Angeles et dans les environs. Ils furent tous pères de famille nombreuse et, bien qu'à eux trois, ils eurent neuf fils au Viêt-nam, seul l'un des fils de Billy, Rosario, y fut tué. Gabriel, qui par miracle se métamorphosa en un médiocre poids plume à l'armée pour devenir boxeur professionnel après son service, fut connu dans sa jeunesse sous le surnom de La Massue de Milagro et mourut dans un accident d'avion au Venezuela. Ricardo était resté dans un ranch de Milagro, bien qu'il passât la moitié de sa vie dans les champs de laitues, de betteraves et de patates du Colorado du Sud ou encore avec les grands troupeaux de moutons du Wyoming et du Montana. Deux de ses fils, Elisardo et Juan moururent au Viêt-nam, un autre fut envoyé en Allemagne. Sally épousa un plombier de Doña Luz et eut onze enfants. L'un d'eux devint chanteur de rock à succès à Mexico, mais il n'envoya jamais un sou à sa famille, pas même après la mort du plombier qui se fit piquer par une veuve noire en rampant dans un fossé humide pour le compte d'un de ses patrons. Patsy, la plus belle et la plus intelligente en classe, prit la route de l'Ouest pour travailler dans un cirque, devint déléguée Avon et mourut avec son mari et tous ses enfants dans un terrible accident de voiture à Petaluna (sauf Peter qui à l'époque se remettait de ses blessures de guerre dans un hôpital japonais). Le petit Cipriano, le bébé de la famille né en 1925, qui était allé plus loin que tous les autres dans ses études — en fait il venait d'obtenir une bourse pour Harvard quand il fut appelé sous les drapeaux —, se fit déchiqueter vivant par une mitrailleuse allemande au cours des dix-huit premières secondes du Débarquement.

Pendant toute sa vie, Amarante vécut dans l'ombre de sa propre mort. A deux jours, il attrapa une pneumonie et, bien qu'on le tint pour mort, il s'en remit. Pendant toute son enfance, il fut sans cesse malade et incapable de travailler comme les autres gosses de son âge. Il eut une fièvre rhumatismale, la varicelle, deux ou trois pneumonies, cracha du sang à l'âge de six ans, souffrit d'anémie; il reniflait, sommeillait sans arrêt, se sentait faible et misérable, en un mot, et tout le monde le savait, il était mourant. A huit ans, on l'opéra des amygdales ; à dix, son appendice explosa. A douze ans, il fut mordu par un serpent à sonnettes, tomba dans le coma, mais survécut. Ensuite, un cheval le botta, lui brisant toutes les côtes du côté gauche. Il contracta la tuberculose. Il errait, chancelant et décharné, les yeux hagards, perpétuellement enrhumé et, dès qu'Amarante était en vue, les gens se pressaient de traverser la rue en bredouillant des « Je vous salue Marie ». A vingt ans, alors qu'il était déjà alcoolique, la fièvre rouge faillit l'emporter dans la tombe, à vingt-trois ans, la malaria sembla vouloir parachever le travail. Vinrent plusieurs années de dysenterie amibienne. Plus tard, il resta constipé pendant dix-sept mois. A trente ans, il perdit un poumon ; à trente-quatre, peu après qu'Amarante eut été élu premier sheriff de Milagro, le vieux démon de la pneumonie vint le tourmenter à nouveau et lui fit baisser le pouls jusqu'à un battement imperceptible. Pourtant, pareil au boxeur classique, beau gosse mais peu valeureux, il n'eut pas le courage de délivrer le K.O. final. Pendant toute la quarantaine du vieil homme, nombre de maladies belliqueuses assaillirent son corps pour remporter enfin le titre de vainqueur. La chtouille vint, et s'en alla. La rougeole monta sur le ring, tout comme les oreillons, mais ne résistèrent pas même un round complet. En souvenir du bon vieux temps, la pneumonie refit une apparition symbolique mais se heurta la tête contre le mur de brique qui, de toute évidence, protégeait les poumons d'Amarante avant de hisser le drapeau blanc et de battre en retraite. Un empoisonnement du sang fit gonfler les ganglions à la taille de balles de golf, se débattit pendant un bon mois, mais perdit malgré tout la bataille.

Amarante boitait, toussait, éternuait ; sa poitrine le brûlait ; il crachait du sang et d'horribles substances d'un bleu d'encre, il buvait jusqu'à s'en enflammer le trou du cul ; ses pieds plats se lamentaient, l'arthrite lui labourait les genoux de coups de marteau ; son estomac semblait saigner à blanc, et toutes ses dents, sauf trois, noircirent et tombèrent comme des fruits blets. A Milagro, attendre la mort d'Amarante Córdova, c'était un peu comme attendre un énorme éternuement qui refuse de venir. Il y eut une période, alors qu'Amarante avait déjà la soixantaine, où les gens l'évitaient à tout prix, coupant court aux conversations, car tout le monde savait qu'il allait trépasser dans les dix prochaines secondes et personne n'aime être présent quand un individu tombe raide mort.

Quand Amarante atteignit les soixante-dix ans, commença la série d'opérations. D'abord, on lui enleva un poumon. A cette époque, les citoyens de Milagro étaient parvenus à un état d'esprit quelque peu sarcastique et irrité et pas qu'un peu empreint de terreur qui les faisait dire : « Nom d'une pipe ! même si on lui enlevait l'autre poumon, ce vieux cinglé continuerait à respirer ! »

On lui ôta un kyste du cou en forme de vache miniature. Plus tard, un morceau d'intestin dut partir lui aussi, suivi bien entendu de la routine d'opérations de la vésicule, de la rate et des reins. Chaque fois qu'ils apercevaient Amarante, les citoyens de Milagro ricanaient: « Hé! Regardez! voilà la fermeture Eclair ambulante! » Ses amis le regardaient à la fois avec haine et respect, tout en le suppliant de glisser un mot pour eux à l'ange de la mort ou à qui que ce soit d'autre avec qui il tenait conseil, alors qu'eux-mêmes chaviraient dans les enceintes et les ténèbres terreuses de leur propre tombe.

Finalement, quand il eut soixante-seize ans, un Waterloo plana sur l'avenir d'Amarante. Le docteur Gomez de la clinique de Doña Luz l'envoya à un médecin de Chamisaville à l'hôpital Sainte-Croix qui l'examina, lui fit passer des radios, hocha la tête et l'orienta vers Sainte-Claire, la capitale, où un gastro-entérologue, après moult examens, rayons X au barium, etc, en arriva à la conclusion que tout ce qui se trouvait en dessous du cou d'Amarante ou presque devait partir. Il en avertit donc la famille.

Bien que dispersés aux trois vents, ils étaient restés en contact et ceux qui étaient encore en vie, y compris Jorge installé en Australie, revinrent à Milagro pour tenir conseil de guerre et décider, après vote démocratique, s'ils avaient les moyens de financer les onéreuses opérations de leur père. « Si on ne l'opère pas, leur dit le médecin de la capitale, votre père n'en a plus pour six mois. »

Evidemment, ils connaissaient tous déjà la chanson, mais ils votèrent néanmoins: Nadia, María Ana, Sally et Billy votèrent pour l'opération; Jorge, Roberto, Nazario et Ricardo, contre. Si bien que, par cinq voix contre quatre, Amarante passa sous le scalpel du chirurgien qui lui enleva la plupart des organes. Après plusieurs semaines de convalescence, sous les soins de Sally, Ricardo et Betita, Amarante retourna chez lui à Milagro.

Mais cette fois, son heure semblait venue. Lent à se remettre sur pieds, Amarante avait la jaunisse et un teint à faire peur. Il se plaignait de ne plus y voir, et l'on s'aperçut qu'il avait une cataracte aux deux yeux, si bien que Ricardo, Sally et Betita le ramenèrent à Sainte-Claire pour lui faire enlever ces vilaines peaux. Après cela, Amarante dût porter des lunettes à verres très épais qui, plus que jamais, le faisaient ressembler à un cadavre empoisonné. A côté de sa lente démarche rampante, les escargots faisaient figure de champions olympiques. Les gens de Milagro retenaient leur souffle et, s'ils avaient formé une communauté différente, avec une culture différente, dans une partie du monde différente, ils auraient sans doute commencé à ouvrir les paris sur le jour où « ça » arriverait. En fait, la nouvelle s'était propagée si bien qu'à Chamisaville, chez Ortega, les pompes funèbres qui s'occupaient de la plupart des morts, d'Arroya Verde à la frontière du Colorado, cela devint une habitude, pour Bunny Ortega, Bruce Maes et Bernardo Medina de se demander, de manière impromptue à la pause café, quand finirait par arriver le corps d'Amarante. Et plus tard, bien qu'elle n'aille pas jusqu'à faire creuser une tombe sur le camposanto[1] par Joe Mondragón ou quelque autre gosse aventureux, Sally se rendit chez Ortega pour se renseigner sur le prix des cercueils et leur dire ce qu'ils pourraient raisonnablement espérer le moment venu.

Par une splendide journée d'automne, alors que les crêtes des montagnes ressemblaient à une carte postale descendue tout droit du paradis, Amarante eut une conversation avec Sally :

— Je crois que le vieux temple de mon âme a fait son temps, a-t-il commencé avec son rictus habituel. Tu ferais mieux d'écrire à tout le monde et de leur demander de venir pour Noël. Je veux que tous mes enfants soient réunis pour leur dire adieu. Il n'y aura plus de nativités pour moi.

Sally éclata en sanglots, sans savoir exactement si c'était de soulagement ou de chagrin. Et, en tapotant gentiment son père sur le dos après s'être bruyamment mouchée, elle répondit :

— Bien, père, je sais que tous ceux qui restent viendront.

Ce fut un Noël dont on se souviendrait, les festivités de 1956 ! Jorge vint d'Australie avec sa femme et leurs cinq enfants. Nadia revint de la capitale avec son amant. María Ana demanda un congé au studio d'Arthur Murray et prit l'avion avec son mari et ses quatre gosses. Berta et son cultivateur de citrons prirent le train de la vallée de San José. Roberto, Billy et Nazario, leurs femmes, leurs quatorze enfants et certains de leurs petits-enfants arrivèrent de Los Angeles dans une caravane toute déglinguée. Sally et son mari faisaient tous les jours le trajet de Doña Luz avec les deux rejetons de la lignée encore au bercail. Tout ce petit monde habitait dans ce qui restait de la demeure d'Amarante et de Betita ou repartaient avec Sally à Doña Luz.

Ils mangèrent de la dinde et de la tarte au potiron, de la tourte, des tartes au flanc, ils mangèrent du chili et du posole, du maïs et des papaipillas, des enchiladas et des empanaditas, burent de la téquila et du mescal, des bières, Hamms, Coors et Old Crow. Et, au centre de tout cela, avec les hordes d'enfants qui virevoltaient

1. Cimetière (N.D.T.).

autour de lui en criant d'allégresse, enterré sous des rubans de satin et des papiers multicolores, si ivre que ses lèvres sautillaient comme des pyjamas sur une corde à linge par une venteuse journée d'avril, se tenait le patriarche en personne, mourant, mais pas tout à fait mort, savourant chaque seconde du spectacle. Ses enfants le serraient contre leur cœur, lui murmuraient de doux petits riens aux oreilles, à l'affût de ses moindres désirs et caprices. Ils posaient la tête contre sa poitrine, chuchotant des roucoulades attendrissantes et mélodramatiques, tout en écoutant attentivement pour s'assurer que le vieux palpitant ne tournait plus que sur une patte. Ils le prenaient par le bras et l'aidaient à aller là où il voulait; ils le regardaient tendrement et versaient des larmes de joie et de tristesse; ils serraient les mains frêles, invoquant les vieux jours, parlant de ceux qui étaient déjà morts, de ce que faisaient les petits-enfants, annonçant qui était enceinte, qui avait fait une fugue, qui s'enrichissait, qui tombait dans la misère et la disgrâce, qui était en Corée, qui en Allemagne... Main dans la main, il chantaient des cantiques de Noël en espagnol, jouaient de la guitare et de l'accordéon, pleuraient, chahutaient encore joyeusement. Finalement, les yeux humides, tout émus, tragiques, ils embrassèrent les joues racornies, firent des adieux tendres et aimants, dirent à leur mère Betita d'être forte, et se dispersèrent de nouveau aux trois vents.

Trois ans plus tard, quand Jorge reçut en Australie une lettre de Sally de Doña Luz, il répondit:

> Comment ça, il veut que nous venions tous à Noël pour lui dire au revoir? Pour qui tu me prends? Crésus en personne? Je lui ai dit au revoir il y a deux hivers, et cela m'a coûté une fortune! Je ne peux pas revenir pour le moment.

Peu importe, quand Sally écrivit encore, quelque peu affolée que, cette fois, c'était vraiment la fin, il vint malgré tout, mais sans femme ni enfants. Tous les fils et filles revinrent également, avec quelques femmes et quelques gosses en moins. Au début, la gaieté était un peu forcée, d'autant plus que Nazario fit remarquer en passant à Berta qu'il trouvait que le vieux avait bien meilleure mine que trois ans plus tôt, et ni Berta, ni tous ceux qui avaient entendu ne pouvaient le nier. Plus tard cependant, ils se rendirent compte qu'ils étaient à nouveau réunis et que Milagro était toujours aussi magnifique, d'une blancheur immaculée, avec ses branches de genévriers et de pin chargées de neige fraîche : l'odeur de la fumée agissait presque comme une drogue et les faisait délirer. Les hommes retroussèrent leurs manches et se passèrent la hache pour couper du bois jusqu'à ce que Nazario se l'enfonce dans le pied. Sur ce, riant, buvant de la bière, tous se rendirent à l'hôpital de Sainte-Croix, où le médecin déclara la chaussure définitivement perdue, mais n'eut qu'à faire deux points de suture sur les orteils. Plus tard, au cours du même après-midi, on organisa une piñata pour les plus jeunes, quelques petits-enfants et une poignée d'arrière-petits-enfants, qui, les yeux bandés firent la ronde en brandissant une batte de bois pour faire éclater le mulet de papier mâché. Tout le monde les applaudit et les ovationna alors qu'ils trépignaient en se marchant sur les pieds, impatients de dévorer les confiseries scintillantes. L'un après l'autre, ils allèrent donner à Grand-Père un baiser tout collant de friandises et Grand-Père les embrassa, les larmes aux yeux. Plus tard, les adultes aussi déposèrent un baiser sur la joue de Grand-Père en lui donnant de douces caresses pour ne pas enfoncer sa poitrine en coquille d'œuf. « Que Dieu te garde », lui murmurèrent-ils et Amarante souriait, faisant étinceler ses dents en bredouillant de confus « au revoir ».

— C'était à la place des funérailles, leur dit-il de sa voix éraillée et chevrotante. Personne n'aura à venir pour les funérailles.

Betita s'est mise à pleurer. Hors de vue et hors de portée d'ouïe du vieillard, ses fils et ses filles s'embrassèrent, se signèrent, croisèrent les doigts et, les yeux rivés au ciel en un geste de supplication, marmonnèrent, sans méchanceté ni mesquinerie, mais avec gentillesse et amour pour leur père :

— Espérons...

Quand, cinq ans plus tard, Jorge reçut une nouvelle lettre de Sally, furieux, il rétorqua :

NON ! Je viens à peine de rentrer de l'enterrement de maman !

Sur un papier parfumé de quatre sous, elle le pria de reconsidérer sa réponse, le supplia de venir. Pour toute la famille, elle souligna l'état de santé dramatique de leur père. Il avait fait un infarctus après la mort de Betita. Sa pression artérielle était trop élevée, ses veines totalement obstruées par le cholestérol. Ses reins ne fonctionnaient plus pour ainsi dire. Il était tombé et s'était fracturé l'os du fémur. On lui avait enlevé une tumeur de la taille d'un avocat sous le seul poumon restant, d'une nature si exceptionnelle qu'on ne savait si elle était maligne ou bénine. On pensait aussi qu'il avait du diabète. Récemment, une légère attaque de pneumonie l'avait cloué au lit pendant une quinzaine de jours. En réfléchissant, elle mentionna aussi qu'on avait prélevé des nodules lymphatiques de son cou pour une biopsie, car on pensait qu'il souffrait de leucémie, mais en fait, on découvrit qu'il s'agissait d'une infection provoquée par le frottement des branches de lunettes.

Jorge répondit :

> Où papa veut-il en venir avec nous ? Je ne suis plus de la prime jeunesse, Sally. Je suis cardiaque. Je suis aveugle d'un œil. Je souffre d'hygroma dans une épaule, à tel point que je ne peux pas lever la main au dessus du niveau de la taille. Et moi, j'ai du diabète !

Il revint pourtant. Il aimait son père, il aimait Milagro. Depuis la dernière fois, Nadia était morte elle aussi. Les autres enfants survivants vinrent également, mais aucun des petits-enfants et arrière-petits-enfants ne se montra. Les temps étaient durs, et l'argent difficile à trouver. Et, bien que le vieil homme fût peut-être mourant, jamais il n'avait paru en aussi belle forme, bien plus en forme que certains de ses enfants. Ses joues semblaient s'être remplies, on discernait même une certaine roseur. Etait-ce fruit de l'imagination, ou marchait-il moins vouté ? Il avait l'esprit plus vif que jamais. Quand Jorge arriva, ce sacré vieillard était dehors, à fendre du bois !

Ils passèrent les fêtes calmement, sans éclat. La plupart étaient arrivés tard et repartirent tôt. Et, après avoir fait leurs adieux une fois de plus, en le serrant peut-être un peu plus fort que d'habitude dans leurs embrassades (sans doute dans l'espoir de déplacer un organe vital), les fils et les filles allèrent faire une promenade sur le plateau.

— Je le croyais mourant, se plaignit Jorge, en s'appuyant lourdement sur sa canne et en avalant de temps à autre un cachet de glycérine.

— Je vous ai écrit ce qui s'est passé, soupira Sally. Je vous ai répété ce que papa m'a dit.

— Quel âge a-t-il maintenant ?

— Il est né en 1880, non ? dit Ricardo.

— Ça lui fait quatre-vingt ans, dit Billy mélancolique, et moi, j'en ai déjà cinquante !

— Il va mourir, dit tristement Sally. Je le sens dans ma chair.

Et ceux qui ne la regardèrent pas avec un mélange de fureur et de répulsion se signèrent solennellement. Pour Noël 1970, seul Jorge vint. Il fulmina, vociféra, enragea dans un certain nombre de lettres de trois, quatre, cinq pages, intimant en termes dépourvus d'ambiguïté qu'il s'en ficherait comme de l'an quarante même si son père avait vraiment perdu tous les orteils d'un pied, et je ne sais quel morceau de vésicule. Il ne survolerait plus aucun océan, à plus aucune fête de Noël pour dire adieu à ce vieil immortel.

Pourtant, il vint.

L'avion atterrit dans la capitale. Il prit un autobus. Ricardo, qui se remettait d'une opération à l'estomac mais mourait lentement d'un cancer des os de toute façon, le rejoignit au magasin de Rael. Sally arriva plus tard. Jorge, dont l'œil borgne partait de guingois, voyait à peine de l'autre. Boitant sensiblement, hagard, il semblait fragile et grincheux. Il était sûr que ce voyage le tuerait et il ne comprenait pas pourquoi il s'obstinait à le faire contre son gré.

Quand il vit Amarante, les soupçons de Jorge furent confirmés. Son père ne vieillissait pas : il avait atteint une sorte de nadir une dizaine ou une douzaine d'années auparavant et depuis, il retournait en arrière, vers l'âge mûr, la jeunesse, même. Ce qui était certain, c'est que lorsque Amarante souleva sa chemise pour montrer ses cicatrices, il ressemblait véritablement à une banane sur laquelle un maniaque en pleine crise s'était acharné à la machette, mais l'éclat des yeux pétillants, magnifié par les énormes verres, semblait volé aux générations plus jeunes.

Le lendemain, le jour de Noël, en plein dîner, Jorge eut une crise cardiaque, tomba sur sa chaise, la bouche pleine de patates douces confites et mourut.

Bunny Ortega, Bruce Maes et le nouveau qui remplaçait Bernado Medina, mort lui aussi, Gilbert Otero, eurent un sourire triste mais compatissant quand Sally et Ricardo accompagnèrent le corps aux pompes funèbres Ortega à Chamisaville.

— Eh bien, dit Bunny plein de sollicitude, le vieux a fini par casser sa pipe.

— Non, non, sanglota Sally, c'est mon frère, son fils !

— *Ai, Chihuahua !*

C'est deux ans plus tard, à quelque chose près, que Joe Mondragón précipita la crise et, jamais, Amarante Córdova n'avait été si pétulant d'énergie.

Un jour, lors de la visite hebdomadaire de sa fille de Doña Luz, Amarante lui dit :

— Ma fille, il va falloir que tu écrives à toute la famille...

Sally éclata en sanglots.

— Je ne peux pas. Je ne veux pas. Tu ne peux pas me demander ça !

— Mais il faut qu'on raconte à tout le monde ce que José a fait. Ils doivent absolument voir ça et y participer avant de mourir. Dis-leur que les coups de feu ne vont plus tarder.

Peut-être lurent-ils la lettre, peut-être se contentèrent-ils de regarder l'oblitération du timbre, mais, comme un seul homme, ils répondirent : « Envoie-nous ta prochaine lettre *après* la mort de papa ! »

— C'est ça, le problème avec la jeune génération, a murmuré Amarante, excédé. Tout ce qui a de l'importance, ils s'en fichent comme de leur première chemise !

Joe Mondragón avait trente-six ans, et, pendant longtemps, il n'eut aucun travail régulier. Il avait une femme, Nancy, et trois enfants. Il possédait sa maison qu'il avait bâtie de ses propres mains, une petite demeure dont on devait consolider les murs d'adobé tous les deux ou trois automnes.

Joe avait toujours le couteau sous la gorge et se débattait pour gagner quelques misérables dollars. Au fil du temps, il avait appris tous les métiers, ou presque. Il savait tout sur la construction des maisons, il dosait terre et paille dans les justes proportions pour construire des bâtisses solides qui ne s'écrouleraient pas. Bien qu'il n'eût aucune licence, il pouvait souder et installer sa plomberie, réparer tous les circuits électriques et, avec l'aide de cinq péons payés à des salaires de misère, il pouvait creuser des fosses septiques qui ne déborderaient pas avant le lendemain de sa mort ou de son départ définitif de la ville. Avec le matériel adéquat, il savait creuser un puits et comprenait tout ce qu'il fallait comprendre sur les pompes. Il pouvait démonter entièrement un tracteur hors d'usage et le remonter si habilement qu'il labourerait avec l'efficacité d'une boule de feu pendant une bonne semaine, avant d'exploser et de mutiler le chauffeur; il savait aussi herser et ensemencer un terrain et l'irriguer correctement. « Hé, mazette! aimait se vanter Joe, je peux faire pousser du maïs doux en n'utilisant rien d'autre que ma propre salive et un peu de pisse de fourmi! » Il pouvait élever — ou chaparder — moutons et cochons, et les débiter. Et, si on le lui demandait, il pouvait castrer un poney ou châtrer un cochon avec la délicatesse et la maîtrise de Michel Ange sculptant la Pieta.

Joe avait son propre atelier qui regorgeait d'outils empruntés, loués, volés ou achetés au fil des ans à ses divers amis, ennemis et employeurs. Parfois, il y fabriquait des couteaux à dépecer dans de vieilles scies dentées, qu'il vendait en automne aux chasseurs pour cinq ou six dollars. A la vue d'un billet de cinq dollars, il pouvait également fabriquer et décorer un gobelet persan dans une bouteille de soda.

Et si le besoin s'en faisait sentir et que les billets reposaient légèrement sur son établi, tel un papillon aux ailes ouvertes qui fait la sieste, Joe inventerait probablement le plus minuscule fusil à fléchettes qui soit afin de permettre aux scientifiques d'aiguillonner les moustiques sans les tuer. Dans le simple but de survivre, il n'y a rien que Joe n'aurait fait ou, du moins, n'aurait essayé de faire.

La maison des Mondragón se noyait sous tout un fatras de vieilles machines, de pièces de moteur, d'entrailles d'automobiles, de fils de réfrigérateurs, d'intestins de tracteurs. La remise était pleine de machines à laver-essoreuses, et quand Joe en avait le loisir, il les bricolait jusqu'à ce qu'elles « marchent » à nouveau. Ensuite, il essayait de les revendre (il y parvenait souvent) avec des pompes qui tombaient en panne, ou des mécanismes d'essoreuse qui se dénudaient net, dix minutes après l'expiration de la garantie de trois mois (sur papier) généreusement accordée par Joe. Cela ne présentait guère de problèmes cependant, car, pour une somme modique, Joe était plus que disposé à réparer tout ce qui avait bien pu casser dans tout ce qu'il avait bien pu vendre.

En un sens, Joe était perpétuellement occupé à accomplir de petits miracles, pour ce qui se résumait généralement à une poignée de cacahuètes. Pourtant, quand quelque chose, quand quoi que ce soit clochait en ville — une pompe gelée, une vache malade ou une grange écroulée —, on appelait Joe Mondragón, qui défiait pluie, grêle, blizzard, tornades et tremblements de terre, pour garer son camion à quatre pneus lisses et sans roue de secours devant votre porte, et recoller la chose ou l'animal défaillant, afin qu'il fonctionne à nouveau..., provisoirement. Aussi débordant d'énergie qu'un vieux matou en rut, une bière à la main le plus souvent, il sillonnait la ville, roulant à fond la caisse dans son camion jaune... Ce petit arrogant de Joe Mondragón qui réglait vos ennuis et réclamait vos cent sous ne se laissait vraiment pas marcher sur les pieds !

Pourtant, Joe était fatigué, il devait bien l'admettre. Il était fatigué, comme la plupart de ses voisins, d'essayer de gagner sa vie des produits de la terre, dans un pays où, systématiquement, le gouvernement recueillait les âmes des petits fermiers pour allumer ses cigarillos avec. Joe était fatigué de passer vingt-huit heures sur vingt-quatre, tel un chien voleur de poules, plaqué contre le mur de sa grange, les poils du cou hérissés, les dents nues, sachant que, de toute façon, on lui ferait sans doute sauter la cervelle. Il était fatigué de se retrouver chaque printemps devant la perspective d'émigrer vers le nord, pour gagner les champs de patates et de laitues du Colorado, et y travailler courbé en deux sous un soleil de plomb pour un malheureux dollar l'heure. Il était fatigué de se faire grignoter quelques vaches tous les ans sur son permis de pâture qui l'autorisait à mener ses troupeaux sur les terrains de l'Etat; il était fatigué de voir sans cesse augmenter le prix du permis, ce qui, non seulement les rendait fous, lui et les siens, mais les laissait sur le pavé. Et il en avait plus que marre d'être obligé de payer un permis de chasse, pour tuer les cerfs sur une terre qui avait autrefois appartenu au grand-père Mondragón et aux siens, mais qui, à présent, était tombée dans les poches de l'Ours Smokey (l'Etat) ou du despote maléfique de la région, Ladd Devine III.

En fait, en général, Joe ne se procurait pas de permis pour aller chasser dans les montagnes alentour. Comme presque tout le monde à Milagro, il considérait les dates d'ouverture et de fermeture de la chasse comme une splendide connerie. S'il avait besoin de viande, il graissait sa carabine .30 à six coups, sautait dans son camion, et allait en chercher. Un jour, le garde champêtre, Carl Abeyta, avait surpris Joe avec un cerf mort, une énorme lampe électrique, pas de permis, et bien entendu, en dehors de la saison. Cela lui avait coûté cent dollars et une semaine dans la prison du comté de Chamisa. Là, il faillit mourir de faim; un gardien, Todd McNunn, lui asséna des coups du canon de son fusil à lui faire perdre connaissance, sous prétexte qu'il avait voulu s'évader en tentant de défoncer les parpaings bon marché à coup de tête.

Joe avait souvent été en prison, pour quelques heures en général, parce qu'il s'était enivré, battu, qu'il avait emprunté — et consommé — les moutons de la société Devine; chaque fois, cela lui avait coûté quinze ou vingt-cinq dollars, et, la plupart du temps, quelques horions en prime. Le personnel s'amusait bien à tabasser Joe, car c'était drôle de voir un tout petit bonhomme d'à peine cinquante-cinq kilos se débattre aussi furieusement, lançant coups de poing et coups de pied animé d'une profonde envie de meurtre, ivre comme à jeun. Parfois, ils essayaient de le retenir un peu, par amour du sport, mais Joe était trop dangereux, exactement le genre de type — tout comme Cleofes Apodaca, le héros d'antan — à molester un évêque. Ils avaient donc tendance à le tabasser tout de suite et à le laisser sur le carreau. Il avait perdu quelques dents dans cette geôle et son nez avait reçu toutes les opérations nécessaires, grâce à l'intervention des poings policiers, pour correspondre au profil en vigueur dans la région. En dehors de la prison, Joe s'était cassé les doigts des deux mains en cognant bêtes et gens, portes et je ne sais quoi. « Moi, j'ai pas peur de rien », se vantait-il, et bien qu'il pût prouver la véracité de ses dires, quand sa femme Nancy l'entendait parler ainsi, elle le reprenait d'un ton railleur : « C'est bien vrai, tu n'as peur de rien! »

Joe était fatigué de se battre. Fatigué parce qu'en fin de compte, il n'en tirait jamais rien de plus intéressant qu'une vulgaire paire de trois. Il réussissait tout juste à se faire éjecter du corral jusqu'au dimanche suivant, et rien ne changeait jamais. A la fin, la moitié de ses jardins et de ses champs se racornirent de sécheresse bien que l'Indian Creek formât une véritable piscine au beau milieu de son salon. En fait, Milagro n'était plus qu'une ville fantôme, et tous les anciens champs de haricots à l'ouest étaient nus, car, plus de trente cinq ans plus tôt, à la suite de manœuvres politiciennes et juridiques fort complexes, connues sous le nom d'Accord des Eaux Inter-Etats de 1935, la plus grande partie des eaux de Milagro fut allouée aux grands fermiers du sud-est de l'Etat ou du Texas, laissant les petites gens comme Joe Mondragón esseulés et complètement à sec.

Cette situation provoqua un long et profond ressentiment sous-jacent, quasi universel, car personne, et Joe Mondragón moins que quiconque, ne savait comment faire revenir l'eau dans la région ouest, à présent presque entièrement entre les mains de Ladd Devine III et de sa horde de sinistres vautours, qui, rien de surprenant à cela puisqu'ils en étaient les propriétaires, avaient, eux, trouvé un moyen de faire reverdir cette contrée.

Un beau jour, Joe décida d'irriguer le petit champ en face de la maison en ruines de ses parents (qui lui appartenait toujours, un miracle en soi) et d'y faire pousser des haricots. Facile comme bonjour! Et pourtant, irriguer ce terrain était un acte aussi irrévocable que l'invasion de la Pologne par Hitler, le voyage de Castro sur le Granma ou l'assassinat de l'archiduc Ferdinand, car, à tout coup, cela catalyserait les tensions accumulées au fil des ans, ce qui ne manquerait pas de déclencher la guerre.

Comme toute guerre, celle-ci avait des racines profondément ancrées dans le passé.

Pendant plusieurs centaines d'années, et ce jusqu'à une époque récente, Milagro avait été une ville de moutons. Presque tous les pères des enfants de la génération de Joe Mondragón avaient été bergers. Aucun homme pourtant, et cela depuis plus d'un siècle peut-être, ne gagnait vraiment sa vie ainsi, car Milagro vivait sous la dépendance des grandes sociétés et, dans le simple but de survivre, les bergers s'étaient associés à la compagnie Ladd Devine. Pour un berger, s'associer à la compagnie Ladd Devine, c'était un peu essayer d'élever des moutons dans un réservoir plein de requins, de barracudas et de piranhas.

C'était avant tout le gouvernement américain que le peuple de Milagro devait remercier pour cette situation, car, dès qu'il fut rédigé et signé en 1848, le traité de Guadeloupe Hidalgo, qui, non seulement mettait fin à la guerre entre les Etats-Unis et le Mexique, mais devait également garantir les droits de pâture des communautés hispaniques du Sud-Ouest, ne cessa d'être bafoué. En effet, le congrès subrogeait ses droits sur la propriété communale et faisait passer dans le domaine public de nombreux hectares, qui, comme par enchantement, tombaient ensuite entre les mains des grandes entreprises agricoles comme la compagnie Devine. Plus tard, à l'époque de Teddy Roosevelt, la plupart des territoires communaux furent rattachés à la forêt nationale, et les fermiers n'eurent plus que le droit d'y faire paître leurs troupeaux, à condition, toutefois, d'avoir l'argent et les relations politiques nécessaires à l'obtention du permis.

Après 1848, donc, nombre de fermiers locaux se retrouvèrent avec des troupeaux sur les bras et plus un carré d'herbe pour les faire brouter. Arriva un temps où les petits bergers furent simplement éliminés, soit parce qu'ils n'avaient pas accès aux pâturages, soit parce qu'ils essayaient de rivaliser avec les grandes entreprises agricoles qui dominaient le domaine public et les réserves des services forestiers. Ceux qui survécurent malgré tout n'y parvinrent qu'en s'aliénant corps et âme à ceux qui contrôlaient tout le système d'attribution des permis. A Milagro, cela signifiait que, depuis le dernier quart du XIXe siècle, la plupart des éleveurs de moutons étaient devenus les serfs de la compagnie Devine qui, durant les années 1860 à 1870 s'était appropriée tous les terrains de la concession Jorge Sandoval du comté de Chamisa, — ou s'en était attribué les droits de pâture, s'embarquant sur l'un des traîneaux de la destinée, qu'on eût cru né sous la plume d'Horatio Alger[1] —, ce

1.Ecrivain sud-américain, 1832-1899 (N.D.T.).

qui impliquait une dose rigoureuse mais subtile d'escroquerie grandiose, de pots-de-vins, de népotisme, meurtres, mutilations et maquignonnages infâmes, aux Etats-Unis comme dans le monde entier.

Depuis cette prise de pouvoir, tous les ans, à la fin de l'année, les bergers, les femmes et les enfants de Milagro s'apercevaient qu'ils avaient de lourdes dettes envers la compagnie Devine. En fait, après un dizaine d'années de cette tutelle, tout un chacun, y compris des gens comme le père de Joe Mondragón, Esequiel, devait déjà tous les biens qu'il pourrait accumuler pendant le reste de sa vie à Ladd Devine qui, à cette époque, régnait sur le trône familial.

Bien évidemment, la compagnie Ladd Devine avait d'autres ambitions que la terre, les moutons et le magasin général (appartenant actuellement à Nick Rael). Elle possédait des intérêts dans la First National Bank de Chamisaville et sa succursale de Doña Luz. Le ranch de la Truite Sauteuse et l'établissement thermal avaient étés ouverts sur le domaine des Devine dès le début des années vingt. Le café Pilar, construit en face du magasin de la société en 1949, faisait partie, lui aussi, des investissements Devine. Et quand, plus récemment, le Motel Enchanté surgit le long de la route nord-sud pour accueillir la nouvelle race de touristes bedonnants au sourire niais qui passaient par là dans leurs maisons à roulettes, ce fut une opération financée et contrôlée par la compagnie Devine.

A vrai dire, la compagnie Devine, qui s'était engraissée sur le dos des moutons, ne s'occupait plus guère du commerce de la laine. Elle se passionnait beaucoup plus pour le projet du barrage de l'Indian Creek, qui devait se loger dans le canyon, structure considérée comme la pierre angulaire d'un immense effort de développement de la société Devine connu sous le nom de « Zone de loisirs de la vallée des Miracles ».

Le barrage du canyon de Milagro avait été le rêve de Ladd Devine l'Ancien, aussi bien que celui du caudillo actuel, Ladd Devine III, qui reprit les opérations en main quand son grand-père (qui avait quatre-vingt-neuf ans à l'époque) fut pris dans une tempête de neige au début de l'automne 1958, seul sur son cheval, au-delà des lacs du Petit Ours Chauve. Ladd Devine II, un vil play-boy qui s'était marié cinq fois, avait pris une balle dans l'oreille qui était ressortie par l'autre, sur les côtes italiennes de l'Adriatique, ce qui expliquait l'accession anticipée au trône de Ladd Devine III.

La compagnie Devine avait commencé à élaborer son projet de développement de la zone de loisirs à l'époque même où les villageois perdaient leurs droits sur l'eau et s'exilaient loin de l'Ouest malchanceux. Le premier Ladd Devine ne s'était guère opposé à l'accord de 1935, aussi injuste qu'insensé, qui, d'une certaine manière, entravait son opération moutons en éloignant nombre de ses bergers — car il était trop occupé à acquérir tous les terrains, momentanément bon marché. Ainsi, pendant les années qui suivirent la Seconde Guerre mondiale, quand l'accord sur l'eau fut appliqué plus fermement, toutes les terres abandonnées et apparemment sans valeur du côté ouest passèrent aux mains des Devine.

Et à présent — *Qué Milagro!* — le barrage de l'Indian Creek allait fort à propos restituer les droits du côté ouest, si bien que Ladd Devine III pourrait gratifier les quelques petits fermiers survivants de lopins délicatement disposés tout autour d'un terrain de golf aussi exotique que verdoyant.

Le barrage serait construit à la bouche du canyon de Milagro, créant ainsi un lac artificiel de deux kilomètres de long, dont la rive arriverait à deux pas du gigantesque salon de la Truite Sauteuse. Et le barrage — ou plutôt son financement — serait possible grâce à la création d'une zone protégée, dont les frontières, pour raisons fiscales, incluraient la grande majorité des citoyens destitués de leurs terres.

Mais là, il y avait un os, et de belle taille.

Une personne au moins comprit en quoi il consistait. Juste après que Ladd Devine III eut annoncé officiellement ses projets pour la zone de loisirs de la vallée des Miracles (comprenant le lac artificiel de l'Indian Creek, les domaines de la vallée des Miracles, le terrain de golf et la station de ski de la montagne des Miracles) en érigeant un somptueux panneau de bois sur la route nord-sud, à la porte de la ville, le vieux barman du Frontier Bar, Tranquilino Jeantete, se mit à raconter à qui voulait bien l'entendre :

— Vous verrez ce que je vous dis. Ce plan d'aménagement, c'est une belle entourloupe. C'est comme ce fichu accord de 1935 : un bon moyen de nous voler nos terres et nos maisons ! C'est nous qui paierons les impôts pour le lac de Ladd Devine. Et si on ne peut pas payer, eh bien, ils saisiront nos terres pour les donner à Devine. Et cet enfoiré de Zopilote[1] sera bien à l'abri dans son château, confortablement assis sur son trône et il jettera des piécettes dans

1. Zopilote : urubu, petit faucon des régions d'Amérique centrale (N.D.T.).

nos cercueils quand on nous emmènera au camposanto, les uns après les autres.

Pourtant, la plupart des fermiers, dépassés par la complexité du plan d'aménagement, ne savaient comment réagir. Devaient-ils engager un avocat et lutter contre le vautour? Devaient-ils se contenter de rester passifs et d'attendre la catastrophe, une de plus depuis la guerre de 1848, en espérant simplement, que, tel Amarante Córdova, ils parviendraient miraculeusement à survivre?

Finalement, après moult discussions et disputes, les gens haussèrent les épaules en riant, mal à l'aise et légèrement honteux: « Ce plan d'aménagement et ce barrage, disaient-ils, philosophes, ce sera encore pire que le cochon de Pacheco! »

Pacheco était un énorme bonhomme au strabisme prononcé, terriblement solitaire, qui, dans la digne tradition des Cleofes Apodaca et padre Péchékovich, avait perdu la tête à une vitesse vertigineuse depuis la mort de sa femme, six ans auparavant, et qui possédait l'une des truies les plus immondes de la terre, animal qu'il ne parvenait jamais à garder enfermé. Pendant des années, à Milagro, il était fréquent de voir le patibulaire Seferino Pacheco chanceler à travers champs, patauger dans la gadoue des chemins de terre, à la recherche de son porcin récalcitrant qui, généralement, piétinait le jardin d'un voisin ou dévorait ses poules. Pacheco frappait perpétuellement aux portes des maisons, des arrière-cours et des granges, pour demander où était passé son cochon. Et, perpétuellement, les gens hurlaient et jetaient des pluies de pierres à l'animal gargantuesque et vorace. Pourtant, pendant longtemps, il avait mené une vie charmante, à engloutir nonchalamment dans ses flancs épais des piles de plomb haute puissance, ou, car c'était un animal fort agile, à faire impunément fugue sur fugue. « Cette mécréante a dû s'enfiler une racine d'osha dans le cul pour se protéger des humains venimeux », dit un jour Onofre Martinez en ricanant. Et la vue du cochon, avec Pacheco qui le poursuivait sans cesse comme un dément, était si familière qu'elle avait engendré nombre de dictons: « C'est pire que le cochon de Pacheco » ou « Elle mange encore plus que le cochon de Pacheco » ou encore « Il est aussi indestructible que le cochon de Pacheco. »

Et bien sûr: « Ce plan d'aménagement, ce sera encore plus infernal que le cochon de Pacheco. »

Les choses en étaient à peu près là quand Joe Mondragón enfila soudain ses cuissardes de caoutchouc, jeta une bêche dans son camion et alla droit à la ferme en ruine de ses parents jusqu'au petit champ à l'abandon dans la zone ouest de la ville fantôme. Joe passa près d'un heure à couper les roseaux dans le fossé Roybal inutilisé, puis, après avoir creusé une petite rigole de l'Indian Creek au fossé, ouvrit les vannes, afin que l'eau puisse s'écouler sur la terre en friche.

Cette tâche accomplie, Joe resta sur le bord du fossé à fumer une cigarette. C'était une belle matinée de printemps, dans la douceur et les brumes de l'aube; les bourgeons venaient à peine d'éclore. De l'autre côté de la route, les champs étaient encore brunâtres et, sur les montagnes de Minuit, on s'enfonçait dans la neige jusqu'aux hanches. Milagro disparaissait presque dans une vague fumée bleutée parfumée de l'odeur des pins qui s'échappait des cheminées et des fours des vieilles maisons de torchis.

La nuit précédente, se souvenait Joe, les premiers papillons avaient frappé de leurs ailes poudreuses les vitres de sa cuisine; ce matin-là, des punaises d'eau flottaient à la surface de l'eau, se débattant frénétiquement. Un autocar, les phares encore allumés, s'arrêta sur la grand-route pour débarquer un passager et en prendre un autre. L'eau gargouillait toujours dans le champ, affolant les fourmis qui tentaient de sauver leur vie, tandis que Joe fumait paisiblement, dans le bleu lavande d'une belle matinée de printemps.

Quinze minutes et demie après que Joe eut pour la première fois détourné l'eau de l'Indian Creek dans le vieux champ de haricots de ses parents, presque toute la ville était au courant. Quinze minutes et demie étant le temps qu'il fallait à ce vieil immortel de quatre-vingt-treize ans d'Amarante Córdova pour faire le trajet d'un point de la route Milagro-García proche du champ de haricots illicite de Joe Mondragón au Frontier Bar de l'autre côté de la route, en face du magasin général de Rael.

En 1914, Amarante avait été élu premier sheriff et, depuis ce temps, il gardait toujours l'étoile épinglée au revers de son costume de laine trois pièces qu'il portait été comme hiver depuis trente ans. Seul être humain à habiter encore le quartier ouest de la ville fantôme, Amarante vivait de diverses pensions, et parfois du chômage de Sally, sa fille de Doña Luz, responsable du courrier familial, et occupait une maison de terre de huit pièces dont le toit s'était écroulé sur sept d'entre elles. Jusqu'à l'année précédant la mort de Jorge, l'Australien, décédé subitement la bouche pleine de patates douces confites, Amarante se promenait dans un camion à plateau Dodge de 1948. Par un beau jour d'été, en revenant des bois pour aller à Conejos Junction, le véhicule quitta la route surplombant les gorges; Amarante fut éjecté sur le bas-côté, et, de ce point de vue idéal, regarda sa vieille boîte de conserve faire un plongeon de cygne dans le Rio Grande, deux cent cinquante mètres plus bas. De ce jour, Amarante alla à pied, et de ce jour également, qu'il vente ou qu'il neige, il faisait l'aller et retour de sa maison à la ville, babillant dans sa barbe pendant tout le trajet, tout en lubrifiant sa langue de temps à autre avec une gorgée du tord-boyaux de sa flasque, en permanence dans sa poche droite toute déformée.

Ce jour-là, dès qu'Amarante eut installé en toute sécurité son corps infirme sur un tabouret dans l'immense salle vide du Frontier Bar et lancé un regard injecté de sang au propriétaire, Tranquilino Jeantete, âgé de quatre-vingt-huit ans, il lui dit en espagnol (il ne parlait pas anglais et ne savait lire et écrire en aucune des deux langues) :

— Il y a Joe Mondragón qui irrigue le champ de haricots de son vieux père, par là, du côté ouest.

Tranquilino Jeantete augmenta le volume sonore de son appareil auditif, et, après avoir sorti ses lunettes de sa poche, il les percha sur son nez en grommelant :

— Hein ?

— Il y a Joe Mondragón qui irrigue le champ de haricots de son vieux père, par là, du côté ouest. Tranquilino n'entendait toujours pas très bien, alors il grommela « Hein ? » de nouveau. Aucun des deux hommes n'avait une très bonne prononciation : à eux deux, ils comptabilisaient six dents.

Ambrosio Romera, un solide charpentier qui travaillait à la mine de Doña Luz, franchit nonchalamment la porte pour avaler son remontant du matin, au moment même où Amarante répétait : « Il y a José Mondragón qui irrigue le champ de haricots de son vieux père, là-bas, du côté ouest. »

— Qu'est-ce que tu racontes ? Quand est-ce que tu vas te mettre à parler correctement ? Tu pourrais pas aller à la capitale une bonne fois et t'acheter des dents ? Qu'est-ce que tu marmonnes ?

Avec un soupir, Amarante murmura :

— Il y a José Mondragón qui irrigue le champ de haricots de son vieux père, là-bas, du côté ouest.

— *Ai Chihuahua!* dit Ambrosio en faisant son geste matinal habituel à Tranquilino Jeantete qui fit glisser un verre sur le comptoir, choisit une bouteille et versa jusqu'à la limite qu'Ambrosio indiquait du doigt. En silence, le mineur avala sa bière, éructa bruyamment, les yeux humides, et dit, juste au moment de s'en aller :

— Pourquoi ce petit salopard cherche à nous attirer des emmerdes ?

Du bar, Ambrosio se rendit directement au magasin de Rael où il acheta de quoi se faire son casse-croûte du matin à la mine et mentionna en passant :

— J'ai entendu dire que José Mondragón irrigue son champ, là-bas, de l'autre côté de la route.

Nick Rael eut une réaction instinctive:

— Qu'est-ce qu'il cherche, cet enfoiré, un coup de pied au cul?

Quatre hommes et deux femmes furent témoins de cet échange : Gomersindo Leyba, un antique ex-berger qui, pour un dollar, emmenait tout être sans véhicule faire ses courses au supermarché de Doña Luz; Tobias Arguello, un ancien cultivateur qui avait vendu toutes ses terres à Ladd Devine pour envoyer ses deux fils à l'université (l'un avait abandonné ses études pour s'engager dans l'armée, l'autre avait été appelé sous les drapeaux et tué au Viêt-nam); Teofila Chacón, mère de treize enfants, tous vivants, et actuellement serveuse le soir au Frontier; Onofre Martínez, un ex-berger manchot, connu comme le baron de la Staurolite et comme le père de Bruno Martínez, un fédéral; et Ruby Archuleta, une femme charmante d'âge mûr qui possédait et dirigeait un dépôt d'épaves et une entreprise de plomberie tout près de la route nord-sud entre Milagro et Doña Luz dans la région du plateau de Strawberry.

Les six personnes s'éparpillèrent comme des cailles sous une volée de plombs. Et, à midi, nombre de citoyens travaillant dans les entreprises locales, très animés, parlaient de ce petit rigolo de Joe Mondragón qui avait détourné illégalement les eaux vers le minable champ de ses parents.

Et, grosso modo, les gens avaient trois types de réactions immédiates à cette nouvelle.

La première: « *Ai, Chihuahua!* » La seconde: « Qu'est-ce qui lui prend à ce salopard de vouloir nous attirer des ennuis! »

Et la troisième: « Je n'en pense ni bien, ni mal, attendons, on verra bien. »

A deux heures, ce même après-midi, se tint une réunion impromptue dans le magasin de Rael. Y étaient présents: le sheriff de Milagro; un agent immobilier asthmatique du nom de Bud Gleason; Eusebio Lavadie, l'arrière-arrière-arrière-arrière-petit-neveu de Carlos le millionnaire, seul fermier chicano riche; le gérant du magasin, Nick Rael; deux délégués et un majordome du canal de l'Acequia Madre del Sur; Meliton Mondragón, Filiberto Vigil et Vincent Torres, ainsi que le maire de la ville Sammy Cantú.

Le sheriff, Bernabé Montoya, âgé de quarante-trois ans, occupait cette fonction depuis neuf ans et demi. Il avait à chaque fois été élu avec trois voix d'avance, 27 contre 24, sur le candidat républicain, Pancho Armijo. Bernabé était un personnage étourdi, assez rarement méchant, souvent gaffeur et parfois très sensible, qui s'occupait surtout d'ivrognes, de vols de bétail, des cinq ou six accidents mortels et annuels de la région et d'environ six ou sept fusillades et bagarres au couteau. A contrecœur, il prêtait également main-forte à la police fédérale au printemps et en automne, lors de leurs descentes sur les communautés hippies du plateau de Strawberry, au cours desquelles on confisquait environ cinq cents plants de marijuana qui se retrouvaient mystérieusement plus tard dans les poches des collégiens de Chamisaville. Bernabé avait eu l'occasion d'arrêter Joe Mondragón des dizaines de fois et même de l'accompagner lui-même à deux reprises à la prison de Chamisaville. Autrefois, Joe et Bernabé étaient potes et le sheriff admirait toujours le punch de son ancien copain, bien que Joe fut une source d'ennuis permanents pour l'homme de loi, un enquiquineur, une bombe sur le point d'exploser au moment le plus inattendu.

Sans le moindre enthousiasme, Bernabé avait convoqué cette réunion, car il sentait que le champ de haricots de Joe faisait peser une sérieuse menace. Dès qu'il avait entendu parler d'irrigation, il avait compris qu'il ne servirait à rien d'aller démolir les vannes d'un coup de pied et de poser un pancarte lui ordonnant de renoncer immédiatement à cette activité illicite. Ce maudit champ de haricots, symbole aussi puissant qu'explosif, avait sans aucun doute déjà capté l'imagination de plus d'un fanatique grincheux, et Bernabé se demandait simplement pourquoi personne n'y avait pensé plus tôt.

— Je ne sais vraiment pas quoi faire, dit-il à l'assemblée. C'est pour ça que j'ai convoqué cette réunion.

— Bon, ce qu'il fait, c'est illégal, non? dit Eusebio Lavadie. Alors, arrête-le, fiche-le dans une cellule et jette la clé. Qui est responsable de ce fossé?

Vincent Torres, un vieil homme doux et effacé, leva la main.

— Va lui parler, souffla Lavadie. Dis-lui d'arrêter ses conneries, sinon, on va aller lui briser les doigts. Ou tuer ses chevaux. Je vois pas pourquoi en faire toute une histoire.

Filiberto Vigil, un représentant de l'Acequia Madre, intervint:

— Ne soyez pas si intransigeant, monsieur Lavadie.

L'autre représentant, Meliton Mondragón ajouta:

— Je ne vois pas grand mal là-dedans, de toute façon.

— Ça crée un précédent, répondit Lavadie. Ça peut faire boule de neige et donner une situation incontrôlable, comme le cochon de Pacheco. N'importe quel imbécile peut comprendre ça.

— C'est moi que vous traitez d'imbécile? demanda Meliton Mondragón.

— Non, pas vous personnellement, non, bien sûr que non. Mais il est évident que la question, ce n'est pas de le laisser continuer ou pas. La question, c'est de savoir comment on va s'y prendre pour l'empêcher de continuer.

Il y eut un silence. Personne n'avait rien à proposer.

Finalement, Bernabé Montoya dit:

— Si je lui demande d'être raisonnable, il m'enverra m'enfoncer un piment où vous savez. Si j'essaie de l'arrêter, il me balancera un coup de pied dans les couilles. Et de toute façon, je ne connais pas assez bien le règlement des eaux, je ne saurais même pas sur quel prétexte l'arrêter ou l'inculper, ni combien de temps je pourrais le garder. Je sais simplement que dès qu'il aura payé son amende ou qu'il sortira de cellule, il recommencera à irriguer son champ. Je trouve que c'est aux utilisateurs des eaux, aux responsables de l'adduction, de s'occuper de ça.

— Bon, eh bien, nous irons lui parler, dit Bud Gleason. Qu'en pensez-vous, les gars?

Les gars n'en pensaient pas grand-chose de bon. Les deux responsables et le maire haussèrent les épaules, gardant volontairement le silence.

— Nom d'un chien, explosa soudain Lavadie, qu'est-ce que c'est que cette bande d'énergumènes qui n'ont rien dans le ventre! Si vous avez trop la trouille, j'irai lui parler, moi, à ce petit salopard! C'est intolérable de voir ainsi bafouer la loi dans notre ville...

Cinq minutes plus tard, le camion à quatre roues motrices de Lavadie fonçait dans la cour de Joe Mondragón, dispersant quelques poules et quelques chiens miteux.

Une cigarette négligemment coincée entre les lèvres, Joe sortit de son atelier où il s'affairait bruyamment, avec un levier.

— Salut, cousin, dit Lavadie.

Joe répondit par un signe de tête, les yeux plissés sous la fumée de cigarette. Nancy ouvrit la porte et resta sur le palier, flanquée de deux gosses aux grands yeux.

— Je suis venu te parler du champ de haricots que tu irrigues de l'autre côté de la route.

— Ah, oui? Et pourquoi tu t'y intéresses?

— J'imagine que tout ce qui peut créer des ennuis inutiles dans cette ville, c'est mauvais pour nous tous, pas vrai?

Joe haussa les épaules, inhala, exhala sa fumée, et replaça son énorme cigarette dans sa bouche, à la Humphrey Bogart.

— Je reviens juste de la réunion qu'on a eu au magasin de Nick Rael. On a décidé que puisque c'était illégal d'irriguer les champs du côté ouest, on allait te demander d'arrêter tes conneries.

Joe trancha délicatement la tête d'un tournesol avec son levier.

— Alors? dit Lavadie.

— Alors quoi?

— Qu'est-ce que tu en penses?

— Qui t'a raconté que c'était moi qui irriguais? demanda Joe en haussant encore les épaules.

— C'est sûrement quelqu'un qui l'a appris par son petit doigt, commenta Lavadie, sarcastique.

— Hum, hum.

— Alors, quelle est ta réponse?

Joe cracha son mégot et, balançant son levier comme une batte de base-ball, attrapa l'extrémité d'une main experte, et l'envoya de l'autre côté de la cour, manquant son antagoniste de quelques centimètres seulement.

— C'est toi qui devrais arrêter tes conneries!

Lavadie rougit mais garda son calme.

— Alors, tu vas cesser d'irriguer ce champ, oui ou non?

Joe sourit, impassible.

— La question, c'est de savoir si oui ou non, vous allez quitter ma propriété, monsieur Lavadie.

Joe fit quelques pas, jouant avec son levier.

— Qu'est-ce que tu fais? Des menaces? dit Lavadie en reculant vers son camion.

— Je suis chez moi, expliqua Joe d'un ton neutre.

— Va te faire foutre!

Lavadie se glissa derrière le volant et mit le moteur en route.

— Je vais y aller moi-même, et il n'y aura plus une goutte d'eau qui coulera dans ce champ, tu peux me croire!

— Ne te gêne pas, mais il n'y aura pas un chat pour reprendre le travail chez toi demain. Et puis, tes granges et ton corral pourraient bien prendre feu, comme ça, par hasard.

Lavadie fulmina en silence pendant une bonne dizaine de secondes, avant de passer la marche arrière et de sortir de la cour.

— Alors? s'informa poliment Bernabé Mondragón quelques minutes plus tard.

Lavadie, marchant de long en large dans le salon du sheriff baissa la tête nerveusement.

— Qu'en penses-tu, Bernie? Tu crois qu'il arriverait à empêcher les gens de venir travailler chez moi? Il a assez de cran pour faire brûler mon foin?

— Sûrement. Peut-être. Sait-on jamais?

— Je vais me retrouver dans un sacré pétrin si ça se produit, dit Lavadie en fouillant son nez. C'est plus compliqué que je le croyais. Ce petit fumier ne respecte rien!

— Rien du tout.

Après une pause maladroite, Lavadie reprit la parole.

— Le mieux, c'est peut-être de faire marche arrière, Bernie. Pour le moment, je crois qu'il serait plus sage que je ne me mêle pas de cette histoire, *qué no*?

— Comme vous voulez, monsieur Lavadie.

— Je ne me rendais pas compte..., je ne pensais pas que...

Après le départ furtif de Lavadie, Bernabé alla dans son camion, brancha sa radio sur la musique mariachi de la station KKCV de Chamisaville et prit la grand-route, vers le sud. Comme tout le monde, il fit instinctivement un geste obscène (appelé petit oiseau!) devant la pancarte de la zone de loisirs de la vallée des Miracles de Ladd Devine. Une seconde plus tard, il haussa les épaules en voyant le faux garde-fou à vaches en grommelant intérieurement: « Ça m'étonnera toujours de voir que les vaches se laissent avoir par quelques bandes de peinture blanche! » Puis, fumant pensivement, il écouta la radio tout en laissant ses yeux dériver bêtement sur le paysage, pendant les vingt ou vingt-cinq kilomètres qui le séparaient de Doña Luz. Des gosses jouaient au cerf-volant dans un champ. Les pies s'agglutinaient sur les carcasses aplaties des chiens de prairie, le long des bas-côtés. Quelques kilomètres plus loin, le sheriff dut s'arrêter car une bande de vaches stupides baguenaudaient sur la route. Ensuite, il essaya de réfléchir au champ de haricots de Joe Mondragón, mais abandonna vite, car ça le rendait mal à l'aise rien que d'y penser; il ne savait vraiment pas quoi faire. En fait, c'était exactement le genre de situations qui pouvaient lui coûter son poste. S'il ne s'en tirait pas, ce qui était plus que probable, cet avantage de trois voix sur Pancho Armijo tous les deux ans pourrait bien s'évaporer au profit de son adversaire.

Il avait donc décidé de refiler le bébé à quelqu'un d'autre.

Deux hommes occupaient le commissariat principal de Doña Luz, un brave type aux cheveux coupés en brosse qui appartenait à la police fédérale, Bill Koontz, et un beau gosse responsable des transmissions radio, Emilio Cisneros.

Bernabé alluma une nouvelle cigarette et s'accouda au comptoir derrière lequel se tenaient les deux hommes, Koontz lisant des bandes dessinées, et Cisneros tapant des formulaires à la machine.

— Alors, quoi de neuf dans ta cambrousse? Qui a tué la vache de qui la nuit dernière? demanda Koontz paresseusement.

Bernabé esquissa un sourire fatigué. Il n'aimait pas les fédéraux, mais il en avait un peu peur. Ils avaient du matériel et toute une organisation pour les soutenir, alors que lui travaillait en solitaire, avec un misérable assistant débile. En cas d'affaires difficiles, il en référait toujours à la police fédérale: en fait, elle finissait par effectuer la plupart des arrestations. Les victimes d'accidents attendaient toujours que les véhicules des fédéraux les conduisent dans les hôpitaux du sud. Néanmoins, il répugnait à aller chercher aide et conseil auprès de flics comme Bill Koontz, car c'était son peuple à lui qui en pâtissait. Et, bien que les conséquences fussent généralement minimes, cela le rendait tout aussi mal à l'aise.

Il dit, très pensif:

— Je suis venu vous voir parce que j'ai un problème.

— Du nouveau alors? dit Koontz en souriant.

— Cette fois, c'est un peu bizarre.

— Je t'écoute.

— Ouais, il y a un type au village, vous le connaissez peut-être, Joe Mondragón...

— Un peu qu'on le connaît, cet enfoiré! Qu'est-ce qu'il a encore fabriqué?

— Il irrigue le champ de son père du côté ouest de la route.

— Et alors?

— De ce côté-là, les terres qui avaient des droits d'irrigation n'en ont plus maintenant. Je ne sais pas exactement comment ça c'est fait, c'est assez compliqué, mais je sais que ça a quelque chose à voir avec l'accord de 1935.

— Il me semble que c'est plutôt au responsable de l'adduction, celui que vous appelez le majordome chez vous, de s'occuper de ça, dit Koontz. Je vois pas ce qu'on peut y faire, nous.

— Vous n'avez pas l'air de comprendre, dit Bernabé en se grattant derrière l'oreille. C'est pas seulement parce qu'il irrigue un petit champ de haricots. A Milagro, il y a pas mal de gens qui sont pas très heureux de la façon dont les choses changent par chez nous, ou ici à Chamisaville ou même au nord. A Milagro... vous êtes déjà allé le long du contrefort Milagro-García, sûrement? Vous avez vu toutes ces maisons où les gens vivaient autrefois, les vieilles fermes et tous ces champs?

— C'est une ville fantôme, mon vieux. Il y a plus que ce vieux cinglé, comment il s'appelle déjà, tu sais, celui avec son étoile et son costume, il y a plus que lui pour habiter ces ruines...

— Amarante Córdova.

— C'est ça. Il ne reste plus que lui.

Bernabé tourna le dos au comptoir, se dirigea vers la porte et regarda la route, les mains croisées dans le dos. Il songea un instant qu'il devrait se charger de ce travail lui-même, parce qu'il comprenait plus ou moins la situation et éprouvait une certaine sympathie vis-à-vis de ces événements. Mais d'un autre côté, supposons qu'il s'en charge lui-même et que tout aille à vau-l'eau? Hein? Au moins, s'il se dégageait de ses responsabilités, il était sorti de l'auberge.

Il refit face à Koontz et à Emilio Cisneros.

— Le problème, c'est que ce champ de haricots, c'est un symbole, de la façon que je le vois. Les gens sont furieux d'avoir perdu leurs droits sur l'eau. Ce genre de truc, aussi insignifiant que cela puisse paraître, ça peut faire du grabuge.

— Qu'est-ce que tu veux qu'on y fasse? demanda Koontz.

— Franchement, je n'en sais rien. Je ne sais vraiment pas quoi faire. C'est pas comme si on pouvait l'arrêter ou détruire son champ. Ce truc, ça touche les gens de trop près...

Koontz fronça les sourcils.

— Je ne suis pas sûr de bien comprendre, Bernie.

— Pourquoi tu n'en parlerais pas avec quelqu'un d'autre? Essaie d'en discuter avec Bruno Martínez quand il viendra. Ou mieux, prends contact avec Trucho dans la capitale, c'est son domaine, non? Dis-lui de m'appeler.

— Et pourquoi? Pour une grande gueule qui vide quelques arrosoirs dans un champ pourri?

— Bon, laisse tomber alors. Je m'en occuperai moi-même, grommela Bernabé avant de retourner à son camion.

— A ta place, j'appellerais Trucho, dit Emilio Cisneros.

— Pourquoi?

— Parce que je pense que ça l'intéresserait de savoir. Je crois que tu ne comprends pas bien ce que Joe Mondragón est en train de faire.

— Pour de vrai? Tu crois que je devrais appeler Trucho? demanda Koontz, peu sûr de lui.

— Bien sûr. Le moins qu'il puisse faire, c'est d'en parler à l'ingénieur. Si tu laisses Bernie Montoya s'occuper de ça tout seul, il va faire n'importe quelle ânerie. Il est tellement con qu'il avait mis ses bottes aux mauvais pieds, t'as pas vu?

— Bon, d'accord. Peut-être que j'appellerais Trucho alors...

— Répète-moi tout ça, lentement, dit Xavier Trucho, responsable de tout le secteur nord, et troisième dans la hiérarchie des flics fédéraux. Je veux que tu te souviennes de tout ce que ce petit minable de cow-boy à la manque t'a raconté.

— Oh, pas grand-chose, répondit Koontz, soudain très anxieux à propos de ce champ de haricots. Il y a juste ce type, Joe Mondragón, qui amène de l'eau dans un champ abandonné du côté ouest, dans la ville fantôme où normalement il a pas le droit d'irriguer.

— Je crois que ce que je vais faire, dit Trucho, c'est parler avec l'ingénieur fédéral. Il me semble que c'est son bureau qui devrait s'en charger. Je te recontacterai...

Et quand il rappela Koontz, il annonça:

— Ecoute, Bill, ce truc, ça peut devenir un peu délicat, mais pour le moment, on reste en dehors de tout, du moins, on essaie. Alors, pourquoi tu n'irais pas à Milagro dire à ce crétin de Montoya d'éviter de se salir les bottes en allant du côté ouest? D'accord? Tu peux aussi t'arrêter chez les Devine et leur dire qu'on est au courant du problème. Bill?

— Ouais?

— Le mot-clé dans tout ça, c'est le tact, d'accord? Pour le moment, faut y aller mollo. Laisse Joe Mondragón tranquille, et que les uniformes soient aussi discrets que possible par là-bas. Sois gentil avec Bernabé Montoya. Si les gens commencent à croire qu'il se mijote quelque chose, d'après Bookman, cela ne fera qu'aggraver la situation, et on se retrouvera enterrés jusqu'au cou dans les nids de guêpes mexicains. Compris?

— Compris, dit Bill Koontz, intrigué par le respect qu'imposait Joe Mondragón et son minable champ de haricots. Pourquoi ce petit merdeux cherche à nous attirer des ennuis? demanda-t-il en se tournant vers Emilio Cisneros.

— Je sais pas, dit le transmetteur radio, esquissant un étrange sourire. Attendons, on verra bien.

Le ranch de la Truite Sauteuse était un palace de torchis de trente-huit pièces, lové dans des bosquets de cotonniers, d'oliviers russes, de saules pleureurs, de cèdres et de peupliers, sur les rives de l'Indian Creek, et entouré de prairies luxuriantes, de vergers d'abricotiers, de poiriers, de pommiers et de pruniers qui s'étendaient sur des kilomètres vers le canyon de Milagro. Ladd Devine III n'était pas aussi plantureux.

Atteignant à peine un mètre soixante-dix dans ses bottes de cow-boy, faisant monter la balance jusqu'à soixante-cinq kilos, il avait un visage régulier, un tantinet bon garçon, et une manière de parler neutre, régulière de bon garçon. C'était le genre de type à travailler dur, à aimer les risques, qui évitait par-dessus tout les feux de la rampe. Il conduisait un camion à plateau et gardait un œil aussi perçant qu'autoritaire sur ce qui se tramait dans son ranch. Il passait souvent aussi douze heures par jour à son bureau du troisième étage, constamment pendu au téléphone, pour contacter différentes parties de la ville, du comté, de l'Etat et de la nation. A tout moment, cette demi-portion sans éclat savait où en étaient ses affaires.

L'empire Ladd Devine avait été établi par le grand-père, un Casanova tapageur, toujours sur les quatre chemins, qui buvait son bourbon à la bouteille et jurait comme un charretier. Mais une fois le conglomérat de la société établi, Ladd Devine III avait été parfait pour donner un tour plus paisible à l'opération, la faire progresser sans heurt et, incidemment, la transformer en une entreprise toute puissante.

Cela ne voulait pas dire que Ladd Devine III n'avait pas hérité de quelques-uns des aspects loufoques de son grand-père. L'un était l'avion, garé à l'aéroport de Chamisaville, qu'il pilotait lui-même, et l'autre, son épouse, Flossie, une femme d'un mètre quatre-vingt, un « amour » de femme, qui venait d'une famille du pétrole d'Odessa, Texas, portait des robes Neiman-Marcus moulantes, à manches bouffantes, des lamés dorés, des pantalons de cow-boy et qui coiffait ses cheveux blonds décolorés en une choucroute à trois étages. Son corps ne démentait en rien cette apparence voyante, et, avec la tonne de maquillage qu'elle se tartinait tous les jours, Flossie Devine semblait tout droit sortie d'un quelconque Lido ou autre cabaret de Las Vegas, Nevada. Mais en fait, Flossie était une âme douce et paisible. Son temps, elle le tuait en montant des pur-sang rondouillards, en jouant au bridge, au solitaire et au Scrabble et en buvant trop de champagne, de bière, ou de tout ce qui se trouvait à portée de main. Pourtant, elle avait le vin tranquille et allait généralement se coucher juste après dîner et n'avait jamais fait de cornes à son mari.

Le jour où Joe Mondragón commença à irriguer son champ, après une salade d'avocat, le secrétaire personnel de Ladd Devine, Emerson Lapp, amidonné et méticuleux, déboula dans le salon des Devine, telle une écrevisse agitée.

— Des mauvaises nouvelles en ville, dit-il. Il se passe un truc bizarre. Pour moi, ça annonce des ennuis, monsieur Devine.

— Calme-toi, Em, le pressa doucement Devine. Tu veux un peu d'Irish coffee ? Flossie et moi, on vient juste d'en boire un, pas vrai, Flossie ?

— Je crois qu'on ferait mieux d'éclaircir ça avant, dit Lapp en soufflant. Vous connaissez ce type qui vit en bas, Joe Mondragón ? Il a travaillé chez nous pour un moment, l'été, il y a quatre ou cinq ans. Il faisait partie de l'équipe de la fosse septique, et il nous manquait toujours du matériel. Une ou deux plaques d'aluminium, des outils, des planches dont on se servait pour agrandir l'étable. Après quelques semaines, vous avez pu identifier le coupable et vous avez viré Joe.

— Ah, oui, je me souviens, un sacré mariolle !

— Eh bien, il irrigue le champ de son père, sur le côté ouest.

— C'est comment le prénom de son père ? Il y avait pas mal de Mondragón par là.

— Je m'en souviens pas, mais le champ ne vous appartient pas, monsieur Devine. C'est le Mondragón qui ne voulait pas vendre. Le vieux, le père de Joe, il faisait tout un foin et disait aux gens de ne pas vendre. Et son fils, c'est un enquiquineur de première.

— Alors, Em, tu dis que ce Joe Mondragón irrigue illégalement le champ de son père, ou le sien, selon le cas, là-bas, du côté ouest.

— Exactement, et ça ne me dit rien qui vaille. Ça pourrait faire du grabuge. En ville, les gens sont un peu nerveux avec ce projet de barrage — vous savez, l'histoire du plan d'aménagement — et si vous voulez mon avis, je suis sûr que vous voudrez bien excuser mon franc-parler, Flossie, il va nous foutre dans un sacré bordel si on ne règle pas cette affaire rapidement et énergiquement.

Devine fit la moue et réfléchit un instant. Ensuite, il décrocha le téléphone et appela le sheriff.

— Allô, Bernie? Ladd Devine. Ecoute, il y a mon ami et secrétaire, M. Lapp, qui vient de me raconter une histoire à propos de ce personnage, comment s'appelle-t-il déjà? Ah oui, Joe Mondragón, il paraît qu'il détourne les eaux d'irrigation vers un de ses champs, du côté ouest.

— C'est la vérité, répondit Bernabé avant de couvrir l'émetteur pour murmurer à sa femme:

— Carolina, va me chercher deux aspirines, tu veux bien? Ça s'aggrave.

— Bon, dis-moi, Bernie, tu crois qu'un truc comme ça, apparemment dû au hasard, pourrait avoir des conséquences sérieuses?

— Peut-être. Je sais pas. Mais j'y ai pensé, ça, je peux vous l'assurer.

— Tu es allé parler à Joe?

— Euh... Ben voilà, Joe m'aurait envoyer me faire cuire un œuf avant que j'ai eu le temps d'ouvrir la bouche.

— Tu aurais pu l'arrêter, non?

— J'ai pensé qu'avant de savoir exactement comment réagissaient les gens ici et avant de savoir s'il n'y avait personne d'autre impliqué là-dedans, ce serait peut-être un peu embêtant d'emmener qui que ce soit au frigo de Chamisaville. Vous savez, monsieur Devine, il y a des excités en ville qui sont un peu nerveux à propos de votre barrage...

— Ce n'est pas mon barrage, Bernie. Toute l'opération sera contrôlée et effectué par les gens.

— Bien sûr, bien sûr. Mais vous êtes sans doute conscient de certaines des réactions par ici.

Le sheriff devait avoir des tendances masochistes ; il mâchouilla l'aspirine en faisant une horrible grimace qui terrifia son épouse.

— Je vois.

Devine réfléchit un instant avant de poursuivre:

— Je suppose que c'est toi qui as raison, Bernie, du moins pour le moment.

— En principe, pour l'instant, il n'y a pas grand-chose à faire, de la façon que je vois les choses. Mieux vaut pas se faire remarquer et voir comment ça va tourner, c'est ma devise.

— Bien, tiens-moi au courant, Bernie, au revoir.

— Ce type... (Emerson Lapp leva les yeux au plafond.), ça marche, ça cause, ça porte un vrai revolver, alors ça se prend pour un sheriff! grogna Em d'un ton sarcastique. Et tout ce qu'il a à dire c'est « mieux vaut pas se faire remarquer pour le moment et voir comment ça va tourner! » Tu parles!

— Ne sois pas méchant, Em.

Et, pendant qu'il composait un autre numéro, Devine dit à son secrétaire:

— Essaie de voir si tu peux trouver Horsethief Shorty et Jerry G. D'accord? Je crois que Jerry est dans le corral des poneys. Shorty est peut-être aux baraques, c'est son jour de sortie. Dis-leur de venir pour bavarder un peu. Et Jim Quintana aussi. Il est par là? Allô, Harlan...?

Emerson Lapp commença à dire:

— Jim Quintana est parti à la fête des Kildare de Lubbock... mais il s'interrompit sur bref signe de son patron qui parlait avec Harlan Betchel, directeur du café Pilar et de la Pêche Magique, juste derrière.

Morose, le secrétaire hocha la tête pendant si longtemps que Flossie en quitta la pièce.

— Ecoute-moi, Harlan, il se passe quelque chose dont on devrait parler. Tu crois que tu pourrais venir, disons dans une dizaine de minutes, pour une petite réunion au ranch? Tu peux laisser Betty s'occuper de tout. Ça ne devrait pas durer longtemps.

— Oh, bien sûr, je pourrais, monsieur Devine, mais c'est la patronne qu'a la voiture, elle est partie faire les courses de la semaine au supermarché.

— Tu n'as qu'à aller voir les gardes-forestiers et de faire conduire par Carl ou... Comment s'appelle le nouveau?

— Vous parlez sans doute de Floyd Cowlie, monsieur?

— Oui, c'est ça. Floyd Cowlie. Dis-moi, leur camion est devant la porte? Tu le vois?

— Ouais, juste devant, monsieur Devine. En fait, il y a pas

dix minutes qu'ils l'ont ramené du garage de Jake Enco à Doña Luz. Y avait une fuite d'huile et ils ont prit la route de l'Ours Chauve...

— Bon, Harlan, tu peux venir avec eux alors. Je vais les appeler tout de suite. Pourquoi tu n'irais pas les rejoindre maintenant?

— Bon, j'y cours.

Devine composa le numéro du service des forêts. Carl Abeyta répondit.

— Carl? Ladd Devine. Oui, merci. Ecoute, j'aimerais que toi et Floyd vous veniez ici pour une petite réunion au sujet du champ de haricots de Joe Mondragón, du côté ouest. Harlan Betchel va venir avec vous deux. Greta a pris la voiture pour aller à Chamisaville. Je vous attends...

— Comme vous voulez, monsieur. On arrive tout de suite.

Ensuite, tandis que sa femme suçait pensivement un citron amer, Devine appela le directeur du Motel Enchanté, Peter Hirsshorn, qui promit de venir sur-le-champ. Aussitôt après, il donna un appel interurbain à son avocat et partenaire dans les affaires louches, Jim, le frère de Peter. Brièvement, dans la mesure où il la comprenait, il lui expliqua la situation et lui demanda de lui faire part de ses réactions instinctives.

— Je sais pas, Ladd. Ce n'est pas très inquiétant, je crois, si c'est ça qui te préoccupe. On a vécu là tous les deux pendant toute notre vie, tu sais. On connaît bien ces gens. Tu peux sans doute renifler la situation aussi bien, sinon mieux, que n'importe qui d'autre. Ma première réaction, ce serait de garder un œil sur ce Joe Mondragón, mais pour le moment, pas de panique, faut garder son calme. Je suppose que tout ce qu'il cherche, c'est qu'on légitime plus ou moins son affaire en lui accordant de l'attention, qu'on ait des réactions de nervosité, d'affolement ou d'autorité. Alors, autant ne pas jouer son jeu, Ladd, j'ai comme l'impression que tout ça s'étouffera dans l'œuf de lui-même.

— Merci, Jim. Faut que je te laisse maintenant, il y a Shorty et Jerry G. qui s'amènent.

Jerry Grindstaff, un contremaître de la Truite Sauteuse, était un homme de la cinquantaine, grand, au visage marqué par les intempéries de l'Oklahoma, qui rappelait un cow-boy de rodéo du bon vieux temps. Horsethief Shorty Wilson[1], l'autre contremaître de la Truite Sauteuse, était au contraire un petit bonhomme aux

1.Horsethief: voleur de chevaux; Shorty: petit (N.D.T.).

jambes arquées et aux cheveux grisonnants de Plainfield, New Jersey. Il était venu dans l'Ouest quarante ans plus tôt pour faire du rodéo et avait fait les tournées comme clown pendant trois ans, avant de signer un contrat avec Ladd Devine senior lors d'une noire nuit d'ivresse et, depuis, il était resté avec les Devine. Alors que Jerry G. était un homme de bon sens, taciturne, aux allures de zombie, Horsethief Shorty était un alcoolique, une grande gueule qui avait tendance à ne jamais commettre deux fois la même erreur. Des trois hommes de la pièce, seul Horsethief Shorty parlait espagnol.

— Ne me dit rien, Ladd, laisse-moi deviner, dit Shorty joyeusement. Cette demi-portion de Joe Mondragón s'est mis à arroser un de ses champs du côté ouest, et tu nous as fais appeler parce que tu as comme la mauvaise impression que ce type qui irrigue son champ, et en ce moment, ça signifie des Emmerdes, avec un E majuscule. Je me trompe ?

— Non. T'as raison Shorty, répondit Devine, bien que cette réponse parut peu amicale dans sa bouche.

Il ne l'était jamais avec Shorty. Il avait grandi avec lui, mûri avec lui, mais il ne l'avait jamais vraiment aimé et ne lui faisait pas totalement confiance. Ce n'était pas tant son arrogance qui le dérangeait que son étrange familiarité avec tout ce qui concernait l'empire Devine. Bien que Shorty partageât généralement ses repas avec le personnel (alors que Jerry G. dînait souvent avec Devine, Flossie, Emerson Lapp et les autres dignitaires du domaine Devine), il avait l'habitude de débouler dans le salon du patron après déjeuner et d'y passer quinze ou vingt minutes à lire le *Wall Street Journal*. Au fil des ans, il avait investi dans les actions et les obligations, et Devine le soupçonnait d'avoir amassé un bon petit paquet. Devine pensait aussi que s'il n'avait pas manifesté lui-même un tel intérêt pour les entreprises Devine, le vieux Ladd senior aurait remis toute l'opération entre les mains de Shorty, sans la moindre hésitation. Sans doute parce que son grand-père et Shorty se ressemblaient comme deux gouttes d'eau, Devine était en quelque sorte impressionné par Shorty. Et il éprouvait le sentiment, qui lui avait tenu compagnie pendant toute sa vie d'adulte, que si, pour une raison ou pour une autre, Shorty était éliminé de l'empire Devine, celui-ci s'écroulerait immédiatement.

Il tolérait donc Horsethief Shorty et, tout en regardant d'un mauvais œil sa tenue de cow-boy un peu fruste, ses propos bruyants et souvent vulgaires, Devine convoquait néanmoins

Shorty à toutes les réunions d'état-major. Dans une large mesure, il comptait sur son espagnol et son attitude envers les habitants de la région pour garder un pouce sur le pouls de la vallée des Miracles.

Le camion du service des forêts s'arrêta sur l'allée de graviers blancs et Flossie s'excusa pour aller saluer les nouveaux arrivants et les introduire au salon. Les hommes échangèrent des bonjours, et Devine fit un bref résumé de la situation, demandant à chacun ce qu'il avait entendu grâce au bouche à oreille, ce qu'il pensait des conséquences de l'attitude de Joe Mondragón, et ce que lui, Ladd Devine, devrait faire à ce sujet.

— C'est illégal, dit Floyd Cowlie. Pourquoi Bernie ne l'arrête pas ? La seule chose que Bernie ait jamais arrêtée pour le moment, c'est sa croissance !

— Eh bien, les gens sont un peu nerveux en ce moment, dit Devine, refusant d'entrer dans leurs plaisanteries. Le barrage, la zone de loisirs, ça met les fermiers sur les dents. Si on arrête Joe Mondragón pour un acte symbolique, cela pourrait faire du grabuge.

Carl Abeyta se mit à rire.

— De qui vous vous moquez, monsieur Devine ? Les gens en ville, c'est mon peuple, *qué no ?* Je les connais bien. Ils vont pas monter sur leurs grands chevaux parce que Joe Mondragón se fait arrêter. Tu parles, je ne vois personne qui ne vous applaudirait pas trois fois pour rabaisser le caquet à ce petit mariole. La situation n'est pas aussi tendue que vous l'imaginez, monsieur Devine. C'est mon peuple, *qué no* ?

— Je m'excuse, mais qu'est-ce que tu peux apprendre de ton soi-disant peuple ? Tu travailles pour le service des forêts, ne l'oublie pas.

Horsethief Shorty ricana, une lueur mauvaise dans ses yeux noirs.

— Bon sang, en allant se coucher le soir, la moitié des fermiers rêvent de te voir pendu par les couilles parce que tu n'es qu'un des nervis mexicains de l'oncle Sam. T'as déjà oublié ce qui s'est passé au temps de Buddy Galbadon, pendant la révolte de l'Ours Smokey ? Ça m'étonne de voir que ton camion n'explose pas tous les matins quand tu mets le pied sur le champignon. Ton peuple, il n'irait pas te faire ses confidences, pas à quelqu'un qui porte ton uniforme, Carl, même pas si tu étais César Chávez,

Cantinflas et Lee Trevino[1] réunis en une seule et même personne.

— Heu? Harlan? demanda Devine, mal à l'aise, pour faire avancer les choses.

— Monsieur Devine, les gens du coin vous aiment bien. En fait, je ne serais pas surpris si vous découvriez un jour qu'ils vous aiment vraiment. C'est vous qui avez fait que cet endroit existe sur la carte, pas vrai? Et maintenant, avec le projet de la vallée des Miracles, ils vous devront tout ce qu'ils ont...

— Il y a rien de nouveau là-dedans, interrompit Shorty en lançant un sourire insolent à son patron.

— Non, je suis sûr que quoi que vous fassiez, ils vous soutiendront, insista Harlan. Moi, je vous soutiendrai. Et Nick Rael aussi, je sais que c'est comme ça qu'il sent les choses...

— Ça n'a rien d'étonnant, dit Shorty, vu le nombre de billets que Ladd a dans son affaire, sans parler de l'hypothèque sur sa baraque! Merde, les gars.

Shorty mordit l'extrémité d'un cigare qu'il fourra entre ses lèvres, frotta une allumette sur sa fermeture Eclair et l'alluma.

— J'ai rien contre Nick, comprenez-moi bien, mais il a des dettes envers Devine et pas qu'un peu. Depuis si longtemps que la seule chose à laquelle il pense, c'est comment lécher les culs pour tenir jusqu'à Noël et obtenir ensuite un crédit jusqu'à la Saint-Valentin ! Je ne ferai pas plus confiance à son opinion que je te ferai confiance à toi, Harlan, pour me préparer une tarte aux cerises pour mon petit déjeuner faites avec des fruits frais, et pas des conserves!

Flossie se mit à glousser. Elle aimait bien Horsethief Shorty. En fait, elle avait toujours eu envie de faire l'amour avec lui. Une fois, il y avait bien longtemps, alors que son mari et le personnel étaient absents plus ou moins pour la journée, ils s'étaient saoulés ensemble au bourbon, sous un saule pleureur, assis dans un gigantesque fauteuil de bois sculpté par un menuisier alcoolique du coin du nom de Snuffy Ledoux qui avait quitté la ville des années auparavant — pendant la révolte de l'Ours Smokey, pour être précis — afin de faire fortune dans la capitale. Une fois bien allumés, riant et gloussant sur des sujets intimes, Flossie avait demandé:

1. César Chávez: chef syndicaliste des ouvriers agricoles mexicains, né en 1927; Cantinflas: acteur de cinéma comique mexicain; Lee Trevino: célèbre joueur de golf d'origine mexicaine né en 1939.

— Shorty, si je me déshabille, tu voudras bien me faire des câlins ?

Et, les yeux lui sautant littéralement de la figure, Shorty s'était exclamé :

— Hé! je suis pas assez saoul pour ça!

Flossie avait éclaté en sanglots et Shorty lui avait caressé la tête tendrement en roucoulant :

— Ecoute, ma chérie, je ne suis pas ce que tu crois, et crois-moi, je n'ai rien contre toi. Mais pendant toute ma vie, j'ai eu la sale manie de fourrer mon engin dans tout ce qui voulait bien écarter les jambes ou ouvrir la bouche, et pour le moment, je dois avouer que j'ai ma dose.

Elle ne sut jamais si c'était la vérité ou non, mais il continua, lui défit ses épingles à cheveux, laissant tomber les boucles blondes sur les épaules, et il s'assit dans l'herbe en face d'elle tout en parlant de baise et de bien d'autres choses, tristes ou gaies. Shorty lui raconta les histoires horriblement cochonnes des bordels de Juarez, Agua Prieta et Nogales ; il lui fit un topo détaillé sur quelques-unes des femmes qu'il avait aimées. Elle n'avait rien dans son expérience qui puisse se rapprocher de la sienne, mais elle lui raconta avoir flirté sur le siège arrière d'énormes décapotables avec des garçons aux cheveux en brosse portant smoking qui lui suçaient les seins comme des nouveaux-nés. Cet après-midi-là, ils furent très proches l'un de l'autre, comme frère et sœur et, à un moment, Shorty ouvrit sa braguette et la laissa regarder amoureusement ses bijoux de famille pendant une minute. Ensuite, elle déboutonna son chemisier et sortit un sein pour qu'il puisse l'admirer. Il se pencha et embrassa le mamelon, ce qui lui arracha de nouvelles larmes, mais il ne se passa rien d'autre. Depuis cette époque, ils étaient restés très intimes, et parfois Flossie parlait de ses problèmes à Shorty ou lui décrivait simplement les pensées nébuleuses qui voguaient dans son esprit comme de paresseux poissons tropicaux. Elle n'avait jamais l'impression que Shorty se moquait d'elle, pas même sous cape. Ils avaient beaucoup de choses en commun, tous deux êtres tristes et solitaires, mais bien dans leur peau malgré tout, et ils se sentaient bien ensemble. D'une certaine façon, Dieu sait comment, ils s'étaient conduits de manière irréprochable pendant longtemps et aucun ragot et aucune rumeur ne les liait d'une manière compromettante.

— Jerry G., dit Devine, Qu'en penses-tu?

Jerry fronça les sourcils, se tordit les lèvres, et garda le silence pendant un long moment. Finalement, il finit par débloquer cette pensée :

— Je crois que cet incident fait partie d'un problème plus vaste qui pourrait devenir grave.

— Ah, tu crois ?

Guère du genre à enjoliver ses opinions, Jerry hocha la tête.

— Et toi, à ma place, qu'est-ce que tu ferais ?

De nouveau, il fronça les sourcils, enfoncé dans des pensées profondes et méthodiques. A la fin de ce temps de concentration, il dit d'une voix traînante :

— Ça ne m'amuse pas du tout d'avoir à dire attendons, on verra bien comment ça évolue avant de prendre une décision, mais j'ai peur que ce soit la seule réponse que j'envisage pour le moment.

Ladd Devine se réinstalla sur son siège.

— Est-ce que quelqu'un ici a une idée sur le pourquoi des choses ?

— Est-ce qu'on sait jamais ce que ce minus a dans le ciboulot ? dit Carl Abeyta.

— Quelqu'un d'autre ? demanda Devine.

— Je suis curieux de savoir ce qui va arriver, suggéra Shorty. Je crois pas qu'il sache pourquoi il a fait ça lui-même. Ce qui est sûr, c'est que personne ne l'a forcé. Mais si j'étais à ta place, Ladd, je laisserai personne, et surtout pas quelqu'un de la vallée en qui on n'a pas confiance à cent pour cent, jeter un œil sur le plan d'aménagement, et s'apercevoir que toute la nouvelle eau disponible avec le barrage va filer sur les champs que vous avez achetés avec Bookman pour en faire un terrain de golf en profitant de la loi de 1935 qui a tué tous les petits fermiers.

Devine souffla soigneusement sa fumée de cigarette par le nez, puis il se pencha brusquement en avant et dit :

— Bon, les gars, ce sera tout pour le moment. Désolé de vous mettre à la porte si vite, mais je crois que la réunion est terminée. Pour le moment, tout ce qu'il y a à faire, c'est attendre de voir comment les choses vont évoluer...

Le dernier des hommes venait à peine de sortir quand le téléphone sonna.

Peter Hirsshorn, le directeur du Motel Enchanté, explosa :

— Hé, Ladd, écoute, je suis désolé, mais on a eu un accident, ici. Le couple dans la bagnole... euh, le type, il est de la région d'Austin, un cinglé de la pêche. Il devaient aller à la Pêche Magique de cet escroc de Betchel sur la grand-route, pour attraper quelques truites et le type... Carson, Phil Carson, il s'appelle... euh... il travaille dans l'électronique spatiale ou quelque chose comme ça... euh, il était derrière, de l'autre côté de la mare à essayer sa nouvelle ligne ou à s'entraîner ou je ne sais quoi avec une de ces grosses sauterelles, tu sais ? Celles dont se sert Fred Quintana et que Harlan vend au café, il en avait une comme ça, une numéro six au moins, je sais que c'est dingue... pour le Rio Grande, à la rigueur mais pas pour la mare au canard de Harlan... mais il en avait une quand même, il essayait à sec sur la pelouse, comme je t'ai dit et il se l'est flanqué dans l'oreille. L'hameçon a tout déchiré. Alors, au lieu de venir chez toi, il a fallu que je l'emmène à la clinique de Doña Luz. C'est de là que je t'appelle, je suis vraiment désolé...

— Ne t'inquiète pas, dit Devine. Pas d'affolement. Nous maîtrisons la situation.

Cinq hommes étaient installés autour de la grande table ovale dans la salle de conférence du gouverneur dans la capitale de l'Etat. Le gouverneur en personne était présent. Grand, solidement bâti, aux petits yeux nerveux qui ne regardaient jamais personne en face, avec un accent nasillard de cow-boy, c'était un fermier qui avait bien réussi et qui avait converti un certain nombre d'excroissances terriennes en actions pétrolifères et entretenait des liens serrés — bien que fort discrets — avec plusieurs gros promoteurs qui s'installaient dans l'Etat. Il parlait lentement, marchait lentement, et tout ce qu'il disait en public ou presque tenait de la banalité ou du lieu commun, ou tout simplement de la pure bêtise. Bien que ridiculisé par la presse et impitoyablement calomnié par ses ennemis, il était sorti premier après des élections passablement truquées et maîtrisait la machine politique mieux que quiconque ne l'avait jamais maîtrisée dans l'Etat. De plus, il valait largement ses quatre millions de dollars.

Avec lui, se trouvaient également l'ingénieur d'Etat, Nelson Bookman, un avocat de son bureau du nom de Rudy Noyes, un petit homme au teint basané qui travaillait pour le gouverneur — son garde du corps en fait —, Myron Cloon et un agent de la police fédérale en mission secrète. L'agent, Kyril Montana, grand, le visage ensoleillé, était l'Anglo typique, les cheveux couleur de paille, des grands yeux bleus, un nez purement américain, des lèvres droites et minces et un physique athlétique. Il avait un joli sourire, une jolie femme qui s'était présentée à un concours de beauté à l'échelon fédéral quatorze ans plus tôt, et deux enfants très mignons. Kyril portait une chemise rose impeccable, une cravate ficelle, un pantalon beige resserré au mollet, des bottes de cow-boy, et avait un paquet de cigarettes à bout filtre dans sa poche de chemise, juste sur son cœur. Bien qu'il eût en gros l'apparence d'un jeune cow-boy plutôt sympathique, il travaillait dans la police depuis quinze ans et était d'une grande sensibilité pour tout ce qui touchait à son travail ou à l'attitude des gens vis-à-vis de la police. Il n'avait rien d'un baroudeur pourtant; il n'était jamais prompt à procéder à une arrestation, dégainer son fusil ou coffrer les gens sur des principes. Il avait effectué quelques missions avec la brigade des stupéfiants à l'université d'Etat, se mêlant aux étudiants, dressant des listes exhaustives des usagers et de leurs relations, mais il n'avait jamais effectué de descente massive sur les consommateurs de LSD ou de marijuana. Même lorsqu'il y eut des pressions politiques pour organiser un coup qui aurait fait la une des journaux et écrasé les hippies pour un moment, Kyril Montana avait mis la pédale douce et avait continué à évoluer dans les cercles de camés, en espérant coincer les dealers de drogues dures et leurs fournisseurs et il réussissait généralement à ne pas avoir ses supérieurs constamment sur le dos jusqu'à ce qu'il pêche un gros poisson et parvienne enfin à remonter la hiérarchie de la blanche jusqu'à la source. Ensuite, aussi discrètement que possible, il montait une embuscade et, le plus souvent, tout se passait si proprement et si calmement que, la plupart du temps, personne ne se rendait compte de ce qui était arrivé et que l'agent n'en récoltait que peu de gloire. Parfois, ses supérieurs lui avaient retiré certaines affaires, trouvant qu'il prenait trop de précautions inutiles. L'agent ne faisait jamais le moindre commentaire devant ses revers périodiques, et, à sa manière, il avait survécu. C'était un bon policier, un peu cynique, mais pas malheureux. Il aimait ses enfants, restait fidèle à sa femme. Avec elle, il parlait rarement boulot. Ils jouaient au golf en couple, sortaient au cinéma et parfois au théâtre, allaient assister à des matches de base-ball et au match de foot de l'université. Leur vie sexuelle n'était guère inventive, mais cela allait bien, c'était toujours satisfaisant. Ils formaient un bon petit couple avec de bons petits enfants, une maison de banlieue avec une fontaine au milieu de la pelouse sans un brin d'herbe qui dépassait, et une petite piscine à l'arrière. L'agent lui-même était un bon petit policier qui, incroyablement, parvenait à éviter les coups fourrés trop déprimants du métier.

L'ingénieur d'Etat, Nelson Bookman et son assistant particulier, Rudy Noyes, connaissaient plus de choses sur les lois régissant l'adduction que tous les citoyens de l'Etat réunis. Depuis dix-sept ans, Bookman était responsable du génie civil, ce qui signifiait qu'il avait plus de responsabilités que n'importe qui ou n'importe quel lobby en ce qui concernait l'usage des eaux dont l'Etat avait obtenu les droits au cours des accords inter-Etats, les projets d'aménagement du territoire, etc.. Rudy Noyes, toujours jeune à trente-six ans, faisait partie du bureau, et avait été en fait la tête de turc, l'apprenti et le porte-parole personnel de Bookman pendant onze de ces dix-sept ans. Au cours de cette période, ils avaient enduré les orages politiques qui avaient balayé l'Etat. Ils avaient transpiré, comploté, intrigué, supplié, déjoué les lois, et finalement, s'étaient frayé un chemin vers ce qu'ils pensaient être la juste part de leur Etat des eaux du bassin du Colorado. Ils avaient passé des accords avec le Texas et la Californie, l'Arizona, le Colorado et l'Utah; ils avaient formé des lobbies à Washington pour faire construire barrages et canaux; ils avaient entrepris des procès en adjudication pour déterminer la quantité d'eau dont les gens disposaient, ou ne disposaient pas dans toutes les régions; ils avaient littéralement décidé comment les rivières devaient couler et qui devait bénéficier de leurs flots. Ce faisant, ils avaient constamment joué la carte des grands exploitants agricoles du Sud contre celle des petits fermiers du Nord, et d'une certaine manière, ils s'en étaient tirés. Les paysans conservateurs du Sud haïssaient l'ingénieur d'Etat, Bookman, et son souffre-douleur personnel, Rudy Noyes, car ils trouvaient que le Nord avait trop d'eau — en fait, pour eux, la moindre goutte accordée au Nord n'était que du simple gâchis. Si Bookman et Noyes expliquaient que le Nord avait des droits prioritaires parce qu'on y utilisait ces eaux depuis des siècles, les fermiers du Sud montraient leurs champs de coton et de céréales en demandant:

— Mais qui fait pousser le grain qui rapporte? Qui fournit la marchandise pour l'exportation? Qui maintient à flot l'économie de l'Etat?

Personne ne pouvait arguer là-contre. L'agriculture du Nord n'était qu'une agriculture de subsistance, et rien ne pouvait avoir moins de valeur.

Mais les fermiers du Nord haïssaient Bookman et Noyes aussi, car ces deux-là avaient trahi leurs intérêts, ils avaient conclu des accords qui transféraient une bonne partie de leurs droits ancestraux aux exploitants agricoles du Sud, et ils pensaient que Bookman et Noyes, plus encore que toute autre figure politique, gouvernaient les forces responsables de la mort de petites villes comme Milagro, dont les résidents parlaient un tout autre langage que les gens du Nord.

Bookman et Noyes n'avaient rien contre les villageois du Nord. Ils partageaient les eaux — dans toute la mesure du possible — exclusivement en fonction des pressions politiques et économiques. Aussi simple que ça ! Si bien, qu'en prenant en compte les données des situations particulières, Bookman et Noyes avaient tranquillement pris en main le transfert des droits des petits fermiers des vallées verdoyantes du Nord aux hommes d'affaires et aux entreprises d'aménagement des plaines et des déserts du Sud. Bookman et Noyes faisaient tous deux confiance aux concepts américains de croissance et de progrès ; ils ne voyaient donc aucune justification au courroux des petits fermiers. « Pourquoi ces abrutis de coyotes retardataires refusent de voir la réalité économique en face ? disait généralement Bookman. Pour qui ils se prennent, ces péquenots illettrés, avec leurs petits champs de rien du tout, à vouloir de l'eau, alors qu'au Sud, des fermes gigantesques ne demandent qu'à être irriguées ? »

Noyes, rouquin maigrichon, ne disait jamais grand-chose et surtout pas en public. Il portait des costumes trois pièces Brooks Brothers impeccables, des mocassins de Boston, des lunettes d'écailles, et il connaissait la loi. Il siégeait aux côtés de Bookman lors des réunions de la commission des eaux, quand un groupe d'écologistes par exemple essayait de lutter contre un projet inhumain du Bureau d'Aménagement des eaux. Et, tandis que Bookman, qui en savait plus que tout autre sur le sujet, mettait en pièces les arguments de ses adversaires, Noyes ne disait mot, à moins que Bookman, sans même prendre la peine de se tourner vers lui ou de quitter des yeux un militant particulièrement offensif, ne lui demande :

— Que dit la loi, Rudy ?

Alors, précisément, clairement, sans la moindre erreur, Rudy Noyes citait les textes, feuilletant généralement le livre des statuts, un livre de droit ou tout autre document. Au moment où il terminait son discours, il tombait sur l'article que Bookman voulait connaître et le lisait, d'une voix tranchante, scandée, sans la moindre hésitation et sans le moindre commentaire.

Bookman et Noyes formaient une équipe formidable. Ils avaient toujours sous la main bien plus de faits et d'informations pour soutenir leurs théories que leurs opposants. Ils terrifiaient les gens avec leur efficacité et leurs connaissances. Bookman se servait du langage comme d'un scalpel. Il découpait soigneusement et proprement, sans le moindre faux-pas, et construisait une argumentation irréfutable, qu'elle soit erronée ou moralement inacceptable. Il ne devait pas ses talents à son seul esprit critique. Il avait trouvé en Noyes un sorcier de la recherche, pourvu d'une mémoire photographique qui savait clairement expliquer n'importe quel point délicat au cours des face-à-face de près d'une heure que les deux hommes s'imposaient tous les matins entre neuf et dix. Dans un sens, ou au moins dans un domaine, un domaine de la plus haute importance, ils avaient plus de pouvoir politique que le gouverneur lui-même. Le gouverneur était un homme de la terre. Il savait spéculer sur les terrains, les cultiver, les morceler, les rentabiliser. Et pourtant, sans eau, une terre désertique ne valait rien, et c'était Bookman et Noyes qui contrôlaient les eaux. Dans leurs poches, ils détenaient les artères mêmes du pays, les rivières et les courants, les ruisseaux, les mares et les réservoirs qui donnaient aux vallées leur énergie vitale. Tout cela était entre leurs mains, dans leur tête, leurs livres de droit. Quelle que fût la manière dont ils répartissaient les eaux, le pays évoluerait en ce sens. Là, le gouverneur, l'agent secret, Kyril Montana, l'ingénieur d'Etat, Nelson Bookman et son assistant très spécial, Myron Cloon, étaient réunis dans la salle de conférence du bureau fédéral pour une raison bien spécifique, et cette raison, c'était Joe.

— Bon, dit le gouverneur, alors, cet enfoiré de demi-portion chipe de l'eau à laquelle il n'a aucun droit pour ce champ qui ne produira jamais un haricot digne de ce nom. Et qu'est-ce qu'on va bien pouvoir y faire?

— Revoyons les faits d'abord, dit Bookman, qui ne s'adressait pas vraiment au gouverneur mais à Kyril Montoya, qui écoutait poliment, assis confortablement les mains sous le menton. Il s'agit donc d'un dénommé Joe A. Mondragón. C'est une sorte d'homme à tout faire qui a toujours vécu à Milagro. Il possède quatre terrains dont un seul a des droits d'irrigation, celui qui entoure directement sa maison. Pour les autres, il a cinq arpents d'armoise dans un secteur à l'est de Milagro, connu sous le nom de Coyote Arroyo, et encore 1,7 arpents près de la grand-route nord-sud, qui n'ont jamais eu de droits d'après ce qu'en sait notre bureau. Et puis, il y a le terrain en question, sept dixième d'arpent. Il est alimenté par un fossé appelé Royball qui vient de l'Acequia Madre del Sur, qui autrefois débouchait sur l'Indian Creek. Il n'y avait plus d'eau dans ce fossé depuis quinze ou vingt ans. Nous avons des photos aériennes qui le prouvent. Au moment de la signature de l'accord de 1935, il y a eu une décision par adjudication ne proposant aucun droit d'irrigation. Cela a été possible car la plupart des fermiers de Milagro n'avaient jamais fait enregistrer leurs droits à nos bureaux. Maintenant, dans un cas pareil, la procédure normale, c'est que les gens viennent ici avec les papiers prouvant leurs droits, s'ils ne sont pas d'accord avec les décisions du bureau. A l'époque de l'accord, la terre en question appartenait à Esequiel, le père de Joe. Il n'est jamais venu, il n'a jamais signé les papiers d'adjudication, si bien qu'on a pris un jugement par défaut n'accordant aucun droit. On n'a eu aucun ennui. Je crois que le vieil homme souffrait de la malaria à cette époque et qu'il ne cultivait plus ses champs de toute façon; plus tard, il a fait un scandale. Mais en fait, le champ en question est resté en friche plus de quatre ans d'affilée pendant la Seconde Guerre mondiale et, selon la loi fédérale, il a donc perdu automatiquement ses droits. De toute façon, près du fossé Roybal, tous les champs qui n'avait pas reçu de droits ont été laissés à l'abandon quand les gens ont compris ce qui ce passait. La plupart ont vendu leurs terrains à Ladd Devine, l'héritier de la vieille ferme d'élevage de moutons et l'actuel promoteur du centre de loisirs de la vallée des Miracles, qui comprend une zone de luxe qui sera construite autour du terrain de golf. Alors,si on veut considérer le problème dans toutes ses ramifications, il faut garder à l'esprit que ce que l'on risque de compromettre, ce n'est pas seulement le champ de haricots de Joe, mais aussi les affaires de Ladd, et pour tout dire, les intérêts de ce bureau. Cela fait longtemps que nous travaillons main dans la main avec Devine, et personnellement, il me semble que ce projet d'aménagement de la vallée des Miracles pourrait entraîner un développement économique d'une ampleur telle que le Nord n'aurait jamais osé en rêver il y a seulement cinq ans. Et tout cela est lié au plan d'aménagement et au barrage, bien sûr. Je ne vais pas m'étendre là-dessus pour l'instant, mais il faut noter l'ironie de la situation. Une fois que l'on aura construit le barrage, Joe aura toute l'eau qu'il voudra pour irriguer son champ. Il est possible qu'il comprenne, je ne sais pas — et ce n'est sûrement pas moi qui vais aller lui expliquer —, qu'avec la création du terrain de golf, la valeur de son terrain et les impôts qui le frapperont vont grimper à des hauteurs vertigineuses, si bien qu'il lui sera impossible de payer tout ça en cultivant des haricots. Et comme il y a une chance sur un million pour qu'il puisse jamais obtenir le capital nécessaire pour développer ce petit lopin, il finira par le vendre, ou tout simplement par le perdre, et il reviendra à l'Etat, qui bien sûr le cèdera à Ladd Devine, à qui il doit revenir de fait, j'en ai bien peur. Voilà donc la nature de la situation. Je crois que là-bas, les gens comprennent tout ça plus ou moins d'instinct, même s'ils ne peuvent pas saisir les finesses du mécanisme.

Bookman marqua une pause, alluma une cigarette, arrangea la seule feuille dactylographiée qui se trouvait devant lui et poursuivit :

— Et voilà que, pour je ne sais quelle raison, Joe s'est décidé récemment à irriguer son champ ; ça a dû commencer vers le quinze, je crois. Il a sûrement passé plus d'une heure à dégager le fossé à l'endroit où il se dirige vers ses sept dixièmes d'arpent, ensuite, il a ouvert les vannes de l'Acequia Madre del Sur, et a irrigué son champ. Apparemment, personne ne l'a vu faire. Du moins, personne ne l'en a empêché.

Le gouverneur se leva et alla près de la fenêtre où il s'arrêta un instant, les mains dans les poches, à regarder pensivement le parking en contrebas où les voitures s'entassaient. Seul l'ingénieur d'Etat fumait et la fumée montait dans l'air en boucles tranquilles.

— Il n'y a pas de majordome attaché au fossé, continua Bookman, cela fait trop longtemps qu'il ne sert plus à rien. Pour l'Acequia Madre, c'est un certain Vincent Torres qui s'occupe de ça, un cousin de Joe .

— Ils sont tous cousins, là-bas, dit le bras droit du gouverneur. Il y a des mariages consanguins depuis des siècles. C'est un miracle qu'ils ne soient pas tous débiles.

Personne ne releva ce commentaire, car tous considéraient Cloon comme le dernier des imbéciles.

— Ce qui est certain, c'est que Joe n'a pas demandé la permission d'irriguer à Vincent Torres. On a envoyé un enquêteur deux fois là-bas et, à chaque fois, Torres s'est conduit comme s'il n'arrivait pas à croire que c'était possible. Alors notre homme l'a emmené au champ et Torres s'est gratté la tête et a promis de jeter un coup d'œil de temps en temps et de nous prévenir s'il voyait quelque chose...

— Foutaises, grommela Cloon dans sa barbe.

— Notre homme a aussi parlé aux deux responsables de l'Acequia Madre, Meliton, un autre cousin de Joe, et Filiberto Vigil, qui n'est pas de sa famille. Ils ont paru surpris, et l'étaient toujours quand notre homme les a conduits sur le terrain.

— C'est un complot, grogna Cloon.

Kyril Montana laissa un soupçon d'ennui lui assombrir les sourcils. Le gouverneur regardait toujours le parking, où un homme allait de voiture en voiture, essayant toutes les portes. Un instant plus tard, tandis que Bookman continuait son discours, l'homme ouvrit une porte, se pencha à l'intérieur du véhicule et fouilla dans la boîte à gants. Le gouverneur ne dit pas un mot qui aurait pu interrompre l'ingénieur d'Etat, ne bougea pas un muscle ou même un cil en assistant au pillage.

— Nous sommes aussi allés voir. Il a tout nié en bloc. Il a refusé de nous accompagner au champ, sous prétexte qu'il était occupé. Il travaillait dans son atelier, il soudait une remorque à chevaux. On lui a donné une copie de l'arrêté précisant qu'il n'avait aucun droit d'eau sur ce terrain, et ensuite on a dû partir, car il s'est montré hostile.

— Hostile? qu'est-ce que vous voulez dire par là? demanda Kyril Montana.

— Il a menacé de chasser mon homme à coup de pied dans le derrière. Il a dit que si les fédéraux revenaient l'embêter chez lui pendant qu'il travaillait, il leur enverrait des plombs dans les fesses pour oser ainsi violer sa propriété.

Le gouverneur se retourna en riant brièvement, retourna à sa chaise et s'assit. Kyril Montana souriait tranquillement.

— Nous avons également parlé à d'autres gens de Milagro, dit Bookman. Le maire, Sam Cantú, le sheriff, Bernabé Montoya, et le propriétaire du magasin général, Nick Rael. Ils étaient tous assez inquiets de cette histoire, mais ils ne savaient pas vraiment quoi faire. Ils nous ont renvoyés aux responsables de l'Acequia Madre del Sur et au majordome. Ils avaient tous l'air vraiment hostile et de mauvaise humeur. Nous avons aussi rencontré le propriétaire d'un ranch, un Anglo, Ray Gusdorf, qui a un petit terrain à la bouche du canyon de Milagro, juste en dessous du ranch de la Truite Sauteuse de Ladd Devine. Il nous a dit qu'il ne s'occupait pas des affaires des autres, comme tout le reste du village d'ailleurs et que cela lui convenait parfaitement. En bref, d'une façon comme d'une autre, tout le monde est au courant de la situation, mais personne n'a le courage de prendre le taureau par les cornes.

Cloon se leva et s'approcha de la fenêtre. Petit, trapu, les cheveux filandreux, costaud mais agile, le visage lisse et régulier, il portait toujours un .38 court dans un étui d'épaule qu'on apercevait chaque fois qu'il se penchait en avant et que le revers de sa veste sport s'écartait de sa poitrine. Un pied appuyé sur le rebord de la fenêtre, il fixa le parking, d'un air grognon.

— Bon, dit Kyril Montana, alors, quel est le problème exactement?

— Nous sommes retournés deux fois à Milagro depuis, répondit Bookman. Après avoir irrigué, il a labouré son champ, l'a pulvérisé, et l'a ensemencé. Avec des haricots. Et il a fait une rigole le long de chaque sillon. A l'heure actuelle, on devrait voir les premières pousses. Quand on y est allé pour la troisième fois, la terre était humide, et de l'herbe poussait sur les bord, et un peu aussi le long des fossés. De toute évidence, il irrigue régulièrement.

— Hé! marmonna Cloon toujours devant sa fenêtre, Il y a un type en bas qui est en train de voler une voiture.

— Et alors? dit Kyril Montana.

— Alors, répondit Bookman les mains croisées derrière la nuque, on a faillit lui demander de présenter des papiers prouvant qu'il avait effectivement des droits sur ce terrain.

— Quelle est la procédure à suivre pour cela? Qu'est-ce que cela signifie exactement? demanda l'agent.

— Il aura trente jours pour prouver qu'il a des droits d'irrigation. S'il n'a aucun papier à nous fournir, l'Etat peut lui ordonner d'arrêter. Il y aura un procès devant un tribunal impartial, bien sûr. Ce sera une affaire limpide, nos dossiers sont très clairs. Le seul problème, ce serait peut-être de trouver des témoins, mais en fait nous ne manquons pas de preuves. Je ne vois pas comment il pourrait y avoir des difficultés. Sinon, s'il continue d'irriguer après le procès... je suppose qu'il faudra l'arrêter. Et ça, ça nous mettrait dans une drôle de situation. C'est pour ça qu'on s'accroche toujours à ces papiers attestant ses droits.

Bookman enleva ses mains de sa nuque, sortit une cigarette du paquet posé sur la table devant lui et l'alluma.

— Une drôle de situation, il y aura forcément une grosse publicité, voire de l'hostilité, qui pourraient bien nuire au plan d'aménagement, au barrage, et à tout le projet de Ladd Devine pour la vallée des Miracles. Ce n'est pas facile d'essayer d'implanter une région touristique au beau milieu d'un nid de guêpes, dans une situation tendue qui peut tourner à la violence, ce qui impliquerait certainement des connotations raciales. Cela pourrait même provoquer une sorte de révolution. Par tradition, les gens de cette région sont assez longs à la détente, mais ils se mettent en colère quand même, comme vous le savez pour avoir étudié l'histoire du pays.

— Qu'est-ce qui vous fait penser qu'il y aura une telle publicité? demanda Kyril Montana.

— Eh bien, d'abord, ce n'est peut-être pas forcément une menace, mais il y a un avocat, dit Bookman en s'adossant à sa chaise, prenant tout son temps. En fait, c'est même l'avocat de Joe Mondragón, et il écrit parfois des articles dans un petit mensuel de la capitale, *La Voix du peuple.* Vous l'avez peut-être déjà lu.

— Oui, dit l'agent, j'ai feuilleté quelques numéros.

— Bon, alors, cet avocat est un type bizarre, qui est venu de la côte Est. Pendant un moment, il travaillait au Colorado, à Alamosa, dans les services juridiques d'aide sociale. Et après, il s'est installé à Milagro. Il a trente-sept ans, il est marié avec une Chicano de vingt-neuf ans, et ils ont deux enfants. Il a une pratique assez peu conventionnelle: il défend les pauvres, mais sur un mode tranquille. Ce n'est pas un enragé de gauchiste, bien qu'il ait déjà défendu des cas en échange de poulets, de tomates et de concombres. Mais, d'après ce que j'en sais, jamais pour des terres, s'il bien qu'il s'est gagné une certaine confiance dans le coin. On a eu l'occasion de le rencontrer deux fois pour une affaire de droits d'irrigation. Il articule bien, mais il n'est pas fameux. Dans un sens, il a aussi peur de faire chavirer le navire que nous. Bien sûr, il peut s'avérer meilleur sur une affaire moins insignifiante que la dernière fois, il y a environ un an et demi, je ne sais pas.

— Comment s'appelle-t-il? demanda l'agent, en prenant un petit bloc-notes et un stylo à bille dans sa poche.

Quand Bookmann annonça « Charley Bloom », Kyril Montana commença à écrire. Mais il s'arrêta soudain, hocha la tête et rangea son crayon.

Cependant, le gouverneur restait passivement installé sur sa chaise, les mains croisées sur les genoux, ses petits yeux perdus en dessous de ses sourcils fixant le bord de la table, la pointe de ses bottes, le vide. Myron Cloon s'affala sur une chaise près de la fenêtre, se rogna un ongle et le mâchonna entre ses dents.

— Il me semble que vous pensez à un article précis qu'il a écrit dans *La Voix*, dit Kyril Montana en allumant une cigarette et en soufflant lentement la fumée.

— Exact. Naturellement, il a parlé avec son client. Il a parlé avec tout un tas de gens là-bas, et il a écrit une histoire, sans nommer personne, mais qui traitait des relations de Ladd Devine avec la ville, du plan d'aménagement, du barrage, etc., de la pauvreté de la vallée des Miracles et tout le train-train. Sur le plan technique, cela reste assez vague, mais sur le plan émotionnel, c'est très bien senti. Rudy... ?

Rudy Noyes posa le classeur qu'il tenait sur ses genoux sur la table, l'ouvrit, et sortit soigneusement une photocopie d'un article dactylographié qu'il retourna, un peu comme un couteau qu'on présente le manche en premier, et le passa à Kyril Montana.

— Il agit comme si personne ne savait qui irrigue le champ et en déduit que toute la ville fait partie d'un complot. C'est un article de propagande, un tract socialiste, d'une certaine manière, mais cela peut marcher. Il a fait des recherches sur l'accord de 1935, et a obtenu des citations de paysans qui expriment leur amertume devant la situation et l'état de leurs terres.

Kyril Montana inscrivit quelque chose dans son carnet de notes.

— Personne, ou presque personne, ne lit *La Voix*, dit Bookman après une pause. Leur audience ne doit pas dépasser quinze cents à deux milles lecteurs, et la *moitié* d'entre eux ne vivent pas dans l'Etat... Vous le savez sans doute autant que moi.

L'agent acquiesça.

— Mais on ne sais jamais, poursuivit Bookman. Je ne voudrais pas que cette histoire devienne un symbole. Si nous pouvions empêcher la publication de l'article de Bloom, ce serait sûrement une bonne chose, mais je ne vois pas comment y parvenir. On peut acheter tous les exemplaires, ce serait facile. Mais il ne faudrait pas que les médias l'apprennent et vendent le pot aux roses. Mais cela concerne plus votre département que le mien, vous connaissez les gens, vous disposez des informations...

Kyril Montana hocha de nouveau la tête et gribouilla quelques notes. Bookman attendit qu'il ait terminé avant de reprendre.

— Comme je l'ai dit, il ne faudrait pas que toute cette histoire devienne un symbole. Dans les circonstances actuelles, l'article de l'avocat n'est qu'une fadaise romantique, la ville ne soutient pas vraiment Joe. Mais ils ne sont pas contre lui non plus. J'ai parlé avec Ladd Devine, et bien sûr, il sait qu'il y a des rancœurs sous-jacentes profondément ancrées dans cette ville et qu'il faudra avancer sur la pointe des pieds avec son projet, comme un mari ivre qui rentre ses chaussures à la main. Pourtant, la plupart des paysans ont une peur bleue de l'autorité. Ce sont des durs, sinon ils n'auraient jamais survécu à tout ça, mais ils n'aiment pas les ennuis.

Malgré tout, ils sont bizarres en ce moment. Je parie qu'il y en a déjà qui sont du côté de Joe. C'est un personnage dans la ville. C'est un bon vivant, une grande gueule, il se bat facilement pour affirmer ce qu'il raconte. C'est un vrai bouledogue, et pour vous parler franchement, je n'ai pas envie de sous-estimer ses capacités à rassembler tout le monde derrière lui et à nous causer de sérieux ennuis. Il ne le sait sûrement pas, mais il pourrait bien se transformer en leader. Et ce que veut mon bureau, ce que j'espère personnellement, c'est de pouvoir mettre fin à cette affaire avant que ces péquenots se décident à le suivre. Pour le moment, il n'y pas vraiment de quoi s'alarmer, mais la situation est plutôt explosive, là-bas, dans le Nord.

— Quelles sont ses chances de prouver qu'il a des droits d'irrigation ? demanda Kyril Montana.

— Aucune. Il n'a aucun droit.

— Supposons qu'à votre procès, votre spécialiste découvre que Joe a des droits d'irrigation pour ce champ ? Cela ne vous tirerait pas d'embarras ?

— Tous les champs que Devine ne possède pas encore, y compris les quatre ou cinq arpents dont il a encore besoin pour le terrain de golf, seraient immédiatement irrigués, et cela deviendrait d'autant plus difficile de mettre le plan d'aménagement sur pied.

— La solution, dit le gouverneur, c'est de décourager ce type avant même qu'on en arrive au procès.

— Faites-lui peur, suggéra Cloon.

— Je ne crois pas que cela soit si facile, répondit Bookman.

— Achetez-le, vociféra Cloon.

Irrité, Bookman écrasa sa cigarette et continua à s'adresser à Kyril Montana.

— Encore deux ou trois choses. D'abord, il faut voir si on peut couper court à l'article de Bloom. Je ne crois pas qu'il y ait un véritable moyen, alors on achètera autant d'exemplaires que possible. Ensuite, nous devrons aussi aller voir de plus près ce que pense l'avocat.

— Et après ? demanda Kyril Montana.

— Après, nous retournerons voir Joe. Je ne sais pas très bien comment il faut le prendre, c'est plutôt de votre domaine. Nous irons à Milagro parler aux gens, on trouvera peut-être le point faible. On montrera quelques billets pour voir qui mord à l'hameçon, on fera quelques promesses..., je ne sais pas. On propagera des rumeurs. Ce type a les nerfs à fleur de peau, on s'arrangera pour qu'il se batte avec quelqu'un, un fonctionnaire de notre bureau, peut-être, ou un flic. Ça l'écartera pour un moment, le temps que les choses se calment. Je ne sais pas exactement comment on y arrivera, mais ce ne devrait pas être trop difficile.

Pendant tout ce temps, le gouverneur, qui était ami avec tous les présents, parut ne prêter que peu d'attention à la réunion. Soudain, Cloon sembla s'endormir. Rudy Noyes restait impassible près de Bookman et Kyril Montana étudiait les anneaux de son petit bloc-notes.

— Croyez-vous qu'il renoncera s'il perd son procès ? demanda l'agent.

— Je suis sûr du contraire, répondit Bookman. Tôt ou tard, il faudra l'arrêter.

— Comment le savez-vous ?

— Un pressentiment. Je connais bien le Nord, et ça fait longtemps qu'une histoire comme ça se prépare. La guerre ne s'est pas terminée en 1848. Nous ne voulons pas de procès et nous ne voulons pas l'arrêter parce qu'il irrigue son champ. La pire des choses ce serait d'en faire un martyr.

— Qu'en penses-tu, Ky ? demanda le gouverneur.

Kyril Montana posa son bloc-notes et écrasa sa cigarette.

— Je ne sais pas très bien. Je vais peut-être aller là-bas. Prendre la température, parler avec les gens. J'ai un ami qui s'occupe d'immobilier, on bavardera un peu. Je crois que nous avons déjà un dossier sur Bloom. Je n'en suis pas absolument certain, mais je crois qu'il a des points faibles, et si ma mémoire ne me trompe pas, il me semble qu'il y a quelques trous de taille dans sa vie. Alors, bien que je ne puisse rien affirmer pour l'instant, il faudra peut-être commencer par l'avocat.

Ils se levèrent et retournèrent dans leurs bureaux respectifs.

Amarante Córdova n'avait pas de fenêtre dans la dernière pièce qui lui restait: il y avait bien longtemps qu'il les avait refermées au torchis pour garder la chaleur. Néanmoins, il se réveilla aux premières lueurs de l'aube, comme tous les matins, et commença lentement sa journée, s'extirpant de douze kilos d'édredons insensés et d'une armée de vieilles couvertures pour enfiler rapidement son vieux costume délabré, au-dessus de ses sous-vêtements tout rapiécés et malodorants. Ensuite, il avala une gorgée d'une demi-bouteille de cognac, et, avant de se rouler une cigarette, alla chercher quelques bûches de pin dans un coin et les fourra dans son poêle de métal Sears à douze dollars. D'habitude, le charbon de la nuit précédente était encore si brûlant qu'il se contentait de jeter une allumette — ce qu'il fit ce jour-là — pour que le bois s'enflamme.

Cette tâche accomplie, il referma le couvercle du poêle cylindrique, déverrouilla et ouvrit sa porte et se tint un instant sur le palier pour jauger le temps. De sa maison, la vue ressemblait à celle que l'on voyait de la plupart des autres demeures de Milagro. Un puits au milieu de la cour de terre battue, une vieille Oldsmobile 1949 toute rouillée, avec des trous de balles dans le parc-brise qui s'enfonçaient à l'intérieur de la cabine le long du joint, d'énormes touffes d'herbe jaunie dispersées parmi les tournesols, les cotonniers ébouriffés le long du ruisseau de l'autre côté de la route, et les majestueuses montagnes de Minuit encapuchonnées de neige.

Le vieil homme toussa, se gratta les couilles, attrapa une cafetière de sa patte pleine d'arthrite, et se traîna jusqu'au puits à pompe manuelle. Il laissa le seau tomber lentement au niveau de l'eau, à une dizaine de mètres plus bas, le remplit au quart, puis, lentement, se reposant après chaque geste, l'emporta et versa un peu d'eau dans sa cafetière qu'il rapporta à l'intérieur et posa sur le poêle.

Ensuite, il se dirigea précautionneusement vers les cabinets extérieurs. Et, planté là, la porte ouverte, à regarder les oiseaux bleu turquoise et argent voleter autour de la ferme en ruines, lentement, d'une main tremblante mais finalement experte, il se roula une cigarette, l'alluma, et expira la fumée avec satisfaction pendant qu'il chiait tranquillement.

Plus tard, Amarante rentra à l'intérieur, craquant de partout, et se prépara un café instantané, y versa un peu de cognac, et, pendant près d'une heure, alors que le jour se levait, il resta assis sur une souche blanche près de sa porte, se laissant éblouir par la lumière vive du soleil, tandis qu'il sirotait son café brûlant et fort et se roulait une autre cigarette. Pendant tout ce temps, il se parlait à lui-même, de sa femme, de ses enfants —vivants, morts, ou partis. Il entretenait également un long dialogue compliqué et dépourvu de sens avec son ami Tranquillino Jeantete, avec Dieu, un certains nombre de démons, quelques saints et la Vierge Marie. Autre occupation de ce déjeuner tranquille : comme d'habitude, il se remémorait des scènes, des humeurs, des lieux, des instants — éclairs de mémoire — datant de la veille ou de cinquante ans plus tôt. Si bien qu'il s'imaginait une prairie verdoyante, pleine d'alouettes confuses et immobiles par une tardive tempête de neige d'un jour de mai ; ou alors, il se souvenait de la façon dont les éclairs avaient ravagé le cinéma en plein air de Chamisaville un soir où sa fille Sally l'avait emmené voir un film de John Wayne quinze ans auparavant ; ou encore, il revoyait sa femme Betita en plein labeur, lui tenant les mains, le visage écarlate, hurlant, jambes écartées, lui écrasant littéralement la main (elle lui avait cassé un doigt, une fois), pendant ses couches...

Ce matin-là, comme il le faisait depuis peu, après avoir chaussé ses lunettes à verres très épais, Amarante observa Joe Mondragón irriguer sa plantation de haricots, à quelques champs de là.

Le vieil homme regardait Joe travailler avec intérêt, une certaine fierté, une sorte de déférence, même. Amarante était né dans cette maison, à l'époque où elle était encore intacte, à l'ouest de Milagro ; il avait travaillé aux champs, à présent en friche tout autour de lui et un jour, il mourrait, sur ce même côté ouest, dans sa chambre, ou alors victime d'une crise cardiaque tandis qu'il fendrait du bois ; à moins qu'il ne meure gelé dans un ravin par une nuit d'hiver étoilée en revenant du Frontier Bar. Quoi qu'il en soit, Amarante s'était accroché au côté ouest contre bons vents et mauvaises marées, et avait dit adieu à tous ses voisins, refusant de bouger, jusqu'à ce qu'il se retrouvât seul avec les hirondelles, les oiseaux bleus, les maisons en ruines envahies par les mauvaises herbes. Et puis, soudain, voilà qu'un petit morveux têtu comme une mule voulait redonner vie au côté ouest. Alors que les haricots de Joe Mondragón commençait à pousser, Amarante gardait les yeux fixés sur la tache de vert, se sentant plein d'énergie, et beaucoup moins solitaire.

Il n'avait pas fallu longtemps pour qu'Amarante comprenne que le champ de Joe allait déclencher la révolution à Milagro.

Ce matin-là, donc, Amarante avait un projet particulier. Passer moins de temps sur la souche devant sa porte, ne boire qu'une seule tasse de café, et se livrer à sa séance de coupage du bois. Il avala hâtivement deux petites galettes de maïs enroulées autour de deux minuscules saussisses de Vienne, s'assura qu'il avait un carnet complet de tickets d'alimentation bien en sécurité dans sa poche de poitrine, et prit sa ceinture de cuir et son étui à pistolet du crochet planté dans le mur de torchis au-dessus de son lit, qu'il attacha autour de sa maigre taille.

D'une boîte de métal au couvercle décoré de marguerites d'un bleu délavé, Amarante retira un pistolet impeccablement huilé, colt de modèle Peacemaker ancestral. Son père le lui avait donné quatre-vingt ans plus tôt : c'était l'arme dont il se servait quand il était sheriff de Milagro. Amarante n'avait jamais tiré sur personne ; en fait il avait rarement utilisé son arme, pas même pour s'entraîner. Pourtant, cela avait toujours été, et c'était toujours son bien le plus précieux.

Le vieillard glissa son pistolet monumental dans l'étui, s'assura que son badge de sheriff était bien accroché au revers de sa veste et prit la route.

Epaules voutées, penché en avant, Amarante trépignait d'un pas chancelant sur ses jambes arquées le long du chemin de terre plein de trous, bien déterminé — puisqu'il s'était mis en route — à protéger envers et contre tout ses faibles rythmes vitaux jusqu'à ce qu'il soit arrivé là où il voulait aller.

Il s'arrêta une fois malgré tout, devant le champ de haricots de Joe, oscilla d'une manière incertaine avant de quitter la route, escalada le rebord du fossé Roybal, et précautionneusement, se fraya un chemin à travers les cailloux et les herbes sèches jusqu'à l'endroit où l'eau se dirigeait vers le champ.

Il fit un signe à Joe, appuyé sur sa bêche.

— Comment ça va, chef? Qu'est-ce que tu fais avec ton pistolet, ce matin?

Avec un sourire édenté, Amarante, d'un geste de la main, proposa une gorgée de son cognac bon marché. En s'éclaboussant, Joe approcha, prit la flasque, la porta à ses lèvres, tandis que le vieil homme plissait les yeux, observant attentivement et faisant des signes approbateurs au jeune homme qui buvait.

— *Ai Chihuahua!* s'exclama Joe, Qu'est-ce que c'est, de la pisse d'âne?

Amarante ricana et but une gorgée du liquide et se frotta le ventre.

— C'est bon pour la santé, ça tient chaud.

— Alors, et ce joujou? demanda Joe à nouveau.

Avec un clin d'œil de conspirateur, Amarante rangea sa bouteille et posa la main sur l'épaule de Joe.

— Je reviendrai bientôt, je vais m'occuper de toi, je vais m'occuper de ton champ.

— Tu ferais ça pour moi, chef? dit Joe en passant gentiment la main sur le visage du vieil homme. Toi et moi, on est copains, on va pas se laisser faire par ces crétins, *qué no?*

Soudain, Amarante se précipita vers la route, mais il s'arrêta quelques fois, et, en se retournant, murmura: « Je reviens tout de suite. »

Quelques minutes plus tard, en ville, au lieu de se diriger vers le bar, comme à son habitude, il alla directement au magasin de Nick Rael, il sortit son arme de son étui et la posa sur le petit tapis de caoutchouc sur le comptoir, juste en face de Nick.

— Salut, papy, dit Nick se demandant ce que ce vieux cinglé pouvait encore bien mijoter.

— Qu'est-ce qu'il faut comme balles là-dedans? Je m'en souviens plus.

Nick retourna plusieurs fois l'arme dans sa main d'un air admirateur et la reposa sur le tapis de caoutchouc.

— Pourquoi tu veux des balles?

Amarante était un peu troublé; d'ailleurs, il n'entendait rien ou presque.

— Qu'est-ce qu'il faut comme cartouches… Je veux acheter des cartouches.

— Ouais, dit Nick en sortant de derrière son comptoir et en traversant lentement le magasin vers l'étagère à munitions, mais pour quoi faire?

Le vieil homme suivit Nick et le regarda avec intérêt fouiller un instant dans sa réserve et sélectionner une boîte de .45 qu'il mit dans la main d'Amarante.

— Combien? demanda Amarante, de retour au comptoir.

— Trois dollars et vingt-neuf cents, plus quatorze pennies de taxes locales, cela fait trois dollars quarante-trois en tout, dit Nick, songeur. Mais qu'est-ce que tu veux en faire, papy? Aller à la chasse à l'ours?

— Combien?

— Trois dollars quarante-trois! lui cria Nick à l'oreille.

— En souriant, Amarante montra son carnet de bons d'alimentation, et, tandis que Nick le regardait d'un air incrédule, déchira laborieusement quatre tickets de un dollars qu'il posa délicatement sur le comptoir.

Nick les repoussa vers le vieux en secouant la tête.

— Hé, grand-père, on ne peut pas acheter des balles avec des bons d'alimentation. Il faut que tu me donnes de l'argent.

— Qu'est-ce qui va pas? Ils sont plus bons? demanda Amarante intrigué.

— C'est fait pour acheter de la *nourriture*. Ce n'est pas valable pour les cartouches. Il faut de l'argent, des dollars, des vrais.

Amarante observa les morceaux de papiers dans sa main.

— Mais c'est de l'argent, finit-il par dire.

— Ouais, mais pour la nourriture, soupira Nick. Seulement pour la nourriture, mon vieux.

— Je ne veux pas à manger, je veux des cartouches.

— Alors, range ces tickets, et donne-moi trois dollars et quarante-trois cents.

Le vieil homme reposa ses tickets sur le comptoir.

— Mais ça, c'est comme de l'argent.

— Allons, pépé, tu sais aussi bien que moi qu'il y a des choses qu'on ne peut pas acheter avec ces tickets. On ne peut pas acheter de la nourriture pour chien, ni de la bière, ni des produits non comestibles comme du shampooing, du dentifrice ou des lames de rasoir.

Souriant, Amarante prit la boîte de cartouches et la fourra dans sa poche.

— Hé, du calme!

Nick prit soudain Amarante par le bras mais le relâcha immédiatement.

— De l'argent, dit-il en exagérant volontairement le mouvement des lèvres comme s'il parlait à un sourd muet. Pas de tickets de nourriture, espèce de vieux fou, il me faut de l'argent, pour les cartouches.

De nouveau, Amarante fit un signe de tête pour indiquer les tickets, prit son pistolet, toucha le bord de son chapeau bosselé pour dire au revoir et sortit.

Tout en jurant, Nick attrapa les tickets et les jeta en dessous du compteur de monnaie en plastique noir du tiroir-caisse.

Amarante trottina jusqu'au Frontier Bar, y salua son camarade Tranquilino Jeantete, se percha sur un tabouret, posa son arme et la boîte de cartouches sur le bar, et, tandis que Tranquilino l'observait, il chargea soigneusement son arme.

— Pourquoi tu charges ton pistolet ? demanda le barman. Tu trouves que la vie n'est pas assez difficile comme ça, tu veux encore t'attirer de ennuis ?

Sa main frêle légèrement posé sur l'arme gigantesque, Amarante répondit :

— C'est parfois nécessaire d'avoir une arme.

— Je parie que t'aurais même pas la force d'appuyer sur la détente ! dit Tranquilino, énervé. T'es pas plus lourd qu'un sac de pétales de marguerites séchés.

— Je peux tirer avec ça.

— Et sur quoi ? Un éléphant mort à deux pas ?

— Je peux tirer avec ça.

— Tu perds la boule, dit Tranquilino. Y a les fantômes du camposanto qui doivent danser la sarabande ici. Tu vas finir par nous donner une sale réputation, à nous tous.

— Parfois, faut qu'un homme ait un revolver.

— Pour qui tu te prends ? Pancho Villa ? Zorro ?

Vexé par le mauvais goût de ses amis, Amarante fixait droit devant lui, ses vieilles mains ridées toujours sur le pistolet.

— Mets le cran de sécurité, au moins, grommela finalement Tranquilino sur un ton plus doux, plus amical. Je n'ai pas envie de voir les balles voler dans mon bar.

Refusant de tenir compte de cette remarque, Amarante restait tout raide, ses lèvres parcheminées aussi pincées qu'il le pouvait.

Après un long silence, Tranquilino se leva sur ses pieds et alla chercher deux verres qu'il remplit au tiers de mauvais bourbon et en plaça un à côté du pistolet d'Amarante.

— Allez, buvons à la santé de ce maudit pistolet.

Amarante se refusa de sourire, mais déplaça sa main de l'arme au verre, et les deux vieux burent ensemble.

Une demi-heure plus tard, tandis que son ami s'en allait, Tranquilino cria :

— Hé, Pancho Villa, tu oublie ton canon !

Amarante fit demi-tour, souleva presque délicatement le pistolet du bar, le fourra dans l'étui, et soudain, tous deux se mirent à rire.

— Bon sang ! caqueta Tranquilino après qu'ils se soient tous deux remis de leur quinte de toux provoquée par les rires. Avec tout ce poids en plus, je parie que tu vas en faire une crise cardiaque.

Dehors, Amarante oscillait et clignait des yeux sous le soleil. La route était toute couverte de sauterelles écrasées, et, craquant des ailes, celles qui étaient encore en vie voguaient dans l'air au-dessus de la rue, comme si le soleil, après avoir réchauffé leurs corps à demi gelés, les faisait brusquement griller. Un camion transportant du matériel de plomberie pour une maison préfabriquée construite par un couple texan dans le canyon ralentit et s'arrêta, et la Reine de la Carrosserie et de la Plomberie du plateau de Strawberry, Ruby Archuleta sortit sa tête coiffée d'un foulard.

— Salut, Amarante. Qu'est-ce que tu vas faire avec ton pistolet ?

Amarante grimaça et souleva son chapeau.

— Bonjour, madame Archuleta, comment ça va t'y aujourd'hui ?

— Alors, et ce joujou, cousin ? C'est pour tuer qui ?

— Une dinde de Noël, aboya soudain le vieillard, une grosse dinde de Noël.

Ruby Archuleta arqua les sourcils en riant encore, fit grincer le levier de vitesse en première et démarra dans un dernier avertissement :

— Fais attention à ce qu'il soit pointé dans la bonne direction avant de tirer !

Sur ce, Amarante Córdova, resplendissant dans une lumière triomphale, fit une pirouette maladroite au milieu de la place pour attirer l'attention et l'admiration des éventuels badauds. Mais à ce moment précis, le cœur de la ville était désert. Déçu, le vieil homme se remit difficilement en marche et se cogna dans Seferino Pacheco, qui avait les larmes aux yeux.

— Ma truie s'est encore sauvée!

— Fi! Qu'il aille se faire foutre, ton cochon. Qu'il crève! cracha le vieil homme, en contournant le pauvre Pacheco aux épaules tombantes, stupéfait.

— Elle était dans son enclos pas plus tard que ce matin, cria Pacheco.

Mais c'était le dernier des soucis d'Amarante. Il rentrait chez lui.

Le vieil homme atteignit la grand-route au moment même où le sheriff passait. Le camion de Bernabé Montoya le dépassa et, sans même se retourner, Amarante savait qu'il s'était arrêté. D'un air coupable, il traversa la route.

Bernabé négocia un demi-tour, marqua un temps de pause pour laisser le camion à plateau de deux tonnes chargé d'une énorme pile de meules de foin braquer de l'autre côté de la route, traversa et s'arrêta un peu en avant d'Amarante.

Le vieil homme s'arrêta lui aussi. Pour ménager son effet, Bernabé prit tout son temps pour se glisser hors de la cabine.

— Hé, qu'est-ce que vous faites là avec ce vieux fusil à buffles?

Incapable de réfléchir ou de répondre en présence de l'homme de loi, Amarante se tint immobile, décoiffé, souriant et haletant, jouant les imbéciles.

— Excusez-moi, dit gentiment Bernabé, tirant doucement le pistolet de son étui...

Quand il se fut assuré qu'il était bien chargé, il leva les yeux au ciel, d'un air fatigué, grommelant d'un ton malheureux.

— Qu'est-ce qui se passe tout d'un coup dans cette ville pour qu'il y ait tant d'enquiquineurs? Qu'est-ce qu'un vieillard tout fripé comme vous fait avec une arme vieille de deux cents ans à la taille et les poches pleines de cartouches, monsieur Córdova? Où voulez-vous en venir? Vous voulez provoquer la révolte, comme au temps de l'Ours Smokey ou quoi? Allez, déchargez donc ce revolver, monsieur Córdova.

Sur ce, il enleva lui-même les balles, et les fit tomber une à une dans la paume du vieil homme avec un petit plop.

— S'il est chargé, vous comprenez bien que le coup peut partir. Allez, raccrochez-le à sa place sur le mur. D'accord, monsieur Córdova? Hein? Personne ne cherche la violence.

— Je peux rentrer chez moi?

— Oui, bien sûr, comme vous voulez..

Bernabé recula, hésita un moment devant la porte de son camion, troublé par le vieillard qui souriait toujours bêtement dans sa direction. Finalement, avec un *Ai Chihuahua!* inquiet et un haussement d'épaules, il s'installa au volant et s'engagea dans un autre demi-tour.

Amarante attendit que le sheriff s'en aille avant de se remettre en route. Il traîna les pieds le long de la route poussiéreuse jusqu'à l'endroit où il devait escalader le fossé Roybal et, une fois cette épreuve accomplie, il trottina jusqu'au champ.

Joe était parti. Amarante observa la terre humide, les pousses vertes et scintillantes, la mousse jaune pâle laissée par l'eau au pied des tiges, la boue qui se craquelait dans les rangées fraîchement irriguées. Quelques rouges-gorges, des étourneaux et des merles se baignaient encore dans les flaques. Le vieil homme chemina vers une tache d'ombre formée par des cotonniers aux feuilles argentées de poussière et s'installa sur un tronc.

Par saccades, laissant tomber une demi-douzaine de balles, il rechargea le revolver et le posa à côté de lui. Ensuite, il se roula une cigarette et, fumant tranquillement, il écouta dans la brume le chant des alouettes de prairie voguer mélodieusement dans l'air pur.

Désormais, pensa-t-il, si des Eusebio Lavadie ou des Zopi Devine essayaient de s'en prendre au champ de haricots de Joe Mondragón, ils auraient d'abord affaire à Amarante Córdova.

Il avait sommeil; un bourdonnement sourd résonnait dans sa tête. Les sauterelles chantaient, un criquet vrombissait, un pivert tambourinait contre un lointain tronc d'arbre creux. Quelque part, une scie ronronnait.

Amarante se glissa plus bas et s'adossa contre le tronc sur lequel il venait de s'asseoir, son pistolet sur les genoux. Il clignait des yeux et était sur le point de les fermer quand il remarqua quelque chose de bizarre planer sur la ville. Pendant un instant, cette chose lui parut si déplacée qu'il ne pouvait pas se figurer ce qu'il voyait. Soudain, il se rendit compte que, bien qu'il ne soit pas tombé une goutte d'eau depuis plusieurs jours, cette vision qui brillait faiblement, mais fermement au-dessus de Milagro était en fait un arc-en-ciel.

Trop las pour se soucier d'une telle bagatelle, Amarante s'endormit. Mais il avait à peine commencé à ronfler que l'arc-en-ciel lui apparut en rêve, scintillant légèrement dans l'air chaud et sec qui baignait Milagro et, quelques minutes plus tard, pour compliquer encore le miracle, un ange arriva.

Rien à voir avec les anges auréolés d'or avec trompette et ailes de cygne en antique porcelaine fine tout droit sortis d'une boutique de luxe pour bénir l'imagination fertile d'Amarante; non, plutôt une espèce de coyote édenté et borgne, portant des jeans en lambeaux et des sandales, avec des ailes toutes rongées aux mites qui semblaient venir des restes d'une vieille étagère d'un minable magasin de soldes après un incendie ravageur.

Cette vision sinistre longeait le contrefort Milagro-García, s'arrêtant ici et là pour moucher son nez fleuri dans une manche non consacrée, avant de grogner et d'étouffer pendant un moment comme une vieille taupe malade de tuberculose.

— Hé, l'ange, appela Amarante dans son rêve. Qu'est-ce que cet arc-en-ciel fiche sur notre ville par un beau soleil comme ça?

Alarmé par la voix d'Amarante, l'ange se raidit, les oreilles tombantes; puis, s'apercevant qu'il n'y avait aucun danger immédiat, se retourna pour observer l'étrange phénomène.

— Tu sais, cousin, répondit enfin le coyote fantôme, c'est peut-être parce que, pour une fois dans votre vie, vous essayez de faire quelque chose de bien.

Brusquement, l'ange disparut. Amarante continua de rêver. Il était à cheval, un fusil coincé sous le pommeau de la selle, poursuivant un cerf dans la neige de la vaste plaine proche des lacs de l'Ours Chauve.

Bernabé Montoya, le visage déformé par l'inquiétude, entra dans le magasin de Rael.

— Salut, Nick, gémit-il presque. Qu'est-ce que fait ce vieux cinglé avec son pistolet préhistorique?

Nick haussa les épaules.

— C'est ce champ de haricots, Bernie. Quelqu'un devrait sérieusement parler à Joe Mondragón avant qu'il ne soit trop tard.

— La dernière fois qu'il s'est trimballé avec cet engin, c'était pendant le procès de César Pacheco à Ojo Prieto, c'est pas ça? marmonna le sheriff découragé, plus pour lui-même que pour le gérant.

— Il a perdu la boule. Il ne comprend même pas ce qui se passe. Oh, bien sûr, il prend son jouet pour aller voter aussi. Et pour la fête de San Isidro.

— Mais il n'y a pas de jour férié cette semaine.

— Comme s'il en savait quelque chose! Il croit peut-être que c'est déjà la fête de Chamisaville, au lieu du mois prochain.

— Mais il était chargé! dit Bernabé en déballant une barre de Milky Way. Ce pistolet était bourré de munitions, et pas à blanc, tu peux me croire!

— Je sais, il vient juste de m'acheter les cartouches. Avec des bons d'alimentation.

— Des bons d'alimentation?

Nick haussa les épaules nonchalamment.

— Ouais, c'était plus pratique, dit-il pour toute explication. Ce vieux cinglé est aussi têtu que le cochon de Pacheco.

Bernabé sortit un soda à l'orange de la caisse.

— Non d'une pipe, il y a vraiment quelque chose qui va pas dans la région de Chamisa.

— Oh, je ne crois pas qu'il veuille faire du mal à qui que ce soit, dit Nick. Il a même pas la force d'appuyer sur la détente.

— Si on veut, on peut; on trouve toujours un moyen, tôt ou tard.

L'air maussade, faisant bruyamment claquer ses talons, Bernabé se dirigea vers la sortie.

— Si seulement ils tombaient raides morts, lui et José!

Tandis que Bernabé Montoya, morose, s'extirpait de sous le porche de Rael, souhaitant toujours la mort imminente de Joe Mondragón et d'Amarante Córdova, un camion Chevrolet 1953 d'un vert chamarré, avec un énorme berger allemand à trois pattes arrogamment perché sur la cabine, s'arrêta dans une secousse de l'autre côté du carré de terre battue qui passait pour la grand-place. Et tandis que ce véhicule coloré et déglingué se garait dans un halètement épuisé, il obstrua la vue du seul parcmètre de la ville.

Ce parcmètre étaient le fruit de la réflexion du maire, Sammy Cantú, de ses deux conseillers, Bud Gleason et Ricardo P. Córdova (cousin au second degré du fils de Amarante Córdova, Ricardo A. Córdova, qui s'était fait doucement éliminer de la surface de la terre par un cancer des os), et du sheriff, Bernabé Montoya.

Il était censé récolter des fonds pour permettre au sheriff de faire respecter la loi à Milagro. En théorie, avec les donations faites au parcmètre, Bernabé devaient couvrir les frais d'essence et fournir des pièces pour les appels téléphoniques qu'il faisait souvent de la cabine en face de chez Rael.

Pourtant, depuis son installation, deux ans auparavant, le parcmètre n'avait que rarement collecté des pièces. La plupart des automobilistes allaient simplement se garer ailleurs. La principale raison en était que ce manchot d'Onofre Martínez, baron de la Staurolite et père de Bruno Martínez, le flic, garait toujours son Chevrolet 1953 devant ledit parcmètre.

Et pourtant, il n'y mettait jamais un sou.

Ce qui n'avait pas manqué d'entraîner ce qu'on pourrait appeler une farouche animosité entre Onofre et le sheriff.

En fait, pendant deux ans d'affilée, presque quotidiennement, malgré le barrage des grognements du berger allemand à trois pattes, Bernabé avait dressé contravention contre le tas de ferraille en infraction. Il rédigeait de longs textes élaborés pleins de circonvolutions. Elles étaient imprimées sur un papier cartonné, très cher, et chaque carnet coûtait deux dollars soixante cents à la ville.

Donc, chaque contravention dressée revenait à vingt cents d'encre et de papier, sans compter le temps précieux de Bernabé.

A Milagro, la contravention pour stationnement abusif coûtait cinquante cents. Mais Onofre n'avait pas la moindre envie de verser un sou pour avoir le privilège de récolter une contravention devant le café Pilar, d'autant plus que son propre fils Bruno n'était plus qu'un fruit véreux depuis qu'il avait joint les forces de police fédérale. Si bien que, chaque fois que Bernabé glissait une contredanse sous l'essuie-glace, Onofre la retirait de sa main gauche, la seule qui lui restait, mordait un coin du carton glacé, et le déchirait en lambeaux.

Depuis deux ans, par tous les temps, les bouts de papiers s'étalaient sur la malheureuse place poussiéreuse du centre commercial de Milagro, entre le magasin général de Rael, le Frontier Bar et le café Pilar, tels des confettis d'un Nouvel An perpétuel.

Onofre avait les meilleures raisons du monde pour déchiqueter ainsi ses contraventions.

— Ecoute, aimait-il à dire à Bernabé Montoya, chaque fois que le sheriff soupirait, les larmes aux yeux ou presque et, sur un ton désillusionné et peu convaincu, menaçait Onofre de l'enfer et de la damnation pour son attitude belligérante et hors-la-loi. J'ai soixante-neuf ans, j'ai perdu un bras, j'ai eu trois femmes, j'ai quatre frères et une sœur encore en vie, et six frères et sœurs qui sont morts. J'ai six enfants, trois filles et trois garçons, dont un retardé mental, et un autre qui a fait des études et qui est devenu communiste, et le troisième qui a déshonoré mon nom en devenant flic. Mais ils sont tous vivants, et j'ai seize petits-enfants, et quelques arrière-petits-enfants aussi, et depuis que j'ai appris à conduire, l'année où on a inventé les voitures, je me suis toujours garé où je voulais, et personne n'a jamais essayé de me faire payer pour ça, surtout pas mon propre fils (alors de quoi tu te mêles?). Que je sois pendu si quelqu'un s'y met maintenant ! On n'apprend pas au vieux singe à faire la grimace, alors, va te faire foutre, Bernabé, attaque-toi à quelqu'un d'autre. »

En réponse à ce discours, Bernabé tentait généralement de raisonner Onofre. Et voilà comment il présentait son raisonnement :

— Bon, d'accord, minable, manchot, poil de cul, espèce de pédé aux jambes tordues. Si tu continues à violer la loi, si tu continues à commettre délibérément un crime aux yeux de la justice et aux yeux de tes malheureux concitoyens, je m'arrangerais pour qu'on t'enferme dans la prison de Chamisaville pour cent ans d'affilée, et je dirai à Ernie Maestas de s'assurer personnellement qu'il y ait des vers et des larves de mouches dans tout ce que tu mangeras!

La première réaction d'Onofre Martínez devant cette réaction de Bernabé était à peu près la réaction de tous les pauvres de Milagro devant à peu près n'importe quel propos d'un flic. Mais ensuite, il tentait de se calmer et se lançait dans un commentaire philosophique sur le crime et le châtiment.

— Essaie donc de m'arrêter, tu verras ce qui va se passer. D'abord, je plaiderai non coupable. Ensuite, je prendrai un avocat, Bloom, par exemple. Il y aura un procès. Peut-être que je serai condamné, mais tu sais combien ça va coûter à Milagro de me faire un procès? Bien plus que ton fichu parcmètre te rapportera en vingt ans.

C'était la vérité, Onofre Martínez connaissait ses droits.

Et de toute façon, comment Bernabé Montoya espérait-il pouvoir discuter avec un homme qui avait appelé ses trois fils Onofre comme lui: Onofre Carlos (appelé Bruno Martínez), le flic; Onofre Jesus (O.J. Martínez), le retardé mental qui livrait le *Reporter* de Capital City aux gens du village; et Onofre Tranquilino (O.T. Martínez), celui qui avait fait des études et était devenu communiste.

— Continue à lui filer des contredanses, grognait Sammy Cantú d'un ton morose : un de ces jours, on trouvera bien quelque chose. On obtiendra peut-être un prêt du gouvernement pour poursuivre cet enfoiré.

D'après des estimations grossières, les contraventions dressées contre Onofre Martínez étaient revenues à environ de deux dollars et demi à trois dollars par semaine pendant deux ans. Personne d'autre, enfin aucun autre citoyen de Milagro, ne se garait devant le parcmètre, parce qu'il y avait amplement la place ailleurs. Les touristes ne remplissaient que rarement l'appareil, car le reste de la place, sans parler des rues poussiéreuses adjacentes, ne demandait qu'à proposer ses services à leur monstrueux déploiement automobile.

En fait, depuis son installation, à un coût de deux cent trente six dollars, ce parcmètre n'avait récolté que quatorze dimes (pièces de dix cents), huit nickels (d'une valeur de cinq cents chacun) et onze pennies (c'est à dire onze cents).

Ou, exactement, un dollar quatre-vingt onze cents ($1,91).

A la date d'aujourd'hui le parcmètre avait donc coûté les sommes suivantes;

Coûts d'installations	$236,00
49 carnets de contraventions	127,40
Réparations après actes de vandalisme payées à Joe Mondragón (souvent perpétrés par Joe lui-même ou son ami Benny Maestas, en quel cas ils partageaient les bénéfices) ou accidents volontaires, sous le couvert de la nuit la plus sombre	189,75
TOTAL	$553,15

En privé, Bernabé Montoya, Sammy Cantú et les deux membres du conseil, Bud Gleason et Ricardo Córdova, surnommaient ce parcmètre l'hémorroïde du trou du cul de Milagro.

En public, il fallait pourtant qu'il reste là tant que le maire, le conseil et la police se livraient à une lutte à mort avec Onofre Martínez. Ils admettaient ne pas savoir comment pincer, piquer ou arrêter de quelque autre manière ce cinglé manchot sans dépenser une fortune en frais de justice et ils attendaient toujours désespérément qu'un *deus ex machina* intervienne en leur faveur.

Pour les parties impliquées dans cette affaire, aussi têtue l'une que l'autre, c'était une Question de Principes.

Pourtant, Onofre Martínez n'avait rien du mauvais bougre ni du voyou invétéré et belliqueux. Au contraire, c'était une sorte de poète,un inventeur de ballades créées sur l'instant ; à une époque il avait su lire et écrire en anglais et en espagnol. Autrefois, ces talents avaient fait de lui l'écrivain public officiel de toutes les lettres du village, car, jusqu'à la fin de la première moitié du XXe siècle, la plupart des citoyens de Milagro étaient illettrés. Onofre Martínez avait donc écrit des milliers de lettres d'amour pour des milliers d'amoureux et lu toutes les lettres d'amour à quiconque en recevait. Il était payé pour ses services à la fois par l'expéditeur et le récepteur et, en son temps, Onofre avait certainement gagné ce qui passait pour sa part de butin: poules, jambonneaux, lard grillé...

Personne ne savait, pas même Onofre lui-même, comment il avait appris à lire et à écrire. En tout cas, il n'était jamais allé à l'école. Mais tout d'un coup, encore enfant, un beau matin, il s'était réveillé et savait lire et écrire. C'était une sorte de miracle, au même titre que les aboiements souterrains de Pendejo, le chien perdu de Cleofes Apodaca, ou le tintement de la cloche qui avait poussé padre Péchékovich à s'attaquer aux fondations mêmes de son église.

Onofre ne pouvait plus écrire, cependant, car il avait perdu son bras lettré, et n'avait pas été plus capable de transmettre ce talent au bras gauche que Bernabé Montoya n'était capable de lui extirper une amende pour toutes ses violations du parcmètre.

Ce n'est peut-être pas un miracle, mais sans doute une fort curieuse histoire qui explique la perte du précieux appendice d'Onofre Martínez.

A Milagro, la manière naturelle de perdre un bras, une jambe ou quoi que ce soit, c'est de se le faire déchirer par une faux ou labourer sous les sabots d'un cheval. L'assistant du sheriff, Meliton Naranjo, avait perdu un doigt, un jour où il trafiquait une lanière de ventilateur dans son camion, et que son gosse installé au volant avait mis le moteur en marche. Cristobal Mondragón, le troisième frère en dessous de Joe, s'était fait dévorer la moitié du petit doigt en lâchant l'anneau du mors d'un cheval qu'il essayait de purger. Tranquilino Jeantete avait, lui, perdu une oreille, gelée pendant l'hiver où la propriétaire de la Reine de la Carrosserie et de la Plomberie du plateau de Strawberry, Ruby Archuleta, avait tué un cerf de ses mains nues. Marvin LaBlue fit don de la moitié de son pouce gauche aux mâchoires de ciseaux et à la Reine de la Carrosserie et de la Plomberie et Claudio García avait offert la première phalange de son index à la même machine diabolique. Bras, morceaux de langue ou de jambe avaient été perdus par différents résidents de Milagro sur les sièges arrières au cours de collisions avec vaches et chevaux sur la grand-route nord-sud. Et, à la fin du XVIIIe siècle, ainsi le veut la légende, un vieil homme qui courtisait une sorcière a soudain perdu son pénis, mais pas la vie, frappé par un éclair d'un paisible orage d'hiver.

Et, bien sûr, chaque génération avait sa victime qui avait perdu un œil sous la chevrotine.

Onofre Martínez, lui, prétendait avoir sacrifié son bras aux papillons. Du moins, c'était ainsi qu'il aimait raconter son histoire, quand il avait un public d'enfants ou de créatures crédules qui avaient peur des loups-garous, des lutins et croyaient aux miracles.

« Le jour où cela c'est passé, j'avais irrigué mon champ toute la matinée, alors, à midi, j'étais très fatigué. Je suis allé m'asseoir sous un arbre et j'ai mangé un burrito[1] et un morceau de fromage. Et, quand je commençais de faire la sieste, un énorme papillon orange est venu se poser sur la partie du bras qu'on appelle le biceps, juste là. Je n'ai pas bougé, et il s'est installé, les ailes déployées. J'ai vite remarqué qu'il laissait quelque chose de collant sur ma peau, et après, j'ai vu qu'il y avait des petites boules blanches. C'était une femelle qui pondait ses œufs. Après, elle s'en est allée, et m'a laissé avec ce petit cercle collant sur le bras, plein d'œufs minuscules. Comme je suis curieux, je ne les ai pas enlevés. Je suis rentré chez moi, et pendant plusieurs jours, j'ai fait très attention à ne pas bouger le bras pour ne pas les déranger. Et un matin, quand je me suis levé, les œufs s'étaient enfermés dans des petites chrysalides, et déjà, ils avaient commencé à percer un trou dans mon bras. On aurait dit des petits vers. Ça ne me faisait pas mal, alors, j'ai laissé faire. Après, j'ai remarqué qu'ils mangeaient la chair sous la peau, mais ne me demandez pas pourquoi, cela ne faisait toujours pas mal. Alors, j'ai attendu qu'il se passe quelque chose en faisant toujours attention à ne pas trop bouger le bras. Et les petits vers commençaient sérieusement à engraisser, et bientôt, je me suis aperçu qu'il n'y avait plus du tout de chair sous la peau. Ils se sont attaqués à l'os et un jour, mon bras est tombé par terre. C'est là qu'ils se sont mis à sortir de mon bras comme d'une corne d'abondance, tous ces beaux papillons rouges qui volaient autour de moi comme des chauves-souris affamées jusqu'à ce que le vent les emporte dans un arbre. Et pendant une minute, c'était au mois d'août pourtant, il est tombé quelques flocons de neige sur les cotonniers et sur les papillons écarlates. La neige était si froide que tous les papillons sont morts en un clin d'œil, et ils sont tombés sur le sol comme des feuilles mortes en automne. J'ai ramassé mon bras, qui n'avait plus que la peau intacte, tout le reste avait été vidé, et je pensais pouvoir en tirer un bon prix à l'aéroport de Chamisa. Mais j'ai trébuché dans un ravin en chemin et je l'ai perdu. Tout ça s'est passé il y a très longtemps, bien avant que vous soyez nés. Les chiens ont peut-être mangé ce qu'il en restait, ou alors les oiseaux s'en sont servi pour construire leur nid... »

Quoi qu'il en fût, ce jour-là, Bernabé Montoya sortit du magasin de Rael au moment où la Chevrolet vert chamarré d'Onofre, avec son chien à trois pattes sur le toit, s'arrêta dans une secousse devant le seul parcmètre de la ville. Et, avec un morne

1. Sorte de galette.

« *Ai Chihuahua!* » qu'on pouvait dire presque désespéré, le sheriff sortit son carnet de contraventions. Amèrement, il se mit à écrire, en songeant que si toutes les veines belliqueuses des gens de Milagro comme Amarante Córdova, Joe Mondragón et Onofre Martínez s'unissaient pour une même cause, l'addition serait plutôt salée!

Le berger à trois pattes d'Onofre sauta sur le sol, tandis que le baron de la Staurolite claquait la porte et, avec le sourire triomphant d'un aigle qui prend son envol, Onofre souleva l'essuie-glace du côté du chauffeur pour que Bernabé puisse y placer plus facilement la contravention. Ensuite, marchant du pas rapide et chancelant de celui qui est prêt à s'affaler à plat ventre, Onofre alla vers le Pilar. Sur les marches, il rencontra Bud Gleason, sur son trente-et-un en veste de madras et nœud papillon, qui descendait. De son bras invisible, Onofre souleva son chapeau de cow-boy pour lui souhaiter le bonjour. Du moins, Onofre prétendait toujours qu'il utilisait son bras inexistant pour soulever son chapeau, et c'est très certainement l'impression que cela donnait, car son bras gauche parfaitement réel ne bougeait pas. Malgré tout, les sceptiques racontait que c'était un truc et que Onofre avait simplement appris à plisser les muscles du crâne.

Pourtant, au moins une personne en ville, Joe Mondragón, prétendait qu'il s'était fait un jour fendre la lèvre au cours d'une bagarre au Frontier Bar par le poing invisible à l'extrémité du bras manquant d'Onofre.

Pendant des années, des histoires et un nombre non négligeable de rumeurs non confirmées sur le nabab de la Reine de la Carrosserie et de la Plomberie, Ruby Archuleta, circulèrent entre Milagro et Doña Luz. Certains affirmaient que c'était une sorcière; quelques harpies mal renseignées insinuaient qu'elle avait empoisonné ou assassiné ses trois maris. Plusieurs sources fort contestables suggéraient que son fils de dix-huit ans, Eliu Archuleta, était en fait le fruit d'une liaison entre Ruby et l'ancien sculpteur de santons et ex-patriote, Snuffy Ledoux, qui s'était enfui juste après la révolte de l'Ours Smokey, relation clandestine qui, selon toute probabilité, avait eu lieu à l'époque où son deuxième mari, un Grec du nom de Sufi Menopoulos qui tenait le motel Eagle sur la route vingt-six débouchant sur l'est de Chamisaville, mourait d'un cancer à l'hôpital Sainte-Claire. Ensuite, pendant des années, de méchants commérages insinuèrent qu'Eliu était en fait le fruit d'une immaculée conception.

Si on l'en revenait à des faits plus vérifiables cependant, Ruby était une sage-femme non diplômée qui, depuis 1940, donnait en toute sécurité naissance aux nourrissons. C'était l'un des meilleurs pêcheurs de la région, et elle excellait dans l'art de la chasse. Et, quand les framboises rougissaient dans les canyons, un millier de pots de confitures de Ruby apparaissaient instantanément sur les étagères du magasin de Rael à Milagro, de Benny à Doña Luz et du magasin de diététique et de produits de luxe de Chamisaville, et elle ratissait les deniers à grosses poignées.

Ce morceau de dynamite, d'un mètre cinquante cinq, âgé de quarante-neuf ans, avait eu des cheveux roux vaporeux, presque tout gris à présent. Avec son fils, Eliu, son amant gigantesque, Claudio García, et un affreux péquenot de mécanicien du nom de Marvin LaBlue, elle vivait dans une maisonnette perchée sur une colline dominant la Reine de la Carrosserie et de la Plomberie, entreprise héritée de son premier mari, Ray Mingleback, commerçant charismatique et énergique, qui s'était noyé alors que sa Rolls Royce avait quitté la grand-route nord-sud pour s'écraser dans le Rio Grande à une trentaine de kilomètres au sud de Chamisaville.

Dans la maison d'Archuleta, des bougies brûlaient en permanence, et des figurines de saints, fabriquées dans des enveloppes d'épis de maïs pour certaines, parfois fabriquées par Ruby elle-même, parfois par l'ex-patriote désillusionné, Snuffy Ledoux, ornaient les murs. Tous les curieux de l'Etat, de l'artiste célèbre au hors-la-loi en cavale, s'arrêtaient en chemin pour partager un repas avec Ruby et son équipe et tailler un bout de gras; ils embrassaient Ruby tendrement et ne repartaient qu'à l'aube. Une aura de mystère et de savoir entourait Ruby Archuleta, et bien sûr, à Milagro, tout un chacun, l'enviait, lui en voulait, l'aimait, la haïssait, la prenait pour une sale communiste, refusait de faire réparer son automobile ou sa plomberie par qui que ce soit d'autre... et personne ne connaissait vraiment Ruby, bien que tout le monde la connaisse depuis toujours.

En fait, la Reine de la Carrosserie et de la Plomberie, comme on la surnommait parfois, n'avait rien de particulier. Debout tous les matins à cinq heures, elle enfilait une chemise de travail, un jean fatigué, des bottes de cow-boy, préparait le déjeuner pour les hommes, nouait ses cheveux dans un bandaña à carreaux rouges, et sortait pour commencer à réparer les voitures ou à organiser le travail de plomberie. Elle découpait des tuyaux, soudait des joints, préparait les meules et démontait les moteurs, la femme-orchestre, en somme. Tout ce que savaient faire son fils ou Claudio García, Ruby le faisait mieux. Donc, bien que ce fût une entreprise à petite échelle, comme tout ce dont s'occupait Ruby, la Reine de la Carrosserie et la Plomberie était la meilleure du genre dans toute la région. Et pas parce que ce petit bout de femme aux yeux verts poussiéreux, au nez pointu, aux pommettes hautes, et à la bouche sévère et magnifique possédait des talents de sorcellerie qui faisaient pousser des haricots géants et des œufs d'or, mais parce qu'elle travaillait comme une forcenée. Elle hurlait ses ordres, prenait des décisions à la seconde, faisait fonctionner les machines, réparait les épaves par tous les temps, et quand elle avait besoin de pièce détachées, elle sautait dans son camion et filait à la capitale. Et au diable les services postaux!

Les hommes avaient du mal à accepter la force de Ruby. Ils restaient abasourdis devant ses charmes et sa vitalité. Ceux qui ne la traitaient pas de sorcière, la surnommait la Fourmi, car elle s'agitait toute la journée, et il leur semblait qu'elle pouvait soulever des objets pesant dix fois son propre poids.

Il y avait une histoire sur Ruby Archuleta que tout le monde à Milagro tenait pour parole d'évangile. Cet incident s'était produit, racontait les soi-disants historiens, alors que Ruby, encore très jeune, vivait seule près du Rio Lucero, à un endroit du plateau où la rivière coule dans un espace ouvert, sans arbres sur environ trois kilomètres avant de plonger en cascade dans une gorge profonde qui donne sur le Rio Grande.

Cela se passa en plein cœur d'un hiver d'une froidure exceptionnelle selon la légende, un hiver impitoyable pour les moutons et les autres animaux. Le bétail des régions éloignées du plateau mourut, faute de pouvoir être approvisionné en fourrage. Pendant des semaines et des semaines, toutes les vitres des maisons se couvrirent de splendides motifs de cristaux de glace. Bien que les bûches de pin brûlaient jour et nuit dans les âtres, les intérieurs se réchauffaient à peine. Dehors, les camions refusaient de démarrer. Certaines personnes, prisonnières de la neige pendant des semaines et des semaines, faillirent mourir de faim. Ours et cerfs, misérables, descendaient de leurs hauts refuges à la recherche de nourriture.

Malgré le froid mordant, tous les matins à l'aube, avant d'allumer le feu ou de préparer le déjeuner, Ruby émergeait de sa maison, en tenue d'Eve, les cheveux retombant en boucles sur ses pâles épaules, et allait à la rivière, où elle plongeait rapidement dans une petite poche d'eau courante. En aval, l'eau immobile dormait sous la glace.

Ce jour-là, Amarante Córdova, parti à cheval à la chasse au lapin ou au cerf, arriva sur un monticule à quelques centaines de mètres de l'endroit où plongeait Ruby, au moment précis où elle se rendait à la rivière. Naturellement, comme il n'était jamais tombé sur une scène aussi merveilleuse, il n'en croyait pas ses yeux. Que pouvait-il faire, à part rester bouche bée tandis qu'elle plongeait dans les eaux turbulentes face à la rivière gelée ? Puis, quand Ruby sortit de l'eau, Amarante remarqua un cerf qui sortait délicatement du buisson, à une quinzaine de mètres de la femme. Dès qu'elle aperçut l'animal, elle le poursuivit. Effrayé, le cerf traversa le buisson, se dirigeant vers la rivière par le nord. Bien sûr, en posant les sabots sur la glace lisse, l'animal glissa, pattes écartées, incapable de retrouver son équilibre. La jeune femme lui passa les bras autour de l'encolure, et saisit les bois. Pendant un instant, cerf et femme se rejoignirent dans une figure aussi figée que l'atmosphère hivernale. Déjà, un lueur de cristal transparent recouvrait les cheveux de Ruby, une poussière blanche parsemait ses seins. Soudain, elle frappa le cerf violemment, lui brisant le cou ; le sang coula de la bouche de l'animal et couvrit le corps glacé de la femme tandis qu'elle traînait sa proie vers sa maison.

La mort du cerf faisait aujourd'hui partie de la légende. Le champ de haricots de Joe Mondragón était une autre histoire qui prendrait peut-être un jour la proportion du mythe. En fait, il arriva que, peu de temps après que Joe eut commencé à irriguer illégalement son champ, Ruby Archuleta, son fils Eliu, Claudio García et Marvin LaBlue s'arrêtèrent pour y jeter un premier regard à la fois inquisiteur et admiratif. Une fois que les hommes, lassés, furent retournés écouter la radio du camion, Ruby resta près du champ à réfléchir à la terre humide et aux pousses fragiles.

Quand elle rejoignit finalement son équipe, elle avait un grand sourire aux lèvres. Elle se hissa vigoureusement dans la remorque et se mit à éclater de rire :

— Je savais bien que José ne terminerait pas sa vie sans faire un coup d'éclat, chantonna-t-elle.

Tandis que Joe Mondragón qui, une fois la première euphorie passée, se demandait si ce champ de haricots était une si bonne idée en fin de compte, tout en réparant, assis sur un banc, une chambre à air d'une roue arrière de son camion, un ignoble matou, miteux, obscène, la tête aplatie, les jambes arquées, d'un jaune vomi, les oreilles rongées par la gelée et sanguinolantes, arborant une grotesque paire d'énormes couilles poilues, entra dans la cour de sa démarche raide, suivi, presque à son insu, de trois pies tapageuses qui lui grignotaient la queue dans un vacarme intolérable.

Par simple habitude, Joe ramassa un caillou et le jeta à cette incarnation macabre de la gent féline, manquant sa cible d'un bon kilomètre. Les pies s'envolèrent, mais, imperturbable, le chat se contenta de s'arrêter et de s'asseoir en enroulant confortablement sa queue autour de son corps, et contempla Joe de son regard impavide de serpent assoupi.

— Hé, le greffier !

Joe lança un tasseau de vingt centimètres de long au matou, mais à nouveau, le projectile atterrit à des lieues du chat, et l'animal ne broncha pas.

Joe rentra dans la maison, revint dans la cour quelques secondes plus tard avec un paquet de bâtons magiques. Il alluma celui du centre et jeta le tout sur l'intrus ébouriffé, déclenchant un concert de pétarades lumineuses. Le chat se redressa, par simple formalité, fit paresseusement le gros dos, hérissa poliment les quelques poils situés derrière sa tête de serpent, et, quand la poussière fut retombée et que l'odeur de poudre se fut disssipée, il se rassit, ferma ses yeux lourds de sommeil, et se mit à ronronner tout en labourant gentiment la terre de ses griffes.

— Que je sois pendu!

Joe était bien forcé d'admirer le culot de l'animal, si bien qu'en murmurant un « Va te faire foutre, saloperie de chat! » il se repencha sur sa chambre à air.

Un instant plus tard, l'animal se leva, s'étira, traversa nonchalamment la cour et disparut dans le poulailler.

— Ah, minet, là, t'exagères!

Joe se saisit d'une binette afin de fendre en deux cet odieuse bestiole et entra dans le poulailler s'attendant à la voir assaillir une de ses précieuses pondeuses.

Mais le matou délabré sommeillait, couché en rond dans une boîte à œufs.

Joe posa sa binette contre le mur, et observa ce réfugié au poil en broussaille se demandant quel sorte d'augure il pouvait bien annoncer.

Joe rentra à l'intérieur de la maison, ouvrit une boîte de bière, s'affala à la table de la cuisine et regarda Nancy laver le sol. Leurs trois enfants, Billy, Larry et Luisa étaient acrobatiquement dispersés dans le salon et buvaient avidement les images de la télévision.

Troublé et de mauvaise humeur, Joe aboya:

— Qu'est-ce que ces gosses font à regarder la télévision à cette heure-ci?

— C'est à eux qu'il faut le demander, pas à moi, répondit Nancy sans abandonner son travail.

— Qu'est-ce qui ne va pas aujourd'hui?

— Rien, mais ça irait encore mieux si tu retournais dehors, à ta place.

Joe grimaça d'une manière désagréable et but une gorgée de bière.

— Vous, les gosses, fichez-moi le camp d'ici, c'est compris?

Leur regard gentiment arrogant alla de leur père à leur mère, qui se contenta de hausser les épaules tout en écartant une mèche égarée sur son front.

— Alors, vous n'avez pas entendu? grogna Joe. Il faut que j'aille chercher la ceinture?

— Euh..., m'man..., gémit Larry, l'aîné. M'man a dit qu'on pouvait regarder la télé.

— Moi, je vais appeler Joe S. Mondragón de la boutique télé de Chamisaville pour lui dire de venir reprendre ce fichu engin, cracha Joe. Je n'ai pas élevé mes gosses pour qu'ils restent assis à la maison en plein milieu de l'été devant cette cochonnerie. Et puis, de toute façon, vous commencez à trop bien parler anglais! Allez, fichez-moi le camp d'ici, tous les trois, et en vitesse!

— Mais qu'est-ce qui te prend aujourd'hui? demanda Nancy.

— Rien du tout. Je rentre cinq minutes pour boire une bière tranquille... Oh, éteins cette télé, Larry! Oui, parfait, et maintenant, dehors! Comment ça se fait que t'utilises autant de démoniaque quand tu laves par terre?

— D'ammoniaque, idiot! dit Nancy en souriant. Elle posa son balai contre le comptoir, alla se chercher une bière dans le frigo, et s'assit en face de Joe, ouvrant délibérément sa boîte de façon à ce que la mousse éclabousse le visage de son mari.

— Alors, qu'est-ce qui arrive à mon vilain petit canard, cet après-midi? dit-elle en réprimant un rire, mais sans cacher son ton moqueur.

Sans prendre la peine d'essuyer son front, Joe la menaça d'une voix tranquille.

— Tu vas le regretter, ma petite.

— Oh, je m'en doute.

Nancy vida un tiers de sa bière en aspirant bruyamment et poussa un soupir de satisfaction.

— Tu me fais peur, José. J'en tremble, j'ai vraiment la trouille!

Ils restèrent ainsi en silence, Nancy souriant toujours, Joe, les yeux rivés sur sa bière, dessinant avec les doigts dans la petite mare sur la table.

— Stella Armijo a appelé, dit Nancy après un moment, elle a dit qu'elle a bavardé avec Betty Apodaca et Betty lui a raconté qu'elle avait entendu Horsethief Shorty Wilson parler à Harlan Betchel en essuyant les tables du café Pilar et Shorty a dit à Harlan que Bernie Montoya est allé chez ces crétins de flic de Doña Luz au sujet de ton champ de haricots. Ça fait déjà un moment, c'était avant que ces enfoirés de la capitale se ramènent. Lydia Martínez a appelé aussi, et elle a dit qu'en faisant le ménage au bordel à touristes de Pedro Hirsshorn, le Motel Enchanté, elle a entendu Pedro, le Saoulard en personne, bavarder avec le Zopi Devine au téléphone. Il paraît qu'après, le Saoulard a dit à Nick Rael que le Zopilote, il allait prendre son avion pour pouvoir discuter de ton champ avec le gouverneur.

— Je te remercie, ce sont vraiment des bonnes nouvelles, répondit Joe, sarcastique.

— Charley Bloom a appelé aussi, il pense que vous devriez discuter, tous les deux.

Joe haussa les épaules, essayant d'apparaître nonchalamment caustique, alors qu'il était raide de peur.

— Je crois que tout le monde a peur, dit Nancy.

— Il n'y a vraiment pas de quoi, grommela Joe.

— Si on me posait la question, je dirais que toi aussi, tu as peur.

— Pourquoi voudrais-tu qu'on te pose la question?

— T'as raison, rétorqua-t-telle, pourquoi poser la question, puisque ça saute aux yeux.

Joe la regarda.

— Qu'est-ce que tu cherches? Un œil au beurre noir?

Tendant le bras par-dessus la table, Nancy posa gentiment la main sur la sienne.

— Et tu te feras aider par quelle armée, José?

— Je cognerai si fort, qu'on t'arrêtera à El Paso pour excès de vitesse.

— Et après? Je me vengerai. Qu'est-ce que tu t'imagines? Que tu me fais peur? Si tu me touches, je te poignarderai dans le dos. Légitime défense. Tu m'en crois pas capable? Regarde ces muscles!

— *Ai Chihuahua!* gémit Joe misérablement, retirant sa main de sous la sienne et s'y appuyant le menton d'un air triste. Dire qu'il a fallu que j'épouse un scorpion!

— Eusebio Lavadie a appelé aussi, l'informa Nancy.

— Ça fait la cinquième fois en quinze jours! Puis, sur le coup d'une arrière-pensée, il grommela d'un ton peu convaincu:

— Je lui ferai éclater le nez.

— Il s'est encore excusé.

— Qu'est-ce que tu veux dire, encore excusé?

— Il m'a juste demandé de te dire qu'au début, il n'avait pas tout bien compris, et qu'il était désolé.

— Désolé..., grommela Joe d'un ton sarcastique. Il est désolé! Il se trimballe partout en répétant tout ce que racontent les copains du Zopilote, avec une machette dans chaque main pour découper tous les autres en morceaux. C'est son père, Meliton, quand il était maire de ce pauvre bled, qui a invité le vieux Devine à s'installer ici et à venir nous sucer le sang jusqu'à la moelle.

— Il a peur, comme toi et moi, dit Nancy.

— Parle pour toi, grosse bêtasse.

Nancy termina sa bière, attrapa celle de Joe et la liquida aussi. Trop déprimé pour protester, Joe marmonna:

— C'est gentil de me remonter le moral!

— Je suis avec toi, Joe.

— C'est exactement ce dont j'ai besoin. Que tu sois toujours collée sur mon dos avec ta langue de vipère. Je suis sûr que ça va m'éviter bien des ennuis.

— Pour le moment, ma langue de vipère, c'est tout ce que tu as, dit Nancy, le regard illuminé d'une lueur tendre et farouche. Alors, tu ferais mieux de me traiter avec respect.

— Et toi, depuis quand tu me traites avec respect?

— Depuis que je te connais, *amor*, répondit-elle d'une voix languide en sortant deux autres bières du frigo.

Joe se tordit les mains. Elles étaient calleuses, ridées, pleines de bleus, toutes grasses. Un ongle noir et bleu était sur le point de tomber, des jolies mains, vraiment! Il imaginait son nom en lettres de néon scintillantes avec: JOE MONDRAGON, LES MAINS DE L'AMERIQUE. Il jeta un coup d'œil subreptice sur les mains de Nancy: elles n'étaient guère en meilleur état, rouges, rugueuses, griffées, écorchées, les doigts perpétuellement tordus à force de se serrer sur les manches à balais, les clés à tube, les pelles, etc. Elle travaillait aussi dur que lui, plus dur peut-être... Alors pourquoi n'achetait-elle pas cette crème rose miraculeuse, dont on vantait sans arrêt les mérites à la télévision? Soudain Joe se souvint du jour de leur noces, huit ans plus tôt, quand ils avaient silloné la ville, les voitures toutes décorées de pompons et de rubans colorés, klaxonnant comme des fous, avec les chiens et les enfants qui couraient derrière eux, et les gens qui leurs faisaient des signes du pas de leur porte, de leur jardin ou de leurs champs verdoyants.

— Oh..., pis merde..., je sais pas.

Il aurait aimé lui parler des étranges sensations qu'il éprouvait. Lui dire qu'il était fatigué, fini, et qu'il n'avait jamais su où il allait depuis qu'il était gosse et qu'en fait, ce champ de haricots, c'était un moyen de tout faire exploser, de sortir un jour de chez lui en tirant des coups de feu, et d'en finir sous les tirs adverses. Le problème, c'était que Joe n'avait jamais vraiment maîtrisé la situation, il n'avait jamais vraiment compris ses propres motivations, il n'avait jamais su où il allait. Il ne savait même pas s'il aimait Nancy et ses enfants. Quoi qu'il fasse, il agissait toujours d'instinct. Et puis, il avait trop de travail. Il était épuisé de se lever tous les matins, plein d'appréhensions. Et sur un point, il enviait sa femme: elle l'aimait et elle aimait ses gosses, et c'était toute sa vie..., les nourrir, entretenir la maison, les protéger. Elle ne comprenait peut-être pas qui elle était ni où elle allait, mais elle connaissait les frontières de sa vie, et les tâches qu'il y avait à accomplir à l'intérieur de ces limites.

Ils restèrent assis en silence, finirent leur deuxième bière et en entamèrent une troisième. Le enfants rentrèrent, rallumèrent la télé, et aucun des deux parents n'y prêta attention. Dehors, l'orage s'annonçait; il tomba quelques gouttes, puis le vent repoussa les nuages vers les montagnes. Joe avait envie de faire l'amour, mais il ne l'avait jamais fait en plein jour, quand on y voyait encore dehors et que l'on pouvait travailler.

— Nous avons encore des traites à payer pour le camion, la machine à laver, la télé et le frigo, annonça Joe d'une voix morne.

— Ne t'inquiète pas, ce n'est pas nouveau.

— Ne t'inquiète pas, dit-il en la regardant avec une réelle hostilité cette fois. Je m'inquiète depuis que je suis né.

Nancy était un peu ivre.

— Arrête de t'apitoyer sur ton sort, José. Va raconter ça à tes moutons.

— A propos de moutons, il nous reste de la viande? demanda Joe quelques minutes plus tard.

— Pas vraiment. En fait, plus du tout, même.

— Bon, alors, je crois que je vais tuer un des chevreaux.

— Je vais t'aider.

Un peu chancelant, ils allèrent tous deux vers l'enclos.

— Attache-le, j'ai oublié mon couteau, dit Joe.

Tandis qu'il retournait à l'intérieur, Nancy attrapa un petit bouc brun, attacha la patte arrière gauche à la patte avant gauche, puis la patte arrière droite à un crochet de métal du plafond bas et délabré d'une grange à outils, tout près de l'enclos. Joe revint avec un couteau et un seau en plastique propre, suivi des trois gosses qui adoraient ces séances de boucherie. Il donna le seau à Nancy, et, dans un mot, mit la main sur le museau du bouc suspendu, puis, d'un seul coup, il lui trancha la gorge et tint l'animal jusqu'au dernier sursaut, le sang lui dégoulinant sur les doigts avant de tomber dans le seau. Hochant la tête, il le lâcha et sortit. Dehors, il se lécha les doigts et observa l'horrible matou qui dévorait calmement un serpent d'eau près du fossé d'irrigation.

Joe se sentait plus mal à l'aise qu'en bien des années. Le danger, l'enfer peut-être, flottait dans l'air, aussi nauséabond qu'un renard. Mais comme il ne savait qu'y faire, Joe resta immobile à se lécher les doigts, en ne pensant à rien, car, en fin de compte, il ne comprenait pas mieux la vie et la mort, la politique et l'amour que n'importe lequel de ses voisins.

Nick Rael et sa femme, Dorothy, avaient divorcé quelques années auparavant. Elle vivait à Chamisaville avec trois de leurs quatre enfants, Buddy, Sonny, Lizzie et Nick étaient restés à Milagro dans une modeste demeure d'adobé avec Jerry, le quatrième, et sa mère âgée de quatre-vingt-neuf ans. Jerry était aussi normal que tous les adolescents de quatorze ans, au beau milieu de l'âge ingrat, mais quant à la mère de Nick, Mercedes, c'était une autre histoire!

Elle a des petits vélos plein la tête, disaient les paysans du coin, on les entend même cliqueter la nuit, quand elle se promène seule.

En fait, Mercedes Rael ne se promenait pas tant que ça la nuit, mais de temps en temps, elle parvenait à sauter la barrière qui entourait le jardin de son fils et partait se ballader sans but dans la montagne, auquel cas il fallait organiser une battue pour la retrouver avant qu'elle ne meure de faim; à moins qu'elle ne préfère partir par la grand-route nord-sud, vêtue de ce qu'elle portait au moment du départ, ce qui allait des chemises de nuit élaborées à quatre volants de dentelles et des robes de chambres gonflantes à rien du tout. Plus d'une fois, divers hommes de loi et fonctionnaires de la ville avait suggéré à Nick de l'enfermer tous les jours pendant qu'il travaillait au magasin, et toutes les nuits quand il dormait, ou mieux encore de la placer à l'asile de fous dans la capitale, ce qui aurait grandement facilité la vie de tous.

Mais Nick n'avait pas envie de placer sa mère, ni même de l'enfermer toute la journée.

— Si je l'enferme, avait expliqué Nick maintes et maintes fois, à plus d'un sheriff exténué et plus d'un policier épuisé après une battue de trois jours, elle fait de la claustrophobie, et elle s'amuse avec des allumettes. Une fois, elle a mit le feu à ses vêtements, un autre jour, elle a fait flamber les poteaux du lit. Si on lui confisque les allumettes, elle se met à avaler n'importe quoi. Elle a même mangé la moitié des plumes de l'oreiller un jour que je l'avais enfermée. Une autre fois, elle a bu toute une bouteille de téquila, que j'avais cachée dans un coin du placard. Non, je vous assure, les gars, c'est mieux de la laisser faire ce qu'elle veut. Elle aime bien se promener dans la cour.

Effectivement, Mercedes aimait beaucoup cette cour. Mais elle ne se contentait pas de rester allongée dans l'herbe ou dans un hamac ou un fauteuil à bascule, en bonne grand-mère de quatre-vingt-neuf ans. Elle s'intéressait activement aux fleurs de Nick, par exemple, et mangeait souvent les pétales de jonquilles, d'hortensias, de lilas ou de roses lorsque c'était la saison. Si toutes les fleurs étaient retombées en graines, elle rampait à quatre pattes et avalait tous les pissenlits en fleurs; ou encore, elle passait des heures à souffler sur les aigrettes que, pour une raison ou une autre, elle n'avait pas englouties. C'était une femme excessivement agile, et on la voyait souvent en haut des ormes chinois et des cotonniers que Nick avait fait pousser dans son jardin bien ordonné: elle y passait des heures à faire des grimaces aux pies et aux colibris qui y faisaient leurs nids.

Mais surtout, ce qui avait gagné à cette femme de presque quatre-vingt-dix ans, toute ridée et à moitié chauve, sa réputation presque universelle, c'était son habitude de jeter des gravillons.

La vieille dame tirait un tel plaisir de cette activité que Nick la laissait faire, à tel point qu'il était sans cesse obligé de commander des petits cailloux blancs coûteux pour refaire son allée qui menait de la maison au portail. C'était le champ de munition de Mercedes, et elle s'y fournissait si régulièrement que Nick devait le regarnir tous les quatre ou cinq mois.

Mercedes ne faisait jamais de mal à personne en lançant ces cailloux, bien qu'à l'occasion, elle gâchait la vie quotidienne d'un certain nombre de personnalités locales qui formaient ses cibles privilégiées. Harlan Betchel était parmi eux, tout comme Peter Hirsshorn; Jerry Grindstaff avait droit lui aussi à sa part. Et si les gardes forestiers, Carl Abeyta et Floyd Cowlie s'approchaient du magasin pour leur pause et leur soda de la matinée, elle se trouvait derrière le portail, ou derrière la basse clôture de piquets blancs et les assaillait des coûteux gravillons. Pourtant, Mercedes avait un raffinement incontestable, elle ne lançait jamais ses projectiles par poignées, cela aurait été d'une vulgarité innommable. Non, elle les jetait un par un, délicatement, bien qu'au fil du temps, elle avait acquis une précision et une rapidité de tir des plus admirables, si on avait la chance de ne pas être l'objet de son attention.

Parmi ceux qui attiraient ses feux (on ne peut guère parler de ses foudres car elle était toujours d'un calme olympien durant ses débordements d'artillerie, souriante, douce, comme une bonne vieille grand-mère qui sert le thé et les petits gâteaux) on comptait tout ce qui portait un uniforme, tous les livreurs qui fournissaient le magasin, le Frontier ou le café Pilar; l'autocar Trailways, chauffeur et passagers inclus, et tous ceux qui travaillaient pour le compte de Devine. Elle ne lançait jamais de cailloux à Tranquilino Jeantete, Amarante Córdova, Onofre Martínez, Panky Mondragón ou Seferino Pacheco. Et bien qu'en général elle mitraillât les chiens et autres animaux qui passaient par là, elle ne s'attaquait jamais au cochon de Pacheco car, la première fois qu'elle avait jeté un gravier à la truie, celle-ci avait chargé, brisé le portail et avait renversé la vieille femme et lui avait englouti le bras jusqu'au coude avant que Nick ait eu le temps de sortir de son magasin, une manivelle à la main, pour la tirer de ce mauvais pas.

Mercedes ne jetait jamais de cailloux aux enfants non plus, car de nos jours, les mômes avait perdu tout respect pour leurs aînés et étaient bien capables de répliquer.

Il y avait toujours plusieurs personnes à portée de tir sous le porche du magasin de Rael, qui discutaient le bout de gras, comparaient les chèques du gouvernement qui étaient arrivés au bureau de poste du fils de Mercedes, ou simplement buvait de la bière et du soda en écoutant la radio, généralement branchée à fond sur la KKCV de Chamisaville. La vieille femme se tenait donc en permanence du côté qui donnait sur le magasin et choisissait ses cibles parmi les membres de la congrégation, et le manège durait depuis si longtemps que plus personne ne prêtait attention à Mercedes et à ses petits cailloux inoffensifs qui rebondissaient à leurs pieds comme des grêlons.

Harlan Betchel était sans doute le seul à ne jamais s'être habitué aux agressions de Mercedes Rael. Peut-être parce que, enfant, il était immense, énorme, joufflu, rougeaud et largement détesté, et que les cailloux de la vieille dame lui rappelaient un peu trop les persécutions qu'il avait endurées durant toute une enfance malheureuse. Quoi qu'il en fût, Harlan était la seule personne à haïr vraiment Mercedes; c'était le seul à ne jamais se porter volontaire pour les battues dans la montagne; c'était le seul à toujours insister auprès de Bernabé Montoya et des fédéraux pour qu'ils obligent Nick à placer sa mère à l'hôpital de la capitale. Harlan avait même un jour écrit une lettre anonyme à la directrice des services sociaux, une femme du nom de Ursula Bernal, pour lui demander de forcer Nick à enfermer cette octogénaire qui gâchait la vie des citoyens de Milagro. Les services de santé n'avaient pas même daigné envoyer un sous-fifre ouvrir une enquête.

Une fois sur deux, lorsque Harlan décidait de traverser la place pour aller du café Pilar au magasin de Rael, il s'arrangeait pour rester hors de portée de la vieille femme qui attendait impatiemment derrière la clôture et piétinait nerveusement du côté du Frontier et des quartiers généraux du service des forêts. Mais, même ainsi, lorsqu'il s'approchait du porche, Mercedes parvenait généralement à lui envoyer une demi-douzaine de gravillons des plus ennuyeux qui rebondissaient à ses talons avant qu'il ait passé le seuil.

Quand il ne voyait pas cette vieille folle derrière la clôture ou le portail, Harlan traversait tout simplement la place. Parfois, cependant, son manque de précaution se retournait contre lui, car Mercedes, à quatre pattes, se cachait derrière un buisson de lilas ou un bouquet de tulipes, et surgissait soudain, ses projectiles volant comme des boules de feu dès que Harlan atteignait la sphère invisible et pourtant bien délimitée de sa portée de tir. Invariablement, son apparition soudaine, et la précision de son tir portait un tel coup au cœur au gros bonhomme que parfois, il en tombait de surprise, et qu'il émergeait toujours de ces attaques impromptues le cœur battant de manière fort malsaine.

Depuis des années, Nick Rael répétait et répétait à Harlan:

— Jette-lui quelque chose, nom d'un chien, elle arrêtera tout de suite!

Mais Harlan se considérait trop comme un gentleman pour prendre les armes contre une vieille dame.

Un jour, cependant, le gérant du café finit par craquer. Préoccupé par des pensées troublantes à propos de l'affaire du champ de haricots, Harlan oublia, en traversant la place pour aller acheter des cigarettes chez Rael où elles étaient moins chères que dans les distributeurs, de faire son détour habituel par le service des forêts et l'un des cailloux de Mercedes, s'enfonça dans son oreille, le surprenant à tel point qu'il en tomba en poussant un cri. Dès qu'il se rendit compte de ce qui s'était passé, Harlan rampa dans la poussière à la recherche d'un projectile digne d'être lancé à Mercedes qui se contentait d'observer ses grimaces avec une expression vide et rêveuse. Harlan ne trouva rien de supérieur à la taille d'un petit pois. Soudain, il s'assit, ôta un de ses mocassins, et le lança sauvagement à la vieille dame, qui oublia d'esquiver le coup, si bien qu'elle le reçut en plein dans le front. Bien sûr, malgré sa rage, Harlan n'avait ni l'intention ni l'espoir de toucher la vieille dame, et l'abominable « bong » qui résulta de la rencontre entre son mocassin et le front résonna dans un écho terrifiant à travers toute la place. Il sauta sur ses pieds dans un cri épouvanté au moment même où Mercedes émit un gloussement intrigant et tomba à genoux, inconsciente.

— *Nick!* hurla Harlan en se précipitant vers la clôture de piquets blancs. *Nick! Nick! J'ai tué ta mère! J'ai tué ta mère!*

— Un instant, répondit Nick, il faut que j'encaisse.

Après avoir rendu sa monnaie à Horsethief Shorty Wilson, le propriétaire du magasin trottina vers sa cour où Mercedes n'avait pas fait un geste ni bougé un cil depuis plus de deux minutes. Harlan Betchel tenait son mocassin avec autant de précaution que si cela avait été le couperet ensanglanté d'un bourreau.

Horsethief Shorty, qui avait suivi Nick par curiosité demanda :

— Espèce d'andouille, qu'est-ce qui t'as pris de taper cette pauvre vieille avec ta chaussure?

— Mais Nick, m'avais toujours dit..., bégaya Harlan, Nick tu m'as dit de...

— Ouais, bien sûr, je sais, je sais. Mais j'aurais jamais cru que tu lui aurais lancé une botte!

— C'est pas une botte, c'est un mocassin!

— T'aurais pas pu prendre un caillou, ou quelque chose de plus pratique? demanda Nick morose, en tâtant le pouls de sa mère, le trouvant peut-être un peu trop vite, fort et puissant comme celui d'un bœuf.

— Elle est pas morte, dit Shorty.

— Co... comment tu le sais?

Shorty qui s'était agenouillé de l'autre côté du corps plaça la boîte de tabac qu'il venait d'acheter sous le nez de Mercedes et la montra à Harlan.

— Tu vois? Elle respire. Il y a de la buée. C'est comme ça que je le sais. La deuxième façon, c'est qu'on voit sa poitrine se soulever comme un soufflet. Et la troisième, c'est les drôles de petites rides autour de la bouche, elle se retient de rigoler! Si tu veux mon avis, Nick, la vieille se fiche de nous.

— Allez, maman, on sait que t'es réveillée! Lève-toi maintenant.

— Vous voulez dire qu'elle n'a rien? dit Harlan, le souffle coupé.

— Oh, elle aura une bosse sur le front pendant quelques jours, dit Nick. Mais à part ça, je crois que tout ira bien.

Mercedes allait bien. Mais elle ne relança jamais plus de cailloux à Harlan. Harlan, de son côté, n'était jamais sûr qu'elle n'allait rien lui lancer, car il lui semblait qu'elle était toujours là quand il traversait la place; simplement, désormais, au lieu de jeter les cailloux en souriant de son sourire abscons qui illuminait ses traits antiques, elle le regardait d'un œil sévère par-dessous ses sourcils, tout en laissant glisser les gravillons à travers ses doigts d'une main à l'autre, plus menaçante encore dans le cessez-le-feu que dans la guerre ouverte. En fait, elle le regardait d'un œil si terrifiant que Harlan croyait qu'elle prévoyait de l'achever un jour, avec un fusil, disons, ce qui était plus que possible, car Nick avait une pléthore d'armes à la maison. La vieille dame n'aurait pas même besoin d'user de la ruse pour s'en procurer une.

Les traversées de Harlan devinrent cent fois plus éprouvantes qu'auparavant. Il reprit bientôt ses détours par le Frontier Bar et le quartier général du service des forêts, mais, même ainsi, il se sentait mal à l'aise car si, comme semblait le prouver son expression de singe menaçant, la vieille avait l'intention de jouer avec l'un de milliers de pistolets de la maison, aucun détour de moins d'un kilomètre ne pourrait le sauver.

Harlan regrettait le temps où Mercedes lui lançait des cailloux. En fait, il se surprit souvent à la supplier intérieurement de reprendre son ancienne forme de torture inoffensive.

L'esprit affaibli de Mercedes devait toujours savoir une ou deux petites choses sur la psychologie de son adversaire. En tout cas, elle s'accrochait à son fusil, et qu'il vente ou qu'il neige, chaque fois que Harlan Betchel traversait la place, elle était dehors, fronçait silencieusement les sourcils, trépignait en faisant impitoyablement couler les gravillons d'une main à l'autre, conduisant ainsi le gérant du café à une tombe prématurée.

Et, d'une certaine manière, tout était lié... la cruauté et la malice de Mercedes se trouvaient sauvagement mises en valeur par l'existence du pitoyable champ de haricots de Joe Mondragón.

Après la réunion qui eut lieu dans la salle de conférence du gouverneur, Kyril Montana retourna à son travail. D'abord, il demanda le dossier Bloom, pas très épais d'ailleurs. Natif de Longmeadow, Massachusetts, diplômé de l'université de droit d'Harvard, il s'était marié une première fois avec une riche Bostonienne du nom de Sherri Pope, qui avait obtenu sa maîtrise d'enseignement à l'université de Radcliffe. Ils avaient divorcé neuf ans auparavant et avaient une fille, Miranda, qui vivait avec sa mère et son beau-père dans la banlieue résidentielle de Boston. Apparemment le divorce avait été long et fort mouvementé mais le dossier ne donnait que peu de détails.

Bloom vivait au Nouveau-Mexique depuis cinq ans et s'était remarié avec une jeune Chicano, Linda, Romero de son nom de jeune fille, qui avait vécu dans la vallée San Luis, Colorado. Leurs deux filles, Pauline et María avaient respectivement six ans et deux ans et demi. Le dossier avait été ouvert à l'époque où Bloom défendait un héritier terrien fort en gueule, du nom de César Pacheco, plombier à mi-temps à Ojo Prieto, à vingt-cinq kilomètres à l'ouest de Milagro. Pacheco, considéré comme militant activiste par les services secrets, avait été arrêté pour conduite en état d'ivresse, accusation peut-être authentique, mais plus probablement forgée de toutes pièces. Pendant son arrestation, il avait donné un coup de couteau à un des policiers, Peter Sandoval, le blessant légèrement à la poitrine.

Bloom avait monté une défense efficace et très imaginative, dans laquelle peu d'avocats auraient osé se lancer, étant donné les antécédents politiques de Pacheco, sans parler du fait qu'il avait poignardé un flic. Se fondant sur l'assomption que Pacheco avait agi par légitime défense, Bloom fit appeler nombre de témoins, présenta une série de preuves incriminant Sandoval, si bien que le procès devint presque un forum de protestations contre la brutalité policière dans le Nord. Finalement, Pacheco fut condamné pour avoir résisté à une arrestation, agressé un policier avec une arme mortelle, ainsi que pour insultes à agent, désordre sur la voie publique, conduite en état d'ivresse, etc., si bien qu'il purgeait actuellement une peine de cinq ans de prison dans le pénitentier d'Etat.

La revue rapide des antécédents et du caractère de Bloom faite pendant et après le procès contenait également plusieurs notes résumant les discussions entre les services secrets et les officiels du barreau à propos des diplômes et du statut de Bloom, qui d'ailleurs étaient en bon ordre. A l'époque, en attendant plus ample développement de la carrière de Bloom qui, jusqu'à l'affaire Pacheco, avait été calme et sans histoire, les responsables du barreau décidèrent de ne rien faire et de n'exercer aucune pression contre Bloom ou sa pratique. En général, dans la capitale comme à Milagro, au Colorado et dans l'Est, tous ceux qui furent contactés à propos de Bloom, exprimèrent l'opinion qu'après le procès Pacheco l'avocat ne manifesterait ni le même feu, ni la même vindicte. Cela s'avéra être un jugement exact sur son avenir immédiat, avenir qui désormais appartenait au passé. Après l'affaire Pacheco, et jusqu'à l'histoire Joe Mondragón, Bloom s'était de nouveau plongé dans les querelles interminables, les divorces et les litiges terre-à-terre des pauvres du comté de Chamisa.

Après avoir feuilleté le dossier, Kyril Montana décrocha le téléphone et appela Boston et Longmeadow, Massachusetts. Il précisa à ses contacts dans l'Est ce qu'il cherchait, enfila sa veste sport, quitta le bureau et se rendit à pied au siège de *La Voix du peuple*, à douze pâtés de maisons de là, dans une rue tranquille bordée d'arbres, non loin du cimetière militaire.

Etrangement, bien qu'il n'y ait eu personne dans le bâtiment de quatre pièces, la porte était ouverte, si bien que l'agent entra. Dans chaque pièce, il trouva un bureau, une machine à écrire électrique, un téléphone, et un désordre innommable. Des papiers traînaient partout, cendriers et corbeilles débordaient largement, et, là où il était encore visible, le sol était maculé de brûlures de cigarettes. Le couloir menant aux toilettes était encombré de cartons contenant de vieux numéros de *La Voix*. A côté des toilettes, dans une sorte de grand placard, se trouvait tout un matériel de laboratoire photo avec un agrandisseur luxueux. Eparpillées sur ce qui était apparemment le bureau du directeur, une douzaine d'enveloppes ouvertes: factures de téléphone, d'une agence de location de matériel de bureau, du propriétaire, de l'imprimeur, et du département des copyrights de la bibliothèque du Congrès. En passant en revue le contenu de chaque enveloppe, Kyril Montana s'aperçut que *La Voix* devait 197,53 dollars à la compagnie du téléphone Sierra Bell et que leur ligne serait coupée s'ils ne payaient pas immédiatement en liquide; le fournisseur menaçait d'entamer des poursuites pour récupérer les 503 dollars de retard sur la location des machines à écrire; le propriétaire réclamait le loyer du mois précédent; l'imprimeur demandait ses 670,40 dollars pour les deux numéros précédents et la bibliothèque du Congrès exigeait 108 dollars pour couvrir les frais d'archivage des dix-huit numéros précédents.

Kyril Montana nota toutes ces informations. Ensuite, il alla de boîte en carton en boîte en carton et choisit d'anciens numéros et, quelques minutes plus tard, il quitta les lieux avec vingt numéros de *La Voix* sous le bras. En chemin, il s'arrêta dans un bar de la grand-place où il commanda un café et deux burritos au chili, il feuilleta rapidement les vingt magazines, marquant d'une croix les récits qui retraçaient l'histoire de Charley Bloom à travers les lignes. De retour à son bureau, il parcourut tous les articles de Bloom, soulignant des paragraphes ici et là. Ensuite, d'après les articles sur des sujets inoffensifs pour l'essentiel, il tira un rapide profil de l'avocat, qu'il tapa sur sa propre machine à écrire.

Ceci fait, l'agent lut attentivement la photocopie de l'article sur le champ de haricots de Joe Mondragón que Rudy Noyes lui avait donné pendant la réunion dans la salle de conférence du gouverneur. Il prit des notes, rédigea quelques commentaires, et en fit une photocopie qu'il glissa dans le dossier Bloom. Ensuite, il contacta le bureau local du F.B.I. ainsi que le département des alcools, tabacs et armes à feu pour voir si quelqu'un avait une photographie de l'avocat, mais il revint bredouille: apparemment, pour le moment, personne ne considérait Charley Bloom comme un individu dangereux.

Vers la fin de l'après-midi, il reçut des appel des deux villes du Massachusetts, et obtint des informations dépassant tous ses espoirs. Pendant sept ans d'affilée, les déclarations d'impôts de l'avocat avaient été vérifiées, contestées, et avait donné lieu à un procès. Il avait payé des sommes folles en amendes, et l'affaire n'était pas entièrement réglée. Il avait régulièrement eu des problèmes avec la pension alimentaire, et il régnait toujours une grande confusion sur la prise en charge de la fillette, Miranda, car pendant six ans, sa femme et lui l'avaient fait figurer indépendamment sur leur feuille d'impôts.

Comme le précisait le dossier, le divorce avait été houleux. D'abord, Sherri Bloom s'y était opposée. Les avocats de Bloom avaient répliqué en menaçant de faire déclarer Sherri mentalement irresponsable ou du moins incapable d'assumer la garde de l'enfant. Sherri avait rétorqué en accusant son mari d'adultère : en retour, il l'accusa tout d'abord de frigidité puis d'avoir des relations coupables avec au moins trois autres hommes. Finalement, les avocats de Sherri conconctèrent un horrible mensonge et menacèrent d'intenter un procès contre Bloom pour tentative de viol sur la fillette de onze ans. Ils n'eurent pas besoin de porter cette accusation publiquement devant la cour : leur missive suffit. Terrassé, Bloom abandonna le combat. A l'époque du divorce, les Bloom avaient un trou dans leur budget de quatre-vingt-trois mille dollars ; il s'ensuivit une déclaration de faillite et une perte considérable sur leur propriété de banlieue. Cela avait été un divorce déchirant dans des circonstances épouvantables. De toute évidence, Charles Morgan Bloom était allé dans l'Ouest pour recommencer une vie nouvelle.

Kyril Montana prit tout cela en note, qu'il tapa ensuite à la machine pour l'insérer dans le dossier. Ensuite, il téléphona à quelqu'un et, un peu après six heures, il dit au revoir à quelques-uns de ses collègues avant de rentrer chez lui. En chemin, il s'arrêta à *La Voix du peuple*, dont les portes étaient toujours ouvertes, bien qu'il fasse nuit. En arrivant à la maison, l'agent passa un dernier coup de téléphone d'affaires, enfila des vêtements sport, et sortit prendre l'apéritif avec sa femme près de la piscine.

Cette même nuit, *La Voix du peuple* se fit bêtement cambrioler. On vola les trois machines à écrire et le coûteux agrandisseur. La police retrouva tout le lendemain dans un caniveau asséché à l'ouest de la ville. Bien que les machines à écrire fussent toujours intactes, l'agrandisseur était désespérément hors d'usage. On ne rendit pas les machines à *La Voix*, mais à l'entreprise de location qui, le même jour, intenta un procès pour les 503 dollars d'arriérés.

Malgré tout, trois jours plus tard, *La voix du peuple* sortit un nouveau numéro. Le lendemain, le magazine fut envoyé aux mille deux cent onze abonnés, dont la moitié n'avait pas payé leur cotisation mais recevait le magazine quand même, et, durant les quatre jours qui suivirent, quinze cents exemplaires furent distribués dans onze villes, toutes situées dans l'extrême quart Nord de l'Etat.

Ce fut le numéro qui remporta le plus de succès, en termes de ventes en kiosque. En fait, il fut épuisé en moins d'une semaine. Mais à *La Voix*, personne ne s'en rendit compte. Une fois la revue transportée de ville en ville et de drugstore en drugstore, plutôt inefficacement dans un camion déglingué conduit par un vague poète aux cheveux longs, Jamey Carruthers, plus personne ne s'en occupa jusqu'à ce que ce même Jamey Carruthers vienne chercher la livraison suivante, un mois plus tard. Si bien que personne, et Charley Bloom moins que quiconque, ne s'aperçut que trois hommes suivaient Carruthers à la trace et achetaient tranquillement tous les exemplaires. L'équipe de *La Voix* ne sut pas non plus qu'une fois achetés, les exemplaires seraient rapidement brûlés dans la fosse à barbecue d'un certain James Vincent qui donnait parfois un petit coup de main à la branche des services secrets de Capital City.

Nerveux, obèse, cet enfoiré de James Vincent, emporta tous les cartons remplis de revues dans son arrière-cour dominée par un immense barbecue flanqué de tamaris plumeux. Il y amena les quatre derniers cartons en grommelant, puis retourna à l'intérieur pour chercher du combustible. A son retour, il sortit les magazines de leur boîte et les posa en pile sur une table de pique-nique de bois rouge près du four.

C'était une journée splendide, ensoleillée, sans un souffle d'air. Bien qu'il fût pressé d'accomplir sa tâche, Vincent marqua une pause pour regarder une fauvette à gorge jaune voleter dans la brume verte du tamaris de gauche. Se reposant un instant, il se prépara à allumer son cigare.

Mais, au moment précis où Vincent portait l'allumette à l'extrémité de ce que sa femme appelait toujours « l'engrais à cochon » coincé entre ses fausses dents, une tornade miniature, connue dans la région sous le nom de « poussière du diable » tourbillona dans la rue, balayant les petits monticules de feuilles mortes de l'automne précédent et plaquant les chiens du voisinage à plat ventre. La poussière du diable quitta soudain le trottoir pour s'engouffrer dans la cour de Vincent. En un éclair, elle engloutit dans ses tourbillons voraces la fauvette jaune, le cigare du pyromane, et les mille quatre cent quatre-vingt-un exemplaires de *La Voix* et, dans un sautillement gracieux, vogua vers le tamaris de droite et s'envola vers les grandes avenues de la ville.

— *Hé, du calme!* s'écria James Vincent.

Il plongea à l'intérieur de sa maison, pour donner un coup de fil frénétique quand il reçut lui-même un coup de fil frénétique.

— Vous avez perdu la boule? dit Kyril Montana d'une voix de glace. Vous avez loué un avion pour les semer dans toute la ville?

— Je vais vous expliquer...

— Inutile d'en faire un roman, siffla l'agent d'un ton sarcastique.

— C'est la poussière du diable. Non, je vous jure, je ne plaisante pas! Cette saloperie de poussière du diable!

— Difficile à croire, monsieur Vincent. Très difficile à croire.

— Pourquoi mentirai-je? geignit James Vincent. Ecoutez, comment pourrais-je inventer une histoire aussi folle?

— Bon, nous allons engager huit personnes de la région de Loma-Manzanillo pour les ramasser. Mais il y en a qui sont tombés dans les jardins ou sur les toits...

— Je n'ai rien pu faire, gémit James Vincent. C'est arrivé tout d'un coup. C'est un signe de Dieu. J'allais juste les arroser d'essence. Je ne pouvais vraiment rien faire. Je ne suis pas sorcier de la météo. Je n'ai rien vu venir. Il y a une chance sur un million pour qu'il se produise un truc pareil.

— Très bien. Je pense qu'on va pouvoir arranger les choses, répondit l'agent d'un air dégoûté avant de raccrocher.

— C'est bien ma chance, grommela James Vincent et, ne sachant pas à quel point sa déclaration allait s'avérer prophétique, il ajouta:

— Cette chance-là, même un serpent à sonnettes ne voudrait pas y mordre.

Assis à son bureau, Kyril Montana secouait lentement la tête. Il était inquiet et furax. Il avait horreur de déléguer son travail. Il aurait aimé ne jamais dépendre des autres pour accomplir toutes les tâches indispensables à sa mission.

Au moment où il décrocha le téléphone à la sonnerie de casserole, pour recevoir dans l'oreille droite les hurlements de son patron Xavier Trucho, l'agent se sentait un peu mieux, tellement mieux, en fait, que lorsque Trucho marqua enfin une pause pour reprendre son souffle dans un halètement, Kyril Montana qui, par nature, manquait plutôt d'humour, se mit à rire:

— Mais c'est un signe de Dieu, dit-il sur le ton de la plaisanterie, il y a une chance sur un million pour qu'il se produise une chose pareille!

Grand, affable, sincère, bien qu'un peu lâche et rêveur, Charley Bloom était aussi un homme tourmenté. Aux manières un peu revêches, il parlait doucement, avec un sourire aimable, ouvert et décontracté, mais c'était un homme déchiré entre deux idéaux contradictoires qui entretenait un profond ressentiment contre nombre de principes profondément ancrés en lui dès les premières années de son éducation Nouvelle-Angleterre très puritaine. Ses rancœurs refaisaient surface dans les rares mais terribles occasions où il perdait son calme et, pendant un bref instant d'holocauste, il se transformait en chien enragé ou en assassin ; ensuite, pendant des jours, terrorisé par sa conduite, inquiet pour sa santé mentale, il se repentait, honteux et penaud.

Pendant six ans, tout frais émoulu de la faculté de droit, et ensuite un peu moins frais, dans la firme florissante de son beau-père, Bloom s'était débattu, non seulement pour consolider sa « sécurité » dans l'establishment de la haute société, mais aussi pour tenter de rationaliser sa vie avec la jolie femme qu'était sa première épouse, avec laquelle il ne pouvait ni avoir de relations ni même communiquer.

Fondamentalement, Bloom et Sherri Pope étaient des êtres sensibles, doués, ayant reçu une bonne éducation, si intégrés dans la haute société avant leur mariage qu'ils n'avaient pas assez de tripes pour affronter quoi que ce soit. Sherri rêvait de devenir une personnalité encore plus en vue, plus connue dans les arènes sociales de Boston; et, selon son humeur, les désirs de sa femme coïncidaient ou s'opposaient directement à ce que voulait Bloom, et se trouvait souvent en parfaite contradiction avec ce qu'il jugeait « utile » ou « bien ». Ils avaient tous deux horreur du mariage, car cela les exposait l'un à l'autre sinon à la société dans son ensemble, dans toute leur immaturité, leurs faiblesses morales et leurs défaillances intellectuelles. Après un an et demi de vie commune, bien avant la naissance de Miranda, sorties de nulle part, les crises de nerfs de Bloom explosèrent soudain pour devenir un événement mensuel. Plusieurs fois, il battit son épouse car il ne supportait pas sa présence qui lui donnait constamment l'impression d'être fendu en deux. Dès qu'elle comprit la nature du malheur de son mari, Sherri sut qu'ils étaient condamnés, et réagit donc en se lançant dans une, puis plusieurs aventures. Comment ils réussirent à sauver les apparences pendant encore quatre ans jusqu'au divorce désastreux, Bloom, pour sa part, n'avait jamais vraiment pu se l'expliquer.

Quand l'avocat déserta la côte Est après le divorce, c'était un homme brisé de vingt-neuf ans, prêt à monter sur l'échaffaud, sur le point de tout abandonner. Il souhaitait rompre tous les liens avec sa position privilégiée et ne plus s'attacher à qui que ce soit. Il dérivait ici et là; Aspen, Colorado, fut la ville où il s'arrêta le plus longtemps. Finalement, les traumatismes du divorce s'estompèrent suffisamment pour qu'un observateur peu perspicace ne remarquât plus rien, et Bloom se fondit à nouveau dans son temps. Il y eut une époque étrange pendant laquelle il entretint des liaisons perverses avec des petites amies de passage à Aspen, mais il revint à un travail para-juridique, et prit ensuite un poste dans un organisme d'aide juridique dans les vallées rurales du Colorado du Sud. Au début, ce travail n'était qu'un moyen de passer le temps pendant que ses blessures cicatrisaient ou que sa vie ralentissait, comme vous préférez. Pourtant, pendant ses voyages qui l'emmenaient dans des villes telles que Saguache, Monte Vista et Fort Garland, craintivement, il se remit à s'attacher sincèrement à la vie: d'abord pour tous les pauvres en général dont il défendait les droits, et ensuite pour l'un d'entre eux en particulier, une jeune femme douce et craintive, Linda Romero.

Leur romance progressa à pas d'escargot. Bloom était toujours si fragile pour tout ce qui concernait l'intimité que pendant près de six mois, ils n'échangèrent guère que des monosyllabes devant une tasse de café instantané dans la cuisine de Romero quand il venait parler avec le frère de Linda, Johnny, qui avait purgé une peine pour cambriolage et une deuxième pour attaque à main armée. Linda était une jeune femme méfiante, apeurée, mais malgré tout sensuelle, qui, peu avant leur rencontre avait été fiancée à un ami d'enfance. L'affaire s'était terminée amèrement par un avortement très traumatisant. Se croyant cyniques, et se sachant effrayés par la vie, ni Bloom, ni Linda ne voulaient s'engager dans une aventure avant longtemps.

Mais, tout naturellement dans ce genre de situations, ils tombèrent amoureux. Et, avant que tous deux comprennent exactement ce qui avait transpiré, un juge de paix d'Antonito, Colorado, signait leur certificat de mariage. Quelques minutes plus tard, ils se ruèrent l'un sur l'autre et firent sauvagement l'amour sur le siège arrière du bus VW de Bloom, garé sur une petite route déserte près de La Jara. Leur courte lune de miel érotique eut lieu ce même soir dans un petit cottage blanc en face du minuscule musée Jack Dempsey de Manassa, Colorado. Le lendemain matin, surpris de leur attitude et craintifs devant l'avenir, ils reprirent la route d'Alamosa; de gros faisans d'automne et des merles à tête jaune d'une beauté stupéfiante ornaient les routes. Pour tous deux, le corps douloureux après leur brutale et mutuelle agression de la nuit précédente, cette matinée fut un moment chéri, presque sacré. Bloom surtout le prit comme le meilleur augure possible pour commencer une nouvelle vie. Il était persuadé qu'en épousant cette brave fille, produit d'une éducation populaire rigoureuse et d'une culture communautaire très différente de la sienne, il rompait avec son passé dans l'establishment, avec ses traditions libérales conservatrices dans lesquelles il s'était toujours laissé emprisonner. Déjà, il se sentait fier de lui, car sa nouvelle vie serait terre à terre, humble, sans prétention, authentique...

Et pourtant, Bloom et sa femme vivaient sur le qui-vive depuis des années. En six mois, tout désir physique s'évanouit; ils perdirent le rythme, devinrent maladroits et timides au lit, puis, soudain, réservés. De plus, en tant que produits de deux cultures différentes, ils avaient terriblement peur de blesser la susceptibilité de l'autre; à tel point qu'ils manifestaient une tolérance pour leurs faiblesses respectives qui frisait l'obséquiosité. Ni l'un ni l'autre ne se mettait jamais en colère, et, dans la terreur de briser à nouveau leur vie, chacun suppliant l'autre de lui apporter la sécurité, ils gardaient en permanence des gants de velours.

A sa grande consternation, très vite, Bloom découvrit que loin d'être fière, ou simplement satisfaite de son héritage chicano, Linda désirait comme une folle sortir de son passé embourbé dans la pauvreté. Pour servir sa clientèle rurale qui, en majorité, parlait espagnol, Bloom avait laborieusement appris cette langue, mais

Linda nourrissait une véritable aversion pour sa langue maternelle. Elle insistait pour parler anglais avec lui, et si Bloom s'adressait à elle en espagnol, elle l'accusait de se moquer d'elle, elle se fâchait et mettait plusieurs jours à s'en remettre. En fait, Linda aspirait à certaines illusions de sécurité fournies par les valeurs et les traditions de l'establishment qui avaient créé des tensions insupportables entre l'avocat et sa première épouse. Si bien que, au lieu de lui offrir un échappatoire, Linda menaçait de réancrer Bloom dans les racines qu'il voulait désespérément détruire. Ils vivaient dans un dilemme permanent: il désirait ce qu'il croyait qu'elle avait été, et elle désirait ce qu'elle croyait qu'il avait été. Tous deux se sentaient floués et s'en voulaient mutuellement, bien qu'ils ne fissent aucune réflexion et priassent pour qu'un miracle vienne enfin arranger les choses ou du moins apporter un compromis vivable.

Malgré leurs différences d'attitudes, d'espoirs et de desseins, ils finirent, bien que ni l'un ni l'autre n'eût pu expliquer comment, par atteindre une sorte de modus vivendi assez détendu. Après y avoir réfléchi rationnellement, Bloom était reconnaissant à son épouse de lui avoir évité de se lancer dans l'engagement politique qu'en fin de compte il avait toujours redouté. Et, quand ils osèrent enfin avoir des enfants, leur couple évolua vers une forme de relation polie. Bloom continuait à travailler pour les pauvres et, bien que fort éloigné de la misère lui-même, il se réjouissait de faire un travail moral, alors que, dans une mesure égale, Linda se sentait totalement immergée dans la petite-bourgeoisie américaine. Comprenant les faiblesses inhérentes à cet arrangement, ils restaient à l'écart des autres, n'avaient que peu d'amis, menaient une vie simple, sans remous, pour ainsi dire, en évitant les liens trop étroits dans leur couple comme avec leurs voisins.

A la lumière de ces tactiques de survie, après que Bloom eut quitté le bureau d'aide judiciaire pour s'installer à Milagro dans un cabinet privé moins prenant, surtout pour aider Linda à créer un foyer bien à l'abri de sa famille, l'engagement de l'avocat dans l'affaire César Pacheco allait totalement à l'encontre des méthodes qui leur avaient permis de s'accomoder du mariage. C'était dû en fait à la profonde insatisfaction de Bloom, et à son malaise perpétuel face à un mode de vie qu'il trouvait fondamentalement égoïste.

L'affaire Pacheco était un moyen de protester contre une vie devenue trop tranquille, trop confortable. Malgré sa terreur de l'engagement politique, Bloom avait pris des risques, et il leur en avait coûté. Pendant ce procès fort éprouvant pour les nerfs, Linda vit son mari se mettre en colère pour la première fois. Un soir, peu après que Bloom fut rentré du tribunal, des chiens errants s'attaquèrent au poulailler et tuèrent plusieurs poules. Quand l'avocat s'en aperçut, il se saisit d'une hache, se précipita dehors en hurlant comme un fou, enferma l'un des chiens dans le poulailler et le réduisit littéralement en bouillie.

Telles étaient les tensions qui déchiraient et déchireraient peut-être toujours l'avocat et, après l'affaire Pacheco et l'incident du chien, Linda ne fit plus jamais confiance à son mari.

Ce procès avait eu lieu quatre ans plus tôt. A présent, l'affaire Joe Mondragón menaçait une fois de plus de bouleverser la fragile stabilité du couple. Cette fois, le client était un ami, pas question de lui refuser ce service. Malgré les réticences de Linda envers les gens, la femme de Joe était devenue pour elle plus qu'une simple voisine. Et, bien que Bloom ait toujours essayé de rester à l'écart de cette tête brûlée de Joe, un peu en retrait, il admirait ses talents de lutteur. Il avait rendu quelques services de routine aux Mondragón — déclarations d'impôts, hypothèques et prêts, ainsi que plusieurs trajets à la prison de Chamisaville pour verser la caution de Joe. En échange, les Bloom avaient reçu des bouteilles de vin de cerises maison, un gigot de mouton, des citrouilles de Halloween, et des bottes de foin pour leurs deux poneys des Shetland, Orangutan et Sunflower.

Bien sûr, à la réflexion, Bloom estimait que l'une de ses plus graves erreurs avait été d'écrire cet article sur le champ de haricots dans *La Voix du peuple.* En fait, tous ses articles mis bout à bout n'étaient qu'une énorme erreur. Au début, il avait accepté d'y collaborer car l'éditeur, Sean Carter, un avocat de Capital City, qui avait souvent fait pour lui des recherches en bibliothèque et lui avait rendu d'autres services, était un de ses amis. De plus, Bloom apaisait les aspects libéraux de sa conscience en fournissant gratuitement ces articles informatifs, légèrement subversifs. La plupart du temps, les papiers de l'avocat étaient des plus innocents : résumés de l'état des services sociaux, conseils pour payer moins d'impôts et recevoir des bons d'alimentation. Dans ce contexte, l'article sur le champ de haricots était un écart par rapport aux normes de l'avocat, un tel écart que très vite Bloom souhaitait le récupérer, l'effacer, le renier et l'oublier. Car en son for intérieur, il sentait qu'il n'avait ni les tripes nécessaires ni même le désir de placer son argent du même côté que ses paroles. Il avait trop l'habitude de jouer la carte de la sécurité, même si cela ne l'amusait guère. S'il renversait la barre, son foyer, sa vie de famille seraient les premiers à en souffrir. En y repensant, tout ce qu'il avait écrit le rendait plus vulnérable sur le plan politique et professionnel. « *En boca cerrada, no entran moscas* » lui avait dit un jour Nancy Mondragón avec un clin d'œil moqueur, « si tu fermes la bouche, les moustiques n'entreront pas ».

Depuis qu'il connaissait Joe, Bloom savait qu'un jour ou l'autre cette amitié allait lui attirer des ennuis ; et qui sait, c'était peut-être même la raison pour laquelle il l'avait entretenue. Quand cela arriva enfin et que Joe en sautillant vint annoncer fièrement ce qu'il avait fait, l'avocat lui passa un bras reconnaissant autour de l'épaule en disant :

— Ne t'en fais pas, mec, s'ils viennent, nous nous battrons jusqu'au bout.

Pourtant, Joe était à peine parti que l'avocat reconsidéra ses propos se demandant s'il n'était pas fou d'encourager un acte aussi désespéré qu'incendiaire. Sur ce, inquiet pour sa propre peau, il faillit — faillit seulement, grâce à Dieu — appeler Joe pour lui dire d'arrêter de se conduire comme un gamin.

Linda comprenait deux choses à propos de cette situation : pourquoi son mari avait refusé de se défiler au moment où il aurait dû, et la gravité des conséquences que ce geste pourrait avoir. Et elle en voulait énormément à Bloom de risquer de mettre leur couple en jeu de cette façon.

Donc, deux minutes après le départ de Joe qui venait de raconter l'histoire de son champ de haricots du côté ouest, Linda et Charley Bloom, sur les dents, attendaient que le ciel leur tombe sur la tête.

— Tu y tiens vraiment ? demanda Linda d'une petite voix mal assurée. Tu veux vraiment t'impliquer dans cette hisoire ?

— Bien sûr. Enfin, bien sûr que non... Je veux dire... Je ne sais pas.

Plus tard dans l'après-midi, Bloom sortit pour veiller à son petit royaume bien paisible. Il y avait dans son jardin le Rototiller avec lequel il l'avait labouré ; ses rigoles d'irrigation et une vanne pour faire venir l'eau de l'Acequia del Monte dans ce petit champ, vers ses pommiers et ses pruniers, ou même son jardin. Il y avait deux ruches, installées par Onofre Martínez, dont le manchot s'occupait en leur donnant une partie du miel, sorte de compensation pour le loyer. Et il y avait le poulailler que Linda et lui avaient construit ensemble, avec les poules qui se promenaient dans la cour.

Tout cela était éphémère, condamné. Une bombe à retardement palpitait au cœur de leur petit univers familial placide, rongé de l'intérieur, et il avait peur.

Naturellement, il était furieux que Linda ne le soutienne pas.

Et il sentait sa propre température s'élever comme s'il la mesurait à travers les yeux de sa femme, mais jamais elle ne lui redemanda de faire machine arrière pendant qu'il était encore temps.

Quand ce soir-là Bloom lut à Pauline et María, ses deux jolies fillettes, une histoire avant de dormir, il faillit éclater en sanglots. Il s'était jeté dans quelque chose qu'il n'avait pas vraiment envie de faire, simplement parce c'était quelque chose qui *devait* probablement être fait, et il était terrifié du prix à payer.

Quand ils allèrent se coucher avec Linda, ils se collèrent l'un à l'autre sans un mot, attendant qu'une épée de Damoclès invisible vienne leur fendre le crâne.

Un week-end, au cours de l'après-midi, alors que l'avocat coupait vaguement des bûches de pin avec une hache émoussée, le camion de Joe Mondragón entra dans l'allée, tel un avion à réaction déglingué, et pila dans un soubresaut manquant de peu de renverser le tas de bois.

Bloom se redressa et salua Joe, un peu comme un chat timide accueillerait un énorme rat. Joe sourit, fit un geste de la main, sauta nerveusement hors de la cabine, et, d'un geste de basketteur, lança un paquet blanc par dessus le toit de son camion. Bloom lâcha sa hache mais rata néanmoins le paquet.

— Qu'est-ce que c'est ?

— Du gigot. On vient de tuer un cabri. C'est bon, ça te plaira.

— Alors, que se passe-t-il ?

Joe ramassa la hache et passa le doigt sur la tranche.

— Mon Dieu ! s'exclama-t-il, tu ne l'aiguises donc jamais ta putain de hache ? Tu vas te tuer, Charley à essayer de fendre du bois avec cet engin.

Bloom haussa les épaules en souriant bêtement.

— Qu'est-ce que je peux faire pour toi ?

— J'ai un fusil.

Joe alla le chercher dans la caisse à outils dissimulée sous ce qui restait du siège avant, s'assit en laissant la porte ouverte et commença à aiguiser la hache.

— Tu es venu pour me donner un morceau de charogne? demanda Bloom, soupçonneux, redoutant le pire.

— Je ne sais pas... Voilà, je me demandais si, euh, si tu pourrais pas me dire d'autres trucs sur les lois, des trucs sur l'eau...

— Il y a une chose qui es sûre, dit Bloom.

— Oui? Quoi?

— Ta vignette de contrôle du véhicule est expirée depuis plus d'un an et demi.

Joe leva des yeux vides, réajusta son chapeau de cow-boy.

— Et alors?

— Tu n'as jamais de contravention?

— Pas pour l'instant. Qui serait assez bête pour me mettre une contredanse ? Personne n'aurait de voiture s'il fallait que les vignettes soient à jour. Bernie Montoya, la sienne, elle est périmée depuis deux ans!

Bloom haussa les épaules. Il ne supportait pas qu'on méprise aussi allégrement les lois insignifiantes. C'était une attitude arrogante et stupide qui créait des ennuis inutiles. Et comme Joe était arrogant et stupide, il allait infailliblement attirer des tas d'ennuis inutiles à Bloom, ce que l'avocat laisserait faire, parce qu'il se sentait coupable, ou noble, ou était trop obsédé de légalité pour refuser une affaire perdue d'avance.

Joe retourna la hache et se mit à aiguiser l'autre bord.

— Hé, Charley, pourquoi tu ne me redirais pas ce que raconte la loi des eaux, que ce soit bien clair dans mon esprit.

Bloom s'installa inconfortablement dans une vieile chaise de bois dont il devait refaire le cannage depuis des mois et, pour la énième fois, résuma l'accord inter-Etats de 1935, décrivant en détails comment, légalement, l'Etat pourrait poursuivre Joe s'il continuait à irriguer du côté ouest, en exigeant une audience, etc. Il expliqua ce que l'on pourrait faire, et tenterait probablement de faire contre Joe, et termina sa brève narration par:

— Tu comprends bien qu'on a autant de chances de gagner dans cette affaire qu'un cul-de-jatte à un concours de coups de pied au derrière.

Joe avait écouté attentivement, faisant grincer son fusil et, quand Bloom eut terminé, il reposa ses instruments. Ils restèrent un moment silencieux tandis que Joe (qui avait envie de crier car il ne comprenait toujours rien à cette maudite loi) allumait une cigarette et Bloom (qui avait envie de crier car il avait vu ses explications entrer par une oreille et ressortir par l'autre comme des colombes affolées) bourrait et allumait sa pipe.

— J'ai un peu de temps libre ces jours-ci, finit par dire Joe, si tu as quelque chose à réparer…

L'avocat hocha la tête. Après tout, plus il acceptait de services, plus il serait obligé d'offrir, et pour lui, tout était déjà clair dans sa tête, alors, non, merci.

Sautant de son camion, Joe reposa la hache contre le tas de bois.

— Bien, dit-il hâtivement, évitant le regard de Bloom, s'il y a quelque chose qui a besoin de réparations, fais-moi signe, d'accord? Et moi, je te dirai quand ces fumiers essayeront de m'arrêter ou de me jeter dans une boîte au lettres, d'accord?

— D'accord, répondit Bloom, en faisant un effort pour sourire. Merci pour le cabri, Joe.

Au volant, instantanément transformé en fou furieux, Joe porta la main à son chapeau et catapulta son avion de chasse sur la voie publique, laissant l'avocat dans un nuage de fumée, d'un bleu d'œuf de rouge-gorge. Bloom chassa le nuage empoisonné de son visage, alla vérifier sa hache… et se coupa le doigt.

Suçant son pouce, Bloom entra à la cuisine et lança le paquet à Linda.

— Qu'est-ce que c'est?

— De la chèvre, de la viande de cabri, répondit-il en levant les yeux au plafond.

— C'est toujours mieux que du gibier!

Linda rangea le paquet dans le compartiment à glace du réfrigérateur qui contenait déjà quelques présents de Joe Mondragón — pour être précis trois morceaux de gibier, dont l'un datait de plus de deux ans, quelques truites brunes emballées dans du papier d'aluminium, un morceau de serpent à sonnettes fumé, et un énorme lièvre, entièrement dépecé, parfaitement préparé.

Les angoisses de Charley Bloom n'étaient rien comparées aux pensées dans lesquelles se débattait Herbie Goldfarb. Objecteur de conscience de vingt-deux ans, né à Brooklyn, New York, récemment diplômé de littérature anglaise, Herbie avait l'intention de poursuivre ses études, mais après sa licence, s'était décidé à prendre une année sabbatique afin de voir le monde. Et, en rejoignant Vista, le service de coopération interne des Etats-Unis qui remplaçait le service militaire, on avait moins de chance de se retrouver tout d'un coup en uniforme à visiter cette partie du monde qui abrite le Viêt-nam. Herbie avait donc passé quelques semaines dans l'Est à se jeter sur tous les renseignements concernant Vista, puis s'était embarqué dans un bus avec six autres bonnes âmes vertes de peur pour Chamisaville, où ils devaient être basés. Il s'avéra que la ville s'était arrangée pour disperser les six volontaires dans des contrées éloignées, et ce fut ainsi que Herbie, par un beau matin d'été, de bonne heure, une guitare dans une main, et une valise pleine de livres, de tennis, de jeans et de T-shirts dans l'autre, descendit du bus devant le magasin de Rael à Milagro, où le maire, Sammy Cantú, qui était supposé l'accueillir, n'était pas là.

Ainsi commença ce que Herbie devait appeler plus tard « l'été cauchemardesque ». Il essaya d'appeler le maire, pour découvrir que celui-ci n'avait pas le téléphone. Il entra au magasin pour demander de l'aide, mais Nick Rael se contenta de pencher la tête d'un air soupçonneux en lui demandant: « Vous êtes qui? » puis, « C'est quoi votre Vista? », et encore, d'un ton incrédule « Ah, parce que vous êtes ici pour nous apprendre des trucs? »

Herbie passa quelques heures sur le perron, rougissant chaque fois qu'un résident local, qui généralement vibrait d'un sentiment que Herbie prenait pour de l'hostilité, s'approchait du magasin. Et, quand des vieux soulevaient leur chapeau de cow-boy en marmonnant des « *Buenos dias, cómo le ha ido, amigo?* », il germa dans l'idée de Herbie que les gens qu'il était venu aider parlaient espagnol. C'était le cas. Mais pas le sien! Pas un mot.

Quelque peu abasourdi par cette révélation, Herbie fixait les milliers de confettis des contraventions déchirées qui jonchaient la place, tout en essayant d'ignorer la vieille petite bonne femme qui, d'une cour voisine, l'assaillait méthodiquement de minuscules gravillons.

Vers dix heures, ce premier matin, un homme rondouillet, d'humeur gaie, l'air prospère, portant costume et nœud papillon émergea d'une Plymouth rutilante qui venait de se garer juste devant Herbie. En allant vers le magasin, il souleva son chapeau de cow-boy et sourit. « Salut, comment ça va? » demanda-t-il en anglais. Herbie, désespéré, sauta sur l'occasion de converser enfin avec un anglophone relativement amical, et bredouilla:

— Excusez-moi, est-ce que vous pourriez m'aider à trouver M. Cantú.

— Sammy Cantú, Bill Cantú, Meliton Cantú, Felipe Cantú, Amarante Cantú, Eloy Cantú ou Chemo Cantú?

— Votre maire ne s'appelle pas Cantú? demanda timidement Herbie.

— Si, répondit l'homme avec un grand sourire. C'est moi, le maire, Sammy Cantú. Que puis-je pour vous, jeune homme?

— Euh, monsieur Cantú, je m'appelle Herbie Goldfarb, je suis un volontaire de Vista.

Le maire lui adressa un regard vide.

— Personne ne vous a parlé de moi? marmonna Herbie.

Sammy Cantú plissa les yeux, à demi soupçonneux.

— C'est quoi ça, un volontaire Vista?

— M. Cantú, je dois venir vivre ici pour un an. Mme Appleby de Chamisaville m'a dit que vous vous étiez occupé de tout et que je devais simplement venir vous voir à mon arrivée.

— Occupé de quoi?

— Eh bien, vous savez, un logement. Des gens à rencontrer au début, pour mettre au point le programme des cours...

— A Milagro? demanda Sammy Cantú, réellement intrigué.

— Personne ne vous a dit que je venais....

— A moi, non. Cela ne veut pas dire que personne ne l'a dit à personne... Peut-être que quelqu'un l'a dit à quelqu'un, mais pas à moi.

— Alors, qu'est-ce que je dois faire? lâcha Herbie, au bord des larmes.

— Vous dites que vous devez vivre ici pendant un moment?

— Hum hum.

— Bon, je connais un endroit où vous pourriez vous loger si vous n'êtes pas trop difficile. Le frère de ma femme, c'est un cousin de Pancho Armijo, et quand Tranquilino Armijo est mort, il a légué sa grande maison à Pancho, et le mari d'Annie, Felix, le frère de Pancho, s'est retrouvé avec cette petite baraque d'une seule pièce, une sorte de fumoir, juste à côté. Il n'y a pas de cheminée mais on peut faire du feu dans un poêle en métal, vous pourrez vous chauffer, et il y a aussi un fossé d'irrigation. Généralement, il y a de l'eau, alors vous pourrez boire tant que vous voudrez, à moins que plus haut quelqu'un n'utilise la flotte pour irriguer son champ. Le loyer ne devrait pas être très cher.

— Oh, c'est fantastique! cria presque Herbie avant de se lancer dans des effusions de remerciements.

Pourtant, il aurait mieux fait de garder ses applaudissements pour des circonstances plus appropriées. L'endroit était minuscule, avec une seule fenêtre haut perchée, il n'y avait pas d'électricité et il y faisait toujours froid. Des putois avaient élu domicile sous les lattes du plancher. La cheminé du poêle ne tirait pas, et il lui fallut une heure pour allumer le feu. Herbie n'avait aucun vêtement chaud, car ayant associé sud-ouest avec désert, il s'était imaginé que la température oscillerait toujours autour des trente degrés. Au lieu de cela, il habitait une hutte de terre à quinze cents mètres, entourée de montagnes de quatre à cinq mille mètres encapuchonées de neige, et la température, la nuit, en juin et même en juillet, frisait régulièrement les plus ou moins zéro degré. Quand il pleuvait, ce qui se produisit tous les jours pendant un certain temps, son toit de torchis où poussaient des soucis, fuyait. Les vents soufflaient nuit et jour, assséchaient l'humidité de la terre et déracinaient les cotonniers, dont l'un éventra ses cabinets, et emplissaient de poussière ses yeux fragiles. Des orgelets pleins les yeux, un cotonnier sur les genoux, le trou du cul brûlé par les diarrhées sans doute dues à l'eau du fossé, Herbie se trouvait plus souvent qu'à son tour assis dans ses cabinets extérieurs, qu'il n'osait utiliser que la nuit, en se demandant s'il tiendrait encore deux mois avant de craquer.

Le premier jour, quand il nettoya la maison, Herbie découvrit trois veuves noires. La semaine suivante, les petits des araignées tissaient leur toile dans les coins et entre les pattes du poêle. Comme il n'y avait pas d'électricité, Herbie lisait à la lumière des bougies et, des centaines de chandelles à six pence, obscènes, se dressaient sur leurs bouteilles par terre tout autour de son sac de couchage. Son seul mobilier était constitué d'une valise, rangée sous la fenêtre pendant la journée, d'une chaise où il lisait constamment : Malamud, Katherine Anne Porter, Hemingway, F. Scott Fitzgerald, James Joyce, Isaac Bashevis Singer, Virginia Woolf, Henry Miller et Joyce Carol Oates.

Dans l'obscurité, Herbie rêvait que les veuves noires le dévoraient. Quand, tard dans la nuit, il osait se rendre aux cabinets, terrifié, il attendait qu'un serpent à sonnettes mette fin à son expérience de plongée dans la réalité sociale. Ou encore que l'un de ses sauvages de voisins, le prenant pour un cerf, ne lui fasse exploser sa cervelle d'intellectuel universitaire d'un coup de .30-30.

Un jour, son voisin du côté sud, Joe Mondragón vint le voir. Herbie, assis sur une pierre, jouait de la guitare.

— Hé, mec, t'en as une sacrée belle guitare ! Tu me laisses l'essayer ?

Herbie lui passa l'instrument et, un pied sur la pierre, Joe gratta quelques cordes. Il jouait comme un pied. Mais, quand il se mit à chanter, Herbie n'avait jamais entendu une telle voix: robuste, haute, presque criarde mais excessivement mélodique, qui entonnait des chansons espagnoles aux accents particulièrement exotiques pour Herbie, bien qu'il eût pu les trouver sur tous les disques de Al Hurricane ou de Tiny Morrie, chez Whaker, à Chamisaville.

— C'est vraiment une bonne guitare, ça t'ennuierait de me la prêter, seulement pour aujourd'hui, j'aimerais chanter une chanson à mes gosses pour les endormir.

— Pas du tout, d'ailleurs, je ne m'en sers presque jamais. Garde-la tant que tu veux.

Ce fut la dernière fois que Herbie vit sa guitare. Elle disparut chez les Mondragón et n'en ressortit jamais. Peut-être Joe avait-il oublié, peut-être les enfants l'avaient-ils cassée. « Si c'est le cas, se disait Herbie, les Mondragón n'ont évidemment pas les moyens de payer. » Si bien que pour sauver tout le monde de l'embarras Herbie ne réclama jamais sa guitare.

En fait, plus il y songeait, plus il était convaincu que les enfants l'avaient brisée. Des vraies terreurs, les gosses Mondragón. L'aîné, qui paraissait avoir dans les six ans, s'amusait comme un fou à se cacher dans un buisson derrière la clôture et à jeter des billes sur Herbie ou sur sa fenêtre à l'aide d'une fronde de fortune. Herbie ne dit jamais rien à l'enfant, car il avait peur des parents, bien que plusieurs fois, au début, après l'emprunt de la guitare, Nancy était venue lui apporter de la nourriture : un bol de chili ou de posole, un sac de sopaipillas. Il l'avait remerciée chaleureusement en se demandant si ce n'était pas une compensation pour la guitare en miettes. « Venez donc déjeuner à la maison ou regarder la télévision avec nous quand vous voulez », avait proposé Nancy. Mais Herbie ne répondit jamais à cette invitation, d'abord parce qu'il était trop timide, mais surtout parce qu'il avait été élevé dans un milieu où ce genre de propos tenaient surtout de la politesse et n'étaient pas à prendre au sérieux. Plus tard, Nancy cessa d'apporter des cadeaux, et Herbie n'alla jamais chez eux. Bien sûr, il ne lui vint jamais à l'idée que ses voisins étaient peut-être aussi timides que lui.

Et la guitare ? A plusieurs reprises, Nancy houspilla son mari.

— José, il faut que tu rendes cette guitare à ce pauvre garçon.

Mais José haussait les épaules.

— Il a dit que je pouvais la garder tant que je voulais. S'il la veut, il viendra la chercher.

Un autre jour, peu après l'arrivée du volontaire, un énorme cochon vint se promener dans sa cour. Herbie ramassa un caillou, mais au lieu de s'enfuir, le cochon chargea, et le volontaire dut prendre ses jambes à son cou et sauter dans le cotonnier qui s'était écroulé sur le toit des cabinets.

Au même moment, un homme massif aux yeux fous, portant un lasso tout raide apparut. Sans même se présenter, il grommela :

— *Oye, primo, ayúdame con este pendeja marranita cabrona.*

— Excusez-moi, mais je ne comprends pas l'espagnol.

Seferino Pacheco s'arrêta et regarda l'homme de l'Est perché sur son arbre d'un œil vaguement choqué et menaçant.

— Comment ça se fait ?

— Je ne l'ai jamais appris. Je ne savais pas qu'il y avait tant de monde qui parlait espagnol dans cette région.

— Bon, ben aidez-moi quand même à attraper ce cochon.

La truie entra dans la maison de Herbie par la porte ouverte. Dans un cri triomphant, Pacheco fit un bond et claqua la porte. Ensuite, il se retourna, s'assit sur le palier de béton, se roula une cigarette, tandis que le cochon, fou de rage, fonçait dans les murs, chargeait le poêle, grognait, couinait, brâmait comme un âne. Puis, soudain, le silence régna dans la maisonnette.

— Quand il sera calmé, je lui passerai le lasso autour du cou.

— Je crois que votre cochon est en train de manger mes livres, dit Herbie, d'un ton nerveux.

La fenêtre était si étroite et si haut perchée qu'il ne pouvait pas même vérifier ses craintes.

— Quels genres de livres ?

— Oh, un peu de tout, des romans surtout...

— Vous avez des livres de Hemingway ? demanda Pacheco.

— Oui, bien sûr, dit Herbie, passablement surpris. Oui, quelques-uns...

— Vous avez déjà lu *Le Vieil Homme et la Mer ?*

— Hum hum.

— Ça, c'est un bon livre. Ma femme me l'a lu. Moi je sais pas lire. Elle m'a lu *En avoir ou pas* aussi, mais ça, pour moi, c'est de la merde. Elle m'a lu beaucoup de trucs, la plupart du temps, c'étaient des livres que j'aimais bien. Je suis l'illettré le plus lettré de toute la ville. Je connais des gens comme James Joyce, Scott Fitzgerald et Steinbeck. Moi, ce que j'aime bien surtout c'était des trucs dans le genre de *Des Souris et des Hommes* et *Le Poney rouge*. Et *Les Raisins de la colère*. C'est américain, mais des gens comme moi peuvent s'y retrouver un peu, si on veut. Mais il y a des écrivains encore plus forts que Steinbeck. Vous avez déjà entendu parler de Juan Ramón Jiménez ? Vous n'avez pas lu *Platero y Yo ?* On lui a donné un prix Nobel, pour ça. Et Pablo Neruda ? Ou le Guatemaltèque, Asturias ? Ou l'Argentin, Jorge Luis Borges ? Ma femme, elle m'a lu les livres de tous ces gens-là. Federico García Lorca... Et ce poème épique du boxeur, vous savez, *Yo Soy Joaquín ?* Et vous savez ce qu'on a fait une fois ? On est partis pendant un mois, et on a traversé tout le pays rien que pour aller voir les fresques d'Orozco[1] à la bibliothèque de l'université de Darmouth...

Pacheco se tut un instant, pencha la tête, jetant à Herbie un regard cinglant, presque mauvais.

— De temps en temps, après sa mort, quand j'allais encore à la capitale, j'écoutais tous les disques et toutes les cassettes de la bibliothèque des aveugles. Je connaissais un type qui y travaillait et ça le dérangeait pas. Mais maintenant, je sors plus beaucoup. J'ai perdu ma mobilité. Je suis un peu trop dérangé pour aller dans le monde extérieur, je crois. Et vos voisins ? Vous vous entendez bien avec eux ?

— Je ne les connais même pas.

1. Peintre Mexicain, 1883-1949 (N.d.T.)

— Eh bien, y a Pancho Armijo qu'habite là, et derrière, c'est José Mondragón. Armijo, tous les deux ans, il perd les élections de sheriff, Bernie le bat toujours de trois voix. C'est pas trop mal, parce que Bernie, il est pas trop malin, mais il est pas méchant non plus, c'est bien de l'avoir comme sheriff. Il se mêle pas de ce qui le regarde pas. José Mondragón, ça, c'est une autre affaire. C'est une vraie tête brûlée, celui-là, on dirait qu'il est né dans un plat de chili au lieu de sortir du ventre de sa mère comme tout le monde. C'est un de ces petits gars à mettre les grands costauds sur le carreau. Quand il allait encore à l'école, il faisait valdinguer mon Melvin d'un côté à l'autre de la cour à toutes les récréations. Melvin, il s'est fait tuer en Corée. La seule chose à quoi les gens sont bons par ici, c'est de fournir de la chair à canon pour cet enfoiré de Tío Sam. Après, Joe et moi, on a construit des préfabriqués ensemble quand on a ouvert la mine à Doña Luz, alors on est devenu amis. Je peux pas vraiment lui en vouloir. Sauf que si quelqu'un me demandait de donner les noms des six personnes qui n'hésiteraient pas à tuer mon cochon, et à le dépecer en plus pour le mettre dans leur frigo avant que j'aie le temps de dire ouf, eh bien, José serait parmi eux!

Mal à l'aise devant cet homme à l'œil tombant et sauvage, Herbie dit:

— Excusez-moi, monsieur, mais je crois vraiment que votre cochon est en train de manger mes livres.

Pacheco lui lança un regard qui faillit le crucifier dans son cotonnier, mi-furieux, mi-blessé, mais surtout malheureux et très solitaire. Soudain, Herbie comprit que Seferino Pacheco se sentait bien sur ce perron à bavarder ainsi, et tout d'un coup le volontaire regretta d'avoir appuyé sur le bouton de panique, mais il ne pouvait pas ravaler ses mots. Et en fait, il s'inquiétait vraiment pour ses livres.

Pacheco se leva, ouvrit doucement la porte et se précipita à l'intérieur. Un instant plus tard, après un bref mais bruyant combat, il ressortit avec son cochon, étrangement entravé, le cou et une patte pris dans la corde si bien qu'il boitillait maladroitement près de son maître, en grognant de satisfaction.

Herbie prononça une autre phrase qu'il regretta immédiatement:

— Vous ne croyez pas que ce cochon est assez gros pour être tué?

Pacheco lui retourna un regard effacé, embarrassé, comme pour s'excuser.

— Si je le tuais, je n'aurais même plus d'excuse, *qué no?*

Plus tard, au cours de l'été cauchemardesque de Herbie, alors qu'au lieu d'évoluer, les choses en restaient plus ou moins au même point ou, pire, s'aggravaient, il aurait aimé que le cochon de Pacheco reviennent dans sa cour pour qu'ils puissent de nouveau tailler le bout de gras, lui et Pacheco. Mais il ne revint jamais si bien que Herbie passait la plupart de son temps à lire dans sa sinistre pièce, à regretter de ne pouvoir jouer de la guitare, à parcourir les trois cents mètres qui le séparaient de la ville pour faire ses courses et, d'une certaine manière, il n'arrivait pas à s'y mettre. Il n'osait pas approcher les gens et encore moins leur parler. Il ne rencontra plus jamais le maire affable. Tout le monde lui paraissait lointain, hors de portée. Il n'était qu'un Yankee du Connecticut dans un tribunal de Milagro, et un aveugle aurait vu que, quelle que soit l'immensité de ses connaissances, il n'avait rien à apprendre à ces gens-là. Honteux, il se promenait la tête dans les épaules, espérant se faire aussi invisible qu'un insecte aux ailes diaphanes. Les gens qui se seraient montrés amicaux — si jamais il avait osé leur parler —, lui paraissaient sinistres: il se les imaginait agenouillés devant de petits autels dans leur chambre la nuit, priant pour que le volontaire prenne enfin la poudre d'escampette..., et Herbie n'avait qu'une envie, rentrer chez lui.

Une fois par semaine, il se rendait en auto-stop à Chamisaville pour déjeuner avec les autres volontaires et prendre une douche au terrain de camping de KOA à deux kilomètres au nord de la ville.

— Hé, disait l'un des gosses, j'ai trouvé un petit vieux vachement énergique qui m'apprend l'espagnol.

Un autre, une fille, racontait tout enthousiaste:

— Une vieille dame absolument charmante m'a montré comment faire des tortillas.

Pourtant, fondamentalement, ils se sentaient tous intimidés et si éloignés de leur élément naturel que c'en était de la folie.

— C'est une sacrée expérience pour nous tous, disait Herbie, mais nous, qu'est-ce qu'on apporte à ces gens-là?

Il revenait de ces expéditions à Chamisaville, le dos vouté et, d'un pas hâtif, allait se replonger dans la littérature. Avec un esprit de vengeance, il rédigeait de longues lettres chagrinées à sa petite amie et à ses parents, grattouillait des airs nostalgiques sur sa guitare oubliée, volée ou brisée, maudissait les villages reculés et leurs habitants solitaires incapables de collaborer. Mais surtout, il maudissait les putois de son plancher, dont la puanteur sourde et permanente le rendait fou... Il avait constamment les yeux humides, les narines irritées, presque sanguinolantes.

Ainsi, Herbie restait assis dans son unique pièce, sous l'œil de l'orage qui menaçait, à lire Hemingway, Joyce, McCullers, et Flannery O'Connor, seul benêt de Milagro totalement ignorant du fait qu'il se préparait un bordel de tous les diables.

Deuxième partie

Unis, on se débattra, divisés, on se débattra quand même.

Benny Maestas

C'était inévitable, Kyril Montana alla faire un tour à Milagro. Il arriva par la grand-route nord-sud au volant d'une voiture banalisée, une Ford Galaxie beige, équipée d'un émetteur radio, avec un .38 spécial police dans la boîte à gants. L'agent portait rarement une arme sur lui et n'avait jamais eu l'occasion de tirer sur un être humain. Pourtant, c'était un tireur d'élite, un bon chasseur ainsi qu'un défenseur de l'environnement. Il prenait la précaution de tirer sur les cerfs de la bonne taille pendant la saison officielle, et ne violait jamais le règlement sur les canards et le gibier de montagne. En général, il demandait un permis spécial pour l'élan et le bélier — telles étaient les lois de la chasse parmi les diverses agences de services secrets de l'Etat —, qu'il obtenait toujours et tuait son élan ou son bélier de montagne. L'agent était également un excellent tireur à l'arc; parfois, il partait à la chasse au renard, avec un de ses anciens collègues, l'agent immobilier de Milagro, Bud Gleason. Mais il était contre la boucherie, et il n'y avait rien de sanguinaire dans son amour de la chasse. C'était un homme prudent et attentionné, qui choisissait ses cibles, ne buvait jamais avec une arme à la main et soignait sa forme physique. Avec ou sans fusil, Kyril Montana aimait la nature. Il était membre de la ligue Isaac Walton, du Sierra Club et du Ducks Unlimited. Le week-end, il partait souvent à la campagne avec sa famille, et, tel un professionnel, il possédait une connaissance minutieuse de la plupart des chaînes montagneuses de la région.

Kyril Montana partait rarement sans avoir élaboré un plan. A la chasse, il se faisait toujours une idée du territoire qui s'étendait devant lui et considérait les différents facteurs avant de se mettre en quête du gibier. Il aimait tout préparer et avait horreur de se jeter à l'eau sans avoir envisagé les différentes possibilités longtemps à l'avance. Il était homme à toujours jeter des fondations — parfois trop profondes d'après ses supérieurs — avant de se lancer au cœur d'une affaire. Sa prudence lui avait sans doute coûté une ou deux arrestations dans le passé, mais il avait rarement, voire jamais, commis d'erreur grossière.

Donc, quand l'agent quitta l'axe nord-sud pour s'engager vers la section ouest de Milagro, il avait un plan, et son plan consistait tout d'abord à faire une simple reconnaissance, pour ainsi dire. Sur le siège du passager, au-dessus d'un tableau à clip où se trouvaient des papiers, des photographies, des listes des citoyens de Milagro, il avait déplié une carte avec les maison d'une douzaine de personnes marquées à l'encre parmi lesquelles celles de Joe Mondragón et Charley Bloom.

Il prit la route de l'ouest le long du contrefort Milagro-García, partiellement ombragée par les cotonniers et les oliviers russes qui poussaient sur les rives de l'Indian Creek. L'agent était si familiarisé avec la carte et les terrains qu'il cherchait qu'il n'eut pas besoin de les regarder une seule fois pour s'orienter. Il connaissait exactement la distance entre la route nord-sud et l'Acequia Madre del Sur, et une fois qu'il repéra l'écluse, il n'eut aucun problème, malgré les bosquets d'arbres et les grands buissons en fleurs, pour suivre le canal jusqu'à l'embranchement du fossé Roybal, où un chemin verdoyant menait directement au petit champ vert, presque criard, là où les haricots de Joe Mondragón poussaient insolemment entre les carrés de terre poussiéreuse.

Kyril Montoya ne ressentit que peu d'émotion en apercevant le champ pour la première fois. Il n'entretenait pas le courant de sentiments contradictoires que d'aucuns éprouvent à la vue de « l'ennemi ». En fait, il ne lui serait jamais venu à l'idée de considérer Joe comme un ennemi. C'était un problème qu'il fallait régler et, en fait, c'était grâce aux gens comme Joe que Kyril aimait son travail. Il ne modifia donc pas l'allure de son véhicule en longeant tranquillement le champ de haricots étincelant.

Derrière le champ de Joe, alors que la route entamait une courbe vers le nord le long de l'Indian Creek, les terres n'avaient pas été irriguées depuis des années. Pies, oiseaux bleus et hirondelles s'envolaient des cotonniers et des fermes de torchis abandonnées. Seules des carcasses de voitures rouillées projetaient une ombre sur les champs jaunis ; partout, entre les poteaux des clôtures, les barbelés déchirés se dressaient tout raides vers le ciel.

Les barrières des petits corrals étaient brisées, les abris de puits défoncés, les granges démolies. Là où la route s'éloignait du cours d'eau, revenant vers l'axe nord-sud, les ruines s'effilaient vers l'ouest. Pourtant, on devinait toujours la présence des anciens fossés d'irrigation qui autrefois avaient arrosé les champs de haricots et de luzerne encore clôturés, aujourd'hui morts et secs, si l'on exceptait les mauvaises herbes, les lianes à serpents jaunes en forme de petits pains, et quelques rares touffes de bouteloue. Le terrain plat s'étendait vers une zone couverte d'armoises à proximité de la grand-route, vers les collines de pins et les hautes montagnes à l'est, les gorges et une formation de plateaux aux beiges et aux gris délicats à l'ouest.

De retour sur la grand-route, Kyril Montana la longea pendant deux kilomètres avant de bifurquer à l'est, où vivaient encore les derniers survivants de Milagro. Il passa devant le café Pilar, le Frontier Bar, le quartier général des gardes-chasse et ce fut tout. Des gosses, agglutinés devant le magasin de Rael à sucer leurs glace, jetèrent un coup d'œil à la voiture qui souleva un nuage de confettis de contraventions. Mercedes Rael envoya quelques gravillons qui rebondirent sur le toit ; un berger allemand à trois pattes sauta d'un camion déglingué, et chargea le véhicule de l'agent pendant quelques mètres en aboyant furieusement.

Soudain, il vit un énorme cochon, au beau milieu de la route. L'agent freina, mais le cochon ne broncha pas et défia l'automobile. Ne voulant pas attirer l'attention, l'agent donna un bref coup de klaxon et avança tout droit vers le cochon qui grogna anarchiquement, refusant toujours de bouger. Kyril Montana avança encore et le heurta ; l'animal tomba à la renverse avec un couinement de surprise, se remit hâtivement sur ses pieds et dégagea soudain maladroitement la route.

Tandis que les maisons s'espaçaient, l'agent engagea son véhicule dans un chemin de terre qui contournait le flanc de la colline Capulin, et passa devant une école primaire désertée, pour continuer vers le grand réservoir d'eau blanc de Milagro, où les élèves du collège de Doña Luz avaient peint les chiffres 68, 70 et 71 ; ceux qui poursuivaient leurs études jusqu'au lycée prenaient un autocar pour Chamisaville.

Kyril Montana se gara à l'ombre du château d'eau et, toujours au volant, regarda la ville. Une structure simple, compacte, coupée en deux par la grand-route nord-sud, un curieux mélange de verdure et de désert — *entre verde y seco* —, pensa l'agent, entre l'enfer et le paradis. Et il y avait le champ de haricots de Joe Mondragón, totalement déplacé, grotesque babiole verte dans un paysage désolé, qui devait devenir un terrain de golf pour riches. Mais de ce côté-ci, les champs verts menaient directement vers le bas-côté est de la route... Un agencement peu naturel, le résultat évident d'une législation étrange, sans doute néfaste.

L'agent observa la ville, la photographia mentalement, prenant le temps de tout enregistrer, les maisons des gens qu'il ne connaissait pas, celles de ceux qui l'intéressaient, le réseau des fossés d'irrigation, et les ruelles poussiéreuses, les minuscules vergers, les petits troupeaux de moutons et de chevaux. Il regarda une Jeep, un vieux camion, une Chrysler démarrer, un homme passer à cheval; pendant un instant, il suivit les geste d'une femme qui étendait sa lessive; il tourna son attention vers deux adolescents qui mélangeaient eau et paille dans un trou pour en faire de l'adobé.

Kyril Montana resta près du réservoir jusqu'à ce qu'il ait une bonne sensation de la ville. Ensuite, il démarra et contourna le pied de la colline pour s'occuper de ses affaires.

A l'exception de Bud Gleason, les six hommes présents avaient peur de Kyril Montana ou, du moins, se montraient excessivement nerveux en sa présence. Le sheriff, son second Meliton Naranjo, le maire, Nick Rael et Eusebio Lavadie étaient rassemblés dans le salon de l'agent immobilier. Kyril Montana s'assit sur un divan confortable, son tableau posé sur une table basse devant lui, tandis que les autres, dispersés sur des chaises, cajolaient une bière, aux frais de Bud Gleason qui avait organisé la réunion.

— L'affaire est simple, dit l'agent tranquillement. Ou du moins cela devrait être simple. Et je voudrais aller assez vite, car il est inutile de vous retenir plus longtemps que nécessaire. Vous connaissez tous Joe Mondragón, enfin, je suppose...

Il regarda rapidement autour de lui.

— Nous le connaissons tous, précisa Lavadie sombrement, et les autres hochèrent la tête ou marmonnèrent leur accord, certains en souriant, certains d'un air triste.

— Bon.

L'agent appuya sur les ressorts de son tableau, en sortit six exemplaires de *La Voix du peuple* qu'il donna à Sammy Cantú sur sa gauche en lui faisant signe de les faire passer.

— D'abord, ou plutôt juste après cette réunion, vous devriez tous lire un article écrit par un habitant de Milagro, l'avocat Charley Bloom.

— Ouais, Charley Bloom, dit Lavadie. Il habite ici.

— Vous le connaissez? Vous le connaissez tous?

— Moi, oui.

— C'est moi qui lui ai vendu sa maison, dit Bud Gleason.

Les autres haussèrent les épaules ou hochèrent la tête.

— Parfait.

L'agent marqua une pause théâtrale pendant que le magazine faisait le tour de la pièce, puis se lança dans un bref résumé de la situation.

— Joe Mondragón, comme vous ne le savez peut-être pas, mais il me semble que vous êtes au courant et sinon vous le serez après la lecture de cet article, Joe Mondragón a détourné les eaux de la rivière du côté ouest de la route et, depuis un certain temps maintenant, il irrigue un petit champ de haricots, ce qui est parfaitement illégal, comme le sait bien le sheriff, Bernabé Montoya, ainsi que M. Naranjo, et comme vous vous en doutez tous. Mais dans ce cas présent, il y a un problème, des circonstances un peu délicates, disons, des circonstance atténuantes. Nous sommes tous conscients qu'à Milagro des gens soutiennent Joe Mondragón en dépit des graves conséquences que son geste pourrait avoir. Arrêter Mondragón et le mettre en prison pour ses actions d'une illégalité flagrante causerait sûrement plus de mal que de bien. Je suis sûr que vous en êtes tous conscients. Enfin, vous connaissez la ville mieux que moi et vous savez ce qui ce passe. Et pourtant, du moins de la façon dont on voit les choses à la capitale, vous ne comprenez pas exactement la situation. Il me semble que le soutien qu'il peut avoir vient de citoyens qui, en toute bonne foi, ne mettent pas en cause ses motivations...

Kyril Montana marqua une pause pour donner plus de poids à ses mots.

— ... qui ne remettent pas en cause ses motivations, qui sont persuadés que tout ce que veut M. Mondragón, c'est contester les accords de 1935 en faisant pousser des haricots.

La plupart des hommes attendaient tranquillement, non pas avec l'attention d'hommes qui attendent une révélation, mais plutôt avec la réserve de ceux qui comprennent exactement où leur interlocuteur veut en venir et quelle est la position de chacun, mais se demandent comment le problème va être formulé, et quelles seront les implications directes pour l'avenir.

— Bon. En fait, c'est sûrement en partie vrai. Vous avez grandi avec Joe Mondragón, pas moi. Mais il me semble que vous devez être au courant de certains faits qu'on connaît dans la capitale et que vous devriez réfléchir attentivement aux conséquences qu'ils pourraient avoir sur votre charmante petite ville. D'abord, quand vous aurez lu cet article, vous comprendrez mieux qui est Charley Bloom. Lisez le magazine de la première à la dernière ligne, et vous en apprendrez encore un peu plus. Vous comprendrez sans doute immédiatement que M. Mondragón n'agit pas seul. En fait, nous avons des raisons de penser que cette histoire de champ de haricots n'est même pas une idée de Joe Mondragón mais fait partie d'un complot ourdi par Charley Bloom.

Quelques hommes hochèrent la tête. Bud Gleason éternua. Les autres attendaient tranquillement.

— Depuis combien de temps Charley Bloom et sa femme Linda habitent-ils ici?

Bernabé Montoya haussa les épaules et regarda Lavadie. Sammy Cantú fronça les sourcils:

— Quatre ans? Cinq ans? Je ne me souviens plus très bien. Bud Gleason se moucha et se rappela enfin:

— Depuis l'été 1966, c'est à ce moment que je leur ai vendu la maison.

— Six ans, dit alors lentement l'agent, en articulant soigneusement. Six ans seulement, et au bout de six ans, un nouveau venu, un étranger est de mèche avec Joe Mondragón... qui sait, peut-être même contre le gré de Joe, à moins que Mondragón soit seulement une victime inconsciente. Je n'en sais rien, mais de toute façon, il deviendra évident pour vous, comme ça l'est malheureusement pour nous, que si Charley Bloom a l'intention de semer la pagaille dans la ville et, à moins que vous ne preniez des mesures pour les décourager, lui et Mondragón, de poursuivre dans cette voie, les conséquences risquent d'être désastreuses pour Milagro.

L'agent marqua une nouvelle pause, regardant tout autour de lui pour juger de ses propos.

— Bon, très bien, j'imagine que tout le monde ici se souvient du procès Pacheco d'il y a quatre ans?

— Pacheco, murmura Nick Rael d'un ton irrité. Des Pacheco, on en a plus que de mouches dans le coin. Quel Pacheco? Meliton? Leroy? Eloy? Teodoro? Jaime? Hippolito...?

Dans la pièce, les hommes rirent nerveusement. Kyril Montana sourit en retirant des coupures de presse de son tableau et quelques photocopies de ces mêmes coupures.

— César Pacheco, le militant, fit-il remarquer en faisant

passer l'article orignial et les photocopies. Il s'en suivit un moment de silence pendant lequel les hommes parcoururent les articles, puis Sammy Cantú hocha vigoureusement la tête.

— Bien sûr, tout le monde s'en souvient. César, il est pas d'ici. Mais il a des cousins dans le patelin. Adelita Trujillo, c'est sa cousine. Et Mary Ann Roybal aussi. Et Seferino Pacheco et Ben, son frère, ils sont tous cousins. Ils ont assisté au procès. Moi, personnellement, j'y suis pas allé. J'avais déjà de sacrées hémorroïdes à l'époque, alors, j'aime pas tellement faire de la voiture, je...

— Bloom s'est tenu plutôt tranquille depuis, interrompit Kyril Montana. Enfin, jusqu'à maintenant. Il a l'intention de défendre Mondragón si jamais il y a un procès...

— Il n'a aucune chance de gagner, dit Eusebio Lavadie sur un ton informatif. C'est même idiot d'essayer.

— D'un point de vue juridique, bien sûr. Il n'a... ils n'ont pas la moindre chance, dit l'agent. Mais ce n'est pas ça qui les intéresse. Ils veulent simplement se présenter devant un tribunal...

— Pour faire de la propagande, *qué no*? proposa Lavadie.

— Exactement. Ils s'imaginent qu'en obtenant une audience, ce qui leur laisse encore quelques mois pour se préparer, vous comprenez, eh bien, ils auront le temps de recruter un bon nombre d'adeptes...

— Et si on en arrive là, dit Sammy Cantú calmement, nous aurons sans doute des ennuis.

— Très juste, un tas d'ennuis.

— Alors? demanda Bud Gleason.

— Je voudrais que vous sachiez quelques petites choses à propos de cet avocat dont vous n'êtes peut-être pas conscients.

Kyril Montana retira deux photographies et des photocopies d'un document d'une seule page de son tableau. En faisant passer la première photo, il poursuivit:

— M. Bloom a déjà été marié quand il vivait encore dans l'Est avec Sherri Pope, de son nom de jeune fille, comme vous le voyez, c'était, et je suis sûr que c'est encore, une très jolie femme.

Il passa l'autre photographie d'un format plus petit.

— Ils ont eu une fille, Miranda; c'est elle.

La photo avait été prise alors que Miranda n'était qu'une enfant de neuf ans, avec taches de rousseur et queue de cheval attachée par des rubans.

— Quand ils ont divorcé et comprenez-moi bien, messieurs,

je ne vous raconte pas tout ça pour mettre un peu de piment ni parce que je me délecte de ce genre d'histoire, je n'aime pas ça du tout, bien au contraire. Mais je veux que vous compreniez bien à qui nous avons affaire, ou du moins à qui, nous, à la capitale, nous avons affaire. Quand ils ont divorcé, il y a eu des procédures peu recommandables, en particulier, ils se sont battus comme des sauvages pour obtenir la garde de cette adorable gamine et à la fin, M. Bloom a perdu l'affaire assez brusquement quand on a appris qu'il avait plusieurs fois tenté de violer sa propre fille... c'est elle qu'on voit sur la photo, Miranda Bloom.

— *Ai Chihuahua!* s'exclama Eusebio Lavadie, qui avait la photo en main.

L'agent fit passer une photocopie de la lettre envoyée par l'avocat de Sherri Pope à Bloom l'accusant de l'acte cité et le menaçant de rendre l'accusation publique s'il ne renonçait pas à la garde de l'enfant.

— Voilà le genre de personnage à qui l'on a affaire, dit Kyril Montana en s'appuyant sur le dossier. Il risque d'y avoir d'autres individus impliqués, alors, je devrais plutôt dire voilà le genre de personnage qui se sert de votre voisin, Joe Mondragón comme d'un pion dans leurs jeux morbides....

Après le départ des autres, Kyril Montana resta quelques minutes pour bavarder avec Bud Gleason et sa femme, Bertha. Avant qu'ils aient pu entamer la moindre conversation, Katie, leur fillette insolente âgée de onze ans, descendit de sa chambre et se mit à tambouriner sur le piano du salon, jusqu'à ce que sa mère intervienne.

— Bon, maintenant, ça suffit. Nous avons des invités, va donc à la chasse aux grenouilles dans le jardin.

Le silence se fit. Les yeux illuminés, Katie apparut dans l'entrebâillement de la porte.

— Vous n'avez pas des invités, vous avez un invité, dit-elle en insistant d'un air méprisant sur le « un ».

— Dis donc, je ne t'aurais pas dit d'aller dehors? grogna sa mère en posant deux tasses de café et la moitié d'un cake sur la table de la cuisine où les hommes s'étaient installés.

— Et pourquoi vous voulez pas que je reste? demanda méchamment Katie.

— Parce que les petites bavardes ont de grandes oreilles, soupira Bertha, allez, maintenant, dehors.

Katie sortit de l'encadrement et alla vers la porte d'entrée qu'elle claqua bruyamment derrière elle. Puis, avant que Bud, Bertha ou Kyril Montana aient eu le temps d'ouvrir la bouche elle cria :

— Avec quoi on fait les sous ?

Et, d'une voix plus grave et retentissante, elle donna elle-même la réponse :

— Avec des poux !

— Charmante gamine ! dit Bertha à Bud. Qu'est-ce que j'ai fait au bon dieu pour avoir une fille pareille ! Ecoute, Kyril, mon chou, je ne voudrais pas me mêler de ce qui me regarde pas, mais pourquoi vouloir terroriser toute la ville ? On n'a pas déjà assez d'ennuis comme ça ?

Bud répondit à la place de son ami.

— Le problème, Bertha, c'est de pouvoir tout arrêter avant que cela ne commence vraiment.

— En jetant le mauvais œil sur Charley Bloom ?

— Excusez-moi, je sais rester à ma place, je n'écoutais pas vraiment, et de toute façon je ne dirai rien, mais demain matin, les fossés vont peut-être regorger de cadavres, et tout ça à cause de cette réunion.

Bud, passablement nerveux (attends, Katie, que je t'attrape ! grognait-il intérieurement) regarda l'agent en haussant les sourcils et en levant les paupières pour exprimer un « Oh, doux Jésus, tu vois un peu avec quoi je me débats à longueur de journée ! » aussi idiot que désespéré.

— Tu ne connais rien à toute cette histoire, dit-il à sa femme, et moi non plus d'ailleurs, ce n'est pas notre boulot.

— Je suis la première à le dire.

Grande Italienne qui ressemblait à une Polonaise, Bertha se tenait près du four et regardait les deux hommes par-dessus sa tasse de café.

— Ecoutez, ajouta-t-elle, ne comprenez pas mal. Surtout toi, Kyril, parce que je n'ai pas envie de voir tes flics cachés dans mes placards avec des magnétophones et des grenades, non merci bien. Mais enfin, puisque je suis mariée à l'un des plus grands voleurs de chevaux de la région, je sais de quel côté ma tartine est beurrée. Alors, je suis à cent pour cent avec toi. Simplement, je ne veux pas d'une Troisième Guerre mondiale dans mon jardin ! Tu me suis ?

— Ne t'inquiète pas, ça n'arrivera pas, dit Kyril Montana en souriant.

— Pour toi, c'est facile à dire, ce n'est pas toi qui habites ici.

— Oh, ça va comme ça, dit Bud, énervé. Laisse tomber, Bertha. Mon dieu, tu nous ferais prendre une fourmi pour un dinosaure!

Elle roula les yeux au plafond.

L'agent commença à dire quelque chose, mais fut interrompu par Katie, qui courait en cercles sur la petite pelouse devant la fenêtre de la cuisine en hurlant: « Ouin ouin ouin ouin...! » le plus fort possible.

— Oh! cette gosse! s'exlama Bertha dont le grand sourire se raidit.

— Mais ne reste donc pas ici à ne rien faire! fulmina Bud. Vraiment, Kyril, je suis...

— Les enfants sont les enfants, dit Bertha. Ils sont tous comme ça, pourquoi s'inquiéter? Elle grandira bien un jour, et la Gestapo locale la forcera à présenter des excuses...

— En attendant, nous, il faut bien qu'on vive aussi, grogna Bud. Excuse-la...

L'imperturbable Kyril Montana sourit.

— Ne t'en fais pas, ça n'a pas d'importance. Bon, écoute, il faut que j'y aille. Alors, garde une oreille sur ton téléphone, d'accord? Et si jamais tu apprends quelque chose...

Les deux anciens amis d'université se serrèrent la main. Bertha dit également au revoir, mais pour des raisons obscures, l'agent et elle ne s'étaient jamais touchés, pas même pour se donner la main.

— Donne le bonjour à Marilyn, dit Bertha. Et n'écrase pas trop de petits fermiers chicanos sur le trajet du retour.

Bud la regarda un peu comme un prêtre qui aurait entendu l'un de ses paroissiens péter bruyamment pendant la messe.

Et, la dernière chose que Kyril Montana entendit en s'éloignant de la maison, fut les cris de l'ignoble gamine:

— Avec quoi on fait les sous? Avec des poux, avec des poux!

Pourtant son humeur n'en fut pas ébranlée tandis qu'il empruntait l'axe sud vers le plateau de Strawberry et passait une vingtaine de minutes dans la cahute communautaire hippie d'Evening Star appartenant à un original nouvellement arrivé du nom de Lord Elephant. Ensuite, l'agent se rendit à Doña Luz. Là, il entra chez Louie, un café au bord de la route, commanda des tacos, des enchiladas et une tasse de café, acheta des cigarettes dans un distributeur, et mit pour cinquante cents de musique country et folk dans le juke-box.

En attendant sa commande, il fuma une cigarette filtre, tout en passant mentalement en revue les visages de ceux qui avaient assisté à la réunion chez Bud Gleason afin d'analyser leurs réactions face à ses propres conclusions sur l'avocat. L'agent se sentait sûr d'Eusebio Lavadie. Parmi les autres, il avait une bonne perception de Bud Gleason, en dépit de Bertha et de la gamine... après tout, ils étaient amis. Tout allait bien en ce qui concernait l'assistant du sheriff, Meliton Naranjo, Nick Rael, mais le sheriff, Bernabé Montaya, le troublait sans qu'il sache exactement pourquoi. Et le maire était totalement désemparé, un pauvre lièvre apeuré, mais au moins, lui ne parlerait pas. Finalement, les choses avaient plutôt bien marché. Il avait semé le grain, et bientôt tout le monde à Milagro connaîtrait le vrai Charley Bloom. Les événements reprendraient peut-être leur cours normal sans qu'il ait besoin d'intervenir plus avant.

Quelques heures plus tard, quand il franchit le seuil de sa confortable maison, dans un quartier de banlieue de la capitale d'une blancheur immaculée, Piñon Knoll, sa femme Marilyn l'accueillit avec une embrassade chaleureuse. Les deux enfants, Burt, onze ans, et Kelly, treize ans, étaient sortis, le premier avec les scouts, la dernière à la piscine olympique de leur club campagnard. L'agent se mit en maillot de bain pour aller piquer une tête dans la piscine derrière chez eux. Après avoir pêché une grenouille dans un filet à long manche, il alla au bout du plongeoir et s'arrêta. Au-delà de la clôture de séquoia et des maisons d'adobé ou de faux adobé, le soleil créait un vaste et splendide panorama dans le ciel, une fête d'ors, de roux, de jonquilles et de rouges. Au nord, une brume vaporeuse et cotonneuse descendait des nuages farouches, en une magnifique pluie rosée.

Kyril Montana observa le spectacle, bien dans sa peau, bien dans son corps élancé, puis prit une profonde respiration et plongea élégamment dans l'eau fraîche.

Bientôt, Marilyn vint le rejoindre en bikini turquoise, un gin tonic dans chaque main. Elle posa les boissons sur une table métallique blanche, et se baigna elle aussi. Ils nagèrent ensemble, s'embrassèrent, et l'agent fit des avances paresseuses à sa femme, lui caressant calmement ses seins généreux. Elle se mit à rire et s'éloigna de quelques mètres en nageant sur le dos, fit demi-tour et lui caressa la poitrine. Ils s'embrassèrent encore, s'éclaboussèrent, se frottèrent le nez en riant, dans un mètre cinquante de douces vaguelettes, profitant de la soirée paisible.

A Milagro, seul le ranch de la Truite Sauteuse, le quartier général des gardes-forestiers et le Motel Enchanté avaient une ligne de téléphone privée. Tous les autres résidents dépendaient d'un système archaïque de lignes communes qui rappelait une tour de Babel de spaghettis électroniques. Souvent, sept familles au moins partageaient la même ligne, et la compagnie des téléphones ne s'était jamais donné la peine de mettre au point un système de sonnerie individuelle. Si bien que la plupart des téléphones de la ville retentissaient en permanence, une sonnerie codée ou une autre. A tout moment, une douzaine de téléphones étaient décrochés, tandis qu'un quart ou un tiers des citoyens épiaient en douce les conversations des autres.

Ceci créait un creuset à rumeurs et un réseau d'informations relativement élaboré.

Naturellement, il y avait des gens, comme Bernabé Montoya, qui ne se souvenaient jamais de leur propre code et décrochaient chaque fois que le téléphone sonnait, situation qui, au fil des ans, avait allumé de longues et brûlantes inimitiés.

D'autres, peu familiarisés avec le téléphone avant la fin de la Seconde Guerre mondiale, époque de la mise en place du système actuel, quelque vingt ans plus tôt, répondaient systématiquement à tout ce qu'ils prenaient pour une alerte urgente.

D'autres encore, qui ne supportaient pas les sonneries grelottantes et permanentes, décrochaient pendant des heures, voire des jours, invitation flagrante au meurtre!

Le maire, Sammy Cantú, était parvenu à ce haut poste en promettant de forcer la compagnie de téléphone Sierra Bell de moderniser le système des lignes communes en vigueur à Milagro. Il avait ainsi vaincu son prédécesseur, Eloy Martínez qui, lui-même, en jurant d'éclaircir la situation du téléphone, avait évincé son propre prédécesseur, Orlando Mondragón, qui, de même, plusieurs années auparavant, avait remporté la victoire sur la la plate-forme : PLUS DE LIGNES COMMUNES !

Malgré les nombreuses récriminations, le système de lignes communes faisait partie intégrante du réseau de communications et de ragots de Milagro, si bien que tout le monde finissait par compter avec lui. Bernabé Montoya, par exemple, se branchait souvent sur sa ligne commune après quelque atrocité locale (vol d'une vache, ou pillage d'un carré de maïs) afin de découvrir qui avait fait quoi, comment et à qui.

Au moment même où la Galaxie banalisée de Kyril Montana entra discrètement à Milagro, elle apparut immédiatement sur le radar du téléphone et ses progrès furent suivis avec intérêt par bon nombre des habitants de la ville. Nick Rael cracha le morceau par inadvertance, quand, quelque peu agité, il appela Sammy Cantú pour lui dire qu'il venait de voir une voiture avec une espèce de flic à l'intérieur. La réunion était-elle avancée, ou quoi ? Sammy Cantú lui confirma que la réunion aurait bien lieu à l'heure prévue mais que peut-être l'agent était arrivé en avance pour jeter un coup d'œil sur la ville et se faire une opinion. Cette conversation fut entendue par Stella Armijo et Sparky Pacheco, ainsi que la femme à moitié sourde d'Eusebio Lavadie, Fabiola, qui avait confondu le signal : une brève, deux longues, une brève, une longue avec une longue, une brève, deux longues, une brève, sonnerie qui avait effectivement retenti. Après avoir raccroché, elle signala négligemment à son mari qu'apparemment une sorte de policier était arrivé à Milagro pour une réunion quelconque, en se demandant vaguement pourquoi et avec qui. Lavadie monta immédiatement sur ses grands chevaux et appela Bernabé Montoya.

— Bernie ! cria-t-il, cette espèce d'andouille de gérant et le maire ont parlé au téléphone de la réunion chez Bud !

Cette déclaration enragée tomba aux oreilles de la femme de Ray Gusdorf, Jeanine, du fils retardé d'Onofre Martínez, O.J., de plusieurs Romero, un Esquibel, et de la sœur du maire aux multiples maris, Isabel Cantú Martínez Mondragón Córdova. En quelques secondes, la moitié du village au moins guettait, derrière les rideaux, les portes entrebâillées, les troncs d'arbres, et virent l'agent heurter le cochon de Pacheco, grimper sur la colline Capulin, puis, se diriger plus tard vers la maison de Bud Gleason pour la réunion.

Aucun tribunal militaire clandestin, aucun service secret n'auraient pu concevoir un système d'alerte en avant-poste aussi complet et aussi efficace que ces lignes communes.

Ils étaient rassemblés dans la cour de Joe Mondragón: dix hommes et deux femmes, Ruby Archuleta et la femme de Joe, Nancy. Personne n'avait organisé de réunion. Ce matin-là, Joe travaillait sur un tracteur appartenant à Ray Gusdorf, qui, bien qu'Anglo, parlait couramment espagnol et ne réussissait pas mieux dans l'agriculture que dans l'élevage des moutons, mais parvenait néanmoins à survivre, comme presque tout le monde dans la vallée. Vers dix heures, Ray et ses voisins, Tobías Arguello et Gomersindo Leyba, qui s'intéressaient au tracteur, car Ray allait faucher et mettre en balle leur luzerne, étaient venus voir où en était Joe. Ensuite, Ruby Archuleta et sa bande, Claudio García, son fils Eliu, et Marvin LaBlue s'étaient arrêtés pour livrer des plaques de tôle dont Joe avait besoin pour un abri à touristes sur la rive de la mare de Harlan Betchel, la Pêche Magique. Ils étaient également venus discuter de joints de tuyaux en Y dont Joe devait se servir pour participer à une construction financée par les fonds de la compagnie d'électricité de Chamisaville. Etaient également présents Jimmy Ortega, un gosse au visage poupin qui rôdait toujours près de l'atelier de Joe, donnant un coup de main ici et là et surtout apprenait beaûcoup; Benny Maestas, un copain de Joe, insolent et déroutant, ancien du Viêt-nam libéré sur parole après avoir jeté une canette de bière dans la vitre de la voiture de police de Bruno Martínez quatre mois auparavant; un vieux paquet d'os sinistre, Juan F. Mondragón, le grand-oncle de Joe, qui aimait bien regarder les autres travailler et cracher des miettes de tabac sur les chats et les poules qui se promenaient dans la cour; et enfin Johnny Pacheco, un beau gosse de Milagro aux cheveux longs d'environ vingt-cinq ans qui faisait partie d'un groupe de rock de Chamisaville, la

Défonce. Johnny était arrivé deux heures plus tôt avec un haut-parleur presque aussi grand que lui qui nécessitait des réparations.

Le sujet de discussion ce matin-là, pendant que Joe triturait les entrailles du tracteur, se concentrait sur la visite top-secret de Kyril Montana et de la réunion top-secret du salon de Bud Gleason.

— Ils doivent être inquiets en ville, dit Ray Gusdorf. Ils ne savent sûrement pas s'ils doivent l'ouvrir ou bien rester hors du coup.

— Ils feraient mieux de faire gaffe, dit Joe en grimaçant. La prochaine fois qu'ils ramènent ce condé, le pauvrinet risque de tomber dans un puits!

Les vieux gloussèrent, les jeunes caquetèrent, trouvant la réflexion très drôle.

— Qu'est-ce que Bud Gleason a à voir dans tout ça? Je l'aurais cru plus malin, dit Ruby Archuleta.

— Oh, Bud Gleason, celui-là! dit Tobías Arguello, il vendrait les bottes du cadavre de sa mère. S'il n'y avait plus qu'un bout de terrain dans toute la région, et avec sa maison par-dessus le marché, il ne réfléchirait même pas à deux fois avant de la mettre en vente.

— On devrait lui mettre un cadavre de cheval sur le pas de sa porte, dit Joe en grommelant et en tournant une clé à tube.

— Il lui attacherait un ruban rose autour du cou et le vendrait aux vautours! commenta Benny Maestas en riant.

— Ça fait rien, il a pas le droit de faire entrer un flic dans son salon, remarqua Claudio García.

Gomersindo Leyba prit la parole.

— Connaissant Bud comme je le connais, il le lui a sûrement loué six dollars de l'heure!

— Comment il s'appelle déjà ce flic? demanda Ruby Archuleta.

— Montana, on m'a dit.

— Comme l'Etat du Montana? Et avec un nom comme ça, ce serait un Chicano?

— Non, c'est un Anglo. Son prénom, c'est Ken.

— Non, Carl, moi, j'ai entendu Carl.

— Ken ou Carl, d'où est-ce qu'il sort? De la capitale?

— C'est ce qu'on dit.

— Qui l'a envoyé ici?

— Les flics. Ou le gouverneur. Qui sait? Pourquoi ils nous envoient toujours des crétins comme ça ici?

— Je l'avais jamais vu avant celui-là.

— Quand t'as vu un civil, tu les as tous vus.

Ruby Archuleta s'assis sur un vieux bloc moteur et, en fumant une cigarette annonça:

— Si on l'a envoyé ici pour faire une réunion, c'est qu'ils ont quelque chose en tête. Ce type, il est pas venu admirer le paysage.

— Comment ça se fait que Lavadie était avec eux? Il est flic, lui aussi? Je savais pas.

— Mais, non, c'est pas un flic, bon sang. Il était là pour le compte de Zopi Devine.

— Qu'est-ce que le Zopilote vient foutre dans cette histoire?

— Eh ben, la plupart des terres de ce côté-là, là où ils veulent installer le terrain de golf, la zone de loisirs et le barrage, c'est à lui, *qué no*?

— Il irrigue pas ses terres, dit Joe, et mon champ, c'est pas à lui, c'est à moi.

— Pour moi, c'est l'ingénieur d'Etat qui l'a envoyé. Ils se font du mouron pour leur foutu barrage.

— Ouais, mais je vois pas en quoi mon champ de haricots les dérange.

— Ils considèrent sans doute ça comme une forme de résistance organisée, comme un acte symbolique, dit Ruby Archuleta.

— Et qui aurait organisé quoi? protesta Joe, irrité. J'en ai parlé à personne. Si j'en avais parlé à quelqu'un on m'aurait dit de rester dans mon coin. Personne n'a rien organisé.

— Ça fait rien, ça leur fout la trouille. Tous ces civils, ils en chient des crottes de biques dans leurs culottes, dit Benny Maestas. Ils ont peur de la révolution.

Tout le monde rit de bon cœur à cette réflexion.

— Peut-être que le Zopilote a l'impression qu'on lui déclare la guerre, proposa Tobías Arguello. Peut-être que ce Montana sait plus de choses que nous.

Ray Gusdorf dessina une ligne dans la poussière avec un bâton.

— En fait, ils cherchent sans doute à nous monter les uns contre les autres pour qu'on se saute à la gorge et qu'on puisse rien organiser du tout.

— Vous savez pas ce que vous devriez faire, dit Johnny, c'est vous lever à quatre heures du matin un jour et irriguer tout le côté ouest.

— *Ai Chihuahua!* Mais t'es complètement cinglé, caqueta le

grand-oncle de Joe, comme s'il venait d'avaler un chat. Ils sortiraient une mitraillette du magasin de Rael et ils tireraient dans le tas quand vous reviendriez. Pourquoi chercher des emmerdes avec ces crétins ? Ils vous trancheront la gorge avant de vous dire bonjour, si vous faites des conneries comme ça.

Tobías Arguello se roula une cigarette.

— Finalement, Joe, tu devrais peut-être arrêter d'irriguer ce champ. Il y a des tas d'innocents qui vont être impliqués dans l'affaire, ils risquent d'en pâtir.

— C'est mon champ, aboya Joe, je n'ai rien demandé à personne. Quelqu'un m'a entendu demander de l'aide à quelqu'un peut-être ?

— Non, dit Ray Gusford. Pas moi, du moins.

— Je n'ai besoin de personne, je n'ai jamais eu besoin de personne. Vous n'avez qu'à leur dire, à vos flics !

— Oui, mais tu vas peut-être avoir besoin d'un coup de main, dit Ruby, songeuse.

— Et pourquoi donc ? Enfin, dites-moi la vérité, qui s'intéresserait à un champ de haricots minable et à quelques baquets de flotte ?

— Carl Montana par exemple.

Joe l'élimina d'un geste de la main arrogant.

— Qu'il aille se faire foutre !

— Hé, écoute, commença lentement Marvin LaBlue. C'est pas si simple que ça. Enfin, j'en sais rien, mais je crois pas que ça soit aussi simple que ça.

— T'as raison, dit Ruby. Et nous sommes tous mouillés, quoi que t'en dises, José, ce champ nous appartient à nous tous.

— Quand je récolterai mes haricots, c'est moi qui les mangerai, parce qu'ils sont à moi. J'ai payé les graines, j'ai acheté l'essence pour le tracteur...

Pendant une minute, le silence régna tandis que Joe arrachait furieusement des morceaux d'entrailles et desserrait quelques boulons.

— L'union fait la force, dit Eliu Archuleta.

— Oh, écoutez-moi ces conneries amerloques, grogna Benny Maestas. Unis on se débattra, divisés, on se débattra quand même.

— Mais ce qui est vrai reste vrai, dit Gomersindo Leyba.

Juan F. Mondragón grommela :

— Moi, je veux pas d'emmerdes. Chaque fois qu'il y en a un de nous qui pique sa crise contre eux, c'est nous qui sortons pour aller tuer un des nôtres. Alors, si vous trouvez ça intelligent !

— Non, c'est pas intelligent.

— C'est pour ça que c'est les flics qu'il faut zigouiller.

— Tuer, tuer, tuer, murmura tristement Nancy. Il y a cinq jours, j'ai dit à José..., je lui ai dit: « José, je voudrais faire de la dinde, va couper la tête d'une de ces bestioles. » Alors, vous croyez qu'il aurait pris la hache, José? Oh, non, pas lui! Il vient de chez Ford, il est plus malin que ça. Il prend son fusil. Tirer sur une dinde! Toutes les dindes, elles sont près de l'enclos à moutons, il n'y a plus qu'une vieille chèvre pleine d'arthrite, et cinq ou six agneaux qu'on nourrit au biberon. Ils dorment dans la paille, et les dindes sont juste devant. Alors, José tire sur la dinde. Mais peut-être qu'il a pas si bien visé que ça, ou je ne sais quoi, parce que la dinde fait une cabriole et roule dans la poussière, mais après, elle se met à courir dans le champ, en glougloutant comme une folle, et toutes les dindes qui s'envolent dans ce grand arbre et qui ne reviennent pas pendant trois jours! Et un des moutons qui se met à brailler comme un cochon qu'on égorge parce que la balle qui a traversé la dinde, elle est allée se fourrer dans l'agneau. Et l'autre agneau a tellement peur qu'il se cogne la tête contre le mur et se brise le cou. Alors, José a dû tuer l'agneau qu'il avait blessé, et après, moi, j'ai dû prendre le fusil et courir après cette maudite dinde. Et vous savez ce qui s'est passé? Je me suis cassé un plombage en la mangeant, avec tous ces bouts de chevrotine! Alors, ne me parlez plus de tuer, tuer, tuer, tuer. J'en ai marre!

— Qui t'a demandé ton avis?

— Je parle quand j'en ai envie, répondit Nancy, les yeux en feu.

— Personne ne va tuer de flic, dit Ruby.

— Ça dépend, s'il vient fiche la merde dans mon champ..., grogna José.

— Je ne te défendrai pas si tu joues avec des fusils, menaça Nancy.

— *Ai Chihuahua!* s'exclama Joe en levant les bras au ciel.

— Ce serait complètement idiot de tuer un flic, raisonna Claudio García. Tous ceux qui ont envie de tuer un flic devrait aller voir le toubib. Il est temps de leur remplacer la cervelle.

— Ouais, mais qu'est-ce que ce connard fichait à faire tout ce foin à propos de José? Hein? demanda Benny Maestas. Je l'aurai, ce salaud. C'est quoi son adresse à la capitale?

— Le problème, dit Ruby, c'est qu'ils nous croient sûrement unis. Ils croient sûrement qu'on est tous derrière Joe.

— Tu crois vraiment qu'ils sont idiots à ce point? demanda amèrement Nancy.

— D'ailleurs, nous sommes tous ensemble là-dedans, *qué no?* grommela passionément Tobías Arguello. Moi, je suis derrière toi, José. Je t'aiderai à irriguer ton champ.

— Tu parles, un bébé pourrait faire ça. Amarante Córdova pourrait faire ça les bras attachés dans le dos. C'est tellement bien fait qu'il suffit d'ouvrir les vannes, et vingt minutes plus tard, c'est terminé.

— De mon temps..., commença Juan F. Mondragón.

— De ton temps, de ton temps, on n'est plus de ton temps! aboya José.

— De mon temps, insista le vieux, les gens se tenaient les coudes.

— De ton temps, il y avait une centaine de gorges tranchées tous les samedis, et l'argent était aussi rare que les serpents à sonnettes d'un kilomètre de long. De ton temps les gens mouraient de la tuberculose avant quarante ans.

Joe montra ses dents à son grand-oncle.

— Regarde ta bouche, tonton, elle est vide. Mais toi, tu dates de l'ancien temps. Regarde la mienne, elle est pleine d'or et d'argent, et j'ai autant de quenottes qu'à ma naissance. Je boufferai encore du steak quand on récitera mon rosaire.

— Ça n'a rien à voir avec le champ de haricots, se plaignit Ruby.

— Laissez-moi tranquille avec ce champ de haricots! Quand les gens commencent à vouloir vous aider, vous pouvez être sûr que c'est la merde!

— Il reste toujours, insita Ray Gusdorf, que ce Carl Montana a eu une réunion avec Bernabé, Lavadie, Meliton Naranjo et qui d'autre encore?

— J'ai entendu dire que le Zopilote...

— Non, il y était pas.

— Et Horsethief Shorty?

— J'ai pas entendu dire qu'il était là.

— Et Jerry Grindstaff?

Ceux qui avaient des nouvelles de la réunion haussèrent les épaules.

— Sammy Cantú y était, lui, dit Gomersindo Leyba.

— Oh, lui, il serait incapable de donner un coup de poing dans un sac en papier si on l'y enfermait!

— Mais il y était quand même.

— Oui.

— D'après ce que j'ai compris, dit Ray Gusdorf, ils ont surtout parlé de Charley Bloom. Et de toi, bien sûr. Ils ont dit que c'était votre idée à tous les deux, d'irriguer ce champ.

— Foutaises! s'exclama Joe en cherchant une clé de la bonne taille dans sa boîte à outils. C'est pas vrai. J'en ai parlé à personne; un jour j'y suis allé, c'est tout. Si j'en avais parlé à quelqu'un, on serait encore en train de se battre pour savoir si c'est bien ou mal, ou je ne sais quoi. Si personne n'avait parlé de ce qu'il fallait faire ou pas au cours des deux cents dernières années, on ne serait pas sur la corde raide comme aujourd'hui.

— Alors, que faire? demanda laconiquement Marvin LaBlue. On ne va tout de même pas rester assis sur nos gros culs sans rien faire?

— Oui, mais faire quoi? Pour le moment, personne n'a bougé.

— Si, eux, ils ont bougé, ils ont envoyé leur flic.

— L'ingénieur d'Etat m'a déjà envoyé un ou deux de ses types, mais je les ai envoyés au diable, dit Joe. C'est tout. Si ce flic vient me voir, et bien je lui dirai d'aller se faire chauffer les fesses en enfer avec les crétins d'ingénieurs.

— Eh ben, si tu les avais pas envoyés ballader, on ne serait pas tous en train de rôtir dans la marmite en ce moment.

— Dans la marmite, tonton, où est-ce que tu vois une marmite? Il ne s'est rien passé.

— Oh, tu verras..., tu verras bien assez tôt, dit le vieillard, battant en retraite. Tu verras, et ce sera pas joli.

— C'est mon problème, dit Joe. Je comprends pas pourquoi vous vous faites du souci pour moi. Je peux très bien me débrouiller tout seul.

— Non, ça nous concerne tous, affirma Ruby. C'est ton champ de haricots, d'accord, mais il représente tous nos champs. Ce maudit barrage nous fera du tort à tous, et on va être obligés de payer des impôts pour la zone de loisirs, et pour le moment on s'est tous fait baiser par Ladd Devine.

— Je vois pas le rapport avec mon champ de haricots, cria Joe. Je n'ai jamais dit que j'avais une dent contre le Zopilote.

Benny Maestas se mit à rire.

— Oh, vous, vous êtes vraiment pas possible! C'est trop pour moi. *Ai Chihuahua!*

Gomersindo Leyba exposa son opinion, à son tour.

— Tu vois, José, le problème, c'est que ça va retomber sur nous tous. Ils nous croient unis. C'est pour ça qu'ils ont envoyé ce flic. Pour nous flanquer la trouille, et pour nous diviser. S'ils savaient que tu es presque tout seul, ils te briseraient en deux comme une vulgaire allumette. Ernie Maestas t'enfermerait dans la prison de Chamisaville et il boufferait la clé.

— Ça me fait pas peur, se vanta Joe.

— A moi, si, dit Ruby.

Il y eut un moment de silence et tout le monde la regarda.

— A moi aussi, finit par admettre Nancy. J'ai peur. Je me moque de ce que dit José. Si jamais ils kidnappaient les enfants...

— Oh, mon Dieu! Personne ne va kidnapper les gosses!

— Euh... je sais pas.

Johnny Pacheco était visiblement troublé par la gravité de l'instant.

— Oh, ça va se tasser. Dès que t'arrêteras d'irriguer ce champ à la noix, plus personne n'y pensera.

— Je continuerai à irriguer mon champ.

Pour souligner sa détermination, Joe cracha par terre.

— Je ne sais pas, tu devrais peut-être abandonner, dit Tobías Arguello, ça n'en vaut peut-être pas la peine.

— C'est bien vrai, confirma le grand-oncle. Tout le monde sait que cela n'en vaut pas la peine. Tout ça pour un sac de haricots!

— Moi, je trouve que cela en vaut la peine, dit Ruby en se levant.

Plus personne ne dit rien.

— Et que nous le sachions ou pas, je pense que nous somme tous solidaires, dit doucement la Reine de la Carrosserie et de Plomberie. Enfin, nom d'un chien, comment voudriez-vous qu'une bande de pauvres types comme nous vivent dans la même saloperie de vallée depuis trois cents ans sans être solidaires? Alors, il faut faire une réunion.

— Une réunion? Quelle réunion?

— Il faut rassembler tout le monde. On ouvrira l'église...

— Des emmerdes, grommela Juan F. Mondragón, je les sens venir, des emmerdes gros comme un éléphant qui va tous nous écrabouiller.

Les mêmes sentiments agitaient l'esprit troublé du sheriff tandis qu'il conduisait son camion sur l'axe nord-sud, sans manquer de faire un geste obscène en passant devant la pancarte prétentieuse de Ladd Devine à l'entrée de la vallée des Miracles. Il eut un moment de malaise quand son véhicule dépassa silencieusement le garde-fou à vache peint sur le sol pour prendre la route de Chamisaville.

Il était midi, par une languide journée d'été. L'équipe du journal de Chamisaville était partie déjeuner: cinq ivrognes, trois Indiens burinés et tordus et deux autres Chicanos bouffis et antipathiques se reposaient sous un portique ombragé entre le magasin de spiritueux, la Paloma et les bureaux déserts du *News*. Plus loin, quelques adolescents arrachaient mollement des mauvaises herbes d'un fossé d'irrigation situé derrière les lignes blanches du terrain de football du lycée. Derrière eux, dans le parc municipal, les mères et les pères anglos sortaient de bus Volkswagen et de leurs camionnettes pour aller chercher les enfants au camp de loisirs du lundi-mercredi. Un tourniquet arrosait la pelouse de Jim Hirsshorn. Bernabé n'accorda au bureau qu'un regard morne, tandis qu'il passait doucement, prisonnier des voitures de touristes, presque totalement immergées dans la poussière d'adobé.

En arrivant au Motel Kachina, le sheriff se sentit merdeux; il aurait dû téléphoner à Véra et annuler le rendez-vous. Mais il courait la gueuse depuis si longtemps, dans son étrange emploi du temps, que c'était devenu une habitude dont il ne pouvait se débarrasser, bien que cela ne le satisfasse plus guère. Il se gara et descendit du camion avec un soupir songeur, ferma les portes à clé, avança lentement dans la lueur pourpre du bar, demanda une pinte d'Old Grandad au barman, Teddy Gallegos, vérifia l'heure pour s'assurer qu'il n'était pas en avance et se rendit dans la chambre 126, de l'autre côté de la piscine.

— C'est ouvert, dit Véra, et il entra.

Son odeur de jonquille lui rappelait un peu une actrice mexicaine, sexy et potelée, qui jouait des petits rôles dans les western spaghetti. Son visage, autrefois sombre, typiquement indien, était déformé par l'enflure. Elle était toujours sensuelle, mais avait dépassé les plus belles années de sa quarantaine. Elle avait toujours de beaux cheveux d'un noir d'ébène négligemment relâchés pour lui, portait des perles aux oreilles, comme une petite fille, un pull jaune sombre, une mini-jupe, des bas et des talons hauts. Ses rondeurs donnaient chaleur et tendresse à ce qui aurait pu paraître vulgaire et bon marché, et, au fond, c'était une fille bien, un peu solitaire et très gentille. Elle comprenait l'espagnol mais ne le parlait plus et s'exprimait dans un anglais pâteux.

— Alors, comment ça va ? lui demanda-t-il donc en anglais en s'approchant du lit et en l'embrassant.

Il glissa négligemment une main à l'intérieur des cuisses, tandis qu'elle le caressa brièvement à l'entrejambe, avec son sourire habituel, le sourire tendu de quelqu'un qui craint la poussière en suspension dans l'air ou qui est sur le point de pleurer.

Assis devant la coiffeuse, Bernabé enleva les enveloppes de cellophane de deux verres et leur versa à boire. Elle prit le sien sans commentaire, et remua son bourbon avec le doigt. Il la vit boire dans le miroir, en même temps que lui.

— Comment va Carolina ? demanda-t-elle.

— Bof, quelle importance. Elle va bien.

Avec la femme de Bernabé, les choses ne changeaient guère d'un jour à l'autre.

— Je l'ai rencontrée au Safeway, quand déjà ? J'étais avec Bert. Mardi, peut-être, non plutôt jeudi.

— Oui, elle a dû venir faire ses courses, je me rappelle pas.

— Euh..., dit Véra.

Il restèrent longtemps silencieux, à boire lentement, guère pressés d'aller quelque part ou de faire quoi que ce soit. Bernabé, lui, aurait aimé parler. Il n'y avait rien d'exceptionnel à cela. Il avait toujours envie de parler avec les femmes avec lesquelles il couchait. Pourtant, tout au long de sa vie, il avait découvert que ses maîtresses étaient exactement comme Carolina. Une forme de mystère ou d'aura les entourait, à moins que ce ne fut une barrière érigée par la culture machiste qui coulait dans ses veines et rendait toute conversation impossible. Souvent, elles babillaient comme des cochons d'Inde, mettaient leur âme à nu devant lui tandis qu'il les écoutait (alors qu'il souhaitait de tout son cœur pouvoir en faire autant). C'était la seule chose dont il semblait capable, écouter. Même si les mots roulaient dans ses entrailles et y fermentaient, lui donnant d'horribles crampes, même si ses confessions tourmentées menaient bataille dans ses mâchoires, telles des chauves-souris essayant de s'enfuir de leur caverne à la tombée de la nuit, il n'arrivait pas à parler. Il le voulait pourtant... mais la seule chose qu'il pût faire c'était épier leurs babillages... et les baiser. Et chaque fois qu'il rencontrait une nouvelle femme, il le faisait donc avec un appétit plus social que sexuel; désespérément, il avait envie de communiquer, de laisser tout sortir de sa poitrine, de partager des secrets, de se confesser, de dénuder son cœur, de leur demander conseil, de faire des hypothèses, de les interroger, de libérer des torrents de rage, ou même de confier ce qu'il pouvait avoir à dire sur l'amour. Pourtant, cela le terrifiait: il avait des visions de sa propre maladresse, il entendait ses propos malhabiles, et imaginait à quel point les femmes seraient choquées et honteuses. Alors, il fermait sa gueule.

Le sheriff se regardait souvent dans le miroir. Pas pour se pomponner, se coiffer, se raser ou s'entraîner à faire des grimaces. Non, il s'observait. Ainsi était donc Bernabé Montoya, quarante-trois ans, le minable sheriff de Milagro, qui voulait tout savoir sur tout sans avoir jamais osé le demander, se renfermait avec l'âge et avait été incapable de se trouver un réceptacle capable de recueillir les aveux de son âme tourmentée dans les bras de centaines d'amours clandestines.

A côté du ronflement sans passion de Carolina, court, chaud, parfois aigu, parfois sourd, Bernabé rêvait. Un chose sûre, ses rêves, dernièrement surtout, mettaient en scène Onofre Martínez le manchot, en train de déchirer ses contraventions devant l'unique parcmètre de Milagro. Mais d'autres rêves décrivaient Bernabé Montoya, la piñata humaine. Enveloppé dans du papier cadeau criard, il tourbillonnait comme un fou au bout d'un fil d'argent, tandis que toutes les femmes qu'il avait renversées soi-disant en douce sur un divan, ménagères nues, luisantes de beurre, pareilles aux dindes rafistolées que l'on achète au Safeway, faisaient la ronde en dessous de lui, les yeux bandés, brandissant des battes de bois, avec lesquelles elles frappaient Bernabé, la piñata humaine. En avant, en arrière, il se balançait, tandis qu'elles ricanaient et cognaient, leurs seins tombants et leurs gros derrières flasques se trémoussant et tressautant comme des poissons hors de l'eau. Hélas, aucune n'avait jamais la force de lui déchirer les entrailles pour libérer les sucreries et les pièces d'argent en formes de mots impatients, de points d'interrogation, de bredouillements pathétiques et confus, qui descendraient en cascade tout autour d'elles, en faisant de petits bleus sur leurs peaux brunes offertes, telles des marques d'une grêle d'été.

A présent, Bernabé était fort intrigué et fort effrayé par Kyril Montana. Mais il était également intrigué par tout ce qui faisait vibrer les êtres humains. Il avait un besoin irrépressible de disséquer les gens, d'étudier leur mécanisme; il éprouvait presque un désir d'artiste de leur ouvrir le cœur (comme il ouvrait le ventre des poissons pour voir ce qu'ils avaient mangé) afin de découvrir les secrets qu'ils dissimulaient. Chaque fois qu'il entrait en contact avec un cadavre, disons après un accident de voiture, ou lorsqu'il découvrait un jeune hippy mort d'une overdose dans la neige gelée le long de la route en hiver, il l'observait longuement, pour découvrir les mystères de la vie et de la mort, les signes trahissant la présence d'une âme qui aurait peut-être tardé à s'envoler vers le ciel, essayant de percer le camouflage qui avait protégé leur véritable personnalité. La mort terrifait le sheriff, car il ressentait toujours une révérence profonde, bien que jamais formulée, pour la vie des êtres humains. Peu importe que les hommes fussent en parfaite santé et absolument normaux, peu importe que les femmes fussent intelligentes et bien faites, il les voyait tordus, borgnes, à demi fous, infirmes, noyés dans les subterfuges, engorgés dans de sinistres pensées et idées tortueuses — comme lui-même — avec des appétits dissimulés, des désirs impudents, des aspirations secrètes, presque surnaturelles — une bande de meurtriers sous des allures d'idiots insignifiants et sympathiques. Pour Bernabé, cela restait un mystère incroyable que les gens ne perdent pas la boule toutes les cinq minutes.

Mais tout cela, il le ressentait. Il ne le savait pas, pas vraiment. Ni à propos des gens, ni à propos de lui-même ou de Carolina. Pourtant, il avait toujours eu envie d'apprendre, il avait toujours eu envie de poser des milliers de questions intimes qu'il n'avait jamais formulées même intérieurement, alors quant à les prononcer! Peut-être comprenait-il que les gens auraient peur de répondre, ou qu'ils le poignarderaient avec leur couteau de boucher pour avoir osé insinuer qu'ils étaient ce qu'ils étaient réellement. Et puis, Bernabé ne savait pas ce qu'il voulait apprendre; il n'avait aucune idée sur le par où et comment commencer... Tout était cahotique et vague. Au cours de sa vie, le sheriff n'avait jamais envisagé un quelconque début. Son esprit brumeux ressemblait à une radio dont les piles fatiguées ne donnaient qu'un faible brouhaha lors des émissions cruciales; sa vie avait été marquée de dénouements mélancoliques qui se produisaient toujours avant la première page.

— Samedi, je crois, je suis allée chez Laura Martínez, tu sais, la sœur de William, la sous-directrice du Safeway.

— Ouais, répondit-il en hochant tristement la tête.

— On a ramassé des pommes. Je vais faire de la gelée. J'y étais allée avec Mary Ann Trujilo, la secrétaire de l'avocat, Timmy Morris, tu sais, la fille de Tomás, celle qui a fait l'université.

— Quel Tomás? J'en connais six des Tomás Trujilo.

— Celui qui vendait du charbon. Près du bar Ranchitos.

— Ah, celui-ci, le bigleux, celui qui a un œil qui regarde toujours les oiseaux.

— Non, c'est son frère, Pete, qui a un œil de travers.

— Je croyais que Pete s'était installé à El Paso. Qui m'a dit ça?

— Non, celui-là, c'était le Pete Trujilo du Canyon. Pete Trujilo, le frère de Tomás, il a toujours habité Llano. C'est lui qui avait un paon, et après, sa petite fille, Isabella, elle s'est fait renverser par le bus de l'école. Alors, il a donné son paon à un Anglo avec un drôle de nom, Flipper, ou quelque chose comme ça. Et l'Anglo s'est blessé à la main en allant à la chasse, mais il a jamais su que les paons portaient malheur, et personne ne lui a jamais dit...

Elle parlait... Il servit un autre verre et écoutait, sans écouter. Il pensait à Kyril Montana qui le rendait si nerveux et au champ de haricots de Joe Mondragón, aux fédéraux, à Amarante Córdova, à Carolina, à Eusebio Lavadie, Ladd Devine et Horsethief Shorty, essayant de reconstituer le puzzle qui l'inquiétait tant. Puis, à la moitié de son deuxième verre, il se leva et s'approcha d'elle, s'installa entre ses jambes, remonta son pull-over, lui caressa les seins, et, un moment plus tard, ils se déshabillèrent; le sheriff grimpa sur elle, comme un animal très lent et fatigué, énorme mais fragile, sur le point de copuler sur le sable d'une plage solitaire après une longue nage exténuante dans les dangereuses eaux de l'océan.

Pourtant, il ne réussit pas à bander. Il restait allongé entre ses jambes, mou et flasque, comme les pendeloques d'un cheval castré, avec un étrange cri épouvanté dans la gorge, mais ne laissant entendre que des grognements tandis qu'elle roucoulait doucement et lui caressait le dos sans se plaindre, bien qu'elle fût écrasée sous son poids.

Avec un haussement d'épaules ironique et désabusé, Bernabé dit enfin :

— Bienvenue au club des couillons, pour notre grand bal des sexy-follies.

Il glissa plus bas et posa ses lèvres épaisses sur un sein. Elle lui tenait la tête mais ne la serrait pas contre elle. Un peu plus tard, il s'endormit, et elle continua à lui tenir la tête, tirant de ce geste un réconfort léger mais essentiel, souriant même faiblement, les yeux rivés au plafond.

Milagro se réveillait de bonne heure. Bien que le soleil se lève tard, car la ville est encaissée au pied de hautes montagnes, la plupart des citoyens étaient debout bien avant que les premiers rayons inondent les champs étroits de foin et de luzerne à l'est. Dans la grisaille de l'aube, les véhicules, de vieux camions à plateau pour la plupart, phares allumés, sortaient des cours de terre battue encombrées, luisants de rosée, et défilaient à travers les ruelles de l'arrière-ville. Certains transportaient des balles de fourrage qu'ils déversaient dans les corrals poussiéreux ou dans de minuscules prairies pour nourrir moutons et chevaux. D'autres se dirigeaient vers la multitude de chemins primitifs menant à la forêt nationale où ils avaient des permis de pâture. Quelques individus se rendaient à leur travail au ranch de la Truite Sauteuse dans le canyon de Milagro. Mais la plupart des camions, dont les occupants saluaient rituellement la pancarte de Ladd Devine d'un geste obscène, empruntaient la grand-route pour travailler à la mine de Doña Luz, ou remplir leurs emplois minables dans l'industrie du tourisme dans les motels, hôtels et restaurants de la ville.

Ce matin-là, un camion traversa la route du contrefort Milagro-García et s'arrêta devant le petit champ de Joe Mondragón. Joe en personne en sortit, s'empara d'une pelle et, pendant quelques minutes, s'affaira pour détourner illégalement l'eau du fossé Roybal vers son champ. Marchant un peu en avant du flot, il dégagea quelques touffes d'herbe, coupa un serpent d'eau en deux, puis se tint sur le bord à regarder le liquide clair et froid s'engouffrer dans les sillons entre les plants de haricots.

Là, dans les instants bleutés qui précèdent l'aube, Joe nourrissait des sentiments qu'il n'avait pas éprouvés depuis l'enfance. Il se sentait dans la peau d'un vrai dur, arrogant, indestructible et parfaitement heureux. Son champ de haricots était tout simplement pur, magnifique. Pendant quelques secondes, il connut un bien-être et une sensation d'importance presque embarrassants. Comme le maître du château. Le numéro Un.

El Numero Uno.

Et si le détournement des eaux de l'Indian Creek déchaînait le courroux des dieux sur la capitale, qu'il en soit ainsi ! Qu'il aille se faire foutre ce Montana, Carl, Ken, ou quel que diable fût son prénom ! Joe, de tout son mètre soixante, leur ferait cracher leurs tripes, à eux tous, et surtout à ce minus de flic armé jusqu'aux dents. Il arracherait les étoiles de leur poitrine de marshmallows, les boufferait et les recracherait sous forme de boulette à la gueule de ces types en uniformes.

Une certaine grandeur. C'était sans doute la première fois que Joe ressentait ça depuis longtemps. C'était peut-être ça que son petit champ de haricots pouvait apporter à cette ville pourrie de miséreux. Oh, bien sûr, personne n'en parlait ou même n'y pensait de cette façon. En fait, malgré les tensions grandissantes, presque personne n'avait osé admettre devant Joe qu'il connaissait l'existence de ce champ de haricots. Ils préféraient se tenir à l'écart et voir ce qui allait arriver avant de s'engager d'un côté ou de l'autre. Ils voulaient savoir si Joe allait s'en tirer. Ils attendaient qu'un signe de Dieu leur dise que tout était parfait ainsi. En fait, pensait Joe, ce n'étaient qu'un troupeau de moutons timorés, une bande de poivrots pas prêts de se mouiller dans quoi que ce soit avant de comprendre quelle sorte d'emmerdes ils allaient s'attirer. Ensuite, ensuite seulement, ils feraient allégeance. Oui, monsieur, ensuite, comme un seul homme, ils iraient à la cité florale d'Anglada à Chamisaville et se chargeraient de bouquets de plastique criards pour les jeter sur le monticule de terre au-dessus du cadavre de Joe au camposanto de Milagro ! *Ensuite,* vêtus de noir, versant des larmes de crocodile, ils se lamenteraient sur le thème : que « *La Vida* » est triste ; *Dios* payera ses dettes aux cieux, pour les souffrances qu'il a infligées à Joe, ici-bas.

En riant, Joe s'assit sur un tronc de cotonnier mort près de son champ, alluma une cigarette et regarda les véhicules déglingués défiler sur la grand-route vers des boulots serviles à cinquante cents de l'heure, un dollar l'heure, peut-être un dollar soixante, un dollar quatre-vingt au grand maximum, à Doña Luz ou Chamisaville. Pauvres hères cuisiniers, femmes de chambre et nourrices. Et, aussi soudainement qu'une grêle d'été sur les montagnes, un sentiment extraordinaire le submergea, le prenant par surprise, et qui faillit bien le faire tomber à la renverse. Soudain, une tendresse qu'il n'avait jamais ressentie assaillit ses os, envahit ses entrailles comme une miel doré, et lui donna les larmes aux yeux.

C'était un sacré truc qui lui arrivait, car les seules fois où il avait pleuré c'était en éminçant des oignons pour les enchiladas de Nancy, ou en mangeant un jalapeno vraiment très épicé.

Pourtant, pas moyen de le nier : il éprouvait une profonde tendresse pour son peuple, c'était comme ça. Son peuple, les siens. Une poignée de natifs édentés, tubars, bouffés par la vermine, voisins illettrés, neveux, cousins, paysans, faux-jetons, enfoirés, emmerdeurs et couillons.

Soudain, il aimait le peuple parmi lequel il vivait, soudain, il s'intéressait à la vie des siens. Et ce sentiment cette tendresse qui suintait à travers tout son corps le rendait presque faible.

Tandis que les pies pépiaient comme un troupeau de singes excités dans les branches, observant deux éperviers silencieux sur le fil du téléphone en travers de la grand-route, Joe sombra dans une étrange rêverie. Son enfance, qu'il avait presque complètement oubliée, surgit d'une brume légère, obscurcissant son esprit et son cœur, et vint gentiment l'aiguillonner et réveiller les frêles sensibleries humaines que Joe avait toujours méprisées.

Il était avec son père, Esequiel Mondragón, petit homme vouté, très tranquille, au regard vert pâle solitaire, et aux cheveux gris soyeux. A cheval, ils ramenaient les moutons de leur pâturage d'été, à soixante-quinze kilomètres à l'ouest, de l'autre côté des gorges du Rio Grande. Les chiens couraient tout autour du troupeau, en aboyant pour maintenir l'ordre. Son père ne parlait guère tandis qu'ils chevauchaient dans la poussière derrière le lent troupeau ; il chiquait son tabac, le dos voûté sur la selle, toute l'attention de ses yeux ensommeillés concentrée sur les animaux. Joe montait à cru. De chaque côté, le long de la vallée Curandero, les peupliers d'un splendide jaune beurre frémissaient dans la brise de l'été indien. De temps à autre, ils voyaient quelques troupeaux de cerfs déambuler sur les hautes prairies vallonnées, près de la ligne des arbres. Pendant huit jours, ils accompagnèrent le troupeau au bercail. Lentement, derrière la file indienne des moutons, ils descendirent la piste rocailleuse qui menait à la gorge. En bas, ils rencontrèrent un serpent à sonnettes que son père tua pour que Joe puisse le dépecer. Plus tard, il tanna la peau et s'en fit une ceinture : il la portait depuis des années.

Désormais, la route de la vallée Curandero avait été pavée; un pont luxueux surplombait la gorge, et il était interdit de conduire les troupeaux sur la route. L'Etat avait également aplani certains lacs de la vallée, les avait remplis de truites arc-en-ciel, et avait installé une demi-douzaine de terrains de camping méticuleusement entretenus le long de la route.

Joe se souvenait des nuits d'été avec son père et les moutons, haut sur la montagne, sur les pentes escarpées des crêtes alpines où les marmottes aux queues foisonnantes se cachaient dans les rochers et où les lapins gris l'observaient tandis qu'il se tenait dans l'herbe, immobile. Il y avait eu l'été où son père avait tué un ours; et les hurlements des coyotes qui l'avaient terrifié enfant, avant qu'il ne s'y habitue et se déplace avec un .22 pour les tuer. Il avait toujours eu peur des lynx, avec leurs rugissements parfois gutturaux, parfois perçants et efféminés à vous glacer le sang... Et les coups de fusil d'alarme de son père, par intervalles dans la nuit déchirée d'éclairs pour éloigner tous les prédateurs... On n'avait plus le droit de les utiliser aujourd'hui, ces pistolets d'alarme.

Il avait quatre ans, cinq peut-être, et n'avait jamais vu de serpent à sonnettes. Son père avait arrêté leur vieux camion et lui en avait montré un sur la route de Conejos Junction. Le crépuscule tombait, et le serpent brillait dans la poussière des faisceaux jaunes des phares. Tandis que Joe observait par le pare-brise rayé, son père descendit avec un bâton et frappa le serpent pour qu'il s'enroule; ensuite, il essaya de le faire passer à l'attaque, mais le serpent refusait de mordre le bâton froid. Finalement, il lui asséna un coup sur le nez, et à ce moment-là seulement, le serpent consentit à émettre un sifflement. Son père lui expliqua ce qu'était le venin, et lui dit de toujours rester à l'écart de ce genre de serpent. Puis, obéissant à une arrière-pensée dépourvue de passion, il frappa le serpent, le brisant en plusieurs endroits, et lui écrasa la tête sous le talon de sa botte. Ils poursuivirent leur route. Plus tard, Esequiel donna une racine d'oshá à son fils, et lui conseilla de toujours le garder dans sa poche pour se protéger contre les serpents à sonnettes.

Son père chassait, comme tous les hommes. Joe se revoyait à cheval avec le vieil homme sur les collines enneigées à suivre la piste d'un élan ou d'un cerf. Il revoyait son père, torse nu, couvert de sang, éventrant un élan attaché par un gréement de fortune dans l'arrière-cour; ensuite, son père disparut presque dans les entrailles du gigantesque animal qu'il lavait au jet d'eau.

Il se souvenait des soirs d'été sur le plateau de Strawberry, lorsqu'il allait à la fiesta de Chamisaville, assis dans la remorque du camion. Les engoulevents s'éparpillaient dans le ciel nocturne tandis que le camion bringuebalait vers le sud. Beau comme un sou neuf, en chemise de cow-boy à carreaux, et bottes neuves, il tiraillait sur les chiens de prairie tout au long de la route avec son .22 sans jamais atteindre sa cible, du moins d'après ce qu'il pouvait en juger — il y avait trop de secousses.

Esequiel Mondragón était un homme étrange, taciturne, qui ne se saoulait jamais à la fiesta, qui conduisait ses troupeaux, et parfois s'en allait tout l'été avec ses moutons dans le Montana ou le Wyoming, ou encore s'embauchait comme journalier dans les fermes du Colorado. L'hiver, il restait là, à faire des petits travaux, comme Joe aujourd'hui, et, d'une certaine façon, parvenait à survivre.

En automne, ils allaient pêcher ensemble. Le vieux n'apprit jamais comment pêcher à son fils. Au début, il emportait une simple canne, et Joe suivait et observait. Son père pêchait à la mouche qu'il accrochait aux hameçons à la maison. Les cours d'eau étaient si étroits que l'on pouvait sauter d'une rive à l'autre. Courbé en deux, son père longeait la rive, fouettant parfois sa ligne au lieu de la lancer simplement. Ou encore, en cuissardes, il avançait au milieu du courant dans les eaux basses. Quand un poisson mordait, il tirait très vite, pour ne pas qu'il s'emmêle dans les racines et les branches mortes. Les poissons ne faisaient guère plus de dix-sept ou vingt centimètres de long mais quand Joe était enfant, c'étaient de belles truites tachetées. Quand il atteignit l'adolescence, ils n'attrapaient plus que des truites brunes, car les grandes sociétés de déboisement qui dégageaient les routes et creusaient des clairières laissaient tomber des écailles de bois dans les ruisseaux, détruisant ainsi l'habitat naturel des truites tachetées.

Plus tard, Joe apprit à pêcher dans les ruisseaux et à fixer ses appâts. Alors, ils allaient pêcher ensemble dans les courants, surtout à la fin de l'automne, quand les premiers flocons de neige mêlés aux feuilles de peupliers jaunes, parsemaient le sol. L'eau était glaciale ; les petits oiseaux plongeurs voletaient au-dessus de leur têtes, piquaient dans une volée d'éclaboussures, disparaissaient dans les endroits profonds, marchaient sur le fond et surgissaient sur les rochers.

Son père ne prenait jamais de filet. Il fourrait les poissons dans ses poches de chemise, puis dans les poches de sa veste, et dans celles de son pantalon si nécessaire. Ils rentraient à la maison avec des poissons qui sortaient de tous leurs vêtements.

Après la mort de son père, Joe n'alla plus beaucoup à la pêche, et quand il y allait, il partait avec des amis, pas mal de bouteilles de bière, et tout une provision de vers. Ou alors, il tirait les poissons avec son .22. Les rives étaient infestées de touristes à l'époque, sauf dans les endroits très hauts, où les buissons épais rendaient les rives inaccessibles. Mais en fait, Joe avait abandonné la pêche: il y avait des choses plus importantes à faire pour gagner sa vie.

Au printemps, Joe accompagnait son père qui déblayait les fossés d'irrigation. Dans les champs, l'herbe était encore jaune, et les arbres dénudés, mais le sol n'était plus gelé. Les pluviers volaient de partout, pépiant, criant, sifflant pour vous éloigner de leurs nids. Ensemble, ils élaguaient les bordures et creusaient dans la boue du fond pour renforcer les parois. Ils déterraient des grenouilles toujours dans leur phase d'hibernation, si groggy qu'elle arrivaient à peine à bouger. Avec le pouce, son père frottait une allumette de cuisine et la jetait dans l'herbe sèche qui s'enflammait rapidement et envoyait sa fumée à travers champs, sur le bétail, les chevaux et les moutons placides. Ils travaillaient toute la journée au fossé en buvant de la bière jusqu'à épuisement complet. Le soir, le fossé était propre et de nouveau solide.

Aujourd'hui, Joe donnait cinq dollars à un gosse pour qu'il déblaie le fossé qui irrigait son arrière-cour, d'ailleurs, tout le monde agissait ainsi, mais les gosses travaillaient comme des cochons.

Joe se représentait son père et sa mère, dans la cour, sous la neige, en train de fendre du bois. A la fin de l'automne, les piles de bûches dépassaient la maison, et c'était leur seul moyen de chauffage. A présent, Joe se chauffait toujours partiellement avec du bois, mais il avait aussi un poêle à butane.

Joe se rappelait sa mère qui l'accompagnait sur l'allée rocailleuse le matin pour aller prendre le bus scolaire de Doña Luz, une fois que l'école primaire de Milagro fut fermée pour de bon. Joe cassait la glace dans tous les nids de poules, pendant que son vieux père, attendait patiemment en fumant une cigarette. Après la pluie, l'allée grouillait de vers, et Joe les écrasait sous ses talons, un par un. Son père le regardait sans jamais faire de commentaire, mais à présent, Joe avait l'impression désagréable que son père réprouvait ce massacre gratuit. D'ailleurs, Joe n'avait jamais vu son père tuer quoi que ce soit, sauf à la chasse, ou lorsqu'il s'agissait d'un animal venimeux. Son père aurait pu faire déraper inconsciemment son camion pour écraser un serpent à sonnettes ou une tarentule.

Les cochons. Esequiel qui les visait à la tête. Et qui les attachait pour les saigner. Qui les ébouillantait dans d'énormes baquets. Désormais, Joe achetait presque toute sa viande prédécoupée et empaquetée en gros, à La Jara, Colorado.

Durant les dernières années de la vie de son père, Joe l'avait souvent accompagné dans le Colorado aux ventes aux enchères de Monte Vista et Alamosa et d'autres villes de la vallée de San Luis. Les fermiers commençaient tout juste à faire faillite là-bas, et son père assistait à toutes les ventes aux enchères. On y trouvait de tout, des piquets de clôture aux enclos à agneaux, en passant par les réfrigérateurs, le tout pour une bouchée de pain. De manière très précise, il revoyait son père aller de pile de marchandise en pile de marchandise avec une centaine d'autres hommes, sans dire mot, les sourcils froncés, écoutant à peine les marmonnements du commissaire-priseur, esquissant parfois un vague signe de tête pour faire savoir qu'il était preneur.

Joe assistait toujours à ces ventes aux enchères, et il revenait généralement le camion rempli de tout un fatras. Mais ce n'était ni pour sa maison, ni pour ses animaux. C'était surtout des objets qu'il revendait à des amis qui tenaient des magasins d'antiquité pour touristes ou de matériel d'occasion à Chamisaville.

Son père n'était pas très pratiquant. Il n'allait à l'église qu'une fois par an, lorsque le service avait lieu à Milagro. Les autres dimanches, les villageois se rendaient à Notre-Dame de Guadeloupe à Doña Luz. Mais cette fois-là, en mai, le jour de la saint Isidore, patron des paysans, on ouvrait la petite chapelle d'adobé de Milagro. Comme le service avait lieu en soirée, il y avait des feux de joie de chaque côté de la route, sur le chemin de l'église.

Son père avait aussi deux ou trois ruches dans l'arrière-cour. Et, après dîner, lors des soirées d'automne brumeuses, il adorait faire des paniers avec lui sur le terrain de basket-ball en plein air de l'école primaire. Souvent, ils étaient allés en famille cueillir des framboises dans les collines, et ils revenaient avec des grandes jarres pleines de fruits rouges. Sa mère faisait chauffer des chilis verts sur une plaque du four, et, ensemble, ils s'installaient autour de la table pour éplucher les peaux brunes...

Bernabé Montoya arrêta son camion derrière celui de Joe et sortit. Joe lui fit un signe, et, d'un œil méfiant, regarda le sheriff longer le fossé d'irrigation jusqu'à la bordure de son champ.

— B'jour, dit Bernabé, nonchalemment appuyé sur un piquet de cèdre.

— Alors, quel bon vent t'amène, cousin? demanda Joe, sur ses gardes.

— Oh, rien de précis. Je fais un tour, c'est tout. Tu sais, la tournée habituelle, pour voir ce qui se passe.

— Hum hum.

Tous deux regardèrent l'eau couler dans les sillons.

— Euh... il y a un type de la capitale qui est descendu l'autre jour. Il a parlé à... tu sais... des gens d'ici.

— Cet espèce de crétin des services secrets avec l'appareil photo qui roulait dans une Galaxie banalisée?

— Ah, tu en as entendu parler...

Joe sourit.

— Oui, quelqu'un m'avait vaguement fait la remarque, mais j'avais oublié...

— Hé, José, dit gentiment Bernabé. Il y a pas mal de gens qui s'inquiètent à propos de ton champ de haricots.

— Ça, par exemple!

— Je suppose que tu vas continuer à irriguer?

— Oui, monsieur.

Le sheriff, qui avait à peine commencé sa journée depuis une heure était déjà fatigué et démoralisé. Il alluma une cigarette et en offrit une à Joe.

— Non, merci, j'ai les miennes, répondit-il en sortant un paquet de sa poche de chemise et en allumant une tige.

Là, une truite brune de trente centimètres de long glissa dans le champ et se débattit dans un sillon. Joe se leva, l'attrapa et lui cogna la tête contre un caillou. Il se rassit, sortit son canif et se mit à la vider prestement et habilement.

— Il y a des tas de gens bien en place, dans le Sud, qui sont plutôt nerveux à cause de ton champ, José, réitéra Bernabé.

Silencieusement, stoïquement, Joe arracha les viscères, et les jeta dans l'eau.

— Moi aussi, ça me rend nerveux.

Joe passa plusieurs fois le poisson dans l'eau pour le nettoyer et se rassit.

Ils fumaient. Joe se leva encore, et, avec une binette, dévia l'eau vers un autre sillon.

— C'est vraiment chercher les ennuis, dit le sheriff.

— C'était le champ de mon père, Bernabé, tu le sais bien, dit Joe en indiquant une maison en ruines. On habitait là avant.

— Avant, comme tu dis.

— C'était avant que tu sois sheriff aussi.

— Il faut bien gagner sa vie, dit tristement Bernabé.

Ils fumaient toujours. Le sheriff jeta son mégot dans l'eau.

— Alors, qu'est-ce que tu viens faire ici à six heures du matin? demanda finalement Joe. Me donner un coup de main?

— Je suis venu te demander d'arrêter ça avant que cela devienne grave.

— C'est bien ce que je pensais. Va te faire foutre.

— Je suis venu te prévenir qu'il y avait des gens dans la ville qui allaient essayer de t'empêcher de continuer.

— Il y en a qui sont de mon côté, répondit Joe tranquillement.

— Ecoute, il y a déjà assez de tensions dans cette ville, José. On est déjà trop remontés les uns contre les autres. Pourquoi aggraver les choses?

— C'est mon champ. Qui a fait les lois qui m'interdisent d'irriguer mon champ? Moi, j'ai jamais rien signé de pareil!

— Le type de la dernière fois, il avait pas l'air de plaisanter. C'est un mec dangereux, José.

— Si jamais tu retournes à une réunion avec ce type, tu lui diras de ma part de se foutre un doigt dans le trou de balle, et de s'en faire une sucette.

Avec un soupir résigné, Bernabé alluma une autre cigarette.

— Il y a pas si longtemps, on faisait les quatre cents coups ensemble.

— Les temps changent, dit Joe en haussant les épaules.

— En tant qu'ami, tu feras bien ça pour moi?

— Quoi?

— Arrêter d'irriguer ce petit champ minable.

— Tu tires des plans sur la comète, mon vieux.

— Ne compte pas sur moi pour te protéger, dit Bernabé, pour voir la réaction. Tu vas m'attirer de sacrés ennuis dans mon boulot, tu le sais? J'espère que tu prendras une raclée à en avoir les reins en sang!

— Laisse-moi m'occuper de mes reins tout seul.

— Je ne peux pas t'arrêter, ça ne ferait qu'aggraver les choses. Et puis, j'ai peur de toi. Enfin, je ne peux pas t'arrêter parce que tu irrigues illégalement ce champ, tu le sais, et je le sais. Personne n'est idiot. Mais s'il t'arrive quelque chose, à toi ou à ton champ, je n'aurai personne à arrêter non plus. Je suis désolé, mais nous en sommes là.

— Qu'est-ce que tu fiches ici, c'est une propriété privée, dit Joe.

Tristement, Bernabé fit un pas en arrière.

— Où tu veux en venir ? Pourquoi tu cherches les ennuis ? On vivait dans une ville bien tranquille…

Joe ne répondit pas.

Bernabé recracha sa cigarette et après avoir esquissé un geste obscène peu convaincu à l'adresse de Joe, il tourna les talons.

Quinze minutes plus tard, alors que le champ était presque complètement arrosé, un camion des gardes-forestiers conduit par Carl Abeyta, avec Floyd Cowlie à la place du passager, vint se garer derrière celui de Joe. Les deux hommes sautèrent hors du véhicule. Carl Abeyta était armé.

— Il paraît que tu es allé à la pêche, demanda Carl en anglais. Tu as ton permis ?

— T'as qu'à regarder dans tes dossiers, tu connaîtras la réponse, répondit Joe en espagnol.

Il reprit sa binette.

— Parle anglais, dit Carl, Floyd ne comprend pas l'espagnol.

— *A la chingada con tu y tu amigo gabacho,* dit Joe.

— Tu n'as pas de permis, dit Carl, en espagnol.

— Et alors ?

— Eh bien, tu vas avoir une amende.

— En quel honneur ?

— Pour le poisson qui est en ta possession.

— Poisson ? Quel poisson ? s'exclama Joe incrédule.

— Dis-lui de parler anglais, dit Floyd Cowlie, en approchant de la clôture. Où est ce poisson, Joe ?

Joe haussa les épaules et répondit en espagnol :

— Je ne sais pas de quoi vous parlez, espèce de bourricot !

— Hé, je connais ce mot ! s'écria Floyd, furieux.

— Il paraît que tu as attrapé un poisson, dit Carl, hâtivement.

— T'as besoin d'un nouvel appareil acoustique, mon vieux.

— Nous avons eu cette information de source sûre.

— Dis donc, toi, dit Joe à Floyd Cowlie en anglais, tu es sur une propriété privée.

Brandissant sa binette, il s'avança vers l'homme.

— Je te donne jusqu'à trois pour tirer ton cul de l'autre côté de la barrière avec ton pote. Vous avez un mandat pour faire une perquisition chez moi ?

Floyd recula de l'autre côté de la clôture. Carl posa la main sur son revolver.

— Ecoutez, dit Floyd, on sait que vous avez un poisson.

Il accrocha sa chemise au fil barbelé, jura mollement, se décrocha, et se redressa, un peu tremblant en s'approchant de son acolyte.

— Espèce de salopard, on aura ta peau, dit Carl Abeyta en espagnol.

— Ah oui, avec l'aide de quelle armée? ricana Joe.

Sans mot dire, les deux hommes retournèrent à leur véhicule.

— Qu'est-ce que vous cherchez, vous, les forestiers, cria allègrement Joe, une autre révolte de l'Ours Smokey?

Joe coupa l'eau, resta un peu plus longtemps près de son champ tandis que le soleil s'élevait dans le ciel et que l'eau coulait dans le sol autour de ses plans de haricots. De l'autre côté du champ, des merles et trois pies batifolaient dans l'eau et dans la boue, à la recherche de bons morceaux. Haut dans le ciel, enflammé par les premières lueurs matinales, un vautour tournoyait paisiblement.

Joe se sentait agressif, calme et maîtrisait la situation. Il nageait dans le bonheur. Les autres, ses frères, étaient des idiots ou des poules mouillées, comparés à lui.

Pendant un instant, il eut de merveilleuses illusions de grandeur.

Plus tard, pourtant, en repassant devant la pancarte de la vallée des Miracles, en faisant un geste obscène à l'adresse du rêve de Ladd Devine, le cauchemar de Milagro, Joe fut ressaisi par la terreur. Une vision lui vint à l'esprit: le Zopilote, Jerry G., Horsethief Shorty, ce Carl Montana et cet ingénieur, Nelson Bookman, assis autour d'un feu de camp près du lac de l'Ours Chauve, en train de faire rôtir des figurines miniatures de Joe Mondragón, tels des hot-dogs embrochés sur des brindilles de peuplier.

Bill Ray Gusdorf, tout simplement connu sous le nom de Ray ces temps-ci, était un homme tranquille et maigrichon qui, de manière tranquille et maigrichonne, croyait en Dieu. Il ne priait jamais pour ainsi dire, n'allait jamais à l'église en famille, mais il éprouvait une sorte de respect pour tous les êtres vivants, des chevaux aux mésanges, qui rappelait le respect du monde en général et de ses créatures, respect que l'on peut confondre avec la piété.

Ray n'avait pas toujours été ainsi. En fait, durant sa jeunesse, c'était plutôt un affreux petit salopard. Né dans une région à bétail près du Mexique, il avait grandi dans une famille qui pratiquait l'élevage des bœufs, puis s'était reconvertie dans le coton quand les barrages du service d'aménagement du territoire transformèrent du tout au tout la région des plaines. Par la suite, le vieux Gusdorf s'était royalement retrouvé sur la paille quand le coton vit sa fin venir, et fut relégué au rôle de moissonneur sur des terres communes. Ray passa donc son enfance dans des cabanes bâchées, parmi la maladie et les catastrophes humaines généralisées. Dans ces conditions en constante détérioration, très tôt, l'enfant s'était transformé en un sale petit démon.

A treize ans, quatorze ans, il buvait, fumait, jurait, brisait les cœurs des jeunes filles, fuguait avec des femmes de mauvaise vie, et lorsqu'il eut dix-sept ans, une fois son père enterré, sa mère se mourant d'une tuberculose, il semblait certain que Billy Ray allait faire revivre la légende de Billy the Kid, ou du moins mourir en s'y acharnant.

Ensuite, une série d'incidents mis bout à bout transformèrent le jeune sauvage en un être totalement différent. Tout d'abord, toute sa famille, avec neuf autres membres de l'Eglise Baptiste Glen Mark, fut terrassée par un seul éclair qui tomba sur le cotonnier sous lequel ils s'étaient réfugiés pendant l'orage qui arrosait leur pique-nique dominical. Billy Ray ne bénéficia pas de cette récompense justement méritée, car il se trouvait dans une cabane abandonnée avec une dame de la paroisse à crier : « Gloire à Dieu ! » au moment précis où sa famille et ses voisins se firent brûler vifs.

Après cela, pour la première fois de sa vie, Ray commença à se poser des questions sur le Seigneur que jusque-là il avait considéré comme une sorte d'austère père Noël. Il en fut si troublé qu'il prit la route, qui, sans qu'on sache pourquoi, l'emmena à sept cents kilomètres au nord, au-delà des vastes plaines et du désert, par-delà les montagnes, et, un an peut-être après la mort de sa famille, il travaillait au ranch de la Truite Sauteuse et emmenait les touristes faire des promenades à cheval dans les montagnes de Minuit en été. Ladd Devine senior l'avait embauché pour les mêmes raisons qui l'avaient poussé à engager Horsethief Shorty : il aimait les trouble-fête, les blasphémateurs, les hommes à putes, les alcooliques tapageurs et leur faisait confiance, car il savait comment éviter leurs débordements en les payant correctement et en les nourrissant bien.

Pendant quelques mois, tout se passa bien au ranch. Billy Ray continuait à boire en dehors de ses heures de travail et à se consacrer à la bagarre et à ses diverses activités. Mais un beau matin, quand il se réveilla, les premiers flocons de neige d'automne illuminaient gentiment le sol. Billy Ray enfila une chemise, un jean et des bottes et alla dehors, dans un paysage qu'il n'avait encore jamais vu ; il resta immobile, laissant les flocons descendre sur ses cheveux et ses épaules. Quand la neige cessa de tomber, il resta encore là car jamais auparavant il ne s'était approché d'une telle merveille, et jamais il n'avait ressenti une affinité aussi merveilleuse envers quoi que ce soit, cheval, mère, putain, et encore moins envers un phénomène atmosphérique.

Tandis qu'il se livrait aux nonchalantes corvées d'automne et qu'il condamnait les portes du ranch pour touristes, Billy Ray, l'esprit ailleurs, se déplaçait dans une sorte de rêverie, s'arrêtant sans cesse pour regarder, émerveillé, les lambeaux de velours gris des premières neiges sur la montagne.

Un beau matin, peu avant Noël, Billy Ray enfila un sac à dos, y attacha des bottes de caoutchouc, et marcha vers la montagne.

Très vite, il rencontra la neige. Il enfila ses bottes, et continua haut, toujours plus haut. La première nuit, dans la forêt épaisse, il se fabriqua instinctivement une petite caverne, s'enroula dans une couverture et dormit bien au chaud dans son terrier de glace. Le lendemain, vers midi, il atteignit les hautes vallées proches des lacs de l'Ours Chauve, qui disparaissaient sous cinquante centimètres de neige.

Un silence surnaturel régnait sur la chaîne alpine. D'une blancheur de glace, ensoleillé, muet, le paysage reposait, immaculé à part quelques légères traces de plumes, là où un oiseau avait sautillé et quelques petites pattes de souris qui traversaient la neige, étincelante et immobile.

Billy Ray mangea quelques raisins, une tortilla, et ce fut tout. Le visage sans expression, sans but, plus qu'impressionné, il longeait les hautes vallées, suçant parfois une petite boule de neige, s'arrêtant pour écouter un bruissement inaudible, l'indicible crissement de ce pur paysage de glace. Souvent, il s'arrêtait, tout simplement pour jouir de cette osmose avec l'immensité, la grandeur, la majesté, la beauté fragile et cruelle de son environnement.

Pendant plusieurs jours, il se promena, sans but, sans se presser, spectre minuscule, qui avançait dans le paisible paysage d'hiver, l'absorbant, l'intériorisant de manière indélébile pour la fin des temps. Parfois, de longues traînées de neige se détachaient du sommet sous la force des vents. Parfois, montagnes, vallées et forêts semblaient aussi pacifiques que le vol d'un faucon, planant à deux kilomètres au-dessus des têtes. De temps à autre, prisonniers du regard porté sur ces étendues de cristal immobile, tous les membres de Ray s'affaiblissaient de joie. A un moment, à midi, dans une blancheur immaculée, il ferma les yeux, dormant debout ou presque, au beau milieu d'un champ de neige encore inviolé. Il faillit en mourir.

Il ne croisa presque aucun être vivant pendant ces journées passées dans cet univers de neige somptueuse. Un oiselet par ci, une souris timorée par là, c'était tout. La nuit, blotti dans des trous sous le ciel étoilé silencieux, il dormait à poings fermés comme un chiot au coin du feu, comme un chat sur le rebord d'une fenêtre ensoleillée, comme un nourrisson qui tête encore sa mère.

Ce fut pendant une de ces nuits que périt le légendaire Billy the Kid.

Trois jours passèrent: Ray Gusdorf redescendit des montagnes de Minuit: un homme nouveau, mature, introspectif, étrangement éteint. Il abandonna son travail à la Truite Sauteuse, tomba amoureux, épousa Jeanine Juniors, s'installa sur un terrain aussi près que possible des montagnes, eut un enfant, puis rapidement toute une marmaille ; il apprit l'espagnol, et devint un citoyen respectable, silencieux, mais compris et aimé des villageois. Comme peu de gens en ont la chance, Ray était enfin arrivé chez lui.

Depuis lors, bien qu'il se fût écoulé de nombreuses années, Ray chérissait toujours ces trois jours qui ressuscitaient constamment dans ses veines et ses artères, et, bien qu'il ne fût jamais retourné au pays de l'hiver, c'était un peu comme s'il ne l'avait jamais quitté.

— Depuis trois cents ans, plus longtemps peut-être, confia un jour Ray à Joe Mondragón, un soir, alors que tous deux se trouvaient sur le porche de Rael, l'un à boire un Pepsi, l'autre une bière, les gens meurent de faim, mais d'une certaine manière, ils survivent quand même. Maintenant, ils vont faire une piste de ski, du bobsleigh peut-être aussi, et je ne sais quoi, du travail pour tout le monde, d'après Bud Gleason et Ladd Devine, de l'argent plein la banque... et dans cinq ans, nous aurons tous disparu !

Il s'arrêta, songeur, à regarder les gens s'agiter autour du café, de l'autre côté de la place. Puis il tourna la tête, et porta le regard sur la montagne qui surplombait la ville, montagne toujours si présente dans son cœur.

— Je crois que je pourrais plus facilement vivre avec la faim qu'avec tout ce fric, dit-il doucement.

Le téléphone sonna; Charley Bloom alla répondre. C'était son ami et éditeur de *La Voix du Peuple,* Sean Carter qui avait de mauvaises nouvelles à lui annoncer.

— Mon Dieu, je crois qu'on est de nouveau dans le pétrin jusqu'au cou! commença Sean.

Bloom fut soudain prit de frissons.

— Que se passe-t-il?

— Eh bien, pour commencer, je crois qu'il faut suspendre la publication.

Le cœur de Bloom se remit soudain en place; il n'osait pas parler, il attendit.

— On nous a volé les machines, tu sais.

— Oui, puis pour paraître convainquant, il ajouta: les salauds!

— Je ne peux pas les récupérer si je ne trouve pas l'argent! Mais pour qui ils me prennent? Ils croient que je vais multiplier les pains et les poissons, et les dollars, comme Jésus-Christ!

— Je taperai un article, il n'y a pas qu'eux qui ont des machines à écrire, proposa Bloom, maudissant sa propre hypocrisie.

— Ouais, bien sûr. Je te remercie. Mais ce n'est pas tout.

— Dis-moi la suite, alors.

— Tu es assis?

— Oh, Sean, pas de mélo!

— Mirbaum, l'imprimeur, il m'a envoyé une facture de six cent quatre-vingt dollars aujourd'hui, avec un petit billet précisant que si on ne crachait pas la monnaie, il refuserait d'imprimer le numéro suivant.

— Et John et Mary?

C'étaient les typographes.

— Je leur ai parlé, ils sont d'accord pour le prochain numéro, mais nous leur devons déjà deux cent quatre-vingt-dix dollars et ils sont fauchés eux aussi. Alors, je me sens un peu coupable de leur demander ça.

— Combien il nous reste à la banque?

— A quoi tu joues, Charley? Au clown de service? La dernière fois que j'ai osé regarder, on en était à cent cinquante, quelque chose comme ça. Tish est retourné dans l'Est pour aller taper sa famille ou un ancien petit ami ou je ne sais qui, mais nous n'aurons pas l'argent de juillet ni d'août avant son retour... mais ce n'est pas tout...

— Ne me dis rien, soupira Bloom, extérieurement morose, mais jubilant intérieurement, sûr qu'à la fin de ce coup de fil, il serait au moins sorti d'une histoire, laisse-moi deviner. Adam a finalement décidé d'exiger les loyers de retard, sinon, il nous vire.

— Félicitations, j'imagine que si on travaille un moment pour *La Voix*, on devient télépathe pour ce genre de truc.

— Qu'est-ce qui lui prend, à cet abruti? dit Bloom, s'efforçant de paraître en colère. Je croyais que c'était un acte de mécénat de nous laisser utiliser ses locaux. Il roule sur l'or, il n'a pas besoin de notre argent!

Le ton de la voix était juste, Bloom avait enfin trouvé.

— Dieu seul le sait! murmura Sean. Peut-être que quelqu'un lui a fait peur. Je ne sais pas. Le cambriolage lui a foutu la trouille. Il a peur que la prochaine fois ce soit un incendie. Enfin, personne ne s'y trompe, ce cambriolage, ce n'était pas un hasard. Oh, tiens, à propos... devine!

— Oh, non, je crois que j'en ai assez entendu.

— La compagnie de téléphone a appelé ce matin. J'ai jusqu'à seize heures trente pour verser à la Sierra Bell — Dieu prie pour les nichons éléctroniques! — un chèque de trois cent quatre-vingt dollars, sinon, demain matin, on en sera réduit aux signaux de fumée et aux tam-tam!

Bloom tenta de paraître amer.

— Et ensuite? Il y a encore autre chose? Les souscriptions?

— On a envoyé trente-huit lettres. Personne ne veut mettre de l'argent sur notre superbe organisation.

— Je croyais que Manny Gale allait rencontrer un type à Boston, je me souviens plus de sa tête, celui avec les x et les z dans son nom?

— Tu ne veux pas parler de Cartright?

— Si, c'est ça, tu m'emmerdes!

— Je ne sais pas. On ne peut pas faire confiance aux radico-libéraux. D'ailleurs, ça fait trois semaines que j'ai pas vu Manny. Sa voiture est tombée en panne, il s'est fait arrêté parce qu'on a trouvé des joints dans la boîte à gants, il a rompu avec Tania. Je crois que tout part en quenouille!

— Il y avait quelqu'un d'autre, une femme, une grande dame. Cette espèce de mécène philanthrope qui vit juste à côté de chez toi à Camino de los Arbolitos.

— Je l'ai vue, tu crois que je raterais une occasion pareille? C'était fantastique. J'étais installé dans une chaise à six cents dollars, dans une maison de plus de cent mille dollars avec des murs tapissés de Frits Sholders et de Georgio O'Keefes, à boire du vin de framboises, tout en écoutant cette vieille carne me chanter sa ritournelle sur la misère du monde.

— Mais elle n'avait pas proposé d'organiser une fête, ou une braderie?

— Dans sa première lettre, si. Mais quand on en a parlé, elle n'était plus si chaude. Je ne sais pas, soudain, elle avait des réticences par rapport à *La Voix*. Elle disait qu'on se radicalisait, qu'on perdait notre objectivité. Mais après elle a eu une idée grandiose pour une soirée.

— Je lui fais confiance.

— Elle a proposé d'organiser un cocktail chez elle, d'inviter tous les grands pontes, de leur faire un baratin. Et puis, comme il faut que tout finisse par la distraction dans ce genre de réception, tu sais ce qu'elle a suggéré... ?

— J'ai peur de poser la question.

— Un danseur de claquettes!

— Quoi?

— Un connard de danseur de claquettes.

— *Non!*

— Si! Tu t'imagines le tableau. Toutes les huiles se défoncent, et ensuite, on leur balance un danseur de claquettes! Waou ! Et son autre idée, ce serait que l'équipe éditoriale de *La Voix* écrive un best-seller politico-porno!

— Ah bravo! T'as pensé à un titre? *Et nu se dressa le candidat?*

— C'est pas le pire, dit Sean, presque joyeusement.

— Vas-y, pour le moment, je tiens le choc.

Et un peu qu'il tenait le choc!

— On a reçu une lettre recommandée ce matin, de Slosser et Bendix, et devine qui ils représentent?

— La filiale Ampex pour la zone protégée de San Gervasio.

— Gagné!

— Ils vont nous poursuivre pour l'article de Jane Moran du mois dernier?

— Double!

— Et comment? Qu'est-ce qu'elle a dit pour qu'on puisse la poursuivre? De quoi l'accusent-ils?

— La vérité, ce n'est pas un argument de défense, tu le sais aussi bien que moi, dit joyeusement Sean.

— C'est incroyable, dit Bloom, essayant de modifier les sensations qui montaient en lui, proche de la joie.

— Je crois que quelqu'un leur a parlé. J'ai appelé Herb Slosser... Euh, Herb et moi, on était à Harvard ensemble, quand même. Je l'ai appelé et je lui ai demandé ce qui se passait. Il était vraiment fermé, évasif. Il a marmonné un truc disant qu'il ne pouvait pas se permettre de leur conseiller d'abandonner. Tu comprends, Bendix, son associé, il a un gros paquet d'action à l'Ampex.

— Alors, qu'allons-nous faire? demanda Bloom.

— Je ne sais pas. En fait, il n'y a pas grand-chose à faire. *La Voix* est morte. Tu connais des gens qui roulent sur l'or et qui ont envie de le jeter par les fenêtres? J'ai contacté tous les gens que je connais, mais les gens honnêtes sont fauchés. Il faudra suspendre jusqu'à ce qu'on obtienne des fonds et entre-temps, on aura sûrement perdu nos droits de courtage. J'écrirai à tous les abonnés pour faire appel à une souscription, mais on l'a déjà fait deux fois cette année.

— Oh, merde, murmura tristement Bloom qui avait envie de hurler alléluia.

En fait, il s'était dégagé de cette histoire, et avec les honneurs de la guerre.

— Je suis désolé. Ecoute, Charley, je voulais que tu saches parce que tu as toujours été proche du journal, mais j'arrête. Si tu travailles sur un article pour le numéro vingt-cinq, ne te tues pas à la tâche. A moins d'un miracle, nous ne sortirons pas le mois prochain.

— Je n'écrivais rien de particulier, dit Bloom, la voix dégoulinante d'une fausse déception.

— Bon, eh bien, si tu écris quelque chose, envoie-moi un double, j'aimerais bien le lire....

Ils se dirent au revoir et Bloom raccrocha avec un sourire qui illuminait son visage, tel le flash d'un photographe. Il était libre… libre… sorti de l'auberge!

On frappa à la porte et Bloom alla ouvrir. Sur le seuil se tenait un petite femme chicano, d'une beauté rude, d'environ la cinquantaine, qu'il avait aperçue dans la région. Puis, avant qu'elle tende la main pour le saluer et qu'elle se présente, il se souvint de son nom, la Reine de la Carrosserie et de la Plomberie, Ruby Archuleta.

— Oui, entrez, asseyez-vous, vous voulez un café?

— Non, je n'ai pas le temps pour l'instant, je suis simplement venue vous demander un service.

— Oui, bien sûr, de quoi s'agit-il?

— Il va y avoir une réunion à l'église sur le plan d'aménagement et le barrage. On aimerait que vous veniez. José Mondragón, il dit que comme vous êtes avocat, vous connaissez tout ce qu'il faut savoir là-dessus. Il m'a montré l'article que vous avez écrit dans ce magazine, ça m'a beaucoup plu. José, il dit aussi que vous avez des cartes et des livres et des choses que vous pourriez expliquer aux gens. On voudrait que vous nous aidiez à comprendre ce qui se passe dans la vallée. Vous seriez d'accord?

Que pouvait-il dire? De tout son corps, de tout son cœur, il avait envie de crier: *Non!* Il répondit : « Oui. »

Elle sourit et lui serra de nouveau la main, en lui disant que quand la nouvelle se serait répandue et que les gens auraient un peu parlé entre eux, ils fixeraient la date de la réunion, et qu'elle le tiendrait au courant. Ensuite, elle retourna rapidement vers son camion.

Abasourdi, l'avocat s'assit. Pendant un long moment, il resta immobile, la tête dans les mains, écrasé par le poids du destin. Il venait à peine d'être libéré pour se retrouver prisonnier. Il avait été heureux… à peine le temps d'un battement de cœur!

— J'aurais dû l'envoyer au diable! gémit-il à voix haute dans la cuisine. Pourquoi je n'arrive jamais à les envoyer au diable! Je ne suis même pas un être humain digne de ce nom, alors pourquoi faire semblant?

Pourtant, son accablement le quitta soudain pour laisser à une nouvelle émotion son moment de gloire. Car, à dire vrai, il se sentait flatté.

— Les gens comme moi, murmura Bloom à voix haute avec un sourire mélancholique, on les appelle des yo-yo!

Dans l'ancien temps, il n'y avait ni père Noël, ni lapin de

Pâques pour ornementer sacrilèges, actes de piété, ou désirs inconsidérés des différentes étapes religieuses de la vie de Milagro. A leur place, l'Abuelo, vieillard ombrageux et bossu, plus proche du père Fouettard que de ce bon saint Nicolas, rampait dans les ombres hivernales ou printanières, cherchant à emprisonner dans ses doigts de glace les enfants mécréants qui s'écartaient du droit chemin. Quand il tombait sur une de ses victimes, le vieil Abuelo échevelé, vêtu de haillons, fumant parfois un cigare, forçait l'enfant à s'agenouiller sur le sol, lui assénait une vigoureuse fessée au martinet, et lui faisait réciter ses prières. Si le jeune ne les savait pas, l'Abuelo était fort capable de le rouler dans la neige jusqu'à ce qu'il ne forme plus qu'une énorme boule blanche ou encore il lui brûlait le bout du nez avec son cigare.

Pendant des dizaines et des dizaines d'années, l'Abuelo venait toujours pour une festivité ou une autre, battait les enfants, ou jetait des rayons éblouissants sur les pauvres bougres à leur en faire perdre la raison, accomplissant tout une série d'abominables méfaits.

Pourtant, lorsque l'âge moderne s'introduisit à Milagro, apportant avec lui des versions Cinémascope et Technicolor du père Noël, du lapin de Pâques et des hordes de squelettes de Halloween, l'image du féroce Abuelo, tel un ancien daguerréotype, commença de s'estomper de la scène à présent aseptisée.

Pourtant, toutes les villes, et en particulier celles qui s'accrochaient éperdument à leur héritage ancestral comme Milagro, ont besoin de leurs croquemitaines, de leurs sorcières, harpies, ou de leur Cleofes Apodaca en forme de clébard dévoreur de grenouilles, afin de terroriser les enfants pendant les vacances, et d'expliquer les milliers d'événements incompréhensibles qui se produisaient tout au long de l'année dans le voisinage.

D'une certaine manière, le cochon de Pacheco servait ainsi de bouc émissaire et reprenait à son compte certains vides laissés par la démission de l'Abuelo. Mais bien avant que la truie indestructible de Pacheco prenne l'avant de la scène dans l'imagination fertile des villageois, un autre fantôme hantait la vallée des Miracles, semant désordre et chaos.

Ce fantôme, c'était le bras manquant d'Onofre Martínez.

Selon la légende, il planait au-dessus de la ville, accomplissant moult méfaits, car il avait été mangé par les papillons, les chiens, les serpents ou les coyotes... Quoi qu'il en fût, il n'avait pas eu d'enterrement religieux. Furieux, le bras s'était juré vengeance éternelle.

Le bras remplissait donc un rôle traditionnel et fort utile. Les mères parlaient à leurs enfants d'El Brazo Onofre dès leur plus jeune âge, et une fois que l'imagination du bambin avait saisi toute la puissance de cet appendice invisible et maléfique, qui hantait les cieux de Milagro, avide de méfaits, les mères tentaient d'obtenir l'obéissance de leurs rejetons sous la menace :

— Méfie-toi, Alfredo, si tu n'es pas sage, El Brazo Onofre va venir t'étouffer ce soir dans ton lit. Ou encore:

— Mange ta soupe, Eloy, sinon, El Brazo Onofre va venir te voler ta tirelire, cette nuit. Ou encore:

— Adelita, tu ferais mieux de te tenir tranquille pendant les vacances, sinon El Brazo Onofre va étrangler le père Noël, et tu n'auras pas de cadeau.

De temps à autre, El Brazo Onofre était un fantôme bénéfique. C'est pourquoi, pendant toute la carrière du fils d'Amarante Córdova, Gabriel le boxeur, on racontait que les droites les plus puissantes de la Massue de Milagro, celles qui lui rapportaient toutes ses victoires, étaient en fait les coups portés par l'invisible saint patron de Gabriel: El Brazo Onofre. Les adolescents qui boxaient au lycée de Chamisaville attribuaient toujours avec un clin d'œil leur victoire à la présence d'El Brazo Onofre dans le coin du ring.

Si on allait au fond des choses, El Brazo Onofre avait en fait des pouvoirs très diversifiés. Un jour, alors qu'il était enfant et qu'il s'était fait prendre les poches pleines de bonbons volés par Nick Rael à la sortie du magasin général (qui appartenait alors à la compagnie Devine), Joe Mondragón avait instinctivement répondu:

— C'est pas moi! C'est pas moi! Je savais même pas que j'avais des bonbons dans la poche! C'est El Brazo Onofre qui a fait le coup!

Et quand Joe ou Amarante Córdova ou qui que ce soit d'autre se glissait dans la forêt nationale pour allumer un feu afin que les hommes obtiennent enfin un travail bien payé pendant un moment, ils allaient ensuite observer les dégâts, les mains dans les poches, les lèvres en cul de poule, sifflotant négligemment, en disant qu'il avait dû être allumé par ce vaurien sans foi ni loi, El Brazo Onofre.

Cet appendice doué d'ubiquité avait aussi une vie sexuelle fort mouvementée. A Milagro, les garçons prétendaient qu'il n'y avait plus une seule vraie vierge car El Brazo Onofre rôdait la nuit dans les chambres des petites Ana María qui commençaient à peine à s'éclore, ainsi le veut la légende, et apparemment, la main qui se trouvait au bout de ce bras invisible donnaient à ces femmes encore en boutons des rêves fort érotiques.

Pourtant, on trouvait aussi à Milagro, surtout parmi les adolescents de la ville, des gens pour suggérer perfidement qu'El Brazo Onofre était un vulgaire pédé, qui allait ici et là branler les jeunes mâles de Milagro, ce qui expliquait environ quatre-vingt-quinze pour cent des taches dans les draps du village.

Tout cela précise un peu le contexte de l'enveloppe qui se retrouva un jour sur le bureau de Ladd Devine III, et du billet qu'elle contenait, griffoné d'une écriture quasi illisible :

« El Brazo Onofre est à tes trousses,
M. Zopilote Devine,
et quand il te retrouvera, espèce de petit saligaud,
il te tordra le cou. »

Devine sortit de son bureau, longea le corridor, passa devant la porte d'Emerson Lapp et se planta devant son bureau. Posant d'un geste dramatique le billet sur la table de son secrétaire effaré, il demanda :

— D'où ça sort, ce truc ?

Lapp lut le mot, le parcourut encore, fronça la lèvre supérieure, plissa le nez jusqu'à en faire disparaître l'arête, et imprima à son joli minois une expression pesante de perplexité.

— Là, vous me prenez au dépourvu, monsieur Devine. Qu'est-ce que c'est « El Brazo Onofre » ?

— « El Brazo », c'est le bras. Zopilote, je ne sais pas ce que ça veut dire.

Emerson Lapp retourna le morceau de papier encore et encore, le relut, et hocha la tête.

— C'est idiot. Complètement idiot. Il ne faut pas le prendre au sérieux. Quelqu'un a voulu faire une plaisanterie.

Devine relut lui aussi le billet.

— Je ne trouve pas ça très drôle.

Ensuite, il montra le message à Jerry G., qui lui aussi hocha la tête, l'air grave, mais n'avait rien à dire. Qu'est-ce que cela pouvait bien être que cet El Brazo Onofre ?

— Le bras d'Onofre, murmura Horsethief Shorty en se mordant les lèvres pour s'empêcher de rire, n'ayant pas réponse à tout pour une fois. Ils veulent peut-être parler du bras manquant d'Onofre Martínez, c'est la première chose qui me vient à l'esprit. Mais je ne sais pas quelle signification cela peut bien avoir. C'est peut-être un secret entre eux, et il doit être bien gardé pour que je n'en ai jamais entendu parler.

— Et Zopilote?

— Vautour, busard.

— Oh!

La cinquième personne à lire ce message fut le sheriff, Bernabé Montoya. Il buvait un soda sur le seuil du magasin de Rael, tout en surveillant les choses, quand le pneu avant d'un camion de la Truite Sauteuse faillit lui écraser le pied. Devine sortit le bras de la vitre et lança la lettre de menace sur les genoux de Bernabé.

— Hé, Bernie, qu'est-ce que c'est que cette blague à la con? demanda-t-il, furieux.

Bernabé lut le billet, et, à l'abri du regard de Devine, un *Ai Chihuahua!* de la taille d'un dinosaure, s'engouffra tranquillement dans l'œsophage nauséeux du sheriff et se dissipa silencieusement dans l'air. Pendant un instant, Bernabé pensa qu'il ferait bien d'expliquer la légende d'El Brazo Onofre, mais, en réfléchissant, il hésita, et d'ailleurs, par où commencer?

Lentement, le sheriff hocha la tête feignant la perplexité.

— Qu'est-ce que c'est, monsieur Devine, c'est sacrément bizarre. Qu'est-ce que c'est, El Brazo Onofre?

— Pourquoi, tu n'en as jamais entendu parler? demanda Devine, suspicieux.

— Jamais de la vie, jura Bernabé, l'air songeur, secouant la tête, essayant de se gagner un Oscar d'interprétation pour son froncement de sourcil abasourdi.

— Bon, si c'est une blague, je ne trouve pas ça drôle du tout, dit Devine.

— On vous l'a envoyé, monsieur? demanda poliment Bernabé, et tendant le billet à Devine.

— Oui, par le courrier de ce matin.

Les lèvres serrées, Devine relut encore le mot.

— Je me demande bien de qui c'est l'écriture.

Bernabé haussa les épaules, tentant de réprimer ses intuitions pour la suite des événements.

— Tu ne considères pas ça comme une sorte de menace de mort un peu bizarre?

— Je n'irais pas jusque-là, monsieur. Pour moi, c'est juste une mauvaise farce.

— L'auteur m'a traité de petit saligaud, dit Devine doucement. Et il a menacé de me tordre le cou.

Plein de commisération, Bernabé hocha la tête, se maudissant de se trouver à onze heures du matin devant le magasin de Rael, visiblement exposé à tous les camions qui sortaient du ranch de la Truite Sauteuse.

— Qu'est-ce que tu ferais d'un billet pareil, Bernie ? demanda Devine après une pause.

— Je m'assierais dessus. Enfin, je veux dire que je ne ferais rien du tout.

— Et les fédéraux ? demanda Devine d'un ton glacé.

Bernabé relâcha un autre *Ai Chihuahua!* aussi gargantuesque qu'inaudible, et craignant pour sa carrière ajouta, presque dans un murmure :

— Ils ne viendraient sûrement pas en ville pour aller demander des échantillons d'écriture à tout le monde et comparer les bouts de papiers à la lettre, monsieur. Si vous voulez que quelqu'un s'en prenne vraiment à vous, ce serait le meilleur moyen de leur donner des idées.

— Bon, Bernie. Merci de tes conseils.

Devine fit abruptement demi-tour sur la place et rentra chez lui.

Le lendemain matin, il recut une deuxième lettre.

« Peut-être bien qu'un soir, El Brazo Onofre se glissera dans ta chambre, M. Zopilote Devine, et qu'il viendra te chatouiller sous les bras. Il prendra tout l'argent de ton porte-monnaie et te plantera un bon grand couteau dans ta saloperie de gorge. »

Ladd Devine agrafa les deux billets, les glissa dans un classeur sous la rubrique « E » pour El dans sa correspondance personnelle.

Les lettres arrivèrent presque quotidiennement après cela. Devine jurait silencieusement et les classait. Finalement ce n'était peut-être qu'une plaisanterie d'un cinglé, mais elles le troublaient. Elles lui gâchaient la journée dès leur arrivée, et il avait du mal à s'en remettre ensuite. Il ne parla pas des lettres de menaces à Flossie, ne les montra plus à Emerson Lapp, bien que le secrétaire fût au courant de leur existence car il triait le courrier avant de le passer à son patron.

Un jour, tard dans l'après-midi, à l'apogée du déluge d'El Brazo Onofre, Devine se tourna vers sa femme.

— Viens, on va faire un tour en avion, ça te dit?

— Oh, Ladd, murmura joyeusement Flossie, tu veux bien?

— Oui, prend ton manteau.

— Je peux emmener quelque chose à boire?

— Comme tu veux, ma chérie.

Elle alla chercher son manteau, une imitation fourrure volumineuse, des bracelets sonores, une coupe de champagne dans une main, une bouteille de pétillant dans l'autre, et le suivit au garage principal où il prit un break Ford pour se rendre à l'aéroport. Le trajet jusqu'à Chamisaville se passa calmement, avec la radio doucement allumée, sans un mot. Ils se garèrent devant le petit aérodrome, et tandis que Devine parlait des conditions atmosphériques avec le directeur, Chet Premminger, Flossie resta dans la voiture à écouter la radio, buvant silencieusement, regardant à travers le pare-brise immaculé les glorieuses et vastes étendues d'armoises qui grimpaient vers les montagnes vertes et blanches.

Ensuite elle suivit son mari pour monter dans l'avion. Le vent était très faible. En un instant, ils furent dans les airs. Flossie voyait le paysage dans un rêve embrumé d'alcool. Elle n'était pas malheureuse d'être telle qu'elle était, de vivre avec celui avec lequel elle vivait. Pourtant, depuis qu'elle était fillette, elle n'avait jamais su quoi faire de sa peau. Quand sa mère lui disait d'aller jouer dehors, elle errait simplement dans la cour ou se couchait dans l'herbe à rêvasser, de tout et de rien et à se demander que faire. Tout avait toujours été rose, vague, cotonneux, trop facile. A cheval, elle se contentait de marcher, car elle oubliait d'éperonner l'animal pour lui faire prendre le trot, le canter ou le galop, n'éprouvant aucun besoin d'émotions vives. Quelqu'un sellait et dessellait toujours la bête pour elle, quelqu'un la bouchonnait pour elle. Et elle buvait beaucoup, depuis très, très longtemps.

Devine pilotait sans parler. Au-dessus de la montagne, ils aperçurent un troupeau d'une quinzaine de cerfs dans une clairière. Plus tard, ils survolèrent les petits lacs circulaires, reflétant de vives lueurs argentées sous le soleil.

Flossie regardait, tenant soigneusement son verre pour ne pas renverser le champagne. Son mari maintenait l'appareil parfaitement à l'horizontale.

— C'est beau! Merci, mon chéri. C'était une bonne idée.

— Ouais, répondit Devine en lui caressant le genou. J'étais sûr que cela te plairait.

— On va voir le ranch?

Quelques instants plus tard, ils survolèrent la Truite Sauteuse et Milagro, et firent plusieurs fois le tour.

— Chéri, dit-elle soudain, ses sourcils soigneusement maquillés se fronçant légèrement. C'est mal ce qu'on fait?

— De quoi tu parles?

— Oh, tu sais, le ranch. La compagnie. Le projet de la vallée des Miracles. Tout est à nous, mon chéri.

— Mais non, tout n'est pas à nous. Et ce qui est à nous, eh bien, on a travaillé dur pour l'avoir.

— Je dois pas bien comprendre, dit Flossie en buvant un peu de champagne. Et puis, t'as raison, t'as travaillé dur...

— Alors, ne te fais pas de soucis. Allez, parlons d'autre chose. Tu veux voir les lacs de l'Ours Chauve?

— Ce serait chouette.

Ils survolèrent les neuf lacs, bulles d'argent dans les vallons verts des montagnes. Les pointes rocheuses étaient toujours encapuchonnées de neige.

— Parfois, j'ai peur que ce soit mal, ce qu'on fait, chuchota de nouveau Flossie, tandis qu'ils s'éloignaient de la montagne et planaient au-dessus des genévriers et des étendues d'armoises.

— Foutaises! dit Devine, irrité.

— Ça ne me rend pas triste pour autant, la façon dont vous les hommes vous parlez de tout ça. Joe Mondragón, il est vraiment *pauvre*... Non? Est-ce... est-ce que rien ne te rend jamais triste?

— Tout le monde se sent triste de temps en temps, tu le sais bien.

Elle sourit et lui posa un bras affectueux sur l'épaule.

— Ils vont faire une réunion.

— Je sais. Je n'ai pas envie d'en parler.

— Je me demande s'ils vont parler de nous...

— J'ai dit que je ne voulais pas en parler.

— Excuse-moi, dit-elle en se renfonçant dans son siège. Je ne sais pas pourquoi je suis si bête, parfois. J'ai tout ce qu'il faut. Je mène une vie confortable, je me sens bien, et je te remercie pour tout ça. Oh, regarde comme c'est beau là-bas! On voit l'ombre de l'avion! On va vers les gorges?

Devine vira vers l'ouest, descendit soigneusement entre les parois des gorges. La luminosité décroissait rapidement, mais il faisait toujours assez clair pour voler. Les hirondelles s'envolaient devant l'avion. Surpris, quelques pêcheurs levèrent la tête, bouche bée, puis, un peu étourdis, firent des signes amicaux. Parfois, la rivière coulait lentement et sereinement, parfois, ce n'était qu'une masse de mousse blanche qui dévalait d'énormes pierres. Ils volèrent en dessous du pont et suivirent les gorges à l'ouest de Doña Luz, la route qui croisait l'embranchement vers Ojo Prieto, et allèrent bien au-delà.

Quand ils sortirent des gorges, Flossie se servit un peu de champagne.

— C'est l'endroit que je préfère en avion, dit-elle.

Son mari fit demi-tour et ils se retrouvèrent au beau milieu du coucher de soleil sur le haut plateau, étincelant de bleus et d'orange, lumineux et doux, toujours différent, avec les montagnes qui se teintaient d'écarlate pendant quelques secondes, puis de violet et de noir, et les engoulevents qui survolaient les champs d'armoise. Ils virent même, ou du moins Flossie crut voir, un coyote s'enfuir. L'avion descendit, tressautant à peine, et se posa sur la piste.

Flossie retourna à la voiture, et, pendant que Devine parlait avec Chet Premminger de l'entretien de l'appareil, elle resta appuyée sur le capot, à admirer les dernières lueurs du couchant, quelques rubans orange et pourpre à l'ouest qui découpaient la silhouettes des plateaux et des montagnes, comme sur une carte postale à l'eau de rose.

Il faisait nuit quand ils quittèrent l'aérodrome. Le chauffage ronronnait bruyamment. Flossie alluma la radio — une musique de danse —, puis ouvrit la boîte à gants pour prendre une lime à ongles. Mais sa main toucha un revolver. Stupéfaite, elle le sortit, c'était un .38 spécial police, chargé.

— Qu'est-ce que c'est que ce truc?

— Laisse, c'est moi qui l'y ai mis, dit Devine.

— Pour quoi faire? Tu n'avais jamais d'arme dans la voiture...

— Oh, on ne sait jamais, dit son mari, d'un ton vaguement menaçant qui signifiait que la discussion était terminée.

Ils retournèrent donc à Milagro. En silence. Dans le noir.

Cependant, tandis que des citoyens se glissaient sur la pointe des pieds pour dissimuler des revolvers chargés dans leur boîte à gants, et que d'autres attendaient, anxieux, la réunion organisée par Ruby Archuleta, le volontaire Vista, Herbie Goldfarb sombrait tout doucement vers la dépression nerveuse.

S'il devenait fou, ce n'était pas à cause du champ de haricots de Joe Mondragón, mais cause des serpents, et aussi, des lapins et des poulets de ses voisins.

Les serpents, Herbie les remarqua peu après s'être installé dans ce misérable fumoir malodorant. Plus précisément, il les remarqua vraiment un soir, juste après s'être glissé dans son sac de couchage, quand son pied heurta une pile de froids tortillons mouvants. Hurlant comme un fou, il s'extirpa de son sac, se jeta aveuglement contre le mur, rebondit sur le sol, faillit s'évanouir, et se mit à pleurer. Plus tard malgré tout, Herbie eut la présence d'esprit d'aller secouer violemment son sac de couchage à l'extérieur; il frissonna en voyant quatre serpents d'eau maigrichons cligner leurs yeux effarés sous le faisceau de sa lampe de poche.

Le lendemain matin, quand Herbie se réveilla, il trouva deux petits serpents assoupis au milieu de la pièce. Il les attrapa par la queue et les relâcha aussitôt, poussant des petits cris de fausset car les anguilles s'étaient retournées pour le mordre de leurs petites bouches édentées. Tremblant, le volontaire passa les huit heures suivantes à mélanger de la boue dans une brouette (empruntée à Joe Mondragón) et à colmater tous les trous des fondations de sa maison.

— Je n'avais jamais vu autant de serpents de ma vie, confia-t-il nerveusement à Joe qui se contenta de hausser les épaules, appuyé sur sa pelle en disant:

— S'ils t'emmerdent, t'as qu'à les découper en morceaux avec ça.

— Oh, non, je ne veux pas les tuer, dit le pacifiste d'un ton misérable. Ils ne sont pas venimeux ni dangereux...

— Comme tu veux, répondit Joe méprisant.

Trois jours plus tard, avec un grognement angoissé, Herbie fendit en deux son premier serpent; le matin au réveil, il le trouva enroulé sur son sac de couchage, somnolant joyeusement dans la chaleur de son corps. Pourtant, après l'avoir déchiqueté, il faillit vomir en voyant les deux moitiés s'agiter frénétiquement dans la poussière. Désespéré, Herbie frappa le serpent de sa pelle jusqu'à ce que tous les morceaux se tinssent enfin tranquilles.

— Ne me marche pas sur les pieds..., se souvenait-il nostalgique. L'union fait la force...

Soudain, il y eut des serpents partout. Courts, maigrichons, inoffensifs, c'étaient quand même des serpents. Cela devint un véritable cauchemar. Tous les matins, en ouvrant sa porte, c'étaient les premières créatures que voyait Herbie, se dorant au soleil sur son palier, ou nonchalamment parsemées dans la poussière, les yeux exorbités sur leurs petites têtes informes avec des pattes de grenouilles vertes dont ils se repaissaient dépassant de leurs gueules. En général, chaque fois qu'ils apercevaient son ombre, ils se faufilaient sous la maison ou disparaissaient dans le fossé d'irrigation. Pourtant, de temps à autre, ils s'enroulaient comme des serpents à sonnettes et sifflaient, terrorrisant le pauvre volontaire. Alors, ceux-là, dans une vengeance fataliste mais néanmoins rageuse, il les découpait en morceaux.

Les journées se faisaient plus chaudes; les serpents se multipliaient comme les petits poissons de l'Evangile. Ils surgissaient des bords du fossé d'irrigation telles les hordes mongoles d'antan. Herbie avançait sur la pointe des pieds, les yeux rivés au sol, terrifié. Abhorrant par-dessus tout la violence qui coulait dans ses veines, il transforma néanmoins sa pelle en une guillotine de la Révolution Française. La nuit, il rêvait que des serpents rampaient dans ses yeux, dans son nez, dans son corps, tel un immense tuyau d'arrosage, et il se réveillait en gémissant, les yeux creusés, le corps et l'âme partant rapidement à vau-l'eau.

A l'apogée de la plaie des serpents qui sévissait sur la cabane puante de Herbie, un miracle se produisit. Un beau matin, un chat rongé aux mites, aux oreilles déchiquetées, aux yeux endormis, aux jambes crochues d'un jaune nauséeux, suivi par une cohorte de pies furieuses, apparut dans la cour, et se lança frénétiquement dans le massacre des serpents. Il arrivait de bonne heure et s'installait dans la poussière, ignorant les pies qui lui mordillaient la queue et attendait que les serpents viennent se chauffer au soleil. Quand un reptile se laissait enfin attirer par les chauds rayons, le chat s'approchait silencieusement, posait sa patte derrière la tête de l'animal, mordait le crâne minuscule avec un petit crunch nonchalant, et mâchouillait passivement le reste du corps qui se tortillait, comme s'il léchait un sucre d'orge.

En une semaine, cet animal jaune et ébouriffé avait parachevé le génocide des serpents et nettoyé le fossé. Sur ce, avec un battement impavide de sa queue grignotée par la vermine, le chat, toujours traqué par sa horde d'oiseaux noir et blanc, disparut.

Ce fut alors que commença le massacre des poulets.

Les voisins de Herbie, Pancho et Stella Armijo avaient une trentaine de jeunes poulets. Au début du printemps, ils avaient commandé des poussins de sexe indéterminé, car cela revenait moins cher ainsi. Bien sûr, il s'était avéré que la moitié du lot était constitué de coqs, que l'on tuerait un jour pour les mettre au congélateur. Mais il n'y avait aucune raison de les tuer avant qu'ils ne se mettent à chanter, à sauter les poulettes et à se battre comme des sauvages.

Avec sa chance habituelle, Herbie s'installa à Milagro au moment où les quinze coqs des Armijo parvenaient à l'âge adulte. Si bien que tout d'un coup, à trois heures, tous les matins, commençait un raffut — dont les Armijo ne semblaient pas s'offusquer — qui, pour Herbie, les yeux cernés, maigre, souffrant de ses longues nuits d'insomnie causées par les aboiements de chiens, la puanteur des putois, et les cauchemars de serpents, ressemblait à un troupeau de monstres à plumes de la taille des buffles qui poussaient de longs cris de guerre avant de marcher sur sa sinistre demeure pour la réduire en cendres. Pour lutter contre ce vacarme, Herbie se mit les doigts dans les oreilles, puis essaya les boules de coton. Mais les cocoricos perçaient les murs de torchis ainsi que les protections de coton, et, en peu de temps, les cris pointus transformèrent son esprit épuisé en une sorte de milkshake à la vanille tout mousseux.

Au lever du soleil, les quinze coqs cessaient d'annoncer l'aube et se lançaient dans leurs mortels combats. Ils criaient, hurlaient, grondaient, voletaient, battaient des ailes, mordaient, s'arrachaient globes oculaires et veines jugulaires. Cependant, les poules allaient de ci de là, commentant l'action de leurs voix perçantes : elles ricanaient comme des folles, gloussaient de manière obscène ; parfois, leur discours inquiet ressemblait à un tir de mitraillette.

Finalement, au moment où, incapable de supporter la cacophonie de cette volaille, ahuri, Herbie rampa hors de son vieux sac de couchage et ouvrit sa porte grinçante dans l'intention de lancer une faible protestation dans la fraîcheur de la brise matinale, le bordel commença pour de vrai.

Et ce fut un charivari à mettre fin à tous les charivaris.

Tandis que le volontaire chancelait sur le pas de sa porte, une pluie de poussière et de plumes de ce combat de l'aube, vola dans l'air, et que cela lui plaise ou non, le plumage ensanglanté s'enfonça dans les narines de Herbie, le condamnant à des éternuements à s'en faire éclater la poitrine pour les six heures suivantes. Quoi qu'il en fût, les yeux rougis, se recroquevillant mornement dans l'entrebâillement de sa porte, Herbie ne pouvait qu'assister impuissant à l'holocauste sexuel du poulailler de ses voisins. Car les coqs, après des mois d'une enfance et d'une adolescence paisibles, soudain habités par le diable, s'étaient pris d'un appétit insatiable pour les chattes à plumes ; et cette combinaison les rendait positivement fous de concupiscence. Quelques poules tentèrent de s'échapper, battant des ailes et criant, telles des pucelles effarouchées ; d'autres se terraient au sol et écartaient les ailes, les yeux exorbités, gloussant tandis que les coqs les montaient, leur attrapant la peau du cou de leur bec cruel, leur arrachant les plumes de leurs griffes, tels des fous moyenâgeux dans une époque marquée du fléau de l'immoralité. Les poules se cognaient et hurlaient ; elles étaient catapultées de tous les côtés, roulaient, trébuchaient, voletaient dans l'agonie ou l'extase ; les plumes explosaient dans l'air, comme sortant de la bouche de canons, des gouttelettes de sang jaillies de geysers souterrains maculaient le ciel de pourpre.

Effaré par cette apocalypse érotique, Herbie chancelait misérablement, complètement hébété. Avant la fin de la semaine, toutes les poules avaient des plaies sur leur cou dénudé et leur dos pouilleux. A ce moment commença la scène de l'abattoir.

Un beau matin, un marteau et deux vulgaires clous à la main, Stella Armijo émergea de sa ferme de torchis tandis que Herbie se reposait sur son petit escalier, essayant de lire. Elle traversa la cour, et se dirigea vers une souche couleur de rouille, planta rapidement deux clous côte à côte dans le bois, puis s'assit sur la balançoire toute proche pour aiguiser sa hache au fusil. En entendant le chant mélodieux du fusil contre la lame, Herbie aurait dû se retirer dans la morosité de son antre puant, mais une étrange compulsion le poussa à rester à sa place. Déjà mal à l'aise, condamné à assister au massacre de ses bourreaux du petit matin, il attendait que tombe l'épée de Damoclès.

Stella avait enfermé les poulets au poulailler la nuit précédente; elle y entra, munie d'un sac à provision de toile grossière. Il s'ensuivit une débandade enragée. Soufflant sur les duvets qui lui couvraient le front, Stella ressortit un instant plus tard, traînant un énorme sac qu'elle étala sur la souche couleur de rouille. Là, ignorant tout rituel sacrificiel, la femme retira un coq du sac, mit le pied sur l'ouverture pour que les autres ne puissent pas s'échapper, glissa la tête du coq entre les deux clous, et, tenant l'oiseau par les pattes, elle tira sur le corps jusqu'à ce que le cou se tende; puis, elle leva sa hache et, dans un coup sec, décapita l'animal. Sans autre cérémonie, elle jeta le cadavre sur une pile de bois, où les ailes battirent frénétiquement, tandis que le sang, sous l'impulsion sans doute du souvenir des fous ébats de la veille, dégoulinait du cou.

Voilà, l'un après l'autre — schlack, schlack, schlack —, la lame tranchait à travers les plumes, la chair et les os si rapidement qu'avant même que Herbie ait eu le temps d'être choqué de la première exécution, la dernière était perpétrée. Une paire d'ailes ensanglantées poussèrent une dernière trille de protestation, puis retombèrent immobiles; seules quelques pattes d'un jaune véreux tremblaient encore, continuaient à trembler... tremblaient toujours, comme des sortes de scies musicales.

Après s'être vaguement frotté les mains sur son tablier, Stella trottina à l'intérieur et revint presque immédiatement avec un chaudron d'eau bouillante. Elle y trempa les coqs décapités, et les pluma si sauvagement que Herbie flanchait à chaque plume qui s'arrachait de la peau dans un petit bruit de bouchon de champagne. Munie d'un long couteau qu'elle enfonçait dans le cul des carcasses, elle tournait une fois sa lame, plongeait à l'intérieur, et d'un seul mouvement, extirpait les entrailles et les jetait à l'affreux corniaud à tête de dogue et corps de cocker, Esperanza, qui les gobait goûlument, tandis que l'estomac de Herbie faisait des triples sauts.

Un calme remarquable régna sur le poulailler pendant le reste de la journée. Les poules, l'œil morne et triste, d'un pas traînant picoraient sans entrain de petits cailloux; les coqs survivants se reposaient dans des cratères de poussière, la tête rentrée entre les épaules, les sangs refroidis par l'horrible pressentiment de leur mortalité, de leur fertilité condamnée qui s'écoulait comme des larmes d'yeux autrefois brillants. Incroyablement, ils paraissaient tous soudain séniles, d'une faiblesse au-delà du vraisemblable. Et Herbie qui, pas plus tard que la veille, avait rêvé de leur tordre le cou rêva ce soir-là de les kidnapper pour leur épargner une mort aussi cruelle et humiliante.

Le lendemain matin, après le délire de cocoricos de trois heures du matin, la guerre civile de cinq heures, vint l'orgie meurtrière de sept heures. Cette fois, Herbie resta dans son sac de couchage pestilentiel. Néanmoins, tremblant, pris de secousses spasmodiques à chaque schlack tonitruant, il apprit à ses dépends qu'il est souvent pire d'imaginer une scène que d'en être le véritable témoin.

Quand le volontaire se leva enfin et sortit d'un pas chancelant, il n'y avait que plumes et sang partout, telles des fleurs de pommiers éparpillées. Une nostalgie poussiéreuse régnait sur le poulailler où les cinq coqs survivants lissaient leurs plumes somptueuses, attendant que l'Ange de la Mort vienne les décapiter, les plumer, et vider leurs corps en pleine jeunesse, prêts à s'éveiller.

Ce fut à ce moment que Herbie s'aperçut que l'enclos situé derrière le poulailler n'était en fait qu'une cage à lapins. Et, tandis que son regard se concentrait sur les gentilles formes grises qui sautillaient derrière les compartiments grillagés, son cœur fit un autre soubresaut. Après tout, si les coqs tombaient comme des mouches, pourquoi les lapins seraient-ils épargnés ?

Cette prémonition fut vite confirmée par les faits. Vint un matin où, à demi-ensommeillé, épuisé par le manque de sommeil, Herbie entendit un curieux tchoc-crunch, puis un léger plop, suivit par un bruit traînant écœurant. Il se redressa. Immédiatement, la série se reproduisit : tchoc-crunch... plop... schhhrii-schhhrii...

Craignant le pire, Herbie avança sur la pointe des pieds et entr'ouvrit sa porte. Stella Armijo était là, un tuyau de plomb de cinquante centimètres bien agrippé dans son poing musclé, devant la cage à lapins, exterminant méthodiquement les charmantes petites bêtes.

Un par un, assez gentiment, elle les retirait de la cage, les installait sur une épaisse table de bois, les caressait deux ou trois fois pour les rassurer, et, tchoc-crunch, leur faisait sauter leur stupide petite cervelle d'un seul coup de sa matraque, jetait les corps tremblants par terre, plop, où les pattes continuaient à s'agiter dans la poussière, schhhrii-schhhrii.

Quand elle en eu sept, Stella les vida, les dépeça et les nettoya sans plus de regret que pour plumer les coqs. Ensuite, trempée jusqu'au coude du sang des lapins, elle s'assit et fuma une cigarette, un regard placide, magnifique, imprimé sur son large visage, un regard si étrange et détaché que Herbie en eut les testicules qui gémirent en remontant dans son scrotum racorni.

Pourtant, après le pogrome d'un certain nombre de lapins, une paix surnaturelle descendit sur les cours avoisinantes.

Le cessez-le-feu ne dura que huit minutes environ. Car, dès que le vent souffla les plumes de coqs et la fourrure des lapins de l'assommoir les emportant dans les branches emmêlées du cotonnier qui vivisécait les cabinets de Herbie, la chienne des Armijo, Esperanza, eut ses chaleurs. Cela signifiait que toutes les entités canines à une patte, galeux, borgnes, concupiscents, couverts de vermine ou mangeur d'hommes à des lieues à la ronde dont les sens olfactifs et/ou le pénis fonctionnaient vinrent monter le siège autour de la maison Armijo dans l'espoir de pouvoir tirer un coup.

Pour compliquer les choses, le jour ou Esperanza commença ses chaleurs, Pancho Armijo revint à la maison avec une chèvre brune. Ce n'était pas son idée, Pancho avait horreur des chèvres, mais Stella voulait le lait pour en faire des yaourts. Pancho attacha donc la chèvre dans la remise qui jouxtait le poulailler, également entourée du même grillage que le poulailler. Après avoir fait le tour de l'enclos, la chèvre fit deux pas gracieux en arrière et, dans un saut aisé, bondit au-dessus de la barrière d'un mètre-vingt. Elle trottina ensuite dans la cour de Herbie et dévora un exemplaire de *La Complainte de Portnoy*, de Philip Roth, que le volontaire avait négligemment laissé sur son escalier, tandis qu'il faisait une descente en ville pour acheter du saucisson, de la bière et du fromage.

Stella Armijo condamna la porte de la remise, attrapa la chèvre et la réemprisonna, tendit deux fils barbelés au-dessus du poulailler, et relâcha la chèvre.

Cependant, une trentaine des cabots les plus pitoyables de la terre hantaient les environs immédiats, bandant comme des Turcs. Herbie venait de s'acheter un bicyclette que Joe Mondragón avait ressuscitée de la décharge municipale, et les chiens l'arrosèrent tant qu'elle rouilla en un jour, que la peinture se craquela et que les pneus noirs devinrent tout blancs. Ils pissèrent aussi contre ses murs, mais la puanteur était déjà si imposante que le volontaire le remarqua à peine.

Pancho Armijo avait attaché Esperanza à une corde dans la

cour de devant, et quand lui ou Stella voyaient des clébards tenter d'approcher leurs sales ventres de la chienne, ils se précipitaient dehors et tiraient à l'aveuglette avec un .410. Pendant un moment, il y eut des tirs sporadiques, suivis de jappements à vous percer les oreilles et ce, de jour comme de nuit. Herbie se tournait et se retournait dans son sommeil, et commença à sursauter au moindre bruit, endormi ou éveillé. En fait, il n'osait plus même exister, ni manger, de peur qu'une balle perdue ne s'en prenne à sa jolie vie encore esthétiquement en bouton.

Malgré ce tir de barrage, les mâles continuaient à rôder, les yeux injectés de sang, dégoulinant de vil mucus, les testicules gonflés animés de pulsations impatientes. Bien sûr, ils étaient jaloux les uns des autres; le tohu-bohu était sans cesse agrémenté d'un combat ou d'un autre, le tout dans la ligne de mire du fusil.

Au moins quatre chiens parvenaient quotidiennement jusqu'à la Terre Promise. Là, se produisaient des mêlées effroyables. La première fois que Herbie entendit les hurlements des chiens en train de forniquer, il se précipita dehors pour s'apercevoir que trois corniauds assoiffés esssayaient de monter Esperanza en même temps. Elle hurlait, peut-être de plaisir, plus probablement de douleur, tandis que les mâles essayaient de se sauter à la gorge tout en trémoussant l'arrière-train dans l'espoir de trouver un trou. Une main sur la tête, Herbie était appuyé contre son mur, faible, épouvanté par cette sauvagerie quand Stella Armijo surgit de son portail, fusil en main, et vida les deux chargeurs sur les clébards en fuite. Le troisième, le seul à avoir réussi son coup, s'était coincé et n'arrivait plus à se retirer. Terrifié, gémissant, piétinant dans la poussière, entraînant la pauvre Esperanza avec lui, agitant les pattes comme un fou, il essayait désespérément de s'enfuir, tandis que la chienne, gémissant de douleur, le mordait frénétiquement de tous ses crocs acérés.

Stella prit tout son temps pour recharger son fusil, puis marcha lentement vers les lieux du désordre et donna au mâle un coup de pied d'une telle force que son pénis sortit d'Esperanza, le catapultant dans les airs et lui faisant faire trois tonneaux; avant qu'il puisse se remettre sur ses pieds, elle lui fit sauter la cervelle.

Puis, tandis que Stella traînait le cadavre de l'animal dans le champ de derrière, Esperanza, sans cœur, resta assise à se lécher le cul, insouciante.

Plus tard, ce même jour, alors que Herbie s'était suffisamment remis des traumatismes de la matinée pour manger une boîte de haricots, la nouvelle chèvre dévora le grillage, laissant échapper huit poules pondeuses, qui furent rapidement englouties — dans un autre concert de gloussements, de jappements et de vol de plumes — par les chiens pantelants qui en voulaient au derrière d'Esperanza.

Herbie claquait des dents : « Est-ce que je souffre du choc des bombardements ? se demandait-il. Est-ce qu'on va m'envoyer faire un stage de rééducation au Japon ? »

Le lendemain, un berger allemand efflanqué, attiré dans les parages par l'odeur d'Esperanza se prit la patte dans un piège à ours que Pancho laissait en permanence sous la cage à lapins pour attraper les chiens errants qui chérissaient de trop près ses petites bêtes. Esperanza était enfermée à la maison, les deux Armijo étaient partis, si bien que le pauvre chien gémit de douleur toute la journée, chacun de ses hurlements venant percer d'une flèche le cœur sensible de Herbie. A plusieurs reprises, il tenta d'aider le chien, mais, bien qu'il fût pourvu des meilleures intentions du monde et essayât de lui parler gentiment en lui offrant de la nourriture, le chien découvrait les dents et Herbie n'arrivait pas à s'approcher.

Vers trois heures de l'après-midi, incapable de supporter le vacarme plus longtemps, le volontaire alla chez les Mondragón où il exposa l'affreuse situation à Nancy. Elle prit un pistolet dans un tiroir de la cuisine et suivit Herbie.

Quand le chien la vit, il cessa de hurler, et ferma à demi les yeux, les paupières lourdes, presque tristes. Bien que ses poils du cou fussent toujours hérissés, il paraissait presque amical, doux, serein. Nancy pencha son arme, visa soigneusement le berger immobile et, quand le coup partit, il tomba ventre à terre, les quatre pattes écartées, raide mort.

— C'est ça qu'on devrait faire au Zopilote, fut le seul commentaire de Nancy qui hocha la tête et retourna chez elle suspendre sa lessive.

Deux jours plus tard, alors que Herbie commençait à penser que le cessez-le-feu avait été décrété pour de bon, Stella Armijo, Joe Mondragón et Onofre Martínez émasculèrent les trois petits cochons des Armijo. Cela se passa le matin de bonne heure, peu après que Herbie eut enfin réussi à plonger dans une sorte de semi-inconscience douloureuse. Le tintamarre qui tira le volontaire de sa rêverie, un hurlement terrifié et perçant, rappelait le cri d'une victime de vampire devant les crocs du nécrophile prêt à s'enfoncer dans son cou, sur un écran de cinéma. Se redressant soudain, Herbie, par force d'habitude, lança lui aussi un hurlement pétrifié, puis, chancelant, alla entr'ouvrir sa porte. Il arriva juste à temps pour voir Joe, à califourchon sur un cochon aux quatre pattes attachées, faire une deuxième coupure dans le scrotum de l'animal, fouiner à l'intérieur, couper une corde, jeter le testicule à un autre cochon entravé tout près de lui qui le dévora promptement.

Herbie battit en retraite; il se recroquevilla en position fœtale sur son sac de couchage. S'il survivait à tout cela, cela tiendrait du miracle, songeait-il, en se demandant si la situation n'aurait pas été plus pacifique au Viêt-nam.

L'église de Milagro se trouvait du côté ouest, au bout de l'ancienne grand-place de la ville, face à un espace ouvert bordé de chaque côté par de charmantes vieilles maisonettes aux larges portails, le cœur de la ville jadis, aujourd'hui déserté, poussiéreux, en ruines, abandonné.

Ce jour-là, pourtant, un vieillard du nom de Pancracio, « Panky » Mondragón, sans aucun lien familial avec Joe, bien qu'il fût le grand-père de l'un des cousins germains de Nancy, Larry Mondragón, tourna une grande clé de fer dans la massive serrure rouillée, poussa la porte, laissant un flot de lumière matinale danser dans la poussière en un branle-bas de combat. Panky regarda tendrement l'église toute simple. Un four occupait la partie centrale; entouré de chaque côté par des rangées de bancs branlants. L'autel disparaissait sous un simple tissu blanc en dessous d'une croix de bois. Deux petites fenêtres de verre étroites en forme de voûte s'encastraient dans les murs de côté. Entre les fenêtres, quelques vieilles statues de saints de bois, et quelques figurines plus neuves sculptées et peintes par l'exilé, Snuffy Ledoux.

Des oiseaux bleus voletèrent dans les poutres où ils avaient établi leurs nids, et Panky passa quelques minutes à nettoyer leurs excréments à la truelle. Quand il eut terminé ce travail, l'assistance commença à arriver. Tout d'abord, le vieil Amarante Córdova, avec son fusil patibulaire, boitilla entre les maisons fantômes, traversa la place et grimpa les marches de la petite église de torchis.

— Salut, cousin, murmura Panky, en lui serrant la main.

— C'est un grand jour pour l'église, c'est un grand jour pour le peuple, dit Amarante.

— Les gens vont se faire trancher la gorge, pontifia Panky d'un ton sinistre. Ils sont aussi cinglés que le cochon de Pacheco.

Amarante feignit la surprise.

— Eh bien, je suis venu me faire trancher la gorge avec tous ces idiots.

Panky ricana, sardonique, tout en donnant sur l'épaule d'Amarante une tape d'une telle force qu'ils faillirent en tomber tous les deux.

Ensuite, Ruby Archuleta et la bande de la Reine de la Carrosserie et de la Plomberie arrivèrent, suivis de près par Joe et Nancy Mondragón, les frères de Joe, Cristobal et Billy, et les parasites habituels de son atelier, Jimmy Ortega et Benny Maestas. Entre eux, les deux adolescents supportaient le grand-oncle, Juan F. Mondragón qui marmonnait des avertissements apocalyptiques en se laissant traîner du camion au prie-Dieu. Ray Gusdorf se pointa avec ses voisins, Tobías Arguello et Gomersindo Leyba. Tranquilino Jeantete vint, tout comme la serveuse du soir au Frontier Bar, Teofila Chacón, qui traînait sept de ses treize enfants dans son sillage. Ensuite le baron de la Staurolite avec son bras manquant tristement célèbre, Onofre Martínez, apparut, fit un geste obscène à son fils, Bruno Martínez, le flic fédéral (qui s'était garé non loin de là pour garder un œil sur la situation), et entra dans l'église. Parmi ceux qui arrivèrent de bonne heure, on vit le fils mourant d'Amarante Córdova, Ricardo, l'homme qui faisait la cuisine pour Harlan Betchel au café Pilar, la serveuse du Pilar, Betty Apodaca et son mari, Pete; et tout un tas de vieux avec des noms comme Sparky Pacheco, Eloy Mascarenas, Floyd Gabaldon, Felix Ruiz, Amadeo Valdéz et Paul Romero.

Au moment où Charley Bloom arriva, une cinquantaine de camions à plateaux et autres véhicules dans divers stades de décrépitude avancée était garés entre les maisons en ruines; à l'extrémité ouest de ce parking improvisé, Bruno Martínez et Granny Smith, mollement appuyés contre leur voiture de police fumaient indolemment.

Bloom fut obligé de se garer tout près des flics. Les bras chargés de cartes hydrographiques détaillées roulées, il sortit de sa voiture et se dirigea vers l'église. Granny Smith s'approcha de lui et, indiquant les cartes, il demanda:

— Qu'est-ce que c'est que tout ce bazar? Et d'ailleurs, c'est à quel sujet, cette réunion ?

— Oh, des paperasses, bredouilla Bloom en se hâtant, presque en courant vers l'église.

— Attends un peu, le rappela Bruno, mais Bloom feignit de n'avoir pas entendu.

Pourtant, bien qu'il ne se fût rien passé de plus grave, en arrivant aux marches, l'avocat tremblait de tous ses membres.

En pénétrant dans l'église, Bloom s'imaginait être définitivement marqué. Il avait envie de jeter ses cartes à la figure ratatinée de tous ces crétins qui l'attendaient, avec leurs chapeaux cabossés tachés de sueur sur les genoux; il avait envie de leur balancer ses cartes et de s'enfuir.

Amarante Córdova parlait déjà à l'assistance de soixante-dix personnes environ, d'âge mûr pour la plupart, ou de vieillards, entremêlés de quelques femmes et d'une douzaine de gosses.

— C'est pas nous qu'avons cherché des embrouilles, caquetait-il dans son espagnol confus. Ça nous est tombé dessus comme un aigle sur un chien de prairie. Mais nous, on est pas des chiens de prairie, on va pas creuser un trou pour se cacher la tête dedans, pour que le Zopilote et ses Zopilotitos, Jerry Grindstaff et Harlan Betchel et Jimmy Hirsshorn et les autres du même acabit, ils ne nous voient pas. Nous, on va se battre!

Il marqua une pause et toussa. Personne ne bougea le petit doigt. C'était difficile de savoir s'ils avaient entendu, la plupart étaient si vieux qu'ils devaient être à moitié sourds, et même s'ils n'étaient pas sourds, c'était chou vert et vert chou car il y avait peu de chance qu'ils comprennent ce que pouvait bien bredouiller Amarante avec ses trois dents, son espagnol haché, vieux de quatre-vingt-treize ans. Mais tout le monde avait l'air d'écouter respectueusement.

— Je ne vais pas m'évanouir en plein milieu de la route et brandir un mouchoir blanc! cria soudain Amarante, mais il se mit à tousser si dramatiquement, qu'il fut incapable de poursuivre ce flamboyant discours. En fait, la crise prit une telle envergure qu'il dût chanceler vers l'autel et s'appuyer pour ne pas tomber. A cet instant, tout le monde se pencha en avant, dans un geste d'attente pensant très certainement: « Ah ah! *Ça y est!* le vieux démon va enfin accomplir le miracle de sa mort! »

Pourtant, bien qu'Amarante ne parvînt pas à se remettre, il n'était pas sur le point de mourir. Finalement, Ruby Archuleta et Onofre Martínez le conduisirent vers la première rangée de prie-Dieu, où il s'assit, le dos courbé, les larmes aux yeux, marmonnant par intermittence pendant toute la durée de la réunion.

Ruby Archuleta prit la parole:

— Ecoutez-moi, les amis, vous savez tous ce qui se passe dans la vallée. Vous vous souvenez de l'époque où cette église était le cœur d'une ville qui n'existe même plus. Vous vous souvenez des jours où, si nous n'étions pas riches, la pauvreté était différente. Il n'y avait pas à en avoir honte, et tout le monde s'en tirait. On était libres, et vous savez que nous ne le sommes plus. Vous vous souvenez que vos enfants grandissaient à Milagro et y élevaient leurs enfants. Eh bien, regardez-vous! Nous ne sommes plus qu'une assemblée de vieillards, et où sont nos enfants partis?

Elle marqua une pause, faisant les cent pas devant l'assistance.

— Ecoutez-moi, mes amis, mes cousins, poursuivit-elle tranquillement, mes petits grands-pères et mes petites grands-mères. Je vous aime tous. Mais parfois, quand je me réveille le matin, j'ai envie de pleurer. Je pense au passé, et je pense au barrage et au plan d'aménagement de l'Indian Creek, et je sais que si cela doit se produire, pour la plupart d'entre nous, c'est la fin. Et je ne supporte pas de laisser tout ça arriver sans qu'on se batte. Nous sommes vieux, fatigués pour certains d'entre nous. Cela fait trop longtemps que nous vivons de la charité, des bons d'alimentation, et cela a brisé notre fierté et notre esprit combatif. Je sais qu'il est difficile de comprendre le barrage et le plan d'aménagement, mais on ne peut plus se contenter de répondre à cette complexité en disant: « Bon, puisque c'est comme ça, qu'est-ce qu'on peut y faire? » J'ai passé trop de temps dans ma vie à regarder le malheur frapper mon peuple. Je connais nos problèmes. Et je crois que nous sommes un peu comme une terre qui a été trop broutée, ou comme une terre qui n'a pas été entretenue ou engraissée pendant trop longtemps, et qui a perdu sa richesse; elle est faible, maigrichonne, épuisée, il n'y a plus assez de vitamines dans le sol, et tous les ans, le grain qui y pousse est de plus en plus rachitique...

Ruby s'arrêta, perdant le fil de sa pensée, égarée dans sa propre métaphore, consciente de mal exprimer ce qu'il y avait à dire. Elle avait peur aussi, car elle n'avait jamais parlé en public, et sentait que ce n'était pas à une femme de dire ces choses, et que, parce qu'elle était une femme au passé mystérieux qui vivait en dehors de la ville, ils refuseraient peut-être de l'écouter.

Soudain, elle changea de tactique.

— Ecoutez, je m'exprime mal. Je ne suis pas votre chef. J'ai envie de faire ce qui est bien, et j'ai envie de me battre avec les gens. Si c'est moi qui parle, c'est parce que nous n'avons pas encore choisi notre chef. Mais peut-être qu'il y a quelqu'un qui pourrait s'exprimer mieux que moi qui voudrait prendre la parole?

Ils la regardèrent tous, impavides, dans le silence complet pendant au moins trente secondes.

— Bon, dit-elle doucement. J'avais une idée en tête avant de venir à cette réunion. J'espérais que nous pourrions nous organiser, former une association, qu'on appellerait Le Comité de Défense des terres et des eaux de Milagro par exemple, je ne sais pas. Il faudra y penser. Et peut-être que nous pourrons faire des élections à la fin de la séance pour choisir nos représentants, et organiser d'autres réunions. J'ai demandé à quelqu'un de venir nous parler parce qu'il a écrit des articles sur le barrage, qu'il comprend mieux que moi les conséquences de ce plan d'aménagement, et qu'il peut peut-être nous aider à mieux voir les aspects techniques, que nous sachions tous à quoi nous en tenir. Comme vous le savez, il habite ici à Milagro, et je le considère comme l'un des nôtres...

Charley Bloom avança; Ruby sourit, lui serra la main et s'assit. Il se trouvait face à l'assemblée. Les visages familiers n'étaient ni durs ni tendres. Il chercha des pointes d'humour, des sourires, de la compassion, il ne trouva rien. Les visages étaient si sombres, si ridés, qu'ils rappelaient les clichés éculés sur le travail de la terre, sous le ciel et le vent. Vieux, ridés, simples, profonds. Bloom avait peur de ses voisins, auxquels il se sentait supérieur, mais à côté desquels il n'était pas un homme. Pourvu qu'il ne paraisse ni trop paternaliste ni trop sur la défensive! Il les savait fatigués et effrayés, eux aussi, mais cela ne se lisait sur aucun visage, et il craignait que cela saute aux yeux sur le sien, comme une pancarte jaune fluorescent dans le noir. Bien que la plupart d'entre eux menaient des vies tourmentées et désespérées (sa vie avec Linda n'était-elle pas un exemple parfait?), il ne pouvait s'empêcher de penser que ces hommes et ces femmes étaient sûrs d'eux et s'accrochaient à des vérités premières irréfutables. Il lui semblait aussi qu'ils ne craignaient ni le danger ni la mort, et cette pensée l'envahissait plus que toute autre. En partie, il savait qu'il avait tort, qu'il ne faisait pas confiance à ses voisins et amis (pas plus qu'il ne faisait confiance à sa femme) en leur conférant une image romantique, tout comme ils lui conféraient une image romantique, mais rien n'y faisait. Il les enviait, car ils étaient différents de lui, et car, malgré leur pauvreté, leur langage et leur culture, semblaient offrir un palliatif viable et digne. En les regardant, il traduisait leur visage en une force qu'il avait autrefois rêvé d'épouser.

Mais il y avait encore autre chose avec Bloom: au fond de son cœur, et plus particulièrement après ce tête-à-tête avec Bruno Martínez, l'avocat ne voulait plus s'impliquer avec ces vieux hostiles et impavides; il n'avait aucun désir de se faire une place sur la liste noire de la police à cause de leurs maisons en ruines et de leurs pitoyables champs de haricots abandonnés.

Et pourtant, il voulait le faire quand même et il ne comprenait vraiment pas pourquoi. Il était prisonnier, piégé, condamné... une véritable lavette!

S'excusant pour son mauvais espagnol, Bloom commença à parler, sachant pertinemment que son langage était beaucoup plus correct, grammatical et classique que le leur; sachant aussi qu'il pouvait livre des livres et des journaux en espagnol, écrire des lettres, et que la plupart d'entre eux en étaient incapables. Ils étaient aussi illettrés en anglais qu'en espagnol; en fait, très peu avaient passé le certificat d'études.

Ruby Archuleta, son fils, Eliu, Ricardo Córdova et Tranquilino Jeantete tinrent les cartes pendant qu'il parlait. Délimitant la zone d'aménagement, l'avocat montra l'endroit où se situerait le barrage, et demanda ensuite à qui appartenaient les terres de ce district. Il se répétait, parlait lentement essayait de rendre claires des informations complexes. Il tenta de leur faire comprendre sur le plan technique ce qu'ils savaient d'instinct: qu'ils allaient payer des impôts pour des eaux qui seraient utilisées par un tout petit nombre de personnes, rattachées pour l'essentiel à l'empire Devine.

Renonçant aux cartes, Bloom parla ensuite de l'histoire du Nord, de la répartition des terres, expliqua comment elles avaient été perdues, détournées, volées, divisées. Il nomma les voleurs et cita des statistiques, se donnant beaucoup de mal pour relier ce qu'il savait de l'histoire lointaine et du passé proche au présent. Il parla des tendances sociologiques dans le comté de Chamisa et dans tous les Etats-Unis. Il leur fit un résumé de la sitation dans les autres zones d'aménagement du pays où, effectivement, les fermiers avaient été éliminés, faute de ne pouvoir être compétitif dans ce nouveau type d'économie, fondée sur les liquidités. Il fit tout son possible pour exposer et démonter la réthorique hypocrite qui entourait le barrage: la formule de l'ingénieur d'Etat, par exemple, qui prétendait que c'était le seul moyen de « sauver une culture en voie de disparition ». Il essaya de démontrer que le plan d'aménagement et le barrage n'étaient que deux éléments de plus dans la machine socio-économique, qui depuis longtemps chassait les petits fermiers hors de leurs terres et hors du comté de Chamisa. Il cita les chiffres du revenu par tête et du revenu moyen: il précisa que les coûts réels du barrage pourraient atteindre des sommes astronomiques, et divisa ces coûts par acre, par année, par personne, sans tenir compte des revenus de chacun. Il expliqua que le projet de la vallée des Miracles de Ladd Devine ferait monter le prix de leurs lopins à des hauteurs vertigineuses, et quelles en seraient les conséquences sur leurs impôts. Il leur dit que lorsque les petits-bourgeois ou les riches d'autres Etats achèteraient des maisons de vacances luxueuses dans le canyon ou près du terrain de golf, ils voudraient des écoles pour leurs enfants, le tout-à-l'égout, un système de purification des eaux, et que pour tout cela, tous les citoyens de Milagro devraient payer. Et une fois que la piste de ski serait terminée, il y aurait des pressions pour faire encore monter les impôts, afin de construire une route qui y conduirait. Bloom fit de son mieux pour mettre en cause la légende qui prétendait que ce projet apporterait richesse, travail et sécurité pour tous. Depuis quarante ans, dans le comté de Chamisa, le tourisme était florissant, et pourtant, la plupart des bénéfices tombaient toujours dans les mêmes poches, en haut lieu. Les ouvriers du bâtiment qualifiés venaient toujours de l'extérieur. Pour les pauvres et les paysans, rien n'avait changé, ou presque, sauf qu'en acceptant des emplois mal payés, ils n'avaient plus le temps de s'occuper de leurs terres. Et souvent, ils avaient été obligés de vendre, se retrouvant plus pauvres qu'auparavant, sans même le réconfort d'un lopin de terre et d'une maison, pour s'abriter d'une pauvreté aussi amère que le thé de Chamisa.

« En 1950, quatre-vingt-cinq pour cent des patronymes étaient espagnols, dit Bloom doucement. Aujourd'hui, il n'y en a plus que soixante pour cent, et cela diminue rapidement. En 1950, le revenu par tête était de huit cent soixante dix dollars par an; aujourd'hui, il est de mille deux cent huit dollars, et s'il y a eu augmentation, ce n'est pas parce que les gens sont plus riches, mais à cause de l'inflation. En fait, parmi les paysans, tout le monde est plus pauvre qu'auparavant, en dépit de la montée du tourisme au cours des quinze ou vingt dernières années... »

Finalement, sa voix retomba. Les visages, peut-être attentifs, peut-être pas, restèrent impassibles. Il ne savait pas s'il avait réussi à faire passer son point de vue, s'il avait réussi à expliquer le fonctionnement de ce qu'ils ne comprenaient que trop bien en général ou s'il s'était adressé à soixante-dix ou à une centaine de murs. D'après leurs expressions, il lui semblait parfois qu'ils se méfiaient de lui et ne croyaient pas un mot de ce qu'il racontait.

Ensuite, il prit cela pour de l'hostilité: « De quel droit ce gros malin se permet de nous raconter notre vie et de nous dire ce qui va nous arriver? » Il s'arrêta.

— *Hay preguntas? Yo puedo tratar a explicar les qualquieracosa que tal vez no entienden.* »

Il n'y avait pas de questions. Incroyablement, après une heure de discussion, il n'y avait aucune question. Les gens s'agitèrent sur leurs sièges, toussèrent, sans le quitter des yeux, mais personne ne semblait répondre. Il avait pissé dans un violon. Embarrassé, se maudissant, les maudissant de l'avoir entraîné dans ce guêpier, de l'avoir forcé à se mêler de leurs affaires, d'avoir supposé qu'il avait des solutions (sans parler du courage de ses opinions) et ce, quelques années seulement après son installation dans la ville; Bloom se rassit, honteux.

Après l'avoir remercié, Ruby Archuleta demanda:

— Quelqu'un veut prendre la parole?

Tobías Arguello se leva dans un grincement de siège.

— Nous sommes un peuple pacifique, dit-il, d'une voix tremblante. On va pas rentrer dans le jeu des Anglos, car eux, ils sont possédés du démon. J'ai un fusil, mais ne m'en sers que pour la chasse. J'ai horreur de la violence. Je ne veux pas d'une autre révolte de l'Ours Smokey. Je suis un bon Américain. Je me suis battu pour mon pays pendant la Grande Guerre. Je suis américain, j'en suis heureux, et j'en suis fier. Si on est violent, on n'est pas américain. Moi, je suis un homme de paix, et nous devrions tous être des hommes de paix. Si on ne fait pas gaffe, Snuffy Ledoux va revenir, et il y aura une autre révolte. Très peu pour moi.

Sparky Pacheo se leva, et, chapeau à la main, coassa nerveusement:

— Ces espèces de salauds d'Anglos, comme le Zopilote, ils nous voleront nos terres, et tout le reste, nos bébés, nos tracteurs, et — excusez moi — ils nous piqueront nos couilles si on ne dit pas « Stop! » Moi, j'aimerais bien que Snuffy Ledoux revienne et qu'il y ait une autre révolte de L'Ours Smokey.

Un mélange confus de voix cria faiblement:

— *Que viva Snuffy!*

Un autre vieux parla:

— Les Anglos, leurs avocats surtout, ils nous racontent que des bobards.

Et, un peu plus fort cette fois:

— *Que viva Snuffy!*

— C'est nous qui nous racontons des bobards, grogna férocement Panky Mondragón. On est tous des hypocrites ; on se bourre le crâne de mensonges. Ça fait des années qu'on se vole nos terres entre nous, et qu'on les vole aux Indiens. Les hommes sont des hommes, et les femmes des femmes, et au diable les couleurs et les langages. Charité bien ordonnée commence par soi-même.

Une femme, Lilian Chávez intervint timidement :

— J'ai honte de Nick Rael et d'Eusebio Lavadie, et de tous les autres qui travaillent avec le Zopilote. Ils ont trahi ma race. Mais quand même, que Dieu préserve notre ville d'une autre révolte de l'Ours Smokey.

— *Que viva Snuffy !*

— Hé, dites donc, s'écria Onofre Martínez, tout excité, la voix pleine d'émotion en plaçant son unique main sur l'épaule de Ray Gusdorf, lui, c'est mon voisin, et c'est un gringo, même pas un poil métis. Mais il vit dans la vallée depuis aussi longtemps que je m'en souvienne, et je le considère comme l'un des nôtres. Et ce blanc-bec en face de nous, il nous a expliqué des choses sur le barrage et le plan d'aménagement, il nous a montré les cartes, et je le considère comme l'un des nôtres aussi, même si c'est un avocat et qu'il parle un drôle d'espagnol moitié anglais qu'on comprend à peine. Mais je crois que lui au moins, il essaie de dire la vérité, et un avocat qui fait ça, il mériterait de porter une grosse médaille en or autour du cou. Nick Rael, lui, il fait pas partie de mon peuple, parce qu'il travaille contre mes intérêts. Il est trop occupé à compter ses sous pour aimer les gens. Alors, la question, c'est pas les Chicanos contre les Anglos. C'est une sorte de gens contre une autre sorte de gens qui ont des idées différentes. Il y a des Anglos et des Chicanos des deux côtés. N'oubliez pas qu'il y a des flics Chicanos, et des politiciens aussi. Les gens sont les gens. Mon fils ira rôtir en enfer, enfin j'espère, ça lui apprendra d'être flic. Les gens de notre côté, Chicanos ou pas, ils sont meilleurs que les autres parce qu'ils sont du bon côté, et c'est tout. Et j'ai honte de Nick Rael, mais de la même façon que j'ai honte de Jimmy Hirsshorn et du Zopilote. S'il n'y avait pas de Zopilote ni de Jimmy Hirsshorn, il y aurait un M. González ou un Jimmy Pacheco à leur place. Et si j'aime mon frère Tobías, c'est de la même façon que j'aime mon frère Ray, ici présent, qui est un bon voisin et un brave homme, même s'il n'est même pas métis. Il faut que le monde comprenne bien ça. Ah, et autre chose : si Snuffy Ledoux revient pour déclencher une autre révolte de l'Ours Smokey, je serai le premier à lui serrer la main. *Que viva Snuffy !*

— *Que viva Snuffy!*

Quand il s'assit, Onofre regardait fixement devant lui, les lèvres tremblantes, car il avait parlé.

— A qui la parole? demanda Ruby.

— A moi, dit le frère de Joe, Cristobal. Je nomme mon frère Joe président du Comité de défense des terres et des eaux de Milagro. Joe fit un bond.

— Ah, ça non, pas moi! Je ne suis président de rien du tout!

— C'est toi qui as le champ de haricots! C'est toi qui as commencé tout ça. Si les flics m'enfoncent une balle dans l'oreille, ce sera à cause de ton maudit champ!

— Foutaises! Je n'ai rien commencé. Ce n'est pas moi qui ai convoqué cette réunion. J'ai demandé à personne de s'occuper de mon champ! Faudrait que je sois cinglé pour demander à des retardés mentaux comme vous de m'aider.

— C'est parce qu'il ne veut demander à personne de l'aider qu'il nous met tous en danger, dit Fred Quintana.

Joe explosa:

— Non de Dieu! Si c'est comme ça, dès que la réunion est terminée, je prends mon tracteur, et je le retourne, mon champ. Comme ça, je serai débarrassé de vous!

— Si tu fais ça, menaça sa femme Nancy, je te tue, je mettrai du poison dans tes enchiladas!

— Hé, du calme, cria Ruby. Un peu de calme....

— On devrait attacher José et l'enfermer dans un placard avant qu'il gâche tout, hurla Seferino Pacheco.

— C'est mon champ! C'est une *propriété privée!* Personne n'a le droit de me dire ce que je dois faire sur ma terre.

— *Oui, mais on te tuera si tu retournes tes haricots!* cria presque Sparky Pacheco.

Il s'ensuivit un brusque silence tandis que les mots résonnaient contre les murs de l'église. A ce moment, plus de la moitié de l'assistance s'était levée.

— On n'a même pas voté de motion pour créer un comité, dit Ruby pour calmer les choses. Ce n'est pas la peine d'élire un président s'il n'y a pas de comité à présider.

— Pourquoi vous criez tous comme ça? demanda Tobías Arguello doucement. Nous devrions garder notre calme.

— Plus personne ne crie, alors, assieds-toi, expliqua Panky Mondragón.

Tobías restait sur son terrain:

— J'ai le droit de parler, c'est une réunion ouverte...

— Oui, mais plus personne ne crie, aboya Pranky, alors, assieds-toi. D'ailleurs, tu m'empêches de voir.

— Quand je voudrais m'asseoir, je m'assoierai...

— Assieds-toi! cria Panky en brandissant le poing. *Plus personne ne crie, nom d'un chien!*

— Comment on arrivera à voler les œufs dans le nid du Zopilote, dit Lilian Chávez, si vous vous battez comme des idiots pour savoir qui crie ou pas?

Onofre Martínez se leva de nouveau.

— Dehors, mon fils maudit, le fédéral, il se marre bien en ce moment, parce que nous, on va tous devenir sourds ici. Alors, tenez un peu compte de moi, ça me donne envie de vomir chaque fois que mon fils rigole à mes dépens. Je m'excuse, mais si vous ne vous asseyez pas et que vous n'arrêtez pas de crier, je vais pas tarder à dégobiller.

Sans qu'on sache vraiment pourquoi, l'attitude d'Onofre, le ton de sa voix, ses mots ou les trois ensemble eurent gain de cause. Grommelant, de mauvaise humeur, tout le monde se rassit, croisa les bras sur les genoux, retrouva son expression calme, morne (bien que pieuse) et tourna son attention vers l'avant.

— Bon, dit Ruby Archuleta. Est-ce que quelqu'un a envie de prendre la parole, calmement, et chacun son tour, pour parler du Comité de défense et des élections?

Tranquilino Jeantete se leva, mit une éternité à régler son appareil auditif et à s'éclaircir la gorge.

— C'est sûrement une bonne idée, mais il faut en parler entre nous avant de prendre une décision.

Le reste de l'assemblée hocha la tête, murmura, et commença à bouger, impatient de retrouver le grand air.

— Bon, très bien, dit Ruby tranquillement, en fronçant les sourcils avec inquiétude. Je suppose que la réunion est terminée pour aujourd'hui.

— *Que viva Snuffy!* cria Sparky Pacheco tandis que les autres se levaient.

Dans la soirée, après la réunion à l'église, Joe Mondragón termina son dîner, et, traînant son fils de six ans derrière lui, un ballon de basket sous le bras, il alla au terrain de l'école primaire au pied de la colline Capulin.

D'habitude, les soirs d'été, avant la tombée de la nuit, il y avait assez d'hommes et d'enfants sur le terrain pour faire une équipe, mais ce soir-là, seuls Benny Maestas, Jimmy Ortega et Floyd Mondragón, un cousin de Joe âgé de vingt-huit ans, lançaient quelques paniers sporadiques. Après avoir grommelé des bonsoirs moroses, Joe resta au bord du terrain, hésitant à entrer et à participer au jeu. Le coucher de soleil, rose, orange et nacré, parsemé de teintes pastels et de traînées lavande et écarlates se reflétait dans les rares vitres toujours intactes. De ce point de vue idéal, dominant la ville, à perte de vue au-delà du plateau orné par endroits de bosquets de genévriers, scindé par la ligne noire de la gorge, s'étendaient des kilomètres de terres douces et poussiéreuses jusqu'au pied des montagnes et des buttes encapuchonnées de monticules de glace crémeux, derrière lesquels le soleil plongeait doucement dans un kaléidoscope de couleurs. Au premier plan, noires silhouettes, les deux garçons et le cousin de Joe évoluaient en une sorte de ballet paresseux. Lentement, presque au ralenti, ils tendaient leurs corps dans une secousse charmante, presque maladroite et syncopée, propre aux joueurs de basket-ball ; ils esquivaient, bougeaient tête et épaules en feintes instinctives et insouciantes, puis se dressaient sur la pointe des pieds et tiraient ; la balle quittait délicatement leurs doigts souples et restaient indéfiniment suspendue en l'air, pareil à une lune noire…

Joe alluma une cigarette et avança sur le terrain de terre battue ;

Larry s'assit et se mit à tracer un chemin dans la poussière. Parfois, ils plaisantaient beaucoup lors de ces jeux nocturnes ; d'habitude, ils étaient bruyants, grossiers, ou brutaux. Mais ce soir-là, ils hochaient la tête, parlaient à peine en se déplaçant nonchalamment sur le terrain, dépassant rarement un bref petit trot, laissant les deux balles flotter paresseusement vers le panier qui n'avait pas de filet mais seulement un anneau métallique. Joe se mit immédiatement au diapason de ce rythme ralenti, grognant occasionnellement, se laissant à peine aller aux plus brefs bavardages, et prenant garde de ne pas prendre trop de place. C'était un soulagement de ne plus être en compétition, de ne plus rouler à fond la caisse, de ne pas se battre ni déverser des torrents d'injures, de ne pas être collant de poussière. Il tirait donc des paniers et marchait tranquillement, se reposant des tracas d'un après-midi passé derrière une torche à acétylène, faisait des passes, les rattrapait, sautillait doucement pour les tirs à main roulée ou levait légèrement un genou et décollait du sol pour les tirs en extension ; il se sentait bien ainsi, à jeter sa cigarette seulement lorsqu'elle menaçait de lui brûler les lèvres pour en allumer une autre aussitôt.

La soirée était chaude ; les deux garçons avaient ôté leur chemise, et Joe enleva également la sienne. Le soleil disparut tout d'un coup, plongeant le plateau dans le noir, mais les montagnes étincelaient toujours. Un criquet doré s'obstinait à chanter ; des engoulevents, avec des taches blanches lumineuses qui scintillaient sur leurs ailes en lames de rasoir tourbillonaient follement au-dessus des têtes. La lune était déjà levée, ronde, blanche et magnifique comme une hostie transparente. Les moustiques, abondants quelques heures plus tôt, s'étaient retranchés dans leurs cachettes avec la soudaine fraîcheur nocturne. La nuit se faisait froide et les joueurs renfilèrent leur chemise.

La lune resplendissait et les étoiles scintillaient comme des flocons de neige dans le ciel pur et sans nuage. Ils avaient tous l'habitude de jouer lors de ces nuits claires. Plus un son ne brisait le silence de la nuit, à part le bruit des pas traînant nonchalamment dans la poussière, le frou-frou des vêtements et leurs légers grognements quand ils envoyaient une balle au panier. Les ombres dérivaient doucement les unes vers les autres dans l'air velouté, momentanément en paix, à l'unisson dans le jeu.

Soudain, Joe remarqua quelque chose. Les autres manifestaient une certaine déférence envers lui, dégageaient le terrain pour qu'il puisse tirer, lui faisaient des passes plus souvent qu'entre eux.

Quand Joe visait, ils s'arrangeaient pour que l'autre balle ne vienne pas entraver son effort. Des petits gestes, des petits riens, mais que Joe interpréta pour ce qu'ils étaient: des marques de respect, et ça l'ennuyait un peu. Que lui arrivait-il? Ce n'était pas la première fois qu'il observait ce phénomène. Allaient-ils le forcer à devenir leur chef? Leur président? *Ai Chihuahua!* Il n'avait que faire de leur respect; ils n'avaient qu'à prendre leurs responsabilités et lui foutre la paix. Après tout, il avait déjà fichu le bordel dans sa propre vie, alors, pourquoi y entraîner les autres?

En plus, il avait peur. Toute cette histoire lui échappait. Il aurait aimé donner un coup de poing à son frère pour cette suggestion idiote à l'église. A présent Ruby Archuleta voulait faire signer une pétition en ville, et, dans la capitale, les politicards et les flics cherchaient un moyen de lui mettre la main au collet...

Ce n'était pas que Joe n'aimait pas attirer l'attention, bien sûr. Après tout, il était temps que quelqu'un secoue cette communauté apathique avec un dangereux penchant pour les affres de l'enfer. Pourtant, Joe n'arrivait pas à prévoir ce qui se passerait, il n'avait aucune idée de la façon de gérer une crise grave, si on devait en arriver là... et il aurait préféré que quelqu'un d'autre se charge des responsabilités. Comme Ruby Archuleta, ou même Charley Bloom, et alors, pourquoi pas prendre un Anglo pour taper sur les autres? Enfin, n'importe qui, sauf lui, il avait trop peur et il n'était pas assez intelligent pour manier ce genre de conflit.

Et puis merde! Il quitta le jeu, car cette déférence subtile le rendait nerveux. Assis sur un petit monticule, Larry chantait joyeusement « Twinkle Twinkle, Little Star ». Joe s'installa sur une barre de métal à laquelle une faux avait été autrefois fixée, ouvrit une bière que son cousin avait apportée, et fuma tandis que les autres continuaient à trottiner tranquillement et, rêveurs, à tirer des paniers dans l'air vibrant et parfumé du soir.

Sur ce qui se produisit plus tard, aucun des joueurs de basket ne put jamais se mettre d'accord. Mais un certain nombre d'hommes (« Trois, ils n'étaient que trois », disait Floyd; « Non, il y en avait au moins une douzaine! » insistait Joe) surgirent soudain de l'obscurité et battirent comme plâtre Joe, son cousin et les deux adolescents. Immédiatement, Joe reçut un coup de chaîne sur le visage et s'effondra comme un sac de patates, inconscient pendant quelques secondes. Benny Maestas et Jimmy Ortega prirent une volée de coups de battes, et Benny eut le nez cassé; Jimmy récolta un énorme bleu sur le bras pour avoir tenté d'éviter les coups.

Floyd, le cousin de Joe, prit un coup de pied au fesses, puis, telle une antilope, dévala la colline. Les hommes ne prirent pas la peine de le poursuivre. Ce fut tout: en moins de trente secondes, la bagarre était terminée et les attaquants disparus.

Le petit Larry pleurait sur son tas de sable. Plié en deux sur le sol, Joe suffoquait. Jimmy Ortega se lamentait sur son bras blessé et Benny Maestas, le visage couvert de sang, les yeux fixés sur une lame de couteau humide qu'il pensait avoir enfoncé dans l'un de ces salauds, appuyé contre un poteau, crachait des épithètes d'oiseaux.

— C'étaient des Chicanos, dit Joe amèrement quinze minutes plus tard, effondré sur une chaise de cuisine tandis que Nancy lui épongeait le visage et lui passait un baume sur les côtes. Je les ai entendu parler en espagnol.

— Tu parles, ils avaient l'accent anglais, cracha Benny Maestas furieux. Pour moi, c'étaient des hippies.

Floyd Mondragón tremblait toujours.

— Pourquoi ils ont fait ça, gémissait-il, honteux de s'être enfui.

— Ils en avaient après José, grommela Jimmy Ortega du divan du salon. C'est sûrement le Zopilote qui les a envoyés, ces ordures.

Benny Maestas regardait toujours son couteau taché de sang. Et à ce moment, à ce moment seulement, il remarqua le petit trou et le sang caillé sur son Levi's.

— Oh, merde! s'écria-t-il.

Il déboucla sa ceinture, baissa son pantalon et, en voyant la profonde coupure de la cuisse, s'exclama:

— Nom d'un chien! Je me suis donné un coup de couteau.

Onofre Martínez, le manchot, vivait avec son berger allemand à trois pattes dans une maison d'adobé de trois pièces, à trois cents mètres du centre de la ville. La demeure était située sur un demi-acre de véritable paradis terrestre. Nulle part, autant de babioles, de bibelots, de brimborions n'étaient rassemblés sur si peu d'espace et d'une manière si harmonieuse que sur le terrain d'Onofre. Il l'appelait le château Martínez : du moins, c'est ce que la pancarte luxueuse au-dessus du portail — gravée des années auparavant par le sculpteur exilé, Snuffy Ledoux — prétendait. L'univers de pain d'épice de l'autre côté de la porte abritait une petite pelouse artificielle, une dizaine d'arbres fruitiers, plusieurs peupliers, quelques cotonniers, deux ou trois ormes chinois, un corral, une demi-douzaine de ruches, une hutte pour fabriquer le miel, une remise à outils et un petit jardin luxuriant, où poussaient du maïs, des courges, des betteraves, des haricots rouges, des potirons, et des fraises, un puits pittoresque près de la porte, un carré de framboises pour que les abeilles puissent donner du miel parfumé, un poulailler où vivaient huit poules, trois dindes, une pintade… Il y avait des lits de fleurs partout, sans parler des cages à oiseaux et des mangeoires, ni de la douzaine de chauves-souris qui somnolaient toujours derrière les volets de bois verts qui flanquaient toutes les fenêtres. En outre, l'antenne de télévision d'Onofre était si haute, si élaborée, si fourchue, regorgeant de tortillons de cuivre et d'aluminium, de tubes amplificateurs, qu'elle rappelait un radar anti-missiles au Groenland. Le demi-acre d'Onofre réservait également une place pour le plus haut tas de bois de la région, et le domaine était protégé par une clôture de bois si solidement construite que le château Martínez était le seul endroit de la ville à ne jamais avoir été profané par le cochon de Pacheco.

A l'intérieur, Onofre possédait une vaste bibliothèque de livres policiers en anglais et en espagnol, un piano droit, et une horrible télévision couleur qui recevait la meilleure image de toute la région.

De jour comme de nuit, la maison d'Onofre bourdonnait des voix des petits-enfants et des arrière-petits-enfants : il donnait les ordres et ils les exécutaient. Par exemple, deux arrière-petits-enfants, Chemo et Chepa Martínez, âgés de sept et neuf ans, accompagnaient toujours Onofre quand il allait récolter le miel de ses vingt ruches dispersées dans tout Milagro. Les plus grands, pour un petit pécule, l'aidaient à fabriquer le miel, vendu ensuite directement au château ou dans le magasin de Rael.

Onofre était également le plus grand négociant de staurolite, une grande attraction touristique dans le magasin de Rael et dans plusieurs boutiques cadeaux de Doña Luz et Chamisaville. Sa prédominance sur ce commerce lui avait gagné depuis longtemps le titre de baron de la Staurolite. Les staurolites, ou croix de fées, une sorte de cristal naturel en forme de croix, allant de la taille d'un minuscule petit doigt à celle d'un pouce potelé, très particulières aux collines de Milagro, avaient engendré tout un folklore local. Onofre se fichait pas mal du folklore, toutefois. Deux fois par semaine, au moins, durant les jours de sécheresse du printemps, de l'été et de l'automne, Onofre chargeait son camion de tous ses petits-enfants et arrière-petits-enfants et se rendait dans un canyon ou autre colline, pour écrémer littéralement les rochers pulvérisés parmi lesquels un enfant diligent, si on lui accordait trois ou quatre heures et dix sous par staurolite vendable, trouvait généralement une bonne douzaine de ces charmantes curiosités. A son tour, Onofre vendait les morceaux de cristal à Nick Rael et autres commerçants, pour cinquante cents, qui les cédaient aux touristes à un dollar pièce, parfois plus.

La staurolite était donc une affaire lucrative à tous les échelons de la chaîne, tout comme le bois de pin qu'Onofre ramassait, toujours avec l'aide de ses arrière-petits-enfants, qui recevaient généralement un dollar par camion pour leur effort. Onofre jetait ensuite le bois sur l'un de ses tas gigantesques (dont on parlait même dans la gazette de Chamisaville) ou le vendait, souvent à vingt-cinq dollars le camion, à la Truite Sauteuse, ou aux petits bourgeois margino-écolo et aux retraités de Chamisaville. Ses concitoyens ne pouvaient pas se permettre d'acheter à ce prix: ils payaient généralement cinq dollars, dix au grand maximum, pour un camion de pin.

Onofre récoltait aussi un dollar par ci, cinquante cents par là en aidant Joe et Nancy Mondragón à tenir leur stand de hamburgers, de glaces italiennes et de maïs grillé lors des courses de moto-cross de Chamisaville, un dimanche par mois en été et en automne. En fait, dans cette opération, Onofre jouait le rôle de comptable, bien que son bras gauche fut illettré: il passait des heures à dire à Nancy ce qu'il fallait écrire sur le registre et à lui expliquer comment tricher, déguiser, réarranger pour payer moins d'impôts et ainsi de suite. Parmi ses autres tâches, Onofre s'occupait de la viande de bœuf du stand qu'il achetait pour l'essentiel à la communauté hippy de l'Evening Star du plateau de Strawberry. Bien que piètres éleveurs et pitoyables agriculteurs, les hippies étaient riches — leur communauté était financée par un membre fondateur président d'une grande société internationale, si bien qu'ils s'offraient le luxe de cultiver des jardins peu appropriés au climat et d'élever des vaches. La communauté de l'Evening Star n'était installée que depuis quelques années, pourtant ces zozos sortis de l'université avaient néanmoins réussi à contourner le système des permis de pâture sur certaines terres d'Eusebio Lavadie. Donc, même s'ils épuisaient outrageusement la terre, et s'ils perdaient la moitié de leurs veaux emportés par les coliques ou les coyotes, leurs troupeaux avaient quelques bêtes bien grassouillettes sur pied, et Onofre, qui savait à merveille jouer sur leur culpabilité de petits-bourgeois, s'arrangeait pour faire baisser les prix à tel point que les hippies finissaient par donner les hamburgers du moto-cross pratiquement pour rien. Nombre des citoyens de la ville traitaient les hippies de cette manière, les considérant comme une sorte de manne tombée du ciel, et leur faisaient par exemple construire des maisons d'adobé — car ces zozos, toujours poussés par leur culpabilité de petits-bourgeois, apprenaient vite et débordaient de bonne volonté — pendant huit à dix heures par jour pour ce que l'on pouvait considérer comme des salaires de misère.

Dans la vallée des Miracles, on racontait que les hippies étaient les seuls fermiers assez opulents pour se permettre de labourer leurs champs et de faire leurs récoltes à la main.

Oui, Onofre Martínez était un gros malin, mais c'était aussi un emmerdeur de première comme le prouvait son attitude vis-à-vis de l'unique parcmètre de Milagro. Et, comme tous les vieux de la ville, Onofre était un peu gaga.

Sa pelouse artificielle Astroturf, devant sa maison, il l'avait gagnée grâce à un concours de poésie sur une boîte de céréales, mais il avait payé des fortunes pour les fleurs multicolores de son jardin, toutes en plastique.

— Si j'avais les moyens, je mettrais des fruits en plastique aussi, disait Onofre à tous ceux qui voulaient bien l'entendre. Ben ouais, c'était quand la dernière fois que mes arbres ont donné des fruits ? Moi, je m'en souviens pas.

Réaction normale, et typique, devant la situation des vergers de Milagro. Car si tout le monde ou presque avait des arbres fruitiers, ceux-ci avaient des fruits à peu près aussi souvent que les femmes de Milagro des quintuplés. La Mort des Fleurs Fécondes, rituel qui se déroulait tous les ans au printemps, était bien connu pour en avoir entraîné plus d'un vers la folie douce. Au mieux, il poussait les fermiers à claquer des dents si violemment que presque tous ceux qui en avaient encore n'avaient plus que des chicots irréguliers, éraillés, qui bougeaient dangeureusement à cause de la période de grincements de dents, durant la floraison des arbres.

Le rituel de la Mort des Fleurs Fécondes commencait à la fin mars, quand, après un long et rude hiver, une vague d'air chaud bienvenue s'engouffrait dans la vallée des Miracles, faisant croire à tous les arbres fruitiers que le printemps était au coin de la rue. Ce croyant, la sève montait, les bourgeons engraissaient, et les branches s'épanouissaient en une explosion de fleurs. L'air embaumait des senteurs de pommiers, de poiriers, de pruniers : les citoyens se promenaient en manches de chemises, à la fois, paresseux, assoupis et amoureux dans l'air parfumé. Les fermiers graissaient leurs tracteurs. Nick Rael commandait des graines, des tuyaux d'arrosage et des cuissardes ; les vaches mugissaient et s'allongeaient pour mettre bas leurs petits.

Sur ce, aussi inévitable que la mort, les impôts et l'expansion de l'empire Devine, il s'ensuivait une dernière semaine de gelée et de chute de neige, qui se transformait souvent en blizzard. Ceux qui n'avaient pas rentré leurs chevaux les perdaient à cause du froid, toutes les fleurs tombaient, et l'été arrivait ensuite sans même qu'une seule pomme, poire ou prune puisse lui faire « coucou ».

Là encore, les gens de Milagro avaient une autre raison de se plaindre de personnalités éduquées et hypocrites qui défendaient le plan d'aménagement, afin que le Zopilote puisse avoir son lac privé derrière le barrage de l'Indian Creek.

— Si vous aviez plus d'eau, vous pourriez faire pousser autant de fruits qu'il vous plairait, roucoulaient les voix mielleuses.

Ce qui donnait simplement envie de vomir à tous les véritables autochtones de Milagro qui connaissaient l'ampleur du phénomène de la Mort des Fleurs Fécondes.

Pourtant, depuis des siècles, sous l'influence d'une tendance masochiste ou autre tare génétique quelconque, les résidents de la vallée des Miracles, comme Onofre Martínez, persistaient à cultiver des arbres fruitiers, espérant, année après année que, pour une fois le faux printemps ne déclencherait pas une floraison prématurée, immédiatement détruite par l'inévitable regain de l'hiver.

D'une certaine manière, les fruits de Milagro ressemblaient aux chevaux. Et là aussi, Onofre Martínez était un exemple parfait : il avait un cheval qu'il gardait dans un petit corral au fond de son demi-acre de paradis terrestre. Il engloutissait un sac d'avoine vitaminée toutes les quelques semaines, et huit balles de foin par jour (au coût de un dollar les années grasses, et deux les années maigres). De plus, le cheval mâchouillait les blocs de vitamines dès qu'Onofre les avait accrochés, et bien sûr, il léchait en permanence un pain de sel. A part ces activités, le cheval ne faisait pas grand-chose, et, si l'on excepte le crottin dont les arrières-petits-enfants d'Onofre, Chemo et Chepa, engraissaient le potager, l'animal ne servait à rien. Onofre ne l'avait pas monté depuis dix ans, et ses petits-enfants et arrière-petits-enfants n'allaient que rarement se promener avec lui en été. C'était un vieux cheval obèse, à demi aveugle, qui avait passé la moitié de sa vie dans ce corral à manger et faire fonctionner ses intestins. Ce qui était sûr, c'est qu'Onofre lui parlait tous les jours, lui flattait le museau, le purgeait quand c'était nécessaire, lui bouchonnait les sabots, enlevait la terre, le soignait. A part ça, l'animal déambulait dans son corral, un peu comme un appendice, et tout aussi inutile.

Tous les habitants de Milagro possédaient un cheval comme celui d'Onofre Martínez. Charley Bloom avait parlé de ce phénomène dans *La Voix du peuple*.

> Allez vous promener le long des routes étroites de Milagro au printemps ou par une belle journée d'été. Les petits champs verdoient sous la luzerne, le thym et les clous de girofle. Près d'une maison, un homme muni d'une palette, appellée ici faucon, prend de la terre avec sa truelle et lisse un mur. Tout est calme à Milagro ; partout, on a le sentiment d'une histoire

ininterrompue. Dans tous les pâturages d'un demi ou d'un quart d'acre, un cheval broute paisiblement. Car à Milagro, même les hommes trop vieux pour monter et dont les enfants préfèrent la griserie des voitures ont malgré tout un cheval ou plusieurs chevaux. Ils les mènent de petit champ en petit champ et, quoi qu'il arrive, ils trouveront les dollars nécessaires à l'achat des balles de foin pour les longs mois d'hiver. Il y a quelque chose d'ancestral dans ces chevaux. Parfois, on aperçoit un homme chevaucher vers les montagnes de Minuit, ou deux enfants monter à cru. Mais la plupart du temps, les chevaux restent là, parasites inutiles, à brouter des prairies déjà épuisées, pour la seule raison qu'il y a toujours eu des chevaux à Milagro. Ils peuvent vous attrister, ces animaux que plus personne ne monte, ou au contraire vous faire ressentir toute la fierté et la beauté d'un symbole qu'une population refuse de laisser mourir.

Mais essayez donc de balancer cette sociologie de quatre sous devant Onofre Martínez, ou de lui expliquer la signification de son vieux cheval obèse et à moitié aveugle qui se prélasse dans son joli corral, il vous écoutera poliment pendant un minute ou deux, puis, profitant d'une pause scholastique ou pédante, il vous répondra :

— Tout ça, ce ne sont que des mots.

Et ensuite, il vous parlera d'autre chose. Pour Onofre Martínez, avoir un cheval, c'est aussi naturel que de déboutonner sa braguette et sortir son zizi avant de faire pipi et non après.

Onofre appelait son cheval Balena, baleine.

Autre chose à propos de ce manchot : Onofre Martínez était plus lié à Seferino Pacheco que quiconque en ville. De temps à autre, Pacheco venait au château Martínez, non pour chercher sa truie (comment aurait-elle pu forcer cette clôture inviolable qui entourait le domaine ?), mais simplement pour regarder la télévision couleur, ou plus bêtement le piano.

Autrefois, ce piano avait appartenu à la femme de Pacheco qui jouait comme un rossignol chante. Quand elle était encore en vie, elle jouait pour Pacheco tous les après-midi à cinq heures, qui écoutait, couché sur le divan, les yeux fermés, littéralement fasciné, à tel point que son âme planait sur la pièce, tel un ballon rose gonflé à l'hélium. Parfois, elle le réconfortait avec de la musique classique, parfois, elle chantait des airs populaires de sa voix sensuelle, tout en s'accompagnant. En été, la musique flottait dans l'air du soir jusqu'aux maisons alentour. A cette époque, Nancy et Joe Mondragón, Pancho et Stalla Armijo et Sparky Pacheco et bien d'autres encore, qui habitaient tout près de chez les Pacheco, arrêtaient toute activité pour l'écouter. Et la plupart de ces gens comptaient encore ces concerts parmi leurs souvenirs les plus chéris.

Quand sa femme mourut, Pacheco vendit le piano à Onofre Martínez pour une bouchée de pain, qui lui-même avait projeté de le revendre à bon prix à un crésus de Chamisaville. Mais sans qu'on sût pourquoi, il différait toujours la vente. Peut-être se souvenait-il de ces soirées musicales, si somptueuses qu'elles faisaient même taire les colibris près de leurs mangeoires ; ils s'alignaient sur les branches et semblaient se laisser emporter par le rêve de la femme de Pacheco qui caressait l'ivoire. Et puis, Onofre se prenait aussi pour un sorcier du clavier. En fait, c'était la femme de Pacheco qui lui avait donné des leçons gratuites en enseignant à tous les gosses de la vallée qui avaient envie d'apprendre. Onofre préférait surtout le boogie-woogie, alors, ce fut ce qu'elle lui apprit. Mais ensuite, son bras droit disparut mystérieusement, et il ne disposait plus que du rythme des basses. Néanmoins, Onofre aimait toujours jouer, bien qu'il ne donnât jamais de concerts à cinq heures. Ses voisins entendaient souvent la partition de basse s'envoler du château Martínez vers le crépuscule. Personne n'arrêtait son travail pour écouter, car Onofre avait toujours été un piètre pianiste, même avec deux mains, et il frappait toujours des notes sans mélodie.

Bien sûr, Joe Mondragón, si vous lui aviez posé la question, aurait juré sur une pile de Bibles, que, plus d'une vingtaine de fois, il s'était réveillé au beau milieu de la nuit au cours de ces cinq dernières années et avait entendu à la fois les basses et les triolets résonner *en même temps* dans l'air pur du soir.

Encore une histoire de plus pour compléter la légende d'El Brazo Onofre.

Quoi qu'il en fût, Seferino Pacheco continuait à rendre visite à Onofre, non pour l'entendre jouer du piano — que Dieu l'en préserve ! — mais pour regarder ses tubes cathodiques miraculeux et aussi parfois l'écouter lui faire la lecture.

Pourtant, c'était là, dans le domaine littéraire, que leur relation souffrait le plus, surtout parce que Pacheco ne supportait pas la façon dont Onofre prononçait les c et les z. Il s'agissait plutôt d'une sorte de th castillan, la langue entre les dents, accent habituel des vieux de la vallée des Miracles bien qu'on ne le trouve plus du tout vers le sud, au Mexique. La raison en était que les ancêtres d'Onofre et de Seferino, venus d'Espagne quatre siècles auparavant, avaient voyagé jusqu'à cette région oubliée des dieux dans les Montagnes Rocheuses et avaient été coupé du reste de la civilisation pendant trois cents ans, maintenant ainsi de nombreux purismes dans la langue comme dans la tradition.

Pacheco avait horreur de ce snobisme. Pendant une dizaine de minutes, il parvenait à tenir sa langue, mais ensuite, il explosait : les deux hommes s'engageaient alors dans un échange verbal qui se terminait généralement quand Pacheco traitait Onofre « *d'affreuse pédale élitiste* », ce qui ne manquait pas de réveiller les chauves-souris derrière leurs volets tandis qu'il quittait furieusement les lieux. En général, Pacheco ne s'arrêtait pas là. Au portail, il se retournait et ajoutait :

— Toi et ta pelouse synthétique et tes fleurs en plastique ! *Ça prouve bien que j'ai raison !*

Après la visite de Pacheco, les colibris s'absentaient généralement du Château Martínez pour plusieurs jours, ou du moins jusqu'à ce que les choses se calment assez pour qu'ils puissent voler ça et là sans s'engouffrer dans les trous d'air des épithètes de Pacheco.

— Un jour, il me tuera pour mes th, dit Onofre à Joe Mondragón, un après-midi tandis qu'ils vendaient des hamburgers et de la barbe à papa au Motocross de Chamisaville, qui se déroulait, comme à l'accoutumée, sur une piste invisible, à cinq mètres du camion de Joe, avec les motocyclistes noyés dans un orage de poussière.

— Dans ce cas, pourquoi tu ne me laisserais pas le piano en héritage, j'aimerais que mes gosses en apprennent un peu plus que ce qu'ils peuvent apprendre avec la guitare de Herbie Goldfarb.

— Hé, là, minute ! Je mourrais sûrement pas avant d'avoir fait des claquettes sur ce piano pour l'âme du Zopilote.

Une nuit, deux jours après la bagarre du terrain de basket-ball, tandis que Joe et Nancy faisaient l'amour, une balle traversa la fenête du salon, s'enfonça dans le mur de la chambre, si bien que le crucifix de plastique au-dessus du lit tomba sur la tête de Joe.

Sautant hors du lit, Joe s'empara d'un fusil posé dans un coin, et se précipita dehors. Les pneus de la voiture qui essayait de s'enfuir patinaient dans la boue. Joe visa et tira, mais rien ne se produisit car il avait négligé de charger son arme. Oubliant que les occupants du véhicule, eux, étaient armés, brandissant son fusil par la crosse, Joe galopa jusqu'à la voiture, dans l'intention de leur faire éclater la moelle épinière. Pendant qu'il traversait la cour, les pneus trouvèrent enfin une prise, et, dans une secousse, le véhicule s'arracha du sillon gluant et disparut sur la route.

— Bande de salauds! s'écria Joe, jetant son fusil derrière eux qui atterrit dans une flaque d'eau avec un grand splacht.

Bernabé Montoya s'assit dans son lit et donna une tape sur l'épaule de Carolina.

— Hé, tu n'as pas entendu?

Sa femme se tourna sur le dos et passa dix secondes à s'étirer confusément et à ouvrir ses yeux grillés de sommeil.

— Quoi? Qu'est-ce que tu racontes?

Bernabé porta doucement une main à son front.

— J'ai un méchant mal de crâne, gémit-il. Cette ville me donne, comment on dit déjà? ... des migraines. Ce champ de haricots va me filer un ulcère.

— Je vais te préparer quelque chose, dit Carolina, en se levant pour faire son devoir et en enfilant des pantoufles de fourrure rose.

— Donne-moi deux aspirines, dit Bernabé, pas de remède de bonne femme, hein ?

— T'inquiète pas, je trouverai mieux que de l'aspirine, insista-t-elle en traversant la pièce. Tu sais bien, mieux vaut prévenir...

— *Ai Chihuahua!* gémit Bernabé, en se rallongeant.

Oh, Mon Dieu! geignit-il silencieusement, terrifié par le remède de sorcière qu'elle allait sans aucun doute lui apporter et qu'il avalerait dans moins de dix minutes.

Parfois, en fait, mieux vaudrait dire souvent, ces méthodes ancestrales l'attendrissaient. Par exemple, il emportait de temps en temps une racine d'oshá dans sa poche. Non pas parce qu'il l'y avait placée lui-même, mais parce que sa femme en mettait toujours une dès qu'il avait le dos tourné. Dans l'ancien temps, les gens se promenaient toujours avec un morceau de racine blanche d'oshá pour se protéger contre les piqûres de serpent, et qu'importait que les serpents à sonnettes aient été aussi rares que l'argent à Milagro ? Bernabé jetait presque toujours la racine d'oshá qu'il trouvait quotidiennement dans sa poche ; Carolina ne manquait de la regarnir, et ni l'un ni l'autre n'avaient jamais abordé ce problème.

Mais ce qui énervait surtout Bernabé, c'était la façon de parler de sa femme. En fait, Carolina ne disait pas grand-chose, mais quand elle ouvrait la bouche, ce n'était pas pour former des phrases, mais seulement prononcer des aphorismes, *dichos* dans la région.

Donc, quand Bernabé lui faisait remarquer :

— Tu sais, parfois je me pose des questions sur Horsethief Shorty Wilson.

Elle répondait systématiquement :

— *Hay lobos con piel de oveja.*

Ce qui signifie : « Les loups revêtent parfois le costume de mouton. »

S'il disait :

— Je me demande si je fais bien ce qu'il faut, avec ce champ de haricots.

Elle lui assurait, sans même lever les yeux du dessus-de-lit qu'elle brodait :

— *El que hace lo que puede no esta obligado a mas.*

C'est à dire : A qui fait tout son possible, on ne peut demander plus.

Ou encore si Bernabé mentionnait, devant un plat de bœuf en daube, que Joe Mondragón était une tête de mule qui ne voulait pas entendre raison, Carolina répondait sans faillir :

— *El que no agarra consejo no llega a viejo.*

Qui n'en fait qu'à sa tête ne fera pas de vieux os.

Et si Bernabé continuait à s'en prendre à la récalcitrance de Joe, elle ajouterait sans doute : « On ne force pas à boire cheval qui n'a pas soif. »

Les rares fois où Bernabé avait essayé d'expliquer la situation politique et économique en ville, disant combien peu de terre et d'argent possédaient les fermiers, Carolina observait obstinément : *Quien poco tiene poco teme*, ce qui signifie : Qui rien ne possède n'a rien à perdre.

Et quand le sheriff, malade et fatigué, rentrait à la maison de bonne heure pour mettre les pieds sous la table et se saouler avec un pack de six bières, elle gémissait à intervalles réguliers : *Tiempo perdido los santos lo lloran*, mais au moins il avait la force de ne pas faire attention à cette remarque. Que ces maudits saints pleurent tant qu'ils veulent sur le temps perdu !

Il n'y avait pas que cela, bien sûr. Leur maison, une sorte de musée religieux du Sud-Ouest, regorgeait de figurines, de retables, de saints gravés, sculptés, peints, de saints couverts de stigmates, de saints vêtus des petites capes brodées de roses, de quartiers de lune et d'étoiles, de saints portant des petits sacs de soie en bandoulière, de saints avec des anges tirant une charrue derrière eux, de saints avec des gourdes d'eau bénite et des paniers débordant de pain sacré ; il y avait autant de saints dans leur maison que de puces sur les chiens de Milagro.

Pourtant, pami ces innombrables poupées pieuses, il y en avait une que Bernabé préférait. Elle avait été gravée par cet expatrié alcoolique responsable de la révolte de l'Ours Smokey, Snuffy Ledoux. C'était un simple saint de bois, sans nom, et, contrairement aux figurines gravées ou en plastique, il avait une esthétique grotesque : des yeux exorbités qui ressortaient comme ceux d'une folle grenouille ; un immense nez busqué informe, de grosses lèvres qui se tordaient en une sorte de grimace ou de cri. Les serres de vautour arthritique aggripaient la poitrine en un geste de terreur. Bernabé l'avait acheté au distingué sculpteur douze ans auparavant pour une bouteille de mauvais tokay, mais il l'appréciait beaucoup ; peut-être même qu'il l'aimait. Pour le sheriff, il ressemblait à un homme angoissé par un milliard de questions qu'il n'oserait jamais poser, par un milliard d'opinions qu'il n'oserait jamais exprimer. Pour Bernabé Montoya, ce saint rappelait un être humain avec une âme semblable à la sienne.

La seule véritable dispute qui opposa Bernabé et Carolina eut bien entendu les saints pour origine. C'était une année de sécheresse exceptionnelle (tous les deux ans, à Milagro, il y avait une année de sécheresse exceptionnelle, alternant avec une année de pluies exceptionnelles), et un jour, à l'époque de la Mort des Fleurs Fécondes, Carolina sortit leur Saint Isidore dans le champ de derrière, le suppliant de faire tomber la pluie sur les concombres. Oh, pour pleuvoir, il plut, mais bientôt la pluie se changea en neige, la neige en blizzard. Carolina sortit alors avec Santo Niño de Atocha, le suppliant de calmer le vent avant qu'il ne détruise fleurs et concombres. Le vent cessa et il se mit de nouveau à pleuvoir. La pluie gela, les branches d'arbres craquaient et tombaient partout, et certaines des vaches de Bernabé moururent de froid dans le canyon. Sur ce, claquant des dents si sévèrement que des éclats d'ivoire lui sortaient de la bouche, le sheriff attrapa une brassée de saints et les jeta dans l'holocauste. Carolina hurla, plongea dans l'orage, alla rechercher ses statuettes et pleura pendant trois jours.

Pourtant, Dieu les en préserve! ils ne criaient jamais.

Bernabé en rêvait cependant. Il rêvait de sauter de son fauteuil, et de lui lancer son poing à la figure en hurlant: « Carolina, ta gueule! » Ou encore: « Carolina, tu m'emmerdes! » Ou bien: « Carolina, va te faire foutre avec tes saints et des *dichos*! »

A part ces dessous, il l'aimait beaucoup, il aimait sa chair potelée et douce, son calme quand elle brodait, cuisinait, ou disait la vérité. Elle ne lui avait jamais fait aucun reproche et il lui en était reconnaissant. Malgré Véra Gonzales de Chamisaville et une centaines d'autres avant elle, il était fidèle à Carolina. Leurs enfants étaient élevés et partis, ils approchaient tous deux de l'âge mûr, et pourtant, leur vie sexuelle ne se portait pas si mal. En fait, périodiquement, Bernabé la désirait comme un fou; il adorait sa façon de faire l'amour quand et comme il en avait envie, dans un rythme lent et sensuel, lui faisant des choses ou les faisant ensemble avec un sorte de mysticisme tranquille, une religiosité et une sensualité presque insupportables, si c'était ce dont il avait besoin. Bernabé ne lui en voulait même pas si, après une bonne partie de jambes en l'air, où ni l'un ni l'autre n'avait songé à la contraception, Carolina se hissait lourdement du lit, et se dirigeait de manière léthargique mais néanmoins sensuelle vers la salle de bains pour se doucher en disant: « Entre deux maux, il faut choisir le moindre, tu sais... » Bernabé savait.

Carolina revint dans la chambre et lui tendit un verre. Que diable pouvait-il contenir?

— Oh, un peu de whisky et de l'oshá moulu, expliqua-t-elle trendrement en ajoutant bien sûr : « Il faut attaquer le mal par la racine. »

Bernabé ferma les yeux, se raidit et but. Pourtant, malgré ses efforts inhumains, il ne pouvait prétendre que son remède l'avait guéri. En fait, sa migraine empira immédiatement. Mais comment lui expliquer que sa potion ne marchait pas ?

Prisonnier de ses éternels dilemmes, Bernabé songea à la façon dont les gens essayaient toujours de se lancer des coups. Ce qui le conduisit à penser… là, tendu, attendant un autre coup de fusil, à la manière dont les gens bernaient toujours les animaux. Des bandes de peinture blanche lui revinrent à l'esprit.

Sans savoir pourquoi, Bernabé ne s'était jamais rendu à l'évidence de l'efficacité de ces bandes de peinture. Un véritable garde-fou à bétail consiste en une dizaine ou une quinzaine de rails de cinq centimètres sur dix de section disposés tous les quinze ou vingt centimètres sur un ravin, pour que les bêtes, de peur de se briser une patte en plongeant un sabot entre les tasseaux, ne traversent pas. Un garde-fou peint, lui, n'était rien de plus subtil ni de plus élaboré qu'un groupe de rayures réparties régulièrement sur la route de macadam. Et cela coûtait cinq cents dollars de moins qu'un véritable garde-fou.

L'un de ces ersatz de garde-fou ornait la grand-route nord-sud à quelques centaines de mètres de la pancarte de Ladd Devine annonçant le projet d'aménagement de la vallée. Chaque fois que Bernabé roulait sur ces douze lignes blanches, il en était bouleversé et, hochant la tête, se murmurait à lui-même :

— Je me demande comment les vaches peuvent se laisser avoir par une poignée de rayures !

Bernabé associait les garde-fous peints aux auto-collants : « Surveillé par système d'alarme anti-vol » qu'affichaient les commerçants qui n'avaient pas les moyens de s'offrir un véritable système d'alarme pour protéger leurs vitrines.

Ou encore, les « Attention au chien » que les banlieusards trop fauchés pour investir dans un féroce clébard, mais malgré tout terrifiés par les voleurs, plantaient dans leurs pelouses.

On encore, s'imaginait Bernabé, on pourrait dire que ces garde-fous partageaient un esprit commun avec une femme bien faite qui porte des faux seins.

Bernabé se demandait : Est-ce que le concept de faux garde-fous a une relation avec l'insémination artificielle ?

Ou avec les fleurs de plastique du jardin d'Onofre Martínez, qui faisaient tourner la tête des colibris ? Y avait-il une relation avec le bras invisible d'Onofre ?

Bien sûr, en définitive, les garde-fous peints ressemblaient à Bernabé Montoya lui-même qui faisait semblant d'être sheriff alors que le titre de Brasseur de Vent lui aurait mieux convenu que son badge.

Je devrais prendre une semaine de vacances, pensa Bernabé, et en profiter pour apprendre aux vaches de Lavadie à traverser ce garde-fou.

Le sheriff ne supportait pas de voir les vaches se laisser ainsi berner par de vulgaires bandes de peinture. En fait, cela lui brisait le cœur de voir quelqu'un ou quelque chose croire à ce qui n'existait pas.

Un jour, Bernabé avait parlé de son malaise à Nick Rael.

— Ecoute, avait répondu Nick, un bandit rentre dans une banque, il a un revolver dans la main droite, et il dit à la caissière : la caisse ou la vie. Peut-être que le revolver n'est qu'un morceau de savon noir, ou alors, une de ces répliques d'exposition, ou peut-être tout simplement un pistolet à bouchons. Mais qui sait si ce n'en est pas un vrai ? Et personne n'a envie de jouer les malins pour savoir si c'est le vrai McCoy ou pas !

— Je comprends ton point de vue.

— Oui, eh bien, c'est la même chose avec les vaches de Lavadie et le garde-fou.

Pourtant, Bernabé restait troublé. Pour lui, il y avait une injustice inhérente à ces bandes de peinture. Voyons, si on n'arrivait pas à leurrer un cheval, un homme ou même une chèvre avec une astuce aussi simpliste, comment pouvait-on attacher la queue, les mamelles si elles en avaient, et les deux cornes d'une vache avec ça ?

Bernabé retournait ce concept dans sa tête, tel un graveur de pierre retourne sa roche rugueuse dans un tambour pour la polir. Bernabé, lui n'arrivait pas à arrondir les angles, contrairement au tailleur de pierre, qui estompait toutes les rugosités pour obtenir un caillou lisse comme un joyau.

Si bien que Bernabé ne comprit jamais la nature profonde du malaise provoqué par les garde-fous.

D'ailleurs, personne ne comprenait la nature de ce malaise.

Un jour, Bernabé décida que ce garde-fou, juste au sud de la pancarte de la vallée des Miracles du Zopilote avait beaucoup en commun avec le champ de haricots de Joe Mondragón.

A moins que ce ne fût l'inverse?

Bernabé, quant à lui, ne savait pas.

Mais il ne cessait de se tourmenter ainsi sur des questions sans importance.

Les gens disaient que ce penchant pour l'absurde le conduisait à la folie douce. Pourquoi se faire du souci pour des choses aussi insignifiantes? Si ça marchait, ça marchait. Et les garde-fous peints avaient toujours aussi bien marché que le morceau de racine d'oshá dans sa poche contre les serpents venimeux. Si on commençait à se demander pourquoi marchent les choses qui marchent, c'était comme si on leur demandait de ne plus marcher. Le moment de se poser des questions, c'était quand ça cassait et que cela ne fonctionnait plus, et pas avant.

Seferino Pacheco comprenait pourtant, lui. Plusieurs années auparavant, il avait dit à Bernabé:

— Si tu étais né six cents ans plus tôt, tu serais peut-être devenu quelqu'un comme Michel Ange.

— Qui c'est, Michel Ange?

Ecœuré par cette ignorance phillistine, Pacheco se ravisa:

— En y réfléchissant bien, je crois que tu ne serais pas devenu un deuxième Michel Ange. Il y a six cents ans, tu serais peut-être devenu quelqu'un comme notre Cleofes Apodaca ou notre padre Péchékovich. Ou alors, tu serais devenu comme tu es maintenant, à toujours trébucher dans ta propre toge.

— Qui c'était, Michel Ange? demanda Bernabé à Nick Rael.

— Oh, c'était un ancien philosophe qui croyait que l'âme était ronde comme une pomme, couleur de perles, avec des petites ailes.

La fameuse nuit où une balle traversa la fenêtre de Joe Mondragón, Bernabé réfléchit au champ de haricots, au garde-fou peint, et se demanda quelle relation les unissait, mais il n'arrivait nulle part.

Son mal de tête ne faisait qu'empirer.

Le sheriff aurait aimé avoir un esprit capable de manier les abstractions et les idées. Malheureusement, il avait un esprit tout juste capable de modeler les événements pour les rendre absolument inextricables, et il était si mécontent de ses carences intellectuelles qu'il ne serait jamais heureux.

Encore adolescent, Bernabé avait entièrement décortiqué une Plymouth 1935, mais il n'avait jamais réussi à la remonter.

— Les bêtes sont au bon Dieu, mais la bêtise est à l'homme, lui avait dit un jour Carolina.

— *Ai Chihuahua!* avait grommelé le sheriff.

Finalement, la nuit où la balle avait fait tomber le crucifix sur la tête de Joe Mondragón, Bernabé dériva dans un sommeil agité. Il rêva de Bernabé, la piñata humaine, et de toutes les femmes qu'il avait aimées qui le frappaient avec un bâton. Elles frappaient, ricanaient, trépignaient, les seins rebondissant comme des chiots joyeux, tandis que Bernabé se tordait et s'enroulait, dans un sens et dans l'autre au rythme des coups, les yeux fermés, les genoux serrés dans ses bras, tournant de droite et de gauche, devenant tout bleu, mais sans jamais parvenir à éclater et à délivrer ses trésors.

Ladd Devine était assis sur le bord d'une table en acajou. Jerry Grindstaff se tenait près de la fenêtre; Emerson Lapp était installé derrière un antique bureau à rideaux, un crayon à la main, un bloc-notes format standard de papier jaune devant lui; les deux fédéraux, William Koontz et le fils indigne d'Onofre Martínez, Bruno Martínez, étaient perchés inconfortablement l'un à côté de l'autre sur un divan de brocart délicat; en face d'eux, sur un canapé raide, se trouvaient les deux gardes-chasse, Carl Abeyta et Floyd Cowlie; Horsethief Shorty fumait un cigare, une jambe pendue sur le bras de son fauteuil. Le cigare de Shorty donnait mal à la tête à Emerson Lapp. En fait, la seule présence de Shorty lui donnait souvent des migraines monumentales, dues en grande partie à son odeur, son attitude négligée, son arrogance, et surtout à la façon dont Ladd Devine tolérait tout cela. Si cela n'avait tenu qu'à lui, Lapp ne l'aurait pas toléré une seule seconde. D'ailleurs, ni les deux fédéraux, ni les gardes-chasse ne l'auraient supporté non plus. Et Shorty...? Il était assis nonchalamment, mâchouillant son cigare. Comme d'habitude, il se délectait de leur hostilité.

— Oh, mon Dieu! dit Devine.

Le silence tomba sur la pièce et tout le monde, à part Shorty qui grimaçait d'un sourire imbécile, faisait une mine longue comme un jour sans pain.

— J'aimerais vraiment savoir qui est l'andouille qui a tiré sur la maison de Joe Mondragón.

De nouveau, un silence profond, peut-être teinté de culpabilité, régna.

— Vous ne croyez tout de même pas, finit par dire Shorty, que cela a quelque chose à voir avec ce zozo des services secrets que vos amis de la capitale ont envoyé ici?

— Je n'en sais rien, et je m'en contrefout ! Mais quand les gens commencent à faire voler les dragées... Qu'est-ce qu'ils s'imaginent ? Que je balance tout cet argent dans le projet de la vallée des Miracles pour des pruneaux ? C'est ça qu'ils s'imaginent ? Ils croient que je me mouille jusqu'au cou pour tout gâcher parce qu'une bande de maniaques de la gâchette transforment la vallée en stand de tir ?

— Nous allons essayer de trouver le coupable, monsieur, dit Bruno Martínez, étouffant presque sur ce « monsieur » car il détestait Ladd Devine autant que les autres, et d'ailleurs, il pensait déjà savoir qui avait tiré.

— J'espère bien, parce que la dernière chose dont on a besoin en ce moment, c'est bien d'un tas de conneries comme ça, ou même d'une seule. Au point où on en est, si ça arrive aux oreilles de ceux qui sont avec moi...

Il s'essuya le front avec son mouchoir.

— Et je ne plaisante pas. Il faut absolument que vous deux, vous me découvriez la vérité. Et toi aussi, Shorty. Tu sais comment ça marche ici.

— Et qu'est-ce qui s'est passé avec ce flic à la noix ? demanda Shorty. Comment ça se fait que j'ai pas été invité ?

— On n'a pas été invité non plus, dit Bill Koontz.

— Je ne sais pas qui l'a envoyé, ajouta Bruno Martínez. Si vous voulez mon avis, le Sud ne devrait pas se mêler de cette histoire.

— Pour moi, c'est la main droite qui se fout de ce que fait la main gauche, dit Shorty d'un ton traînant.

— C'est inimaginable comme cette histoire se complique, dit Emerson Lapp.

Toutes les têtes, tous les yeux se tournèrent vers lui, à part ceux de Shorty qui le considérait avec le vague dédain d'un macho s'adressant à un petit lord de Fontleroy.

Irrité par cette interruption, Devine reprit les choses en mains :

— Shorty, si tu voulais me dire ce que tu sais de leur réunion...

Shorty haussa les épaules.

— Ils se sont réunis, mais ne m'ont pas invité non plus. L'avocat, Bloom, il y est allé, il leur a expliqué le barrage, le plan d'aménagement, et votre rôle dans la ville.

— Mais pour qui il se prend, ce Bloom ?

— Pour un tel trouillard qu'il a failli tomber dans les pommes devant tout le monde ! répondit Shorty avec un large sourire.

— Shorty, c'est vraiment pas drôle.

— Pas drôle? dit Shorty en levant les sourcils. Excuse-moi, Ladd...

Jerry G. et Emerson Lapp reçurent un coup au cœur, comme chaque fois qu'ils entendaient Shorty appeler leur patron par son prénom et le tutoyer.

— Excuse-moi, Ladd, mais pour moi, c'est sacrément rigolo. Le Sud ne sait pas ce que fait le Nord; dans la vallée, personne n'y comprend rien, tout le monde est mal organisé; on essaie de rétablir la situation, ils essaient de rétablir la situation, mais personne ne sait quoi faire, même pas ces joyeux lurons les plus influents de l'Etat, Bookman et Noyes. En fait, il ne s'est rien passé, et tout le monde devient à moitié fou, parce qu'un débile de Mexicain fait pousser un carré de haricots.

— Shorty, dit patiemment Devine, à ton avis, qu'est-ce qu'on aurait dû faire à propos de cette réunion?

— On aurait pu installer une mitrailleuse et tirer dans le tas à la sortie, grimaça Shorty, approchant de son cigare une allumette qu'il venait de frotter insolemment sur sa braguette.

Dans le silence qui s'ensuivit, Emerson Lapp poussa un long soupir exaspéré.

— Qu'est-ce que tu veux dire?

— Qu'ils vont prendre de plus en plus confiance en eux, tout simplement.

— Et si on saborde leur prochaine réunion?

— Ils risquent de faire brûler la Truite Sauteuse.

— Alors? Qu'est-ce qu'il faut faire?

— Les ignorer. C'est quoi l'expression qu'un homme cultivé employait pour décrire l'Amérique... La tyrannie de la tolérance?

— Oh, Shorty, et érudit en plus! grommela Emerson Lapp dans sa barbe.

— Il doit bien y avoir un moyen de maîtriser la situation, dit Devine en regardant successivement les deux fédéraux puis Floyd Cowlie et Carl Abeyta.

— On pourrait peut-être leur interdire de rouvir l'église pour raison de santé, de sécurité ou sous une menace quelconque, suggéra Bruno Martínez sans conviction.

— Ils viendront tenir leur réunion ici sur le terrain de baseball, affirma joyeusement Shorty.

— Shorty, j'aimerais vraiment entendre quelque chose de plus utile que tes sarcasmes.

— Ladd, tu sais bien que j'ai toujours fait le maximum.

Emerson Lapp leva les yeux au plafond et tapa son crayon contre son bloc-notes format ministre. Mal à l'aise, Jerry G. se tortilla, le regard allant de Devine aux fédéraux et à Shorty.

— Il me semble que cet avocat est leur seul véritable point faible.

— T'as peut-être raison, d'après ce que je sais et ce qu'on en dit, c'est une vraie poule mouillée.

— Qu'est-ce que tu sais exactement, Shorty?

— Pas grand-chose. Je l'aperçois de temps en temps, je ne l'ai jamais rencontré officiellement.

Ladd Devine se leva, alla vers l'antique bureau, fit demi-tour et revint vers la table.

— Je pourrais peut-être lui parler, mais je ne sais pas très bien ce que je lui dirais.

— Tu pourrais l'acheter, ou le menacer de le découper en morceaux et de le jeter aux requins de la pelouse.

— Très drôle, murmura Devine, en lançant à Shorty un coup d'œil morose.

— Comme je vois les choses, il y a un problème fondamental dans tout ça.

Brusquement, il sauta en l'air et se retrouva assis sur le bras du fauteuil.

— Tu veux couper l'herbe sous le pied des habitants de la vallée, une bonne fois pour toutes, Ladd, et tu te fiches pas mal de la manière d'y arriver. L'argent, les coups de fusil, les fédéraux, ou les voyous... A propos, comment s'appelle l'espèce de flic camé de l'Evening Star? Lord Rhino? C'est à lui qu'il faudrait demander qui a tiré sur la maison de Joe. Peu importe, si tu peux t'en débarrasser avec des bouts de papier tout gribouillés de fatras juridiques, ce serait d'autant mieux. Tout le problème, c'est de savoir comment éviter de te couper l'herbe sous le pied à toi aussi, je me trompe? C'est tout, c'est de ça qu'on discute. C'est simple.

Devine regarda Shorty d'un air las. Il se tourna vers Jerry G. qui baissa les yeux. Puis, il regarda Emerson Lapp qui baissa également les yeux. Ensuite, son regard se dirigea vers les deux fédéraux qui s'intéressèrent soudain vivement à leurs mains posées sur leurs genoux. Les gardes-chasse se mirent également à observer attentivement leurs cuisses. Il regarda à nouveau Shorty qui le regardait audacieusement droit dans les yeux. Devine comprit que, s'il voulait se retirer sain et sauf de cette sale affaire, il lui faudrait mettre une bonne partie de ses œufs dans le panier de Shorty.

— Dis donc, Ladd, pourquoi tu ne demanderais pas à Floyd et à Carl d'allumer un incendie de forêt?

— Hé, ça va pas, non? s'exclama Carl Abeyta en se raidissant, indigné, pour réprimer son envie de se jeter sur Shorty. Qu'est-ce que tu racontes?

— Allumer un feu, répondit calmement Shorty. C'est bien comme ça que les gens arrivent à gagner leur vie de temps en temps par ici. Je connais bien une dizaine de types en ville qui ont allumé des feux de temps en temps pendant les vingt dernières années. Enfin voyons les gars, c'est quoi les salaires en ce moment? Deux dollars cinquante, vingt quatre heures sur vingt quatre? Trois dollars? Et le service des forêts... Merci monsieur l'Ours Smokey... il engrange plus de pommes de terre et de viande de bœuf que vous pouvez en avaler. Si vous voulez que la ville oublie ce champ de haricots, faites flamber la forêt et engagez les fortes têtes pour éteindre l'incendie. Et puis allumez des petits feux par ci par là...

— Oh, Shorty, geignit Carl Abeyta, tu sais pas ce que ça nous rapporte de vendre le bois aux scieries?

— Bon, bon, d'accord. Alors, Ladd, pourquoi ne pas faire construire deux ou trois baraques près des courts de tennis?

— Et pourquoi? On n'en a pas besoin.

— Tu pourrais engager une quinzaine de types, pour creuser les fondations, construire le cadre, fabriquer l'adobé...

— Je ne suis pas sûr de comprendre.

— Si tu les payes, ils vont pas te trancher la gorge.

Soudain, Shorty se sentait furieux contre son patron, le ranch à touriste, lui-même.

— Moi, je veux bien y aller moi-même. Si on propose deux mois de travail à Joe Mondragón, il pourra pas refuser. Achète les toilettes et tout le matériel de plomberie à Ruby Archuleta et comme ça les meneurs se retrouveront de votre côté. Il est temps de leur jeter un os, à ces péquenots, Ladd.

— C'est idiot de faire construire des maisons dont je n'ai pas besoin, c'est de l'argent jeté par les fenêtres.

— Eh ben, considère ça comme une assurance, dit Shorty en faisant un signe de tête aux fédéraux puis à Emerson Lapp avant de sortir de la pièce.

La pièce resta silencieuse pendant le temps où Devine alluma son cigare.

— Qu'est-ce qui lui prend, à Shorty? demanda finalement Carl Abeyta.

— Qu'est-ce qui nous prend à tous, fit remarquer mornement Bruno Martínez. Je peux même plus retourner chez moi en ce moment. Le vieux me foutrait à la porte.

— Avec un seul bras?

Bruno haussa les épaules.

— Il lâchera son clébard à trois pattes avant que j'ai le temps de sortir de la voiture de police.

— Bof, peu importe, si on en restait là pour l'instant, les amis?

Après leur départ, Devine et Emerson Lapp restèrent seuls dans la pièce.

— C'est un fumier, dit Lapp, en tapotant le bout de gomme de son crayon contre ses dents de devant.

Le patron se laissait aller à présent comme il le faisait parfois, rarement, seul le plus souvent, ou de temps en temps en compagnie de son vieux secrétaire, comme à ce moment-là.

— Ouais, c'est un vrai fumier, répéta Devine. Em, tu crois que c'est possible?

— Oh, mon Dieu, M. Devine, bien sûr que c'est possible.

Devine fuma un instant son cigare paisiblement et ricana.

— Em, et si on y allait tous les deux, foutre le feu à cette forêt?

— Pourquoi pas faire brûler la Truite Sauteuse pendant qu'on y est, M. Devine?

Devine gloussa, postillonna un peu, se tortilla une fois ou deux.

— Encore mieux, on fait brûler toute la ville et on la transforme en parking!

Le secrétaire haussa les épaules en souriant difficilement; ils gardèrent le silence pendant une longue minute.

— Ben tu vois, mon grand-père, dit Devine à brûle-pourpoint, c'était un homme fantastique. Il n'est jamais monté en avion, et tu sais pourquoi? Il me disait toujours: « Garde les pieds sur terre, Laddy » voilà ce qu'il me disait quand j'étais gosse. « Garde toujours les pieds sur terre, Laddy, sinon, tu perdras le contact avec ce qui compte vraiment. » Et je crois que les gens ici, eh bien, les gens l'aimaient bien, ce vieux cinglé.

— Les choses étaient différentes à l'époque, monsieur Devine. Les gens étaient différents.

— Oh, mon grand-père les suçait jusqu'aux os, tu peux me croire. Il a fait baucoup de mal. Il était cruel et brutal.

De nouveau, le secrétaire haussa les épaules.

— C'était dans sa nature.

— Oui, sans doute..., dit Devine soudain envahi d'une immense fatigue. Oh, merde! murmura-t-il. Je l'aimais, le vieux bougre. Je l'aimais beaucoup. Il avait de la classe, tu sais, Em. Pas moi. Pas beaucoup du moins. Des fois, je me demande si j'ai de la classe... je crois pas. Les gens m'aiment pas beaucoup, mais je crois qu'ils me détestent même pas, je me trompe? Je suis neutre pour eux. Un enfoiré ordinaire, anonyme... Et tu sais ce que ça me fait ...?

Surpris par la mélancolie soudaine de son patron, Lapp ne répondit pas.

— Rien..., dit Devine en souriant tristement. Ça ne me fait ni chaud ni froid...

Pourtant, incroyablement, il avait la larme à l'œil.

Horrifié, Emerson quitta rapidement la pièce.

— Mon vieux grand-père, rappela Devine, mon vieux grand-père, lui, il aurait foutu le feu à la forêt! Em, tu sais qu'un jour, *il a tranché la gorge d'une pute mexicaine qui essayait de le voler, et il lui a jeté l'argent à la figure pendant qu'elle mourait par terre!*

Kyril Montana et Bud Gleason se rencontrèrent dans la salle Conquistador de l'hôtel La Fonda de la capitale pour déjeuner ensemble.

— Ecoute, Ky, commença nerveusement Bud dès qu'ils eurent commandé l'apéritif, la situation est dramatiquement embrouillée, chez nous.

— Dans quel sens? demanda l'agent en se penchant légèrement en avant.

— D'abord, pour commencer, j'en suis pas sûr mais on dirait qu'une sorte d'organisation chicano se met en place. Il y a des tas de rumeurs, mais c'est difficile de démêler le vrai du faux. Ils ont fait une réunion quand même, tu en as sans doute déjà entendu parler. De votre côté, ils s'organisent aussi. Quelqu'un a tiré sur la maison de Joe Mondragón, il y a deux ou trois nuits. Et puis, Joe et quelques-uns de ses amis se sont fait tabasser sur le terrain de basket de la vieille école primaire la semaine dernière.

— J'étais au courant pour la réunion, répondit Kyril, notant au passage que Bud avait dit de « votre » côté et non « notre » et en se disant qu'il ferait mieux de garder un œil sur son ancien copain d'université.

Pourtant, Bud lui devait une loyauté qui dépassait les amitiés de collège car, à plusieurs reprises, l'agent lui avait fourni des informations sur des terrains et des immeubles qui lui avaient permis d'acheter et de faire des opérations fort lucratives dans les environs de la capitale. Kyril Montana avait également aidé Bud à se sortir d'une affaire pointilleuse concernant la vente de certaines terres sous la dépendance commune de plusieurs Etats dans laquelle Bud s'était laissé entraîner au début de sa carrière alors qu'il habitait encore la capitale.

— Qui a tiré, Bud? Qui les a frappés?

Bud haussa les épaules, roulant les yeux d'un air malheureux. La serveuse arriva avec un Martini et un bloody mary. L'agent secret but une petite gorgée de sa boisson et la tendit à la serveuse.

— Dites au barman de refaire ça correctement, la main légère sur le sel et la Worcestershire, et une seule dose de vodka, pas deux.

La serveuse, une jolie fille qui rougissait facilement s'excusa d'un « Oh, pardon, monsieur, oui monsieur » avant de s'éloigner à la hâte.

— Tu sais qui a attaqué Joe ou non?

— Euh, je ne suis pas vraiment sûr, répondit Bud, jouant nerveusement avec sa fourchette. Enfin, pas moi, tu penses bien. Tu parles, avec mon cœur... Non, pas moi, peut-être Eusebio Lavadie, ou l'un des contremaîtres de Devine, un type tranquille, Jerry Grindstaff. Harlan Betchel y était peut-être aussi, je ne sais pas. Et Nick Rael, il faisait peut-être partie du lot, et des flics en dehors de leur service, disons Bill Koontz ou Granny Smith. J'en sais rien. Tout le monde en parle, tu comprends bien, mais personne ne sait vraiment. J'ai entendu plusieurs fois le nom de ce lord Crocodile, ou Lion, quelque chose comme ça qui vit dans la communauté de l'Evening Star, mais tu es sans doute plus au courant que moi. Ils ont eu une réunion du côté de Joe, avec Ruby Archuleta, et ils sont bien capables de se venger. Et pour tout te dire, j'ai un peu la trouille. La situation n'a jamais été si tendue.

— S'ils se font prendre en se vengeant et que Joe est parmi eux, ce qui est fort probable, alors toute l'affaire sera réglée.

— Je ne suis pas sûr que les gens réagiront comme tu le penses, l'avertit Bud.

— Tous ces gens-là, ils sont conservateurs, ils ont peur eux aussi, ils ne comprennent rien, à tel point que je les vois mal s'organiser pour de bon. Les quelques renégats, les gens comme Joe, ils vont être obligés de se montrer à découvert, et ont les saucissonnera comme des cochons, et on les éliminera en un rien de temps. Pour moi, quatre-vingt-dix pour cent des habitants de Milagro attendent avec impatience qu'on l'attrape et qu'on mette fin à toute cette histoire d'irrigation pour rétablir le statu quo.

— Ça me sert à quoi ton statu quo si je suis dans un cercueil?

La serveuse revint avec un nouveau bloody mary, l'agent but une gorgée et lui signifia que ça allait d'un signe de tête en disant:

— Tu ne crois pas que tu te fais du mouron pour pas grand-chose?

Bud avala son Martini et appela la serveuse pour en commander un autre.

— Oui, peut-être. Je sais pas.

Il donna son verre à la serveuse, et sortit soudain un mouchoir et se tripota le nez.

— Mais je ne suis pas sûr que tu comprennes bien les gens de là-bas. Je vis à Milagro, moi, Ky, ne l'oublie pas. Bon d'accord, j'habite derrière un mur de deux mètres de haut dans une maison entourée d'épicéas, et j'ai plus de terrain qu'une vingtaine de ces pauvres bougres mis ensemble, mais cela fait des années que je traite des affaires avec eux. Je leur vends et je leur achète des terres, et maintenant, je suis mouillé jusqu'au cou dans le projet de Ladd Devine pour la vallée des Miracles. D'ailleurs, j'espère bien en tirer un joli packson, à moins que tout tombe dans le lac à cause de maniaques de la gâchette, chicanos ou flics, peu importe. Enfin, Ky, ce que je veux dire, c'est que les touristes sont des petits délicats. Ils ont tendance à éviter les endroits où il y a la guerre.

— Quand on aura Joe Mondragón, tout sera fini, dit l'agent. Et en attendant, si les gens sont aussi perturbés et aussi mal à l'aise que toi, ils n'arriveront jamais à s'organiser de manière efficace, tu peux me croire.

— Tout ce que je peux dire, c'est que tu ferais mieux de coincer Joe le plus vite possible, avant que la moitié de la ville ne s'accroche à son champ de haricots comme des mouches à du papier collant, dit Bud amèrement, se jetant sur son Martini à l'nstant même où il illumina la table.

— Comment va Katie? demanda l'agent.

— Oh, mon Dieu! s'exclama Bud, le visage joufflu éclairé d'un sourire nostalgique. Je suis vraiment désolé pour ce qui s'est passé la dernière fois, vraiment...

Kyril Montana sourit gentiment en glissant une cigarette entre ses lèvres et en ouvrant un briquet qui fonctionnait infailliblement dès le premier essai.

— Ce n'est pas grave. Ne t'inquiète pas. Mais, parle-moi plutôt de cette femme, celle qui tient la Reine de la Carrosserie... Ruby Archuleta. Tu dis qu'elle fait passer une pétition?...

Chez lui, ce soir-là, Kyril Montana ne se sentait pas dans son assiette. Il avait compris ce qu'il pouvait attendre de Bud Gleason et ce qu'il ne devait pas espérer; et il avait obtenu non seulement ce que Bud avait à offrir, mais aussi tout ce qu'il savait. Cela ne l'inquiétait pas outre mesure que l'on ait tiré sur la maison de Joe Mondragón; si ces demeurés commençaient à jouer de la gâchette pour de bon, cela donnerait effectivement mauvaise réputation à la ville, mais en même temps, cela ferait avancer les choses d'autant plus vite.

Dans le soir paisible et poussiéreux, toute la famille était réunie autour de la piscine. Toute sa vie, Kyril Montana avait cultivé l'habitude de laisser les problèmes de travail au vestiaire; une fois chez lui, il se détendait. Mais ce soir-là, Bud Gleason, avec son regard affolé, ses nerfs à fleur de peau, sa façon d'engloutir Martini sur Martini malgré les ordres formels de son cardiologue, lui titillait encore l'esprit. Qu'importe, il était à la maison. Il se mit en maillot de bain et alla s'installer sur une chaise en fer près de la piscine et regarda ses enfants évoluer. Sa fille de treize ans, Kelly, athlète accomplie, faisait des battements tandis que son fils de onze ans, Burt, sautait gracieusement du plongeoir. L'agent avait appris lui même à nager à ses enfants, et leur avait bien appris. A présent, il apprenait à son fils à plonger. A l'université, Kyril était l'un des champions de l'équipe de plongée et avait failli être qualifié pour les Jeux Olympiques.

En le regardant exécuter une double pirouette relativement simple, l'agent critiqua:

— Eh fiston, c'était pas fameux, tu n'étais pas assez replié.

— Ouais, m'sieur, je suis un peu fatigué, dit Burt en souriant de manière communicative.

— Si tu es fatigué, repose-toi, c'est quand on est fatigué que les accidents arrivent. Et puis, tu prends de mauvaises habitudes.

Sa femme lui demanda s'il voulait un apéritif.

— Non, merci, j'en ai pris un à midi avec Bud Gleason et je voudrais plonger un peu aussi.

— Comme tu veux, répondit Marilyn en souriant et en s'installant sur une chaise à côté de lui avec son verre.

Burt se sécha et revint un moment plus tard avec une télévison sur une table roulante. Il choisit une émission qui lui plairait et s'allongea à plat ventre sur un matelas pneumatique pour la regarder. Kelly faisait toujours ses battements à un rythme soutenu, et, en la regardant, Marilyn Montana et son mari partagèrent l'espoir d'en faire un jour une championne olympique: son entraîneur estimait qu'elle avait toutes ses chances.

L'agent se leva et alla vers le plongeoir. Il avança jusqu'à l'extrémité, puis recula de trois pas, pour mesurer la distance d'approche. Il se retourna, se tint immobile, concentré sur son futur saut, puis prit son élan, décolla le pied droit, fit un mouvement de bras en se baissant et sauta, laissant les ressorts le catapulter droit en l'air. A l'apogée de son saut, il se mit en position de plongeon et fit un tour et demi, les yeux fixés sur l'extrémité de la planche; il s'en dégagea rapidement mais sans la moindre brusquerie qui aurait pu provoquer une secousse ou un soubresaut dans son plongeon, glissa vers le bas, frôlant presque le plongeoir et pénétra dans l'eau presque sans éclaboussures.

Toute sa vie, Marilyn avait admiré la précision et la beauté du corps de son mari. Elle l'avait rarement, sinon jamais, vu commettre la moindre erreur sur ce plongeoir. Il ne faisait jamais l'idiot.

— Parfois, il arrive que tu plonges droit sur la planche, lui avait-il dit un jour, mais si tu a les yeux ouverts, tu peux toujours te repousser et éviter de te blesser.

Kyril Montana surgit à la surface en souriant. Kelly s'était arrêtée dans le petit bassin pour regarder son père.

— Papa, c'était superbe! On aurait dit un oiseau et un poisson en même temps! s'exclama-t-elle, d'une voix admirative.

— Oui, m'sieur, confirma en écho Burt de son matelas. Vraiment merveilleux.

Ils passèrent un moment charmant et paisible près de la piscine. Quand son émisssion fut terminée, Burt éteignit la télévision, rentra à l'intérieur et disparut dans sa chambre. Des rouges-gorges se posèrent sur la pelouse, à la recherche de vers de terre. La cloche d'un marchand de glace ambulant tinta et le son flotta dans l'air frais du soir comme un papillon. Kelly retourna à ses battements, se glissant infatigablement dans l'eau. L'agent refit quelques plongeons, une pirouette arrière, un roulé, et un splendide plongeon de cygne, exécutés sans efforts apparents. A chaque plongeon, Marilyn vibrait de joie et de fierté pour son mari qui ne commettait jamais d'erreurs.

Il régnait un sentiment de paix et de tranquilité, un sentiment de bonté et de sécurité, une ambiance enthousiasmante d'amour et de communauté.

Au nord de l'Etat, ce même soir, tout n'était pas si calme. Sous le ciel couvert et la menace de la pluie, le camion déglingué de Joe Mondragón s'arrêta sur le plateau de Strawberry devant la Reine de la Carrosserie et de la Plomberie. Joe sauta à l'extérieur, et se dirigea rapidement vers la pente où Claudio García, Marvin LaBlue et Ruby Archuleta fumaient tranquillement, assis sur des souches. Marvin LaBlue avait un énorme transistor à piles près de lui, branché sur la WBAP, une chaîne de musique country de Fort Worth-Dallas. Joe salua Marvin et Claudio d'un signe de tête et s'adressa à Ruby.

— Je viens de parler avec Horsethief Shorty qui m'a dit qu'ils allaient construire quatre nouveaux bungalows près de la Truite Sauteuse, et que le Zopilote veut m'embaucher, moi et une quinzaine d'autres types. D'après Shorty, je pourrais même être responsable de l'équipe et ils vont t'acheter tout le matériel de plomberie.

— Et pourquoi tu es venu me voir? demanda Ruby tranquillement.

Joe hésita.

— Euh... ben surtout parce que Nancy a insisté.

Ruby se mit à rire.

— Et toi? Qu'est-ce que tu en penses?

— J'en pense que ce fils de pute va nous payer trois ou quatre dollars de l'heure pendant un mois ou deux, peut-être plus, dit Joe, malheureux.

— Et ça représente pas mal d'argent.

Joe hocha la tête, plus mal à l'aise que jamais.

Bien qu'il n'ait pas formulé, pas même à lui-même, ce qui

allait se passer, il l'avait senti dans ses os dès le moment où Horsethief Shorty s'était assis près de son atelier, avait dessiné le projet et écrit tous les chiffres dans la poussière avec un bâton, tandis que Joe l'écoutait, la bave aux lèvres.

Sur la défensive, Joe protesta :

— Si ce n'est pas moi qui le fait, il embauchera quelqu'un d'autre.

— Si tu ne le fais pas, que je ne fournis pas la plomberie et si ce n'est pas toi ou l'un des nôtres qu'il embauche, il ne construira rien du tout, dit Ruby d'un ton ferme, tout en sachant qu'elle racontait n'importe quoi car Devine était bien capable d'embaucher une équipe de Doña Luz ou de Chamisaville s'il en avait envie.

— Comment tu le sais ? demanda Joe en colère, pas tant contre elle que contre lui-même qui se laissait ainsi perturber par toute cette histoire.

— Je le sens, je le sens comme si c'était fait.

— On pourrait accepter le travail sans que cela fasse de différence.

— Si quinze personnes de la ville sont payées trois ou quatre dollars, pendant dix ou douze heures par jour, ça fera une sacrée différence. José, ça fait des années et des années que toi et moi et tous les gens d'ici sont en guerre, ou plutôt devraient être en guerre contre ce type.

Joe détourna la tête, sachant qu'elle disait la vérité et la haïssant pour avoir le courage de la prononcer. Il avait une envie folle de lui dire : « Eh bien, ma belle madame Archuleta, moi, demain matin, je vais signer mon contrat de toute façon. Tu comprends, ma femme, moi et mes gosses, on en a marre de bouffer des chaussures de tennis à la place de viande. »

— José, ils ont tiré sur ta maison, dit Ruby gentiment, ils auraient pu tuer quelqu'un.

Pendant un instant, ils écoutèrent les accents solitaires d'une guitare folk, à des milliers de kilomètres à l'est, et le son de l'instrument lointain qui se mêlait à la musique locale des criquets donnait une ambiance terriblement paisible et calme.

— Tu veux un café ? Une bière ?

— Non, merci, répondit Joe instinctivement en ramassant une brindille et en gribouillant dans la terre.

— José, ils veulent nous acheter.

— Oui, mais ça fait combien de temps qu'on se plaint que cet enfoiré n'engage jamais de gens d'ici, et puis, merde, voilà qu'il s'y met, je vois pas pourquoi on refuserait.

— A cause de la situation. Dans le contexte actuel, il nous achète. Il nous engage pour qu'on ne se batte pas contre lui. Il nous engage pour protéger ses intérêts, pas les nôtres. Il nous donne du travail pour qu'il puisse avoir sa zone de loisirs et son terrain de golf qui nous ficheront tous au chômage pour de bon.

Joe écrivit « va te faire foutre » dans la poussière, le barra et dit :

— Trois dollars de l'heure.

— Si on refuse, dit Ruby pensive, il essayera d'en engager d'autres. Et bien sûr, les plus désespérés d'entre nous sauteront sur l'occasion, je les comprends. On est tous assez pauvres pour avoir besoin d'un butin pareil. S'il obtient rien de mieux, la question de savoir si nous devons ou pas travailler pour lui nous dressera les uns contre les autres. Cela créera des rancœurs du côté de ceux qui accepteront comme du côté de ceux qui refuseront... Pour moi, sa proposition est très claire, conclut-elle, la voix soudain fatiguée, réduite à un murmure. Ce vieux salaud de renard.

Ils restèrent à nouveau en silence à fumer ; le présentateur radio dédicaça la chanson à Chuck, un chauffeur de camion qui longeait l'autoroute quelque part à l'est de Ponca City.

— Alors..., dit Ruby.

— Alors..., je ne sais pas. *Ai Chihuahua !*

— Il faut prendre une décision, José. Toi et moi. Il faut décider maintenant.

Joe leva les yeux, alarmé par la manière dont elle avait prononcé « toi et moi ».

— Et puis merde !

Ils attendirent, en silence.

— Merde, dit Joe, mal à l'aise. Tu pourrais pas changer de disque Marvin ? Ces conneries de musique country ! Mets-toi sur Juarez ou Mazatlan ou quelque chose de correct.

Marvin, qui aimait la musique country et folk, ne se frappa pas. Il manipula les boutons et tomba sur une musique mariachi qui, à sa manière, était aussi conventionnelle et gnan-gnan que les chansons de cow-boy.

— Ah, c'est mieux comme ça.

Claudio García se retourna et roula une cigarette. Un chat traversa l'obscurité, une souris vivante qu'il ne tarderait pas à tuer entre ses dents. Plus bas, une bouffée de vent souleva des vieilles pages de journaux toutes grasses ; on sentait une odeur de pétrole dans l'air.

— Qu'est-ce qui se passera si je refuse de travailler pour ce salaud?

— Deux choses. Attends de voir si Shorty contacte quelqu'un d'autre. Il ne bougera peut-être pas, c'est difficile à dire. Il faut tenter le coup, au cas où il essaierait de te planter une mauvaise graine dans le crâne. S'ils sont capables d'embaucher n'importe qui parce qu'ils sont vraiment sérieux avec ces cottages, alors il faudra expliquer aux gens pourquoi ils doivent refuser, pourquoi ils doivent boycotter la Truite Sauteuse.

Joe se mordit les lèvres et griffonna encore quelques obscénités dans la poussière.

— Je ne sais pas, dit-il, dans un accès de colère.

Il se sentait malheureux. D'ailleurs, il en avait réellement mal au ventre. Il n'arrivait pas à croire qu'il refuserait de travailler et de gagner ces trois dollars de l'heure. Merde, s'il rentrait dans les bonnes grâces de Devine, il pourrait peut-être gagner sa vie correctement pour une fois...

— Personne ne peut savoir. Il faut que les choses changent, c'est sûr. Et ce ne sont pas ces cottages qui vont faire changer les choses dans le bon sens. Ce projet, c'est aussi destructeur que le cochon de Pacheco.

Doucement Joe répéta: *Chihuahua!*

Claudio García fouillait dans son nez.

La musique mélo tapait sur les nerfs de Joe.

— Marvin, ferme donc la radio, ordonna-t-il.

Marvin obéit.

Ils écoutaient les criquets.

Et soudain, il se produisit quelque chose. Une petite lumière étincelante, pas plus grosse qu'un petit doigt d'enfant flotta entre eux, telle une étoile miniature. Joe en eut le souffle coupé, ainsi que Claudio et Ruby. C'était un signe, un présage, un événement incroyable, mystique. Ils en restèrent bouche bée, comme s'ils avaient vu Notre Dame de Guadalupe en personne jetant des roses sur la Reine de la Carrosserie et de la Plomberie.

— Que..., qu'est-ce..., qu'est-ce que c'est? murmura Joe, fasciné, un peu effrayé.

Marvin LaBlue, le seul homme de l'Est parmi eux, répondit:

— Ne vous inquiétez pas, c'était une petite bête. Par chez nous, on les appelle lucioles. Cette pauvre bestiole s'est perdue à des milliers de kilomètres de chez elle.

Un silence songeur suivit cette information. Finalement, Joe reprit la parole:

— Bon, dit-il en se levant et en jetant sa brindille. Je crois que tu as raison…, peut-être.

Sur ce, il dit bonsoir et descendit rapidement la colline. Pourtant, une fois à l'intérieur de son camion, envahi par l'impression de s'être fait injustement avoir, il faillit se briser un doigt en se cognant contre le tableau de bord.

Après le départ de Joe, Marvin LaBlue ralluma son poste sur WBAP. Ruby se leva et Claudio García la suivit dans sa chambre. Elle se tourna vers lui et il la prit dans ses bras gigantesques. Ils se déshabillèrent dans la douce obscurité bleutée parfumée à la cannelle, l'origan et l'armoise, et, sur les couvertures, ils firent l'amour, l'énorme masse sombre de Claudio s'enroulant autour de cette petite femme intransigeante… Il l'écrasa gentiment dans un enlacement qui, comme d'habitude, lui donna l'impression que son cœur allait s'arrêter. Et, quand elle attira ce géant inarticulé à l'intérieur de son corps, elle pleura, écrasée d'amour et de douleur, tandis qu'il la tuait presque de tendresse.

Le club de soft-ball[1] de Chamisaville incluait deux équipes de Milagro : les Saints, équipe largement composée de citoyens de la ville, parmi lesquels Charley Bloom, Eliu Archuleta, Johnny Pacheco, Jimmy Ortega, Benny Maestas, Claudio García et Joe Mondragón ; et les Anges, conglomérat de l'empire Devine, avec Horsethief Shorty, Nick Rael, Bernabé Montoya, Harlan Betchel et son fils anémique de dix-sept ans, Albie. En général, Ruby Archuleta servait d'arbitre.

Par hasard, ces deux équipes, qui s'opposaient généralement en dernière division (les Mormons de Chamisaville jouaient en première) se rencontrèrent quelques jours après que Joe Mondragón eut rejeté l'offre d'emploi de Ladd Devine.

Un quart d'heure avant le coup d'envoi, le camion de Joe Mondragón s'arrêta dans un crissement de pneus dans la cour de Herbie Goldfarb. Joe klaxonna impatiemment. Herbie sortit de sa maison, tel un homme prêt à se faire arrêter par la Gestapo.

— Hé, Herbie, demanda Joe par la vitre, tu joues au softball ?

— Euh, oui, ça m'est arrivé..., j'y jouais à la fac...

— Alors, viens, dépêche-toi.

Déjà, Joe passait la marche arrière et amorçait un demi tour.

— Mais...

— Grouille-toi, aboya Joe, se penchant sur le siège pour ouvrir la porte du passager, on va pas y passer la nuit !

Tel un zombie montant sur l'échafaud, Herbie grimpa dans la voiture.

1. Sorte de base-ball simplifié qui se joue avec une balle plus grosse et plus molle (N.D.T.).

— Vas-y fort, sinon, la porte va s'ouvrir, dit Joe en relâchant l'embrayage.

Herbie s'en était déjà aperçu, au moment où, se précipitant sauvagement sur la poignée de la porte béante, il se heurta la tête contre le montant.

Joe avait une théorie sur la conduite : il était persuadé que si on allait pas à fond la caisse, quel que soit l'état désastreux de la route, il n'y avait pas moyen d'arriver à l'heure. Et si le camion ou la voiture se déglinguait à force de mauvais traitements, pas de problème, Joe était un spécialiste et pouvait réparer les dégâts en un clin d'œil grâce à la caisse à outils rangée sous le siège où l'on trouvait absolument tout, des clés à bougies de toutes tailles aux tubes d'aluminium liquide.

Il conduisait donc les mains accrochées au volant, tête baissée pour ne pas se cogner dans le toit, les fesses en l'air, et personne n'aurait pu nier que, où qu'il aille, il était pressé d'arriver. Pourtant, comment il pouvait voir à travers le pare-brise décoré de fissures en forme de toile d'araignée restait mystère pour Herbie Goldfarb, et pourquoi ils n'eurent pas deux ou trois accidents en chemin, le volontaire Vista ne le comprit jamais.

Ils s'arrêtèrent devant le plus beau terrain de jeu de tout le comté de Chamisa, le seul terrain avec de la pelouse sur les champs intérieur et extérieur, en fait, le seul terrain avec de la pelouse, point, à la ligne. Bien entendu, il se trouvait à une centaine de mètres des courts de tennis sur le domaine de la Truite Sauteuse.

Le jeu commença comme toutes les parties entre ces deux équipes étaient suseptibles de commencer, avec les Saints qui firent le tour des buts une fois et demie, et Herbie Goldfarb se distingant en rattrapant deux balles dans le grand champ. Avant le premier tour de batte, les Saints étaient en avance, sept à zéro. Horsethief Shorty quitta le troisième coussin pour aller remplacer Albie Betchel sur le monticule. Shorty dégagea le terrain, non sans avoir précédemment frappé Joe Mondragón entre les épaules avec un lancer soi-disant destiné au défenseur du deuxième coussin, cette poule mouillée de cousin de Joe de Floyd Mondragón. Au moment de l'impact, Joe s'arrêta, se retourna, se mit à charger Shorty, se bloqua net, lui fit un geste obscène, lui lança une bordée d'injures en espagnol et faillit agresser son cousin quand le premier but ramassa la balle et toucha Joe pour l'éliminer.

A cet instant, les deux bancs ainsi que la vingtaine de supporters convergèrent au même endroit. Dans ce méli-mélo de menaces et de joyeuse bousculade, Ruby Archueleta se dirigea vers un carré d'herbe, s'assit et fuma tranquillement une cigarette.

L'ordre finit par revenir, et la partie reprit, se dirigeant rapidement vers la première moitié du premier tour de batte. Joe, le premier lanceur des Saints, jeta une une balle haute et rapide à Harlan Betchel, qui chancela et quitta sa place en brandissant son bâton de manière accusatrice.

— Hé, c'est un jeu lent, t'as pas le droit de lancer des balles rapides! Hé, Ruby, il a pas le droit de lancer si fort!

— *Que no la tires tan rapido, José,* cria Ruby d'un ton nonchalant, en renversant la tête en arrière pour exhaler sa fumée.

Joe lança la balle suivante si lentement, que Harlan frappa environ quatre secondes trop tôt, et, déséquilibré, il lâcha son bâton qui vola immédiatement selon une trajectoire mortelle en direction de la tête du lanceur. Joe réagit promptement, mais en se jetant au sol, il se perça à demi la langue.

Avant même que Joe se soit relevé, Harlan battit en retraite en hurlant:

— Je ne l'ai pas fait exprès! C'est pas de ma faute, Joe, J'ai pas fait exprès.

Joe chargea à nouveau, les obscénités et le sang lui dégoulinant de la bouche comme des balles de fusil, mais il s'arrêta au moment où Bernabé Montoya s'interposa entre eux en criant:

— Tu vas jouer correctement, ou je t'arrête pour coups et blessures!

Les veines du front gonflées de colère, un peu étourdi, Joe retourna en boitillant vers le monticule, fit une série de gestes énigmatiques adressés à Dieu, et lança une balle à peu près correcte que Harlan renvoya à Eliu Archuleta pour avoir le temps de faire un coupe-circuit.

Le sheriff courut jusqu'au deuxième coussin, mais Floyd Mondragón et Nick Rael se cognèrent dos à dos, un gosse du nom de Ruben Tafoya marcha tranquillement et Albie Betchel fut heurté (par hasard) par une balle. Horsethief Shorty alla au coussin suivant.

Joe posa la balle devant lui, et alla vers le deuxième but, en indiquant le monticule.

— Herbie, c'est toi qui lance.

— Moi?

— Ouais, il faut que tout le monde lance avant la fin.

Herbie, à son grand étonnement, réussit à lancer une balle qui élimina deux joueurs adverses, du moins, qui aurait dû les éliminer. Le troisième joueur, un collégien, Bobby Maes, ramassa la balle et la passa à Joe Mondragón qui, au lieu de se rendre à la première base, baissa les épaules et se rua sur Horsethief Shorty qui essayait de lui lancer une pierre, pour l'empêcher de marquer.

La balle jaillit de l'affrontement, un peu comme une boule de poussière dans un dessin animé, et rebondit furieusement dans un concert de coups de poings et de coups de pieds. Le banc des Anges se vida tandis que les Saints commencaient leur sprint, à l'exception de Herbie Goldfarb, qui resta sur son monticule, bouche bée, terrifié, se demandant ce que Dieu avait derrière la tête. Charley Bloom et Marvin LaBlue attrapèrent Joe; Bernabé Montoya et Nick Rael retenaient Shorty.

— Hé, vous êtes des hommes, cria Bloom, quasiment hystérique lui aussi, ce n'est qu'un jeu!

— Tu parles d'un jeu, ce salaud a essayé de m'assassiner! hurla Joe, d'une voie suraiguë, comme chaque fois qu'il était en colère.

Shorty souriait, froid comme un concombre, malgré sa lèvre fendue. Et, étirant son sourire sarcastique en un méchant ricanement, il dit en espagnol:

— José, joue selon les règles. Toucher le deuxième joueur pour l'empêcher d'arriver au coussin, c'est dans la règle du jeu.

— Nom d'un chien, on est pas aux championnats du monde! gémit Bloom. On n'est même pas en condition, il y a des vieux avec nous, à quoi ça sert de s'entretuer?

— Y en a marre! Qu'ils aillent se faire foutre. On arrête tout, dit Harlan Betchel d'un air dégoûté. En fait, si Joe reste, ne comptez plus sur moi. Il a bouffé du lion, et Bloom a raison, si vous voulez vous entretuer, moi, je suis pas dans le coup.

— Ouais, confirma Floyd Mondragón. Ça sert à rien. C'est plus du jeu, c'est de la guerre.

— Oh, allez, dit Nick Rael, on reprend la partie.

— Pas s'il joue, siffla Joe en montrant Shorty.

— Pas s'il reste, grommela Harlan Betchel en brandissant sa batte vers Joe.

— C'est une menace? aboya Joe.

— Oh, merde, dit Bernabé Montoya, en repoussant doucement Joe.

— Moi, je m'en fiche, de toute façon, je ne joue plus, dit Johnny Pacheco, c'est pas drôle, et un jeu, c'est fait pour s'amuser.

Ils se mêlèrent les uns aux autres, s'envoyant des piques pendant un moment; les humeurs se calmèrent; le jeu reprit. Herbie Goldfarb servit un court-circuit, un double but et permit de faire trois coussins. Harlan Betchel envoya une balle courte vers le premier coussin. Le premier joueur fonça sur la balle, et Herbie, agissant sans doute sous l'effet d'un instinct latent hérité d'une vie antérieure, avança pour couvrir le coussin, ce qui, en soi, était une bonne initiative. Malheureusement, il se plaça en plein centre du marqueur, et, au moment où il attrapait la balle, il reçut également les cent cinq kilos de Harlan Betchel, qui essayait de courir comme une vieille locomotive rouillée.

Le Betchel express lancé à toute allure ne se contenta pas de renverser Herbie: il l'envoya si violemment contre le sol, que le pauvre Herbie rebondit, et, après avoir piétiné sa victime, tels les légendaires troupeaux de bisons, Harlan s'écrasa sur lui. Charley Bloom et Joe Mondragón aurait sans doute sauté sur Harlan en un éclair si Joe n'avait pas trébuché à mi-chemin et été projeté dans les cieux.

Tandis que Bloom, Harlan, puis Joe entrèrent en collision, Bernabé Montoya et Nick Rael se précipitèrent vers le carnage en hurlant:

— C'est terminé. La partie est finie, espèces de crétins!

Joe sanglotait presque de se voir retirer de la mêlée.

— Ces salauds veulent notre peau! Cette ordure veut tous nous tuer!

— Oh, arrête, gémit Harlan sur la défensive. Regarde où il s'était fourré, cette andouille. Il n'avait pas le droit d'être là, c'était ma place.

— De toute façon, c'est terminé. C'est plus du jeu. Vous êtres tous trop nerveux.

— Inutile de me regarder comme ça, dit Horsethief Shorty content de lui, je ne m'énerve pas, moi.

— Je vais t'enfoncer une batte quelque part, cria Joe en espagnol, tu auras droit à la tienne, t'en fais pas!

— Oh, José, rentre chez toi! Je t'en prie, et conduis-toi comme un adulte. Ça va, le môme?

Assis par terre, Herbie se pinçait le nez.

— Euh, oui, je crois. J'ai un peu mal au nez.

— Ecoute, je suis désolé, s'excusa Harlan. Mais c'était idiot de t'être fourré là. J'ai pas pu m'arrêter. Passe au café un de ces jours, je t'offrirai un hamburger, ou un milkshake, enfin ce que tu voudras.

— Oh, mon Dieu ! dit Joe en crachant le sang. Tu sais d'où ils viennent les steaks du Pilar ? De l'usine à colle de cheval de Louie Baca, à Chamisaville. Et des fois, des singes du zoo de Capital City.

— C'est fini, dit Nick Rael tristement. C'est vraiment fini ?

Claudio García dominait tout le monde de sa hauteur mais ne savait parler qu'espagnol.

— Hé, José, dit-il en riant, si tu n'avais pas esquivé cette batte, elle t'aurait peut-être collé un peu de plomb dans la cervelle !

— Ah, très drôle, grogna Joe en caressant sa lèvre meurtrie et en grimaçant de douleur.

De retour sur son carré d'herbe, Ruby Archuleta annonça joyeusement :

— La partie est annulée pour tentative de meurtre.

— Ouais, y a pas de quoi rire, marmona Bernabé Montoya.

Herbie Goldfarb se leva et après avoir poussé un profond soupir, déclara :

— Je rentre à pied.

Il se perdit cependant. Sans qu'il sache pourquoi, les repères avaient l'air de changer au crépuscule, tandis qu'il empruntait le chemin de terre cabossé. A moins qu'il n'ait été choqué au point de perdre toute faculté d'orientation. De temps à autre, il s'arrêtait pour admirer l'énorme lune transparente suspendue sur la montagne, telle une balle sur le nez d'une otarie. Puis, il se laissa émerveiller par les engoulevents, ces oiseaux aux ailes de faucon couleur de chouette, qui se ruaient sur les insectes en poussant leurs cris rugueux et monocordes. Plus loin, là où coulait un petit affluent de l'Indian Creek et que la vallée se transformait en terres marécageuses, il fut terrifié par une dizaine de chauves-souris. On entendait leurs sonars perçants, et parfois, elles lui effleuraient la tête dans un bruissement d'ailes.

Soudain, la nuit tomba, et Herbie ne savait comment traverser ce labyrinthe. Pour empirer les choses, les chiens se mirent à aboyer à son passage. Certains se précipitaient sauvagement vers la route, soulevant une puanteur incroyable. Une horde de batards bruyants le chargea à travers champs, menaçant de lui arracher les oreilles, de le piétiner, de le lacérer de leurs crocs pointus, tout gluants de bave. Mais ils s'arrêtèrent tous à la frontière de fils barbelés du jardin de leur maître, et restèrent là, à grogner et à découvrir les dents jusqu'à ce que Herbie disparaisse au coin de la rue.

Plus tard, deux sympathiques corniauds sortirent d'un fossé. Et, gémissant d'un ton mielleux, boitillant à cause d'une jambe cassée, d'une hanche brisée, dues à des plombs ou des vraies balles, la queue entre les jambes, ils le suivirent, moitié marchant, moitié rampant, le regardant d'un air suppliant de leurs yeux blanchis, se recroquevillant s'il trébuchait ou leur adressait un regard mauvais. Ils étaient affamés d'affection (sans parler d'un bol de riz, d'un bout de lapin ou d'une boîte de Friskies). Quand Herbie grogna pour écarter les intrus qui lui renvoyaient une image de lui-même par trop véridique, ils s'aplatirent sur le ventre, et se traînèrent dans la boue, ne demandant rien d'autre qu'un peu de gentillesse; surpris par sa propre réaction, le volontaire s'aperçut qu'il avait envie de leur donner un coup de pied dans leurs yeux hypocrites, leurs tripes obséquieuses; il aurait aimé leur briser deux ou trois côtes de plus.

Le berger allemand à trois pattes d'Onofre Martínez chargea comme un bison enragé, sauta la clôture de piquets, et colla aux talons du volontaire. Sur la pointe des pieds ou presque, Herbie supplia le chien de s'en aller, de le laisser tranquille. Mais le mastodonte refusa de cesser ces jappements, jusqu'à ce que Herbie dépasse une limite invisible que ce monstre sauvage ne pouvait franchir. Aussi soudainement qu'il s'était mis à aboyer, il s'assit, et le regarda s'éloigner, les yeux mi-clos, assoupi, satisfait et serein... peut-être même qu'il ronronnait.

D'autres chiens restèrent devant leur porte, et saluaient joyeusement l'arrivée et le départ de Herbie d'une symphonie à vous faire éclater la cervelle. Les aboiements déclenchaient des réactions en chaîne, si bien que chaque fois qu'il s'approchait craintivement d'une maison de torchis, une quinzaine ou une vingtaine de chiens en furie annonçaient son passage au reste du monde.

Pensant qu'un raccourci à travers champs le rapprocherait de chez lui, Herbie se retrouva soudain au beau milieu d'un troupeau de vaches — qu'il prit pour des taureaux — et près des deux plus énormes et plus horribles chevaux qu'il ait jamais vus. Les vaches le regardèrent d'un œil stupide, placide et menaçant; les chevaux l'observaient comme des chiens curieux et intelligents.

Désespéré, Herbie tenta de faire demi-tour. Les vaches restèrent à leur place, mais les chevaux qui semblaient intéressés le suivirent de leur grand pas amical. En se faufilant à travers la clôture, Herbie accrocha une manche à un fil barbelé, et, dans sa panique, déchira sa chemise. Les chevaux s'arrêtèrent, hennirent un peu, mais finirent par décider de ne pas franchir la barrière pour le piétiner sauvagement.

Finalement, en se repérant aux grapillons de lampes à mercure de la ville, Herbie parvint jusqu'au magasin de Rael, et de là, il connaissait le chemin.

Mais sous le plancher, les putois batifolaient ou se battaient, rendant tout sommeil impossible. Ses yeux le brûlaient, il avait l'impression que sa cervelle n'était plus qu'une marmite de chili bouillante. Les chiens aboyaient, gardaient le silence, aboyaient encore. A un moment donné, toutes les voix canines imaginables se déchaînèrent, gémissant de douleur, hurlant de joie, annonçant, dans la peur ou l'extase, la grande sauterie des femelles en chaleur. Vers minuit, sur le plateau, les coyotes poussèrent leur cri de fausset, et reçurent immédiatement une réponse. Comment, lui, un homme de l'Est, habitué à rien de plus inquiétant que les sirènes de police ou de pompiers, les coups de klaxons, les femmes qui criaient « au viol ! » et les petits truands qui serraient la gorge de leurs victimes gargouillantes, pouvait-il fermer l'œil ?

Vers deux heures du matin, un petit ours brun s'égara en ville, et le chien de garde que Harlan Betchel enfermait au café Pilar, un doberman du nom de Brutus, aboya comme un forcené. L'ours observa Brutus un instant, puis grimpa le sentier qui menait vers la demeure malodorante de Herbie Goldfarb. Il se trouvait que Herbie était justement dans ses toilettes à ciel ouvert, mais l'ours traversa la cour sans lui accorder la moindre attention et poursuivit sa route jusqu'à ce qu'il se cogne dans un genévrier au pied de la colline.

Quand Herbie finit par s'endormir cette nuit-là, même Jerôme Bosch n'aurait pu prétendre avoir eu des cauchemars aussi terrifiants.

Joe Mondragón avait quatre vaches, trois chevaux et dix moutons. Ses terres personnelles, sur lesquelles il aurait pu faire paître ses animaux, consistaient en une acre irriguée autour de sa maison, cinq acres d'armoise dans la section Coyote Arroyo de Milagro, une acre et sept dixièmes d'armoise et de bouteloue clairsemée à proximité de la grand-route et sept dixièmes d'acre du côté ouest où il faisait pousser ses haricots.

La production végétale de toutes ces terres suffisait à nourrir une vache pendant environ seize jours par an.

Joe devait donc, pour maintenir le reste de son troupeau en vie, compléter leur régime par des balles de foin achetées sur place ou à l'extérieur, ou encore grâce aux permis accordés parcimonieusement qui lui permettaient d'engraisser ses bêtes sur l'herbe de l'Etat; sinon, il devait se livrer à l'éternel concert des pâturages: c'est-à-dire, faire passer son troupeau d'un champ minuscule à un autre, loué ou emprunté à des amis. A Milagro, c'était le moyen de survie le plus courant des animaux, mais aussi le plus précaire, car presque tous les habitants possédaient un animal quelconque qu'ils trimballaient simultanément et continuellement. Il s'ensuivait que tous les champs étaient épuisés, et ce depuis que l'Etat et la société Devine s'étaient appropriés la plupart des terres du comté, un siècle auparavant.

Joe avait un permis qui l'autorisait à faire paître deux vaches dans la forêt nationale de juin à octobre. Vingt-cinq ans plus tôt seulement, son père Esequiel avait eu un permis pour cent moutons et soixante vaches. Joe en avait hérité (perdant au passage dix pour cent des animaux autorisés, à cause d'une politique d'attribution liée aux impôts sur la succession) et, au cours des quinze dernières années, le nombre de têtes avait régulièrement baissé, sous l'effet d'une magie noire bureaucratique, jusqu'à ce que le riche héritage fût réduit à deux vaches seulement.

Le cas de Joe n'était pas une exception: tout Milagro voguait plus ou moins dans le même navire. Tous se souvenaient de l'époque où, s'ils avaient déjà perdu une bonne part des terrains communaux, ils avaient toujours le droit de faire paître de gigantesques troupeaux de bétail, chèvres et moutons dans la forêt nationale. Ils étaient encore abasourdis par la façon dont les permis s'étaient miraculeusement évaporés, si bien qu'aujourd'hui, plus personne, à part Eusebio Lavadie et Ladd Devine, n'avait le droit de faire paître plus d'un animal symbolique au pays du bois et des touristes, région si luxuriante que son seul parfum emporté par la brise du soir aurait fait pleurer un cheval efflanqué.

Une manière simple de réduire les permis consistait à les augmenter annuellement de deux cents par tête. Plus rapide et plus souvent pratiquée, une autre méthode permettait d'emmener à la fourrière les animaux qui s'étaient égarés du territoire autorisé, ou s'étaient sauvés de leur champ pour aller dans la forêt nationale non barricadée et d'exiger des amendes exorbitantes pour les en faire sortir. En plus de l'amende (généralement fixée à vingt dollars, toute une vie d'économies pour la plupart des citoyens), le nombre de têtes du permis était souvent réduit, à titre de sanction; c'est ainsi que les permis avaient rétréci telle une peau de chagrin en quelques années, afin de libérer l'espace nécessaire à l'industrie du tourisme, à la chasse au gros gibier et à l'industrie du bois, beaucoup plus lucratives.

Si les animaux de Joe parvenaient à survivre, c'est parce qu'il se démenait vingt-huit heures par jour pour les maintenir en vie. Mais aussi parce qu'ils étaient solides. Dans le troupeau de Joe, comme dans celui de tous les habitants de Milagro d'ailleurs, à part les moutons, aucun animal ne connaissait de structure qui aurait pu ressembler à un abri ou une grange. Donc, par les matins d'hiver, il n'y avait rien d'étrange à voir des animaux raidis, couverts de givre blanc, se déplacer dans les champs de neige, la fourrure gelée, des paquets de neige sur le dos, les cils rappelant des branches de sapin de Noël. Souvent, il pleut les soirs de janvier, puis il gèle une heure plus tard, si bien que chevaux et vaches se transformaient en sculptures de glace incapables de bouger avant que les rayons de soleil du lendemain matin ne viennent les réchauffer, quelque quinze heures plus tard. Parfois, dans les frimas matinaux, on voyait bétail et chevaux parfaitement immobiles dans les terrains marécageux, gelés sur place pendant la nuit, attendant, une fois encore, que le soleil dégèle le sol et qu'ils puissent de nouveau chercher leur nourriture en fouissant la terre de leurs sabots.

Comme les autres, Joe était en permanence engagé dans le concert musical des pâturages décrit plus haut, suppliant amis, voisins et même ennemis de lui louer un champ pour un animal de plus, pendant un ou plusieurs jours, plusieurs semaines... ou tout ce qu'ils pouvaient. A tout moment, il pouvait avoir enfin deux vaches dans la forêt grâce à son permis, une dans le jardinet de Panky Mondragón, une autre avec celles de Bernabé Montoya sur le terrain de ce dernier dans le canyon, un cheval qui mangeait des balles de foin chez lui, le deuxième sur un pâturage d'une demi-acre appartenant à Nick Rael, le troisième attaché à un piquet près de la grand-route, qui broutait à l'œil l'herbe du Grand Chemin, et ses dix moutons, éparpillés en groupes de trois, trois et quatre, sur des pâturages épuisés appartenant respectivement à Pete Apodaca, Ray Gusdorf, et Seferino Pacheco. Pendant ce temps, bien sûr, Pete Apodaca avait placé ses deux chevaux dans une prairie louée à Eusebio Lavadie, Ray Gusdorf avait séparé ses sept têtes de bétail entre un permis sur la forêt nationale, un champ de Nick Rael, le jardin de Joe Mondragón, alors que le dernier s'était égaré — par hasard — le long de la grand-route verdoyante où le cheval de Joe broutait à l'œil.

Comme Eusebio Lavadie possédait plus de pâturages que les autres, les gens essayaient toujours de faire paître leurs bêtes sur ses pelouses pour un prix convenu. Lavadie avait un cheptel important, mais il avait des permis du Service d'aménagement du territoire et de la forêt nationale, si bien qu'il pouvait louer ses propres terres, ce qu'il faisait avec joie. Naturellement, il exigeait des sommes folles ; cela lui permettait à la fois de régler le montant de ses permis tout en réalisant un joli bénéfice. Depuis fort longtemps à Milagro on se repassait ainsi malheureusement la balle, et c'était une raison de plus pour que Lavadie ne soit pas un personnage particulièrement apprécié dans la vallée des Miracles.

Etant donné la situation, les pâtures illégales étaient chose courante. Souvent, Joe laissait un ou deux chevaux s'échapper sur les terres du service d'aménagement du territoire contrôlées par Eusebio Lavadie ; et Ray Gusdorf cassait lui-même ses barrières pour que ses vaches puissent, par hasard, profiter des prairies verdoyantes de la Truite Sauteuse. En fait, les clôtures se brisaient à longueur d'année, si bien que vaches, chevaux ou moutons efflanqués s'échappaient du champ de leur propriétaire légitime pour aller brouter celui du voisin plus fourni. Souvent, les voisins en courroux punissaient cette intrusion en tuant l'animal irrespectueux, mais hélas, ce n'était qu'une vengeance à la Pyrrhus, car la loi obligeait les gens à mettre des barrières « contre » les animaux et non « pour » si bien que, si un fermier tuait un animal qui s'était aventuré sur ses terres, la responsabilité lui en incombait à lui seul; il finissait donc au tribunal et devait payer des fortunes pour avoir détruit la propriété d'autrui.

Ceci ne valait que pour les propriétés privées, cependant, car si une vache s'évadait de son champ dénudé pour se rendre dans la forêt nationale, c'était toujours le propriétaire légitime et non le service des forêts qui se trouvait en tort.

Un jour, une des vaches de Joe Mondragón força la clôture rouillée du champ de Seferino Pacheco et s'aventura dans le canyon de Milagro, tourna à gauche après la Truite Sauteuse et gagna une verte prairie appartenant aux Etats-Unis d'Amérique. Elle fut immédiatement mise à la fourrière par Floyd Cowlie et Carl Abeyta qui prirent l'animal étique au lasso et le conduisirent dans l'enclos situé derrière les quartiers généraux du service des forêts en ville. Ensuite, comme le voulait la loi, ils envoyèrent une lettre joyeuse à Joe pour lui annoncer que s'il ne venait pas chercher sa vache dans les cinq jours et payer l'amende de vingt dollars, elle ne lui appartiendrait plus. La lettre mentionnait également que, puisque c'était la troisième fois qu'une de ses vaches avait été surprise en flagrant délit de dévorer la verdure gouvernementale, le nombre de têtes du permis de Joe, numéro 37765, passerait de deux à un.

La lettre fut postée au bureau de poste de Milagro, dans l'arrière-boutique du magasin de Rael, et le postier, Nick Rael, la jeta dans le sac qui serait ramassé par Teddy Martínez qui l'emmènerait ensuite à Chamisaville pour le tri, processus nécessitant un ou deux jours, puis Teddy Martínez rapporterait le sac au magasin de Rael, où il stagnerait pendant encore une journée jusqu'à ce que Nick ou son fils Jerry aille distribuer le courrier dans les boîtes aux lettres.

Mais avant que tout cela n'ait le temps de se produire, Joe se rendit au champ de Pacheco pour y jeter un bloc de sel et, s'apercevant que sa vache n'y était plus, il se mit à hurler contre Seferino qui se contenta de le regarder en coin pendant les cinq longues minutes de sa diatribe. Quand finalement Joe s'arrêta pour reprendre son souffle, le gigantesque et morose ivrogne lui répondit :

— José, je t'ai laissé mettre ta vache dans mon champ gratuitement, alors je n'avais aucune obligation de réparer la clôture.

— Encore heureux que c'était gratuit, il n'y a plus un brin d'herbe, je vois pas ce que tu m'aurais fait payer.

— Alors, pourquoi tu l'as mise ici, d'abord ? demanda Pacheco.

Joe jeta une poignée de poussière par terre, lâcha une bordée d'injures pour tout adieu et se mit en quête de sa bête maigrichonne.

Ce fut en revenant de sa recherche infructueuse qu'il la vit mâchouiller une balle de foin couverte de mildiou dans l'enclos des services des forêts. Et en voyant sa vache dans ce corral, Joe crut que son cœur s'arrêtait, car il savait que non seulement cela lui coûterait vingt dollars qu'il n'avait pas, mais aussi qu'il perdrait une nouvelle tête sur son permis.

Il rentra donc chez lui et se saoula. Après sa troisième bière environ, il alla chercher son .30 six coups dans la chambre et le chargea. Ensuite, il retourna à la cuisine, posa le fusil sur la table et ouvrit une autre bière, se préparant à accomplir ce que tout autre à sa place aurait fait, étant donné la tradition et les circonstances particulières.

— José, qu'est-ce que tu mijotes ? lui demanda Nancy d'un air inquiet ne comprenant déjà que trop bien la vérité.

— Je vais chez Pacheco, et je vais tuer sa saloperie de cochon, ses saloperies de poulets, et peut-être aussi ce salopard qui a laissé ma vache sortir de cette saleté de champ.

Nancy poussa un soupir las et s'assit à la table, caressant inconsciemment du petit doigt le canon du fusil.

— Qu'est-ce que tu peux être bête ! Les gardes-chasse te bottent les fesses, alors tout ce que tu fais, c'est d'aller botter les fesses de Pacheco. Et peut-être que Pacheco va botter les fesses d'Onofre Martínez, et puis, pour se venger, Onofre va faire payer Ray Gusdorf trois fois plus cher pour un camion de bois, et Ray dira à Peter Apodaca d'aller mettre ses vaches ailleurs que dans son champ, et Pete Apodaca fera un œil au beurre noir à Betty ou lui cassera un bras, pour se venger, et pendant ce temps-là, Floyd Cowlie et Carl Abeyta se tordent de rire dans leur cabane de bois en nous traitant d'imbéciles.

Joe la regarda, l'hostilité suintant de tous ses pores.

— Ouais, et où je vais les trouver ces vingt dollars ? demanda-t-il d'un ton acide. Le bon Dieu va peut-être me les déposer sous mon oreiller ce soir ?

— Je ne sais pas, répondit Nancy, mais j'en ai assez que ce soit toujours les nôtres qui payent ces vingt dollars et que toi tu perdes encore une vache sur ton permis.

Joe engloutit sa bière, prit le fusil et dit : « A tout à l'heure », en donnant un coup de pied dans la porte et en sortant d'un pas chancelant, une volonté de meurtre lui coulant dans les veines.

A mi-chemin, Joe freina brusquement et s'arrêta, lâcha l'embrayage, tomba en avant, et attendit.

Il resta là, au beau milieu de la route à réfléchir.

Le camion Chevrolet 1953 vert moucheté d'Onofre Martínez, avec le berger allemand à trois pattes sur le toit de la cabine, Onofre au volant et ses arrière-petits-enfants Chemo et Chepa dans la remorque, arriva et s'arrêta. Onofre fit un geste de salut, puis klaxonna pour que Joe se pousse. Joe lui fit signe d'aller se faire foutre.

Onofre coupa le moteur, descendit de son camion et alla vers le véhicule de Joe.

— Qu'est-ce qui te prend, cousin ? demanda-t-il inquiet. Qu'est-ce qui t'arrive ?

— J'avais mis une vache dans le champ de Pacheco, et cet idiot l'a laissée partir, et maintenant elle bouffe du foin pourri dans le corral de la Floresta.

Onofre siffla doucement, presque gentiment, comme tous les gens de Milagro avaient tendance à siffler quand on les informait d'un désastre d'une telle envergure.

— Mais qu'est-ce que tu fiches au milieu de la route ?

— Je sais pas, dit Joe, intrigué par sa propre indécision. Je voulais aller chez Pacheco pour lui faire payer ça !

— A quoi bon ? On est toujours en train de se venger les uns des autres quand la Floresta nous pique une bête. Alors, au lieu qu'il y ait une seule personne à en pâtir, il y en deux ou trois, ou même cinq ou vingt. Et la Floresta, ils en profitent pour rigoler dans les boiseries de leur bureau et nous traiter de bande de demeurés.

— Ouais, je sais, c'est ce que Nancy m'a dit.

Les yeux d'Onofre se rétrécirent d'un air ensommeillé tandis qu'il suggérait nonchalamment :

— Tu crois qu'un jour quelqu'un aura l'intelligence de s'en prendre aux vrais responsables?

— Sans doute, répondit Joe en plissant les yeux d'un air ensommeillé et songeur...

Une demi-heure plus tard, une petite grappe de camions appartenant à Joe Mondragón, Onofre Martínez, Ray Gusdorf, la Reine de la Carrosserie et de la Plomberie et Sparky Pacheco se garèrent près du corral derrière le quartier général du Service des forêts, et après que Marvin LaBlue et Sparky Pacheco ait ouvert le portail, Joe attrapa sa vache au lasso.

Floyd Cowlie et Carl Abeyta sortirent à la hâte par la porte de derrière en criant:

— Eh, qu'est-ce que vous fabriquez?

— Je suis venu chercher ma vache, c'est tout, pas de problème, dit Joe en grimaçant.

— Oui, il est est venu chercher sa vache, confirma Onofre Martínez.

— Eh bien, il faut que tu viennes au bureau pour signer les papiers, dit Carl. Tu as les vingt dollars?

— Ben, je crois que cette fois, je vais reprendre ma vache sans signer les papiers ni payer les vingts dollars, observa calmement Joe, insouciant, en attachant l'extrémité de la corde au pare-choc.

— Attends un peu, là, protesta Floyd Cowlie. Qu'est-ce que vous fabriquez?

— Voyons, Joe, cria Carl Abeyta en posant la main sur la crosse de son revolver, tu sais que c'est illégal. Puis, plus doucement, il glissa à son partenaire: Floyd, file téléphoner à Bernabé...

Tandis que Floyd se précipitait vers le bureau, Joe répondit:

— Carl, c'est ma vache, j'ai pas les vingt dollars, et tes lois tu peux te les coller où je pense.

— Hé, les gars, là, ce que vous faites, c'est contre la loi. C'est un délit, je peux vous faire mettre en prison pour ça! Je n'aurais qu'à présenter vos culs sur un plateau d'argent.

— Ben, te gênes pas, mais j'ai comme l'impression que cette nuit tu seras transformé en lapin à portée de tir.

Joe fit un sourire à Carl, grimpa dans son camion et avança lentement, guidant sa vache hors du corral. Claudio García descendit de la barrière et referma le portail. Sur ce, Carl Abeyta dégaina son revolver.

Immédiatement, il se rendit compte qu'il commettait une erreur de cent trente pour cent. Mais une fois qu'il l'avait sorti, comment aurait-il pu le ranger dans son étui? De toute façon, après avoir sorti son arme et crié: « Bon les gars, vous êtes en état d'arrestation pour vol du bien public! », s'il rangeait son arme c'était les inviter à pointer leurs fusils sur lui (il y avait huit armes visibles, coincées dans le creux du bras ou disposées de manière menaçante derrière les vitres des camions) et peut-être même à envoyer une balle ou deux dans sa direction.

Il s'ensuivit un statu quo particulièrement calme. Personne ne bougea, mais tous arboraient un regard de dédain, signifiant que le revolver de Carl Abeyta n'était guère plus dangereux qu'un pistolet à eau. Et puis, tous le savaient, Carl y compris, s'il tirait une seule fois, la mort de Bonnie et Clyde ne serait plus qu'un conte de fées à la Walt Disney comparée au massacre de Carl Abeyta et Compagnie.

Le groupe était ainsi disposé quand Bernabé Montoya arriva. Dès que le sheriff comprit la situation, il soupira profondément, regrettant de s'être fait installer le téléphone dans son salon. Il ouvrit la porte de sa voiture, avança lentement et dit:

— Carl, range donc cette arme avant de blesser quelqu'un.

— Si je la range, ils vont tirer.

— Arrête tes conneries, personne ne tirera tant que je serais ici, pas vrai, les gars?

Les gars laissèrent errer leurs yeux vers lui et lui adressèrent des regards ensommeillés et froids qui le firent quasiment trembler. Ensuite, ils se tournèrent de nouveau vers Carl. Il était si blanc qu'on aurait presque dit un Anglo.

— Bon, si quelqu'un m'expliquait ce qui ne va pas? proposa Bernabé.

— Joe vole le bien public, dit Carl.

— C'est toi qui as volé mon bien, aboya Joe.

— C'est à cause de cette vache que vous faites toute une histoire?

— Nous l'avons confisquée hier, expliqua Floyd Cowlie. Joe refuse de payer l'amende, et maintenant, il essaie de nous la voler. Ce corral appartient au gouvernement américain, et tant que Joe n'aura pas payé les vingt dollars, cette vache est propriété d'Etat.

— Carl, dit Bernabé, d'abord, pourquoi tu ne rentres pas ce revolver, pour moi, cela ne fait que créer des conflits.

— Jamais de la vie, Bernie! Pour qu'ils m'abattent de sang froid...

— Nom d'un chien, grommela Bernabé, d'un air dégoûté.

Hé, vous les gars, si Carl range son arme, vous allez tirer de sang froid?

Et, comme un seul homme, esquissant un sourire, adorant ce rôle, les gars firent ouais d'un signe de tête.

Bernabé se dit qu'il valait mieux changer de tactique.

— Je suppose que tu l'as trouvée dans la forêt, dit-il à Carl, c'est pour ça que tu l'as confisquée, *qué no*?

Carl ravala sèchement sa salive et dit oui d'un mouvement de tête presque imperceptible, le regard toujours fixé sur les « gars ».

— Et vous l'avez trouvée hier, c'est ça?

— Ouais, hier, répondit Floyd Cowlie.

— Bon, José, avança Carl prudemment, elle est sortie quand du champ de Pacheco, tu t'en souviens?

— Hier, dit Joe, en regardant toujours Carl Abeyta au lieu de se tourner vers le sheriff.

— Bon, alors, vous l'avez peut-être trouvée avant qu'elle ait eu le temps de brouter trois brins d'herbe sur les terres du gouvernement, dit Bernabé à Carl, dans ce cas, tu n'avais pas le droit de l'arrêter puisque, techniquement parlant, elle n'avait violé aucune loi.

Carl jeta un coup d'œil vers Bernabé qui avait baissé les yeux sur la pointe de ses bottes (tournées vers l'extérieur car il les avait enfilées aux mauvais pieds) qu'il frottait volontairement dans la poussière.

— Où veux-tu en venir Bernie? demanda le responsable de district.

— Je veux dire qu'il n'y a aucun moyen de prouver que cette vache a dépassé le temps légal autorisé sur les terres de l'Etat, alors, en toute justice, tu devrais laisser José la reprendre, et si tu as déjà envoyé une lettre, il faut détruire le double, et oublier cette histoire d'amende et de réduction de permis, et tout le monde sera content, *qué no*, les gars?

Cette fois, les gars sourirent en grommelant « *Qué si*, sheriff » ou « T'as raison, Bernie », ou des choses dans ce genre.

Carl protesta.

— Bernie, ne fais pas l'idiot, tu ferais pas la différence entre ton cul et la loi dans ce domaine.

— C'est ton cul qui n'y voit rien pour le moment, Carl.

Sur ce, Floyd Cowlie siffla à l'oreille de Carl:

— Fais ce qu'il dit, idiot, qu'est-ce tu cherches, une balle dans la peau?

En voyant les choses sous cet angle, Carl changea d'humeur à contrecœur.

— Heuh..., bon, d'accord, Bernie. T'as peut-être raison. Je n'avais pas vu les choses comme ça...

— Oui, je pensais bien, dit Bernie osant enfin lever les yeux. Alors, tu la ranges, cette arme ?

— Bien sûr, dit Carl, amène, en glissant lentement le revolver dans son étui. Je n'aurais tué personne, vous le savez, les gars, dit-il en riant, pourtant il avait du mal à desserrer ses doigts de la crosse.

Les gars ne répondirent pas, si bien que Bernabé ajouta en hâte :

— Vous le savez, les gars, quand même ?

— Ouaiiiis, marmonnèrent les gars, comme si cela leur écorchait la bouche.

— Bon, alors, autant en rester là, hein ? José, emmène ton animal maigrichon chez toi ou chez Pacheco, et surveille-le mieux la prochaine fois.

Sur ces mots, se séparant prudemment, les hommes remontèrent dans leurs camions, mirent le contact, et s'éloignèrent lentement du corral. En signe d'au revoir, Joe klaxona et fit un signe joyeux au sheriff et aux deux gardes forestiers, puis conduisit sa vache sur la route à un trot rapide.

— Carl, je devrais t'arrêter pour avoir sorti ton arme. Qu'est-ce qui te prend ?

— T'as vu ce qu'ils ont fait ? Il sont venus reprendre la vache ! En cent ans, on n'avait jamais vu un truc pareil. Je pourrais tous les traîner au tribunal...

— Oh, ça c'est sûr, et moi, je pourrais rester chez moi dans un fauteuil sur le perron avec les pieds par-dessus la rambarde pendant qu'ils nous mijotent une nouvelle révolte de l'Ours Smokey. T'as oublié ça peut-être ? Et quand ça sera fini, j'irai au camposanto, une bouteille de vin sous le bras pour les aider à creuser ta tombe et celle de Floyd ?

Carl s'accroupit et ramassa une poignée de terre qu'il laissa couler songeusement entre ses doigts en répliquant :

— C'est la première fois que ça arrive.

Tandis qu'il parlait, un petit oiseau, un tarin des pins, se faufila à travers la barrière, rasant le sol, mais, sans qu'on sache pourquoi, il ne remarqua pas la masse de Carl qui obstruait sa route. Carl ne le vit pas venir non plus, et quand l'oiseau lui fonça dans l'oreille, tête la première, il poussa un petit jappement, trébucha sur le côté, comme s'il venait d'être frappé par une balle. Le tarin atterrit ventre en l'air à un mètre de là et resta allongé sur le dos dans la poussière, poussant des petits gargouillis pointus, les ailes et les pieds s'agitant spasmodiquement.

— Nom de Dieu! s'exclama Floyd Cowlie.

Pas un n'était capable de bouger, ni Bernabé, ni Floyd, ni Carl étendu sur le côté, la tête dans la poussière, à observer l'oiseau qui suffoquait.

Soudain, le tarin se redressa, et tout en clignant des yeux, gonfla ses plumes pour se nettoyer. Puis, dans une petite explosion de fumée, il s'envola à nouveau pour heurter immédiatement un piquet et rebondir par terre, assommé.

Bien qu'abasourdi, Bernabé se leva, ramassa l'oiseau et fronça les sourcils, incapable de trouver les mots adaptés à la circonstance.

Un instant plus tard, le tarin intrépide ouvrit les yeux en tremblant, revenant à la vie. Quand Bernabé pensa qu'il était de nouveau en possession de toutes ses facultés, y compris celle de voler, il le lança en l'air, s'attendant à ce qu'il prenne son envol.

Pourtant, l'oiseau n'eut pas le moindre battement d'aile, replongea au sol comme un obus et provoqua une explosion miniature, en s'enfonçant dans la terre où il se brisa le cou.

— Ça non plus, cela ne s'était jamais vu, finit par coasser Bernabé.

Comme chacun sait, l'Ours Smokey est le symbole des services des forêts des Etats-Unis. Et depuis près d'un siècle, les services des forêts sont les plus grands propriétaires terriens du comté de Chamisa, bien que, pas si longtemps auparavant, les terres appartenaient aux citoyens de Milagro. Et, comme la gestion de ces terres récemment acquises avait tendance à bénéficier à des gens comme Ladd Devine III, les mines et les grandes scieries, les touristes et les chasseurs extérieurs à l'Etat, avant de profiter aux pauvres de Milagro, les pauvres de Milagro avaient tendance à assimiler l'Ours Smokey à une sorte de combinaison de Crésus exterminateur, d'Adolph Hitler, de ce vieux colonialiste d'Oncle Sam[1] et de Ladd Devine, en une seule personne.

Bien des années auparavant, le graveur expatrié et alcoolique Snuffy Ledoux connaissait une période de telle pauvreté qu'il devait quasiment faire cuire et manger ses bottes. Il passa un contrat avec le chef de district, Buddy Gabaldon (le prédécesseur de Carl Abeyta) prévoyant la production massive d'Ours Smokey de bois de trente centimètres de haut pour les vendre aux touristes qui s'arrêtaient au quartier général du service des forêts afin de se procurer carte, permis de feux de bois, trousse de secours contre les morsures de serpents, les piqûres de moustiques etc. Snuffy vendait les figurines à un dollar pièce, et Buddy les revendait trois dollars.

Il se trouva que ces petits talismans peints et sculptés à la main remportèrent un succès invraisemblable..., pas exactement de la manière dont l'espérait le chef de district, cependant!

Aucun touriste n'eut jamais la chance de se procurer un petit

1. Oncle Sam: surnom parfois donné à l'Etat fédéral américain (N.D.T.)

Smokey, car, dès qu'ils étaient en vente aux quartiers généraux, les citoyens de la ville les volaient au comptoir. Buddy les plaça dans une petite vitrine. Sur ce, les habitants de la ville les achetèrent comme des petits pains. Buddy n'en revenait pas de la popularité des petits ours de Snuffy Ledoux. En fait, ils étaient même si populaires qu'un jour, un bandit manchot, masqué d'un foulard noir, accompagné d'un féroce berger allemand à trois pattes, investit le quartier général, jeta un sac de grain sur le comptoir, pointa l'extrémité efficace de son .45 automatique contre la pomme d'Adam de Buddy Gabaldon et suggéra que ce dernier mette tous les Smokey de la réserve dans le sac, ce que Buddy, qui tenait farouchement à sa peau, ne fut que trop heureux d'accomplir.

Bien sûr, la question était de savoir pourquoi les statuettes rencontraient un tel succès auprès des résidents locaux. La réponse était simple: les gens traitaient ses petits santons incarnant la Floresta comme des poupées vaudous. En bref, ils les assommaient de coups de pied, ils les arrosaient d'essence et les faisaient flamber; ils y plantaient des clous, et, de mille façons plus imaginatives encore, ils profanaient les statuettes de Snuffy Ledoux dans l'espoir de détruire les services des forêts des Etats-Unis, ou du moins, de chasser cette institution du comté de Chamisa et surtout de Milagro.

Quand Snuffy Ledoux se rendit compte du succès de ces figurines, il décida de rompre son contrat avec Buddy Gabaldon, qui se réjouissait de pouvoir satisfaire l'artisan car, il n'avait pas eu une nuit de repos digne de ce nom depuis l'attaque à main armée. Néanmoins, le contrat que Buddy avait signé avec Snuffy était rédigé par les entrailles létargiques et rigides de l'implacable bureaucratie de Washington D.C., et, pour y mettre fin, Buddy devait s'expliquer avec le quartier général, à l'Est. Bien entendu on lui répondit: « C'est stupide! Si ça se vend comme des petits pains, il faut renégocier le contrat éventuellement, pas le rompre! »

Jamais de la vie Snuffy Ledoux n'aurait renégocié son contrat. S'il se mettait à son compte, guidé par le génie des affaires d'Onofre Martínez, il pouvait vendre directement ses Smokey pour trois dollars pièce, augmentant ainsi son bénéfice de un dollar et demi par rapport au contrat signé avec Buddy.

Celui-ci prévoyait pourtant la fourniture d'un certain nombre de figurines, et au moment où Snuffy décida de reprendre sa liberté, il n'avait livré que la moitié des statuettes prévues légalement. C'était le dernier des soucis de Buddy, qui, vivant à

Milagro, représentait une sorte de cible mobile permanente. Quoi que fasse Snuffy et les autres citoyens avec ces petits Smokey, que Dieu les garde, joyeux Noël, et loin de lui de s'en mêler!

Pourtant, Oncle Sam ne le voyait pas de cet œil. Le gouvernement U.S., par l'intermédiaire de Buddy Gabaldon, avait lâché quelques centaines de dollars d'avance à Snuffy Ledoux sur la commande à venir et voilà que celui-ci reprenait sa parole! Oncle Sam soupçonnait également Buddy Gabaldon de raconter des bobards.

— Ils s'en servent pour un culte vaudou? cria le directeur régional Tommy Bascomb dans l'oreille droite de Buddy par l'intermédiaire du téléphone. C'est une mauvaise plaisanterie!

— Eh, bien, venez voir vous-même, gémit Buddy.

— Et comment que je vais venir! menaça Tommy Bascom. Et je vais faire un procès à ce Ledoux s'il refuse d'obtempérer!

Ai Chihuahua! Buddy Gabaldon raccrocha, sur le point de vomir.

Tout d'un coup, il avait l'impression que sa vie ne valait même pas une pièce de cent sous.

Quelques jours plus tard, Tommy Bascomb arrêta son camion de directeur régional des services des forêts des Etats-Unis devant le quartier général de district de Milagro et entra à l'intérieur. Deux minutes plus tard, il ressortit avec Buddy Gabaldon, et ils prirent le chemin de l'humble demeure d'adobé de Snuffy Ledoux, du côté ouest.

— Et si on passait d'abord chez moi? suggéra Buddy.

— Pour quoi faire? demanda Tommy.

— J'aimerais prendre mon fusil, mon revolver et une ou deux grenades. On ne sait jamais.

Méprisant, Tommy Bascomb haussa les épaules, s'arrêta devant la cabane en ruines de Snuffy Ledoux, et les deux hommes entrèrent, Bascomb brandissant un exemplaire roulé du contrat, tel un chevalier sa lance, Buddy, les épaules voutées, marchant en crabe pour offrir à l'adversaire une cible aussi réduite que possible.

Snuffy les accueillit avec l'humeur chaleureuse qu'il réservait généralement aux serpents à sonnettes, aux monstres de gila et à la peste bubonique. Il était assis au milieu d'une pièce sombre, entouré d'environ cent vingt statuettes de l'Ours Smokey. Onofre Martínez et Amarante Córdova peignaient les figurines dans un coin. Tommy Bascomb déroula le contrat qu'il mit sous le nez de Snuffy. Snuffy le renifla et fronça les sourcils, feignant de lire les clauses que le directeur régional si respectueux de la loi mettait ainsi en évidence. Buddy Gabaldon savait pertinemment que Snuffy était incapable d'écrire son nom, et encore moins de lire, d'écrire ou même de parler anglais, mais il était si soucieux de passer aussi inaperçu que possible qu'il ne prit pas la peine d'en informer son collègue.

— D'après les termes du contrat, dit Tommy Bascomb, vous devez encore cent dix statuettes au gouvernement américain pour lesquelles vous avez déjà été payé.

Snuffy haussa les épaules et suggéra en espagnol que le directeur régional se fiche un doigt là où il pensait pour s'en faire un sucette.

— Qu'est-ce qu'il a dit? demanda Tommy à Buddy.

— Qu'il est désolé de ne pas être d'accord avec vous, mais qu'il a le sentiment d'avoir rempli ses obligations, murmura Buddy.

— Foutaises! S'il essaie de s'en tirer comme ça, on va simplement prendre le dû du gouvernement. Aide-moi à sortir ces statues de là.

Donc, quand Tommy Bascomb reprit son grand camion vert pour quitter la demeure de Snuffy Ledoux, l'arrière était rempli de cent dix Smokey. Avec l'aide de Buddy, il les transféra du camion à la réserve du district, et, quand Buddy ferma, une fois le travail achevé, il déposa un baiser sur ses doigts et les posa tendrement contre le bois de son bureau pour faire ses adieux aux lieux qui avaient abrité ses espoirs, ses rêves et ses chèques mensuels pendant presque une décennie.

Effectivement, le lendemain matin, il s'était passé beaucoup de choses. D'abord, on avait tranché la gorge aux trois chevaux du service des forêts dans le petit corral de derrière, et on avait enfoncé une petite statuette dans le trou du cul des animaux. De même, les pneus du grand camion vert de Tommy Bascomb avaient été lacérés, et le véhicule était maculé de CHINGA SMOKEY; on avait également taillé un autre Smokey pour qu'il puisse rentrer dans le pot d'échappement du camion. Les autres statuettes avaient péri dans l'incendie qui avait paisiblement détruit le quartier général, sans qu'aucune alarme soit donnée.

Tommy Bascomb observa le carnage et se mit à pleurer.

— Il y a dû y avoir un court-circuit, ou je ne sais quoi dans le système électrique, marmonna maladroitement Buddy.

Voilà ce qu'on appelle la révolte de la statue (ou santo) de l'Ours Smokey.

Ce fut aussi le jour ou Snuffy Ledoux s'en alla pour ne jamais revenir.

Buddy Gabaldon fut libéré de ses fonctions à Milagro et transféré dans les bureaux du directeur régional dans la capitale où il occupa un emploi de gratte-papier et manipula des montagnes de dossiers pour la moitié de son précédent salaire. Parfois, il regrettait sa vie pastorale et bien payée de Milagro, mais la sécurité de ce travail à la capitale finit par l'emporter sur ce qu'il avait perdu, et il signa une paix séparée avec le désastre qui lui avait coûté son poste précédent.

A présent (ce présent se situant deux ou trois jours après le match de soft-ball annulé pour cause de tentative de meurtre), une demande de matériel d'un district local, celui de Milagro pour être précis, arriva sur le bureau du collègue de Gadalbon, Pete Casquabel, dans le petit bureau qu'ils partageaient.

— Hé, va me chercher un paquet de formulaires OETB-15, s'exclama Casquabel.

— Qu'est-ce qui se passe? demanda Buddy Gabaldon en passant la main dans ses cheveux clairsemés et grisonnants.

— Une demande d'un certain Carl Abeyta du district de Milagro dans le comté de Chamisa pour une série de gilets pare-balles. Qu'est-ce que je vais faire d'un truc pareil?

— Montre voir.

Buddy fronça les sourcils, se mordit la lèvre inférieure, se gratta la tête, et finalement, solennellement rendit le papier à son collègue.

— Donne le feu vert, dit-il tranquillement. Si je connais bien les gens de Milagro, je crois qu'il vaut mieux satisfaire à cette requête.

Troisième partie

Ça va être comme au Viêt-nam.

Ruby Archuleta

A midi, le lendemain du jour où Joe Mondragón « vola » sa vache aux services des forêts, Nick Rael put constater une augmentation conséquente des ventes d'armes. Cela commença par Tranquilino Jeantete qui, avant même d'ouvrir le Frontier bar, entra au magasin pour acheter une boîte de cartouches .30-30, et un carton de .22 courtes. Ensuite, Joe Mondragón vint acheter deux boîtes de .30-30 à crédit ainsi que des .45 courtes, des .270, des .22 longues, et des calibres 16 numéro quatre, une boîte de chaque.

Nick ouvrit son carnet à la lettre M et informa Joe que dès qu'il paierait ses quatre-vingt-seize dollars d'épicerie, il pourrait avoir ses munitions.

— Comment ça, quatre-vingt-seize dollars? Montre-moi cette note.

Nick lui montra le carnet.

— C'est bien ta signature? dit-il poliment. Joe le fixa.

— Nick, il me faut ces munitions. Tu sais aussi bien que moi qu'un salaud a tiré dans les vitres de mon salon l'autre soir, il faut que je me défende.

— Quand tu régleras ton ardoise, je te ferai crédit de bon cœur.

— Peut-être que la prochaine balle traversera ta belle vitrine de devant, Nick.

— C'est une menace?

— Personne ne fait de menaces. Mais tu as intérêt à me faire crédit pour ces cartouches, sinon, qui sait ce qui pourrait se passer, c'est tout.

Nick décrocha le téléphone derrière le comptoir et composa un numéro.

— Allô? Bernie? C'est Nick, j'ai un problème au magasin. José Mondragón veut acheter des cartouches, mais il n'a pas réglé son ardoise, et je ne peux plus lui faire crédit. Il est un peu énervé et il a tenu ce que je pourrais appeler... des propos menaçants. Peut-être que tu...

— Tu m'emmerdes, laisse tomber.

— Tu as dit au sheriff que quelqu'un avait tiré dans tes fenêtres? demanda Nick à Joe.

— Dis-lui toi-même, aboya Joe en poussant la porte coulissante. C'est probablement lui qui a tiré de toute façon.

Tandis que sur le perron, Joe enfonçait deux pièces de dix cents dans la machine à boissons, le camion Chevrolet de Bud Gleason s'arrêta en face du magasin. Bud descendit du côté du chauffeur, et Horsethief Shorty fit le tour du côté du passager.

— Salut, dit Bud, le regard fixé droit devant lui en entrant dans le magasin.

— *Hola, José, que 'stasaciendo?* dit Shorty en souriant joyeusement, rattrapant la porte qui commençait à se refermer avant de suivre l'agent immobilier, les petits cailloux de Mercedes Rael éclatant sur ses talons.

Bud Gleason acheta une boîte de .270 et une boîte de.357 magnum. Shorty porta son choix sur une boîte de .32 qu'il se procura à crédit ainsi que quelques .22 longues.

— Tu sais, Nick, dit Shorty en signant l'ardoise de la Truite Sauteuse, tu ferais mieux de suspendre ta cible mexicaine ailleurs, sinon tu vas te retrouver avec un mur plein de trous et une machine qui fuit.

Les hommes éclatèrent de rire. Nick, lui, cessa de rire environ sept minutes après le départ de Bud et Shorty, c'est-à-dire que son allégresse s'évanouit simultanément au retour flamboyant de Joe, qui avança dans le magasin accompagné par cinq personnages aux visages austères, dont deux portaient un fusil.

— Salut, cousin, dit Joe, je suis venu acheter des munitions.

— Moi aussi, cousin, répondirent les cinq autres.

Le plus grand de tous, Claudio García approcha son mètre quatre-vingt-dix du comptoir, ouvrit la culasse de son .30-06 et la présenta à Nick.

— Tu vois, c'est vide. Je n'ai plus de cartouches.

Sur ce, le petit groupe, à l'exception de Nick, rit de bon cœur. Ensuite, ils firent provision de munitions et Joe apposa allégrement sa signature sur la note tandis que Nick fulminait. Cela accompli, souhaitant prouver son honnêteté scrupuleuse d'homme qui réglait toujours ses dettes, Joe fouilla dans sa poche, en sortit une pièce de cinq cents qu'il jeta insolemment sur comptoir en expliquant :

— La dernière fois, j'ai bu un Coca et j'ai emporté la bouteille. Voilà ta consigne, Nick.

Les six hommes, qui avaient également acheté des choses et d'autres, barres de chocolats, cigarettes, biscuits et pignons, restèrent encore un instant pour déballer leurs affaires, et, avec une politesse exagérée, marchant pratiquement sur la pointe des pieds, ils allaient déposer les papiers à la poubelle tout en bavardant innocemment du temps, du foin, des moutons et du bétail, des touristes et de je ne sais quoi encore, tandis que Nick derrière le comptoir, les yeux noirs comme le tonnerre, leur adressait un petit sourire haineux et figé, bien que fort poli.

Ensuite, d'un pas traînant, les hommes allèrent sous le porche et s'assirent un moment, buvant du Coca, et d'une voix puissante pour être bien sûrs qu'elle porterait jusqu'aux oreilles de Nick, se dirent à quel point Milagro était une ville agréable, paisible et chaleureuse.

Finalement, ils se dispersèrent vers les rues et les allées étroites. Ensuite, vinrent surtout des isolés : quelques employés de la Truite Sauteuse ; Fred Quintana, cuisinier du café Pilar ; le directeur du Motel Enchanté, Peter Hirsshorn, dit Le Pedo ; un certain nombre de vieux parmi lesquels Sparky Pacheco, Onofre Martínez, Juan F. Mondragón, Panky Mondragón, Ray Gusdorf et Martin Arguello. La plupart se contentèrent d'acheter une boîte de cartouches .30-30, plaisantant sur les poissons, sauterelles, chiens de prairies, coyotes, papillons ou serpents à sonnettes qu'ils allaient tuer.

Vers onze heures et demie, Charley Bloom se fraya un chemin parmi les membres de la Brigade Sénile qui racontaient toujours leurs histoires sur le perron et entra dans le magasin. Nick l'observait avec intérêt. Terriblement nerveux, sans but apparent, l'avocat déambulait le long des ailes du magasin, s'attardant sur la nourriture, prenant ça et là, remettant tout à sa place jusqu'à ce qu'il finisse par se décider pour un pack de six bières qu'il posa d'un geste volontaire sur la vitrine de verre près de la caisse. Il feignit de remarquer à ce moment seulement les revolvers d'occasion bien en évidence le long de l'étagère supérieure derrière laquelle se tenait Nick. Avec insouciance, presque joyeusement, l'avocat frimeur annonça :

— Vous savez, Nick, ça fait un moment que j'ai l'intention d'acheter un revolver. Oh, rien d'extraordinaire, juste un petit truc pour mettre dans la boîte à gants... au cas où...

— Ouais, je sais, répondit Nick.

— Qu'est-ce que vous avez à proposer pour ce genre d'usage? Qu'est-ce que c'est, celui-là, dans le coin?

— C'est un .32. C'est ce qu'on appelle un Spécial du Samedi Soir.

— Oh, dit Bloom en rougissant.

Soudain, il n'arrivait plus à croire qu'il avait grandi aux Etats-Unis, mais aussi qu'il était parvenu à la moitié de sa vie sans avoir jamais tiré le moindre coup de feu.

— Et celui-ci?

— C'est un .45.

— Mon Dieu, ça m'a l'air d'un sacré revolver.

— Vous voulez le voir?

— Oui, pourquoi pas.

Nick le passa à Bloom qui le tourna dans sa paume de manière désespérée.

— Comment ça se charge? demanda-t-il enfin.

Nick ouvrit le cran de sécurité et lui montra.

— Ah, on ne sort pas le barillet? J'ai toujours cru qu'il fallait sortir le barillet.

— Non, on pousse simplement le taquet d'éjection, là, vous voyez? Comme ça, pour les cartouches usées. Celles qui n'ont pas été utilisées sont assez lourdes pour tomber toutes seules.

— Il ne se passe rien si on appuie sur la détente ?

— C'est un revolver à simple action. Il faut refermer le chien.

— Comment ça se fait que le barillet ne tourne pas? dit Bloom en riant nerveusement. Dans les films, ils font toujours tourner le barillet.

— Il faut pousser le chien de deux crans.

Bloom poussa le chien de deux crans et, du pouce essaya de faire tourner le barillet.

— Je me suis sans doute trompé, essayez trois crans.

Bloom essaya trois crans, mais cela ne fonctionnait toujours pas.

— Hé, montrez-moi voir ça.

Nick prit le revolver, joua avec le chien, le reculant à des crans différents mais ne réussit pas à faire tourner le barillet.

— Merde, murmura-t-il avec un sourire déçu. Il va falloir que je le démonte pour voir ce qui ne tourne pas rond.

— Qu'est-ce qu'il faut comme balles pour un revolver comme ça?

Nick souleva le couvercle d'un carton de .45 et posa une cartouche sur le comptoir.

— Jésus, c'est impressionnant.

— Oui, peut-être que pour vous, le mieux ce serait celui-ci.

Nick prit un .22 avec un barillet de quatre pouces.

— C'est léger, on peut l'emporter facilement, même votre femme pourrait s'en servir. C'est un double action.

— Qu'est-ce que cela veut dire?

— On peut tirer en appuyant sur la détente, et le chien se replace automatiquement. Si on appuie six fois sur la détente, on peut tirer six fois de suite.

— Ah bon?

Bloom prit le revolver, réussit à faire tourner le barillet et même à le sortir et à le remettre en place; ensuite il tira et repoussa les barrettes d'éjection de toutes les chambres.

— Je ne sais pas, dit-il hésitant. Ça peut paraître bizarre, mais je n'ai jamais eu d'arme.

— Vous n'avez pas choisi le bon endroit pour rester sans arme, dit Nick. Vous voulez voir quelque chose?

Nick déboutonna les deux derniers boutons de sa chemise, sortit les pans de son pantalon exposant une large cicatrice qui partait de l'estomac et descendait sous la ceinture.

— Mon Dieu, murmura Bloom.

— C'est mon cousin qui m'a fait ça quand j'avais dix-sept ans, dit Nick sur un ton neutre. Il a tiré avec un .38, il était saoul.

Bloom se sentait mal.

— Ça... ça a dû être quelque chose.

Nick se reboutonna et renfila sa chemise dans son pantalon en haussant les épaules.

— Alors? dit le propriétaire du magasin.

Bloom posa soigneusement le .22 à côté du .45 sur le comptoir.

— Je ne sais pas, marmonna-t-il, je n'ai jamais eu d'arme. C'est un peu bizarre d'acheter un revolver. Enfin... je me demande pourquoi je m'intéresse aux armes. Je dois être un peu paranoïaque. La situation est un peu délicate en ville. Mais, qui peut dire si se trimballer avec un truc comme ça, ça ne va pas faire qu'empirer les choses. Une fois qu'on a une arme, cela modifie votre statut, non? Et si jamais quelqu'un a une dent contre vous? Il sait que vous avez une arme, alors, il vient avec une arme lui aussi... Et si vous n'êtes pas armé...

— C'est encore plus facile de vous tuer, dit Nick. Si l'adversaire sait que vous êtes armé, il n'aura peut-être pas le cran de venir vous attaquer.

Bloom regarda longuement les revolvers et, quand il brisa enfin le silence, ce fut pour murmurer d'un air triste:

— Chou vert et vert chou en fait. C'est comme ça que tout finit toujours, pas vrai, Nick?

Nick Rael se pencha en arrière, croisa les bras et regarda de côté par la vitrine, sifflotant doucement.

Bloom reprit le .22 en main.

— Comment on fait pour tirer avec ça?

— On essaie de ne pas le pointer contre sa propre tempe, dit Nick en souriant.

L'avocat ricana comme s'il appréciait la plaisanterie.

— Non, je veux dire, comment il faut le tenir? Il faut mettre l'autre main sur le barillet, comme ça?

— Si vous voulez vous faire sauter la main, c'est sûrement le meilleur moyen.

Ce gros malin est en train de se ficher de ma gueule, pensa Bloom.

— Alors, comment faut-il le tenir?

Nick haussa les épaules.

— Il faut tendre le bras, sans doute. Je sais pas, vous pouvez peut-être tenir le poignet avec l'autre main. En général quand on tire sur des gens, ils ne sont pas bien loin, alors ce n'est pas vraiment la peine de viser, il suffit de pointer vaguement l'arme dans leur direction.

— Je n'ai pas l'intention de tirer sur des gens, dit Bloom, pincé.

— Sur quoi vous voulez tirer avec ce jouet alors?

Nerveux, Bloom jeta un coup d'œil à Nick puis au revolver dans sa main.

— Euh... finalement, je crois que non. Je ne vais pas le prendre, excusez-moi.

Il lâcha le revolver comme si c'était une pomme de terre brûlante.

— Inutile de vous excuser, dit Nick.

Bloom sortit, honteux de s'être ainsi exhibé, honteux de sa faiblesse, de sa lâcheté, lorsque Bernabé Montoya entra.

— Donne-moi une boîte de .38, dit le sheriff découragé, en prenant un miko dans le congélateur.

— Tu as de la chance qu'il m'en reste.

— Comment ça ?

— Aujourd'hui, j'ai vendu deux cents fois plus de munitions que d'habitude.

— Fantastique ! grogna le sheriff, enfonçant ses dents dans la crème glacée. En voilà une bonne nouvelle. De quoi vous remonter le moral pour la journée. Qui a tiré chez Joe l'autre nuit ?

— Il est venu t'en parler ?

— Qui viendrait se confier à un serpent à sonnettes ?

— Je ne sais pas. J'étais chez moi. Au lit. Je n'ai même pas entendu les coups.

— Ouais, tout le monde était chez soi. Au lit. C'est sans doute El Brazo Onofre qui a fait le coup.

— Je ne sais pas quoi te dire, je sais simplement que j'ai vendu assez de munitions aujourd'hui pour faire un petit Viêt-nam. Tu étais à la réunion avec ce type du Wyoming ?

— Montana. Qu'il aille se faire foutre.

Le sheriff termina son miko, jeta le bâton en direction de la poubelle, et en prit un autre.

— Les fédéraux et l'ingénieur d'Etat feraient bien de ne pas se mêler de cette histoire, dit-il, enflammé. On aurait dû régler ça sans tambour ni trompette, ah mais non, il a fallu qu'ils appuient sur le bouton de détresse. Maintenant, y a plus qu'à attendre de voir ce qui se passe. Mets les balles sur mon compte, Nick, et ne vends pas de munitions à José ni à tous ces bandits.

— Oh, il est déjà revenu, avec cinq types. Claudio García était dans la bande, et il y en avait deux qui étaient armés.

— Ils t'ont menacé ?

— Euh... pas exactement... mais tu sais comment c'est...

— Combien tu leur en as vendu ?

— Deux ou trois boîtes de .30-30, des .38, des .270, des trucs comme ça.

— *Ai Chihuahua !*

Le sheriff resta encore cinq minutes sur le perron à mâchonner un paquet de Juicy Fruit, jetant les barres de chewing gum dès qu'elles avaient perdu leur goût. Un sale vent qui n'apporterait rien de bon se levait. Ce qu'il aurait dû faire, c'est apporter cette maudite étoile de métal à cet enfoiré de Pancho Armijo et lui refiler la corvée.

Tandis que Bernabé restait là, à se lamenter, les yeux pleins de tristesse, Seferino Pacheco apparut dans son champ visuel.

— Hé, cria l'ivrogne fou, t'as pas vu mon cochon ?

— Qu'il aille se faire foutre ton cochon, aboya Bernabé en se levant et en passant devant l'immense bonhomme à l'esprit embrumé, qui chancela encore un peu en regardant le sheriff s'éloigner, puis trébucha vers le perron où il s'assit dans un bruit sourd, tenant sa grosse tête pitoyable dans ses grosses mains étonnamment délicates.

Le volontaire de Vista, en chaussures de sport, sweat-shirt de l'université de New York, descendait nerveusement la route ; Pacheco surveilla son approche d'un œil étroit et suspicieux. Herbie qui portait un sac à dos, passa obséquieusement devant Pacheco, les mains en l'air pour éviter la pluie de gravillons de Mercedes Rael, et alla fouiner dans les réserves de Nick Rael, se chargeant de corned beef, de haricots, de chips, de lait en poudre, etc., qu'il remporterait chez lui dans son sac moisi.

Au comptoir, Nick, qui d'habitude évitait de parler à Herbie pour se débarrasser le plus vite possible de l'odeur des putois, avait une idée derrière la tête, alors, il engagea la conversation.

— Alors, comment ça va chez vous ?

— Oh, bien, je crois, dit Herbie, étonné, souriant trop largement. J'ai un peu de mal à m'y faire, mais je ne vais sans doute plus tarder à me mettre dans le coup. J'apprends l'espagnol, mais pour le moment, je n'ai jamais parlé avec personne. Ça me demande encore trop d'efforts.

Nick ne tarda pas à frapper droit au but.

— Vous n'en avez pas marre de ces putois ?

— Ah, pour en avoir marre ! Je n'arrive même plus à dormir. J'ai les larmes aux yeux toute la nuit. Ça me rend malade vingt-quatre heures sur vingt quatre.

— Ce qu'il vous faut, c'est un fusil.

— Un fusil ? Pour quoi faire ?

— Abréger le malheur de ces pauvres bêtes par exemple.

— Vous croyez ? demanda Herbie, épouvanté rien qu'à l'idée d'avoir une arme, sans parler d'appuyer sur la détente.

— Bien sûr, moi je dormirais pas trois minutes sur un lit de putois infects. Ça va vous filer la chiasse, et après, vous allez commencer à peler de partout. Vous aurez les yeux tellement bouffis que vous ne pourrez plus les ouvrir et vous serez forcé de déménager.

— Et de quel genre de fusil on se sert pour tuer les putois ?

— Combien vous pouvez mettre ?

— Pas grand-chose. Pour le moment, je n'ai que soixante quinze dollars.

— Alors pourquoi pas ce .38 ? dit Nick en ricanant. Il appartenait à une charmante petite vieille qui n'a jamais dépassé la quarantaine.

— Pardon ?

— C'est une blague. Bon, parlons sérieusement, je vous le vend pour quarante dollars, avec une boîte de munitions comprise. Vous ne pouvez pas vous tromper. Et de toute façon, là où vous habitez, avec ce chien enragé de Joe Mondragón d'un côté, et cet assassin de Pancho Armijo de l'autre, il me semble que vous auriez bien besoin de vous protéger. Et puis, on ne sait jamais s'il ne va pas s'amener un ours ou je ne sais quoi qui en veut à votre garde-manger. Moi, si vous voulez mon avis, je ne me laisserai pas crever dans une ville charnière comme ça, sans un moyen de protection ou un autre.

— Mais comment faire pour tuer les putois ?

— Il y a un trou quelque part, sous un coin de la maison, non ?

— Bien sûr, j'en ai vu deux gros.

— Ouais, c'est par là qu'ils sont entrés. Ce qu'il faut, c'est rester assis tranquille un peu à l'écart , disons à l'heure du dîner, et leur tirer dessus dès qu'ils pointent leur tête dehors. Ou bien alors, mettez la main dans le trou et videz un chargeur ou deux. Même si vous ne les touchez pas, les putois ne sont pas idiots, ils comprendront qu'il est temps de déguerpir.

— Je n'ai jamais eu d'arme, dit Herbie.

— Tous les hommes devraient avoir une arme à feu. Mon Dieu, j'ai eu mon premier fusil quand j'avais huit ans. Un .22 long rifle. A neuf ans, j'était capable d'envoyer une balle dans le cul d'un chien de prairie en pleine course et de lui faire sauter le nez à trente mètres. J'ai tué mon premier cerf à douze ans.

— Vous croyez vraiment qu'on pourrait se servir de ce genre de fusil sur un putois ?

— Evidemment. Sur n'importe quel genre de putois, dit Nick méprisant.

— Alors, je crois que je vais peut-être l'acheter, dit soudain Herbie, le cœur battant comme un tambour.

— Vous croyez que peut-être ou vous voulez vraiment l'acheter ?

— Oui, c'est ça, enfin, je l'achète, bredouilla, marmonna Herbie. Vous pouvez me montrer comment on le charge, comment ça marche ?

Quinze minutes plus tard, Herbie Goldfarb, le pacifiste objecteur de conscience, volontaire Vista, sortit du magasin, pareil au jeune homme qui vient juste de perdre sa virginité, son fusil et une boîte de munitions parmi les boîtes de corned beef, de beurre de cacahuète, de pain préemballé et les canettes de bière. Il lui semblait avoir effectué un rite d'initiation tout-puissant et appartenir à présent aux montagnes de l'Ouest et non plus à la culture des universitaires blondinets de la côte Est. Il était si impatient de rentrer chez lui qu'il se mit presque au trot, avec armes et bagages. Pourtant, imaginant déjà le spectacle, il ralentit, et, mal à l'aise devant les visages chicanos qui suivaient ses progrès avec un mépris déclaré, sinon une haine farouche, il courba les épaules et marcha humblement pendant tout le reste du trajet.

Là, après avoir ouvert et vidé une bière, il chargea immédiatement son fusil, et, rapidement, avant que la réflexion n'ébranle sa volonté de tuer la colonie de putois qui lui empoisonnaient l'existence, il s'agenouilla devant la plus grande des deux entrées du repaire, baissa son arme, la stabilisa de son mieux, et appuya sur la détente.

La première détonation lui fit l'effet d'une explosion de bombe atomique, la seule intensité du bruit le terrifiant à tel point qu'il en cria, et pourtant, il parvint à tirer une deuxième fois, enfonçant une douille dans son propre plancher ; au troisième coup, le fusil lui sauta des mains, et Herbie tomba à la renverse s'attendant à ce que sa maison, ou du moins le mur le plus proche lui tombe sur la tête.

Au café Pilar, Bernabé Montoya renversa son café sur son sandwich œuf-salade, s'écria : « *Oh, merde ! Ça y est !* » et sauta de son tabouret. Attrapant un .38 dans une boîte de chaussures rangée sous la caisse, Harlan Betchel courut derrière le sheriff. Bernabé se précipita au volant de son camion, et Harlan s'installa sur le siège du passager au moment où le sheriff faisait démarrer le véhicule l'engageant dans un demi-tour qui faillit trancher les genoux de Seferino Pacheco. Ils dévalèrent la ruelle étroite qui menait chez Joe Mondragón, à trois cents mètres de là.

— Décroche-moi ce fusil, il y a un chargeur dans la boîte à gants, dit Bernabé tout essoufflé.

Tout en s'exécutant, Harlan demanda, éberlué :

— C'était chez Joe ?

— Où veux-tu que se soit?

En faisant crisser les pneus, ils foncèrent dans la cour de Joe, au moment même où celui-ci jaillissait de sa porte d'entrée, plié en deux, courant à toute vitesse, un fusil à la main, tel un marine grimpant la colline des Jaunes pour aller s'abriter derrière un immense cotonnier. Avant qu'il ne parvienne à son arbre, Harlan sautait du camion, le .38 tirant sur Joe. Bernabé trébucha de son côté, tomba ventre à terre, se releva et s'accroupit, trépigna frénétiquement jusqu'à ce que son épaule heurte un pneu; il se retourna, marcha en canard vers l'arrière en entendant le coup de feu de Joe en réponse au tir de Harlan. Ce dernier hurla tout en battant en retraite tandis qu'une douille s'enfonçait dans l'autre côté du camion et plongea à l'arrière de la remorque de l'autre côté. Les deux hommes se rentrèrent dedans tête la première et tirèrent immédiatement, Harlan avec son .38, le sheriff avec son fusil, mais ils manquèrent leur cible tous les deux.

— Espèce d'idiot! hurla Bernabé, frappant maladroitement Harlan dans la poitrine.

— *C'est Armijo!* cria Joe derrière son arbre. *Il m'a tiré dessus! Qu'est-ce qui vous prend?*

— Où il est? demanda Bernabé.

— *J'en sais rien!* cria Joe. *Il doit bien être quelque part, il a tiré trois fois!*

— Tu es blessé?

— *Non, mais c'est pas grâce à vous! Betchel, espèce de crétin, t'es cinglé ou quoi? Si tu pointes encore ton arme sur moi, je te fais sauter les couilles!*

— Heu... il avait un fusil.... Il courait..., bredouilla Harlan, le teint terreux, au bord de la syncope.

Joe sortit de son arbre et rampa anarchiquement vers eux dans l'espace ouvert, leur tombant quasiment sur les genoux dans l'ombre du camion.

— Je suis désolé..., bredouilla Harlan. Je ne pensais pas...

— Armijo? Oui, mais pourquoi, demanda Bernabé, à bout de souffle, le cœur battant si violemment qu'il croyait que sa poitrine allait exploser.

— Je ne sais pas, il a tiré trois fois et je ne l'ai même pas vu ce salaud, je regardais la télé.

— Où les balles ont-elles frappé?

— Là-dessus, vous en savez autant que moi, dit Joe en rampant vers l'avant et en regardant de l'autre côté du pneu. Je vois que dalle. Il s'est peut-être couché sur le toit, derrière la cheminée.

En fait, Pancho Armijo et sa femme Stella étaient aplatis sur le sol du salon près de la table du téléphone, Pancho un fusil à la main, Stella composant un numéro.

— Allô? Carolina? Où est Bernie? Joe Mondragón nous tire dessus. Il est fou! Il n'a aucune raison de tirer.

— Quoi? Quoi? *Quoi?*

— Où est Bernie, cria Stella. Ils vont nous tuer!

— Essaie le Pilar.

Stella essaya le Pilar. Betty Apodaca répondit.

— Où est Bernie? demanda Stella en sanglots.

— Il vient juste de filer! s'exclama Betty, tout excitée. Joe et les Armijo se tirent dessus!

— C'est Stella Armijo, gémit Stella, et je ne vois Bernie nulle part.

— Où tu es?

— Couchée par terre, près du téléphone.

— Dis à Pancho d'aller voir par la fenêtre...

— Mais il va prendre une balle dans la tête! dit-elle en raccrochant.

— Oh, merde! geignit Pancho Armijo. Oh, merde! Oh merde!

L'arme qu'il avait en main n'était pas chargée. Il n'y avait pas une seule cartouche à la maison. Et ce cinglé de Joe Mondragón allait les fusiller parce qu'ils n'avaient pas de munitions!

Le téléphone sonna et Stella répondit. C'était cette barvarde de Mary Ann C. de Baca de Doña Luz, qui, avant que Stella eut le temps de placer un mot, demanda si Stella ne pouvait préparer un gâteau ou des biscuits au chocolat ou autre chose pour la vente de pâtisserie des infirmiers de l'hôpital de femmes de Chamisaville pour le samedi suivant.

— Non, impossible, sanglota Stella dans l'émetteur, on nous tire dessus, on va nous tuer, au revoir.

Au magasin, Nick Rael composa le numéro de la Truite Sauteuse. Emerson Lapp répondit.

— Ça tire du côté de chez Joe Mondragón, cria-t-il tout essoufflé.

— Qui tire sur qui? Qui est à l'appareil? demanda le secrétaire.

— C'est Nick, j'appelle du magasin. Bernie et Harlan viennent juste de partir dans le camion de Bernie. Il y a eu au moins six ou sept coups de feu. Vous feriez mieux de prévenir monsieur Devine.

Emerson Lapp se précipita dehors. Un camion passait par là, projetant des gravillons, avec Horsethief Shorty au volant, Jerry Grindstaff et un cow-boy du nom de Hugh Slocum à côté de lui, serrant leur fusil entre les genoux, canon pointé vers le toit, accompagnés de deux jeunes aides, Tommy Gallegos et Richard Tafoya à l'arrière, armés eux aussi.

— Où allez-vous? demanda Emerson Lapp.

— Ça tiraille chez José Mondragón! cria Tommy Gallegos, tout joyeux.

Au premier coup de feu, Charley Bloom reposa son bol de soupe Campbell au riz et à la tomate et sanglota presque devant Linda assise en face de lui:

— Que Dieu nous garde, ça commence.

— Qu'est-ce qui commence, papa? demanda Pauline. Dis-moi, qu'est-ce qui commence?

Bloom se leva et se dirigea vers la porte ouverte.

— D'où ça venait? demanda Linda.

— D'où ça venait quoi, maman? D'où ça venait quoi?

— De chez Joe, répondit Bloom.

Au-delà des champs et des ormes chinois, il voyait le désordre des granges de Joe, les vieilles machines rouillées et le tas de bois de trois mètres de haut.

— Qu'est-ce qui se passe? demanda Linda, terrifiée.

— Qu'est-ce qui se passe, papa? Qu'est-ce qui se passe? fit la gamine en écho.

— Je ne sais pas...

— Qu'est-ce que tu vas faire? geignit Linda.

— Je ne sais pas.

Bloom attendait, incapable d'agir. Soudain, il y eut une forte détonation, puis une explosion plus bruyante, plus aiguë qui résonna dans toute la vallée, suivie quelques secondes plus tard par un autre bruit sourd de coup de fusil, répondant presque à l'unisson. Ensuite, le silence.

Bloom attendait toujours, incapable de bouger, à peine capable de réfléchir. Il était trop terrifié et trop lâche pour agir, et il avait horreur du profond sentiment de soulagement qui l'envahissait, car, grâce à Dieu, tout ceci signifiait certainement la fin de l'histoire.

Le camion de la Truite Sauteuse passa devant Nick Rael, puis dépassa trois hommes plus âgés qui se dirigeaient à pied vers la maison de Joe Mondragón. Il s'arrêta derrière le véhicule de

Bernabé Montoya et les cinq hommes sautèrent à terre où il furent surpris de voir Joe Mondragón sain et sauf, en compagnie du sheriff et de Harlan Betchel, leurs fusils pointés vers la petite ferme confortable de Pancho Armijo, de l'autre côté de la cabane de Herbie Goldfarb.

— Pancho ! cria Bernabé, arrête tes conneries, jette ton arme et sors de là les mains en l'air.

— Bernie ? C'est toi ? cria Pancho.

— Qui veux-tu que ce soit ?

— C'est comme ça que t'espères gagner les prochaines élections ? En tuant ton adversaire ?

— Sors de là, les mains en l'air, et n'oublie pas de jeter ton fusil devant toi. On est vingt-cinq ici, et si on doit cerner ta barraque, et que quelqu'un est blessé, ça ira mal pour tes fesses.

— Où est José, hurla Pancho.

— Il est là, il va bien, tu ne l'as pas touché.

— Je ne l'ai pas touché ! Pas étonnant, je n'ai pas tiré, moi ! Je n'ai tiré sur personne !

Le sheriff lança un coup d'œil sous ses cheveux à Joe.

— Pas la peine de me regarder comme ça. Il ment !

— Sors de là, après on s'expliquera.

— Stella est avec moi.

— Dis-lui de sortir aussi.

Sous les dix fusils braqués sur lui, Pancho Armijo jeta son fusil non chargé dans la cour de terre battue, puis lui et sa femme, mains sur la tête, émergèrent de la maison, bredouillant des « Je vous salue Marie » sous le soleil éclatant.

Le sheriff, Joe Mondragón, Harlan Betchel, Horsethief Shorty, Jerry Grindstaff, Hugh Slocum, Richard Tafoya, Tommy Gallegos, trois vieux venus du Frontier Bar et Nick Rael avancèrent lentement vers les Armijo, et, en passant le coin de la cabane de Herbie Goldfarb, ils tombèrent sur une vision que Stella et Pancho observaient eux aussi, les yeux hagards.

Car là se trouvait Herbie, secouant la tête pour essayer de se débarrasser du bourdonnement pointu et terrifiant qui lui résonnait dans les oreilles.

Il les regarda, intrigué, et, pendant les dernières secondes, juste avant qu'il commence à avoir une vague idée de ce qu'il avait déclenché, il leva la main droite, essayant précautionneusement de bouger le pouce et expliqua à Bernabé Montoya et aux autres :

— J'ai voulu tuer les putois sous mon plancher, mais je crois que je me suis tordu le pouce.

Deux heures après la fusillade chez Herbie Goldfarb, Charley Bloom vit le camion de Ruby Archuleta s'arrêter devant sa maison et regretta fermement de ne pas s'être rendu à Chamisaville ce jour-là pour photocopier des actes et autres documents au bureau des affaires judiciaires. Car si Ruby lui voulait quelque chose, cela ne pouvait signifier que des ennuis, et, après cette journée, il ne voulait jouer aucun rôle dans le genre d'ennuis qu'elle n'allait manquer de provoquer. Comment s'échapper, pourtant? Il la laissa frapper avant d'ouvrir la porte.

— Est-ce que je pourrais vous parler un instant, monsieur Bloom?

— Oui, bien sûr, entrez... répondit Bloom, tout sourire, chaleureux, un brave type, un merveilleux avocat, le défenseur de la veuve et de l'orphelin...

Ruby s'essuya soigneusement les pieds, jeta son mégot de cigarette, entra dans la cuisine et s'installa à la table.

— Vous voulez un café? Une bière?

— Une bière, je vous remercie.

Ruby alluma une cigarette et inhala profondément. Bloom lui ouvrit une boîte de bière et s'assit en face d'elle.

— J'aimerais que vous m'aidiez à rédiger une pétition. Vous savez, je vais faire signer une pétition contre la zone de loisirs et le barrage. Et je voudrais savoir si on peut vous employer...

— Qui ça « on »?

— Le comité de défense des terres et des eaux de Milagro.

— Vous avez formé une association? Vous avez une existence légale?

Ruby eut un sourire dur et se pencha en arrière en se tapant sur le front.

— C'est là qu'on existe, monsieur Bloom.

— Ça ne suffit pas.

— C'est un début.

— Comment pensez-vous vous développer?

— J'ai parlé aux responsables et aux majordomes de l'adduction. Ils m'ont écoutée, ils discutent entre eux maintenant. Pour le moment, personne ne sait quoi faire. Il y en a qui sont amers, d'autres furieux, mais tout le monde a peur. Pour se battre, il faut de l'argent, et personne n'en a. Les gens ont toujours peur quand il s'agit d'argent. Mais ils comprennent ce qui se passe ici. Vous nous avez beaucoup aidé en parlant à la réunion. Pourtant, ils n'ont pas confiance en moi et ils n'ont pas confiance en vous. Si Snuffy Ledoux revenait, ils n'auraient sans doute pas confiance en lui non plus. Ils n'ont même pas confiance en eux. Il y en a pas mal qui estiment que c'est désespéré de se battre contre le Zopilote. Mais il y a l'exemple de Joe : ça, ça reste. Les gens l'observent; ils vous observent vous aussi, ils attendent de voir comment vous allez agir quand toutes les cartes seront sur table. Peut-être que personne ne signera ma pétition, je n'en sais rien, on verra bien. C'est un premier pas, vous comprenez? Après, il y en aura un deuxième. Si on peut flanquer la trouille à ces salauds du canyon et de la capitale, on aura un pied sur leur terrain. Grâce à José, et à ce que vous nous avez expliqué à l'église, je crois qu'il y aura des gens qui signeront. Et une fois qu'ils auront signé, on pourra former un groupe, se cotiser pour vous payer si vous voulez bien...

Bloom baissa les yeux, sous l'invasion de désespoir qui allait peut-être briser sa vie. Elle lui proposait de l'engager pour un travail de vingt-quatre heures par jour pour des prunes... non, même pas des prunes, une ou deux accolades, quelques sacs remplis de viande de cerf chassé illégalement et un sac de haricots. Elle n'avait pas la moindre idée des efforts qu'il faudrait déployer pour s'opposer à la zone de loisirs et mettre le projet en échec devant le tribunal, aucune idée du coût et du temps que demanderait rien que la paperasserie, et des frais de justice pour les inévitables appels. Elle ne se doutait pas à quel point les lois d'aménagement du territoire étaient dramatiquement opposées aux intérêts de son peuple. Pour mettre en branle une défense tout juste potable, il leur faudrait un milliard de dollars. Elle était folle, irresponsable, elle et Joe, et tous les villageois qui pensaient que les petits fermiers avaient (ou même méritaient) un droit de survie contre l'empire Devine, l'Etat fédéral et le gouvernement des Etats-Unis.

— Je ne sais pas, dit Bloom, se demandant par où commencer, se suppliant d'avoir le courage de refuser.

— Ce sera comme au Viêt-nam, dit Ruby en écrasant sa cigarette.

Bloom la regarda intensément. Elle souriait; pour la première fois, il remarqua son charme presque mystique, la beauté rude de son visage, les rides de bonheur autour de ses yeux verts et vifs, la force qui émanait de sa personne, pure, nette, couleur de cuivre, indomptable. A côté d'elle, il se sentit incroyablement faible et mollasson.

— Non, je ne crois pas qu'on puissse refaire le Viêt-nam ici.

Le ton de sa voix était ridicule, mais non d'une pipe, cette idée était absolument ridicule!

— Qui est avec vous exactement?

— Moi, Claudio, mon fils Eliu. Marvin LaBlue. Amarante Córdova. Tranquilino Jeantete. Et quelques autres. Il y a beaucoup de gens qui réfléchissent. José par exemple. Et Nancy. Et Onofre Martínez. Et Sparky Pacheco.

— On ne fait pas la révolution avec une poignée de vieillards séniles.

— Foutaises! Si la volonté est là, je peux faire la révolution avec une bande d'ânes à trois pattes, ou un sac de grenouilles.

Bloom sourit et soupira.

— Cette pétition que vous avez l'intention de faire circuler, ce sera contre le barrage et la zone de loisirs?

— Oui, bien sûr. Avec quelques-uns des arguments que vous nous avez exposés à l'église. Que c'est nous qui allons payer pour le lac de Zopi Devine, que nous allons perdre nos terres...

— Et à qui vous allez l'adresser?

— Au gouverneur, à nos représentants au Congrès.

— Vous savez que c'est un geste inutile, une perte de temps et d'énergie complètement stupide?

— Le problème, ce n'est pas de les faire changer d'avis, dit Ruby tranquillement. C'est de faire signer les nôtres. C'est de faire quelque chose ensemble. C'est un premier pas officiel en quelque sorte.

— D'accord, mais je vous fais un pari. On va rédiger la pétition tout de suite, et si vous voulez j'emmène le brouillon cet après-midi à Chamisaville pour faire des photocopies, ça ne pose pas de problèmes. Mais voilà mon pari: je vous parie cinq dollars que, si vous apportez la pétition à Joe Mondragón, il refusera de signer.

— D'accord, dit-elle en lui souriant de manière pitoyable. Bon, alors on y va...

Une heure plus tard, effondrée, Ruby revint. Bloom était dehors et aidait ses enfants à donner des balles de foin aux poneys. Elle alla droit vers le corral et, sans un mot, lui tendit un billet de cinq dollars. Bloom se mit à rire en le repoussant :

— Oh, voyons, madame Archuleta, c'était une plaisanterie, je ne parlais pas sérieusement...

Ruby fit un signe de tête et rangea le billet dans sa poche de jean avant de lui présenter un tableau avec un exemplaire de la pétition.

— Et vous, monsieur Bloom ? Si vous défendez José, si vous êtes d'accord pour travailler avec nous, vous devriez signer...

Bloom fixa la feuille et les deux noms déjà inscrits, celui de Ruby et de Claudio García. « Oh ! comment me sortir de là ? » pensa-t-il. Puis, refusant de tout son être de s'engager ainsi, il prit le stylo bon marché qu'elle lui présentait et signa, tel le prisonnier qui, avouant quelque crime odieux, signe son arrêt de mort. Ruby sourit.

— A partir de maintenant, je vous appelerai Charley. Carlito. Et appelez-moi, Ruby, d'accord ?

Malade, l'avocat eut un sourire et fit un signe de tête en pensant : surtout ne m'accordez plus ce genre de faveurs !

— Je dirai aux gens que l'on peut vous faire confiance.

Non, non, surtout pas ! avait envie de dire l'avocat, parce que ce n'est pas vrai. Mais il fut incapable de parler. Au lieu de cela, il eut un rire creux ne sachant absolument pas comment réagir. Puis, soudain, il se mit à la haïr, à haïr Joe qui l'emprisonnait ainsi, qui le repoussait dans un coin où apparement il n'y avait aucune issue de secours.

Quand Joe Mondragón se sentait très énervé, il fonçait au poulailler et se mettait à attraper comme un fou les hirondelles qui mangeaient les restes destinés aux poules que Joe plaçait dans une longue mangeoire en aluminium. Les oiseaux se prenaient d'une telle panique à la vue de Joe qu'ils en oubliaient où était la porte et se cognaient de fenêtre en fenêtre, jusqu'à ce que Joe ait attrapé une dizaine ou une quinzaine de ces horribles boules de plumes qu'il fourrait dans les poches de sa chemise. Dernièrement, le chat jaune miteux et mangeur de serpents, réincarnation de Cleofes Apodaca, s'était mis à accompagner Joe. Et, tandis que Joe s'agitait et coinçait les hirondelles contre les fenêtres, le chat, tel un grand boxeur au troisième round, sautillait et attrapait les oiseaux affolés en plein vol tandis qu'ils essayaient de s'échapper des griffes de Joe. Guère du genre à faire des cérémonies, il les tuait d'un petit crunch, les dévorait en deux bouchées, les digérait en trois déglutissements, recrachait quatre plumes, et sautait sur sa prochaine victime.

Malgré Harlan Betchel qui lui avait tiré dessus quelques heures plus tôt et bien qu'il vienne de refuser de signer la pétition de Ruby Archuleta, en sortant du poulailler, soufflant et suant, pantelant, les poches bourrées d'hirondelles, Joe se sentait beaucoup mieux. Le chat aussi d'ailleurs, l'estomac gorgé de petites ailes écrabouillées. Joe entra bruyamment dans la maison et transféra les douze oisillons de ses poches dans une vieille urne de verre hexagonale qu'il avait achetée cinq dollars à une vente aux enchères de Monte Vista, Colorado. Ensuite, Joe plaça l'urne sur la table de la cuisine, et, ouvrant une bière, ordonna à Nancy qui lisait au salon de lui préparer à manger.

— Débrouille-toi tout seul.

Joe ignora la remarque et répondit :

— Regarde tous les oiseaux que j'ai attrapés.

— C'est complètement idiot de terrifier ces pauvres petites bêtes. Et puis, laisse-moi tranquille, je lis.

Bon, très bien. Joe se leva, fouilla dans le réfrigérateur, se fit un sandwich à la mayonnaise et au beurre de cacahuète, fouina dans un sac de lardons qui malheureusement ne venait pas de l'infâme cochon patibulaire de Pacheco, alluma la radio sur un programme de théâtre de boulevard, et s'installa royalement à table, mâchonnant son sandwich, vidant deux bières coup sur coup, tout en admirant d'un air hébété son chef-d'œuvre à plumes et en écoutant les ébats amoureux d'un certain Big Bill Killeen et de sa partenaire de petite ville de province, Melody Applebaum, à la radio.

— Comment veux-tu que je lise avec ces conneries dans les oreilles ? dit Nancy.

Joe se sentait calme, en pleine forme, d'humeur cruelle, tout-puissant. Qu'il soit damné s'il lui accordait une once d'attention. Nancy se leva et éteignit la radio. Un sourire à la Pancho Villa aux lèvres, Joe la regarda comme si elle était transparente ; il ne souleva pas même les sourcils, et ne dit mot.

— Qu'est-ce qui t'arrive ? demanda Nancy en regardant son mari au dessus de l'urne de verre. Tu es bizarre. Et à propos, depuis quand tu n'enlèves plus ton chapeau à table ?

— Depuis que tu ne la fermes plus pendant que je mange, dit-il d'un ton hautain, riant intérieurement, soudain amoureux de sa femme et le prouvant par ce genre de plaisanterie idiote.

Le visage bizarrement arqué et tordu, Nancy s'affala sur le divan dans le coin salon. La maison était très calme car les gosses donnaient du fil à retordre à leurs grands-parents, quatre maisons plus loin.

Joe essuya les miettes de ses mains, et, liquidant sa deuxième bière, décida d'aller fabriquer des couteaux de chasse dans son atelier. En partant, il souleva le couvercle de son précieux objet d'art et libéra toutes les hirondelles à l'intérieur de la maison.

Il était déjà dehors, se précipitant vers son atelier en riant quand Nancy lui cria :

— Espèce d'andouille !

— Ha ! ha !

Soudain, pendant un instant seulement, mais un long instant malgré tout, il était fou amoureux, au sommet du monde, le dur des durs. Cette humeur ne durerait pas longtemps : cela ne durait jamais longtemps avec Joe. Pourtant, il en remerciait le ciel, c'était l'un de ces petits miracles qui revenaient sans cesse et faisaient que sa vie méritait d'être vécue.

Cette nuit-là, à dix heures quarante deux, le commissariat de police de Doña Luz reçut un coup de téléphone lui demandant d'ouvrir une enquête sur un acte de vandalisme commis dans l'alevinier des autorités fédérales sur le Rio Lucero, à mi-chemin entre Doña Luz et Milagro et à environ deux kilomètres de la Reine de la Carrosserie et de la Plomberie, de Ruby Archuleta sur le plateau de Strawberry. L'agent Bill Koontz et le fils du baron de la Staurolite, Bruno Martínez furent envoyés sur les lieux. A leur arrivée, ils rencontrèrent le directeur de l'alevinier, Glen Wesley Gore, figé devant le bassin des gros poissons, une expression douloureuse et perplexe sur le visage. En général, dans le bassin des gros, le plus petit des réservoirs à poissons, structure circulaire d'environ cinq mètres de diamètre, nageaient trente ou quarante énormes truites. Accroché à un pilier, à proximité du bassin, un distributeur permettait aux touristes d'acheter pour dix cents un paquet de nourriture à poisson.

— Alors ? Qu'est-ce qui se passe ? demanda Bruno Martínez. Ça me paraît bien calme par ici, personne sur le chemin, personne sur la route non plus.

— Regardez donc le bassin de copulation !

Ils regardèrent.

— Où sont les poissons ? siffla doucement Bill Koontz.

— Ça, c'est à moi de me le demander et à vous de trouver, gémit Glen.

Bruno ôta sa casquette et se gratta la tête.

— Tu veux dire que quelqu'un est venu voler tous les poissons ?

— Et un peu, oui ! s'exclama le directeur amèrement. Il y en avait un là-dedans, le vieux Ventre jaune, qui devait peser au moins quinze livres.

— Mais qu'est-ce qu'ils vont faire avec tous ces poissons? se demanda Bill Koontz à voix haute.

— Ils ne vont pas s'en servir comme engrais! dit Glen.

— C'est arrivé quand?

— A l'instant. Je suis sorti de chez moi en courant. J'avais entendu des voix, des gens qui riaient; le temps que je m'habille, ils partaient déjà. J'ai entendu un véhicule, mais quand je suis arrivé au coin de l'allée qui part de chez moi, ils avaient déjà dépassé le virage sur la route, alors je ne sais pas ce que c'est. Au bruit, on aurait dit un camion...

Quelques minutes plus tard, Koontz et Martínez quittèrent l'alevinier et empruntèrent la route du contrefort, où ils voyaient à plusieurs kilomètres devant eux.

— Hé, Bill, ce serait pas un feu, là-bas, près du carrefour de Milagro?

Koontz plissa les yeux, essayant de repérer la tache rouge sur le bas-côté.

— Ouais, je crois que t'as raison. Ça doit être un feu.

— Qu'est-ce que cela peut être?

— Je ne sais pas. Attends voir... Ce ne serait pas là où il y a le panneau de Ladd Devine?

Le radio s'immisça dans la conversation:

— Voiture A-47... vous êtes à l'alevinier?

— Non, on en revient, répondit Bruno. Nous sommes sur la grand-route.

— Vous voyez un feu vers le nord? Il y a une pancarte de Ladd Devine qui a pris feu, vous savez, le grand machin en bois, au sud de la ville.

— Non! Dick Tracy, tu plaisantes?

— Vous feriez quand même mieux d'y aller voir. Après la fusillade de ce matin, qui sait ce qui va se passer?

— On va vérifier. Nous sommes en route.

Quand ils arrivèrent, tout était détruit, à part le socle de béton. Soucieux, hagard, fumant nerveusement, Bernabé s'écarta du groupe d'une centaine de badauds et vint à leur rencontre.

— Qui a fait ça? demanda Bill Koontz.

— Voyons, Bill, si je le savais tu crois que je serais ici à me faire chauffer les couilles et à faire griller des marshmallows?

— On revient de l'alevinier, dit Bruno. Quelqu'un a volé toutes les truites du bassin des gros.

— Quoi?

— Tu as parfaitement compris, dit Koontz. Quelqu'un a raflé tous les poissons.

— Alors ce qu'on recherche tous, c'est un camion plein de poissons bien dodus et de bidons d'essence, c'est ça?

— Mon Dieu! quelle journée! dit Koontz.

— C'est à moi qu'il dit ça, hurla Bernabé à Bruno.

— Bon, on va aller arrêter Joe Mondragón, dit Koontz.

— Bravo, c'est exactement ce qu'attendent ceux qui ont allumé le feu.

— Qu'est-ce que ça veut dire? aboya Koontz.

— Ça veut dire que dans la situation actuelle, on n'a plus qu'à aller arrêter Mondragón sur une inculpation bidon, ou même légitime d'ailleurs, et la fusillade va commencer.

— Ladd Devine est au courant? demanda Bruno.

— J'ai envoyé Naranjo l'appeler du magasin.

Koontz rit bruyamment.

— Ça c'est une enquête, Bernie! Un coup de téléphone de la police d'une cabine publique sous le porche du magasin général!

— Ne t'énerves pas, dit Bruno, tout le monde est fatigué, la journée a été rude.

— Il y a des indices? demanda Koontz, à moins que tu n'aies pas pris la peine de regarder?

— Pas grand-chose. A part des traces d'essence sur le béton et la terre.

Koontz nota quelques lignes sur un carnet et mentionna l'essence.

— Si ça ne vous dérange pas, je vais aller poser quelques questions et voir ce que donne le téléphone arabe avant d'accuser quelqu'un.

— Bien sûr, fais comme chez toi... dit Koontz. Ah, nom d'un chien!

Plus tard, cette même nuit, tandis que de sombres nuages obscurcissaient la lune, une ou plusieurs personnes firent sortir une dizaine de moutons appartenant à Eusebio Lavadie de l'étroite bande de foin où ils broutaient pour les mener dans un champ de luzerne verte, appartenant aussi à Lavadie. Dès l'aube, les moutons se remirent à brouter: vers neuf heures, trois étaient déjà allongés sur le flanc, tout gonflés, raides morts. Lavadie, qui malgré son éducation rurale, était un petit délicat pour ce genre de choses, se précipita chez lui et appela Joe Mondragón, lui gargouillant frénétiquement de venir tout de suite avec un trocart, un trocart étant une sorte de pic à glace galvanisé que l'on plante dans le ventre des animaux agonisants pour libérer les gaz mortels.

— Je te donnerai trois dollars pour chaque animal sauvé! cria Lavadie comme un fou.

— *De acuerdo*, dit Joe. J'arrive.

Joe raccrocha et s'assit à la table de la cuisine, s'appuya sur le dossier et but paresseusement une tasse de café tiède.

— Qui était-ce? demanda Nancy.

— Ce fumier de Lavadie, murmura Joe lentement.

— Qu'est-ce qu'il voulait?

— Quelqu'un a emmené ses moutons dans un de ces champs de luzerne verte, et il y en a qui sont enflés. Il veut que je vienne leur percer le ventre avec un trocart.

— Alors?

— Alors, je crois que quand j'aurais fini mon café, j'irai faire éclater les ballons, dit Joe en ricanant.

— A la vitesse à laquelle tu t'y prends, ils seront tous morts avant.

— Ah, ça, ce serait vraiment dommage! dit Joe en fronçant les sourcils d'un air soucieux et en repoussant sa chaise.

D'un pas traînant, il alla se laver les dents à la salle de bains.

— Je crois qu'il vaudrait mieux que je me magne le cul, *qué no*?

Le lendemain matin, un paquet posté de Chamisaville et adressé à Ladd Devine arriva à la Truite Sauteuse. Flossie l'ouvrit... et éclata en sanglots en voyant dix énormes têtes de truites.

Quinze minutes plus tard, son mari, Horsethief Shorty et Jerry Grindstaff entrèrent au café Pilar où Bernabé Montoya, devant un café et une tarte aux cerises discutait pêche avec Fred Quintana.

Devine posa les têtes de poissons au milieu de la table; Shorty et Jerry G. approchèrent des chaises prises à d'autres tables. Bernabé soupira:

— Les truites de l'alevinier, j'imagine?

— Oui, mais ce ne sont pas nos clients qui les ont attrapées.

— Une piste pour l'incendie de la pancarte? demanda Devine.

— Je suis allé voir José. Nous avons bavardé un moment, il m'a parlé d'El Brazo Onofre, vous vous souvenez? Et ensuite, il m'a prié de partir. J'ai interrogé d'autres gens. Naturellement, personne ne sait rien.

— Pas de témoins?

— Si cela avait été une centaine de personnes nues commes des vers avec des plumes d'Indiens sur la tête en train de hurler: « *Que Viva Snuffy Ledoux*! » qui avaient allumé ce feu, je ne trouverai aucun témoin non plus, monsieur Devine.

— On dirait que les autochtones sont un peu nerveux en ce moment, dit Shorty. Un cigare?

— Ça fait longtemps qu'ils sont nerveux, dit le sheriff en acceptant le cigare.

— C'est cette histoire de zone des loisirs et de barrage, non? demanda Devine.

Bernabé haussa les épaules.

— Ça c'est le catalyseur, vous savez le... le truc dans une expérience de chimie, on met quelque chose dans une éprouvette et tout se met à faire des bulles et à fumer.

— Le catalyseur.

Shorty se poussa pour laisser la place à Harlan Betchel qui les rejoignait. Il jeta un coup d'œil dans le carton et siffla doucement.

— Les truites de l'alevinier?

— Celles-là même, dit Shorty.

— Qu'est-ce que tu vas faire? demanda Devine.

De nouveau, Bernabé haussa les épaules.

— Je ne sais pas. Qu'est-ce que vous voulez que je fasse? Que je relève les empreintes sur les têtes de poissons?

— Je ne voulais pas parler des poissons, Bernie, je voulais dire en général. Tu ne crois pas qu'on perd un peu le contrôle de la situation?

Encore une fois, le sheriff haussa les épaules, en regardant tristement les poissons.

— Oui, je crois que nous avons un peu perdu le contrôle de la situation.

— Quand vas-tu te mettre à arrêter quelqu'un?

— Qui voulez-vous que j'arrête, monsieur Devine? Pour le moment, la seule personne que je pourrais inculper, c'est ce volontaire Vista pour avoir tiré dans l'enceinte de la ville.

— Arrête Joe Mondragón, il irrigue son champ illégalement.

— Vous croyez vraiment que ça changerait quelque chose?

— Si ce champ n'est plus irrigué, ce sera la mort du symbole, et les gens se calmeront. D'ailleurs, les villageois sont conservateurs. Et c'est facile de leur faire peur. Elimine Joe, et c'en est fini de la rebellion.

— Qu'est-ce qu'on parie? dit Bernabé doucement.

— Si tu ne bouges pas, les choses pourraient devenir difficiles pour toi, menaça tranquillement Devine. Tu n'es pas le meilleur sheriff qui soit, tu sais.

— J'ai réussi à garder le couvercle sur la marmite, monsieur Devine.

— Ah, parce que pour toi, ce qui s'est passé hier, c'est garder le couvercle sur la marmite?

Bernabé rougit.

— Il n'y a pas eu de morts.

— Eh bien, je pense qu'il vaudrait mieux arrêter Joe avant qu'on compte les cadavres.

— Ça ne servirait à rien, dit Bernabé en hochant la tête.

— Je ne suis pas d'accord.

— Pouh, quelqu'un irriguerait son champ à sa place.

— Qui par exemple?

— Peut-être bien moi, répondit Bernabé, furieux.

Ladd Devine essaya de le mettre en échec. Après un long silence, le propriétaire de la Truite Sauteuse baissa les yeux et dit:

— Pourquoi toi, Bernie?

— Parce que je n'aime pas qu'on me bouscule trop, monsieur Devine. Je n'aime pas qu'on me donne des ordres qui vont contre ma nature et qui sont contraires à la situation. Dans cette affaire, je fais de mon mieux, et je fais des prières pour que personne ne soit tué. Je l'ai senti venir depuis que j'ai vu mon grand-père avec ses moutons quand j'étais gosse. J'ai passé toute ma vie ici, monsieur Devine, j'ai acheté toute mon épicerie et une bonne partie de mes munitions dans votre magasin. En ce moment, je mange une tarte aux cerises dans votre café. Quand j'avais une aventure avec Mabel Mascarenas de Doña Luz, on passait tous les jeudis après-midi au Motel Enchanté de l'autre côté de la grand-route. Je l'ai senti venir, ça fait longtemps que j'ai vu monter la mousse. Et j'ai peur, parce que ça risque de me coûter ma place. Et je ne sais pas quoi faire. Je ne sais pas comment me tirer de là. Mais je sais ce qu'il ne faut pas faire. Alors je n'agirai pas contre mes idées, même si je ne connais pas la bonne solution. J'aimerais mieux me retrouver avec un millier de pancartes brûlées et un millier de truites mortes plutôt que de pratiquer une arrestation qui déclencherait un bain de sang.

Devine se leva.

— Bernie, pourquoi n'emmènerais-tu pas ces poissons à la police fédérale, à moins que tu préfères que je le fasse moi-même?

— J'y vais, j'y vais...

— Bon, alors inutile d'attendre. Shorty et Jerry, on va peut-être aller parler nous-mêmes à Joe Mondragón.

— S'il arrive quelque chose à Joe, cria Bernabé derrière eux, vous pouvez être sûr que je vous arrête tous les trois.

— Que Dieu nous en préserve! dit Shorty. Jésus-Christ lui-même n'imposerait pas autant de respect que José Mondragón.

Après leur départ, Harlan Betchel demanda:

— Qu'est-ce qui te prend, Bernie? Tu perds la boule?

— Combien je te dois? grogna le sheriff.

— C'est pour la maison. C'est toujours pour la maison. Tu le sais bien.

— Combien? insista Bernabé, morose. Une fois tous les dix ans, il me prend l'envie de payer. D'ailleurs, à partir de maintenant, j'insiste pour payer ma part...

— Va te faire foutre!

Harlan se repoussa de sa chaise, se leva et s'éloigna.

— Je ne te donnerai pas de note, parce que tu ne me dois rien.

— Après, ils s'en prendront à ta Pêche Magique! dit Bernabé méchamment. Et j'en ai rien à glander que tu ne me donnes pas de note.

— Eh bien, puisque t'en a rien à glander! De toute façon, tu serais incapable d'attraper un voleur qui te prendrait un gland dans ta poche en plein jour! lança Harlan en disparaissant dans la cuisine.

Bernabé déchira le papier tout mou qui avait emballé les poissons, le froissa en une petite boule qu'il laissa dans le cendrier, puis emporta la boîte dans son camion. Sur la grand-route, il tourna vers le sud et s'arrêta pour prendre un auto-stoppeur, le volontaire Vista, Herbie Goldfarb.

— Je peux vous emmener quelque part?

— J'allais à Chamisaville, répondit Herbie timidement. J'ai besoin d'une pause. Et d'une bonne douche. J'ai une peur bleue.

— Pourquoi?

— Je ne sais pas. Sans doute à cause de tout ce qui s'est passé hier. Je ne veux pas me faire tuer, monsieur, je ne veux pas mourir. Quand je suis arrivé, j'étais objecteur de conscience. Je suis venu ici pour éviter la guerre...

— Personne ne se fera tuer, répondit obstinément le sheriff.

— Euh..., je ne sais pas.

Herbie replongea dans le silence. Ils roulèrent ainsi, écoutant un programme religieux en espagnol sur la KKCV de Chamisaville jusqu'à Doña Luz où Bernabé abandonna le volontaire sur le bas-côté de la route avant de bifurquer.

Il jeta le carton de têtes de poissons sur le comptoir. Bruno Martínez était de service avec Granny Smith; une femme, Tina Valerio, tapait à la machine.

Bruno regarda dans la boîte et fit un grimace.

— D'où ça sort, Bernie?

— On les a postés au Zopilote de Chamisaville hier matin.

— A quelle heure?

— C'est pas marqué sur le timbre?

— Quel timbre? L'adresse, le timbre, quelqu'un a tout jeté ou je ne sais quoi.

Ai Chihuahua! Bernabé s'assit et alluma une cigarette en tremblant. Quel minable! pensa-t-il, en se souvenant de la boule de papier froissé qu'il avait laissée dans le cendrier du Pilar. Je ne connais pas la différence entre mon cul et un trou dans la terre. Ce taré de Pancho Armijo, il va remporter les prochaines élections haut la main en novembre.

Et après, comment je vivrai, moi? se demanda sarcastiquement le sheriff déprimé: en creusant des fosses septiques pour Ladd Devine?

Quand il était jeune, Amarante Córdova avait l'habitude de jeter des cailloux aux oiseaux en plein vol. Bien sûr, il n'en touchait jamais un seul, et c'était sans doute pour cela que ça l'amusait tant; il savait que les oiseaux s'esquiveraient toujours, ou qu'ils voleraient trop vite pour son bras ou pour le projectile. En fait, d'après ses souvenirs, il avait toujours éprouvé une sorte de joie à attaquer un objet qui ne serait jamais blessé, une satisfaction dont les deux parties pouvaient se réjouir.

Amarante avait cessé de lancer des pierres aux oiseaux à peu près à l'époque où il avait été élu sheriff, mais dans son vieil âge, sous l'influence de ce qu'on pouvait considérer comme un retour à l'enfance, il se lança dans une variation de son ancienne pratique. Le moment précis où il revint à sa première personnalité se produisit pendant l'une des promenades quotidiennes du vieillard en ville, quand il repéra un merle mauvis qui buvait dans une flaque d'eau sur le contrefort Milagro-García et que, pour une raison mystérieuse, il décida de lui jeter un caillou. Avec un effort considérable, il se courba en deux, ramassa une arme de la taille d'une balle de golf, se redressa, s'approcha sur la pointe des pieds, et visa sa cible. Mais comme ses doigts maigrichons crispés ne réussirent pas à lâcher le projectile à temps, il finit par se le jeter sur le pied. Cela lui fit un peu mal, et Amarante lança une bordée de faibles jurons en boitillant sur la route, tout étonné d'être un vieil imbécile maladroit.

Soudain, le canon de son gigantesque six coups archaïque entra en collision avec son regard errant: tout d'un coup, il cessa de boitiller.

Le merle, de toute évidence peu terrifié par ce vieillard

décrépi, continuait de sautiller autour de la flaque et de picorer les insectes affriolants qui passaient près de la rive.

Avançant avec une dextérité surprenante et délibérée à présent qu'il avait décidé de partir à la chasse, Amarante retira son énorme Peacemaker de son étui, et, le tenant à deux mains, après avoir laborieusement repoussé le chien, il ajusta son tir pendant une bonne minute avant d'appuyer sur la détente. Sous l'effet de quelque miracle, la balle, immédiatement projetée à grande vitesse dans un éclair de feu, un vacarme de détonation, un nuage de fumée, heurta l'animal en plein cœur, le désintégrant immédiatement en une volute de plumes noires, jaunes et rouges, dont certaines, quand le nuage de fumée se dissipa, retombèrent tendrement, telles des feuilles d'automne, éclairant délicatement la flaque de jolies couleurs.

Au début, Amarante fut bouleversé, car il n'avait pas l'intention de tuer l'oiseau, pas plus qu'il n'avait voulu tuer les petites créatures à plumes auxquelles il lançait des cailloux enfant.

Mais ensuite, il comprit que c'était un signe, un message, un présage, peut-être envoyé par Dieu en personne : Amarante Córdova, vieillard inutile, protecteur du champ de haricots de Joe, avait reçu la grâce par l'intermédiaire d'un tir juste et précis, c'était lui le meilleur défenseur de ce champ de haricots, le meilleur pour combattre les forces du mal et Ladd Devine...

Amarante ramassa quelques plumes et se rendit en ville aussi vite que le lui permettaient ses jambes arquées perclues d'arthrite. Se hissant sur un tabouret au Frontier, jubilant, il lança les plumes à travers la salle, et posa lourdement son six coups sur le comptoir d'acajou.

— Il y a un rat qui a tué un merle chez toi ? demanda Tranquilino Jeantete en réglant son appareil auditif avant d'ouvrir deux bières.

— C'est moi qui ai tiré sur le merle à cent pas, se vanta Amarante, forçant un peu la dose entre ses trois dents, car l'oiseau n'était qu'à vingt pas.

— Ouais, et moi, j'ai étranglé un loup à mains nues cette nuit, rétorqua le vieux serveur, suçant son pouce car il s'était coupé en ouvrant la deuxième bière.

— Tu te moques de moi, se plaignit Amarante. Tout le monde se moque toujours de moi. Mais, je m'en fiche... on se moquait bien de Jésus-Christ.

— Si Jésus-Christ rentrait dans mon bar et commandait un

brandy à la cerise ou une tequila, je ne me moquerais pas de lui. Mais quand Amarante Córdova vient me raconter que, bigleux comme il est, il a vu, et encore pire, tué un merle à cent pas, j'ai le droit de rigoler, parce qu'il y a quelqu'un qui raconte des bobards entre ses dents... du moins ce qu'il en reste! répondit Tranquilino.

Amarante se sentit profondément vexé.

— Mais c'est la vérité, protesta-t-il. Va voir sur le contrefort Milagro-García, tu verras bien, il reste encore les plumes et le cadavre tout ensanglanté.

— Non, merci cousin, tous les matins, je dois faire cent mètres pour venir au bar, et je suis essoufflé pour le reste de la matinée. Mais je suis fair-play, mon gars...

Sur ce, il trottina autour du bar, installa un tabouret à l'autre extrémité de la salle, et posa une bouteille de sherry presque vide sur le tabouret. Puis, il brancha le juke-box pour que son rayonnement interne projette une lumière bleutée sur la cible et dit:

— Bon, vas-y, prouve-moi que tu as tué un merle à cent pas.

— Dans le bar? demanda Amarante, surpris.

— Dans le bar, insista fermement Tranquilino Jeantete. Ce ne sera pas la première fois que quelqu'un tire ici.

Amarante observa son vieux copain pour voir s'il n'avait pas perdu la tête, mais le barman avait les yeux fixés sur la bouteille et avait coupé son appareil auditif, alors comment le valeureux guerrier, récemment élu par le Seigneur en personne, pouvait-il refuser de relever le défi?

Amarante, craquant de partout, descendit précautionneusement de son tabouret, mit une éternité à viser dans le viseur de son espingole, et, dans un épouvantable vacarme de fragments de balles, un millier d'éclats de verre ambrés ricochèrent sur le mur et retombèrent sur le sol, telles les étoiles lors de la création d'un nouvel univers.

— *Hijo, Madra, puto, cabrón!* commenta Tranquilino Jeantete.

Ensuite, il replaça une deuxième bouteille presque vide sur le tabouret, retourna derrière le bar en disant:

— C'est à vous, maestro.

Ignorant le sarcasme de la voix de son ami de toujours, Amarante replaça le chien, visa soigneusement... et fit exploser la seconde bouteille dans des millions d'éclats tout aussi spectaculaires.

Le verre avait à peine terminé de tinter autour de leurs pieds que Harlan Betchel, Nick Rael, Ray Gusdorf, Bernabé Montoya,

Betty Apodaca, Carl Abeyta, Floyd Cowlie, Spareky Pacheco et Tobías Mondragón se précipitèrent dans le café pour voir qui se faisait tuer. Bien sûr, quand ils virent les deux vieillards, ou plutôt l'immense six coups d'Amarante, tous furent paralysés sur place. Avant qu'ils aient eu le temps d'ouvrir la bouche, Tranquilino Jeantete replaça une troisième bouteille et leur dit d'un ton neutre :

— Regardez-moi ça, les amis.

Bernabé Montoya savait qu'il aurait dû mettre fin à cet exercice de tir immédiatement, mais, comme tous les autres, il était curieux, et au lieu d'intervenir, il ne dit mot. Bien sûr, après avoir fermé les yeux sur la première démonstration, qui se termina par des fragments de bouteille pas plus gros que des petites billes qui leur tombèrent en pluie sur la tête, il fut incapable de mettre fin au carnage qui allait s'ensuivre.

Au moment où Tranquilino Jeantete avait commencé à installer les bouteilles encore à demi pleines, au moins quatre douzaines de personnes étaient rassemblées au fond de la salle ou sous le porche du Frontier ; Nick Rael avait déjà offert gratuitement une boîte de .45 et Amarante Córdova était si ivre de son pouvoir et de sa précision qu'il parvenait à peine à tenir debout, et encore mois à viser... et pourtant, jusque-là, il n'avait pas raté une seule bouteille ! C'était si incroyable que tous les présents gardaient le silence, plein de respect et d'admiration, conscients d'assister à un miracle. En fait, la tension des spectateurs était presque insoutenable. De plus, les douilles du Peacemaker d'Amarante avaient creusé un trou dans le mur d'adobé du café.

Soudain pourtant, Amarante ressentit une certaine nervosité à l'intérieur de son corps ; il retint son coup de feu, cligna les yeux et baissa son arme.

Personne ne dit rien. Finalement Amarante annonça :

— Ça suffit comme ça.

— Comment ça, ça suffit? se plaignirent une poignée de spectateurs.

— C'est fini, c'est tout, dit Amarante, content de lui, car il savait que s'il tirait encore une fois, il raterait son coup, tout simplement.

Il remit son fusil dans son étui, et exposant ses trois dents noirâtres en un grand sourire poli tout en soulevant le bord de son chapeau, il salua les spectateurs, sortit et reprit la direction de sa maison.

Amarante quitta la route pour se diriger vers le champ de Joe, décidant que cela ne ferait sans doute pas de mal de monter la garde pendant une heure ou deux; il était presque endormi, le dos appuyé contre une souche de cotonnier blanchie, quand il s'aperçut qu'un avion arrivait au sud.

Normalement, il n'y aurait rien eu de surprenant à voir un avion venir de cette direction. Mais ce jour-là n'était pas une journée comme les autres. Amarante ouvrit les yeux et chercha ses lunettes dans la poche de son costume qu'il finit par trouver et par placer sur le bout de son nez afin d'identifier l'appareil. Très vite, il repéra les inscriptions de la carlingue. Au moment où le petit Cessna survolait Milagro, il savait que l'appareil appartenait à Ladd Devine; il avait inconsciemment remis en place le chien du Peacemaker et attendit avec impatience que celui qui était aux commandes du Cessna arrive enfin à portée de tir.

Amarante ne le savait pas, mais il y avait quatre hommes à bord: Ladd Devine, Bud Gleason, l'ingénieur d'Etat, Nelson Bookman, et le gouverneur. Ils étaient tous invités à une conférence sur l'immobilier qui devait commencer à Chamisaville à midi; le gouverneur ferait un petit discours pour donner le ton et ouvrir les deux jours de festivités. Ils voulaient tous profiter de cette occasion pour se familiariser avec la situation à Milagro et avaient donc décidé de survoler les lieux. Ladd Devine et Bud Gleason passaient en revue les différentes structures et les chiffres du projet de la vallée des Miracles et faisaient des commentaires impromptus sur la flore et la faune et les félons locaux.

Au sol, Amarante ne réfléchissait guère aux conséquences que pourrait provoquer un coup de fusil contre l'avion de Ladd Devine; il se laissait plus ou moins guider par la volonté divine. Donc, quand le bourdonnement s'approcha, il leva son arme, et, envahi par un calme grandiose, il visa la cible qui ronronnait joyeusement, attendant qu'elle approche encore un peu pour que Dieu puisse appuyer sur la détente.

— Voilà le champ en question, dit Bud Gleason, et dans l'avion, tous les yeux se tournèrent vers la gauche, pour regarder plein de respect, sinon de vénération, le petit carré verdoyant en contrebas, qui causait un tel tohu-bohu au beau milieu des champs désolés.

Tandis que Ladd Devine inclinait l'appareil pour leur donner une meilleur vue, Amarante appuya sur la détente, ce qui poussa le chien en avant et enfonça la tige au beau milieu de la cartouche .45 braquée sur l'avion qui tournait lentement.

Il ne se produisit rien cependant.

La cartouche n'était qu'un pétard mouillé.

Avant de venir à Milagro, Herbie Goldfarb avait eu l'occasion de se familiariser avec les cafards et les poissons d'argent, mais vis-à-vis des fourmis, il ne possédait que des éléments sporadiques. Une vague impression, flottant dans sa tête comme une bouffée de nuage fantasque, lui disait qu'il existait une espèce de cet insecte appelée fourmi soldat, venue du Togo ou du Pérou, qui dévorait tout se qui avait le malheur de se trouver sur son chemin, des forêts aux personnes. Herbie avait aussi appris de sources aussi variées que peu dignes de foi que les radiations nucléaires étaient bénéfiques aux fourmis, et qu'elles survivraient donc ainsi à toute guerre atomique. L'ironie dans tout cela, c'est que les fourmis sont parmi les rares organismes, à côté des hommes, à prendre plaisir à se faire la guerre.

De plus, Herbie avait été amené à croire que les fourmis étaient capables de soulever des charges de dix ou quinze fois leur poids, et qu'elles devaient donc être très intelligentes. Herbie savait aussi que dans certains pays lointains, les gens préféraient grignoter des fourmis trempées dans du chocolat plutôt que des barres de Mars. Et puis il y a des fourmis volantes, et d'autres qui n'ont pas d'ailes; certaines sont rouges et aiment piquer, d'autres sont noires et ne piquent pas, sauf si on les écrase sur le biceps avec son pouce dans l'intention de mettre fin à leur vie lors d'un pique-nique. Quant à la mythologie, Herbie connaissait l'histoire de la Cigale et la Fourmi, et connaissait par cœur, « Vous chantiez? Eh bien, dansez maintenant! »

Pourtant, le fait est que Herbie n'avait guère accordé à la science des fourmis un instant de réflexion (enfant,il n'avait même jamais eu de fourmis dans une boîte d'allumettes) avant son expédition vers l'Ouest, au service des Etats-Unis.

Il ne lui fallut pas longtemps pour prendre conscience de ces petites bêtes dans sa nouvelle maison. Tout commença le jour où, une semaine après s'être blessé le pouce en tirant sur les putois, il acheta une mangeoire à oiseaux chez Nick Rael, la remplit de sirop de sucre additionné d'un colorant alimentaire rouge, comme on le lui avait conseillé, et la suspendit à une des branches du cotonnier qui fendait ses toilettes en deux. Nick Rael l'avait mis en garde contre les abeilles, si bien que le volontaire avait muni l'entrée de la mangeoire d'un énorme repoussoir à abeille jaune qui fonctionna à merveille : cela éloignait, ou éliminait les abeilles, ainsi les fourmis voraces avaient tout le sirop pour elles. Elles grimpaient en file indienne le long du tronc, parvenaient au bord, descendaient le fil de plastique fixé sur la mangeoire tête en bas, puis, telle une colonie de lemmings, se frayaient un chemin vers le bec étroit, se collaient les pattes dans le liquide collant, et s'y noyaient. Trois jours après que Herbie eut suspendu pour la première fois la mangeoire à une branche, il ne restait plus que quelques gouttes de liquide rouge, tout le reste était rempli de cadavres de fourmis bien replètes.

— Voilà ce qu'il faut faire, conseilla Nick. Vous avez de l'huile ? De l'huile d'olive, pour la salade ? Non ? Ben achetez-en une petite jarre, c'est là, de l'autre côté de cette étagère, et versez une coulée d'huile sur la branche qui porte la mangeoire.

Herbie suivit ces nouvelles instructions, vida environ un quart de livre de fourmis mortes de la mangeoire aux colibris, et y versa une nouvelle ration de sirop. Pendant toute cette opération, Herbie se montra un peu mollasson et renversa quelques gouttes de la solution sucrée sur le sol. Ensuite, il suspendit de nouveau la mangeoire, en oubliant de replacer le repoussoir aux abeilles, et effectivement, l'huile fit fuir les fourmis, bien que les abeilles, telles des colonies de lemmings, se précipitèrent dans la bouche libre, se gorgèrent de sucreries et se noyèrent. En quelques jours, la jarre de Herbie, dépourvue de liquide, grouillait d'abeilles mortes ou mourant dans l'extase, faisant penser à un ossuaire d'apiculteur.

Pris de nausées spasmodiques, le volontaire nettoya patiemment les corps, prépara un autre sirop, et raccrocha sa mangeoire bien qu'il commençât déjà à désespérer d'attirer un seul colibri dans son humble demeure maudite.

Comme on put s'en apercevoir par la suite, le désespoir du volontaire était largement fondé. Car avant que les colibris n'eussent le temps de découvrir cette jarre retournée, une horde de fourmis volantes passèrent par là, et, en un rien de temps, telle une colonie de lemmings, s'engouffrèrent dans le goulot de verre de l'abattoir personnel de Herbie Goldfarb.

A présent qu'il avait pris conscience de l'existence des fourmis avec lesquelles il était lié dans un combat à mort, Herbie remarqua de fines lignes droites étrangement ininterrompues de petites bêtes qui s'écoulaient le long des murs, paradaient sur le plancher, se dirigeant vers toutes les taches de sirop qu'il avait renversé en remplissant la mangeoire.

Paralysé par les implications de ces lignes combatives, Herbie ne pouvait que les regarder, immobile. Plus tard, alors que les masses noires et circulaires autour de chaque tache, asséchée désormais, atteignaient la taille d'une pièce d'un demi-dollar, le volontaire passa à l'action. C'est à dire qu'il se leva, et, avec des milliers d'excuses au mahatma Gandhi et à tous les hindous de la terre qui portent des masques de gaze tout au long de leur vie afin de ne pas inhaler, et par là-même exterminer, le plus petit microbe, Herbie, chancelant, se dirigea vers les petites concentrations et les piétina, entendant presque les milliers de cris minuscules des fourmis exterminées sous son talon impitoyable.

Cette annihilation rapide, efficace, à grande échelle ne fit pas sourciller d'un cil l'armée de fourmis. Elles continuaient à arriver à peu près au même rythme. Si bien que, tandis que Herbie se reposait, un peu abasourdi par cette exécution sommaire, les cadavres des gouttelettes de sirop étaient progressivement remplacés par des fourmis bien vivantes et vigoureuses, et, en un rien de temps, les petits cercles noirs très animés menacèrent d'atteindre la taille de petits Frisbees.

Que pouvait faire le pauvre pacifiste? Reprenant une fois de plus la peau d'un dieu vengeur, en quelques secondes, Herbie écrabouilla les nouvelles venues. Pas le moindre murmure d'appréhension n'émana de ces cercles de mort qui se propageaient en lignes descendantes et s'écoulaient régulièrement des trous du mur d'adobé tout autour des poutres.

Herbie sentit son cœur flancher en voyant de nouvelles fourmis se plonger méthodiquement dans les arènes maudites, tout autour des taches de sucre; elles ne prêtaient pas la moindre attention à leurs consœurs sur lesquelles trébuchaient leurs pattes minuscules.

Le volontaire s'empara d'un T-shirt, se précipita dehors, le trempa dans le fossé d'irrigation, courut de nouveau à l'intérieur, écrasa les nouvelles congrégations, et, de toutes ses forces, frotta les taches pendant cinq longues minutes.

Cependant, près de la mangeoire à colibris, des fourmis ordinaires, sans ailes, qui n'avaient été que momentanément écartées par le filet d'huile de la branche, rampaient le long des rameaux et, telle une colonie de lemmings, entraient dans la jarre de verre, buvaient le liquide et se noyaient, remplissant la mangeoire de leurs cadavres.

Exténué, Herbie se traîna jusqu'au magasin de Rael où il posa une question à Nick :

— Monsieur Rael, qu'est-ce que vous avez contre les fourmis ?

— Euh, j'ai cette poudre, là. Ça marche pas mal si vous aimez les poudres. Ou bien ces plaquettes. Vous mettez simplement une goutte d'eau dessus tous les jours, et vous remuez, c'est parfait, si vous préférez les plaquettes. Et j'ai aussi des pièges, si c'est les pièges qui vous plaisent. Tous ces trucs ont un avantage, les fourmis ne meurent pas sur place, elles avalent le poison et retournent dans leurs fourmilières, comme ça, vous ne les voyez même pas.

— Oui, c'est parfait, admit tristement le volontaire. Si elles vont mourir plus loin, j'arriverai peut-être à le supporter. Je crois que je vais prendre une demi-douzaine de pièges, de plaquettes, et une boîte de poudre.

— Alors, vous attrapez des instincts meurtriers, dans votre vieil âge ? plaisanta Nick.

— Je n'y peux rien, gémit Herbie poliment. Il y a tellement de fourmis chez moi que j'ai l'impression de marcher sur des épluchures de cacahuètes.

— Les fourmis, c'est vraiment la plaie, dit Nick.

Il aurait pu ajouter : « Et elles sont indestructibles », mais il s'en abstint. Tous les ans, Nick faisait fortune en vendant une variété d'insecticides d'une efficacité douteuse aux gens de Milagro qui s'obstinaient à croire au mythe du jeune garçon hollandais qui avait sauvé la ville grâce à son doigt enfoncé dans la digue, à l'histoire de David et Goliath, etc.

Herbie ouvrit ses pièges, mouilla ses plaquettes, répandit sa poudre, et se blottit confortablement dans son sac de couchage, sûr et certain, que, le lendemain matin, toutes les fourmis seraient enfin exterminées.

Il rêva que les bestioles qui rampaient dans sa mangeoire et la gorgeaient de leurs cadavres étaient en fait une sorte de fourmi piranha particulière à Milagro. Dès qu'un colibri voletait vers le goulot pour s'abreuver de sirop, des centaines de fourmis l'assaillaient; pendant six secondes environ, s'ensuivait un combat furieux, et ensuite, un squelette d'oiseau, parfaitement nettoyé tombait sur le sol dans un petit splach. Cela se passait ainsi pendant toute la journée, si bien que le soir, quand Herbie se glissait vers ses toilettes éventrées, les squelettes de colibris, pareils à de précieux joyaux, parsemaient le sol sous la mangeoire.

Pourtant, le lendemain matin, dans la vie réelle, environ un demi-million de fourmis pas tout à fait mortes qui avaient festoyé aux différents banquets d'insecticides, se tortillaient sur le sol du fumoir. Elles boitillaient en cercles d'invalides chancelants; à plat dos, elles agitaient frénétiquement leurs pattes paraplégiques; allongées sur le flanc, tordues en formes grotesques et agonisantes, elles tremblaient, s'arquaient, se tordaient de douleur. Leurs abdomens gonflés semblaient luire d'une phosphorescence diabolique, meurtrière; leurs antennes retombaient telles des laitues assoiffées.

Pétrifié, horrifié, Herbie s'assit sur son sac de couchage et les regarda mourir, pauvres victimes gazées de la Première Guerre mondiale, pauvres soldats napoléoniens sur un champ de bataille russe en plein hiver. Secouées de spasmes, elles se débattaient, chancelaient, trébuchaient les unes sur les autres, et traînaient leur petites personnes à demi paralysées le long des lattes de plancher, laissant des marques humides de crottes derrières elles, qui décrivaient les affres de leur agonie.

— Non... mais quel imbécile je fais!

Cependant, les lignes de fourmis, ininterrompues, sans crainte et sans peur continuaient à se déverser des petits trous autour des poutres.

Sans la malchance, pensa Herbie Goldfarb se souvenant d'une chanson de Johnny Cash, *je n'aurais pas de chance du tout.* Et il se demanda d'autant plus intensément si ce ne serait pas une bonne idée de demander son tranfert de Milagro, d'oublier ses principes de non-violence d'intellos gerbeux et d'aller au Viêt-nam.

Benny Maestas avait déjà fait le Viêt-nam. A Milagro, la plupart des jeunes gens bons pour le service entre dix-huit et vingt-cinq ans étaient, ou avaient été dans l'armée, car, à côté de la mine de Doña Luz, c'était le seul « employeur » à donner des chèques relativement réguliers et à fournir une activité déjà ancrée dans leur sang depuis la naissance — c'est-à-dire chasser des êtres vivants — tout en offrant une assurance vie au cas où ils se feraient tuer.

Benny Maestas avait accroché avec des punaises sur le mur de sa chambre un dessin sur fond jaune représentant un GI en patrouille dans la jungle, un Chicano, qui disait à un autre GI, un Noir: « *Yo soy el unico en mi familia que tiene empleo* ». Ce qui se traduit par: « Je suis le seul de la famille à avoir un boulot. »

En matière de fait, la petite ville de Milagro avait eu l'un des taux de mortalité les plus élevés de tous les Etats-Unis. Des quinze garçons envoyés au Viêt-nam jusque-là, huit étaient déjà morts: Tranquilino Apodaca, Meliton P. Trujilo, Chato Arguello, Johnny Mondragón, Elisardo et Juan Córdova, Joe P. Mondragón et Onofre L. Martínez.

Il est peut être intéressant de remarquer que, l'année précédente, sept hommes de la classe senior étaient entrés dans l'armée — à la seule exception de Rumaldo Ledoux, cousin du graveur et fauteur de troubles dont l'absence ne passait pas inaperçue, mort d'un accident de voiture le soir même de l'obtention de son diplôme universitaire —, et quatre avaient été envoyés au Viêt-nam.

Alors que les festivités asiatiques semblaient tirer vers leur fin, un magazine national de reportages photos décida de faire un article de fond axé sur la sensibilité humaine ayant pour thème « l'angoisse » de Milagro. Avec cette idée en tête, une jeune journaliste d'avant-garde, Abigail Tedesky, prit l'avion jusqu'à la capitale, loua une voiture et se rendit à Milagro dans l'intention d'analyser le contexte, opération indispensable avant que les paparazzi et les experts du magnétophone n'assaillent la ville.

Abby Tedesky vécut à Milagro ce que l'on peut définir par « une expérience fort traumatisante ». Tout d'abord, dès que sa voiture de location rouge cardinal pénétra dans la ville, tel un requin roulant, huit jours après que les truites décapitées aient été envoyées à Ladd Devine, les habitants la prirent soit pour une femme escroc, une putain en goguette ou encore, la seconde moitié de Kyril Montana, un flic en civil. Son épopée commença par une volée de gravillons assénée par Mercedes Rael, et, tout le village se conduisit plus ou moins de la même manière.

Abby contacta d'abord le maire, Sammy Cantú, qui se montra excessivement poli. Tandis qu'elle expliquait qui elle était et les raisons de son séjour, il hochait la tête en disant: « Oui, oui, bien sûr, hum hum... » sans croire le moindre mot de ce qu'elle racontait. Souriant gracieusement, il l'observait attentivement, prêt à capter le moindre signe, un clin d'œil, un mouvement de la main, qui aurait trahi les véritables motivations pour lesquelles elle voulait faire passer la population sur le grill. Mais, à son grand regret, et plus tard à sa grande terreur, rien de tel ne se produisit. Lorsqu'elle fut partie, une liste de noms qu'il lui avait coincé sous le bras, le maire s'assit sur sa chaise, se tordit les mains, sûr et certain qu'Abby était venue en ville sur les ordres de Kyril Montana, ou peut-être même du FBI pour surveiller des gens comme lui par exemple.

Nick Rael hocha la tête en disant: « Ouais, ouais, ouais... » tandis qu'elle se présentait, elle et sa mission et, quand elle se mit à le questionner plus avant sur les conséquences de la guerre à Milagro, il lui demanda avec un sourire sardonique qui en disait long:

— Euh..., de quelle guerre voulez-vous parler exactement?

Et Abby se demanda toujours pourquoi le propriétaire du magasin si peu causant ricana comme ça lorsqu'elle répondit:

— La guerre du Viêt-nam, bien sûr.

Après la rencontre avec Nick Rael, les choses allèrent de Charybde en Scylla.

La mère de Tranquilino Apodaca la laissa sur le paillasson, et quand Abby eut terminé son discours, la vieille femme aux yeux vifs répondit :

— Pourquoi vous voulez écrire quelque chose sur Trandy ? C'était un brave gosse, mais c'était aussi un petit crétin. Il a fait de la prison pour cambriolage, pour viol et pour avoir agressé un flic, et en plus il s'est enrôlé sur les listes du gouvernement. On lui a donné un fusil, des balles, et des gens pour tirer dessus, et tout ça à l'œil. Quand ils ont renvoyé son corps à la maison, il avait le sourire aux lèvres, et moi aussi, j'avais le sourire. J'ai reçu un chèque de dix mille dollars. Si vous voulez absolument écrire quelque chose, pourquoi vous ne parleriez pas du champ de haricots de José Mondragón ? Si vous voulez écrire des choses sur une guerre, continuer à payer votre chambre au bordel Enchanté de Pedro Hirsshorn, et quand vous vous promenez en ville, gardez les yeux grands ouverts.

Les autres mères ne réagirent pas toutes de manière aussi virulente, mais exprimèrent en chœur plus ou moins les mêmes sentiments.

— Pourquoi vous voulez écrire sur mon garçon ? Laissez donc les morts reposer en paix. Je n'ai pas envie qu'on me rapelle qu'il travaillait pour le gouvernement quand il est tombé, et que les bêtes qu'il tuait, personne n'avait le droit de les manger. Si vous tenez tant que ça à écrire, parlez donc du champ de haricots de José Mondragón, là-bas, du côté ouest. Vous voulez une histoire de guerre ? Eh bien continuez à payer votre chambre au bordel Enchanté du Pedro, Pedro Hirsshorn, mettez un gilet pare-balles et gardez les yeux grands ouverts.

Au cours de sa carrière, Abby n'avait jamais rencontré une telle hostilité, une telle suspicion généralisée. Les gens grommelaient des réponses toutes faites, lui disaient de parler du champ de José Mondragón, et lui claquaient la porte au nez.

Finalement, puisqu'elle ne faisait guère de progrès sur les aspects de « l'angoisse » post-Viêt-nam à Milagro, elle pouvait toujours essayer de faire plaisir aux gens en s'intéressant au fameux champ de haricots. Par hasard, Benny Maestas l'y conduisit.

Ils restèrent sur le bord de la route donnant sur le petit champ entouré de terres désolées, de clôtures éventrées, de maisons en ruines. Le vent faisait rage, les feuilles des haricots se couvraient de poussière: les plants semblaient moisis, malsains, presque mourants. Abby plissa les yeux, observant le petit carré de légumes pitoyables à travers ses lunettes de miroir sans tain de lolita tandis que Benny Maestas, dans un ample mouvement de bras, lui annonçait, sur un ton empreint de respect, de révérence, et de sérénité quasi mystique:

— C'est là.

— C'est ça, le champ de haricots de Joe Mondragón?

— Un petit peu, oui!

— Mais qu'est-ce qu'il a de si extraordinaire?

Cependant, en haut-lieu, diverses rumeurs se propageaient, si bien que Ladd Devine téléphona à l'ingénieur d'Etat, cita le nom du magazine pour lequel travaillait Abigail Tedesky et s'écria:

— Nom d'un chien! Ils veulent écrire un article sur le champ de haricots de Joe Mondragón!

Bookman reçut un coup en plein cœur.

— Mon Dieu! Ladd, tu en as parlé au gouverneur?

— C'est mon prochain coup de fil.

— Bon, tiens-moi au courant, d'accord? Ça commence à faire beaucoup.

Le gouverneur répondit:

— Ladd? Tu es sûr que c'est sérieux? Elle est vraiment en ville, cette femme?

— Oh, je n'invente rien, dit Devine vexé. Si tu crois que j'ai envie de plaisanter avec ça! Ça fait trois jours qu'elle se balade dans la vallée, à poser des questions sur le champ de haricots.

— Bon, répondit le gouverneur doucement. Je vais voir ce que je peux faire.

Il raccrocha et composa le numéro de la police fédérale.

— Passez-moi Xavier Trucho, s'il vous plaît.

Le gouverneur parla avec Trucho.

Après avoir raccroché, Ladd Devine resta dans son fauteuil noir pivotant, les mains croisées sous le menton, les sourcils froncés, réfléchissant intensément. Pendant cinq longues minutes, il garda un silence de mort puis appela Emerson Lapp pour lui demander de lui envoyer Jerry Grindstaff. Quand Jerry arriva, Devine demanda à Lapp de les laisser seuls et de fermer la porte derrière lui. Devine et Jerry G. passèrent huit bonnes minutes dans le bureau fermé, après quoi Jerry G. en ressortit, le visage aussi vide d'expression qu'à l'accoutumée. Il descendit l'escalier, se glissa au volant d'un des breaks de la Truite Sauteuse, sortit du canyon, traversa la ville, tourna à gauche sur la grand-route en direction du sud. Un peu après la Reine de la Carrosserie et de la Plomberie, il s'engagea sur le plateau de Strawberry, et cahota sur un labyrinthe de chemins de terre cabossés vers la communauté hippie de l'Evening Star.

Ce que Jerry G. avait en tête serait d'autant plus facile à réaliser que, récemment, au cours des trois derniers mois, un vaste programme de désintoxication par la méthadone des héroïnomanes avait été organisé à Chamisaville. C'était sans doute un projet plein de bonnes intentions, et les responsables essayaient de gérer honnêtement la situation, mais cela avait au moins un effet secondaire désastreux: la distribution gratuite de méthadone attirait dans la région toute une bande de personnages peu recommandables, accro à la blanche ou dealers, et ce, surtout dans les communautés voisines de Chamisaville. Ce qui avait provoqué une tension jusque-là inconnue, qui s'était vite transformée en conflit entre les hippies peace and love, fleurs dans les cheveux, fumeurs de marijuana, avaleurs de LSD, mangeurs de champignons et de peyote et les adeptes des drogues dures qui essayaient de prendre les choses en mains et de promouvoir infatigablement leur poudre. Pour ces nouveaux éléments, les plantations de haricots et les merveilleux couchers de soleil n'étaient que foutaises dans le champ des valeurs spirituelles si le sac de piécettes quotidien ou son équivalent n'arrivait pas à l'heure.

Jerry G. fit tousser le moteur devant l'Evening Star, se gara, dit bonjour à une femme aux yeux écarquillés, qui traînait derrière elle un troupeau de chèvres dépenaillées, et se dirigea brusquement vers une sorte de tepee où une communauté connue sous le nom de « lord Elephant » avait fait son trou.

Jerry G. frappa à la porte, la porte s'ouvrit et il disparut à l'intérieur.

Pendant que Jerry G. parlait avec lord Elephant, à moins de dix kilomètres de là se déroulait une autre conférence de la plus haute importance.

— Elle a un sacré culot! dit Nancy Mondragón. Habiter dans le bordel à touriste du Pedro, et se trimbaler au grand jour du matin au soir en faisant croire que ce n'est pas notre opinion sur le champ de haricots qui l'intéresse! Moi, j'aimerais lui botter le cul pendant tout le chemin d'ici à Chamisaville!

Ruby Archuleta gloussa, alluma une cigarette, inspira profondément, laissant songeusement s'échapper la fumée.

— Elle doit nous prendre pour une bande d'imbéciles, dit la directrice de la Reine de la Carrosserie et de la Plomberie. Elle s'imagine qu'on n'a vraiment rien dans la cervelle.

— On ne peut pas la laisser parader comme ça, à poser des questions sans arrêt, dit Onofre Martínez, en roulant une cigarette de son mieux, sans même utiliser son bras manquant.

— Qu'est-ce que vous allez faire ? grogna Juan F. Mondragón. Vous mettre hors la loi une fois de plus ? Et après, ce sera encore pire. Vous vous ferez prendre et vous le regretterez. Ils vous arracheront les ongles à la pince…

— On a peut-être un moyen de la faire partir, dit Ray Gusdorf.

— Peut-être, peut-être bien…, dit Ruby.

Au moment où Ruby Archuleta, Marvin LaBlue, Claudio García, Onofre Martínez, Juan F. Mondragón, Amarante Córdova et Jimmy Ortega quittèrent la maison de Joe par la porte de la cuisine, le gouverneur d'Etat quittait aussi une réunion avec Xavier Trucho et Kyril Montana. Et au même instant, Jerry Grindstaff sortait du tepee de lord Elephant à la communauté de l'Evening Star, remettait son porte-monnaie dans sa poche arrière gauche en serrant la main au gigantesque camé au visage poupin.

Et, du côté ouest, Benny Maestas qui avait résumé la saga du champ de haricots pour Abby Tedesky, jeta un caillou dans le fossé Royball et fit demi-tour.

Le lendemain, quand Abby émergea de son hôtel pour commencer sa journée, fraîchement douchée, sur son trente-et-un, elle s'aperçut que les pneus de sa voiture de location étaient dégonflés. Irritée, elle en informa Peter Hirsshorn qui se précipita immédiatement chez Rael pour aller chercher des bombes anti-crevaisons avec lesquelles il regonfla les pneus, s'excusant d'un ton obséquieux du piètre sens de l'humour des habitants du coin.

Abby quitta ensuite le parking du Motel Enchanté pour se faire arrêter immédiatement par une voiture de police, girophare allumé.

— Vous avez votre permis ? demanda sèchement Bruno Martínez. Montrez-moi votre permis, ma petite dame, un de vos stops ne marche pas.

— C'est une voiture de location, répondit Abby d'un air pincé en fouillant dans son sac. Elle est toute neuve, comment les stops pourraient-ils être en panne ?

— Voiture de location ou pas, ça ne marche pas, dit Bruno examinant le permis avec soin. Hé, où est la carte grise ?

— Dans la boîte à gants… répondit Abby en se penchant pour l'ouvrir.

Mais les papiers qu'elle avait rangés là sans y penser trois jours plus tôt avaient disparu. En fait, ils reposaient en paix dans le bureau de Peter Hirsshorn au Motel Enchanté.

— Oh, zut! s'exclama Abby avant d'essayer de s'expliquer.

— Inutile de faire du cinéma, dit Bruno d'un ton sec, suivez-moi, madame Teshkadilly, on va éclaircir tout ça au commissariat.

Quand elle sortit du commissariat de Doña Luz, deux heures plus tard, où elle avait été impitoyablement harassée de questions, puis innocentée, du moins partiellement, par le dossier des voitures de location de la capitale, Abby fulminait. Elle appuya à fond sur la pédale d'accélérateur pour retourner à Milagro... Immédiatement, Granny Smith lui fit signe d'arrêter pour excès de vitesse.

— Mon radar vous a enregistrée à cent vingt à l'heure dans une zone limitée à quatre-vingt-dix, dit-il laconiquement.

— Ça va pas, non? explosa Abby.

Elle avait effectivement pressé le champignon, mais pas à ce point.

— Dites-donc, surveillez un peu votre langage, quand vous vous adressez à un policier, ma belle, dit Granny, bredouillant un peu sur le « ma belle », mais exécutant les ordres en bon garçon malgré tout.

— Dites donc, qui vous a permis de m'appeler « ma belle »?

— Bon, ça suffit, la môme, je vous embarque.

— Et puis quoi encore!

Granny posa la main sur son arme.

— Sortez de cette voiture, mademoiselle, et tranquillement, hein? Compris? Et vous allez dans la mienne, c'est clair?

Soudain, la colère d'Abby fit place à une peur bleue. Des choses comme ça, cela n'arrivait jamais. Pas à elle en tout cas.

— Qu'est... qu'est-ce que vous me voulez? demanda-t-elle. J'ai passé toute la matinée avec vous, et maintenant vous me menacez avec un revolver en prétendant que je roulais à cent vingt alors que j'étais à peine à quatre-vingt-dix.

Granny lâcha son arme.

— Ecoutez, ma belle, je ne connais pas votre problème. Je ne sais même pas qui vous êtes. Mais si mon radar me dit que vous roulez à cent vingt, qui je dois croire, mon radar ou vous?

Dans sa panique, Abby comprit qu'elle avait intérêt à se montrer conciliante, à lui lécher les bottes, ou même le cul si nécessaire, voir à baiser avec ce saligaud, si elle voulait sortir de là vivante.

— Ecoutez, monsieur, murmura-t-elle d'un air contrit, je suis désolée, vraiment désolée. J'ai eu une rude journée, il ne faut pas m'en vouloir. Excusez-moi. Ecoutez, je veux bien payer une amende, c'est combien... ?

Granny lui rédigea une contravention: cent dollars.

— CENT DOLLARS POUR EXCÈS DE VITESSE!

— Ce n'est pas moi qui fais les lois, madame, je me contente de les appliquer.

— Cent dollars pour une fichue contravention! Monsieur, pour qui vous me prenez? Pour une pute ou quoi? Je prendrai un avocat. Je vous poursuivrai jusqu'à ce que vous en deveniez tout vert. Mais nom d'un chien, qu'est-ce qui se passe dans ce patelin?

— Je crois que vous feriez mieux de m'accompagner au commissariat.

— Et un peu qu'on va y aller. Mais n'oubliez pas que j'ai droit à un coup de téléphone.

Pourtant, au commissariat de Doña Luz, un compromis s'établit entre Bill Koontz, Bruno Martínez, Granny Smith et Abby Tedesky. Ils décidèrent de renoncer à la contravention si elle acceptait de retourner à Chamisaville, de faire réparer les feux de positions dans les vingt-quatre heures et de ne plus dépasser les limites de vitesse pendant le reste de son séjour. Tremblante, Abby promit de s'en tenir à ces termes et s'en alla en s'attendant à ce que ces saligauds de flics, ces enculés, ces forts des halles lui tirent dessus dès qu'elle aurait le dos tourné.

Pourtant, elle parvint jusqu'à sa voiture, conduisit très doucement en s'éloignant de Doña Luz, et prit la direction du nord à soixante kilomètres à l'heure, dans l'intention de prendre ses affaires et de s'enfuir aussi vite que le permettaient les limites de vitesse.

A mi-chemin cependant, Abby remarqua qu'elle était suivie par une espèce de camionnette déglinguée et toute boueuse, mais elle n'osait pas accélerer de peur de se faire à nouveau piéger par la police. L'autre véhicule lui colla au derrière pendant trois bons kilomètres, déboîta pour la dépasser et lui fit une queue de poisson. Abby freina, la camionnette freina aussi; Abby braqua, freina de toutes ses forces et s'arrêta sur le bas-côté au moment où un grand maigre avec une moustache sautait par la porte du passager, alors qu'un gros costaud en costume de motard aux traits de chérubin contournait hâtivement la camionnette et qu'un troisième homme sortait par les portes arrière.

— Oh, mon Dieu...

Abby tendit la main pour fermer sa porte, mais trop tard... Le grand maigre l'ouvrit, et, d'un même mouvement, lui attrapa le bras et l'extirpa du véhicule... Elle se cogna durement le front contre le montant supérieur, et cria. Le grand maigre lui flanqua une gifle et la lança au gros chérubin; celui-ci la repoussa dans les bras du troisième homme qui la frappa violemment sur la tête en lui criant tandis qu'elle tombait au sol:

— Tu ferais mieux de foutre le camp d'ici, ma petite dame, pigé?

Abby atterrit sur le macadam, en manquant de se cogner la tête contre sa voiture de location flamboyante. L'un d'entre eux lui donna un coup de pied dans l'épaule, puis il y eut quelques pas précipités tandis qu'ils retournaient à leur véhicule et détalaient... et c'était fini.

Que pouvait-elle faire? Aller voir la police? Qui se moquait de qui? Abby se releva, se hissa dans sa voiture et pris la direction du nord dans un nuage, sans même pleurer. Quelques minutes plus tard, elle accosta dans le parking du Motel Enchanté, chancela jusqu'à sa chambre, fourra ses vêtements dans une valise, s'engouffra dans son automobile et s'en alla sans même passer à la réception qui se moquait pas mal qu'elle règle sa note ou non. Dès qu'elle arriva à la grand-route, elle enfonça le champignon. En passant devant le commissariat de police de Doña Luz à plus de cent kilomètres heure, elle ne s'étonna pas le moins du monde qu'aucune des voitures de police en stationnement juste devant ne fit un geste pour la suivre.

Pour Abby, cela n'avait rien d'amusant.

Pourtant, toutes les parties impliquées dans la guerre du champ de haricots de la vallée des Miracles étaient satisfaites de voir qu'Abigail Tedesky, journaliste, flic en civil ou on ne savait quoi, avait enfin pris la poudre d'escampette.

Dès l'instant où il se réveilla, après une fort mauvaise nuit, Charley Bloom comprit que ça allait encore être un de ces affreux samedis. Il commença à sombrer sinon dans la dépression du moins dans la morosité au moment où Linda lui annonça, avant même qu'ils soient complètement éveillés, qu'elle allait à Chamisaville avec Nancy Mondragón pour faire des courses au Safeway et chez J.C. Penney et qu'elles avaient prévu de lui laisser Pauline et María et les trois gosses Mondragón.

L'avocat fronça les sourcils, puis, décidant d'extorquer quelque chose en échange de ce qui était déjà un *fait accompli*[1], il se blottit contre ses fesses et glissa les mains autour de ses seins en murmurant d'une voix ensommeillée:

— Qu'est-ce que tu dirais d'un petit câlin avant de partir?

Elle ne s'écarta pas vraiment de lui, mais il sentait ses réticences; elle n'était guère d'humeur à la bagatelle. Peu importait, Bloom persévéra; et bien que la pénétration fut sèche et un peu douloureuse pour elle, il continua malgré ses faibles protestations. Une fois qu'il fût à l'intérieur d'elle, ils restèrent allongés ainsi, presque sans bouger. Pour Bloom, c'était un moment confortable, empreint d'érotisme, et, à demi-endormi, fort excité, il se sentait proche de sa femme. Linda laissa retomber son bras, lui posant une main froide contre la cuisse, se réjouissant qu'il ne puisse pas voir son visage, et pendant quelques minutes, ni l'un ni l'autre ne prononcèrent un mot.

Ensuite, ils entendirent le bruit sourd d'un des enfants qui descendait de son lit; un instant plus tard, María pointa le nez par l'entrebâillement de la porte et dit en se frottant les yeux:

1. En français dans le texte (N.D.T.).

— Dis, maman, tu te lèves ? d'une voix pointue de fillette, sur quoi Bloom répondit immédiatement.

— Dans cinq minutes, va donc faire pipi.

— Mais, papa, j'ai pas envie.

— Oh, mais si, je le sais, je ne veux pas de mare sur le plancher.

Fronçant les sourcils, María fit demi-tour et traversa le salon pour aller aux toilettes. Linda et lui écoutèrent les pas traînants pendant une dizaine de secondes, et l'entendirent revenir vers eux en pleurnichant.

— M'man, Pauline a fait caca cette nuit, je peux pas aller faire pipi.

Bloom se raidit, énervé pour de bon, en colère et sur la défensive. Combien et combien de fois ces enfants avaient-ils perturbé ainsi les meilleurs moments de sa vie sexuelle ? En fait, on aurait dit qu'ils étaient toujours là au mauvais moment, menace permanente qui détruisait tous les instants d'intimité que lui et sa femme tentaient de préserver. D'amertume, ses lèvres se pincèrent, ses muscles se tendirent, l'amertume de milliers de nuits d'amour pertubées, troublées, sabotées par la toux d'un enfant, le cauchemar de l'autre, un vomissement soudain, le gémissement de Pauline qui se réveillait parce qu'elle avait fait pipi au lit... Une infinité d'interruptions impromptues, si bien que chaque fois qu'ils commençaient à se caresser dans le noir, Bloom s'était toujours senti crispé, s'attendant à ce qu'un gosse ou un autre rompe définitivement le charme. A tel point que ses pratiques amoureuses avaient changé au fil des ans : l'hostilité qu'il destinait aux enfants se reportait sur Linda. Il se mit à la baiser, brusquement, désagréablement, pour avoir le temps de jouir avant que les enfant puissent ruiner ce bref instant d'intimité.

— T'as qu'à tirer la chasse, chantonna-t-il, la voix tendue, essayant de se montrer calme bien qu'il fût au bord de la crise de nerf.

María était revenue devant leur porte.

— Non, je peux pas, j'ai trop peur..., gémit-elle.

— Bon alors, va réveiller ta sœur et dis-lui de tirer la chasse, dit Bloom. Mais laisse-nous tranquille cinq minutes. Maman et papa sont très fatigués.

— Je veux venir au lit avec vous, dit María.

— Non, pas avant que tu sois allée faire pipi, menaça Bloom d'une voix tonitruante qui avait perdu toute gaieté.

— Mais si je réveille Pauline, elle va me taper! dit María en rechignant.

— Oh, nom d'une pipe! murmura Bloom dans un souffle, absolument furieux.

Linda, heureuse d'avoir trouvé une excuse, commença à s'écarter de lui, en disant: « J'y vais... », mais Bloom la retint par les épaules en lui sifflant à l'oreille:

— Attends cinq minutes, nom d'un chien, avant de crier: Pauline, réveille-toi!

— Je suis réveillée, rétorqua en grognant la fillette de six ans.

— Eh bien, va aux toilettes et tire la chasse pour que ta sœur puisse y aller, dit Bloom en luttant pour que sa voix ne paraisse pas trop nerveuse.

— Elle n'a qu'à le faire elle-même, elle est pas infirme, moi je lis.

Une fois de plus, Linda essaya de se lever, mais Bloom lui enfonça les doigts si profondément dans l'épaule, qu'elle retomba avec un petit cri étouffé.

— Si tu ne te lèves pas tout de suite pour aller tirer la chasse, tu vas recevoir une sacrée fessée! menaça Bloom. Fais ce que je te dis, et tout de suite.

— Oh, bon...

Furieuse, Pauline jeta son livre par terre, et se mit à pleurer en traversant le salon.

— Elle ne fait jamais rien, c'est moi qui fais toujours tout! Fais gaffe, María, sale petite punaise, tu me paieras ça quand ils seront partis...

— Tais-toi et obéis, gémit Bloom.

Pauline tira la chasse et retouna dans la chambre, tapant les pieds de défi.

— Bon, dit Bloom gentiment à la pauvre gosse qui suçait son pousse dans l'encadrement de la porte, tu peux y aller maintenant.

— Qui c'est qui va m'esssuyer? demanda María pour gagner du temps.

— Je vais venir, préviens-moi quand tu auras fini, dit Bloom se retirant à demi du corps de sa femme.

María restait sur son terrain devant la porte:

— Mais j'ai pas envie...

— Bien sûr que si, dit son père sévèrement en souriant, tel un spectre sorti de l'asile de fou.

Obstinément, l'enfant secoua la tête.

— Vas-y tout de suite, hurla Bloom tout d'un coup, sinon tu va avoir une fessée dont tu te souviendras!

María éclata en sanglots et s'éloigna; dès qu'elle eut le dos tourné, Bloom pénétra méchamment sa femme sans le moindre avertissement, et elle s'écria: « Oh, non! » lorsqu'il jouit.

María s'arrêta et se retourna:

— Maman, qu'est-ce qui t'arrive? demanda-t-elle à travers ses larmes.

— Ri... rien..., ma chérie, murmura Linda, les larmes aux yeux, elle aussi, tandis que Bloom s'enterrait le visage dans l'épaisse chevelure de la nuque, pris d'une soudaine envie de sangloter.

Ils se levèrent tous, s'habillèrent sans un mot et se regroupèrent dans la cuisine. Pressée de rejoindre Nancy, Linda avala une simple tasse de café, fit un petit baiser à ses enfants, et, évitant le regard de son mari, se précipita vers la porte.

Bloom savait qu'il aurait dû leur préparer un petit-déjeuner nourrissant, du jus d'orange, des tartines, du bacon... Au lieu de cela, il remplit deux bols de céréales, les arrosa de lait et de sucre roux, et s'assit en face d'eux, s'attendant à une longue, très longue journée.

Plus tard dans la matinée, alors que les cinq enfants regardaient des dessins animés à la télévision au salon, Bloom buvait tranquillement du café à la cuisine tout en prenant des notes sur un bloc format ministre. Il levait justement les yeux quand une tache rose flotta nonchalamment près de sa pile de bois et traversa la cour, mais, pendant un instant, il n'enregistra pas même cette image. Ensuite, une fois qu'elle eut vogué hors de vue, il comprit soudain que son jardin était envahi par la truie de Pacheco.

Bloom se leva si brusquement qu'il renversa son café sur son bloc-notes et avant même d'être arrivé à la porte se mit à crier: « FICHE-MOI LE CAMP, ESPÈCE DE SALE COCHON! ». Alors qu'il se ruait tête la première dans la cour, le pantalon pratiquement sur les genoux car il avait négligé de boucler sa ceinture avant de se lancer à l'attaque, il fut salué par la truie arrogante qui trottinait brusquement vers lui, une poule dans la gueule. Le cochon avait la tête baissée et ses petits yeux roses remarquèrent à peine l'homme en travers de son chemin, tant il était sûr que Bloom allait dégager le terrain.

Pourtant, la tête de l'avocat explosa, libérant son mauvais

caractère tristement célèbre. Au lieu de s'écarter, il avança d'un unique pas, et, comme pour un tir au football, asséna un violent coup de pied dans les côtes grassouillettes et carrées de l'animal qui en recracha son poulet. En fait, la petite poule se retrouva catapultée à travers la cour, les plumes blanches volant de partout, telles les étincelles de la queue d'une comète, avant que l'oiseau soit enfin capable de maîtriser ses ailes qui s'agitaient frénétiquement et se redresse sur ses pattes, pour s'enfuir en gloussant de terreur. Plus tard, Bloom reconnaîtrait avec une certaine satisfaction qu'elle n'avait eu que ce qu'elle méritait, car c'était la seule poule qui ne cessait de se sauver du poulailler pour aller fouiner parmi les buissons verdoyants, la pelouse, le potager et les mauvaises herbes et pondre ses œufs là où ni Bloom ni Linda ne les retrouvaient jamais. Des mois plus tard, Pauline ou María, tout essoufflées, se précipitaient à la maison annonçant que le lapin de Pâques avait laissé une douzaine d'œufs pourris dans l'herbe au pied du pommier, ou au fond du fossé asséché dans le champ de derrière.

Mais pour le moment, Bloom était furieux de voir ses droits territoriaux violés par une bête aussi obstinée que gloutonne, et, s'il avait eu un fusil, il n'aurait pas hésité à tirer.

Hélas, il n'avait pas de fusil, ce que le cochon comprenait d'instinct. Bloom n'avait rien du tout. Il resta donc ainsi un moment, à faire face à cent cinquante kilos de viande porcine, qui, en retour, gardait ses positions, clignant de ses petis yeux albinos et fixant aveuglément l'avocat en courroux.

Cette impasse fut brisée par la truie qui décida de s'en aller: pour sa retraite, elle choisit un chemin qui passait directement entre les jambes de Bloom. L'avocat fit un pas de côté, pour plus de sûreté, mais, lorsque le cochon audacieux passa près de lui, Bloom s'écarta et, au risque de se casser la jambe, lui décocha un coup de pied dans le ventre qui fit suffoquer l'animal qui lâcha un léger « wreu ».

Malheureusement, ce coup eut pour inconvénient de déclencher la fureur de la truie carnivore de Pacheco, qui, s'arrêtant brusquement, pirouetta sur ses sabots, telle une ballerine sur ses pointes, et fonça droit sur l'avocat, immense mais mollasson, le renversant à terre. Bloom s'était à demi redressé quand la truie le heurta à nouveau et le piétina. Il avait réussi à se relever et se précipitait vers son tas de bois pour s'emparer de sa hache, quand le cochon lui fonça dessus à nouveau, avec une précision extraordinaire, envoyant une nouvelle fois l'avocat dans les airs. Quand

Bloom se releva pour la troisième fois, il était sûr qu'il allait non seulement massacrer la truie, mais aussi Seferino Pacheco et peut-être tous ceux qui approcheraient sa maison pendant les quinze heures à venir.

A cet instant précis, le diable en personne, une corde enroulée autour de l'épaule, avança tristement dans la cour en criant :

— Arrêtez !

L'avocat s'immobilisa, le cochon aussi. Bloom, le visage pourpre était pantelant comme un âne : le cochon semblait un peu essouflé : des plumes blanches parsemaient la pelouse.

— Ah, si seulement j'avais un fusil, menaça Bloom sauvagement, je vous aurais tué tous les deux.

Pacheco avait déjà entendu ce refrain : il haussa les épaules.

— Il n'y a pas de raison de tuer un homme parce que son cochon se promène dans une cour ! Aidez-moi plutôt à attraper cette maudite truie.

— Mais vous ne comprenez rien, cette sale bête a essayé de me tuer ! Et avant, elle était en train de manger une de mes poules !

— Mon cochon ne mange pas de poulets, répondit Pacheco d'un ton ferme.

— Ah, oui, qu'est-ce qu'il voulait ? Le remporter chez lui pour avoir de la compagnie ?

Pacheco eut un sourire étrange, et haussa encore les épaules. Soudain, l'avocat se sentit faible et pris de vertiges. La colère lui coupait la respiration, si bien qu'il s'assit pour reprendre son souffle, dans un état nauséeux.

Pacheco s'approcha du cochon qui fit un pas en arrière en ronflant de manière menaçante ou affectueuse (c'était impossible à déterminer), et son groin sembla se plisser en un sourire tordu. Ensuite le gigantesque alcoolique morose haussa une nouvelle fois les épaules et se dirigea lentement vers le tas de bois où il s'installa sur un tronc de pin en se frottant les sourcils. A trois mètres de lui, plié en deux, Bloom toussait un peu, crachant des humeurs, essayant de se calmer pour ne pas vomir.

Le cochon les observa tous les deux pendant un instant, se dirigea presque gracieusement vers une rangée de tuteurs entourés de pois doux, et s'amusa à attraper — et occasionnellement gober — les sphinx qui papillonnaient autour des luxuriantes fleurs roses et blanches.

En remarquant ce manège, Pacheco se mit à divaguer au hasard.

— Regardez! s'étonna-t-il songeur, je ne l'avais jamais vu faire ça. Mon Melvin, quand il était gosse, il faisait pareil, il attrapait les papillons qui tournaient autour des petits pois. Il avait toute une collection d'insectes, il en attrapait partout, comme ça, à la main. Il les encadrait aussi: il avait pris un livre à la bibliothèque de l'école sur le sujet, et quand ils étaient secs, ils les accrochaient avec des épingles sur son mur. Une fois, il y avait la moitié d'un mur qui en était entièrement recouvert, mais c'est là que les fourmis sont venues les manger. Ces saloperies de fourmis, elles ont tout bouffé à une vitesse... Je m'en souviens encore, ma femme et moi..., elle jouait du piano et moi j'étais sur une chaise près de son lit, oh, il avait à peu près six ou sept ans, il dormait, c'était la nuit et ma femme jouait du piano, du Mozart peut-être, ou du Chopin, vous voyez... Et tout d'un coup, j'ai vu qu'une colonie de fourmis mangeait les papillons sur le mur, au-dessus de son lit, et les jolies ailes tombaient en poussière sur le visage de mon pauvre Melvin et sur les couvertures, on aurait dit de la neige..., une neige d'ailes de papillons...

Entre les hoquets et la respiration haletante Bloom n'entendait qu'à demi les bavardages de Pacheco; puis, se rendant soudain compte de ce que racontait ce cinglé d'alcoolique, l'avocat s'aperçut qu'il était lui aussi au bord des larmes.

— Et puis, vous savez? demanda Pacheco, d'un ton réthorique. Que peut-on faire avec les fourmis? Je me suis levé et j'ai brossé les petits éclats d'ailes sur sa joue, c'est tout. C'était une drôle de nuit. C'est cette nuit-là que les fourmis ont mangé toute sa collection. Plus tard, bien plus tard, il s'est fait tuer en Corée...

Bloom n'avait plus envie de pleurer; il avait déjà entendu ce qui allait venir; d'ailleurs qui n'avait pas entendu le récit de la mort de Melvin? Personne n'avait jamais su comment était morte la femme de Pacheco, pourtant. Elle avait disparu un jour... « Elle est à l'hôpital, à la capitale... » expliquait Pacheco. Et ensuite, elle était morte. Il avait ramené le petit vase de carton officiel qui contenait ses cendres, et avait jeté la poussière d'être humain dans les gorges où une forte bourrasque avait dissipé la poudre grise parmi les hirondelles voletant sur la falaise, bien avant qu'elles aient eu la chance de friper l'eau de la rivière en contrebas.

— Oh, quand il était môme, mon Melvin, pour ça, il aimait collectionner, se souvenait Pacheco, se levant brusquement et se dirigeant vers les petits pois où, en grognant, à contrecœur, le cochon s'écarta un peu, pour laisser la place à son maître.

Et, au moment où Bloom leva les yeux, Pacheco tenta d'attraper un sphinx qu'il manqua de quelques millimètres.

— Oui, mon Melvin, il était bien comme sa mère, *qué no* ? S'il était encore vivant, je crois qu'il serait devenu pédé. Il aimait la poésie, comme moi. Les livres. Il collectionnait les plumes, les papillons et les feuilles. Il savait tout sur les feuilles et les arbres. Dans une boîte en carton, il avait toujours des grenouilles, et des criquets dans une autre. Je me suis toujours demandé comment ce gosse pouvait dormir avec tout ce raffut dans sa chambre. Oh, il attrapait toujours les fourmis sur les poteaux pour donner à manger à ses grenouilles, ses salamandres, ou toutes ses bestioles.

Le cochon approcha doucement son groin de l'abdomen d'un papillon, puis, dans un petit crunch, l'inhala, mâcha une seule fois, et l'engloutit. Pacheco assaillit maladroitement un autre joli papillon qui se délectait d'une feuille tout près de lui, et fut aussi surpris que l'avocat de ne pas le manquer. Pacheco se retourna, trébucha jusqu'au tas de bois, s'assit par terre, et, pendant un instant, alors qu'il essayait de tuer le papillon sans détruire les taches colorées des ailes, il garda le silence.

Ensuite, il déploya sur sa paume le papillon tremblant, battant faiblement des ailes ; Bloom hocha la tête ne sachant que dire ni comment réagir.

Pacheco sourit, ricana bêtement, et secoua la tête d'un air interrogateur.

— Oui, monsieur, dit-il dans une toux ensommeillée, perdue dans le passé. Il y avait toutes ces grenouilles avec leurs yeux partout, et les grillons qui chantaient et on entendait presque les fourmis qui dévoraient les papillons sur les murs, et les petites particules d'ailes qui tombaient sur sa joue comme de la neige, et lui, il continuait à dormir...

Bloom avait envie de se lever, de rentrer, de s'allonger, de se débarrasser de ce... De ce quoi ? Oiseau de mauvais augure ? De cet ivrogne pleurnichard ? Et de ce cochon ridicule. Pourtant, il était trop épuisé. Il était exténué, bien qu'on ne fut qu'au milieu de la matinée. La nuit précédente, il avait à peine dormi, les enfants n'avaient cessé de se lever. Et Linda qui était si calme, aussi calme que ce matin pendant leurs ébats interrompus... éveillée dans le noir à côté de lui. Tous deux auraient eu envie de parler de sentiments vagues, inexprimables, et restaient incapables de prononcer un mot pourtant, tandis que les racines de tristesse se propageaient dans l'obscurité. Leur douleur, leur désespoir, leur angoisse, ou quoi que ce fût d'autre... pourquoi fallait-il que tout soit toujours silencieux?

Pacheco, qui sentait que sa présence serait encore autorisée pendant un moment, se lança dans un ronronnement routinier, chantonnant:

— Ce matin, peut-être, ou alors la semaine dernière... qui s'occupe encore du temps aujourd'hui? J'étais à la cuisine et je buvais une bière au petit déjeuner, j'écoutais la radio, la KKCV de Chamisaville. Ils faisaient un reportage de ski, et j'écoutais sans y penser, quand tout d'un coup je me suis aperçu... vous comprenez. Nom d'une pipe, un reportage sur le ski en plein milieu de l'été? *Hijo, Madre!* Alors, je me suis mis à écouter pour de vrai... ils ne parlaient plus de ski, mais de pêche. Une minute plus tard, le ski était revenu sur le tapis, alors, j'ai fermé la radio. Ça me faisait peur, je crois...

Plongeant légèrement en avant, déplaçant sa masse gargantuesque avec une délicatesse époustouflante et une précision meurtrière, le cochon attrapa un autre sphinx. Bloom soupira.

Pacheco poursuivit son discours.

Pour pleuvoir, il plut. Pendant quatre jours et quatre nuits, l'eau descendit du ciel, et en ville tout le monde s'accordait à dire que c'était du jamais vu, surtout en été, lorsqu'on ne pouvait guère espérer plus qu'une légère averse en milieu d'après-midi d'une journée autrement d'un bleu turquoise resplendissant. Mais il plut, sans discontinuer pendant tout ce temps. Immédiatement, le niveau des rivières s'éleva, les flots se déversèrent dans les régions basses; les fossés d'irrigation débordèrent; les champs déjà bien humides devinrent de véritables pataugeoires; et les routes, habilement construites par des artisans expérimentés qui n'avaient prévu aucun système de drainage, se transformèrent en champ de boue.

D'ailleurs, à Milagro, tout ce qui avait été poussière se changeait en boue.

La boue de Milagro, appelée zoquete par les gens du coin, n'était pas une boue comme les autres. Mélange de sable, de fine poussière d'adobé marron, et de caliche gris, elle avait la texture, la viscosité et le pouvoir destructeur du goudron. Elle aspirait bottes et chaussures, ruinait les plaquettes de freins des voitures et camions; s'infiltrait dans les sabots des chevaux et du bétail. Elle était aussi omniprésente que le bacille de la peste; on aurait dit un champignon, une moisissure en folie. Jusqu'à l'air que les gens respiraient était imprégné de boue; les narines se bouchaient; les fermiers vomissaient de grosses masses brunâtres. Sur les routes, la boue semblait couler comme le courant d'une rivière ou d'un ruisseau, mais quand elle durcirait, ce serait pire que du ciment! Les gens se réveillaient le matin pour s'apercevoir que leurs paupières étaient recouvertes de boue, et, sans qu'on sache comment, un dépôt rapeux et brun se retrouvait sur les brosses à dents et les glaçons du réfrigérateur. Rien ni personne n'échappait à la boue. Pareille à du beurre de cacahuète, elle transformait les individus et animaux en objets inanimés. Les feuilles, dans leur coquille de boue, tombaient des arbres et atterrissaient dans un bruit sourd parfaitement audible. Les moutons se retrouvaient gainés dans cette fange et ressemblaient à d'immenses nids de guêpes ambulants; les oiseaux, dont les plumes avaient absorbé la boue, s'agitaient laborieusement dans l'air, presque incapables de voler. Les poules pondaient des œufs à deux coquilles, la boue formant la seconde à l'extérieur. Chiens, agneaux, porcelets disparaissaient soudain sous les vagues de cette fange épaisse, et certains conteurs prétendaient qu'on entendait le paysage éructer, à demi étouffé après un festin aussi plantureux.

Seul le berger allemand à trois pattes d'Onofre Martínez évitait la boue en refusant de bouger de la pelouse en Astroturf du château Martínez.

En revanche, la truie de Pacheco se délectait: elle flottait allègrement dans la ville, les yeux à demi clos, rappelant un étrange ballon dirigeable sensuel, heureuse comme un cochon dans la merde. Et souvent, on entendait les gens se plaindre tandis qu'ils nettoyaient leurs bottes ou leurs chaussures:

— Cette saloperie est encore plus collante que le cochon de Pacheco.

Les planchers du magasin de Rael et du café Pilar disparaissaient sous un manteau terreux. Pour nettoyer, Nick raclait le sol à la binette. Harlan Betchel, lui, restait assis dans un coin à contempler la couche qui s'épaississait, se demandant s'il ne ferait pas mieux d'y creuser quelques trous et d'y planter de la dynamite ou des grenades...

Finalement, en ville, tout mouvement s'éteignit: les routes étaient bloquées par les véhicules embourbés. Les vers de terre se tortillaient frénétiquement hors d'un milliard de trous et se noyaient, leurs corps blanchis flottant partout. Milagro se métamorphosa en un immense bourbier gluant, gouverné par les rats musqués et les serpents d'eau. Le long des fossés d'irrigation, l'herbe grimpait vers le ciel, comme une sorte de savane bourrée d'hormones. Les truites, qui s'égaraient dans les torrents de boue, se faisaient arracher des eaux par des chevaux curieux dans un champ de luzerne. Un million de souris des champs, forcées de fuir leurs terriers des pâturages, se firent emprisonner dans la boue: en quelques minutes, leurs cadavres en croûte, s'alignaient le long des routes, tels les corps des chrétiens condamnés à mort à l'époque romaine. Les chiens de prairie, essayant d'atteindre les sommets des basses collines de Milagro, étaient si lourdement chargés de boue, qu'ils s'épuisaient vite et mouraient quand la terre séchait, ressemblant à d'énormes beignets, à des croquettes, ou des chiens rotis.

— Je crois que je vais bientôt chier de la boue, se plaignit un matin Joe Mondragón à Nancy.

Et, bien que Herbie Goldfarb ait été ignorant de ce fait, il aurait sans doute été heureux d'apprendre qu'environ treize milliards de fourmis périrent avec le fléau.

Assis sur le lit à côté de Caroline, observant attentivement le barillet de son revolver de service, Bernabé Montoya s'aperçut qu'il était définitivement englué dans une substance brune, proche du ciment:

— Il va falloir que j'en rachète un autre, grogna-t-il.

Mais les vieux comme Onofre Martínez, Sparky Pacheco, Tranquilino Jeantete et Amarante Córdova souriaient car ils se souvenaient avoir, au bon vieux temps, volontairement inondé la grand-route avec les eaux d'irrigation et attendu sur les bas-côté avec leurs quelques chevaux pour dégager, contre un modeste salaire, les voyageurs allant vers le nord ou vers le sud, dont les attelages ou les Model T s'étaient empêtrés dans cette fange tenace. Ce manège avait été aussi lucratif que les incendies allumés dans les montagnes de Minuit qu'ils aidaient ensuite à maîtriser aux côtés du service des forêts.

Tout mouvement cessa, sauf en fait, pour Ruby Archuleta qui sillonnait toujours la ville en camion jusqu'à ce qu'elle ne puisse plus naviguer à travers la gadoue brunâtre; elle changea son véhicule contre un cheval, et quand cela aussi devint impossible, elle alla à pied, de ferme en ferme, une pétition sous le bras, parlait avec les villageois, leur demandait de signer, expliquait des milliers et des milliers de fois la situation dans la vallée, détaillait ses idées sur le Comité de défense des terres et des eaux de Milagro. Certaines personnes l'écoutaient avec courtoisie, lui offraient un café, posaient des questions. D'autres discutaient, se montraient hargneuses et criaient, à la fois avec elle et contre elle. Presque tous les hommes et femmes étaient d'accord avec son analyse de la situation de la vallée des Miracles: « Ouais, ce Zopilote, il faut qu'il s'en aille », s'écraient-ils d'un ton emphatique. Mais ils avaient peur de Devine; ils ne signaient pas; et de toute façon, ils ne voulaient pas d'ennuis supplémentaires, « parce que des emmerdes, on en a déjà assez comme ça, et avec un grand E, en plus, *qué no* ? » Et puis, pouvaient-ils réellement faire confiance à Ruby Archuleta? Et, bien qu'ils admirent Joe Mondragón, ils le prenaient pour un fou... il fallait être cinglé pour se jeter ainsi dans la gueule du loup. Et aussi, ils redoutaient presque autant de s'imposer un combat contre la zone de loisirs, que les impôts que ce ce plan allait provoquer.

C'était l'enfer de persuader qui que ce soit de signer. Ruby essayait d'expliquer, de s'expliquer encore. Quand pour la énième fois la même personne lui reposait la même question stupide, cette femme intrépide répétait patiemment les mêmes réponses. Tout le monde se montrait amical, compréhensif, poli, soupçonneux, craintif, et la plupart refusèrent de signer bien que certains commençaient à se demander si Ruby n'était pas une sainte. Qu'importe, trempée, couverte de vase, exténuée à force de patauger dans l'épaisse mélasse boueuse, Ruby persévérait. Les fermiers prirent l'habitude de la voir venir avec sa pétition; certains attendaient même ses visites avec impatience. Les enfants s'écriaient: « Tiens, revoilà la fourmi! » Les femmes s'exclamaient « Mais je rêve, voilà encore cette sorcière qui frappe à la porte! » Seferino Pacheco, qui était en faveur de la pétition, refusa de signer car il appréciait beaucoup les visites de Ruby. Et, éperonnée par une détermination infatigable et inébranlable, Ruby poursuivait ses tournées. Les conversations allaient du plan d'aménagement à la mort de Betita Córdova, tombée dans les gorges enneigées le jour de l'assassinat du président John F. Kennedy.

Soudain, la pluie cessa, et le vent se leva. Jour et nuit, il rugissait dans la vallée, déracinant les cotonniers au passage, conduisant tout Milagro vers la folie. Dès le troisième jour, l'air était opaque de poussière brune qui s'infiltrait entre les dents, collait les yeux et gâchait les ébats amoureux trempés de sueur. En un rien de temps, les routes se firent aussi dures que le ciment; les truites cuisaient dans les pâturages desséchés. Telles des créatures marines se retirant avec la marée, les serpents d'eau et les rats musqués retournèrent vers les zones verdoyantes le long des fossés et dans les marais humides. Au début, les gens disaient: « Ouf, tout va enfin pouvoir sécher. » Ensuite, ils se mirent à maudir le vent; et finalement ils tentèrent de désembourber voitures, camions et chevaux. Ils s'attaquèrent à la zoquete solidifiée à la pioche, la machette, ou même les torches à acétylène. Hommes et femmes durent mouiller la terre aux pieds de leurs voitures et de leurs camions pour les déraciner; ils les tiraient avec le tracteur de Ray Gusdorf qui tomba en panne et se retrouva dans la cour de Joe Mondragón. Et, à partir de ce moment, Jerry Grinstaff, armé de la grue de Ladd Devine eut le monopole du sauvetage des véhicules. Les gens lancèrent des floppées de jurons, mais que faire? Le vent se calmait pendant quelques secondes, faisant tomber la poussière sur les êtres animés ou non, puis soufflait de plus belle. Au cours de son expédition quotidienne en ville, Amarante Córdova devait escalader une douzaine de cotonniers déracinés, gigantesques barrières qui gisaient en travers de son chemin. Un cotonnier s'écroula même sur un camion du service des forêts conduit par Carl Abeyta qui eut le nez cassé et quelques contusions à cause de cet incident mais, malheureusement, rien de grave. Flossie Devine eut également un accident avec un break de la Truite Sauteuse: en revenant de chez son dentiste de Capital City, elle braqua pour éviter une gigantesque racine qui traversait la grand-route et se retrouva dans le ravin, son bridge flambant neuf sur les genoux. Les hommes irrigaient, mais le vent aspirait l'eau avant qu'elle ait le temps de détremper la terre.

— Qu'est-ce que c'est que ce travail? demanda un jour Joe Mondragón à Nancy. Après l'inondation, on va avoir la sécheresse?

Pendant une semaine, le vent sécha tout. Il commença même à dessécher les hommes. Les peaux se racornissaient, les lèvres craquelaient, les cheveux se raidissaient sous leur casque de poussière. Des centaines de petits oiseaux mouraient, projetés contre les vitres ou les murs de torchis, et, toujours poursuivi par ces sempiternelles pies jacasseuses qui lui picoraient la queue, l'affreux chat jaune avaleur de serpents, que Seferino Pacheco et Joe Mondragón appelaient désormais Cleofes en souvenir du légendaire Cleofes Apodaca, allait festoyer de maison en maison, engloutissant les petites bêtes au cou brisé.

Soudain, le vent tomba: la poussière descendit sur la ville, presque gentiment, tel un fin mouchoir de dentelle. Les gens sortirent, se rendirent aux champs, un peu chancelants, abasourdis par le silence paisible. Les oiseaux gonflèrent leurs plumes pour se débarrasser de la poussière. Les chevaux restés immobiles pendant des jours, leurs croupes effleurant doucement les fils de fer barbelés, allèrent nonchalamment brouter leurs pâturages sur leurs jambes raidies. Il plut encore un peu; le soleil brilla et il plut une fois de plus.

La rosée perla de nouveau sur les brins d'herbe, tels les derniers hommages de la nuit; de nouveau, les chiens osèrent aboyer: les colonies de colibris réintégrèrent le royaume de pain d'épice d'Onofre Martínez; la vie revint à la normale. Ruby Archuleta reprit son camion de la Reine de la Carrosserie et de la Plomberie pour faire circuler sa pétition; et une armée d'homme, sous la direction de Horsethief Shorty, Joe Mondragón, Claudio García et Harlan Betchel sillonnèrent la ville munis de scies à ruban pour couper les arbres qui bloquaient les rues ou s'effondraient sur les maisons. Et, bien que le bois de cotonnier donne peu de chaleur et fasse trop de cendres, c'était gratuit; il fut donc largement distribué, ce qui conduisit Carolina Montoya à faire remarquer à son mari le sheriff:

— Tu vois, c'est un vent qui n'apporte rien de bon.

Mais, à ce moment-là, on en était arrivé à l'heure du rodéo.

Tous les ans, et cette année-là ne différait pas des autres, Milagro organisait une sorte de rodéo. La ville possédait une arène, entourée d'une clôture basse avec quelques enclos à bétail d'un côté, et Ray Gusdorf, qui servait d'animateur, avait un système d'amplification sur le toit de son camion. Il n'y avait pas de tribunes; les gens garaient leurs voitures ou leurs camions derrière la clôture et restaient à l'intérieur, ou s'installaient sur les pare-chocs avant, à boire de la bière tout en regardant le spectacle. Le fils de Nick Rael, Jerry, vendait des sodas, des confiseries, des biscuits et des chewin-gum derrière un stand de fortune, et c'était à peu près comme ça que les choses se déroulaient.

Les fermiers des environs fournissaient les bêtes. Pas de taureaux sacrés hindous, mais simplement deux ou trois fougueuses vaches de Hereford. Il n'y avait pas non plus d'étalons sauvages, minces, méchants et puissants, mais une demi-douzaine de poneys dont deux, Orangutan et Sunflower, appartenaient à Charley et Linda Bloom.

Le rodéo consistait en quatre épreuves: course de rodéo à cru, course de poneys à cru, prise au lasso par équipe de la même malheureuse vache par six concurrents et une course de poneys pour les enfants.

Dès l'aube, la journée était chaude, étincelante, poussiéreuse. Joe Mondragón et Jimmy Ortega se rendirent de bonne heure chez Bloom, enfournèrent Orangutan et Sunflower dans un van et les relâchèrent dans l'enclos près du terrain. Ils repartirent et sortirent le petit poney brun fort placide de l'arrière-cour de Pete et Betty Apodaca. Après cela, ils allèrent chercher une vache laitière — appartenant à Raphael Maestas —, qui s'était démenée comme une forcenée l'année précédente après qu'on eut pris la précaution de lui piquer les mamelles avec un aiguillon juste avant l'ouverture du toril.

Au moment où Claudio García, Onofre Martínez — accompagné de ses deux arrière-petits-enfants, Chemo et Chepa — et le sheriff-adjoint, Meliton Naranjo, eurent capturé et amené la vache pour la prise au lasso (qui constituait tout le troupeau d'un certain Cleofes Mondragón, cousin de Joe au second degré), divers véhicules, hommes et enfants s'étaient déjà rassemblés autour de l'arène, prêts à commencer les festivités.

Portant des drapeaux américains, les drapeaux de l'Etat et celui des hommes du sheriff, Joe, Claudio García, Eliu Archuleta, Sparky Pacheco, Nick Rael, Eusebio Lavadie et quelques autres entrèrent à cheval dans l'arène et se mirent en ligne pour écouter l'hymne national. Ray Gusdorf laissa tomber l'aiguille sur le disque, mais ses mégaphones n'étaient pas fameux, et de toute façon, il était difficile d'entendre la musique couverte par le ronronnement du générateur à gaz qui alimentait le système. En fait, le générateur crachait et grinçait tellement que personne ne comprenait un seul mot de tout le commentaire de Ray, mais cela ne semblait guère troubler qui que ce soit.

L'action se déroulait paresseusement sous le soleil, avec de longs intervalles entre les concurrents. Une fois sur deux, lorsqu'un poney ou une vache entrait dans l'arène, il ou elle se contentait de faire des petits bonds inoffensifs pendant que les spectateurs riaient et applaudissaient et que le cavalier, bottait, cravachait, frappait son animal sur l'encolure et la croupe pour en tirer quelque chose. Les épreuves étaient également difficiles à chronométrer, car la sonnerie des huit secondes du chrono de Ray ne fonctionnait pas pour cause de mauvais contact, ou restait inaudible dans le vacarme du générateur. Peu importait. Il n'y avait pas d'argent à gagner dans ce rodéo, et rien à perdre non plus car les concurrents avaient droit à une entrée gratuite.

Quand le poney de Bloom, Sunflower, fit sa première apparition, la foule devint hystérique. Il bondit de l'autre côté du portail, telle une sauterelle enragée. Il ruait, bottait, se tortillait, se cabrait très haut, tournoyait en cercles étourdissants, hennissait plus bruyamment que le générateur de Ray et catapultait les cavaliers, telles de molles poupées de chiffon. Benny Maestas mangea la poussière dès la première seconde; il ramassa un caillou et le jeta furieusement contre l'animal, mais manqua sa cible et brisa l'un des phares du camion de la Reine de la Carrosserie et de la Plomberie. Plus tard, Jimmy Ortega atterrit sur la tête et reçut un coup de sabot dans le derrière en prime. Ensuite, Johnny Pacheco se fit éjecter au moment où Sunflower se cogna dans la porte que Nick Rael ne parvint pas à ouvrir assez vite; il faillit s'en casser une jambe.

Ce qui laissait toute la gloire du premier prix largement ouverte à Joe Mondragón.

Hélas, il ne tint que deux secondes. Sunflower fit une pirouette en l'air et retomba sur le dos et sur celui de son cavalier. La foule émit un cri étouffé, car il semblait bien que Joe était mort sur le coup.

Pourtant, il se releva avant le poney, lui jetant des poignées de terre, et des bordées d'obscénités. Puis, s'époussetant, il cria aux garçons qui s'occupaient du corral:

— Rentrez-moi ce cheval, je recommence!

Claudio García et Rafael Maestas galopèrent dans l'arène et le forcèrent à rentrer dans l'enclos. De là, Nick Rael et Onofre Martínez le menèrent dans le toril. Quand les spectateurs comprirent que Joe allait retenter sa chance, ils applaudirent chaleureusement, sifflèrent, klaxonnèrent et lancèrent quelques douzaines de boîtes de bière vides dans l'arène.

Cette fois, Sunflower, qui semblait souffrir d'un complexe de Pégase, décolla et donna un tel coup dans la porte que Nick Rael en tomba à la renverse; puis, soudain, il glissa en dessous de Joe, telle la trappe secrète d'une galère, si bien que la foule poussa des « Ooooh » et des « Aaaah »; Joe resta parfaitement vertical, les pieds en l'air, la tête en bas, le bras droit étendu encore plus bas jusqu'à l'endroit où sa main restait encore accrochée sur la corde lâche qui s'était détachée... A vingt mètres de là, Sunflower broutait une herbe imaginaire. Tandis que Joe tomba dans la poussière, tête la première, telle une fusée cul à l'envers, la foule se mit à hurler.

Il resta agenouillé un instant, toucha tendrement ses lèvres, tandis que la centaine de spectateurs criait, klaxonnait encore, applaudissait, et tapait des mains sur les capots et les pare-chocs. Au bout de quelques minutes, le vacarme se rythma, et les gens scandèrent: « *Otra vez! Otra vez!* » ce qui signifiait qu'ils auraient aimé revoir ce magnifique plongeon et qu'ils pensaient que Joe était assez orgueilleux pour se laisser persuader.

Claudio García et Rafael Maestas repoussèrent une nouvelle

fois le poney dans le toril, et, traitant le cheval de tous les noms d'oiseaux auxquels il pouvait penser, Joe s'installa sur son dos pour un nouvel essai. Après tout, il était le meilleur cavalier de la région, et tout le monde le savait, zut, il avait même débourré des chevaux avec Horsethief Shorty à la Truite Sauteuse ! Alors la simple idée — sans parler du fait — qu'il était incapable de monter cette demi-portion au regard oblique, avec un petit pois dans sa cervelle de poney Shetland, le faisait sortir de ses gonds.

Nick Rael ouvrit le portail; on n'entendait pas un mot des commentaires enthousiastes de Ray; les klaxons devinrent fous furieux... tout comme le puissant petit poney. Dès le premier bond, Joe se retrouva chevauchant sur le flanc; à la deuxième monstrueuse secousse, il avait la tête en bas et s'accrochait à la panse de l'animal; et, une fraction de seconde plus tard, avec les sabots qui sifflaient de manière terrifiante, mais inoffensive à ses oreilles, Joe se retrouva à plat dos, noyé aux yeux de tous dans un mini-nuage atomique de poussière.

Attrapant une boîte de bière et hurlant des obscénités de toute la force de ses poumons, Joe se lança à la poursuite de Sunflower. Le poney courut se réfugier dans un coin, hennit et rua, puis galopa devant Joe qui, furieux, lui lança la boîte et le toucha à l'arrière-train.

Une nuée de cris, de coups de sifflets, de hou hou saluèrent cette conduite peu fair play. Puis le concert des klaxons reprit, ainsi que les battements de mains en cadence, accompagnés de : « Allez, Joe, tu vas pas nous dire que tu peux pas monter ce petit poney à la noix ! » ; « *Oye, primo,* ne bouffe pas toute la poussière, on en aura besoin l'année prochaine ! »

— Préparez-moi cette saloperie de bourrin.

De nouveau, on le lui prépara et Joe sauta sur son dos; il ajusta la corde jusqu'à ce qu'il la sente bien dans sa main gantée et hurla :

— Nick, ouvre-moi cette porte !

Nick ouvrit la porte, et ce fut l'enfer ! Car, bien que la porte fût grande ouverte, Sunflower décida de faire son numéro à l'intérieur du toril. La foule vit la tête de Joe sautiller plusieurs fois, entendit un son terrifiant et aigu , accompagné de quelques cris humains à vous glacer les sangs, et soudain, Sunflower trottina calmement dans l'arène, sans Joe, qu'il avait abandonné, dans un tas de crottin, pas très sérieusement blessé, mais complètement assommé.

Ce même soir, peu avant le crépuscule, tandis que les engoulevents survolaient les prairies et que les rouges-gorges faisaient leurs derniers plongeons vers les champs fraîchement irrigués, Joe, qui boitait sérieusement et arborait une énorme bosse sur le front, une corde à la main, vint frapper chez les Bloom.

— Je suis venu monter ce poney, dit-il, l'air pincé quand Bloom ouvrit.

— T'es pas un peu fou?

— Je suis venu monter ce poney, répéta Joe. Où il est?

— Là, dans le corral.

— On y va, dit Joe qui faisait déjà le tour de la maison. Bloom le suivit.

Joe le laissa passer une corde autour du cou du poney et le conduire dans le champ. Et pendant que Joe montait et ajustait la corde, l'avocat tint fermement le poney; il ne broncha pas.

Mais quand Bloom le relâcha, ce fut comme si quelqu'un, de l'autre côté du champ, avait appuyé sur le détonateur et mit feu à une centaine de bâtons de dynamite attachés au flanc de l'animal. Bien avant de comprendre ce qui s'était passé, Joe se retrouva enfoncé jusqu'aux coudes dans un champ de luzerne, la colonne vertébrale écrasée; Bloom riait si fort, qu'il en était tombé à quatre pattes et martelait la terre du poing.

— Ouh! Joli travail! s'exclama Bloom. Oh, si seulement tu avais pu te voir! Magnifique! Splendide!

Pourtant, Joe ne voyait pas ce qu'il y avait de si drôle. Fou de rage, mais cette fois d'un calme remarquable, il se leva péniblement et se frotta longuement le derrière tout en regardant le poney s'empiffrer de luzerne à dix mètres de lui.

— On se reverra! menaça-t-il, misérable, avant de se diriger vers la maison et vers son camion garé dans l'allée. Attends un peu, tu me le payeras!

Une fureur telle qu'il n'en avait jamais connue faisait rage dans le corps contusionné et souffrant de Joe. Il était peut-être en train de perdre la boule. Ou alors, cette histoire de champ de haricots le mettait à plat.

De retour chez lui, Joe s'assura que ses fusils, ses pistolets et ses revolvers étaient chargés et à portée de main. Ensuite, il trébucha dans son lit à côté de Nancy. Mais comment dormir? Il resta allongé, nerveux, s'attendant à ce qu'une volée de balles transperce ses fenêtres. En fait, il souhaitait même que la fusillade commence pour de bon, et qu'on en finisse une bonne fois pour toutes.

Joe était si tendu qu'il devait se lever toutes les cinq minutes pour aller faire pipi. Et ce ne fut que lorsque les coqs de la ville se mirent à chanter qu'il sombra inconfortablement dans le pays des rêves.

Quand un exemplaire de la pétition du soi-disant comité de défense des terres et des eaux de Milagro arriva sur le bureau de Kyril Montana, avec les compliments de Bud Gleason (il l'avait obtenu grâce à Harlan Betchel qui l'avait trouvée sous une table du café Pilar où Claudio García l'avait malencontreusement laissée tomber), il l'observa longuement.

Ensuite, il téléphona à l'ingénieur d'Etat, Nelson Bookman, et, une demi-heure plus tard, Bookman, son porte-parole, Rudy Noyes, et l'agent se retrouvèrent dans le bureau de l'ingénieur. Bookman lut le paragraphe de doléances et passa le papier à Noyes qui le lut aussi, le visage sans expression. Bookman appela ensuite une secrétaire et lui demanda d'en faire quelques photocopies. Il offrit une cigarette à l'agent, mais Kyril Montana, qui ne fumait que des filtres, préféra allumer l'une des siennes.

— Il n'y a aucune signature sur cet exemplaire, dit Bookman. Combien ils peuvent en avoir obtenu à votre avis?

— Je suis convaincu que le comité de défense des terres et des eaux de Milagro n'existe même pas, répondit l'agent. Du moins, pour le moment, nous n'avons aucun dossier. Quant au nombre de signatures... à mon avis, et mes sources semblent le confirmer, aucune pour ainsi dire.

— Qui a eu l'idée de cette pétition? voulut savoir Bookman. Notre cher ami, Joe Mondragón?

— Non, c'est une petite femme, à la forte tête, Ruby Archuleta, qui dirige un garage et un atelier de plomberie, au sud de la ville. Apparemment, c'est elle qui a organisé la réunion à l'église.

— Qui est-ce?

— Je ne sais pas. En fait, personne ne la connaît très bien

là-bas. Elle a été mariée trois fois, elle n'a jamais fait de politique avant. Elle approche la cinquantaine, fait le travail de dix hommes, d'après ce qu'on m'a dit; elle est sage-femme, entre autres choses, et certains n'hésitent pas à la traiter de sorcière.

Nelson s'adossa sur sa chaise, lissa quelques photocopies qu'une autre secrétaire venait de poser sur son bureau, et sourit.

— Eh bien, si elle veut jouer avec le feu, laissons-la se brûler les doigts! dit-il d'une voix rauque en se penchant brusquement pour écraser sa cigarette.

L'agent secret sourit; Rudy Noyes ne laissa pas échapper le moindre cillement.

— Oh, qu'ils aillent se faire voir, grogna Bookman. J'en ai vraiment marre de ces emmerdeurs. Ça fait trente-cinq ans que, d'une manière ou d'une autre, je suis mêlé à leur vie. J'en ai des crampes dans les mollets. Qu'est-ce que tu en penses, Rudy? Tu crois qu'on devrait s'en prendre une bonne fois à Joe Mondragón, et au diable les conséquences?

Cette fois, ce fut Rudy Noyes qui sourit.

— Euh, Nelson, tu sais bien que cette affaire, c'est du clair et net, alors, ce n'est pas ça le problème. J'ai l'impression que si on en arrive au procès, ils auront quelque chose de concret sur quoi s'appuyer, ce qu'il faut éviter, si possible. Si on oblige Mondragón à prouver qu'il a des droits d'irrigation, ils sauront contre quoi protester; ça risque de les unir, et ils vont nous remplir des pages et des pages de pétitions. Ils seront en position de s'organiser... Bien sûr, ce n'est pas cela qui va empêcher la mise en place du plan d'aménagement et du barrage, mais ça va rendre les choses plus difficiles, et plus chères à réaliser. Alors je dirais, que là où on en est, moins on en fait, mieux c'est.

— C'est exactement comme ça que je vois les choses, dit Kyril Montana.

— Alors? De quoi devons-nous discuter? demanda Bookman. Apparemment, il n'y a rien à faire, à part attendre que Joe Mondragón s'égare en dehors de son champ de haricots et de ses droits d'irrigation.

— Très bien, dit Kyril Montana en se levant et en leur serrant la main. Je tenais à vous mettre au courant.

— Tu es toujours le bienvenu, dit Bookman, reviens quand tu veux. Merci de nous tenir informés...

Pourtant, dans la rue, Kyril sentait une sorte de malaise lui démanger la nuque. Comparée à d'autres affaires qu'il avait eu à régler, cette histoire ne représentait pas grand-chose. Néanmoins, il soupçonnait derrière tout cela la présence d'un élément que personne ne comprenait. Le pays changeait, tout simplement, les gens n'agissaient plus de la même manière, à tel point que personne ne pouvait plus prédire leurs réactions dans une situation donnée.

Ou bien, c'était peut-être parce qu'il se trouvait trop loin des gens, trop loin de ce qui se passait à Milagro.

Une voiture klaxonna. L'agent avait faillit traverser sans regarder ni à droite, ni à gauche.

Le lendemain du rodéo, Nancy Mondragón laissa ses trois enfants chez Linda Bloom car elle devait accompagner sa belle-mère à la clinique de Chamisaville, et Linda décida d'emmener tous les enfants nager dans les gorges du rio Lucero. Elle les entassa dans le bus Volkswagen et prit joyeusement la direction du sud sur la grand-route, traversa le plateau de Strawberry pendant un moment, et descendit dans la jolie gorge étroite. A un endroit où le courant se trouvait à une quinzaine de mètres en contrebas, elle s'arrêta et conduisit les enfants le long d'un sentier escarpé. Les eaux peu profondes, parfaites pour les enfants, coulaient lentement sur un lit de graviers puis tourbillonnaient autour de quelques modestes rochers volcaniques, formant des cascades de presque un mètre et des bassins d'écume, peu profonds eux aussi.

Après avoir aidé les enfants à se déshabiller ou à rouler leurs jambes de pantalon, Linda alla s'installer sur une grande pierre chaude, leurs vêtements dans les bras. Elle surveillait ses ouailles qui ramassaient tranquillement des cailloux ou attrapaient des lézards sur la rive. C'était un merveilleux après-midi d'été, ensoleillé, paisible. Au-dessus des têtes, des hirondelles voletaient entre les murs de la gorge, projetant leurs ombres mouvantes sur l'eau scintillante, les corps et les visages des enfants resplendissant de joie. C'est comme ça que j'aime la vie, pensa Linda, c'est pour ça que j'habite à Milagro.

Une vieille camionnette s'arrêta sur la route ; deux hommes en descendirent. Au début, le bruit du courant empêcha Nancy d'entendre quoi que ce soit. Les hommes, qui peut-être avaient bu, chancelèrent vers le bord de la falaise, défirent leur braguette et pissèrent en contrebas, acte dont ni Linda ni les enfants ne furent témoins. En fait, personne ne leva les yeux avant qu'un grand splach explose au milieu du courant, un splach trop important pour être provoqué par un gravillon. Surprise, Linda leva la tête au moment où un autre caillou gros comme le poing tomba dans l'eau, juste en dessous de son poste d'observation.

Bien que les deux hommes, l'un costaud au visage pourtant presque angélique, l'autre grand et maigre, lui paraissaient vaguement familiers, Linda ne les reconnut pas. Après coup, elle se souviendrait que le maigre avait une moustache, et que tous deux semblaient avoir des visages rouges, étrangement bouffis, sans doute sous l'effet de l'alcool. Pourtant, pensant qu'ils cherchaient à attirer l'attention pour dire bonjour, Linda sourit sans même s'en rendre compte et leur fit un signe amical. Au lieu de répondre, les deux hommes se penchèrent pour ramasser d'autres cailloux. Et, avec ce geste menaçant, Linda comprit que quelque chose ne tournait pas rond.

Elle se refusait à croire ce qui allait arriver, si bien qu'elle se redressa d'une manière presque languissante, s'assit, et resta immobile pendant un instant, et observa les hommes d'un air intrigué, la peau toujours sous l'emprise du soleil paresseux et liquéfiant. Puis, rêveuse, elle se leva. Les hommes avaient déjà ramassé des brassées de lourds pavés, qui, s'ils avaient heurté la tête d'un enfant ou même celle de Linda, auraient pu se montrer fatals.

Tout d'un coup, leurs gestes lents et délibérés se transformèrent en un déchaînement de furie; ils commencèrent à assaillir Linda et les cinq enfants pour de bon, essayant de viser, dans la volonté de tuer.

Linda se mit à crier:

— Hé, les enfants, on nous jette des cailloux!

Mais les enfants, même la petite María, avaient senti ce qui se préparait, ils comprenaient que ces deux hommes au-dessus de leurs têtes représentaient un danger et ils s'étaient mis à courir, suivant instinctivement la direction du courant.

— *Vite! Vite! Vite!*

Marchant dans l'eau, elle poussa Larry Mondragón, son frère Billy, sa sœur Luisa, et sa petite Pauline devant elle.

— *Dépêchez-vous, ils veulent nous tuer! explosa-t-elle. Plus vite, plus vite!*

Les enfants trébuchaient dans l'eau et sur les rochers, dans le sable, la boue, les bancs d'herbes et de roseaux. María tomba en avant, Linda la remit sur ses pieds et la jeta presque vers les autres gamins qui couraient facilement à présent en groupe désordonné. Plus tard, elle s'étonnerait de la rapidité avec laquelle ils avaient réagi à la situation, ces petits mômes sans cervelle. Elle se souviendrait que Larry Mondragón avait glissé et que c'était Pauline qui l'avait aidé à se redresser; elle se souviendrait que le petit Billy, âgé de quatre ans, un des gosses les plus maladroits qu'elle ait jamais vus, sautilla sur une série de rochers noirs qui leur barraient la route comme un lézard ou une agile chèvre de montagne. Et Linda, elle aussi: elle courait parmi eux, la tête constamment tournée, essayant de prévoir où tomberaient les cailloux. Une fois, elle dut se mettre à genoux, pour esquiver une pierre qui allait la frapper à la tête, une autre fois, elle poussa María dans un bassin, pour lui faire éviter une pierre. En haut, les hommes tiraient en cadence, malgré leur ivresse, criant des mots qu'elle ne comprenait pas, s'arrêtant de temps en temps pour faire provision de munitions qu'ils jetaient à la femmes et aux enfants, les manquant souvent de quelques centimètres.

Puis, aussi soudainement que tout avait commencé, l'assaut terrifiant prit fin. Les hommes s'en allèrent en faisant des gestes obscènes, se retournèrent paresseusement vers leur camionnette, démarrèrent et quittèrent les gorges.

Linda fit encore avancer les enfants pendant quelques mètres puis leur dit de s'arrêter. Ils se rassemblèrent autour d'elle, tout essouflés, les yeux écarquillés, sans dire mot; pourtant, pas un ne pleurait, pas même le plus jeune.

— Tout va bien, maintenant. Ils ne sont plus là, ils sont partis.

Elle avait raison.

Avec précaution, tremblante, maintenant qu'elle avait le temps de penser au danger auquel ils avaient échappé, mourant d'envie de se laisser aller aux larmes, Linda les poussa devant elle le long du chemin escarpé. A toute vitesse, ils retournèrent vers le bus. Linda ouvrit la porte de côté, et, jetant à l'intérieur le paquet de vêtements qu'elle avait gardé sous le bras pendant la fuite, elle s'étonna de voir qu'il ne manquait pas même une chaussette.

Il y avait une autre route, plus sinueuse, pour sortir des gorges, et Linda l'emprunta de peur qu'en retournant sur le plateau par le même chemin les hommes ne lui tendent une embuscade. L'un à côté de l'autre sur le siège arrière, ou assis par terre, les enfants se tenaient parfaitement tranquille. En fait, depuis que tout avait commencé, pas un n'avait ouvert la bouche.

— Hé, les gosses, si vous nous chantiez quelque chose? dit-elle, avant d'entonner, « Il était un petit navire... »

Ils sortirent des gorges et traversèrent le plateau dans un nuage de poussière, chantant avec ferveur, presque avec joie, jusqu'à ce que la voiture heurte un lapin affolé et que Linda éclate en sanglots.

— Qui a pu faire ça? demanda Nancy à son amie, furieuse. A quoi ils ressemblaient? Des Anglos ou des Chicanos? Tu as vu le numéro de la voiture? Dis-moi qui c'est, et José et moi, on va les tuer pour toi, on les tuera, pour tout le monde! On les attachera à un arbre, on leur arrachera les doigts de pieds et on les laissera saigner à mort! Alors, aide-moi un peu!

— A quoi ça servirait? dit Linda désespérée en hochant la tête. C'est fini, gémit-elle. Ils étaient saouls, ils ne savaient pas ce qu'ils faisaient. Je crois qu'ils ne sont même pas d'ici.

— Des touristes?

— Non. Je ne sais pas. Je n'ai pas envie d'en parler.

— Comment tu peux laisser quelqu'un attaquer tes enfants sans vouloir te venger? Œil pour œil, dent pour dent, nom de Dieu! C'étaient des types de la Truite Sauteuse, *qué no*? Les saligauds du Zopilote. Tout ça c'est à cause du champ de José. C'est parce que Charley va nous aider...

— Non, dit Linda, secouant toujours la tête. Je te l'ai dit, je ne les avais jamais vus. Ils ne savaient pas ce qu'ils faisaient. Il y en avait même un qui avait un joli visage de petit garçon...

Nancy s'assit en face de son amie et l'observa d'un œil critique.

— Linda, la prochaine fois, ils tueront un de nos gosses.

De nouveau, la femme exténuée hocha la tête.

— La violence engendre la violence, murmura-t-elle à travers ses larmes silencieuses. Je n'ai pas envie de me venger.

Soudain, Nancy comprit.... Cette phrase à propos du visage de petit garçon...

— Je sais qui c'étaient! s'écria-t-elle. Du moins, j'en connais un. José, comment il s'appelle, le type de l'Evening Star, tu sais, le gros baraqué, avec un beau visage de gosse? Celui qui travaille pour les flics.

— Lord Elephant?

— C'est ça, oui, c'est lui. Cette espèce d'ordure doit travailler pour le Zopilote aussi. Je lui ferai éclater les couilles.

De son vrai nom, lord Elephant s'appelait Bobby Joe Tucker ; il était né à Baton Rouge, Louisiane. Il habitait dans sa cabane du plateau de Strawberry avec une femme, lady Elephant, Christina Cupcoe de son vrai nom, native de Silvermine, Connecticut. Comme Benny Maestas, Bobby Joe Tucker était un ancien du Viêt-nam ; contrairement à Benny Maestas, c'était un junkie. Au Viêt-nam, il passa de long mois au front, où il s'initia à l'héroïne ; plus tard, il fut basé à l'aéroport Tan Son Nhut de Saigon, et travailla dans les entrepôts chargés d'emballer les cadavres dans un paquet cadeau patriotique bleu, blanc, rouge, pour les renvoyer aux familles. A la faveur de cette activité, Bobby Joe s'intégra à une filière qui envoyait de la drogue, héroïne, opium, herbe, cocaïne, aux Etats-Unis, soigneusement cousue à l'intérieur des corps, cachée dans les cercueils ou le paquetage. Bobby se fit ainsi des relations intéressantes et fort précieuses, et, grâce à leur aide, juste avant de quitter le Viêt-nam, il élabora un plan pour s'envoyer un « corps » à lui-même. Tout marcha comme sur des roulettes ; il récupéra le corps dès q'il eût posé le pied sur la terre américaine, puis disparut au cœur de la Nouvelle-Angleterre avec un certificat de démobilisation honorable et dix livres de blanche non coupée autour des hanches.

Avec un peu de chance, Bobby aurait pu faire fortune. Mais manquant tout d'abord d'intelligence, il avait récupéré son butin grâce aux efforts d'un personnel militaire futé qui avait arrangé les choses pour lui à Saigon ; pis encore, coup sur coup, il se fit trois shoots de blanche trop pure et manqua y laisser sa peau, et, bien qu'il survécut à sa troisième overdose, sa matière grise s'en trouva fort ébranlée. Puis, à Kansas City, il tomba par hasard sur un des soldats qui l'avaient aidé à passer cette petite fortune d'héroïne pure, et celui-ci voulut sa part dans les affaires de Joe, qu'il n'avait pas encore songé à organiser à ce moment-là.

Pendant les trois mois qui suivirent, Joe se rendit avec son ami à la Nouvelle-Orléans, Miami, Washington et finalement New York, essayant de vendre leur came à bon prix, mais sans prendre de risques, de peur de tomber sur la brigade des stups en civil, ou de se faire dépouiller par ceux avec lesquels ils voulaient traiter.

Une fois à New York, l'ami de Bobby fila à l'anglaise avec le butin, le laissant fauché comme les blés et défoncé à mort. Après cet incident, Bobby Joe fit des petits boulots, vola pour acheter sa ration quotidienne, vécut à la colle avec des vieilles, toujours plus ou moins dans les nuages ou carrément défoncé, ayant désespérément besoin d'argent et de dope, jusqu'à ce qu'il atterrisse dans la communauté du plateau de Strawberry tenant par le bras lady Elephant, née Christina Cupcoe.

Lord et lady Elephant s'installèrent dans la cabane de l'Evening Star sans y avoir été conviés par les autres membres de la tribu qui les détestaient cordialement, de peur que cette aliénation aux drogues dures n'attire les flics sur le plateau, telle la confiture une nuée de guêpes. Au moment où il arriva dans la communauté, Bobby Joe ne se souciait plus guère de civilités. En fait, malgré son visage de chérubin, et ses yeux bleus qui le faisaient prendre pour un enfant de chœur, en quelques années c'était devenu une belle petite ordure. Ceux qui avaient le malheur de ne pas être d'accord avec Bobby Joe avaient souvent l'occasion de le regretter. Bobby Joe avait même un joujou, un .32 à simple action, qui pétrifiait sur place la communauté des enfants Peace and Love. Donc, quand le lord et sa lady apparurent un beau matin, cherchant un endroit pour crêcher, Bobby souriant innocemment tout en inspectant nonchalamment de son regard bleu et vide le barillet de son revolver, les occupants de la cabane actuelle de lord et lady Elephant inclinèrent la tête en signe de politesse, rassemblèrent leurs biens et leurs enfants et s'installèrent dans un autre bâtiment.

Bobby Joe était un véritable « accro » et cela le conduisit par le bout du nez au programme de méthadone de Chamisaville. Bien sûr, dès qu'il fût sur les listes, les divers services de police de la ville se laissèrent conduire par le bout du nez jusqu'à Bobby, et, métaphoriquement parlant, lui lièrent les mains derrière le dos, appuyèrent la crosse d'un revolver sur son crâne et l'informèrent de ses droits de la manière suivante :

— Bobby Joe Tucker, alias lord Elephant, on va te laisser tranquille dans ta communauté de l'Evening Star du plateau de Strawberry avec ce joli petit brin de fille aux gros nichons que tu t'envoies, même si ses parents ont lancé un avis de recherche contre elle, et on te laissera poursuivre ton traitement à la méthadone à la clinique. On fermera même un peu les yeux sur les deals louches dans lesquels tu es impliqué. A une condition, que tu veuilles bien collaborer avec nous. Tant que tu nous écoutes et que tu viens nous voir de temps en temps pour nous rendre des petits services ou nous donner des informations, il n'y aura pas de problèmes.

Et Bobby Joe en avait marre, il était fatigué d'être sans cesse persécuté par les flics ; en fait, il se plaisait assez sur le plateau et il songeait plus ou moins à se ranger et à s'intégrer dans la communauté, en aidant à garder les animaux et à cultiver les jardins. Il s'était même habitué à lady Elephant, pas très intelligente, mais une bonne affaire au lit. Elle était douce, sans doute une des personnes les plus gentilles qu'il ait jamais rencontrées, alors, il leur répondit :

— D'accord, comme vous voudrez, les gars.

C'est ainsi qu'il devint ce que l'on pourrait appeler un indic ; il fournissait certaines informations qui permettaient aux flics de confisquer le quota de drogue suffisant pour se faire bien voir ; il leur faisait des rapports sur les gens de passage, donnant par exemple tout une liste de fugueurs pour conserver le droit de cohabiter avec sa propre fugueuse, lady Elephant. Parfois, il mettait au point des opérations de grande envergure pour les flics et leurs alliés, qui le payaient en liquide ou lui retournaient parfois une partie de la neige confisquée.

Pourtant, quelques jours après qu'on eut attaqué Linda Bloom et les enfants dans les gorges du Lucero, le séjour de Bobby Joe Tucker dans le comté de Chamisa connut un dénouement brutal.

L'incident qui lui fit reprendre la route se déroula sans tambours ni trompettes. Au coucher du soleil, cinq camions déglingués rebondirent sur la pente qui menait à la communauté de l'Evening Star, et huit hommes armés de fusils descendirent des véhicules garés en demi-cercle à une quinzaine de mètres de la porte de lord et lady Elephant. En formation serrée, ils avancèrent vers la cabane et l'un d'eux frappa. Lady Elephant vint ouvrir.

— Est-ce que votre mari est là ? demanda celui qui avait frappé. Pourriez-vous aller le chercher, s'il vous plaît ?

Lady Elephant, souriante, disparut dans l'obscurité et, torse nu, lord Elephant se montra dans l'encadrement de la porte. Son visage d'ange se crispa en une grimace méprisante quand il demanda :

— Oui, qu'est-ce que vous me voulez ?

— On vous donne deux minutes, à vous et à votre femme, pour plier vos bagages et on vous raccompagne à la frontière du Colorado et si jamais on s'aperçoit que vous remettez les pieds dans le comté, on te descend, pigé ?

Bobby cligna ses yeux pâles, puis observa rapidement les visages de ses opposants. Des vieux Chicanos au teint buriné, ridés, brunis, les lèvres pincées, arborant des expressions dures et intransigeantes qui l'incitèrent à obéir, Bobby Joe sentait l'odeur de leur peau et de leurs vêtements poussiéreux, et il sentait aussi leurs fusils. De toute évidence, si Bobby allait chercher son petit .32, ils tireraient immédiatement, plus rapidement et avec moins de sentiments que la plupart des hommes qui, voués à leur fin, avaient la chance de se faire tuer. Bobby Joe baissa la mâchoire pour formuler une protestation, pour poser des questions indignées, mais un mouvement imperceptible, une légère modification dans le regard d'un des hommes, ou peut-être le haussement d'épaule d'un autre, le fit changer d'avis. Inutile de discuter, son séjour était terminé ; il avait même de la chance qu'on le laisse partir vivant.

— Chris, dit Bobby Joe, prépare nos affaires, on s'en va.

Les hommes attendirent sur le pas de la porte, et sa vieille compagne attrapa quelques vêtements, quelques livres, deux ou trois pierres, quelques plumes et une branche d'armoise qu'elle fourra dans une valise grise, lord et lady Elephant passèrent tranquillement au milieu du petit groupe, se dirigèrent vers un camion et s'y installèrent. Sans un mot, dans le coucher de soleil flamboyant, sous les derniers battements d'ailes d'alouettes pleines d'énergies, ils furent escortés par une caravane de camions jusqu'à la frontière du Colorado.

Quatrième partie

Ah, si seulement, si seulement, l'hiver pouvait arriver !

Bill Koontz

Ce qu'on pouvait appeler « attendre la déclaration de guerre » était un jeu dangereux qui commençait sérieusement à déprimer la population, et Bernabé Montoya en souffrait encore plus que les autres citoyens.

C'était une journée où seules les corvées terre à terre pouvaient vous sauver de l'angoisse grandissante. Bernabé sortit le tiroir à cendres de sa cuisinière et l'emmena au poulailler. Il jeta les cendres par-dessus la barrière pour que les poulets puissent y rouler leurs plumes et se débarrasser ainsi de la vermine. Ensuite, il enleva une dizaine de crottes de chat du bateau de plastique bleu qui servait de bac à sable au minet de la maison et les vida dans une poubelle. Il chargea quatre poubelles métalliques dans son camion et prit la grand-route nord-sud en direction de la décharge officielle de Milagro.

Bien entendu, il y avait aussi pas mal de décharges officieuses qui commençaient dans les cours arrière des citoyens, débordant de tout un fatras « inutile » indispensable, et qui se prolongeaient dans les tambours à huile, où ils brûlaient toujours leurs papiers par défi contre les lois anti-pollution de l'Etat interdisant formellement cette pratique. Et puis, il y avait aussi certains endroits dans les ravins, comme par exemple à l'est de l'Arroyo de Mareano et au sud de l'Arroyo de la Urraca, où les gens déversaient boîtes de conserves vides, cadavres de chiens ou de poulets morts d'encéphalites, vieilles guimbardes, machines à laver, car ils trouvaient la décharge publique trop éloignée — cinq kilomètres! Surtout, il y avait la décharge favorite, qu'on aurait pu appeler l'officieuse officielle, située dans une vieille carrière à l'ouest du plateau appartenant à Eusebio Lavadie qui avait placé des écriteaux (sans le moindre effet) menaçant en anglais et en espagnol de passer au supplice du garrot, de tailler le portrait, de découper, de mettre à l'amende, d'emprisonner et en général de « poursuivre dans toute la mesure de la loi » tous les intrus, jeteurs d'ordures, amants clandestins et autres. Une fois par mois environ, Lavadie devait mettre une nouvelle pancarte, car l'ancienne, transformée en passoire par les balles, était devenue illisible. La carrière de Lavadie était aussi malheureusement l'endroit idéal pour coller l'œil à la lunette de son fusil pendant les quelques mois précédents l'ouverture de la chasse, période pendant laquelle Lavadie ne se souciait même plus de remplacer sa pancarte de peur que quelqu'un décide soudain de pointer le croisillon sur l'arête de son nez, ou encore sur le troisième bouton de cuivre de sa veste, plus ou moins situé à proximité de son cœur.

La carrière de Lavadie était également l'endroit où ceux qui s'engageaient dans des activités de bâtisseurs et ne volaient pas leurs matériaux, terre ou minéraux, aux services des routes de l'Etat, se procuraient sable et graviers nécessaires à leurs diverses entreprises.

Bernabé Montoya étant le défenseur de l'ordre et de la loi qu'il incarnait, devait faire les cinq kilomètres vers le sud pour se rendre à la décharge municipale. Ce matin-là, quand il arriva, en dépit des lois et des ordonnances contraires, la décharge brûlait, et une centaine de corbeaux voletaient dans la fumée âcre, avalant leur petit déjeuner.

En théorie, depuis l'édiction des lois sur la préservation de l'environnement l'année précédente (qui interdisaient de brûler les ordures en plein air), Milagro devait enterrer ses déchets. Pour satisfaire à cette requête, le comté avait acheté un bulldozer à Joe Mondragón pour la somme de quinze cents dollars ; le comté avait ensuite confié le bulldozer au maire de Milagro, Sammy Cantú, qui à son tour, le rendit à Joe, chargé de la corvée bi-hebdomadaire d'enterrer les ordures, mais, rapidement, Joe renversa le bulldozer, point, à la ligne. Et, depuis les huit derniers mois, personne n'avait réussi à rassembler le matériel nécessaire pour le remettre droit, si bien qu'il gisait là, les quatre fers en l'air, tortue gigantesque sous le soleil cuisant, aussi désespérée qu'inutile. Et, depuis huit mois, Sammy Cantú piochait quelques dollars par semaine dans les caisses de la ville pour payer le manchot d'Onofre Martínez et ses arrière-petits-enfants, Chemo et Chepa, afin qu'ils se lèvent avant l'aube, arrosent les ordures d'essence et y jettent une allumette.

Bien sûr, personne ne sut jamais comment la décharge pouvait ainsi prendre feu. Entre eux, les gens se faisaient des clins d'œil et attribuaient le méfait à El Brazo Onofre. En fait, un beau matin, Nancy Mondragón menaça ainsi son fils aîné, Larry :

— Lorenzio, si tu continues à jeter des cailloux aux colibris qui s'approchent de la mangeoire de ce pauvre Herbie Goldfarb, El Brazo Onofre va venir dans ta chambre la nuit, il mettra le feu à tes cheveux, et tu seras grillé vif, comme la décharge.

Quand un écologiste pointilleux, accompagné d'un journaliste des *News* de Chamisaville, exprimait son indignation devant ces feux, les autorités de Milagro haussaient les épaules, se grattaient la tête, et rejetaient la responsabilité des fumées qui s'élevaient des monticules de déchets et de graisse à la foudre ou éventuellement à une combustion spontanée. Le service de protection de l'environnement de l'Etat avait même envoyé un enquêteur, Jon Nickerson, et Sammy Cantú lui avait promis de faire monter la garde par un policier vingt-quatre heures sur vingt-quatre pendant toute une semaine, au cas où un « jeune vandale » fût responsable des flambées. Et bien que ni policier, ni vigile, ni jeune vandale muni d'une fronde ne passèrent cinq minutes à la carrière, à la fin de la semaine, Onofre Martínez dicta à Sammy Cantú une lettre adressée à Jon Nickerson, lui expliquant de manière très élaborée, que, malheureusement, la garde de vingt-quatre heures sur vingt-quatre n'avait pas permis de démasquer le coupable. Après cet incident, la protection de l'environnement, ayant sans doute compris la situation, cessa de s'occuper des décharges de Milagro.

Quant au bulldozer, Joe Mondragón promettait toujours « d'aller voir un type » à Chamisaville qui avait une grue qui pourrait redresser la machine ; Onofre Martínez acceptait toujours des pots-de-vin pour mettre le feu à toute cette merde ; et Bernabé Montoya, qui de toute façon s'en fichait comme de l'an quarante pensait que la situation allait se transformer en état de fait, jusqu'à ce que l'Organisation des amis de l'écologie du comté de Chamisa ne prenne la mouche et attaque en force, encerclant la décharge avec des quatre-quatre, équipés de mitrailleuses calibre .50, tandis que, armés de pelles et de pioches, ils se mettaient à enterrer eux-mêmes les ordures comme il se doit, sous la conduite de collégiens voulant se gagner un dix-huit sur vingt en instruction civique pour leur participation à la « démocratie en action ».

Une par une, soufflant comme un phoque, grognant amèrement, Bernabé poussa les poubelles au fond de son camion, se laissa tomber sur le sol fangieux, les hissa hors de son camion, et les renversa sur le tas d'ordures fumantes. La quatrième et dernière poubelle, Bernabé se la fit tomber sur le pied. Il poussa un hurlement terrifiant, ferma les yeux; il tremblait tant qu'il en devint tout bleu et que ses veines gonflèrent sur son front. Il se mit à vociférer, donna un coup de pied dans la poubelle, et, dans le même instant, sortit son revolver et tira sur la plus dense des concentrations de corbeaux. Affolés, les immenses oiseaux s'envolèrent frénétiquement vers le ciel, se cognant les uns aux autres dans leur hâte, et peut-être qu'un oiseau se blessa, à moins que, la loi des grands nombres aidant, Bernabé n'en ait touché un. Toujours est-il qu'après qu'une centaine d'oiseaux se furent échappés dans un grand vacarme, il en restait encore un qui agitait anarchiquement ses ailes de géant dans la fumée.

Nerveux, Bernabé jeta les douilles du barillet, rechargea son arme avec les munitions de sa ceinture, visa l'oiseau estropié et tira. Un nuage d'ordures se souleva sur la gauche. Bernabé tira encore... Un nuage de fumée se souleva sur la droite. Il tira encore une fois, et toucha une boîte de conserve qui rebondit sur le corbeau battant des ailes. La quatrième balle se logea dans une bouteille de soda qui jaillit vers le ciel à un mètre de l'oiseau, tel un geyser du Yellowstone.

Jurant, Bernabé pataugea dans la boue et les ordures pour tirer de plus près, mais le corbeau estropié s'éloigna. Alors, le sheriff s'arrêta et tira encore deux fois, ce qui aéra les ordures, sans plus.

« *Ai Chihuahua!* » gémit-il, en découvrant qu'il ne lui restait plus que quatre balles. Quand elles furent logées dans son arme, il tira une fois encore, en position stable, puis, comme un fou, pataugeant dans la fange nauséabonde, glissant en avant, en arrière, sur le côté, il fit feu trois fois de plus et heurta successivement: le pare-brise d'une épave de voiture, un jerrycan de plastique qui fuyait, et le bulldozer aux quatre fers en l'air.

Le corbeau tomba dans un ravin par-dessus la crête d'une petite falaise. Bernabé s'y précipita et se mit à lancer des cailloux sur l'oiseau. Pourtant, celui-ci sautillait ici et là, et pas une pierre ne le frappa. En poussant un cri primitif suicidaire, Bernabé sauta dans le ravin et atterrit sur l'oiseau exténué. Pendant un instant, il tint ce paquet de furie noire outragée, puis soudain, en sanglots, il attrapa l'oiseau par le cou, prit le bec dans sa bouche et, dans un concert de gargouillements de protestations sanguinolentes, il lui arracha sauvagement la tête avec les dents et la recracha, méprisant.

Les larges ailes lâchèrent une dernière salve parfumée, puis cessèrent enfin de fouetter le corps douloureux de Bernabé. Et, d'une certaine manière, le cou béant, ensanglanté, lança un dernier coassement de défi.

Ahuri, pantelant, stupéfait par sa fureur et son imbécilité, crachant le sang, Bernabé resta assis sur place. Longtemps plus tard, il se remit sur pieds en tremblant, ramassa la tête et la jeta par-dessus son épaule gauche, il arracha quelques plumes des ailes, de la queue et du ventre, dont le cuisinier du café Pilar, Fred Quintana, aurait peut-être besoin pour décorer ses plats et, sifflant comme un asthmatique, il rampa le long de la pente et passa plus d'une demi-heure à chercher son revolver (avec succès, merci Saint Antoine!) qu'il avait laissé tomber avant de sauter.

— Je ne sais pas pourquoi j'ai fait ça, confia-t-il à voix haute à quelques nuages bas, inquisiteurs et réprobateurs, à moins que le champ de haricots de José Mondragón ait fini par me faire perdre la boule.

Pourtant, mieux valait avoir décapité un corbeau qu'un être humain, du moins, c'est ce qu'aurait dit Carolina.

Charley Bloom allait très souvent à la pêche. Quand il s'était installé à Milagro avec Linda, il avait acheté une canne en fibre de verre et des œufs de saumon ; pour lui c'était un moyen de se libérer de ses tourments.

A présent, Bloom n'utilisait plus que des mouches artificielles pour appât, non par une sorte de snobisme, mais parce qu'il pensait qu'une fois qu'on connaissait les principes de base, il était plus facile et plus amusant de se servir de leurres plutôt que de pêcher au vif.

Il y avait une demi-douzaine de courants à truites, petites, mais bonnes, à moins d'une heure de chez lui. L'Indian Creek d'abord, qui coulait presque derrière sa maison. Cette rivière subissait une pêche intense pendant les mois d'été, surtout en amont, dans le canyon, là où se situaient les terrains de camping de la forêt nationale, zone que les services de pêche et de chasse alimentaient régulièrement en truites arc-en-ciel stupides, au goût fadasse. Tous les mardis, en juin, juillet et août, un immense camion-citerne conduit par Glen Wesley Gore sortait de l'alevinier du plateau de Strawberry, longeait les routes de l'Ours Chauve, passait devant les touristes collés les uns aux autres, souriant avidement, leur canne à la main ou se balançant des œufs de saumons et des marshmallows. Gore se garait sur le côté près du pont de Guachupangue Junction, et, après s'être signé et avoir imploré le pardon du Seigneur, jetait à la rivière ses tonnes de truites arc-en-ciel de vingt-cinq centimètres de long. Sur ce, les deux kilomètres de pêcheurs maladroits perdaient la boule et se jetaient dans le courant pour se lancer à l'assaut, avec à peu près tout et n'importe quoi à l'exception des machettes et des grenades à main. La première fois que Bloom fut témoin de cette mêlée fut aussi la dernière. Des hommes en cuissardes qui leur montaient jusqu'à la poitrine pataugeaient dans le courant profond de cinquante centimètres, agitant frénétiquement les eaux, se servant de leurs lignes comme de martinets pour faire de la mousse, s'éclaboussant, s'interpellant à voix haute, lançant des cailloux, emmêlant leurs lignes et, malgré tout, sans doute parce que les poissons s'affolaient, ils attrapaient les truites de l'alevinier.

En fait, si Glen déchargeait sa cargaison vers neuf heures, la rivière était nettoyée dès midi, et, le long de ces deux kilomètres, les rives étaient jonchées de boîtes d'œufs de saumon vides, de sachets d'hameçons, de tortillons de plombs, de viscères de poissons couverts de mouches, de crottes d'enfants, d'emballages de bonbons, de boîtes de soda et de couvercles.

Il fallait un mois, après les batailles de juin, juillet et août pour que les rives de l'Indian Creek reprennent figure humaine. A ce moment, de la mi-septembre au 30 novembre, date de fermeture de la pêche, Bloom écumait la rivière du pont de Guachupangue à Milagro, et dans les gorges qui débouchaient sur le Rio Grande. En amont, près du pont, et vers l'est, à Milagro, il restait encore quelques survivantes arc-en-ciel difficiles à attraper; en aval, dans les gorges, où l'eau se précipitait entre d'immenses rochers volcaniques aux sculptures quasi érotiques pour former des bassins bouillonnant d'écume, on trouvait des truites brunes et même quelques mastodontes de deux ou trois livres.

Le rio Puerco, Dixinburgh Creek et le Petit Ours Chauve avaient tout autre apparence. Ils descendaient des montagnes et tous trois se jetaient dans l'Indian Creek en amont de Milagro ou dans les environs directs de la ville. Ils étaient peu profonds, n'avaient guère plus de trois à cinq mètres de large au maximum, et, pendant la plus grande partie de leur voyage des sommets enneigés, ils étaient bordés d'une jungle de roseaux, de genévriers touffus, de milliers de jeunes peupliers, de buissons, de ronces impénétrables... en bref, le cauchemar du pêcheur à la ligne. Les courants étaient également traversés par des troncs d'arbres pourris, tombés de vieillesse ou à la suite d'une gigantesque opération de déboisement. Ajoutant l'insulte à cette injure incomparable, les minuscules tachetées et les truites brunes qui vivaient dans ces eaux (tout poisson de plus de vingt centimètres était à considérer comme un monstre) étaient si peureuses et si sauvages, que la course à l'antilope ou à la chèvre de montagne était jeu d'enfant comparé à l'approche de ces petits poissons.

— Ces ruisseaux, se plaignit un jour Bloom, c'est le neuvième cercle de l'enfer de la pêche aux Etats-Unis.

Pourtant, Bloom ne se lassait jamais de ces rivières. Dans la région, la légende voulait qu'on eut jamais plus entendu parler du dernier touriste à s'y rendre avant que Horsethief Shorty Wilson (qui pouvait attraper des colibris les yeux bandés avec une pince à épiler si ça lui chantait) ne retrouve son squelette, dans la montagne, près de la source du Petit Ours Chauve. Et c'était cette difficulté qui faisait tout le charme : le Petit Ours Chauve, le rio Puerco et Dixonburgh Creek appartenaient aux gens de Milagro, et à eux seuls. Et même ainsi, il était rare de rencontrer un paysan assez fou pour traverser ce que vous aviez à traverser afin de pêcher un étique poisson dans ces courants étroits.

Le seul moyen d'opérer dans ces eaux fermées, c'était de foncer à travers les roseaux, les buissons et les arbres, puis de marcher dans le courant et de remonter lentement, courbé en deux, le nez touchant pratiquement la surface de l'eau, et de jeter la ligne à quatre ou cinq mètres plus loin dans un hypothétique bassin. Huit fois sur dix, quelle que soit la distance à laquelle on envoyait la ligne, la mouche se prenait dans une branche suspendue, et le pêcheur infortuné devait se résigner à effrayer le poisson sur une vingtaine de mètres en allant décrocher l'hameçon. En fait, pêcher dans ces courants, c'était un peu comme pêcher dans un tunnel. Et même si on avait la chance de lancer sa ligne là où on le désirait, dans les eaux rapides, c'était la croix et la bannière, dans un endroit aussi touffu, pour la retirer assez rapidement tout en la maintenant tendue, afin de sortir le poisson si par miracle cela avait mordu. Si cela ne mordait pas franchement du premier coup, inutile de titiller le poisson ! Le pêcheur disposait d'environ un dixième de seconde pour récupérer sa proie avant qu'elle se prenne dans des troncs coulés, des branches, des herbes, des racines. Et, en fouettant sa ligne hors de l'eau, et en la tirant dans les roseaux une fois sur deux, elle s'emmêlait dans des milliers de branches entrelacées et le poisson finissait par se tortiller en l'air au dessus de la rivière. Bien entendu, la moitié du temps, tandis que le pêcheur se précipitait vers elle, sa proie se libérait de l'hameçon et retombait dans une eau si froide que cuissardes ou pas, été ou pas, on avait toujours les pieds engourdis.

D'une certaine manière, pêcher dans ces courants exigeait une certaine finesse ; d'une autre, il n'y avait dans ce processus rien qui se rapprochait de près ou de loin de l'art du lancer. Par exemple, malgré la petitesse des poissons, Bloom utilisait toujours dix ou douze livres de plomb, car il avait besoin d'une ligne qui résiste à toutes les tractions tandis qu'il arrachait sans cesse des branches. Et même ainsi, les mouches connaissaient un sort effroyable; du début à la fin, il ne pouvait échapper à la frustration. Et pourtant, il en tirait une sorte de triomphe, car après avoir appris à pêcher dans ces tunnels, Bloom rentrait toujours chez lui non seulement exténué, les pouces ensanglantés pour s'y être accidentellement enfoncé l'hameçon une demi-douzaine de fois, mais aussi avec au moins cinq ou six délicieuses truites autochtones de la taille d'une poêle fourrées dans les poches de sa chemise de toile croisée. Ce qui lui procurait le plus glorieux sentiment du devoir accompli qu'il ait jamais connu.

Et puis il y avait aussi les lacs de l'Ours Chauve, planant comme des nuages aqueux dans une sorte de paradis terrestre au bout d'une route en pente raide de six kilomètres le long du canyon, puis d'une marche d'un kilomètre presque à la verticale... neuf petits lacs, parfaitement circulaires, couleur d'améthyste et de turquoise, certains à découvert dans des prairies, d'autres perdus dans les pins, les plus hauts d'entre eux dépassant presque la ligne des arbres, entourés de souches de chênes rabougris et de rochers majestueux, reflétant des dizaines de pics hauts de trois à quatre mille mètres.

Dans ces lacs, vous pouviez utiliser un fil plombé, avec un émerillon d'une livre attaché à un moustique taille 18, et, avec un bâton de bambou à trois cents dollars, déposer ce moustique à la surface de l'eau sans y créer une seule ride, et y attraper du poisson mieux que quiconque. En fait, un multi-paraplégique, armé d'une fourchette en marshmallow, d'une ficelle, et d'un monstrueux ours en peluche vert et jaune avec des fausses dents qui grincent comme des castagnettes et des ailes jaune citron fluorescentes de vingt centimètres sur le dos, aurait pu attraper à la tonne les tachetées dans ces lacs. Ce qu'il fallait pour y pêcher, c'était une bonne technique pour décrocher rapidement le poisson de l'hameçon, et de bons biceps pour rejeter les truites à l'eau!

La première fois que Bloom se rendit aux lacs de l'Ours Chauve, il n'en crut pas ses yeux. Avec le jeune avocat de Capital City, Sean Carter, ils avaient quitté la maison avant l'aube à quatre heures du matin et étaient arrivés au neuvième et plus bas des lacs juste avant huit heures. Bien qu'il fît déjà clair, le soleil n'était pas encore sorti de derrière les montagnes pour scintiller sur le bassin alpin. Le lac, immobile était d'une beauté à vous couper le souffle. Quand ils firent leur apparition, un cerf se sauva de la clairière et disparut dans les bois. Des vapeurs de brumes dérivaient doucement sur la surface paisible d'un bleu lavande.

— Les poissons doivent être terriblement peureux ici, dit Bloom à son ami. On ferait mieux de s'approcher à quatre pattes et de lancer accroupi, d'assez loin du bord...

— Comme tu voudras...

Donc, ils rampèrent, se trempèrent les genoux dans la boue, se gelèrent les mains. Péniblement, ils se placèrent chacun à un point de la rive, s'assurèrent que leur mouche était bien fixée, et tous deux, retenant leur souffle, lancèrent la ligne.

Après coup, Sean prétendit que sa première truite avait mordu alors que la mouche était encore à cinquante centimètres au-dessus de la surface. Bloom affirma que sa truite avait vu l'ombre de la mouche, et s'il ne prit rien quand elle scintilla à la surface, ce fut parce que trois truites entrèrent en collision en voulant avaler le leurre.

Ensuite, ils firent deux nouveaux lancers agenouillés, et tous deux sortirent une truite. Vers huit heures une, après sept lancers chacun, ils avaient pris six truites de vingt- trois à trente centimètres. A huit heures treize, les deux hommes avaient douze truites, leur prise d'une journée... Un peu abasourdis, ils s'arrêtèrent, allumèrent un feu de camp et firent griller des truites pour leur petit déjeuner. Tandis qu'ils mangeaient, le soleil se leva au-dessus de la montagne, baignant le lac d'une lumière dorée; les poissons se mirent à sauter hors de l'eau, et bientôt, ils furent si nombreux à venir briser la surface qu'on aurait dit que la pluie tombait.

Après le déjeuner, ils se tinrent sur la rive, en pleine vue des poissons, et eurent une prise à chaque lancer. Ils firent un concours pour savoir qui en attraperait le plus en dix minutes et le jeune avocat gagna avec une moyenne de 2,1 poisson à la minute. Ils essayèrent de jeter leur hameçon à toute vitesse au milieu du lac, et à chaque fois, ils prirent un poisson. Sean enleva son leurre, le remplaça par un hameçon nu, ramassa un bouton d'or et l'y accrocha, et il attrapa une truite. Ensuite, il essaya un brin d'herbe, une écorce de pomme de pin... Il n'y avait aucun moyen de lancer quelque chose..., n'importe quoi, et de ne pas attraper de poisson.

Alors, ils se baignèrent, ou du moins essayèrent. Ils avancèrent sur la pointe des pieds sur les rochers mouillés, se plongèrent une seconde dans l'eau glacée, puis se précipitèrent bruyamment vers la rive. Tandis que Bloom, allongé dans l'herbe, prenait le soleil, l'autre avocat, nu, fumait sa pipe sur la rive, et pêcha encore une douzaine de poissons, pour le plaisir.

C'était ça, les lacs de l'Ours Chauve.

Et, alors que les tensions à Milagro ne faisait que s'accroître, c'était là que Bloom avait envie d'aller passer quelques jours avec Linda. Ils confièrent les enfants à Joe et Nancy Mondragón et partirent.

Ils garèrent leur voiture dans une prairie au bout de la route, s'aidèrent mutuellement à prendre les sacs et s'engagèrent sur la piste. C'était une belle journée d'été, paresseuse, lourdement parfumée de senteurs de pins. Le sentier rocailleux par endroits, tapissé d'aiguilles de pins à d'autres, était parfois humide et boueux, là où de petites sources le traversait. Les oiseaux batifolaient paisiblement d'arbre en arbre; des papillons blancs s'envolaient sous leurs pieds; le chemin montait en pente raide vers une zone ombragée.

Cela avait toujours étonné Bloom de voir que sa femme, effacée, féminine jusqu'au bout des ongles, aimait non seulement mener la marche, mais maintenait toujours une allure soutenue. En la suivant, il laissait dériver ses pensées; sans y songer, il regardait ses jambes, ses fesses. Et, tandis que les soucis de Milagro se dissipaient, presque étourdi de soulagement, Bloom pensait à faire l'amour, de plus en plus impatient, au fur et à mesure qu'ils montaient et que le sentier de plus en plus escarpé, ralentissant leur progression. Quelques kilomètres plus loin, il dut continuer l'escalade en érection.

Ils firent une pause sur un coin d'herbe parmi les peupliers au bord de la petite rivière de l'Ours Chauve. Pendant que Linda épluchait une orange, Bloom, allongé sur le dos, avec son sac pour oreiller, les yeux fixés sur le feuillage, se laissait envouter par la fragrance du fruit. Cela faisait plusieurs années qu'ils n'avaient pas eu l'occasion de se retrouver ainsi, sans les enfants. Le corps de Bloom était envahi de sentiments agréables, de compassion, d'amour, et, tandis que Linda lui caressait le front en chantant doucement un chant en espagnol, il s'endormit.

Une heure plus tard, à nouveau sur la piste, Bloom se sentait un homme nouveau. Nerveux, à couteaux tirés quelques heures auparavant, le couple éprouvait à présent une sorte de chaleur et d'intimité mystiques. Le désir de l'avocat revint, et quand ils parvinrent dans la clairière du neuvième lac de l'Ours Chauve, il s'était transformé en maniaque sexuel et se jeta sur les seins de sa femme avant même de se débarrasser de son sac.

— Si on faisait l'amour, allez, ma chérie, viens...

Linda lui mit la main à l'entrejambe, feignant la surprise, mais elle secoua joyeusement la tête.

— Non, tu montes la montagne avec moi, répondit-elle en montrant le sommet, on fera l'amour en haut.

— Oh, non! Qu'est-ce que tu peux être sentimentale et perverse à la fois!

— Oh, si tu ne veux pas, tant pis.

— Je te veux ici, tout de suite, gémit-il, tout heureux, glissant les mains sous son sweater, mais elle se libéra et trottina plus loin, tel un poney facétieux.

— Là-haut! C'est ça ou rien.

Ils rassemblèrent leurs paquets, montèrent la tente, et reprirent leur marche. Au début, ils grimpèrent une pente herbeuse, puis suivirent un étroit sentier à chèvres qui zigzaguait parmi les rochers et contournait des roches grises gigantesques; ensuite, ils traversèrent quelques congères d'une trentaine de mètres de large, atteignirent la crête, et marchèrent parmi l'herbe brunie qui sembait avoir été plaquée à la montagne par quelque neige invisible.

Au sommet, quelques rochers rouges mouchetés leur fournirent un abri contre le vent; entre les pierres l'herbe brune formait un tapis. En contrebas, à l'ouest, ils apercevaient les minuscules lacs de l'Ours Chauve, d'une beauté incroyable, parsemés des étincelles d'argent des poissons qui affleuraient. Au sud et à l'est, l'herbe brune descendait doucement vers les arbres. Ils voyaient très loin, bien au-delà du Hija Negrita encapuchonné qui dominait Chamisaville à soixante kilomètres au sud. A l'ouest, se trouvaient le plateau, Doña Luz et Milagro; et, à une trentaine de kilomètres derrière le plateau et les gorges du Rio Grande, on apercevait la petite ville de scieries, Ojo Prieto, perdue dans une bande de pollution laiteuse, sans doute échappée des usines gigantesques, à près de deux cents kilomètres de là.

Tous deux se souvinrent du matin de leur lune de miel, où les faisans et les merles à tête jaune ornaient la route, là-bas, à Alamosa.

Bloom s'approcha de Linda, et cette fois, elle n'offrit aucune résistance. En riant, elle l'attaqua, lui arracha ses chaussures, son jean et ses sous-vêtements tandis qu'il s'acharnait sur ses bottes et son slip, puis, parmi les rochers, dans l'herbe écrasée, portant toujours leurs chemises pour ne pas attraper froid, leurs culs nus couverts de chair de poule, ils firent l'amour.

Plus tard, détendu, Bloom pêcha et Linda lut au soleil près du lac. Il firent cuire les truites, grillèrent quelques marshmallows, se couchèrent de bonne heure, et eurent une autre séance de baise agréable, après quoi tous deux flottèrent dans un sommeil profond, tandis que la pluie tambourinait gentiment sur la toile de tente.

Le lendemain, ils firent le tour des lacs, pêchèrent un peu, paressèrent dans la brume douce, et, étrangement, ne rencontrèrent pas âme qui vive. Il ne leur arriva rien, ils se parlèrent peu, et tout était d'une beauté et d'une sérénité absolue. Pour un instant, ils se sentaient jeunes et insouciants, et instinctivement évitaient de parler de peur de rompre le charme..., bénédiction dont ils n'auraient jamais osé rêver.

Après une autre nuit, pendant laquelle ils dormirent à peine, préférant se livrer aux interminables ébats amoureux qui avaient caractérisé les six premiers mois de leur vie commune, ce fut le moment du départ.

Au matin, quand Linda dit sans y penser: « Je me demande comment se débrouillent les enfants, j'espère que tout va bien... » Bloom sentit sa nervosité revenir. En silence, luttant contre un assaut de tensions et d'hostilité, ils levèrent le camp. Plus tard, alors qu'ils descendaient la piste d'un pas cadencé, Bloom commença à avoir peur: il savait qu'un incident viendrait gâcher leurs petites vacances. En fait, il devinait exactement ce que cela serait. Quand ils approcheraient de la Volkswagen et que Linda émettrait un petit cri, ses pires craintes seraient confirmées. Quelqu'un aurait jeté un caillou dans le pare-brise et on lirait sur la vitre arrière: OCCUPE-TOI DE TES FESSES, AVOCAT VÉREUX!

Mais le bus était toujours en place, il ne s'était rien passé. Pourtant, Bloom était dans un tel état que le soulagement en devenait presque insupportable. Et, tandis que Linda mettait le contact, il tendit la main vers elle, en disant d'un air malheureux:

— Hé, si on recommençait...

— Non, tu plaisantes!

— Non. Ça remonte à quand la dernière fois qu'on a fait l'amour dans la voiture?

Pendant un instant, ils se balancèrent dans l'allée étroite qui séparait les sièges, s'embrassant, se caressant maladroitement, puis

Linda serra le frein à main, et ils allèrent sur le siège arrière, où ils restèrent assis pendant encore un moment à flirter jusqu'à ce que Bloom la dépouille de son pantalon tandis que Linda lui ouvrait sa braguette, lui descendait son pantalon sur les hanches et s'asseyait sur lui. Il la pénétra en dessous de l'élastique de son slip et gémit. La tête au-dessus de la sienne, les bras autour de lui tandis qu'il lui mordillait les seins à travers son sweater, Linda murmura doucement, désespérément :

— Je t'aime, Charley, je t'aime...

— Moi aussi, je t'aime.

La Volkswagen se mit à bouger. Elle était garée en pente douce, et à présent, elle descentait lentement, sans que ni l'un ni l'autre ne le remarque, jusqu'à ce qu'il y ait un à-coup contre un rocher et que le bus rebondisse, les séparant et les jetant sur le sol. Puis, le bus s'écrasa contre un banc de rochers, se reversant à demi : les pires craintes de Bloom furent confirmées : une branche de pin morte cassa le pare-brise !

— *Tu as oublié de serrer le frein à main !* hurla Bloom, mais au même moment, ils furent pris d'un fou-rire incontrôlable, en voyant des bulles de sperme sortir de son pénis brillant, tout aussi stupéfait que frustré.

Harlan Betchel, en chemise sport, Bud Gleason, en costume d'été infroissable et nœud papillon et Eusebio Lavadie en Levis et chemise de travail tachée de sueur, étaient assis devant des tasses de café à la même table du café Pilar vide quand Marvin LaBlue gara le camion délabré de la Reine de la Carrosserie Garage et de la Plomberie en face du seul parcmètre de Milagro et entra. Marvin avait un cure-dents entre les dents et un .38 dans son étui ornait sa hanche gauche.

Tout d'abord, dès son entrée, Marvin marqua une pause, la tête légèrement penchée en arrière afin de pouvoir surveiller le café sous le rebord de son chapeau de cow-boy tout en cherchant une pièce dans sa poche. Il trouva un quart de dollar et se dirigea vers le juke-box, glissa sa pièce dans la fente, et sélectionna trois chansons de Charlie Pride, Tammy Wynette et Loretta Lynn. Quand Marvin alla lentement vers le comptoir, Eusebio Lavadie l'interpella :

— Hé, Marvin, viens donc t'asseoir un peu avec nous.

Marvin haussa les épaules et changea de direction. Il retourna une chaise à leur table et s'installa, les bras sur le dossier, à la cow-boy.

— Alors, une tasse de caoua sur le compte de la maison ? proposa amicalement Harlan Betchel.

Marvin ôta poliment son chapeau, le posant soigneusement sur le sol, puis il sortit du papier à cigarette et un paquet de tabac de la poche de sa chemise de toile, et, tout en sortant un peu de tabac qu'il déposa dans la paume de sa main, il sourit, lentement, timidement, secrètement, pour lui même — Marvin ne regardait jamais les gens auxquels il s'adressait —, et dit :

— Pourquoi pas des tacos, un bol de chili, un soda et un café, tout ça sur le compte de la maison, monsieur Betchel ? Hein ?

Harlan sourit.

— Ah, voyons Marvin. Une tasse de café est une chose, si tu veux te servir de ton fusil pour nous retenir en otage, c'en est une autre.

— Les Anglos, donnez-leur le pouce, ils vous bouffent le bras, dit Eusebio Lavadie, sur le ton de la plaisanterie amicale, les yeux fixés sur l'arme de Marvin.

Bud Gleason regarda sa montre le plus ostensiblement possible:

— Oh, je m'excuse, les gars, dit-il d'un ton faussement alarmé, j'ai rendez-vous à deux heures à Doña Luz.

Et, tel un extra sans intérêt se sauvant du bar avant la scène de tuerie finale dans un western hollywoodien de série B, Bud posa un dollar sur la table et prit la poudre d'escampette.

Marvin rit intérieurement en léchant sa cigarette roulée à la main, puis il arracha son cure-dent, le remit en place d'un geste décontracté mais étudié, et, secouant l'allumette allumée que lui présentait Harlan Betchel, il préféra gratter sa propre allumette de cuisine sur le pouce de son ongle d'un geste sec, si plaisant que de nouveau il rit sous cape; pour plus d'emphase, il porta l'extrémité brûlante sur le bout de sa langue — cela crépita pour de vrai — avant de la briser en deux et de la jeter dans le cendrier. Finalement, Marvin inspira une profonde bouffée, les yeux toujours timidement baissés vers la table, et en exhalant cette première bouffée profonde et satisfaisante, Marvin bascula légèrement son poids afin de pouvoir baisser la main et sortir son joujou de métal. Il posa tranquillement le revolver sur la table en face de lui. De la main gauche, il ouvrit la poche gauche de sa chemise, mit la main sur la boîte de cartouches qui s'y trouvait, et, la cigarette aux lèvres, la fumée tourbillonnant devant son visage aux petits yeux bleus d'homme du Sud qui lui faisait froncer les sourcils, Marvin ouvrit le couvercle de la boîte, prit six cartouches, ferma la boîte et la remit dans sa poche. Et, tandis que Harlan Betchel et Eusebio Lavadie l'observaient, d'un œil qu'on aurait pu dire presque horrifié, il ouvrit le barillet et logea les cartouches dans leurs chambres respectives avant de le refermer avec un « clic » qui aurait résonné dans tout le canyon jusqu'au bureau de Ladd Devine si la musique country de Loretta Lynn ne s'était pas lamenté dans le juke-box du café Pilar.

Betty Apodaca apparut à la table, son carnet à la main et demanda joyeusement:

— Qu'est-ce que tu prends, Marvin?

Harlan Betchel rit un tantinet trop fort:

— Eh bien, Betty, apporte donc à ce jeune affamé, deux tacos, un bol de chili, un soda, et un tasse de café. Ne t'inquiète pas pour la note, c'est sur le compte de la maison, pas vrai, Marvin?

Marvin, avec la cendre de cigarette qui grandissait indéfiniment entre ses lèvres, pencha la tête en arrière, et acquiesça, et, avec ses petits yeux mobiles qui ne regardaient jamais personne rivés au plafond, il gloussa:

— Ouais, m'sieur, ouais, monsieur Betchel, c'est ça.

Puis après cette affirmation, il ajouta à brûle pourpoint:

— Oui ! Pour sûr, j'en ai fait du chemin dans ma vie.

Puis, quand la commande arriva, Marvin déclara allégrement:

— Ouaouh! Je suis sûr que tout ça va m'engraisser jusqu'à ce que je ressemble au cochon de Pacheco.

Effectivement, il ne fallait pas oublier Seferino Pacheco.

Par un beau matin chaud et poussiéreux, alors que ce solitaire morose sillonnait la ville à la recherche de sa truie, il faillit marcher sur un bébé rouge-gorge, tapi en plein milieu de la rue, les yeux fermés, le bec jaune caverneux grand ouvert, pépiant plaintivement, affamé. Guère plus gros qu'une balle de golf, avec quelques rares plumes qui commençaient à sortir de sa chair rose, l'oisillon n'avait que peu d'avenir au milieu de la route, sans parler de la vie, alors la seule chose qu'avait à faire un homme sensé, c'était de lui marcher dessus et de l'écraser comme un vulgaire mégot. Mais, depuis des années, ce géant au cœur brisé était à peu près aussi raisonnable que les cas « désespérés » du quatrième étage de l'hôpital psychiatrique de la capitale, et au lieu de détruire ce qui aurait dû être détruit, il se pencha, ramassa gentiment le minuscule rouge-gorge, le fourra dans la poche de son immense chemise de travail Big Mac et se remit vainement en quête de son cochon.

Vers midi, Pacheco décida d'envoyer son cochon au diable, engloutit furieusement une bière au Fontier avec Tranquilino Jeantete, et, pour anéantir une grave crise de courante, acheta une bouteille de brandy aux mûres chez Rael, puis boitilla jusque chez lui. Là, après avoir installé le rouge-gorge dans un bol de terre cuite rempli d'herbe, il alla lui chercher de la nourriture dehors et revint un peu plus tard avec une douzaine de vers de terre, que l'oisillon tout nu dévora gloutonnement avant de s'endormir dans son bol. Pendant un long moment, songeur, Pacheco observa la chose minuscule à qui il avait décidé de sa toute puissance d'offrir un avenir.

— Je me sens si seul, grogna-t-il d'un ton cynique, que quand il grandira j'essaierai sûrement de le baiser.

Ils étaient destinés à devenir de grands copains, lui et l'oiseau, et après tout, pourquoi pas ? Pacheco n'avait rien de mieux à faire que chercher sa truie, il avait tout son temps à consacrer généreusement au rouge-gorge. Se réveillant à l'aube, il enfila immédiatement ses cuissardes et un pull-over, et se précipita dehors pour aller puiser des vers dans la terre riche et humide le long du fossé d'irrigation. Puis, tandis que son café du matin sifflait, il suspendit les vers au-dessus du bec béant. Pendant une longue période, ce fut toute l'étendue de leur relation : trois, quatre, puis cinq fois par jour, Pacheco excavait des vers, et trois, quatre, cinq fois par jour, son petit ami, tel un éléphant qui avale des balles de foin, engloutissait tout ce que lui présentait Pacheco puis s'endormait ou pépiait pour avoir une autre ration. Comment un être aussi minuscule pouvait être aussi vorace restait un mystère pour Pacheco, un peu comme les éléphants qui sortent d'une Coccinelle, ou plutôt qui y entrent.

La nuit, Pacheco plaçait le bol sous une ampoule allumée, pour tenir le rouge-gorge au chaud. Plus tard, en homme qui apprécie les allusions littéraires et spriritueIles aussi bien que le symbolisme, Pacheco baptisa l'oisillon « Haricot Joe ». Immédiatement, l'air de sa maison, qui pendant longtemps avait été solitaire à en hurler, s'adoucit de la chaleur des sourires qui sortaient de nulle part pour illuminer les traits burinés de Pacheco qui soignait l'oiseau nourrisson.

Le Haricot Joe, qui se gorgeait de vers comme s'ils avaient été sur le point d'être prohibés par la loi, grossissait comme une fleur du désert après la pluie dans un plan-séquence d'un dessin animé de Walt Disney. En un rien de temps, les barbes raides de ses plumes miniatures se développèrent en magnifiques pennes bleutées, et Pacheco se mit à nourrir une boule de plumes rondouillette et non plus un oisillon nu et affamé.

Le moment venu, Haricot Joe apprit à s'alimenter seul. Pacheco remplit un autre bol avec de la terre grouillant généreusement de vers, et l'installa près du nid, si bien que lorsque le rouge-gorge avait une petite faim entre les repas, il sautillait sur le bord de l'autre bol, penchait la tête, toujours couverte de duvet de bébé, et ouvrait le bec pour attraper un appétissant tortillon.

Bien vite, le Haricot Joe cessa de passer tout son temps dans le nid et se mit à sautiller sur la table, dans un paysage chaotique de boîtes de bière vides, de vieilles bouteilles d'alcool, de déchets de corned beef, et de boîtes de chili ouvertes. Plus tard bien sûr, bien qu'à contrecœur et tout tremblant, Pacheco dut emmener son petit ami dehors. Nerveux, il posa le rouge-gorge sur un carré de pissenlit de la pelouse qui ne sembla guère intéresser le Haricot Joe. Il resta là quelques secondes à tendre l'oreille en tremblant avant de sauter dans la main de Pacheco, d'y déposer une petite crotte amicale, de s'ébouriffer, et de s'endormir d'un sommeil satisfait. Ensuite, quand il était dehors, le Haricot Joe passait tout son temps sur les genoux de Pacheco ou dans sa poche de chemise ou encore perché sur sa tête ou son épaule.

Bien trop vite, le Haricot Joe devint adulte. Bien qu'il sommeillât toujours dans son bol sous la lampe la nuit, dans la journée, il gambadait dans la maison en désordre et inspectait les déchets de la vie de Pacheco, les tas d'ordures, de vêtements sales et de souvenirs décrépis disséminés çà et là ; il passait beaucoup de temps à picorer les mouches et les papillons prisonniers dans les toiles d'araignées. La réincarnation dépenaillée, avaleuse de serpents, de Cleofes Apodaca se montrait de temps en temps pour partager une boîte de sardines avec Pacheco, mais il ne s'attaqua jamais à Haricot Joe. Un jour pourtant, Pacheco surprit le chat à regarder l'oiseau d'un air ensommeillé mais néanmoins intéressé, et, sans même élever la voix, l'illettré sentimental entonna calmement :

— Greffier, si jamais tu touches à une plume de cet oiseau, je te fais griller dans le four comme une vulgaire pomme de terre.

Et, si Cleofes Apodaca II ne se donna pas même le peine de faire un signe de tête, il baissa les paupières jusqu'à ce que ses yeux se ferment presque complètement, et tandis qu'il ronronnait, on aurait dit qu'il existait entre ces trois êtres, le chat, l'oiseau et l'homme, une compréhension parfaite.

Quand Pacheco irriguait ses courges, le Haricot Joe batifolait dans l'eau glacée. Appuyé sur sa binette un jour, observant son petit ami tandis que des graines de cotonnier descendaient sur les flaques argentées qui abreuvaient son jardin sans même y provoquer une ride, Pacheco se rendit soudain compte qu'à part sa truie, il ne s'était jamais senti aussi proche d'un être vivant depuis la mort de sa femme. Et là, il fut soudain terrifié à l'idée de perdre l'oiseau.

Le lendemain, dans le jardin, Le Haricot Joe fut terrifié par un scarabée noir tout boueux qui fuyait la vague du fossé, le derrière en l'air dans une posture menaçante, et vola se réfugier sur l'épaule de son maître. C'était la première fois que Pacheco le voyait voler, et son cœur grinça comme la musique d'un film à l'eau de rose. Plus que jamais en bien des années, le pauvre homme sentait le poids du destin; il lui vint même à l'idée, dans son esprit à demi désintégré, de tuer le Haricot Joe et de le faire empailler pour ne jamais le perdre.

Pourtant, le Haricot Joe n'avait pas la moindre intention de prendre la clé des champs. Le rouge-gorge voletait parfois sur le toit ou dans le pommier de Pacheco, mais revenait toujours immédiatement sur la tête ou l'épaule de son maître, où il se contentait de rester tranquillement pour prouver à cette grosse masse sombre à quel point il l'aimait. Et un jour, alors que Pacheco était rentré par hasard à l'intérieur sans Haricot Joe, l'oiseau frappa si fort contre la porte vitrée qu'on put entendre le bruit de la collision jusque chez Joe Mondragón, à deux champs de là.

Mais Pacheco savait comment finissent les animaux sauvages. Et comme leur séparation imminente le rendait triste, il noyait son chagrin dans l'alcool à en oublier toutes ses précédentes beuveries. Chancelant, étourdi, il allait en ville, son rouge-gorge sur l'épaule, et achetait des bouteilles de Old Grandad chez Nick. De retour à la maison, assis à la table de cuisine écoutant de la musique mariachi, des pièces radiophoniques à l'eau de rose, les commentaires de matchs de base-ball de troisième division et les nouvelles de la KKCV de Chamisaville, tandis que Joe, perché sur son bol de nourriture picorait un ver de temps à autre, Pacheco liquidait son Old Grandad.

Le rouge-gorge s'engraissait de vers et de punaises nocturnes et Pacheco avait mal au dos à force de creuser la terre humide le long du fossé. Finalement, il creusa tant et tant de trous que l'eau se mit à fuir dans son champ. Ce qui était parfait pour les plantes, mais en totale contradiction avec la loi. Donc, quand le marjordome responsable du fossé, Sparky Pacheco, s'aperçut que Seferino Pacheco irriguait son champ vingt quatre heures sur vingt quatre, il vint lui faire des menaces non dissimulées:

— Hé, l'ami, tu ne peux pas voler l'eau comme ça, se plaignit farouchement Sparky, chacun son tour, comme tout le monde.

Oscillant sur le bord du fossé, Haricot Joe accroché à son épaule, Pacheco grommela:

— Va te faire foutre, Sparky. Et d'abord, c'est les rats musqués qu'ont fait les trous, pas moi.

A Milagro, chaque fois que l'on se faisait prendre à irriguer illégalement un champ, on en rejetait toujours la faute sur les rats musqués, et béni était celui dont le fossé était effectivement infesté par les bestioles bâtisseuses de tunnels.

Sparky Pacheco revint le lendemain avec trois pelles, un garçon, Jimmy Ortega, et un homme, Ricardo L. Córdova, et à eux trois, ils colmatèrent les parois du fossé. Ensuite, ils s'en allèrent, conseillant fermement à Pacheco de se montrer plus prudent quand il creusait ses trous.

Pacheco se précipita à l'intérieur, fourra le goulot d'une bouteille d'Old Grandad pleine entre ses lèvres, renversa la tête en arrière et en laissa le contenu couler dans sa gorge. Puis, chancelant et hurlant comme un rhinocéros blessé, il sortit et creusa à la pelle le flanc du fossé récemment bouché, faisant couler tout le flot dans son champ déjà détrempé. Ensuite, il tituba le long de la rive, frappant méchamment de sa pelle les serpents d'eau argentés qui se faufilaient dans l'eau et il décolla une énorme pelletée de terre humide grouillante de vers pour Haricot Joe. Le rouge-gorge descendit de l'épaule de Pacheco et se mit à engloutir les vers aussi vite que l'homme pouvait séparer les mottes de sa pelle.

Une fois la première pelletée épuisée, Pacheco se déplaça pour creuser ailleurs, mais son pied s'enfonça dans la terre molle, et, perdant l'équilibre, il tomba à la renverse, et s'écrasa sur Haricot Joe.

Horrifié, Pacheco, ivre-mort, se jeta immédiatement sur le côté, mais l'oiseau était désespérément aplati; Haricot Joe poussa un petit cri, battit des ailes et poussa son dernier soupir.

Gémissant, pleurant déjà, Pacheco ramassa son ami, se dressa sur ses pieds et le jeta dans le champ détrempé, avec un cri d'angoisse qui se prolongea pendant plus d'une minute, avant de se réfugier à l'intérieur pour noyer son chagrin dans l'alcool.

Quand Sparky Pacheco et Ricardo L. Córdova revinrent pour couper l'eau, ils trouvèrent Pacheco assis sur le perron, les yeux presques aveugles collés par les larmes, un .22 chargé posé de manière ostentatoire à côté d'une bouteille de Old Grandad sur le ciment à ses pieds, en train de terminer les derniers vers du bol de haricot de Joe.

— Hé, ça va pas? Tu te prends pour un rouge-gorge? plaisanta gentiment Sparky.

Pacheco se contenta de les regarder de ses yeux menaçants et épuisés. Il s'était déjà résigné. C'était bien fait pour lui, il n'avait pas besoin de s'attendrir sur un animal sauvage et de lui donner un nom de si mauvais augure par-dessus le marché.

Et pourtant, Pacheco se sentait assez mauvais pour tuer le fils de salaud qui oserait piétiner son ombre.

A peu près à la même époque, un film très populaire était projeté au drive-in de Chamisaville, et par une curieuse coïncidence, près de la moitié des citoyens de Milagro, qui voulaient oublier un moment les tensions de la ville, assistèrent au spectacle le même soir.

Horsethief Shorty Wilson, Jerry Grindstaff, Emerson Lapp et Flossie Devine s'y rendirent dans un break de la Truite Sauteuse, et, tandis que Horsethief Shorty installé derrière le volant, liquidant un pack de six coincé entre ses genoux, ce buveur de flotte de Jerry G. à côté de lui, regardaient droit devant eux, Flossie et Lapp sautillaient à l'arrière comme un couple d'adolescents, mâchonnant du pop-corn et sirotant une bouteille de Southern Comfort tout en ricanant et en faisant des plaisanteries « osées ». Ce qui énervait grandement Jerry G. qui se retournait sans arrêt pour crier des « chut! » ou leur ordonner avec son accent puritain de l'Oklahoma:

— Dites donc, vous pourriez pas la mettre en sourdine, derrière!

Joe et Nancy Mondragón prirent la route dans leur camion, avec leurs enfants et Benny Maestas, qui boitait toujours un peu après la blessure qu'il s'était infligée à la cuisse, à l'arrière. En chemin, Joe s'arrêta une fois pour réparer un pneu crevé, deux fois pour qu'un des enfants puisse faire pipi, et une quatrième fois pour acheter deux packs de six frais chez Crown à Chamisaville, et encore une autre pour faire provision de poulets frits au « Kentucky-Poulet frit » du Colonel Sanders. Ils arrivèrent en retard mais de bonne humeur.

Joe se gara en face de Bernabé Montoya qui partageait une pinte de whisky et autre chose avec sa petite amie, Véra Gonzales.

Non loin de là, dans le camion Chevrolet 1953 vert moucheté d'Onofre Martínez, la brigade sénile et édentée au complet avec Onofre, Amarante Córdova et Tranquilino Jeantete, divisaient leur attention entre deux packs de six, une pinte de brandy à la mûre, et un sac de tacos de chez A & W, tandis que sur le toit, le berger allemand à trois pattes aboyait joyeusement devant l'écran.

Juste à côté, se trouvait la bande de la Reine du Garage et de la Plomberie, Ruby Archuleta au volant de leur épave, Claudio García à la place du passager. Marvin LaBlue et le fils de Ruby, Eliu buvaient de la bière dans la remorque, comme tout le monde.

Charley et Linda Bloom et leurs deux enfants étaient les seuls représentants de Milagro à ne pas boire. Bloom était de mauvaise humeur; Linda était furieuse de le voir ainsi. Bloom était excédé car il devait sans cesse quitter la Volkswagen pour aller acheter des friandises aux filles, un hot-dog par ci, un paquet d'amandes grillées par là, un Coca Cola, des frites, un soda... et ils s'en voulait d'acheter ainsi le silence des enfants qui ne s'intéressaient pas au film. Plus leurs exigences augmentaient, faisant monter les enchères pour ainsi dire, plus Bloom s'approchait du coup d'éclat. Il ne pouvait pas se concentrer sur l'intrigue, ne cessait de manquer des dialogues, et croyait qu'il allait exploser.

Par contract, quand l'aîné des Mondragón, Larry, essaya de faire marcher son père pour qu'il aille lui acheter une barre de chocolat, Joe se pencha simplement par la fenêtre du chauffeur et dit à son fils: « Larry, si tu nous embêtes encore, je décroche ma ceinture. » En conséquence, les enfants se calmèrent et regardèrent le film en silence comme trois petits anges bien élevés.

A l'est, des éclairs illuminaient les montagnes de Minuit; à l'ouest, les étoiles scintillaient au-dessus des gorges. Soudain, il se mit à pleuvoir. Joe Mondragón mit les essuie-glaces en route. Bernabé Montoya ne prit pas cette peine car lui et Véra ne regardaient pas le film de toute façon. Onofre Martínez mit en marche ses essuie-glaces, tout comme Horsethief Shorty, et Ruby Archuleta. Mais quand Bloom appuya sur le bouton, rien ne se produisit. Furieux, il grommela:

— Je me demande pourquoi nous sommes venus...

Il sortit du véhicule avec un tournevis et une pince.

— C'est toi qui as voulu venir, accusa Linda.

— C'est la dernière fois que j'emmène ces gosses au cinéma, hurla Bloom.

— Ne parle pas comme ça devant eux, aboya Linda.

Dans le véhicule de la Truite Sauteuse, Jerry Grindstaff se retourna et dit d'un ton pincé :

— Em et Flossie, ça vous dérangerait de la mettre en veilleuse ? Il y en a qui essaient d'écouter ici.

Horsethief Shorty éructa et péta en s'exclamant :

— *Ai Chihuahua* ! Je m'excuse...

Mais cela fit simplement ricaner Flossie et Emerson Lapp.

— Gerald G., accepte nos humbles excuses pour ce manque d'éducation ; on ne va pas s'affaler, euh, s'attarder sur le sujet plus longtemps. Et on te promet de la mettre en veilleuse.

La pluie tambourinait sur les toits, éclaboussait les pare-brise, et Bloom qui avait complètement démoli ses essuie-glaces au lieu de les réparer, s'assit de nouveau, les mains crispées sur le volant, regrettant d'être venu. A côté de lui, Linda n'arrivait pas non plus à se concentrer sur le film ; elle avait envie de pleurer. Derrière, les enfants croquaient des bonbons et aspiraient bruyamment leurs soda à travers les pailles de menthe. Tout d'un coup, on entendit un cri étouffé :

— María a renversé sa limonade sur mon sac de couchage, gémit Pauline.

— J'en ai rien à foutre..., siffla Bloom entre ses dents serrées.

Dans le camion Chevrolet 1953 vert moucheté d'Onofre Martínez, les trois vieux riaient, se taquinaient, buvaient leur bière, s'amusaient comme des fous, tandis que sur le toit, le berger allemand à trois pattes attendait stoïquement la fin de l'orage.

Avec la pluie, Marvin LaBlue et Eliu Archuleta étaient allés se réfugier sous l'auvent du snack-bar. Benny Maestas les rejoignit avec le petit Larry Mondragón, qui tapa immédiatement le péquenot au cœur tendre d'un quart de dollar. Les deux autres Mondragón s'étaient installés dans la cabine avec Joe et Nancy, à moitié ivres de bière et de poulet gras qui leur collait aux doigts.

Les vitres du camion de Bernabé Montoya étaient si embuées qu'on ne voyait pas ce qui se passait à l'intérieur. Avec un peu d'imagination, on pouvait le deviner malgré tout.

Dans le véhicule d'à côté, Jerry G., écœuré par les ricanements étouffés et les murmures rauques du siège arrrière, sans parler des bruyantes et puantes explosions anales de Horsethief Shorty, avait décidé d'aller chercher un peu de soulagement en allant pisser aux toilettes derrière le snack-bar.

Jerry G. n'était pas plus tôt sorti que Shorty ressentit lui aussi un besoin urgent. Lançant un joyeux : « Eh, défendez bien le fort » vers le siège arrière, il se dirigea vers les toilettes sur les talons de Jerry G.

Au même moment, la plus jeune des filles de Bloom, María, Joe Mondragón, Benny Maestas, Marvin LaBlue et les trois membres de la brigade sénile entendirent eux aussi l'appel, et ils sortirent de leur véhicule, courant sous la pluie vers les toilettes.

Ensuite Flossie Devine dit:

— Em, mon chéri, tu veux bien m'excuser un moment, je dois aller aux toilettes.

— Fais comme chez toi, répondit Em en imitant son accent du Sud.

A l'unisson avec cet échange, un peu plus loin, Nancy Mondragón annonça:

— Bon, les enfants, restez tranquilles, je dois aller faire pipi. Si vous n'êtes pas sages, je dirai à José de défaire sa ceinture.

Et, au moment où Nancy ouvrit sa porte, Véra Gonzales s'extirpa de dessous le corps de Bernabé Montoya et murmura essoufflée:

— Je ferais mieux d'aller mettre mon diaphragme, je ne pensais pas que tu voulais faire ça ici...

Elle ramassa son sac et courut sous la pluie, se cognant presque dans Flossie Devine.

Jerry Grindstaff entra dans les toilettes des hommes vides; il s'installa donc dans l'urinoir central et défit sa braguette. Sur ce, Joe Mondragón bondit à l'intérieur, maudissant gaiement l'averse avec sur ses talons, Amarante Córdova, Onofre Martínez et Tranquillino Jeantete, la pluie dégoulinant en joyeux ruisselets de leurs chapeaux de cow-boys. En riant, ces êtres humains archaïques se donnèrent des claques sur le dos et s'engagèrent dans des plaisanteries de bidasses en espagnol ayant un rapport évident avec la taille et la puissance de leurs instruments vieux de quatre-vingt à quatre-vingt-dix ans.

— Salut, Jerry, coassa Joe Mondragón, au contremaître taciturne de la Truite Sauteuse, puis il cria: « *Hola, Primo!* » à Amarante Córdova, qui avança maladroitement sur ses jambes arquées de l'autre côté de Jerry Grindstaff.

Avec moult grognements, ricanements, il commença à déboutonner sa braguette tout en essayant de regarder devant la poitrine de Jerry, Joe qui lui souriait, et qui, de son côté, regardait devant la poitrine de Jerry, pour saluer le vieux. Sans savoir comment, au milieu de toute ce vacarme et de cette confusion, en fouillant dans son pantalon pour sortir son zizi fripé, Amarante délogea son Colt Peacemaker qui tomba bruyamment dans l'urinoir, comme pour annoncer l'arrivée de Horsethief Shorty, suivit de près par Marvin LaBlue, puis de Charley Bloom qui accompagnait sa fillettte, María, immédiatement terrifiée à la vue de tous ces hommes plus ou moins vieux qui chahutaient, plaisantaient en espagnol, fumaient, dans une cacophonie qui remplissait totalement la pièce minuscule.

Jerry G. passait un mauvais quart d'heure. En fait, pour lui, en présence d'autres, c'était carrément impossible de pisser. Et à présent, c'était le véritable charivari : Horsethief Shorty lançait des salutations fort alcoolisées aux vieux et à Joe ; Amarante Córdova se penchait pour ramasser son colt quand soudain, la voix de Marvin LaBlue vint briser les rires (et les affreux couinements de la petite María) :

— Hé, c'est pas un Peacemaker que t'as là, Amarante, c'est un Pissemaker !

Amarante se redressa, brandit fièrement son pistolet en souriant, heurtant le derrière de Jerry G. à chaque geste, tandis que Bloom faisait bonjour d'un signe de tête à chacun des hommes, en se frayant tristement un chemin à travers la foule vers l'unique vécé où une chaise était retournée sur le siège des toilettes, avec une pancarte accrochée aux deux pattes avant disant « hors service ».

Pendant ce temps, à une planche de contre-plaqué plus loin, chez les femmes, Véra, Flossie et Nancy faillirent se rentrer dedans en voulant échapper à l'orage par la même porte, au même instant. Toutes trois étaient fort essoufflées d'avoir couru sous la pluie. La semaine précédente, il y avait eu une bagarre dans les toilettes des femmes : une lycéenne en avait poignardé une autre ; la porte et la cloison de l'unique cabinet avaient été arrachées et comme la direction ne s'était pas souciée d'effectuer les réparations, le siège était exposé à la vue de tous.

— Allez-y la première, ma petite, dit Flossie à Véra.

— Non, allez-y, vous, m'dame, répondit Véra poliment en haussant les épaules, je ne suis pas pressée.

Un peu gênée, Flossie tenta sa chance avec Nancy.

— Oh, je peux attendre.

— Moi aussi, répliqua Nancy.

De l'autre côté du mur, Joe Mondragón faisait couler un torrent de bière, parfaitement clair, satisfaisant, interminable, alors que Jerry G., écarlate, luttait pour pouvoir se soulager, tandis qu'Amarante Córdova continuait à lui marteler les fesses en brandissant joyeusement son pistolet patibulaire. Bloom, avec sa fille pleurnicharde dans le creux du bras essayait de rebrousser chemin à travers les gens, la fumée et les bavardages en espagnol.

— Amarante, si tu ne te sers pas de cet urinoir, autant que j'y aille, dit Onofre Martínez, mais le baron de la Staurolite perdit l'équilibre en avançant, rebondit contre Amarante, qui heurta Joe Mondragón, qui, déséquilibré, envoya quelques gouttes de pipi sur le pantalon de Jerry G.

Jerry G. explosa:

— Regarde-moi ce que tu as fait! hurla-t-il à Joe tout en se reboutonnant.

A cet instant, Bloom installa María dans la poussière, à l'extérieur des toilettes, lui enleva sa culotte et lui dit:

— Allez, ma chérie, fait pipi ici, les toilettes sont cassées.

— Mais il pleut, gémit l'enfant. Je suis toute mouillée.

— Oh, non d'une pipe! Je te dis de faire pipi ici! Alors, vas-y ou retourne à la voiture.

— Je peux pas, il pleut .

— Eh bien, tu n'as qu'à te noyer! marmonna Bloom, les mâchoires serrées.

Chez les femmes, Nancy Mondragón demanda:

— Vous ne seriez pas madame Devine?

— Si, et vous, vous êtes madame Mondragón? répondit Flossie en souriant.

— Oui. Mon Dieu, je n'aurais jamais imaginer vous rencontrer dans un endroit pareil.

Flossie ne savait pas exactement comment réagir. Elle haussa les épaules, fit un mouvement de la main, sourit et finit par roucouler:

— Même les riches ont des besoins naturels, vous savez.

Chez les hommes, Joe Mondragón répondit à Jerry G. avec un:

— Ce que j'ai fait! C'est ce vieil imbécile qui m'a bousculé!

Sur ce, un silence, identique à celui qui suivit le lancement de la bombe atomique sur Hiroshima, tomba sur la pièce dans un grand fracas. Bien sûr, immédiatement après avoir parlé, Jerry G. s'était rendu compte que, s'il s'échappait de cette pièce plus ou moins en vie dans la minute suivante, il devrait allumer des cierges en l'honneur d'un saint quelconque pendant tout le reste de de sa vie pour lui prouver sa reconnaissance éternelle.

— *Ai Chihuahua!* murmura un des hommes.

Ensuite, plus personne ne bougea ou ne prononça un mot. Amarante souriait à demi de sa bouche édentée, tenant son pistolet au bout d'un bras détendu, presque ballant; Onofre Martínez était planté devant l'urinoir, une cigarette entre les dents et fixait un « Suce-moi la bite, fils de pute » sur le mur tandis que la fumée s'amassait sous son chapeau de cow-boy et tournoyait lentement autour du bord avant de s'élever au plafond. Tranquilino Jeantete, qui avait été propulsé contre le mur arrière, fixait le sol, honteux pour Jerry G. ; Marvin LaBlue, également honteux pour Jerry et terrifié par cet Anglo faisait exactement la même chose. Le seul bruit provenait de la fermeture Eclair de Joe Mondragón qu'il fermait lentement.

Le deuxième bruit fut provoqué par Horsethief Shorty qui sortait sa blague à tabac, et tortillait un petit doigt couvert de poudre dans chacune de ses narines. Après cette action plutôt téméraire, Shorty éternua. Puis, tous les hommes entendirent Flossie Devine dire dans les toilettes des femmes:

— Eh bien, si vous n'êtes pas pressées ni l'une ni l'autre, excusez-moi de passer la première, parce que ma vessie est en train de sonner l'alarme.

Juste après cette déclaration, Bloom se reprécipita dans les toilettes des hommes, la petite María aux yeux rouges dans les bras et expliqua à l'assistance:

— Je m'en fous que ça soit bouché!

Jerry G. avança d'un pas hésitant vers la porte, puis d'un autre. Shorty referma sa blague à tabac, s'écartant pour le laisser passer. Jerry G. poursuivit son chemin précautionneusement, ouvrit la porte et se glissa sous la pluie. Shorty leva les sourcils, haussa les épaules comme pour dire: « Que voulez-vous que j'y fasse? » à tous et tout le monde, leur dit: « *Caballeros...* » et s'en alla.

La petite María Bloom pipa un: « Mais j'ai pu envie, papa... » et Bloom gémit comme un babouin sous le fouet. Sur ce, les vieux se mirent soudain à ricaner, tandis que de l'autre côté de la paroi, Flossie Devine confiait aux deux femmes chicano qui lui tournaient le dos:

— Ah, franchement, quand il pleut des grenouilles comme ça, j'ai vraiment envie de me réfugier dans une mare!

— Eh bien, dit Shorty en rejoignant Jerry G. sur le chemin du retour, on dirait que t'étais à un cheveu de te faire exploser la cervelle!

— Oh, Shorty, fiche-moi la paix!

Et, dans le break de la Truite Sauteuse, inconscient du drame qui venait de se dérouler dans un décor des plus misérables, Emerson Lapp s'endormait.

Se souciant peu de l'orage menaçant, mais fort troublé par ses propres ennuis, Herbie Goldfarb estimait qu'une escapade dans l'amour serait exactement ce qu'un médecin aurait prescrit pour son âme agitée. Et il y avait à Alamito, près de Chamisaville, une volontaire Vista du nom de Stéphanie Milligan qui pouvait offrir ce genre d'escapade, une grande fille osseuse, aux yeux bleus perdus dans le vague, originaire du New Jersey qui venait d'obtenir ses diplômes à l'Université de Skidmore, au nord de l'Etat de New York.

Herbie et Stéphanie s'étaient souvent rencontrés lorsque Herbie prenait le car pour se rendre à une réunion avec ses camarades de Vista et aller prendre une douche au camping au nord de la ville. Au début, Herbie évitait Stéphanie qui paraissait d'humeur morose et ne parlait guère. Son silence, sa façon de ne jamais se plaindre la plaçaient en quelque sorte au-dessus des autres volontaires, d'une manière un peu accusatrice. Et puis, Stéphanie semblait impliquée dans différents projets communautaires qui avaient des chances de succès presque raisonnables, et c'était la seule à parler espagnol.

Stéphanie portait des blouses paysannes, de longues jupes bariolées et des tennis; et sa démarche droite et altière était un délice. Malheureusement, elle avait aussi une poitrine minuscule, et Herbie n'avait jamais été attiré par les jolies planches à pain. Les rondeurs et les roseurs à la Renoir, les Marilyn Monroe, les Anita Ekberg et Lainie Kazan..., c'était ça qui occupait les fantasmes de Herbie depuis sa plus tendre adolescence. Aujourd'hui encore, ses rêves étaient hantés de machines à faire l'amour, ashkénazes aux seins généreux, au teint mat, maternantes, tout droit venues d'Israël. En fait, jusqu'à ce jour, la plupart de ses aventures amoureuses avaient concerné des jeunes filles nubiles nommées Rachel, Ruth ou Hanna aux regards fougueux et chaleureux, des jeunes filles de sa race partageant la même foi, dont les chairs rondes l'avaient enveloppé dans le foin comme le ferment d'une jeune pâte à pain. S'il était destiné à payer cher, très cher, tout au long de sa vie le fait d'être juif, Herbie s'était toujours imaginé que ses amours lui permettraient de prélever un intérêt sur son compte en banque avant de régler son dû. Pour Herbie, le nirvana consistait à s'enfoncer dans les pectoraux palpitants de ces femmes bronzées qui le protégeaient de la bête sensuelle au tempérament méditerranéen qu'il était.

Au début, il ne se sentait guère séduit par cette fille discrète, décharnée, dont l'abstraction touchait à l'éthéré. Pourtant, quelques détails éveillèrent son intérêt. Par exemple, bien que Stéphanie soit apparemment la plus compétente de l'équipe de volontaires, elle ne se vantait jamais de ses succès ; le plus souvent, elle ne les estimait pas même dignes d'être mentionnés. Quelle était sa formule magique ? Voilà ce qui intriguait Herbie. Peut-être pourrait-elle lui apprendre, sinon à se lier avec ses voisins du moins à se défendre lorsqu'ils se mettraient à tirer ou à jeter des lances.

Et puis, Herbie n'avait jamais rencontré une personne aussi authentique. Il finit par comprendre que si Stéphanie ne soufflait pas dans sa propre trompette, c'est parce qu'elle n'avait rien à prouver.

En dernière instance, ce fut sans doute son odeur qui emporta la victoire. Stéphanie sentait le bon pain frais, l'armoise et le tabac brun : elle fumait Gauloise sur Gauloise et exhalait la fumée avec une lenteur paisible et insouciante, telle une paysanne épuisée pendant la Dépression (photographiée par Dorothea Lange) ou une ancienne putain exténuée. Quoi qu'il en fût, sa manière de rejeter la fumée était terriblement excitante.

Finalement, plus que tout, ce fut ce dernier détail qui passa une corde métallique autour du cœur de Herbie et serra bien le nœud. Mon Dieu ! il en aurait presque pleuré de la voir fumer ses Gauloises pendant les réunions hebdomadaires des volontaires !

Herbie tomba amoureux.

Il s'imaginait que la passion de Stéphanie serait lente et détendue, sans hâte et d'un érotisme vague, comme la mousse tendre d'un marais du Sud, pas luxuriante dans le sens propre du terme, mais d'une profondeur effroyable.

Herbie était un grand romantique : il avait adoré Elvira Madigan ; il avait pleuré en lisant les *Souffrances du jeune Werther*. Dans ses rêveries éveillées, les gravillons se métamorphosaient en rubis étincelants ; les poulets en paons ; Stéphanie Milligan réincarnait Greta Garbo. Un jour, il se lança : « Je peux te raccompagner ? Comme ça je verrais ce que tu fais. »

Stéphanie haussa les épaules, en un geste plutôt agréable ; l'expression vaguement préoccupée de son visage fut remplacée par une autre, si lointaine, et d'une tendresse non calculée si profonde que le cœur de Herbie fit une pirouette arrière et que ses entrailles le torturèrent. En un instant il fut transformé en une bête charnelle, un prédateur, un monstre rapace : ce soir serait marqué d'une croix blanche.

Ensemble, une serviette roulée sous le bras, ils se rendirent au terrain de camping en auto-stop ; ils prirent une autre voiture vers l'est pour aller à Alamito. Stéphanie vivait dans une vieille ferme de torchis dont huit pièces étaient vides, avec un four à bois dans la cuisine et un réfrigérateur débordant de légumes du jardin, de viande de chèvre, de porc, de bœuf et de mouton que ses voisins lui avaient donnés. Près de la porte d'entrée, des tranches de courges séchaient sur des panneaux dressés. De gracieux martinets bleus voletaient autour d'une niche suspendue à un poteau. Paresseuses, les poules gloussaient en picorant dans la cour ; des pommes et des poires prenaient forme sur les arbres fruitiers ; des abeilles indolentes bourdonnaient dans la brise d'été ; sur le toit de torchis de la demeure bucolique de Stéphanie, des tournesols déployaient leur jaune flamboyant.

Herbie restait béat devant cette femme sereine qui déambulait si paisiblement dans son paradis terrestre. Ils parlèrent très peu tandis que l'après-midi lascive s'étirait vers l'heure du dîner. Torse nu, Herbie feuilletait un vieux *Time* installé à une table de pique-nique dans la cour, tandis que Stéphanie vaquait à ses activités quotidiennes. Quelques femmes du coin vinrent la voir et chuchotèrent avec elle en espagnol, riant ou souriant doucement en voyant Herbie, qui leur souriait aussi, sidéré par la douceur et la gentillesse des gens. Qu'est-ce qui clochait à Milagro ? Ou plutôt qu'est-ce qui clochait avec Herbie Goldfarb ?

Les femmes s'en allèrent. Des gosses montant leur cheval à cru passèrent par là et appelèrent insolemment Stéphanie qui donna une carotte à l'animal aux yeux tristes, passa la main dans les jeunes chevelures puis les taquina tout en flattant l'encolure luisante. Comment ce langage qui lui avait toujours fait l'impression d'un tir de mitraillette pouvait-il prendre dans la voix de cette femme timide et décharnée des accents de velours, comme le français?

A l'heure du dîner, Herbie était si amoureux que cela lui faisait mal. Miraculeusement, Stéphanie apparut avec des enchiladas fumants et une bouteille de bière maison, du pain frais et des raisins du pays. Ils dînèrent au son d'une cloche languide qui sonnait l'angelus. Jamais Herbie ne s'était senti si amoureux. Il osait à peine la regarder de peur qu'elle se transforme soudain en sainte et s'évanouisse dans le ciel comme un pollen sacré. Quand il osait lever les yeux, elle levait la tête; son regard calme dérivait tranquillement, parcourait et analysait son visage avec un manque d'inquiétude vaporeux. Stéphanie, illuminée par une sorte de désir ivoire, mangeait comme quelqu'un qui se sentait en harmonie avec la nourriture, en harmonie avec les lieux, en harmonie avec le climat, en harmonie avec l'heure, en harmonie avec tout... ; la vie, vue à travers son aura personnelle, était une « Rapsody in Champagne ». Herbie soupira.

Tendrement, il mit la main sur son sexe en érection.

Stéphanie alla à l'intérieur et revint avec du café qui sentait la chicorée et la cannelle. La fumée qui s'enroulait dans l'air immobile du soir dilatait de sensualité les narines de Herbie. Leurs pieds nus se rencontrèrent sous la table, et, gentiment, ils jouèrent de cette connivence. Le soir tombait, la nuit imminente, languide, douce comme le miel, lumineuse, resplendissait d'effluves séraphiques. Il était temps de rentrer; ils rangèrent la vaisselle sur un plan de travail et dérivèrent jusqu'à la chambre, bras d'adolescent sous bras d'adolescent, s'allongèrent sur le matelas posé à terre, où ils se déshabillèrent dans une sorte de transe mystique, renaissant dans leur jeune nudité à la façon dont naissent les mélodies.

Ils s'embrassèrent: les lèvres de Stéphanie étincelaient d'une lueur céleste. C'était la femme la plus magnifique, la plus équilibrée qu'il ait jamais rencontrée. L'obscurité odorante, pleine d'incitations intimes, d'étincelles, de bulles d'hydromel, flottait au-dessus de leur peau. Elle l'enlaça, ils se serrèrent l'un contre l'autre, cuisse contre cuisse, ventre contre ventre, comme dans un ballet tourné au ralenti. Il avait l'impression de baiser avec une madone.

A quelques mètres d'eux, un violent « snap » retentit soudain, suivi par une salve de couinements hystériques, puis d'un frottement, d'un grattement, d'une pagaille de rebondissements frénétiques, qui raidirent Herbie dans une attitude de terreur totale.

— Ne t'inquiète pas, roucoula Stéphanie, ce n'est qu'une souris.

Les frottements s'affaiblirent, les grattements cessèrent, un dernier couinement pitoyable retentit dans l'obscurité. Et, telle une bouffée de fumée de cigarette, une bouffée de mort dériva dans la douce mélancolie, se glissa entre leurs corps (si bien qu'elle en eut les mamelons tout raidis), s'éleva vers le rebord de la fenêtre, tourbillonna vers l'extérieur et se dissipa dans la brume parfumée des fleurs de pommiers.

Herbie resta paralysé pendant trente secondes. Peu à peu, il essaya de détendre ses muscles douloureux un par un, il se serra contre elle, mais son érection avait disparu.

Ils attendirent. Stéphanie avait tout son temps, toute la patience imaginable. Ses doigts lui caressaient légèrement les deltoïdes; avec tendresse, elle jouait avec les longs cheveux de sa nuque. Lentement, Herbie se raffermissait, leurs lèvres se rencontrèrent comme des papillons sur un lit de fleurs; leurs corps et leurs esprits se mêlaient en un long et doux enlacement. Du miel coulait dans les veines de Herbie.

Un peu plus loin cette fois, mais avec une force dramatique, un autre « snap » le poignarda dans le dos, entre les épaules, comme une flèche d'acier pointue tirée avec un arc de cinquante kilos. Puis s'ensuivit un couinement frénétique, bien trop explicite, ainsi que des frottements et des grattements, et, en le sentant se raidir, Stéphanie expliqua:

— Ne t'inquiète pas, ce n'est qu'une souris.

— Comment ça, une souris?

— Cette maison est infestée de souris, dit Stéphanie.

— Et..., et alors? bredouilla Herbie. Tu as mis des pièges partout?

— Oui, bien sûr. J'en attrape cinq ou six toutes les nuits.

— Herbie s'écarta d'elle, et resta sur le dos, les yeux rivés au plafond. Stéphanie s'assit, alluma une cigarette et lui souffla la première bouffée par-dessus l'estomac. Elle allongea la main et lui caressa gentiment le sexe, le tenant un peu comme si c'était un tout jeune lapereau. Mais rien n'y fit. Tous les muscles de Herbie, sauf son pénis, étaient si tendus que s'il les avait touchés, ils auraient résonné comme une corde de guitare géante. Stéphanie se pencha et prit le membre mou dans sa bouche enfumée... au moment où un autre « snap » et une autre lutte à mort retentissaient un peu plus loin.

— Excuse-moi, s'écria Herbie comme un fou, en sautant sur ses pieds, mais je ferais mieux de partir maintenant si je veux attraper le bus de neuf heures.

Et leur amour, immortel quelques minutes plus tôt, mourut instantanément, comme une petite souris.

Depuis des années, la décoration du sous-sol du café Pilar faisait plus ou moins penser à un bordel edwardien, avec ses femmes nues en une seule dimension, plutôt que des véritables prostituées, sa débauche de calendriers et de pages centrales de Playboy encadrées qui ornaient les murs dorés. Dans le coin, le bar contenait surtout des bouteilles de bourbon, de scotch et de vin; le petit réfrigérateur était en permanence rempli de bière. Au centre de la pièce à la moquette épaisse, sous une lampe de plafond réglable, se trouvait une table ronde couverte d'un tapis vert. Tous les jours, en fin d'après-midi ou le soir, une douzaine d'hommes aux visages sérieux, assis autour de cette table jouaient aux cartes, poker, monte, blackjack, multicolore, et même occasionnellement... au bridge, au bridge, j'ai bien dit. Et ces hommes avaient l'habitude de jouer gros.

En bref, le sous-sol du café Pilar était un bouge.

Grosso modo, seuls les habitués fréquentaient ce casino. Harlan Betchel, bien sûr, et Bud Gleason, le directeur du Motel Enchanté, Peter Hirsshorn. Parfois son frère, Jim, le porte-parole de Ladd Devine, venait faire une partie. Ladd Devine, lui, n'y était jamais venu, et Horsethief Shorty Wilson était *persona non grata*, car, bien que tout le monde sache qu'il trichait, personne n'avait jamais réussi à le prendre la main dans le sac, si bien que Shorty était imbattable. Jerry Grindstaff se mêlait parfois à une partie, mais la plupart des autres joueurs le trouvaient trop morose, ils devenaient moroses eux aussi et cela ne faisait qu'empirer au fur et à mesure que les pertes de Jerry G. se multipliaient, inévitablement. Si bien que tous essayaient de décourager sa présence par tous les moyens possibles et imaginables.

Nick Rael passait un soir sur deux dans ce lieu de mini-perdition, tout comme Carl Abeyta et Floyd Cowlie, les représentants du service des forêts, ainsi qu'Eusebio Lavadie. Pour surveiller ce Who's Who de la maison de jeu, Granny Smith et Bruno Martínez, les deux fédéraux, dépensaient sans compter temps et argent au sous-sol, lorsqu'ils n'étaient pas en haut à observer les méfaits de personnages haineux, pernicieux et hors-la-loi tels que Joe Mondragón, Benny Maestas et Amarante Córdova.

Il y eut une nuit pourtant, où le monde du crime leur retourna le compliment, en apportant la montagne à Mahomet, pour ainsi dire ; c'est à dire que l'enfer du Mal descendit au Casino Pilar où il surprit Granny Smith avec trois rois dans les mains, Bruno Martínez se grattant les couilles après s'être défaussé, Bud Gleason les yeux écarquillés devant une couleur au roi, Eusebio Lavadie, saoul comme un Polonais qui se servait un autre verre, Harlan Betchel se donnant une dernière carte, avec Jim et Peter Hirsshorn qui essayaient d'observer ses réactions tandis qu'il regardait sa carte. Près de cent cinquante billets verts scintillaient férocement au centre de la table, attendant que le vainqueur les ramasse tous.

Pourtant, cette main heureuse s'avéra n'appartenir à aucun des hommes installés à la table. Car au moment même où Harlan Betchel regardait la carte qui complétait un full des sept par les six, la porte s'ouvrit et trois desperados entrèrent dans la pièce, changeant la règle du jeu pour la transformer en un hold-up à main armée.

— Le premier qui bouge, le premier qui respire trop fort, vous surtout les flics, et vous boufferez tous les pissenlits par la racine ce soir ! annonça calmement la première personne à entrer dans la pièce, brandissant un fusil à double canon scié devant Granny Smith.

Ce personnage pittoresque, qui mesurait à peine plus d'un mètre cinquante et portait un chapeau de cow-boy baissé sur les yeux, un bas de femme et un foulard à carreaux rouges sur le visage, un anorak de ski gonflant, une salopette de travail et des bottes de cow-boy, avait une voix étrangement rugueuse.

L'homme de près d'un mètre quatre-vingts, qui se trouvait derrière le canon scié, dans un déguisement similaire, leva un fusil à pompe en expliquant :

— Messieurs, c'est un calibre douze, et j'ai des cartouches Winchester 4 ; comme j'ai enlevé la barrette de chasse, alors j'ai cinq cartouches au lieu de trois, pigé ? Bien. Je veux que tout le monde pose les mains sur la table, la paume en l'air, et vite.

Les instructions étaient limpides, faciles à suivre, et inutile de préciser que tous s'y plièrent sans discuter.

— Bon, alors, maintenant, plus un geste, dit la troisième personne, de taille moyenne, vêtue comme les deux autres, avec un fort accent espagnol et une autorité excessive sans doute due au .357 magnum qu'elle tenait au poing.

Les trois bandits étaient plus ou moins familiers aux hommes installés à la table. Mais comme leurs cheveux étaient dissimulés sous leurs chapeaux, et leurs visages derrière les bas et les foulards, et que, visiblement, ils forçaient leurs voix et leur accent, sans parler du fait que les requins des cartes, de Bud Gleason à Bruno Martínez inclus, tremblaient comme des feuilles, il leur était difficile de déterminer de qui il s'agissait exactement.

— Prenez l'argent, bredouilla Harlan. Prenez tout...

— Merci, dit le canon scié. Avec plaisir. Et si vous mettiez toute cette oseille en joli petit tas? O.K.?

— Oui, accepta aussitôt Harlan, mais il n'était pas terrifié au point de risquer la mort en se laissant avoir par cette astuce. Je peux bouger ma main pour le faire?

— Oui, lentement, len-te-ment, dit le .357 magnum.

— Comme ça, c'est trop vite?

— Non, comme ça, c'est parfait. Doucement, gentiment.

Harlan rassembla les billets avec soin, les déplia et les lissa pour en faire une seule liasse.

— Bon, très bien. Pousse le tas au bord de la table avec la main droite, siffla le fusil à pompe d'un ton mélodramatique. Et souvenez-vous, un faux mouvement et...

— Excusez-moi, lâcha Bud Gleason, mais... je... je crois que je vais éternuer.

— Pas de ça! hurla le canon scié. Eternue, et je décore la table avec ta cervelle.

— Fais attention à pas dégueulasser le fric, conseilla le .357.

— Ecoutez-moi, bande de crétins..., commença Granny Smith.

— Toi, je ne te donne pas une seconde si tu essaies de finir ta phrase, aboya le .357.

— Tiens, j'aurais pas entendu ça dans un film? demanda Eusebio Lavadie.

— Oh, mon Dieu, murmura Jim Hirsshorn entre ses dents serrées. Granny, tais-toi, toi aussi Lavadie, c'est pas le moment de faire les marioles.

— Mais il faut que j'éternue, gémit Bud Gleason. Est-ce que je peux me pincer le nez?

— Pince-toi le nez, et ce soir, c'est les vers de terre que t'embrasses au lieu de ta femme, grogna le canon scié.

— Eh ben tant pis, vous allez être obligés de me tuer, grogna Bud..., et il éternua.

Le souffle coupé, il baissa douloureusement la tête, et lâcha aussitôt une deuxième explosion pleine de morve qui fit voler l'argent sur la table, sur la chemise de Harlan Betchel et par terre.

Le .357 alla vers Bud, colla le canon sur la nuque de l'agent immobilier:

— Espèce de saligaud!

Le canon scié alla vers Peter Hirsshorn et appuya son arme contre la tête du directeur du Motel Enchanté.

— Non, gémit Peter, non, pas moi, non...

— Toi, dit le fusil à pompe en pointant son arme vers Harlan Betchel, ramasse ce fric, et vite!

— Oui, m'sieur.

— Mais lentement, compris? Des gestes calmes. Je veux voir chaque mouvement.

— Oui, m'sieur.

Harlan fit exactement ce qu'on lui avait ordonné et remit l'argent en liasse en un clin d'œil.

Bud Gleason, les yeux fermés, au bord de sa quatrième crise cardiaque, grommela:

— Je vais encore éternuer.

— Prends le fric, ordonna le .357 et le fusil à pompe le ramassa promptement et le fit disparaître dans sa poche de jean.

Bud éternua. Eternua encore. Ces crises, qui lui arrivaient parfois, étaient absolument incontrôlables. A chaque éternuement, sa tête rebondissait contre le .357. Dans la pièce, les joueurs comme les agresseurs le regardaient, attendant que le hold-up puisse continuer. Mais comment arrêter une fois que c'était commencé? Bud éternuait, reprenait son souffle, s'étouffait et éternuait encore. Deux, trois fois, il supplia les bandits de le laisser se pincer le nez, mais à chaque fois le .357 répondait:

— Fais un geste, gros malin, et ce sera pire que le massacre de la Saint-Valentin à Saint-Louis.

Ainsi, le tableau avec les joueurs terrifiés, les paumes en l'air sur la table, et les trois Jesse James attendant le moindre faux mouvement se prolongeait indéfiniment, tandis que Bud, les yeux exorbités, le visage rouge, la sueur lui ruisselant sur les joues, continuait à éternuer.

Le fusil à pompe finit par déclarer :

— Merde, ça suffit, on continue. Il ne va jamais s'arrêter.

— D'accord.

Au même instant, le canon scié alla se placer derrière Granny Smith, le soulagea de son revolver ; le .357 sortit le pistolet de Bruno Martínez de son étui, et après avoir déchargé les armes, ils rejetèrent les joujoux inutiles sur la table.

— Quelqu'un d'autre est armé ? demanda le canon scié.

Sept têtes firent non d'un petit signe à l'unisson.

— Bon, alors, écoutez-moi bien. Je vais vous donner des instructions. Je veux que tout le monde les suive à la lettre. *Comprendes ?* Sinon, à la moindre erreur, au lieu d'embrasser vos femmes et vos petites amies, vous boufferez des vers, O.K. ?

Inspirant difficilement dans un vacarme de train qui déraille, le regard au bord de l'apoplexie, la poitrine brûlante de douleur, Bud Gleason lâcha un autre éternuement éclaboussant de morve.

— Bien. Alors, vous allez faire ça avec la main droite, pas la gauche, compris ? Celle-là. Levez tous légèrement la main droite, disons de dix centimètres, que je sache si tout le monde sait reconnaître la droite de la gauche. Bon, allez-y.

Tout le monde leva la main droite comme il était ordonné sauf Bud Gleason.

— Toi aussi, aboya le .357 en lui cognant son arme contre la tête.

Faible, confus, pris de nausée après sa crise d'éternuements, de grosses larmes roulant sur ses joues rouges, Bud leva la main gauche.

— L'autre, hurla le .357, et cette fois, Bud ne se trompa pas.

— Parfait. Avec cette main droite, sortez votre portefeuille de votre poche arrière et posez-le sur la table. Len-te-ment !

Les hommes firent ce qu'on leur demandait et le canon scié ricana un petit : « Magnifique ! ». Le fusil à pompe fit rapidement le tour pour débarrasser les portefeuilles de leur contenu. La plus large contribution, huit cents dollars, fut apportée par Bud Gleason ; la plus faible, cent cinquante par Granny Smith. Dans l'entre-deux, Bruno Martínez cracha deux cents dollars, Peter Hirsshorn deux cent quatre-vingt, son frère, trois cent quarante, Eusebio Lavadie perdit quatre cents dollars tout rond et Harlan Betchel paya la somme de cinq cents dollars vingt-cinq cents. De toute évidence, ils avaient l'intention de jouer toute la nuit.

— Bien, dit le .357. Chet, je crois que c'est à peu près terminé.

— Parle-leur un peu des journaux, David, dit le fusil à pompe d'un ton méprisant.

— Ah, oui.

Les trois bandits se dirigèrent vers la porte pendant que le le canon scié parlait :

— On veut juste que vous sachiez quelque chose, messieurs. Essayez de savoir qui est dans le coup, et nous, on va voir le *News* de Chamisaville, le *Reporter* de Capital City et tous les autres canards et défenseurs des droits civiques du pays. On leur dit tout sur ce bouge, et on leur donne les noms.

— Restez assis, *amigos*, dit le .357. Réfléchissez-y. Et puis, gardez vos menottes sur la table aussi longtemps que possible. On a pas envie que la fiesta se termine par des coups de feu, *qué no* ?

Sur ce, ils disparurent. En silence complet. En fait, tendus comme ils l'étaient, pas un des joueurs n'entendit une porte s'ouvrir ou se fermer. Rien, absolument rien. D'après ce qu'ils pouvaient en dire, les bandits s'étaient transformés en fantômes et s'étaient évanouis comme des passe-murailles.

Bien que mortifiés, les hommes se regardaient d'un œil prudent. Le premier qui osa bouger fut Bud Gleason ; il leva la main, et, épuisé, se pinça le nez.

— Tu crois qu'on est en sécurité ? murmura Harlan Betchel.

— Ouais, sans doute, répondit Granny Smith en se précipitant furieusement sur son arme.

— Bon, je monte prévenir la police, dit Peter Hirsshorn.

— La police, c'est nous, remarqua Bruno Martínez plein d'amertume.

— Et personne, ajouta Granny Smith, que je me fasse bien comprendre, personne ne dit rien à personne, parce que la police était là, dans cette saloperie de maison de jeu clandestine, et que, comme disait ce type, ce n'est pas du tout, mais pas du tout légal.

Les hommes fixaient leurs mains toujours sur la table. On aurait entendu un moustique marcher sur le tapis vert.

— Si quelqu'un en parle à qui que ce soit, dit Bruno Martínez tristement, mais en commençant à sourire un peu, je vous jure que vous boufferez tous des vers de terre.

— Il ne s'est rien passé, dit Granny Smith. C'est bien compris ?

Bud Gleason inspira dans une grimace douloureuse, leva les

sourcils, baissa les paupières, plissa les lèvres, se tordit le nez et commença :

— Aaat... aaaat...

Mais cela ne venait pas.

Tout d'un coup, il n'arrivait plus à éternuer.

— Ce massacre de la Saint-Valentin, ce serait pas à Chicago que ça s'est passé ? demanda Eusebio Lavadie.

Quelques jours plus tard, il se produisit un événement n'ayant sans doute aucun rapport avec le hold-up du café Pilar. Une somme de plus de deux mille dollars fut déposée sur le compte du Comité de défense des terres et des eaux de Milagro dans la succursale de la First State Bank de Jim Hirsshorn et Ladd Devine à Doña Luz.

Amarante Córdova, qui surveillait de nouveau le champ de Joe rêvait peut-être quand il vit apparaître pour la deuxième fois l'ange coyote. Après-coup, il ne se souvenait plus s'être endormi. Il se tenait à son poste habituel, adossé contre le tronc d'un grand cotonnier mort et laissait errer son regard des plants robustes à l'arc-en-ciel permanent, faible mais persistant dans la brune poussiéreuse de l'après-midi ensoleillé, qui planait sur Milagro quand le coyote revint, boitillant négligemment, et quitta le contrefort Milagro-García pour aller rejoindre Amarante près du fossé d'irrigation. L'ange borgne le salua d'un « B'jour » indifférent, replia ses ailes miteuses dont les plumes grinçaient d'une manière obscène comme celles d'un zopilote, et, comme une personne affligée d'hémorroïdes, s'assit lourdement près de lui, en poussant un « Ouaou » fort audible. Après s'être essuyé les sourcils avec un mouchoir crasseux, l'ange alluma une cigarette en frottant l'un contre l'autre deux ongles de la patte gauche, inhala profondément, et fut aussitôt pris d'un long accès de toux, qui sortait du tréfonds de ses poumons. Quand la crise se calma, et que l'ange coyote se contenta de souffler et de haleter, Amarante osa enfin parler.

— Je vois que l'arc-en-ciel est toujours là, murmura-t-il poliment. C'est un sacré arc-en-ciel, si vous voulez mon avis.

L'ange leva la tête vers l'arc-en-ciel, puis baissa ses yeux jaunâtres et moroses sur Amarante.

— Tu vois, cousin, dit-il d'un ton épuisé, de la façon dont devraient tourner les choses, un jour votre lutte à vous, pauvres chiens affamés, va forger un arc-en-ciel permanent qui encerclera le monde entier, si je vis assez longtemps pour le voir.

— Je ne comprends toujours pas d'où il vient.

— Bien voilà, expliqua la silhouette de coyote maussade, le regard vide dirigé vers le ciel. Tu sais que là-bas, à Chamisaville, à la fin de la journée, les instituteurs collent une étoile d'or ou d'argent sur le front des enfants qui ont été sages?

— Non, mais je veux bien te croire sur parole.

— Bon, l'arc-en-ciel, c'est un peu la même chose.

Une fois encore la fumée fit tousser le coyote pendant plus d'une minute. Quand la crise se dissipa, la créature éthérée se hissa difficilement sur ses pieds et jeta son mégot dans le champ de Joe.

— Mon Dieu, gémit l'ange en regardant d'un air lointain les plants vivaces, trois cents ans que vous êtes ici, et la seule chose que vous avez à montrer, c'est ce carré de fayots, pauvres bougres! Et c'est moi qui suis chargé de cette affaire. Non, vous ne méritez même pas une étoile d'or..., quant à un arc-en-ciel... A bientôt!

Sur ce, dans un grotesque bruissement d'ailes de vautour, un grognement et un halètement de douleur, l'ange disparut.

Au même moment, en allant acheter des hot-dogs chez Rael, de la mayonnaise, de la moutarde et des gâteaux qui devaient être consommés par les boys-scouts de Chamisaville, sous la direction de leur chef Jim Hirsshorn qui les emmenait en randonnée avec les chevaux de la Truite Sauteuse, Jerry Grindstaff remarqua la première manifestation d'une campagne de terrorisme très singulière et très imaginative.

Après le terrain de soft-ball de la Truite Sauteuse, il négociait le virage adjacent au petit lopin de Ray Gusdorf, lorsqu'il remarqua une croix sur le bord de la route, avec une inscription peinte de frais. Normalement, Jerry G. n'aurait guère prêté attention à un tel signal: ces croix étaient chose courante. Si quelqu'un mourrait dans un accident de voiture par exemple, la famille érigeait souvent d'humbles monuments similaires sur les lieux, et les parents de la victime décoraient ces croix pour des années avec des fleurs en plastique multicolore. Lors des funérailles, quand, en chemin pour le camposanto, le cortège se reposait, la foule plantait une croix pour sanctifier cet endroit, appelé Descanso, sur laquelle on inscrivait généralement: Priez pour le repos d'Onofre Gonzales (ou Ricardo Tafoya, ou le nom de celui qui occupait le cercueil).

Mais il y avait dans cette croix quelque chose qui fit réfléchir le contremaître à deux fois et, une trentaine de mètres plus loin, il freina à bloc, si bien qu'il faillit passer à travers le pare-brise du break de la Truite Sauteuse — Jerry G. avait horreur des ceintures de sécurité. Il recula en marche arrière à toute vitesse jusqu'à la borne, et, une fois que le nuage de poussière fut retombé, il regarda d'un air intrigué pendant soixante bonnes secondes l'inscription insolente, puis, d'un coup de pied furieux ouvrit sa porte. Il fit le tour du véhicule, arracha férocement le pieux symbole et le jeta irréligieusement à l'arrière du break.

Ensuite, il fit une manœuvre sur un garde-fou à vaches, fit demi-tour, retourna au ranch à toute allure, et, haletant, essouflé, il se précipita dans le bureau de Devine, où, d'un geste théâtral, il montra la croix à Ladd Devine et Emerson Lapp qui vérifiaient des comptes.

— Je ne comprends pas, dit Lapp. Qu'est-ce que ça signifie?

Devine poussa un soupir épuisé, et demanda sans perdre son calme:

— D'où ça sort?

— Je l'ai trouvé près de la route. Tout près de chez Ray Gusdorf.

— Au bord de la route? demanda Devine.

— Oui. La terre était fraîchement retournée. Ils ont dû le planter cette nuit ou ce matin de bonne heure.

— Qu'est-ce que c'est? Une blague? demanda Lapp, soucieux.

— Excuse-moi, Em, mais moi, je ne trouve pas ça très drôle. Bon, Jerry, emmène-moi ça à l'incinérateur, et fais-le brûler.

— Vous ne voulez pas le garder comme preuve? Je peux le montrer à la police, ils relèveront les empreintes.

— Non, emmène ça à l'incinérateur et brûle-le, ordonna Devine. Le jour où je voudrais qu'on fasse une montagne avec une souris et qu'on prenne au sérieux leurs enfantillages, je te le ferai savoir.

— Bien, monsieur.

Jerry emporta la croix dans l'escalier, la remit à l'arrière du break, et alla à l'incinérateur, dans un champ d'armoise, à un kilomètre de là. Il rencontra Horsethief Shorty qui sortait un panneau similaire d'un camion de la Truite Sauteuse.

— Oh, mon Dieu! Où tu l'as trouvée, celle-là?

— Juste devant l'entrée de notre chère allée. Et la tienne?

— Un peu plus loin, le long de la route.

— Il y en a qui s'amusent bien. Mais je me suis dit, à quoi bon montrer ça au vieux, ça va l'énerver et lui faire passer une nuit blanche, alors, ça vaut pas le coup.

— Je lui ai montré celle-là.

— Ah oui ? Et comment il l'a pris ?

— Il m'a dit de la brûler.

— Tu vois, Jerry ! dit Shorty en ricanant. La différence entre toi et moi, c'est que moi, je suis psychologue !

— Je ne vois pas ce qu'il y a de si drôle, marmonna le contremaître.

— Personne ne voit ce qu'il y a de drôle, c'est ça le problème. Nous ne sommes qu'une bande de vieilles prunes ridées et impuissantes, si tu veux mon avis.

— Shorty, remarqua Jerry G. avec son accent traînant le plus caustique, quand vas-tu te décider à grandir ?

— Je ne sais pas. Peut-être le jour où tu arriveras à te débarrasser du manche à balai qu'on t'a planté dans le trou du cul.

Jerry G. alla chercher en silence un bidon d'essence dans le break et arrosa les croix. Shorty frotta une allumette sur la fermeture Eclair de sa braguette et la jeta négligemment sur les deux panneaux qui s'enflammèrent aussitôt. En quelques secondes, le feu avait dévoré les deux inscriptions identiques :

Priez pour le repos de Zopilote Devine.

Pourtant, ce somptueux autodafé ne consacra pas la fin des croix sur le bord de la route, bien au contraire.

Il signala le début de leur prolifération délirante.

Qu'il vente ou qu'il neige, les yeux de Bernabé Montoya fonctionnaient comme tous les yeux des autres habitants de Milagro: ils s'ouvraient tous les matins à cinq heures. En été, ce moment coïncidait avec le lever du soleil; en hiver bien sûr, il se produisait bien avant l'aube. Pendant l'été, Bernabé n'avait guère de tâches à accomplir tôt le matin: il possédait du bétail, mais ses bêtes paissaient dans la forêt nationale; il avait aussi quelques poules déplumées dans sa cour. Mais il n'avait pas de champ à irriguer, de vaches à traire, ou autres fiestas agricoles masochistes qui justifiaient de se lever de si bonne heure. Néanmoins, à cinq heures, les paupières de Bernabé se levaient, à la vitesse d'un fugitif, et, qu'il le voulût ou non, sa journée commençait.

En général, le shériff restait au lit, la peau encore rose et soyeuse de sommeil et contemplait le plafond tout en réfléchissant à un certain nombre de sujets, allant de son âme à son nombril, jusqu'à ce qu'il finisse par se sortir des couvertures démodées faites maison. Il s'habillait lentement, complaisamment, et allait à la cuisine préparer le petit déjeuner pour lui et Carolina, une lève-tard qui n'apparaisait guère avant six heures.

Tous les jours avant de faire le café, Bernabé allait dans la cour voir si le soleil était bien là, en parfait unisson avec les trois quarts de la population de Milagro, dont les paupières s'ouvraient à cinq heures, brusquement, comme un coup de fouet, ou des étincelles de bâtons magiques chinois.

En fait, on pouvait affirmer que tous ceux qui habitaient depuis longtemps à Milagro et qui ne se réveillaient pas avant l'aube, ou juste à l'aube, pour aller voir le soleil (tout comme ils étaient allés vérifier la présence de la lune huit heures auparavant) étaient sans doute morts durant leur sommeil.

De toute façon, ce matin-là, les yeux de Bernabé s'ouvrirent comme d'habitude et il contempla le plafond pendant dix minutes à cogiter sur des sujets futiles. Puis, comme l'aube était aussi un moment d'érotisme privilégié pour lui, le shériff titilla un peu Carolina, qui, bien qu'à demi assoupie, répondit néanmoins ardemment tandis qu'il l'assaillait de son désespoir muet, posant mille questions muettes, mille questions avec son corps, plaidoirie inarticulée pour des réponses impossibles.

Ensuite, chantonnant « Rien n'est meilleur que le corps de Carolina le matin », Bernabé s'habilla puis alla dehors vérifier que le soleil se levait bien au-dessus de la cabane à lapins de Pancho Armijo, à quelques centaines de mètres de chez lui. Et non seulement il était là, mais il était à l'heure — Bernabé avait vérifié par un appel interurbain gratuit à l'horloge parlante de la Sierra Bell dans la capitale.

Heureux que ni mère Nature, ni la Sierra Bell, grâce à Dieu, n'avaient perdu la tête au cours de la nuit, en même temps que deux cents autres citoyens de Milagro, Bernabé fit demi-tour et, en même temps que deux cents autres citoyens de Milagro, rentra pour allumer un feu de bois dans le fourneau mixte de la cuisine. Peu importait que la journée fût douce: si on vivait à Milagro depuis un certain temps, on commençait toujours la journée par allumer le feu juste après être allé voir le soleil.

Pourtant, au moment où Bernabé plaçait les bûches de pin et du petit bois arrosé d'essence dans le poêle, le téléphone sonna. Le shériff sentit son cœur sombrer dans ses chaussures, comme une bombe. Effectivement, qui pouvait être au bout de la ligne, à part un Nick Rael fou furieux?

— Bernie? La nuit dernière, il y a des cinglés qui sont venus voler tous mes fusils, mes revolvers et toutes mes munitions!

Avec un « *Ai Chihuahua!* » Bernabé s'assit.

Puis il ajouta: « Oh, merde! » avant de demander, plein d'espoir:

— Tu as appelé les fédéraux?

— Bien sûr, mais personne ne répond. Alors, tu peux venir. Je n'ai touché à rien. J'appelle même de la cabine sous le porche.

Bernabé raccrocha, posa un doigt en forme de revolver contre sa tempe et fit la grimace en bredouillant un « bang ».

Emmitouflée dans une vieille robe de chambre, Carolina apparut dans l'entrebâillement de la porte.

— J'ai entendu le téléphone...

— Ouais, dit Bernabé en jetant une allumette sur le bois. Ça a sonné.

— Les ennuis n'arrivent jamais seuls, dit-elle d'un air vague...

Le sheriff hocha la tête.

— Quelqu'un a volé toutes les armes de Rael la nuit dernière.

— Oh, mon Dieu !

— Comme tu dis, oh, mon Dieu ! Ça va être la Troisième Guerre mondiale, soupira Bernabé. Je parie que le vieux Devine est déjà en train de faire couler le béton pour fabriquer un bunker ! Bonjour, les amis, bienvenue à la grande fête de la mort !

— Il souffle un mauvais vent..., commença Carolina.

— T'as raison, pour un mauvais vent...

Bernabé attacha son ceinturon, s'approcha d'elle et glissa la main sous sa robe de chambre pour lui caresser le sein. Les seins, les seins de Carolina, les seins de Véra, tous les seins le fascinaient. C'était ce qu'il aimait par-dessus tout, plus que toute autre partie de l'anatomie, tout autre objet, toute autre créature sur cette terre. Quand la main rugueuse de Bernabé écrasait, caressait, palpait un sein, quelle que soit sa forme, son âge ou son poids, c'était comme si, pour un instant du moins, il plongeait dans le Domaine Crucial, celui qui fournit toutes les réponses. A part cela, le reste du corps de la femme, de la gent féminine le décevait ou le troublait, comme les garde-fous peints. Et aucun sein, bien qu'il ait souvent pressé des mamelons érigés contre son oreille ne lui avait pourtant chuchoté un mot, ne lui avait dévoilé des réponses qui auraient apaisé son insatiable curiosité envers l'âme humaine, la condition de l'univers.

Bernabé resta ainsi un moment, la main enroulée sur le sein de Carolina, d'une manière amicale, aimante, légèrement surpris, comme chaque fois, par sa texture érotique et pulpeuse, puis il embrassa sa femme en lui disant « Souhaite-moi bonne chance » et s'en alla.

Quand Bernabé arriva, il vit Nick sous le porche, morose, avec une fumée invisible qui tourbillonnait paisiblement autour de ses oreilles. Le sheriff dépassa un peu l'endroit où il voulait se garer, si bien qu'il fit marche arrière, mais, comme la route était boueuse, ses roues patinèrent un peu. Il alla d'avant en arrière, creusant de petites ornières, réussit malgré tout à avancer, freina et recula encore. Il coupa le moteur et sortit.

Nick observa le spectacle d'un œil qui disait clairement : « Autant demander à un poisson rouge d'ingurgiter un régime de bananes que de demander à Bernabé de mener cette enquête, ou n'importe quelle enquête d'ailleurs. »

— Hé, Bernie, dit Nick d'un ton sarcastique tandis que le sheriff pataugeait dans la boue, ne le dis à personne, mais tu as mis tes bottes aux mauvais pieds !

— Je me suis dépêché..., grommela le sheriff en s'asseyant près de Nick pour corriger sa gaffe. Tu t'es aperçu quand du cambriolage ?

— Trente secondes avant de te téléphoner. Je suis arrivé, j'ai vu la vitre cassée et la porte ouverte. Je suis entré, je ne suis resté que vingt secondes pour voir ce qui s'était passé, et je t'ai appelé.

Ses bottes correctement chaussées, Bernabé se leva et se digrigea d'un pas traînant vers la porte. Sans raison particulière, il fit jouer la poignée et commenta :

— Nom d'une pipe ! Ça marche toujours.

Puis il flanqua une trouille bleue à Nick en donnant un coup de pied dans le reste du verre.

— Hé ! protesta le propriétaire du magasin. Pourquoi tu fais ça ?

— C'était déjà cassé. Quelqu'un aurait pu se blesser. Bon, alors, ces armes, ils les ont prises où ?

Après que Nick se fut signé dans le dos du sheriff en signe de dérision, il entra dans le magasin et lui décrivit le forfait.

— Tu vois, il y a des traces de pas dans la sciure, parce que j'ai balayé hier soir et que j'ai mis de la sciure fraîche. Ils sont arrivés par là, ils ont pris les revolvers, et ils sont descendus le long de cette allée pour prendre les fusils. Tu vois, sur l'étagère. Ensuite, ils sont partis...

Bernabé suivit Nick. Appuyé sur la vitrine qui avait abrité les revolvers, il contempla tristement la place vide, puis il alla vers l'étagère aux fusils et passa le doigt sur les crochets, et souffla la poussière de ses mains. Il nettoya également la poussière de l'étagère à munitions vide et, d'un geste inconscient, se brossa la paume contre son pantalon avant de hocher la tête.

— Tu as une idée de l'heure à laquelle ça s'est passé ? demanda Bernabé en faisant les cent pas dans les allées, jetant des regards nerveux mais vides autour de lui, comme s'il cherchait des indices.

— Je ne sais pas. Je m'en vais vers huit heures, alors ça a dû se passer après.

— Ouais, dit Bernabé d'un air découragé. Ça aurait été trop de chance qu'ils viennent pendant que tu fumais tranquillement derrière ta caisse et qu'ils te laissent leurs cartes de visite avant de partir.

— Ah, très drôle.

Gonflant ses joues, Nick montait et descendait sur la pointe des pieds, s'efforçant de garder son calme.

— Euh, à ton avis, pourquoi ils ont pris toutes ces armes ?

— Je sais pas, répondit Bernabé en s'arrêtant de marcher pour se gratter la tête. De la manière dont tournent les choses, j'ai comme l'impression que ce n'est pas pour aller à la chasse au cerf.

Bernabé fouilla en vain dans ses poches.

— Dis, Nick, t'as pas dix cents ?

— Pourquoi faire ?

— Je voudrais téléphoner à ces crétins de Doña Luz.

— Bof, sers-toi du téléphone de la maison.

Cette fois, Bill Koontz répondit. Et, vingt minutes plus tard environ, après que les camions du boulanger et du brasseur eurent effectué leur livraison matinale, Koontz et Bruno Martínez descendirent ensommeillés de leur voiture de patrouille, avec tout un matériel destiné à relever les empreintes. Immédiatement, la mère de Nick surgit dans la cour et mitrailla les policiers qui ne lui accordèrent aucune attention.

— Merde ! Pourquoi ils ont démoli toute la porte ? fut la première remarque de Bruno.

— Pour qu'on retrouve moins facilement les empreintes, avança Koontz en versant de la poudre sur la poignée. Mon Dieu ! Quel bordel !

Nick Rael lança un regard vers le sol : « Oh, mon Dieu, priez pour nous ».

Les yeux de Bernabé se portèrent sur le sol en même temps que ceux de Bill Koontz.

— Oh, punaise, il y avait qui dans le coup ? Toute une armée ?

Surpris, Bruno ajouta :

— Jésus ! Ils ont tellement trépigné qu'on ne trouvera jamais une empreinte de pas. On dirait qu'ils ont fait passer un troupeau de buffles pour détruire les indices.

Bernabé s'éclaircit la gorge et alla jusqu'à la porte d'un pas nonchalant. Là, son regard rencontra son propre camion, et il regardait son véhicule, horriblement mal à l'aise, sans vraiment connaître les raisons de son inquiétude quand Bruno sortit et articula pour lui les raisons de son angoisse :

— Oh, nom d'un chien ! A qui est ce camion ? Non, attends, laisse-moi deviner. C'est le tien, Bernie ?

— Ouais, c'est le mien.

— La porte arrière de Nick est toujours fermée à clé, dit Bruno calmement, ce qui signifie qu'ils ont dû se garer devant le magasin.

Koontz les rejoignit, observant d'un œil incrédule les dégâts provoqués par Bernabé qui s'était embourbé, qui avait labouré la terre, dérapé et je ne sais quoi encore.

— Oui, c'est ça, dit Koontz.

— Oh, oui, ça s'est passé comme ça, monsieur, répondit Bruno. Personne ne pourrait dire le contraire à moins d'être fou à lier.

Le visage bleu, tremblant, Nick se dirigea vers une des extrémités du perron et s'assit, contemplant l'étendue des dégâts.

— Bon, d'accord, bredouilla Bernabé, s'asseyant à l'autre extrémité du porche, j'ai tout bouzillé.

— Oui, mais à la perfection! commenta Koontz.

— Il était tôt, expliqua le sheriff, tout en sachant qu'à Milagro il ne pouvait trouver plus piètre excuse.

— Et en plus tu as laissé les livreurs piétiner partout?

— Il les a même aidé, grommela Nick.

Plus tard, le rapport de police déposé à la capitale confirma que les seules empreintes déchiffrables appartenaient à Bernabé Montoya.

— Et il y en avait partout, précisa Bill Koontz en jubilant. Des mouches sur du crottin de cheval!

Le cambriolage devint donc dans la vallée des Miracles un incident de plus à ne jamais trouver d'explication. Par la suite, des rumeurs conflictuelles attribuèrent le vol à Horsethief Shorty (pour le compte de Ladd Devine) ou à la police elle-même afin de priver les citoyens plus humbles et plus combatifs de leur droit constitutionnel et divin d'acheter, de porter des armes et de décharger gaillardement toute forme d'instruments létaux dans la conflagration générale qui n'allait plus tarder à exploser.

Le dernier travail que James Vincent (la poussière du diable) effectua pour la police fédérale consista à dynamiter le quartier général du Service des forêts de Milagro.

Ce ne fut pas Kyril Montana qui le recruta, mais plutôt ses supérieurs qui trouvaient que l'agent menait l'enquête de manière trop traditionnelle.

Bien sûr, la police ne fit pas sauter le quartier général pour le plaisir, ni pour assouvir une querelle interne, mais afin d'accuser Joe Mondragón du forfait de le jeter en disgrâce, en prison ou pire, et de mettre fin une fois pour toutes au jeu dangereux que jouait tout le village.

Le plan était simple, et James Vincent et un de ses amis, Leroy Middleton, se chargèrent de la première partie sans le moindre hic. Ils arrivèrent à Milagro à trois heures du matin, par une nuit sans lune, et s'engagèrent immédiatement dans le chemin de terre étroit qui conduisait à la maison de Joe Mondragón et aux nombreuses granges et remises délabrées qui l'entouraient. Avançant lentement sur le territoire de Joe, ces deux personnages ombrageux reluquèrent les remises pendant une quinzaine de secondes, puis, en freinant, Middleton indiqua un endroit. James Vincent bondit hors du véhicule, et jeta vingt bâtons de dynamite attachés ensemble dans un enclos ouvert rempli de tout un fatras attenant à la maison de Joe.

Ils reprirent la route, tous deux pris d'accès de fou-rire, réaction tout à fait compréhensible, car les deux agents provocateurs étaient gonflés à bloc, sur le point de faire fortune, et pas qu'un peu surpris de la facilité avec laquelle, pour le moment, ils allaient amasser leur butin.

Pourtant, cinq minutes plus tard, tout allait foirer. Après coup, James Vincent ne réussit jamais à comprendre ce qui s'était passé. Mais cela avait un vague rapport avec une mauvaise manipulation du détonateur, qui explosa pendant qu'il installait deux bâtons de dynamite au pied des fondations de béton. Et cette explosion, qui réduisit en purée trois doigts de la main droite de James Vincent, les plongea immédiatement dans un accès de panique.

En fait, à l'instant même où le détonateur explosa, Leroy Middleton engagea la première, et, libéré de son compère, faillit l'écraser dans sa fuite. Le saboteur abandonné chancela tout autour de la place, en hurlant le mot « merde » une bonne centaine de fois avant que Granny Smith et Bruno Martínez, qui avaient reçu un cou de téléphone anonyme dénonçant Joe Mondragón, se ruèrent sur la place et manquèrent de justesse d'aplatir un James Vincent abasourdi et sanguinolant. Granny freina; Bruno sauta du véhicule, arme au poing, au moment où Harlan Betchel, armé d'un fusil, sortit de sa maison derrière la mare de la Pêche Magique.

— Ne tirez pas! hurla James Vincent. Je suis des vôtres!

— Nom d'un chien, regarde sa main! cria Bruno.

— Mieux vaut emmener ce pauvre type à la clinique, et vite, dit Granny.

— Qui est-ce? demanda Bruno en conduisant Vincent dans leur véhicule.

— Je sais pas qui c'est, mais je sais qui ce n'est pas. C'est pas Joe Mondragón.

— Lance un appel à Emilio, pour qu'il raconte à Trucho ce qui s'est passé.

— Avant, il vaudrait mieux vérifier s'il y a de la dynamite sur le bâtiment.

Harlan Betchel qui était resté figé sur place, les yeux ébahis, demanda:

— Qu'est-ce qui se passe?

— Si je le savais, Harlan, je ne...

Soudain, une étincelle jaillit dans l'esprit de Granny, un avertissement, un instinct qui lui dictait d'en rester là pour le moment.

— Ca y est, j'ai trouvé! cria Bruno en courant vers la voiture. Deux bâtons, c'est tout...

— Harlan, dit Granny, tu es témoin dans cette histoire. Tu ferais mieux de nous accompagner au commissariat.

— Oui, Granny, si tu veux. Mais il faut que j'aille mettre des chaussures. Je...

— D'accord, va mettre tes chaussures. Mais grouille-toi. Et ne dis rien à personne, O.K. ? Pas de coup de fil, rien, pas un mot, ça nous rendra service. Enfile tes godasses, saute dans ta voiture et fonce directement à Doña Luz. D'accord?

— Euh..., oui..., bien sûr.

— Allez, on y va, pressa Bruno tout en faisant un garrot sur le bras de James Vincent.

Girophares allumés, ils roulaient sur la grand-route à cent vingt kilomètres heure quand Bruno s'exclama:

— Hé, ralentis voir un peu, regarde... qu'est-ce que c'est que ce type? Mon Dieu, Granny, ARRETE-TOI!

Leroy Middleton, qui venait juste de survivre à un accident à cent quarante au cours duquel sa voiture avait plané pendant une vingtaine de mètres dans les airs avant de faire treize tonneaux, chancelait sur la route, tel un ivrogne aveugle, en plein milieu du chemin de la voiture de patrouille. Le véhicule de police fit un écart, freina dans un crissement de pneus, puis recula vers la victime en puissance qui oscillait toujours sur la route. Bruno se précipita hors du véhicule, saisit l'homme par les épaules, et le poussa dans la voiture.

— Lance un appel à Emilio, dit Granny. Demande-lui d'appeler le docteur Gomez pour qu'il ouvre sa fichue clinique!

Le radio enregistra et leur annonça:

— Au fait, Trucho est en train de piquer sa crise. Il dit de laisser tomber Joe Mondragón. Et si jamais il y a des témoins, amenez-les tout de suite au Q.G. et plus vite que la musique! Ce sont ses propres mots, plus vite que la musique.

— Emilio, faut qu'on conduise ces types à la clinique. On arrive tout de suite. Harlan Betchel devrait être là avant nous. Retenez-le, par les armes s'il le faut. Appelle Koontz et dis-lui de se ramener en quatrième vitesse, il y a le feu!

— Ne me tuez pas, ne me tuez pas. Je suis vraiment de votre côté, bredouilla James Vincent avant de s'évanouir.

— Oh, mon Dieu, c'est vraiment la fin, fantastique, génial... Oh, oui, pour de la dynamite... Ah ça, on a gagné! On va sûrement nous donner une médaille! grommela Middleton.

— Qu'est-ce que c'est que cette histoire? demanda Bruno.

— Oh, même si je vous le disais, vous ne me croiriez jamais.

Ils arrivèrent au Q.G. une heure plus tard avec un James

Vincent toujours vivant mais très pâle, et aussi tremblant que son compère. Bill Koontz était déjà là, Harlan Betchel aussi.

Koontz, qui avait eu une petite discussion terrifiante avec Xavier Trucho, de la capitale, dit immédiatement :

— Bon, vous feriez mieux de vous asseoir, il va me falloir un moment pour vous expliquer tout ça, mais il faut absolument éclaircir les choses, sinon, si un seul mot sort d'ici..., et cela vaut pour toi, Harlan, pour moi, pour Granny et Bruno et pour vous deux aussi, M. Vincent et M. Middlessex...

— Middleton..., gémit le fuyard.

Quatre jours plus tard, en cherchant un tuyau d'arrosage si rongé qu'on aurait dit un arrosoir, Joe Mondragón découvrit le paquet de dynamite grâce auquel on devait rejeter sur lui la responsabilité de l'explosion. Bien sûr, Joe comprit immédiatement que ce cadeau n'était pas tombé du ciel pour accroître la richesse personnelle de l'homme à tout faire, cultivateur de haricots. En fait, mettant deux plus deux ensemble, bien que, par miracle, il n'eut pas eu vent de l'incident du détonateur, Joe pressentit aussitôt qu'il devrait aller parler de sa découverte à Charley Bloom pour lui demander conseil.

Mais ensuite, Joe se mit à penser à tout ce que l'on pouvait faire avec autant d'explosif si son avocat n'avait pas la moindre chance de vous y faire renoncer. Par exemple creuser un énorme trou, faire éclater un immense rocher, démolir une maison pour en reconstruire une nouvelle à sa place, ou même faire sauter un barrage... ?

Ces considérations en tête, Joe emporta la dynamite dans son atelier, l'emballa bien serrée dans des sacs de plastique, puis la dissimula là où aucune équipe de flics, si stupides soient-ils, ne pourrait jamais la retrouver.

Ladd Devine se reposait sous le ciel d'été étoilé, allongé sur une chaise-longue sur la terrasse du toit de son bureau; Flossie se trouvait près de lui, baignée d'une douce lumière, en paix, une bouteille devant elle, comme d'habitude. Devine n'était pas en paix. Ce matin-là, il avait reçu sa dix-neuvième lettre d'El Brazo Onofre.

Querido pendejo Devine;
El Brazo Onofre tisse ta corde de pendu,
pour l'enrouler autour de ton cou vert de fric.
Dors bien ce soir, vieil avare,
ne laisse pas le vampire t'avoir.

La lettre était arrivée à dix heures. Vers midi, Emerson Lapp, tout affolé, téléphona au ranch, pour que Horsethief Shorty vienne immédiatement avec des bombes de gonflage instantané car quelqu'un avait mis à plat tous les pneus du break stationné devant le quartier général du service des forêts et que la pompe de Rael était en panne.

Lapp était allé voir Carl Abeyta et Floyd Cowlie pour les convaincre de renforcer la surveillance sur la rive de l'Indian Creek, près des terres de la Truite Sauteuse, car, dernièrement, des intrus avaient violé la forêt nationale où Devine avait des permis de pâture. Les voleurs pêchaient même la truite la nuit avec de puissantes torches électriques. Pis encore, trois jours plus tôt, un couple de Kansas City avait été dérangé par une bande de pêcheurs nocturnes arrogants qui les avait dénichés dans un bosquet feuillu près de la rive. Braquant leurs lampes sur les corps nus pétrifiés, les pêcheurs noctures avaient ricané en leur faisant des remarques grossières et obscènes pendant plus d'une minute avant de continuer à glousser dans le noir.

Le couple embarrassé ne s'était pas plaint auprès de Devine, mais Horsethief Shorty en avait entendu parler par Sabrina Oatman, qui avait immédiatement voulu faire l'amour dans le bosquet même ou les amoureux s'étaient fait démasquer pantalon baissé dans l'espoir que l'incident se reproduirait.

— Ça, ça serait vraiment quelque chose, s'exclama-t-elle devant Shorty fort peu séduit par son enthousiasme.

Finalement, à midi, Lapp était revenu bredouille du service des forêts.

— Ils ne veulent même pas sortir de leur bureau tant que les autorités régionales ne leur auront pas fourni des gilets pare-balles.

Devine se demanda donc si Carl Abeyta et Floyd Cowlie n'avaient pas retourné leur veste, et s'il ne ferait pas mieux d'engager des vigiles armés pour surveiller les frontières de sa zone de loisirs après le coucher du soleil. Idée fort raisonnable vu la manière dont tournaient les choses, mais si jamais il y avait des coups de feu ? Et comment réagiraient les touristes en s'apercevant qu'ils passaient leurs vacances dans une région en état de siège ?

Ladd Devine n'était pas au courant du hold-up du café Pilar ; Shorty ne lui avait pas parlé de sa mésaventure avec Sabrina Oatman. Et pourtant, un tas de petits indices, comme le récent refus du service des forêts, l'incident des toilettes du drive-in de Chamisaville, que Jerry G. lui avait consciencieusement relaté, minaient la tranquillité des jours d'été. Le mardi précédent, Flossie était tombé de son cheval, touché au flanc par une bille, ou un boulon, lancé d'une fronde invisible.

— J'ai entendu le bruit, avait expliqué tristement Flossie, et je me suis retrouvée la tête en bas.

Mais le pire, c'étaient toutes ces croix ! Pareilles à des champignons dans les feuilles humides, toutes les nuits, elles surgissaient par douzaines, en ville, le long des chemins, dans le canyon, tout au long de la grand-route. Les inscriptions conseillaient toujours aux passants de *Priez pour le repos de Zopilote Devine,* ou de *Priez pour l'âme de feu la zone de loisirs, de la vallée des Miracles.* Parfois, on avait même déposé des bouquets de fleurs aux pieds de ces méprisables monuments, commémorant une mort ou des morts qui ne s'étaient pas encore produites. Bien sûr, il était impossible d'ignorer leur présence. Tous les matins, Jerry G. et Horsethief Shorty, parfois aidés de Bernabé Montoya et des fédéraux, devaient déraciner une douzaine d'épitaphes. Obsédé par ces croix répugnantes, Devine ne supportait pas l'idée que, quelque part, une croix parvienne à survivre, le défiant face à l'éternité. Il s'était mis à les compter, et les arrosait lui-même d'essence, tous les matins à onze heures, lorsque les hommes revenaient de leur patrouille. Si elles étaient destinées à l'intimider, elles avaient réussi leur coup : Devine ne supportait pas le ridicule. Il payait même des flics en dehors de leur service une petite fortune pour qu'ils patrouillent en ville et le long de la grand-route, mais jamais on n'avait mis la main sur les coupables. Etait-ce une autre plaisanterie du mystérieux El Brazo Onofre doué d'ubiquité ? Ou plus simplement les policiers se contentaient-ils d'empocher le fric, et de dormir comme des sonneurs huit heures par nuit dans un endroit désert ?

Quoi qu'il en fût, les croix étaient toujours officiellement considérées comme une « farce », et effectivement, cela faisait rire tout le monde, enfin, tout le monde excepté Devine dont la dignité était en jeu. Ne se moquait-on pas d'un règne de plus d'un siècle ?

Ce qui avait commencé par un simple désagrément se transformait en une plaie royale.

Sous les étoiles, à côté de sa douce amazone de femme quelque peu outrageuse, Devine se sentait perdu. Depuis des années, ses affaires s'étaient déroulées sans un heurt, lui et ses partenaires, ses supporters, ses aides, son équipe... avaient opéré précautionneusement, prudemment, d'une manière classique couronnée de succès. Devine ne s'était lancé que dans des affaires sûres ; il n'avait que rarement connu de revers ; il ne se souvenait même pas s'être gravement trompé sur la mentalité des paysans ; comme son arrogant grand-père, il était habitué à la victoire.

Mais à présent une claustrophobie spirituelle enserrait ses entrailles, sapait ses forces. Pour être honnête, le patron était un peu déprimé, abattu, malheureux, vexé aussi ; disons qu'il ne savait plus quoi faire de sa peau. Sa vie se fragmentait, il ne s'y retrouvait plus. Il avait perdu son inébranlable énergie. Une lassitude dangereuse planait, à l'intérieur de son corps, hors de portée, accompagnée d'une torpeur défaitiste. Il avait peur. Et, dans cette sombre condition, sa peau pâle et iridescente scintillant sous les étoiles, tandis que Flossie lui caressait nonchalamment les cuisses, Devine songeait à son grand-père ; ils se rappelait son enfance, dans les canyons et les montagnes que sa famille dominait depuis si longtemps.

Devine se souvenait en particulier d'une journée, une expérience, un instant d'horreur qui n'était pas venue le tourmenter depuis des dizaines d'années.

Ils chevauchaient dans la montagne, le petit Ladd âgé de neuf ans à l'époque et son grand-père, cueillaient des framboises. Toute la matinée, ils avaient ramassé les fruits, rempli des jarres qu'ils déversaient dans les sacoches. Soudain, l'orage éclata.

— Suis-moi, dit le vieil homme, si je m'en souviens bien, nous ne sommes pas très loin de la cabane de l'Ours Wallow.

Rapidement, ils conduisirent leurs chevaux à travers une prairie et entre les bosquets de peupliers tremblants jusqu'à ce que la barraque de rondins apparaisse. Le vieux grincheux aida le petit Ladd à descendre de son cheval.

— Va t'abriter, fiston, je m'occupe des chevaux.

Obéissant, Ladd poussa la porte.

Trois hommes, ou plutôt les squelettes de trois hommes, couverts de mousse et de toiles d'araignées étaient suspendus à une poutre du plafond. Dans l'un des bassins de squelettes, des oiseaux bleus avaient construit un nid, et une femelle entourée de ses petits regarda le garçon alarmé de ses petits yeux ronds. La pluie martelait bruyamment la forêt alentour; les éclairs et les coups de tonnerre résonnaient. Un instant plus tard, Ladd Devine Senior apparut dans l'encadrement de la porte derrière son petit-fils et posa sa main puissante sur l'épaule du garçon en lançant d'un ton joyeux et amusé:

— Ben, quel drôle d'endroit pour élever une famille!

Sur le toit en terrasse, presque quarante ans après l'incident, Devine trembla. Ensommeillée, Flossie lui déboucla sa ceinture défit sa fermeture à glissière, souleva sa verge et la caressa gentiment. Devine ferma les yeux, s'efforçant de se souvenir pourquoi il était si important de s'agrandir, de s'étendre, de construire, d'accumuler objets et pouvoir, d'amasser de l'argent, et encore de l'argent. A quoi cela menait-il? A quelque chose d'aussi incongru et ridicule que d'élever une famille dans le bassin d'un squelette? Flossie baissa la tête et glissa les lèvres sur sa verge, le suça tendrement. Il passa une main lasse dans ses cheveux dénoués, enroula les mèches douces et blondes autour de ses doigts aussi fragiles et friables que s'ils étaient en porcelaine creuse. Devine ne s'aimait pas beaucoup; il ne s'était jamais aimé. Et en fait, il pensait n'aimer personne. Dommage.

Ou, comme disent les Français, *tant pis.*

Le temps passait. Soudain, Devine ouvrit les yeux, ses doigts se crispèrent sur la tête de Flossie, tout son corps se raidit... Les étoiles, brillantes, inaccessibles, étaient si immobiles qu'on les aurait crues peintes sur le ciel. A moins que ce ne fussent des éclats de squelettes imaginaires, d'âmes immaculées et perdues, des morceaux de glace insensibles et magnifiques ; leur charme n'était qu'une farce insaisisable. Flossie releva la tête pour croiser son regard, et tandis qu'ils s'embrassaient et qu'il léchait son propre sperme sur la langue de Flossie, Devine éprouva un désir puissant, bien que mal défini.

Cela ne lui était pas arrivé depuis longtemps et il se mit à pleurer, comme un petit garçon.

— Ce n'est rien, le consola tristement Flossie. Excuse-moi.

Puis, avec une sereine mélancolie, elle ajouta :

— Il faut dire que je t'aime, moi, même si je suis la seule, mon chou, mon pauvre Ladd Devine tristounet.

Carolina avait au moins autant envie de communiquer avec son mari que Bernabé Montoya avait envie de communiquer avec elle ou avec sa petite amie, Véra Gonzales. Pourtant, elle ne pouvait pas parler avec son mari et n'avait jamais compris pourquoi. Ils partageaient une certaine compatibilité qui leur permettait de s'aimer, de faire l'amour, de parler du temps et des ragots du village, de choses banales; mais ils ne pouvaient jamais exprimer par les mots les passions humaines, les pensées et les sentiments, les craintes, les frustrations, les joies sous-jacentes à la vie quotidienne. Souvent, Carolina avait l'impression qu'il existait entre eux une compréhension tacite, mais parfois, ils n'étaient que des étrangers l'un pour l'autre, comme si une sorcière leur avait jeté un sort qui rendait leurs vies et leurs émotions irrévocablement muettes, sans voix et tristes.

Depuis trop longtemps déjà, la maison était silencieuse. Ces derniers temps, avec Bernabé sans cesse sur les quatre chemins, Carolina se retrouvait seule parmi ses santons, installée sur une chaise près d'une fenêtre sur cour, les mains glissées sous la ceinture de sa jupe, à se masser gentiment les vergetures proéminentes de son ventre rond, tout ce qui lui restait aujourd'hui des six enfants auxquels elle avait donné naissance, tous partis depuis longtemps, bien avant la vingtaine alors qu'elle et son mari atteignaient à peine l'âge mûr. Cinq garçons et une fille avaient forgé ces cicatrices. A présent, deux des garçons étaient à l'armée, outre-Atlantique; un troisième, mort de la leucémie enfant, était enterré sur le camposanto du coté ouest; les deux autres s'étaient mariés et avaient déménagé; l'un dans l'Orégon, le deuxième dans l'Utah; la fille, mariée, divorcée, récemment remariée, vivait à

Tucson. Ils étaient si jeunes, tous, et pourtant perdus, aux yeux de Carolina, partis pour toujours. Ils communiquaient encore parfois avec leurs parents sur des cartes postales erratiques, couvertes d'une écriture maladroite, tout en s'intégrant au monde moderne que Carolina n'avait jamais aimé, ni même compris.

Elle n'était pas malheureuse; elle avait des amies. Betty Apodaca, Stella Armijo, Nancy Mondragón, et bien d'autres, car Carolina appartenait à la communauté des filles, des femmes, au village. Mais quand elle n'était pas avec ses amies ou son mari, dans les rares moments d'oisiveté, une fois la maison nettoyée, les provisions rangées, le dîner préparé, le pain de la semaine cuit, le potager et le jardin entretenus, les courges séchant au soleil, après avoir terminé le travail quotidien sur les fines broderies mexicaines qu'elle vendait à deux magasins d'artisanat (l'un à Chamisaville, l'autre à la capitale) dans ces moments de solitude de fins d'après-midi ensoleillés et langoureux, elle s'asseyait près de la fenêtre arrière et caressait ses cicatrices, un peu étourdie et perplexe devant la rapidité avec laquelle tout s'était passé.

Les rideaux se soulevaient doucement dans la brise d'été, chatouillant le vieux chat gris qui sommeillait sur le rebord de la fenêtre; ses santons étaient bien à l'abri dans le silence ombragé de la pièce, leur sainteté chuchotant dans un faible murmure; les colibris bourdonnaient et voletaient dans le jardin autour des roses trémières. Ses enfants étaient partis. Tant et tant de cartes postales..., Disneyland, Tijuana, le Golden Gate..., accrochées au-dessus de la cheminée, parmi les santons, recouvrant tous les murs, mais les garçons et la fille étaient partis. En y réfléchissant, Carolina avait l'impression que ses enfants n'avaient été qu'une explosion momentanée, et non un travail de vingt-cinq ans. Ses souvenirs se dissipaient, s'entremêlaient; tout s'était passé trop vite, il y avait encore tant d'années à vivre, et ses petits-enfants naîtraient et grandiraient loin d'elle.

Souvent, cet été-là, et plus particulièrement au moment où les tensions montaient, elle s'était surprise à s'arrêter pendant son travail pour tendre l'oreille comme si elle avait entendu quelque chose, juste derrière son épaule, un bref murmure, ou encore, un chuchotement lointain et faible au-delà des champs d'armoise, tels le cri d'un coyote ou le bruissement de la pluie.

Quoi qu'il en fût, cela la faisait sursauter, lui donnait des frissons indéfinissables qui la parcouraient pendant plus d'une minute, parfois même toute la journée, mordants, inarticulés, insaisissables, mystérieux..., un peu comme l'aura de ses santons.

Parfois, ce n'était pas tant un son qu'elle avait perçu qu'une odeur qui flottait dans l'air; et cette odeur, jamais vraiment sentie ni définie, était un arôme automnal, une fragrance de peupliers jaunis, d'herbe fumante, de pommes et de gelée. Par une chaude soirée d'été, le parfum arrivait soudain; ou plutôt, elle le croyait là, par-dessus son épaule, dans une bouffée d'air qui entrait par la fenêtre tandis qu'elle touchait tendrement ses cicatrices de grossesse. L'automne, l'air mordant, parfumé de pin, d'eau froide des fossés, de foin, et de nuages orangés; le son des cosses brunes de petits pois qui éclataient, libérant leurs graines tandis que les criquets chantaient dans l'herbe sèche.... Etait-ce cela, le son qu'elle entendait? Il était là, c'était tout..., l'essence même des choses..., et pourtant, toujours évanoui avant même qu'elle ait pu déterminer s'il existait vraiment. Comment expliquer l'inquiétude qu'ils provoquaient en elle, cet appel lointain ou ce murmure proche, jamais tout à fait présent, cette soudaine bouffée d'automne qui s'évaporait dans la chaleur et la poussière languides de juillet et la pluie d'été avant même qu'elle sache si elle imprégnait vraiment l'air qu'elle respirait.

Un jour, les mains gentiment posées sur son ventre, Carolina s'endormit sur sa chaise, près de la fenêtre. Elle rêva. C'était au début de l'automne, des années et des années auparavant, une de ces rares années où les gelées tardives n'avaient pas tué les vergers... Les arbres croulaient sous les fruits étincelants. L'air s'égayait du chant des alouettes. Il se mit à neiger, une douce neige d'octobre, et les oiseaux cessèrent leur chant. Il n'y avait pas de vent, et les flocons tombaient paisiblement; perchées sur les piquets de clôtures, les alouettes attendaient que l'averse se calme. Il neigea toute la matinée et une partie de l'après-midi. Il ne faisait pas très froid; les montagnes se perdaient dans des nuances de brumes grises: le ciel était couvert, tout était plongé dans le silence. Le sol reposait sous une petite couche de neige; sur les arbres, les pommes portaient un capuchon blanc. Les alouettes se remirent à chanter, mais leur appel mélodieux semblait déplacé, discordant, dans ce paysage lointain, gris et enneigé.

Carolina vit son fils, Benjamin, mort de leucémie, dans une pose étrange et solitaire, sous un pommier. Il avait des petits yeux effrayés, des cheveux sombres et doux, et un sourire figé sur ses lèvres minces. Il leva la main et toucha légèrement une pomme; la neige tomba en un petit paquet de poudre qui lui effleura le visage et laissa une vague trace blanche sur son pull noir.

Carolina se réveilla, tout son corps la picotait, et elle avait les larmes aux yeux; elle ne comprit pas.

Un autre jour, elle s'endormit encore sur cette même chaise, une fois son travail terminé, les mains sur ses vergetures comme celles d'un aveugle; cette fois encore, elle rêva de son fils mort, le seul enfant à être resté au pays.

Elle était dans un champ, tenant son fils par la main, il pleuvait, légèrement, mais régulièrement, bien que tout autour d'eux, le soleil brille à l'horizon.

— Maman? Est-ce que la pluie est vivante? demanda Benjamin.

— Oui, je crois, est-ce que tout n'est pas imprégné de l'esprit divin?

— Alors, est-ce que la pluie rêve aussi, comme nous?

— Rêve? Est-ce que la pluie rêve?

En souriant, Benjamin indiqua dans la montagne une pente baignée de soleil.

— Les arcs-en-ciel, c'est ça, les rêves de la pluie! Regarde là-bas!

Elle regarda.

— Où? demanda-t-elle.

Elle ne voyait rien.

— Là, juste là, maman. En face de nous. Là!

Il n'y avait rien; elle ne voyait rien.

Terrifiée, Carolina se réveilla, couverte de chair de poule, en larmes. Elle retira les mains de son ventre et y enterra son visage pendant plusieurs minutes, récitant des « Je vous salue, Marie » jusqu'à ce que la terreur du rêve la quitte.

Pendant trop longtemps, ce foyer, son foyer, avait été plongé dans le silence.

De bon matin, un mercredi, le bus Trailways s'arrêta comme d'habitude devant le magasin de Rael, et le chauffeur, Bill Thorpe, dit à son seul passager de se reposer quelques instants pour s'étirer, acheter des rafraîchissements etc... Le passager, un vieux ronchon qui puait l'alcool (plus tard, Bill Thorpe trouva huit boîtes de bière vide dans le bus) sortit d'un pas chancelant, monta maladroitement les quelques marches menant à la boutique, et avança sur le sol fraîchement couvert de sciure au moment précis où Nick se baissait pour chercher une enveloppe pleine de papiers que Charley Bloom adressait à un client du Colorado.

Ce qui se passa ensuite, et pourquoi, personne, et Nick Rael moins que quiconque, ne le comprit vraiment.

— Tout ce que je sais, confia un Nick tout tremblant au bord de la crise de nerfs à Bill Koontz, Granny Smith, Bernabé Montoya et Bruno Martínez quinze minutes plus tard, c'est que je venais de lever la tête quand cette hache est tombée sur le comptoir... blam, regardez, on voit encore la marque, et à moins de dix centimètres de mon nez. Et ce vieux cinglé..., ajouta Nick en montrant l'unique passager allongé sur le dos, la hache toujours à la main, avec une tache de sang provoquée par la balle .38 que Nick avait logée en plein milieu de la poitrine concave qui se répandait sur la sciure humide, lui, il était à l'autre bout du manche. Merde, j'en ai même failli faire tomber une tomate trop mûre en plein sur mon pantalon!

— Bon, Nick, on n'a pas besoin de dessin, hein? dit Granny. Raconte-nous simplement ce qui s'est passé, d'accord?

— Ben..., j'ai lâché le paquet, et en vitesse, et lui, il a arraché la hache du comptoir pour frapper à nouveau. Cette fois, il s'en est pris à la caisse, le maboul! Regardez-moi cette caisse! Qu'est-ce que je vais faire, moi, maintenant?

— Tu n'es pas assuré? demanda Bruno Martínez.

— Bien sûr que si. Mais nom de Dieu! Il va m'en falloir une neuve. Et vous savez combien de temps ça prend, pour avoir une caisse comme ça? Qu'est-ce que je vais faire entre-temps? Me servir d'un boulier?

— Alors, il a frappé une deuxième fois et il a cassé le boulier, dit Granny Smith.

— La caisse.

— Ouais, la caisse.

— Il l'a prise où cette hache? demanda Bill Koontz.

— Je sais pas. Sans doute là, sur l'étagère. On dirait qu'il en manque une. Ouais, c'est la même marque. Comptez-les, je devrais en avoir huit.

— Non, il n'y en a que sept, confirma Bruno Martínez.

— Bon, alors c'est là qu'il l'a prise.

— D'accord, dit Granny Smith, en laissant errer ses yeux nerveusement sur le cadavre. Au deuxième coup, il a tapé sur la caisse.

— C'est là que j'ai pris le revolver. Qu'est-ce que je pouvais faire d'autre? Laisser cet abruti me trancher la tête? Lui demander poliment pourquoi il s'énervait? Mon Dieu! J'ai toujours un revolver sous le comptoir, à portée de main. Mais cette fois, il a fallu que je lève le bras, parce que j'étais toujours accroupi. Je l'ai pris, j'ai remis le chien en place pendant qu'il faisait le tour du comptoir en grognant et en bredouillant, la hache brandie en l'air. Alors, moi, j'ai pas perdu de temps à lui demander de raconter sa vie. Ah non! J'ai tiré.

— Une seule fois?

— Mon cul! J'ai tiré six fois!

— *Ai, Chihuahua!*

— Qu'est-ce que vous espériez? Au premier coup, il s'est arrêté, mais il est pas tombé, ni rien. Il s'est arrêté, et il m'a regardé, en marmonnant je ne sais quoi, la bave aux lèvres et en roulant ses yeux partout, comme des yeux de mouton dans une marmite bouillante alors, merde! J'ai vidé le chargeur. Et il tombait toujours pas. J'allais même prendre une nouvelle boîte de cartouches, et tout d'un coup, il est tombé à la renverse, tout doucement.

— On dirait que tu l'as touché qu'une fois, dit Bernabé Montoya.

Le sheriff, seul à se tenir près du cadavre, fixait le visage de crapaud boutonneux, mal rasé, couvert de bave, aux yeux fixes. Peut-être attendait-il de voir si une âme en forme de pomme, couleur de perle, aux ailes blanches allait s'envoler de la bouche béante.

— Il avait un billet pour Denver, dit Bill Thorpe. C'était mon seul passager.

— Ce devait être un cinglé, dit Bruno Martínez. Ca pullule en ce moment.

— Pas de portefeuille ? demanda Bill Koontz à Granny Smith.

— Non, pas de papiers, pas d'argent, rien.

— Qu'est-ce que t'en penses, Bernie, demanda Nick.

— Oh, je sais pas, dit le sheriff lentement sans détourner les yeux du cadavre. Qui sait, il se sentait peut-être seul ?

Tout le monde émit des petits hum hum sarcastiques. A ce moment, Herbie Goldfarb, qui n'avait pas même remarqué toutes les voitures de police à l'extérieur, traversa joyeusement la pluie de gravillons pour aller s'acheter une barre de chocolat au magasin.

— *Tu vois ce salopard?* lui cria Nick en indiquant le corps. *C'est pour ça qu'il faut toujours être armé!*

Quatre jours plus tard, vers trois heures de l'après-midi, le propriétaire du magasin lisait la page des sports du *Reporter* de Capital City, et bien qu'il n'entendit personne entrer, il leva soudain les yeux: « Et ton type, il était là, un type gigantesque, barbu, frisé comme un mouton, avec un sourire de hippy, genre fleurs dans les cheveux en face de moi, comme il le raconta à Bill Koontz. Je ne l'avais jamais vu avant, alors j'ai pensé que c'en était un de l'Evening Star, *qué no* ? Je lui ai demandé ce qu'il voulait et il m'a montré les staurolites. J'ai pris la boîte à gauche de la caisse, tu sais, et il m'a demandé ce que c'était. Alors, je lui ai dit. Je me rappelle plus exactement ce que je lui ai raconté mais le baratin habituel sans doute. Que c'était rare, que ça s'appelait des croix de fées, et que c'était un des seuls endroits au monde où on trouvait du cristal comme ça en forme de croix. Et vous savez ce qu'il a fait ? Il a sorti un portefeuille bourré de fric, j'avais jamais vu un tel packson, et il m'a dit qu'il les voulait toutes. Merde, *porqué no* ? J'en ai encore tout un tas dans une boîte dans la réserve qu'Onofre m'a vendue, alors, je lui ai dit, oui, allez-y. Je les ai compté et le hippie m'a donné trente huit dollars. Il a pris toutes les staurolites et les a fourrées dans ses poches en faisant un signe de croix ou je ne sais quoi... Il a souri et il est sorti. »

— Si je te pose la question, dit Bill Koontz, en rangeant soigneusement la photographie dans son portefeuille, c'est parce qu'on l'a retrouvé la nuit dernière dans une M.G. décapotable, raide mort.

— *Hijo, madre*! s'exclama Nick en fermant les yeux. Encore un!

— Ouais. Et cette histoire est aussi bizarre que l'autre. Au début, on croyait qu'il était camé, que c'était une overdose. Alors on l'a envoyé à la capitale pour l'autopsie, et devine ce que Shroeder a retrouvé dans son estomac?

— Trente huit staurolites?

— Trente-cinq.

Nick lâcha un lent soupir, de douleur et demanda:

— Je me demande où sont passées les trois autres...

— Il y a quelque chose dans l'air, et je ne sais pas trop quoi, mais si seulement, si seulement l'hiver arrivait! dit Bill Koontz en s'en allant.

Stella Armijo appela Greta, la femme d'Harlan Betchel, pour lui annoncer des nouvelles troublantes.

— Hé, madame Betchel, cria Stella dans les oreilles de Greta et des deux auditeurs anonymes qui espionnaient la ligne, je viens de voir Mercedes passer devant chez nous au volant de votre voiture !

— Oh, c'est ridicule ! répondit Greta Betchel, une petite bonne femme qui se prenait pour un poète romantique du XIXe siècle ou un suprême de jardinière à la Louis XIV. D'abord, ma chère Stella, Mercedes Rael est bien trop vieille pour conduire, et en plus...

Elle se tut brusquement et appela son fils Albie, qui tirait sur les papillons avec un fusil à air comprimé dans les jardin du palace.

— Albie, mon chéri, sois gentil, va voir si la voiture est toujours devant la maison.

— Non, l'est pas là ! répondit Albie en visant un monarque orange. Papa est parti il y cinq minutes, je l'ai entendu.

— Excuse-moi, Stella, il faut que j'appelle Harlan.

Gretta raccrocha pour composer immédiatement un numéro, d'un mouvement égal, à peine agité.

— Et pourquoi j'aurais pris la voiture ? Il y a cinquante mètres d'ici au café, et encore ! Et je l'aurais pris quand cette voiture ?

— Stella Armijo vient d'appeler en disant qu'elle avait vu Mercedes Rael au volant.

Harlan fronça les sourcils.

— Une seconde, mon chou, je vais voir.

— Mauvaises nouvelles ? s'inquiéta Nick mal à l'aise tandis que Harlan se précipitait chez lui.

— Où est ta mère? Stella Armijo vient de dire à Greta qu'elle l'avait vu passer au volant de notre voiture.

— Tu plaisantes, dit Nick en riant. Ca fait quinze ans que ma mère n'a plus son permis, depuis qu'elle m'a bouzillé le nouveau camion Ford 51 en roulant dans la rivière avec une des vaches d'Eusebio Lavadie à l'arrière. Voyons, Harlan, c'est pas le moment de faire des blagues.

— Où elle est?

— Dans la cour, dans la chambre, elle fait la sieste.

— Ca t'ennuie si je vais voir?

— Fais comme tu veux.

— Dès que Harlan fut sorti, le téléphone sonna.

— Nick?

— Oui? Qui est-ce?

— Bertha Gleason. Ecoute Nick, tu ne vas sûrement pas me croire, d'ailleurs, je le croirais pas à ta place, mais tu ferais mieux de courir chez toi pour vérifier si ta mère est là, parce qu'il me semble l'avoir vue passer au volant de la Dodge rose et blanche des Betchel.

Nick s'assit.

— Elle allait dans quelle direction?

— Je ne sais pas très bien.

— C'est à ce point-là?

— Euh, oui, dit Bertha d'un ton compatissant.

Nick pointa un doigt contre sa tempe en marmonnant un « bang » silencieux. Au même moment, l'ombre gigantesque de Harlan s'étendit dans la sciure.

— Elle est pas là, dit Nick d'une voix monocorde en fixant un regard vide droit devant lui.

— Comment tu le sais?

— Bertha Gleason. Elle vient d'appeler. Stella devait avoir raison...

— Où elle a dit qu'elle allait?

Nick étendit ses doigts écartés:

— Là-dessus, les paris sont ouverts!

— Oh, mon Dieu, s'exclama Harlan en se frappant le front. Tout ça, c'est parce que je lui ai envoyé une chaussure à la figure! Elle est peut-être gaga, mais elle a de la mémoire!

— Pire qu'un éléphant!

Et les choses semblaient prendre des proportions si catastrophiques que Nick en restait paralysé.

— Comment elle a pu rester sur la route pendant tout ce temps ? demanda Harlan d'une voix faible.

— Comment elle fait pour grimper aux arbres ? Pour survivre dans la forêt pendant une semaine, pour manger toutes mes jonquilles sans être malade ? répliqua Nick.

— Il vaudrait mieux appeler Bernie. Il faut lui dire qu'elle s'est sauvée, non ?

— Oui, sans doute.

— Je sais, je sais, je sais, marmonna le sheriff d'un ton inconsolable. Je préfèrerais ne pas savoir, mais je sais. Nancy Mondragón a appelé.., ta mère a failli écraser Larry. Quatre secondes plus tard, le môme Vista, l'ermite juif de New York a appelé de chez Onofre. Il était à bicyclette et une petite vieille lui a volontairement foncé dessus. Et six secondes plus tard, c'était Lavadie qui demandait s'il pouvait lui tirer dessus parce qu'elle avait défoncé une clôture et qu'elle zigzaguait dans son champ, tuant un ou deux moutons au passage. Après elle est partie.

— Dans quelle direction ?

— Il ne savait pas vraiment, peut-être vers l'est ou l'ouest, ou alors le nord ou le sud. Difficile à dire. Il paraît qu'elle tourbillonnait comme une poussière du diable.

— Bon, Bernie, vaudrait mieux essayer de la suivre.

— Je vois pas à quoi ça servirait, Nick. Pour moi, autant rester assis près du téléphone jusqu'à ce que le moteur lâche ou qu'elle se flanque dans un arbre. Une voiture de plus sur la route, et c'est un autre obstacle sur son chemin, de la façon dont je vois les choses.

Nick raccrocha brutalement. Immédiatement, la sonnerie retentit.

— Nick ? Nick ? C'est toi Nick ? Tu sais ce qui se passe ? Tu sais ? Tu sais ce qui se passe ?

— Qui est à l'appareil ?

— Qui veux-tu que ce soit ? hurla une voix hystérique à l'autre bout du fil.

Nick raccrocha. Avant qu'il ait lâché le combiné, la sonnerie retentit.

— Monsieur Rael ? bredouilla une voix de femme irritée. Vous n'allez sans doute pas me croire mais...

Sur ce, Horsethief Shorty entra dans le magasin en riant.

— Hé, du calme, inutile de vous exciter, c'est fini.

— Elle m'a flingué ma voiture ! grogna Harlan.

— Elle est morte, murmura Nick.

— Mais non, elle s'est arrêtée, tout bonnement, ricana Shorty.

— Elle a pas eu d'accident ?

— Pas vraiment.

— Elle est vivante ?

— Plus vivante qu'un criquet dans une marmite bouillante.

— Où est elle ?

— Au ranch.

— Oh, mon Dieu ! dit Nick en se recroquevillant pour écouter la réponse à sa question suivante.

— Et elle s'est arrêtée où exactement ?

— Dans la piscine, dit Shorty en riant. Mais ne t'inquiète pas, mon gars. Je ne sais pas pourquoi, mais ta voiture, elle flotte !

Lentement, Nick s'effondra sur sa chaise.

— *Que milagro !* lâcha-t-il d'une voix rauque.

Le dîner terminé, les enfants au lit, Bloom s'installa devant sa machine à écrire. Linda s'assit à la table de la cuisine devant une tasse de café et alluma une cigarette. Elle avait chaud, elle était fatiguée de s'être occupée des enfants; toute la journée, le vent avait soufflé, lui couvrant les cheveux de poussière. La maison était propre et rangée; la cuisine polie, étincelante. Tout était en ordre..., mais elle allait avoir ses règles. Rien de plus normal, mais elle avait envie de pleurer. C'était trop dur d'essayer d'avoir toujours la situation en main.

Tandis que la nuit s'épaississait, la rosée apportait un parfum d'herbe par la porte. Déjà, des papillons de nuit décoraient la porte vitrée, se cognaient poliment contre les vitres et tombaient.

Linda alluma la radio, trouva une chaîne californienne qui passait une valse lente et écouta un moment en buvant son café et en fumant. Elle alla chercher quelques vêtements des enfants et recousut quelques boutons. Au début, la musique la calma; ensuite, elle s'enraya, tonitrua pour retomber à un murmure. Quelque part, à des milliers de kilomètres, dans la vaste étendue qui séparait l'émetteur du poste de Bloom, un orage s'interposait sans cesse, provoquant des crépitements d'électricité statique. Linda éteignit la radio, furieuse, et resta à la table, la tête entre les mains dans la pile de vêtements d'enfants, envahie par une tristesse cristalline, un sentiment de désespoir. Elle ne supportait pas que son mari se laisse enfermer dans un piège mélodramatique et défende une cause perdue d'avance; elle la savait perdue car elle avait vécu parmi les vaincus et en fait, elle s'en voulait de toujours l'aimer, ce peuple de perdants, bien qu'elle soit terrifiée à l'idée d'être crucifiée sur la croix de sa propre culture. Et cela pourrait bien se produire, avec Bloom qui se battait contre des moulins à vent, ce serait la ruine pour tous les deux..., la ruine pour tout le monde.

Des petits pieds trottinèrent de la chambre des enfants vers le salon et la cuisine. María, à demi assoupie, vint se blottir contre sa mère :

— Maman, y a des araignées partout. Elle grimpent sur mon lit.

Linda passa le bras autour des épaules de sa fille et secoua gentiment la tête.

— Elles ne te feront pas de mal, elles ne piquent pas.

La maison fourmillait littéralement de tipules aux longues pattes.

— J'ai peur, gémit María.

Avec un sourire compréhensif, Linda souleva la fillette, l'emporta dans sa chambre et lui dit d'un ton rassurant :

— Allez, va te coucher, maman va te chanter une chanson.

Dans le noir, avec Pauline dans l'autre lit qui sifflait doucement dans son sommeil, Linda s'assit sur le lit de la cadette et se mit à chanter « Douce nuit », l'air que, sans savoir pourquoi, elle chantait toujours à ses enfants, pour apaiser leurs craintes, les assoupir.

Mais cette nuit-là la petite María ne s'endormit pas tout de suite. Elle posa sa main potelée sur la cuisse chaude de sa mère.

— Maman, raconte-moi une histoire, comme ça, je n'aurai plus peur des araignées.

Linda, assise sur le lit dans la douce lumière bleutée de la nuit d'été, pelotonnée dans l'univers muet et joyeux de poupées, de draps immaculés et de Petits Livres d'Or, réfléchit un instant sans rien trouver jusqu'à ce qu'elle se surprenne à parler d'elle, du Colorado, de son enfance...

— Il y longtemps, très longtemps, ta maman était une chef majorette, je ne te l'ai jamais dit ?

Et, croyant à peine que c'était elle qui parlait, que les moments qu'elle décrivait avaient été bien réels, elle ajouta :

— L'été, on s'entraînait l'après-midi ou le soir, avec une dizaine de filles du collège qui étaient meneuses elles aussi. On allait au terrain de football en mobylette, on les laissait sur le chemin de terre, et on allait au milieu du terrain. Parfois, l'herbe était humide parce que les tourniquets arrosaient. Et parfois le terrain était tout jaune de fleurs de pissenlits, et quand elles tombaient en graines, il était tout blanc, et les aigrettes volaient sous nos pieds, comme des petites touffes de laine vaporeuse.

— C'était quand t'étais toute petite, comme moi? demanda María.

— Non, mon lapin, j'étais un peu plus grande, je devais avoir treize ou quatorze ans. On s'asseyait au milieu du terrain, et on parlait des exercices, parfois, on se mettait en ligne pour s'entraîner...

Elle s'arrêta, elle les revoyait toutes, pétulantes, jeunes, défiler dans la poussière dorée du soir. Parfois, des voitures s'arrêtaient de l'autre côté du terrain, et des collégiens venaient assister au spectacle, sifflant doucement, faisant des commentaires nonchalants; parfois, des vieux, grands-mères et grands-pères, garaient leurs camions délabrés et regardaient paisiblement. Souvent la lune se levait dans l'azur bleu pastel tandis que le soleil dardait ses rayons flamboyants à l'ouest. Des enfants, eux aussi en motocyclettes, s'arrêtaient par là. Et pourtant, tout le monde gardait des distances respectables, comme si cette petite formation de jolies filles était quelque chose de pur, de sacré, de virginal, d'inviolable... La sérénité, le sens du bien-être et de la jeunesse de ses moments apparaissaient comme dans un nuage.

Elle n'avait jamais participé aux fêtes d'automne, pourtant; on ne la choisissait jamais. Elle était trop maladroite, pas assez vivante, trop sombre, trop sévère, trop mélancolique, peut-être. Elle manquait de vitalité. Elle n'était pas assez naturelle, ou alors elle paraissait trop mûre pour son âge.

Linda avait oublié cette époque, ces glorieuses soirées, la solitude, la camaraderie, la verdure du terrain de football, la douceur et la sérénité de ces moments, elle avait oublié les filles au teint mat, joyeuses, vêtues de sweaters bigarrés et de shorts très courts, qui chantaient tout en exécutant gaiement leurs mouvements érotiques de routine, en sécurité, à l'abri de tout pour un moment.

Elle s'arrêta de peur de se laisser aller aux larmes. María luttait pour garder les yeux ouverts; ils se fermaient, se rouvraient, la petite main restait blottie entre les cuisses de sa mère. Les araignées traversaient la pièce en silence. L'innocence chuchotait le long des murs, créant de petits tourbillons dans l'air qui touchaient Linda droit au cœur, car elle voulait avant tout donner à ses enfants un sentiment de sécurité, même si elle savait que c'était impossible. Rien ne serait jamais solide; elle ne deviendrait jamais calme, elle ne se sentirait jamais à l'aise. La vie était un enfer d'incertitudes, d'angoisses, de violence. Les racines chicano qu'elle avait rejetées refusaient de se racornir et de mourir; la culture qu'elle avait voulu adopter refusait de lui offrir des compensations. Sa langue maternelle tourbillonnait toujours dans sa tête sans crier gare, pleine de rires arrogants, tonitruants, obscènes, vulgaires, qui tintaient dans son esprit au bord du meurtre.

En silence, écoutant le craquement de ses articulations, le froissement du tissu de ses vêtements, Linda se leva, quitta la pièce et alla se faire couler un bain. Une douzaine d'araignées paresseuses, qui reposaient sur le fond de porcelaine froide, s'éparpillèrent quand la lumière s'alluma et que son ombre les couvrit. Elle n'aimait pas les écraser comme le faisait Bloom. En général, elle optait pour la noyade. Elle ouvrit le robinet, un peu tremblante tandis que les araignées s'affolaient, perdaient pied, se débattaient dans l'eau chaude pour mourir instantanément, détrempées... Elle les ramassa dans la paume de la main et les jeta dans la poubelle; quand la baignoire fut remplie, elle coupa l'eau et éteignit la lumière.

Dans l'obscurité, la porte ouverte, la machine à écrire de Bloom cliquetant dans le lointain, Linda se déshabilla, glissa prudemment dans l'eau chaude, et resta ainsi, immobile, assoupie, se reposant dans l'eau qui murmurait autour des îles de ses seins et de ses genoux.

La machine à écrire se tut, il ouvrit sa porte, elle l'entendit approcher.

— Tu es là? demanda-t-il hésitant, essayant d'adapter son regard à l'obscurité, dans la fumée parfumée de sa pipe.

— N'allume pas, dit-elle hâtivement, craignant le couperet de la lumière fluorescente.

— Ne t'inquiète pas, je n'en avais pas l'intention. Je ne suis pas aussi insensible que tu le crois.

— Je n'ai jamais dit que tu étais insensible.

— C'est ce que j'ai cru comprendre dans le ton de ta voix.

— Charley, s'il te plaît.

— Je peux rester avec toi?

— Si tu veux.

— Mais tu n'en as pas envie, c'est ça?

— Je n'ai rien dit de pareil.

— Il me semblait que...

Luttant pour ne pas s'énerver, mécontente de sa présence, elle dit:

— Mon chéri, j'ai très envie que tu restes avec moi un instant.

Bloom ferma le couvercle de la lunette, s'assit, et exhala une bouffée odorante.

— Ne dis rien, le supplia Linda, ça gâche tout quand on parle.

— Tu veux que je te frotte le dos?

— Non, non.

S'il lui frottait le dos, il ne voudrait plus s'arrêter, il lui savonnerait les cuisses, les seins, en ferait de force un moment d'érotisme malgré ses promesses et, pour l'instant, elle voulait simplement être tranquille. Elle voulait la paix, une quiétude absolue, un interlude dans le noir, dans l'eau chaude, dans le parfum du tabac, un instant de sécurité.

Ils gardèrent le silence, essayant de se détendre l'un vis-à-vis de l'autre, de passer un bon moment. Linda mit la main sur ses seins; la vapeur s'évaporait dans l'air. Son épuisement se dissipait un peu dans l'eau chaude; elle somnolait. Elle aurait aimé que cet instant dure toujours. Elle aurait souhaité mourir ainsi, doucement. Bloom bougea, s'agita, frappa sa pipe dans la paume de sa main; les cendres tombèrent dans la poubelle avec un petit bruit. Une bouffée de pluie entra par la fenêtre ouverte; quelques gouttes s'écrasèrent sur les feuilles poussiéreuses du poirier. Tout était si doux, si serein, si reposant...

Comme une bombe, la lumière explosa dans la petite salle de bains; dans l'encadrement de la porte, les yeux engourdis de sommeil, la petite María apparut de nouveau, l'enfant le plus sage en ce monde depuis la naissance de Jésus dans l'étable.

— Maman, dit-elle, dans son petit gémissement volontaire de celle qui gagnait toujours, souriant d'un air triomphant d'avoir ainsi surpris ses parents dans une posture intime, il y a encore des araignées.

— Hé, cria Bloom, immédiatement furieux, tendu, nerveux, éteins cette lumière! Puis en baissant les yeux vers sa femme dans la baignoire, il s'écria: « Oh, mon Dieu, qu'est-ce qui... »

— Rien, j'ai mes règles, répondit Linda, un peu choquée sans vraiment comprendre.

L'eau s'était colorée de sang.

Joe Mondragón roulait comme un fou sur la route du plateau couverte de nids de poules pour aller chercher du bois, une bière à la main, la radio hurlant à tue-tête. Morose, Nancy était assise à côté de lui, un pack de six bières soulagé d'une des boîtes sur les genoux. Des corbeaux rongeaient çà et là une carcasse de lièvre; perchée sur un piquet de clôture, une pie-grièche noire et blanche tenait entre ses pattes un rat-kangourou mort: des vaches cheminaient mornement sur le chemin pour aller vers les champs d'armoise. Joe klaxonnait furieusement, leur bottant le derrière avec son pare-choc avant, et, comme elles appartenaient à Eusebio Lavadie, cela ne l'aurait guère gêné d'en écraser une ou deux. Si elles paissaient sur le domaine de la direction de l'aménagement du territoire, c'était parce que Ladd Devine lui avait donné l'argent nécessaire pour racheter les permis d'un fermier du Colorado qui voulait abandonner l'élevage. Joe aurait aimé se procurer une partie de ces permis, mais il n'avait pas d'argent, et de toute façon, il n'aurait pas remporté l'affaire, car ces vaches étaient un moyen de récompenser Lavadie d'avoir placé la direction de l'aménagement du territoire du comté de Chamisa à la botte du projet de zone de loisirs de la vallée des Miracles.

Joe freina brusquement, attrapa son .30-06 et ouvrit sa porte.

— Qu'est-ce que tu fais? demanda Nancy.

— Je vais flinguer une de ces saletés de vaches.

— Vas-y, ils n'attendent que ça, ils sauteront sur l'occasion!

Joe s'approcha à quinze mètres d'une vache pleine et mit une cartouche dans la chambre. La vache recula de quelques pas, le regarda de son œil mouillé et rond, d'une intelligence largement en dessous de la moyenne.

Mais Joe n'était plus capable de tuer une vache qu'il ne mangerait pas, surtout si elle allait mettre bas, pas plus qu'il n'aurait pu refuser une bière, ou mettre plus d'un dollar d'essence à la fois dans son camion. Néanmoins, maintenant qu'il était sorti après avoir annoncé ses projets en termes dépourvus d'ambiguïté, il ne pouvait pas se contenter de hausser les épaules et de faire marche arrière.

Il opta pour un compromis et décida de lui en faire voir de toutes les couleurs; ce qu'il fit immédiatement, au sens propre comme au sens figuré, en tirant trois coups rapides qui firent sauter les cailloux blancs et des morceaux de branches vertes sur la tête de la vache, lui obstruant la vue, avant qu'elle ait le temps de s'enfuir au galop en s'éclaboussant dans des bouses brunes.

Dans le camion, Joe se sentait mieux. Sans se mouiller, Nancy regardait droit devant elle. Ils durent ralentir dans les gorges, pour longer le chemin étroit et sinueux. A deux reprises, ils s'arrêtèrent sur le bas-côté avant de tomber dans le ravin pour laisser passer deux camions chargés de bois. Ils traversèrent le pont étroit au-dessus du Rio Grande, se faufilant à travers une nuée d'hirondelles olive et rouille qui avaient construit leurs nids de terre sous le pont et s'engagèrent sur la pente bosselée. Au sommet, une plaine parsemée de gigantesques fourmilières s'étendait sur deux kilomètres. Joe quitta le chemin pour slalomer entre les monticules. Ils se retrouvèrent parmi les armoises, et cahotèrent toutes vitres fermées pour se protéger de la poussière qui enveloppait le véhicule.

Ça et là, poussaient quelques genévriers, dans un paysage qui rappelait l'Afrique. Soudain, ils se retrouvèrent parmi les pins, tandis qu'ils empruntaient un vieux chemin de halage, et cahotèrent encore pendant six kilomètres pour atteindre le territoire du Gros Jack.

Gros Jack était un mangeur de forêts, une machine monstrueuse à trois étages, aux dents d'acier, qui non seulement déracinait les pins mais les mâchonnait pour en faire des bouchées à la taille d'une cheminée. Au cours de l'année précédente, dans cette région du comté, Gros Jack avait pulvérisé la jolie forêt afin de préparer de nouveaux pâturages « pour les petits fermiers », comme le précisaient toutes les brochures officielles, bien que déjà les terres nivelées aient été revendiquées par deux ou trois sociétés d'élevage extérieures à la région.

Dans l'entre-temps, les résidents avaient l'autorisation de

ramasser autant de bois qu'ils le voulaient, ce qui évitait des dépenses d'énergie et d'argent à la société qui aurait dû sinon nettoyer le terrain ou brûler le bois, ce qui, en théorie, était interdit.

Malgré tout, Joe et Nancy ne pouvaient s'empêcher de ressentir une certaine joie en roulant dans la poussière vers l'endroit où la cueillette s'annonçait facile. Avoir du bois gratuitement, c'était un peu une manne tombée des cieux, et comment conserver tout son cynisme devant une telle situation ? Pendant des années, les richesses familiales se comptaient en piles de bois, et si aujourd'hui même des gens comme Nancy et José avaient des fourneaux à gaz dans leur salon, il y aurait toujours des cheminées dans les autres pièces et un poêle mixte dans la cuisine. Et, si un jour à l'avenir même les poêles mixtes disparaissaient, il était à parier qu'il y aurait toujours des piles de bois dans les cours, vestiges nostalgiques des temps passés, un peu comme les chevaux dont parlait Bloom dans son article de *La Voix du peuple*.

Alors, un jour, si Zopilote Devine gagnait sa bataille, toutes les maisons préfabriquées qu'il ferait construire paieraient leur tribu à l'héritage culturel de Milagro en plaçant des imitations en plastique de piles de bois dans leur cour, pour donner à leur ranch surélevé une touche indigène.

Sans crainte de s'embourber, Joe s'écarta des chemin battus pour aller à l'endroit idéal, roulant dans la poussière, le sable et la boue là où gisaient les arbres. Sans un mot, ils descendirent tous deux et se mirent au travail, Joe se chargeant des grosses bûches pour le chauffage de son atelier, tandis que Nancy ramassait des branches plus petites qui entreraient dans le poêle mixte de la cuisine. Tous deux munis d'une hache, ils fendaient d'un coup ou deux les tronçons que Gros Jack n'avait pas totalement broyé, et, en une heure, le camion était si chargé qu'une bûche de plus aurait sans doute écrasé un amortisseur ou cassé le châssis.

Joe sortit une cigarette de sa poche de chemise, en lança une à Nancy et lui donna du feu. S'affalant sur un tronc déraciné, il ouvrit une autre bière. Nancy s'appuya sur le capot, face à lui, et, épuisée, laissa la fumée s'échapper entre ses lèvres. Un sentiment étrangement harmonieux émanait du spectacle de désolation. Au loin, dans une rangée d'arbres, les corbeaux croassaient ; il n'y avait aucun autre bruit d'animaux. Çà et là, des fleurs mauves brillaient d'un éclat iridescent, et, dans la terre retournée et les dunes labourées, poussaient quelques asters délicats ; mystérieusement, des centaines de chenilles chevelues grignotaient les fleurs étoilées.

A sa manière, cette région désolée avait sa beauté, et, bien que la poussière apportée par la brise capricieuse mais permanente avait noirci leur visage et leurs dents, ils se sentaient bien.

Enfin, Joe se sentit bien jusqu'à ce que Nancy qui avait quelque chose en tête qu'elle voulait enfin libérer demande:

— Pourquoi tu n'as pas signé la pétition de Ruby Archuleta?

— Quoi?

— Pourquoi tu ne signes pas la pétition?

— Il y a une loi qui m'oblige à la signer?

— Je l'ai bien signée, moi.

— Tant mieux pour toi. Moi, je signe pas.

— Et pourquoi?

— Parce que chaque fois qu'on a signé quelque chose, c'était pour qu'on nous coupe le nez, les oreilles ou les couilles.

— Là, c'est pas pareil.

— Ouais, je sais pas, grommela Joe sur la défensive. Mais, j'ai pas envie de mettre mon nom sur quoi que ce soit, c'est tout.

— Et à qui tu vas demander de l'aide quand les flics te couvriront de miel et te suceront comme un sapaipilla?

— Ben, je ne sais pas encore. C'est trop compliqué. Je suis pas assez malin pour ça. Et puis, dès que la pétition arrivera aux mains du gouverneur, cinq secondes plus tard, elle se retrouvera chez les fédéraux.

— Et s'il n'y a que deux ou trois noms, ça les fera bien rigoler.

— Qu'est-ce que ça peut foutre?

— José, on devrait s'arrêter en chemin pour que tu puisses signer. C'est toi qui as commencé tout ça. C'est plus le moment de plaisanter.

— Oh, la ferme, gémit Joe, en colère, ce qui, mystérieusement, mit fin à la conversation.

Pendant le trajet du retour, Joe conduisit lentement, s'arrêtant plusieurs fois pour soulager sa vessie. Au loin, des nuages gris et menaçants s'amoncelaient sur les montagnes. Au sud d'une ligne de nuages dorés et translucides, descendait des raies de pluie jaunes et roses. Derrière eux, à l'ouest, tout était plongé dans le bleu placide du début d'après-midi.

Sur la grand-route nord-sud, au lieu de tourner vers Milagro, Joe prit la direction du sud et s'arrêta devant le complexe de la Reine de la Carrosserie et de la Plomberie. Ruby et son fils, Eliu, Marvin LaBlue et Claudio García travaillaient au garage sur la Pontiac 1948 de Benny Maestas qui avait écrasé un cheval la nuit précédente. Dans l'atelier de plomberie, Onofre Martínez, son fils retardé, et ses deux petits-fils Chemo et Chepa, coupaient et soudaient des tuyaux avec les outils de Ruby.

Brossant des rognures de métal de ses cheveux, Ruby s'approcha du camion.

— Qu'est-ce qui se passe ? demanda-t-elle avec un sourire chaleureux.

— Je crois que je vais signer ta pétition, marmonna Joe.

— Elle est à l'intérieur, viens avec moi.

Dans la cuisine, entouré d'une demi-douzaine de chats jaunes curieux et menacé par un corniaud placide qui grognait dans son panier sous la table, Joe apposa sa signature sur une pétition manuscrite, proclamant que : « nous soussignés, citoyens de Milagro et représentant du Comité de défense des terres et des eaux de Milagro..., sommes opposés au plan d'aménagement de l'Indian Creek et au barrage », car c'étaient des projets trop coûteux destinés à une poignées de riches propriétaires, projets que les pauvres ne pouvaient pas se permettre.

Il n'y avait qu'une dizaine ou une douzaine de noms au-dessus du sien, et Joe se sentait affreusement mal à l'aise, comme s'il venait de signer un engagement à l'armée ou son accord pour la peine de mort. On le dépouillait d'une certaine liberté dont il avait toujours joui, malgré sa pauvreté. Il se laissait piéger, on l'entraînait beaucoup plus loin qu'il n'avait voulu. A présent, à côté de lui, d'autres personnes étaient mêlées à ses affaires. Et, pour la millième fois, Joe se dit qu'il n'aurait peut-être pas dû ouvrir les vannes dans ce foutu champ.

— Il n'y a pas beaucoup de noms, marmonna-t-il nerveusement.

— Les gens ne sont pas encore vraiment décidés. Mais tout le monde comprend la situation, *qué no* ? Ils ne savent pas quoi faire, mais tu verras...

Dans le camion, sur le chemin du retour, Joe explosa :

— Merde !

— Quoi ? demanda Nancy.

— Merde, merde, c'est tout, gémit Joe, mal à l'aise en attrapant une bière et en la coinçant entre ses cuisses pour l'ouvrir plus facilement.

De bonne heure, le lendemain matin, en arrivant au quartier général du service des forêts, Carl Abeyta découvrit une statuette de l'Ours Smokey vieille de dix ans, dépenaillée, attachée à la poignée de la porte par un ruban rouge. Elle avait un long clou d'adobé pointu planté dans le cœur.

Carl, qui était né au pays et savait encore une ou deux petites choses sur les sorts et l'histoire de Milagro, réagit donc en conséquence.

Tout d'abord, il emporta la statuette dans la cour, l'arrosa d'essence, et la fit brûler.

Ensuite, il retourna son bureau de telle façon qu'il soit assis dos au mur, au lieu d'être dos à la fenêtre.

Enfin, il envoya un formulaire au bureau régional pour demander sa mutation.

En fin d'après-midi, Bud Gleason se réveilla de sa sieste avec une forte envie de faire pipi. Il posa ses pieds sur le sol, et resta assis un moment, groggy, immobile; il alluma une cigarette, puis enfila des pantoufles et trottina péniblement jusqu'à la salle de bains. Comme à l'accoutumée, tout son corps lui faisait mal. Il défit sa fermeture Eclair, sortit son pénis ratatiné, puis se tint ainsi, un bras étendu, la main appuyée contre le mur, la tête nonchalamment posée contre son biceps, tirant de temps en temps une bouffée avec l'autre main tout en attendant que sa vessie gonflée se vide. Mais, au moment où une cendre s'écrasa sur sa verge, il éternua. Comme il n'avait pas fermé la porte, sa femme qui, allongée sur le divan en bas lisait un roman à l'eau de rose, l'entendit:

— Quelqu'un pense à toi.

— Conneries, grommela Bud, je suis en train d'attraper une pneumonie, je vais en crever, c'est sûr.

— Ne crois pas t'en tirer comme ça ! Quelqu'un pense à toi. Je sais que tu t'es bien amusé en douce, surtout en avril quand je suis allée enterrer mon père dans l'Est.

— Tu parles ! Avec une couille qui crie « au viol », chaque fois que j'ai la moitié d'un orgasme, et mon cœur qui en prend un coup tous les matins, tant ça l'étonne de me trouver encore vivant ! Après trois crises cardiaques et demie, je ferais mieux de toujours porter un costume noir. Ça ferait gagner du temps à tout le monde le jour où je passerai à dam.

— Alors peut-être qu'on pense à toi pour d'autres raisons.

— Ouais, c'est peut-être le bon Dieu qui s'inquiète de l'état de mon cœur et qui se demande si ce n'est pas le moment de me tirer le tapis de sous les pieds..., merci..., se plaignit Bud, tirant impatiemment sur son pénis pour en finir, se demandant pourquoi cela refusait de venir.

— Ecoutez-moi ce vantard ! Et où est passé le diable dans ton histoire ? Il a perdu ton adresse ? On est bien trop riches pour le bon Dieu !

— Je suis un homme mort, gémit Bud, et ma femme trouve ça drôle.

— Je ne vais tout de même pas pleurer ! Quand tu seras mort, je serai cent fois plus riche, et puis tu ne péteras plus dans mes draps de satin !

— T'as pas besoin de me faire avaler toutes ces saloperies mexicaines, je ne péterai plus dans les draps.

— Tu pétais déjà quand on était encore à Brooklyn et que je ne te faisais manger que des crèpes aux pommes de terre et des galettes.

— *Ai Chi...*

Bud se plia en deux, éternua comme une baleine qui crache de l'eau, et quelques gouttes d'urine finirent par tomber.

— Et si quelqu'un ne pensait pas à toi par amour ? Si c'était Joe Mondragón qui pensait à toi par exemple ?

Katie, leur fille délurée de onze ans, apparut dans l'encadrement de la porte et regarda le pénis de son père, perplexe.

— Pourquoi Joe Mondragón penserait à toi, papa ?

Elle ricana quand son père éternua relâchant un jet d'urine, qui tomba à côté de la cuvette pour la plus grande partie.

— Ferme la porte, tu veux bien ? grogna Bud. J'ai quand

même bien droit à un peu d'intimité! Il faut que toute la famille assiste au spectacle quand je suis en train de pisser!

— Si tu voulais être tranquille, t'avais qu'à fermer la porte.

— Quand je me suis réveillé, la voie était libre. Mais c'est vrai que je dois avoir le cerveau ramolli pour oublier de me barricader quand je suis ici.

— T'as fait pipi partout, remarqua Katie.

— Bertha! hurla Bud, tu ne peux pas dire à ta fille de foutre le camp et de laisser son père tranquille?

— C'est ta fille aussi, t'as perdu ta langue?

— Oh, Seigneur...

Bud n'y croyait pas! Il était incapable de bouger, incapable de pisser. Sa vessie allait exploser et il ne pouvait se retenir d'éternuer... Il éternua encore.

— Joe Mondragón a peut-être fait une poupée vaudoue de toi, et il y plante des aiguilles, dit Bertha en riant. Comme pendant la révolte de l'Ours Smokey.

— Très drôle! explosa-t-il dans un autre éternuement. Katie, sors d'ici, sinon, tu vas avoir une de ces fessées si je m'en tire vivant.

— Tu m'attraperas pas, chantonna Katie en dégringolant bruyamment l'escalier.

— Ah, et toi, tu trouves ça drôle, cria Bud à Bertha qu'il entendait toujours rire.

— Drôle? Trouver trois pneus de ma Mustang dégonflés hier? Drôle? Non, pas vraiment. Mais à quoi tu t'attendais après avoir laissé Ky Montana tenir une réunion de la CIA ici? Une douzaine de roses des paysans du coin?

Bud éternua, éternua encore, dans des convulsions violentes et soudain, l'urine jaillit dans un mouvement dansant, un peu comme les drapeaux que les enfants agitent le jour de la fête de l'Indépendance. Bud s'étouffa et attrapa son pénis; il en eut les mains toutes trempées; sa cigarette se désintégra. Il se cogna contre l'évier et hurla.

— Oh, mon Dieu! Ça va? demanda Bertha. Tu devrais prendre de la digitaline.

— Non, gémit Bud, misérablement, vidant le reste de sa vessie dans un semblant d'ordre. Ça va.

Il se lava les mains, se moucha, et alla chercher l'éponge rose parfumée derrière les toilettes. Après tout, elle avait peut-être raison. C'était peut-être Joe Mondragón qui avait provoqué cette crise d'éternuements. Qui d'autre en ville aurait pu lui infliger une telle torture?

— Papa a fait pipi par terre, dit Katie à sa mère.

— Ça ne fait rien, répondit la mère à voix haute. S'il a envie d'écrire son nom sur les murs, ça lui portera chance, on ne vit qu'une fois.

Bud jeta l'éponge dans le lavabo et s'écroula sur le bord de la baignoire, épuisé. Il était terrifié. Il avait peur que Joe Mondragón mette fin au projet de la vallée des Miracles, et s'il y parvenait, la fortune de Bud, qui se compterait en boîtes de caviar et en Cadillac si Ladd Devine réussissait, ferait un plongeon irrémédiable. Il avait emprunté pour refaire sa maison, pour acheter des terrains dans la zone ouest et une partie du terrain de golf, et pour obtenir un poste dans le conseil d'administration de la future station de ski. Si tous ces contrats échouaient, il était mort, au sens figuré comme au sens propre. Son cœur, qui avait déjà connu trois infarctus en sept ans, devait ressembler à une vieille carcasse de voiture après quinze tonneaux.

Bud éternua encore, et cela lui fit si mal qu'il lui semblait que ses poumons venaient d'imploser.

— Oh, mon Dieu, dit-il en reniflant.

— Je l'ai vu! s'exclama Bertha en bas. Bud? Tu m'entends? Je viens de le voir!

— Je suis peut-être un con, un *pendejo*, comme vous dites chez vous, mais qu'est-ce que tu viens de voir au juste?

— L'ange, il vient de voler au-dessus de la maison.

— Je l'ai vu aussi, hurla Katie. Je l'ai vu aussi!

— Oh, merde! Ah, je vis avec une sacrée bande de rigolos! Rires assurés du matin au soir! Très drôle. Oui, une bande de voyous plutôt! Foutez-moi le camp! hurla-t-il d'un ton véhément. Va te plonger la tête dans la boue, Bertha, ça fera du bien à ton teint!

Soudain, sa poitrine se serra, la douleur lui poignarda l'épaule et il faillit tomber à la renverse dans la baignoire. Pendant un instant, dans un bourdonnement iridescent qui sentait la mort, il attendit, immobile, sans se sentir ni triste ni particulièrement floué; il attendait que la mort vienne le frapper en plein cœur. Rien ne se produisit.

— Mon Dieu, murmura-t-il, je n'ai que quarante-neuf ans, laissez-moi vivre au moins jusqu'à cinquante!

Puis, prudemment, il se leva, avala une pilule, se moucha

encore, et retourna dans la chambre pour passer des vêtements propres. Après tout, il était déjà tard, et il avait un rendez-vous à Chamisaville avec un homme qui s'intéressait à des terrains.

Dix minutes plus tard, il allait s'installer au volant de sa General Motors dernier modèle quand il entendit un, deux, trois, quatre, cinq, six petites détonations de coup de feu, du côté ouest. Et, juste après le sixième coup, il entendit une explosion de fusil qui résonna dans toute la ville et rebondit en écho dans le canyon de Milagro et les montagnes de Minuit... Il n'avait pas besoin de dessin pour comprendre que finalement, les pauvres hères qui s'agitaient à Milagro depuis ces derniers mois (ou plutôt depuis cent cinquante ans) avaient décidé de prendre leur revanche.

Cinquième partie

Bonjour les amis, bienvenue au grand bal des Ténèbres!

Bernabé Montoya

Herbie Goldfarb n'avait jamais eu de voiture. Mais vite, il se convainquit que s'il voulait faire quelque chose à Milagro — à part végéter et jouer les idiots —, il lui fallait une certaine mobilité. Il demanda donc à son père de lui envoyer de l'argent et reçut deux cents dollars par retour du courrier. De bon matin, il grimpa dans un bus Trailways en direction de la capitale. Une fois dans la grande ville, il se dirigea directement vers le garage de voitures d'occasion, le Conquistador de Joe Feeny, et, après une heure d'hésitations, de peurs, de sueurs froides et de marchandage, Herbie s'engagea dans l'artère principale au volant d'une vieille chevrolet décapotable à deux portes, avec un moteur fissuré et un radiateur qui fuyait. Quinze secondes après qu'il eut pour la première fois tourné à gauche, il se fit arrêter par un policier qui lui dressa contravention à cause d'un clignotant défectueux, incident qui fit retomber toute son allégresse. Pourtant, une fois sur l'axe nord-sud, cette allégresse, cet orgueil de la possesssion revinrent, et Herbie alluma la radio... Ça marchait!

C'était une splendide journée d'été. Les locustes lançaient leur plainte dans les cotonniers; les corbeaux, les pies et les buzards planaient, indolents dans l'air pur; papillons et sauterelles s'écrasaient contre le pare-brise, formant de charmants dessins; une brise tiède enveloppait Herbie, tel un bain de bulles, rendant sa peau douce et tendre. Il avait baissé la capote, et le cœur du volontaire palpitait; il chantait au rythme du rock'n'roll de la radio.

Au bout d'une quinzaine de kilomètres, une lumière rouge s'alluma sur le tableau de bord. En s'arrêtant à une station service, Herbie découvrit qu'il était en panne... d'huile! Il mit deux bidons et quart dans le réservoir. C'est à ce moment qu'il remarqua les petites gouttelettes qui suintaient du bloc moteur. « *Ai Chihuahua!* » s'exclama le garagiste en regardant la fuite de plus près. Il roula les yeux et vendit à Herbie trois bidons supplémentaires pour le reste du trajet.

Un peu plus loin, tandis que Herbie grimpait une colline en pente raide, le moteur surchauffa, et il dut s'arrêter un peu plus loin à la seule station service sur dix kilomètres. Là, l'eau du radiateur se mit à bouillonner et à déborder. Le volontaire quelque peu abattu réussit à calmer les turbulences avec de l'eau froide et put reprendre la route.

La route escarpée et sinueuse des gorges, il la conquit, en pur héritier de Mario Andretti Fangio et de Steve McQueen. Là, sur le parcours le plus difficile, sa voiture se faufilait comme en rêve. En haut des gorges, avec Chamisaville et les monts Hija Negrita encore visibles à une vingtaine de kilomètres, le voyant d'huile se mit à clignoter de nouveau et Herbie dut étancher la soif de sa voiture gloutonne. Puis, alors qu'il reprenait la grand-route, six petits nuages noirs jaillirent des collines avoisinantes, prêts à l'attaque.

Peu ébranlé, toujours heureux de sa voiture, sa voiture, Herbie se gara sur le bas-côté, détacha les lanières retenant le toit de toile pliant, et pressa sur le bouton pour qu'il se mette en place. On entendit un ronronnement sous le capot, mais il ne se passa rien d'autre. Déjà trempé, Herbie tenta de replacer la capote manuellement, mais les plis ne voulaient pas se défaire, et les baleines étaient collées par la rouille. Le toit ne broncha pas.

Le volontaire observa son véhicule pendant un instant, puis se glissa au volant dans une flaque d'eau. Il repoussa une mèche mouillée qui lui obstruait la vue et appuya sur le bouton des essuie-glaces. Ils ne fonctionnaient pas.

Là, l'allégresse de Herbie se dissipa sensiblement, et il roula dix kilomètres sous la pluie, claquant des dents, projetant d'aller revoir Joe Feeny avec un .38 et de massacrer l'homme mielleux, onctueux, qui se frottait les mains comme tout bon flagorneur.

L'humeur de Herbie s'améliora un peu au moment où les nuages antisémites battirent en retraite, de l'autre côté de Chamisaville. En un rien de temps, le soleil réchauffa le plateau et sécha Herbie, sa voiture et sa morosité. En fait, le volontaire devait admettre la drôlerie de la chose: il s'était fait avoir, mais il n'y avait rien de nouveau! Sa voiture roulait quand même et quand le voyant d'huile clignota encore frénétiquement, c'est presque avec joie qu'il assouvit la voracité de son moteur.

Trois kilomètres plus loin, il s'arrêta encore pour prendre une auto-stoppeuse, une jeune femme imposante, avec un visage large et sensuel — Ah, ces yeux bleus! —, et des cheveux blonds et sales en queue de cheval. Elle lança sa guitare et son sac à l'arrière et annonça :

— Salut! Je m'appelle Papillon d'Amour. Tu veux des émotions? J'ai de la colombienne, c'est pas de la blague. C'est un mec que j'ai rencontré dans le sud qui me l'a filée parce que j'avais un joli nez. Moi! Un joli nez! T'imagines! Un touriste à la con. Il y en a plein partout dans le coin, des zozos comme ça. Merci de t'être arrêté. Alors ce joint, je le roule?

— Euh, oui, pourquoi pas.

— Chouette!

Elle se pencha par-dessus le siège et fouilla dans son sac. Elle portait une blouse paysanne et une jupe informe descendant jusqu'aux chevilles; elle avait les pieds nus et calleux. L'humeur de Herbie, tout comme son désir charnel, atteignaient des sommets vertigineux.

Ils poursuivirent leur route, à quatre-vingt kilomètres heure, la radio à fond, la brise de fin d'après-midi jouant dans leur cheveux, de plus en plus gais, grâce à la colombienne. Après la troisième bouffée, Herbie regarda sa passagère; il lui sourit; elle lui sourit, et Herbie posa sa main droite sur un sein volumineux abrité sous la blouse paysanne en demandant:

— Tu vas où?

Le Papillon d'Amour gloussa, rejeta la tête en arrière et répondit:

— Oh, tu sais, là où le hasard voudra bien m'emmener, et ils se mirent à rire ensemble.

— Tu peux venir avec moi, si tu veux.

— Super! Sensass!

Et elle arracha sa main droite du volant et la plaça sur son sein, puis elle posa sa main sur la cuisse et Herbie pensa: « Oh, mon Dieu, tous mes rêves sont en train de se réaliser. »

— Dis, ricana-t-il en s'arrêtant devant chez Rael, ça te plairait d'aller pique-niquer dans le canyon?

— Où tu veux, répondit joyeusement la jeune fille nubile et effervescente. Qu'est-ce que c'est beau par ici, du jamais vu! Splendide.

Ignorant l'assaut de gravillons de Mercedes Rael, Herbie alla au magasin, et, tandis qu'il achetait du pain, de la moutarde, de la mayonnaise et des conserves, le Papillon d'Amour s'accompagnait si mélodieusement à la guitare qu'Amarante Cordova et Tranquilino Jeantete apparurent sous le porche du Frontier, un sourire idiot sur le visage, et la saluèrent. Elle n'arrêta qu'un instant pour leur répondre.

Le sac de Herbie s'éventra sur le porche, mais qu'importe! En riant, il ramassa les denrées du pique-nique. Ils reprirent la route, cahotant devant la Truite Sauteuse, chantant des chants des Beatles et de Simon and Garfunkel, des Beach Boys et même du Chuck Berry. Et l'air, rafraîchi par le soir et mousseux de poussière, balayait leur visage comme des bouffées de crème fouettée diaphane.

— Waouh! murmura Herbie en pleine extase, c'est la première fois de l'été que tout est aussi beau!

Ils suivirent la route pendant cinq kilomètres et ils tournèrent vers un endroit herbu et luxuriant près de la rivière. Herbie coupa le moteur, et ils restèrent tous deux immobiles un instant, souriant stupidement derrière le pare-brise à regarder les lueurs dorées dans les pins qui grimpaient le long de la pente.

— Oh, qu'est-ce que je me sens bien! murmura Herbie presque religieusement.

— Moi aussi, je me sens bien, chuchota-t-elle, comme dans un rêve.

Ils étaient face à face. Herbie plongea dans le décolleté de la blouse paysanne et descendit sur les seins, énormes, incroyables, pareils à des melons d'eau pâlichons, avec une grosse fraise au centre. Herbie ne pouvait que les admirer d'un regard avide. Quand lui avait-on offert quelque chose de plus appétissant à dévorer? Il pourrait étancher toute la soif d'un été à cette fontaine dorée et intarissable.

Un moustique se posa sur le mamelon, elle le chassa de la main. Herbie se donna une claque sur la joue, écrasa un insecte qui lui perçait un trou dans l'oreille, puis en ôta trois autres sur son bras. Languide, il caressa les ballons de chair. Un moustique atterrit sur ses doigts; il l'éloigna de l'autre main. Des doigts, il jouait une sérénade à un sein; d'un coup, trois moustiques se posèrent sur la chair envoûtante. Il les effraya doucement et s'enfonça dans les rondeurs d'une blancheur de neige. Elle murmura un « aie! » et écrasa un moustique qui lui grignotait l'autre sein, faisant une tache de sang sur la pastèque succulente. Herbie dut écarter sa main du sein accueillant pour exterminer un moustique qui lui mordait les lèvres.

— Mais qu'est-ce qui se passe ici? C'est infesté de bestioles! dit-elle.

Herbie eut la soudaine impression qu'il haïrait cette contrée plus qu'il n'avait jamais hai aucune autre région auparavant, et plus qu'il n'en haïrait aucune autre tout le reste de sa vie.

— Je vais metttre la radio à fond, ça leur fera peut-être peur...

Au son de la musique tonitruante, Herbie oublia soudain son approche débonnaire, et se jeta sur elle, attrapant tout ce qu'il pouvait attraper avant que le ciel ne leur tombe sur la tête; il engloutit un sein si profondément qu'il dut effleurer les cicatrices de feu ses amygdales. Elle passa ses doigts solides dans ses cheveux, et, en hurlant: « Ça y est! J'en ai un! », elle lui frappa la tête si violemment qu'il en relâcha le mamelon dans un affreux bruit de succion, tandis que ses oreilles bourdonnaient sous la force du coup.

Sur ce, le Papillon d'Amour s'exclama:

— Oh, mais ce sont de vrais piranhas, ils sont cannibales les moustiques ici!

S'écartant l'un de l'autre, ils se donnèrent des claques sur la tête, les joues... Elle referma sa blouse et coassa:

— Hé, mec, on s'en va!

Désespéré, nerveux, au son des Rolling Stones qui hurlaient à plein tube de manière sadique, Herbie passa la marche arrière, et, sans jeter un regard derrière lui, relâcha si brusquement l'embrayage que sa décapotable rebondit sur la route et fonça tout droit dans un camion déglingué qui passait par là à toute vitesse. La collision fit tourner la voiture de Herbie comme une vrille, et propulsa le Papillon d'Amour à l'extérieur avant de la rejeter sur la route.

Miraculeusement, il n'y eut aucun blessé. Joe Mondragón, un fusil dans la main droite, sauta de son camion en hurlant des obscénités en espagnol. Quand Herbie eut une idée plus précise de l'individu avec lequel il avait eu un accident, il mit la main devant ses yeux, attendant l'exécution. Quand Joe comprit qui avait démoli son camion, il marqua une pause assez longue pour lâcher une bordée de qualificatifs incendiaires, puis fit demi-tour, galopa vers la pente et disparut dans les bois.

— Eteins cette radio! hurla le Papillon d'Amour.

Fouinant à l'aveuglette, Herbie trouva le bouton et le tourna furieusement.

La fille se leva, remit ses seins dans sa chemise, fit un geste obscène à l'adresse de la voiture et reprit son sac et sa guitare.

— Excuse-moi, marmonna Herbie à travers ses mains. Si tu me donnes ton sac, je peux le ramener en ville…

— Ah, il n'en est pas question, grogna-t-elle, en passant les bras à travers les lanières et en mettant le poids en place sur son dos. Te mêles pas de ça ! Je n'ai jamais rencontré quelqu'un qui s'attirait une telle poisse !

Elle longea la route et abandonna un Herbie gémissant au volant de sa voiture accordéon.

Au moment où les informations de dix heures se terminaient, le téléphone de Kyril Montana sonna. Marilyn répondit, parla brièvement avec un collègue de son mari et appela celui-ci.

— C'est Gil, chuchota-t-elle en haussant légèrement les épaules avec un sourire intrigant, tout en passant le combiné à son mari avant de sortir et de fermer la porte derrière elle.

— Gil?

— Ouais. Dis, tu connais ce type de Milagro? Le petit connard avec son carré de haricots? Il a tiré sur quelqu'un il y a quelques heures. Pacheco, il a un cochon, qui se trimbalait dans le champ. Mondragón l'a touché à la poitrine avec un .30-06. Il est pas mort, mais il pourrait bien casser sa pipe, on ne sait pas encore. On l'a emmené à Doña Luz. En ce moment on devrait le transférer à Sainte-Claire, ici. Personne ne pense qu'il s'en tirera.

— Qu'est-ce qu'ils ont fait de Mondragón?

— Rien. Il est parti.

— Parti? Parti où? Il y a quelqu'un avec toi?

— Bien sûr. Trucho. Crois-moi ou pas, il est là avec Granny Smith et les types de Doña Luz, Bill Koontz et Bruno Martínez. Quand tout le monde est arrivé, Joe avait déjà pris la clé des champs.

— Dans quelle direction?

— Euh...

— Vers le nord? Ils ont bloqué la route?

— Vers l'est, dit Gil en ricanant.

— L'est? Il n'y a rien à l'est, à part les montagnes.

— Exactement, dit Gil en riant.

— Dans les montagnes! s'exclama Kyril Montana en fronçant les sourcils. On est sûr qu'il est parti par là?

— Ils ont demandé autour d'eux. Tout le monde a pointé les montagnes. Alors, ils ont fait un tour sur tous les chemins d'accès possibles, et ils ont trouvé son camion. Il est rentré dans une Chevrolet décapotable 1956, appartenant à… assieds-toi, ce volontaire Vista, Harry Goldstein. Il y avait une fille avec lui dans la voiture et devine comment elle s'appelait?

— Je n'en sais rien, c'est pas le moment de blaguer.

— Papillon d'Amour! C'est pas de la blague. Je te jure! Papillon d'Amour! A cinq mille kilomètres de nulle part, Joe Mondragón rentre dans une Chevrolet décapotable avec un volontaire Vista et une hippy qui se fait appeler Papillon d'Amour, tu te rends compte?

— Et il est parti.

— Mais on ne l'a pas oublié. Le volontaire, Goldstein, il a dit que Mondragón était armé et qu'il a hurlé quelque chose en espagnol avant de disparaître dans les collines.

— Ecoute, Gil, il n'y a rien de drôle.

— Oh, relax! Combien de temps il va durer dans la montagne? Il va se geler les fesses ce soir. Et demain matin, quand on l'arrêtera, il faudra le dégeler au chalumeau pour qu'il fasse sa déposition.

L'agent sortit son bloc-notes et commença à griffonner.

— A quelle heure il a tiré sur Pacheco?

— Euh, sans doute vers six heures et demie, il faisait encore jour, d'après ce qu'ils peuvent en dire.

— Ça c'est passé où?

— Dehors, au champ, le nouveau, le symbolique, l'illégal! Il était à moitié dans le fossé, tout trempé, Pacheco, quand on l'a trouvé.

— Dehors, au champ? Qu'est-ce que tu veux dire par là, Gil?

— Apparemment, ce type, Pacheco, lui et son cochon, c'est une légende en ville. Les gens ne connaissent qu'eux. Le cochon est toujours en train de se sauver, et Pacheco, la seule chose qu'il fait, c'est d'aller de voisin en voisin et de champ en champ pour le retrouver. Il reçoit au moins deux cents menaces de mort par an, enfin, son cochon plutôt! Il a jamais été capable de construire une clôture assez solide pour retenir cette fichue bestiole. Les voisins, ils ont tiré sur le cochon au moins cinq ou six fois, mais avec du .22 le plus souvent, alors, ils ne lui ont jamais fait grand mal.

— Il y a des témoins?

— Oui, deux. Un type nommé Mondragón, sans rapport

avec le premier, et un vieux, qui s'appelle Mondragón aussi, mais pas de la famille non plus. Ce qui s'est passé, c'est que Mondragón, notre vieux copain Joe Mondragón, il est allé au champ, il a vu le cochon, et il a décroché son fusil dans le camion, il est retourné vers le champ en chargeant son arme, et il a tiré six fois, à une dizaine de mètres. Ça, ça c'est passé vers cinq heures et demie.

— Et ensuite?

— Personne ne sait comment Pacheco s'en est aperçu. Mais ils ont un sacré téléphone arabe, là-bas, moi, je peux te le dire. Ce Pacheco, ça fait six ou sept ans qu'il vit tout seul, depuis que sa femme est morte. Je crois qu'il l'aimait vraiment son cochon. Peut-être bien qu'il baisait avec, d'après ce que je sais.

— Gil, qu'est-ce qui s'est passé quand il a appris la nouvelle?

— Il est allé à la recherche de Mondragón avec un .22.

— Pistolet ou fusil?

— Pistolet. Un revolver bon marché à quinze dollars.

— Et alors... ?

— Et quand il a vu Mondragón irriguer son champ avec la truie morte dans un coin, il a déchargé son arme sur notre héros à environ trente mètres.

— Merde! murmura Kyril Montana entre les dents. Il l'a touché?

— Tu plaisantes! Il y a un autre truc avec Pacheco, il boit. Une bouteille par jour au moins, parfois plus. Il a une bonne descente. Il a du fric. Apparemment sa femme était pleine aux as. Elle n'était pas d'ici, et elle était cultivée en plus. Elle lui a laissé un paquet de papiers verts venus de l'Est, et depuis, il n'en a jamais foutu une rame.

— Alors, il l'a raté six fois.

— Ouais. Et au quatrième coup, Mondragón a dû ramasser son fusil, viser soigneusement et il a appuyé sur la détente.

— Comment ça se fait qu'il a pris la fuite?

— Je sais pas. D'ailleurs, personne ne comprend vraiment. A part qu'il s'est peut-être imaginé que personne n'avait rien vu et que les flics et les juges ne croiraient pas un mot de son histoire. Il a peut-être eu peur que ce soit un coup monté.

— Ecoute, Gil, ça sent pas bon cette histoire. Il y a quelqu'un avec ces témoins?

— J'imagine que Trucho leur a expliqué deux ou trois petites choses. Pour le moment, je ne suis même pas sûr que la presse soit déjà là. Si possible on essayera de traiter ça comme n'importe quelle tuerie de bar.

— Donne-moi les noms, les prénoms et les adresses des témoins si tu les as.

Gil lui donna les prénoms, il ne connaissait pas les adresses.

— Où est Dave Edsell ? demanda Kyril. Il est là-bas ?

— D'après ce que j'ai entendu, sans doute pas, mais il a déjà parlé avec Halverson du *Reporter*. Alors, si ce saligaud veut nous emmerder, il devrait savoir comment s'y prendre, du moins tant que nous ne saurons pas mieux comment les choses vont tourner. Trucho veut que tu ramènes tes fesses à Milagro. Il n'y connaît rien à ces montagnes !

— Gil, il y a beaucoup trop de gens qui pourraient cracher le morceau. En fait, c'était sans doute idiot d'envoyer qui que ce soit là-bas. On devrait peut-être laisser les flics du coin régler ça...

Gil se mit à rire.

— Hé, il y a que des voitures banalisées. Tout le monde reste bien sagement au commissariat de Doña Luz.

— Si Halverson s'intéresse à l'affaire et qu'il envoie Johnnie Dicus là-bas, c'est le premier endroit où il ira faire un tour. Il a du flair pour ce genre d'histoires. Il est pas né de la dernière pluie !

— Il aime son boulot, dit Gil. Pour qui tu le prends ? Pour un journaleux à moitié gaucho ? Il a un salaire correct, il a une femme, un gosse, un emprunt à rembourser, et une Oldsmobile 1971 comme voiture de service.

— Quels sont les plans ?

— Ils vont aller à sa recherche demain matin.

— Qui « ils » ?

— Je sais pas. Demande au patron. Des types du coin sans doute. Et toi.

— Non, non, ça ne peut pas marcher comme ça.

— Oh, ça marchera peut-être quand même pour nous, toute chose a du bon...

— Non, beaucoup trop de tapage, interrompit Kyril Montana. Si l'histoire sort de chez nous, ça va nous exploser à la figure comme une bombe atomique. Qu'est-ce qu'ils ont l'intention de faire ? Aller dans les montagnes, armés de machettes ?

— Ils ont déjà préparé le petit hélico de Doña Luz.

— Nom de D... Bon, Gil, appelle Trucho. Dis-lui que j'arrive tout de suite. Je pense que tu ferais mieux de rester en contact avec Halverson, mais ne force pas la dose. Il sait ce qui se passe, mais parfois, il a des réactions assez imprévisibles. Je ne vois pas pourquoi il se donnerait la peine d'envoyer plus qu'un ou deux pisse-copies minables, à moins qu'il ne se rende compte qu'il y a quelque chose de bizarre dans l'air. Je ne le crois pas très courageux, mais son orgueil pourrait nous faire beaucoup de mal si on ne ménage pas sa suceptibilité.

— Pas de problème, répondit Gil, avec un rire sarcastique. Pour moi, il y aura pas d'ennuis de ce côté-là.

— Mieux vaut ne pas faire de prévisions, l'avertit l'agent. La situation pourrait devenir explosive, et il faut user d'un peu de finesse.

— Monsieur Finesse en personne, ricana Gil.

— Tu fais chier! jura Kyril Montana, énervé. A propos..., comment ça ce fait qu'on ne m'ait pas prévenu plus tôt?

— Au début, Trucho ne pensait pas que tu étais exactement l'homme de la situation, étant donné le moment particulier et la ville concernée.

— Et maintenant? Il a la trouille?

— Disons qu'il chie tranquillement dans son froc, corrigea Gil. Tu ferais mieux d'avoir une conversation avec lui. Il connaît les circonstances de l'incident, maintenant, il veut connaître ton dossier, tu sais, sur Mondragón et les autres. Il veut savoir tout ce que tu as fait et qui n'apparaît pas dans les documents officiels. Tu ferais bien d'amener ta paperasserie.

— Je connais tout par cœur, dit l'agent d'une voix pincée. A moins que tu préfères que je dépose le dossier sur le bureau de Halverson en passant?

— Halverson, mal façonne! Et ce type qui travaille pour *La Voix*, l'avocat?

— *La Voix* n'existe plus. Quelqu'un l'a rencontré là-bas?

— Pas que je sache.

— Il faudrait peut-être aller lui parler. Ou du moins le filer, dit Kyril Montana, plus pour lui-même que pour Gil.

Mais comment parler à Bloom sans éveiller ses soupçons et lui donner un récit infaillible de l'histoire qui risquerait d'apparaître quelque part un de ces jours.

— O.K., Gil, ouais, tu ferais mieux de dire à Trucho de faire filer l'avocat, ou du moins de garder un œil sur lui. Merci d'avoir appelé.

— D'accord. A plus tard, peut-être...

Montana avait à peine raccroché qu'il se mit en route. Il sortit son fusil de son étui de noyer ciré qu'il avait fait lui-même quand il était encore au lycée, et, d'un tiroir fermé à clé au fond de l'étui, il retira un chargeur qu'il mit en place. Il en sortit également une boîte de plastique noire contenant le viseur, une boîte de cartouches haute puissance et un .357 dans un ceinturon. Il posa tout cet équipement sur son bureau et décrocha les jumelles d'un crochet au-dessus de l'étui. Il traversa la cuisine pour aller dans un cagibi. Il repéra un étui à fusil en toile dans un coin encombré, et, de retour au salon, il y plaça le fusil, le viseur, le magnum, les cartouches et remonta la fermeture à glissière. Il emporta ensuite le tout à travers la cuisine et le cagibi et rangea son matériel dans le coffre de sa voiture. Il le ferma à clé, mit le contact et fit démarrer le moteur qu'il laissa tourner au ralenti en retournant chez lui.

Marilyn regardait la télévision. Brièvement, il lui expliqua ce qui se passait; elle prit la nouvelle calmement. Il remonta dans sa chambre pour enfiler une chemise de flanelle, un pantalon kaki, des chaussettes de sport et des bottes de marche de cuir léger. Marilyn lui prépara un thermos de café et des sandwichs au poulet. Les sandwichs dans un sachet, le thermos sous le bras, après avoir embrassé sa femme et lui avoir promis de téléphoner dès son arrivée, l'agent s'empara d'une parka de ski. Il était déjà installé au volant, prêt à sortir du garage quand soudain, il se rappela avoir oublié son sac.

C'était un sac de nylon léger contenant tous les produits de première nécessité, du papier hygiénique à la lampe de poche, en passant par les allumettes, les chaussettes de rechange, un imperméable en plastique transparent, et un sac de couchage. Il y avait une pochette pour les lignes et les hameçons; une autre pour la trousse de premiers soins, avec un produit contre les morsures de serpents, une pierre à aiguiser, et autres nécessités de la vie dans la nature. L'agent y ajouta quelques paquets de nourriture déshydratée, une gamelle en aluminium, embrassa de nouveau Marilyn et partit.

Sur la grand-route déserte, il passa en revue toutes les informations dont il disposait sur l'affaire et tout ce qui avait été fait, essaya de localiser les points faibles, de démasquer les conduites qui risqueraient de tout ébruiter, et analysa les conséquences possibles de l'attitude de Mondragón, non seulement pour Joe, mais aussi pour lui, Kyril Montana, ainsi que pour la police fédérale. Il passa également en revue tous les gens qui lui étaient familiers où sur lesquels il disposaient d'éléments épars rassemblés par lui et son équipe jusqu'alors, et dressa mentalement une liste de ceux qui pourraient lui attirer des ennuis. Il ne voyait personne à la capitale, mais à Milagro, bien qu'il se sentît sûr de Lavadie, Bud Gleason, Nick Rael, il se posait des questions sur le sheriff, Bernabé Montoya. Et cet imbécile de maire, Sammy Cantú, était bien capable de faire des gaffes lui aussi. Il devrait sans doute parler à Cantú et bien lui expliquer que cet incident avait été spontané, qu'il ne s'agissait pas d'un coup monté, que Pacheco avait agi de son propre chef. Et puisque cet accident était imprévisible, ils étaient déchargés de toute responsabilité, tant qu'ils n'ouvraient pas la bouche à tort et à travers.

En descendant une colline qui longeait l'ancien lit de l'Arroyo Verde, Montana décida d'organiser une réunion avec le gouverneur, Bookman et Noyes pour leur expliquer ce qui s'était passé. Maintenant qu'ils avaient enfin quelque chose de tangible contre Joe Mondragón, toutes les traces du travail de provocation clandestin le concernant, lui et son champ de haricots, devait être effacées ; et il fallait absolument éviter la moindre confusion chez les différentes parties en jeu.

A un stand de fast-food, l'agent commanda un café à emporter. De nouveau sur la route, au-delà des dernières lumières de la ville, il but son café et cessa pour un instant de réfléchir aux diverses ramifications de l'affaire. La radio crachotait par intermittence ; il n'y prêtait pas attention ; si on appelait son numéro ou le code à dix chiffres du cas Mondragón, il écouterait instinctivement. Entre-temps, il guidait rapidement sa puissante voiture vers Milagro à plus de cent kilomètres heure.

Pendant près de cinquante kilomètres, il n'y avait aucune ville. La lune se dissimulait partiellement derrière des nuages d'été effilochés. D'un côté, les plates étendues d'armoises s'étiraient vers les collines rondes, au pied des montagnes. A l'ouest, derrière l'incinérateur à bois en forme de tepee au sommet flamboyant, les vergers longeaient le Rio Grande. A un moment, là où la route était encore luisante d'une averse locale, il sentit le lourd parfum de fruits et d'armoise. Puis, soudain, à l'entrée de la gorge, la route devint sinueuse.

Kyril Montana ralentit. Pendant une demi-heure, dans l'obscurité du ravin, il ne rencontra aucune voiture. Quand la lune sortait des nuages, la rivière étincelait dans le noir. Il n'y avait pas de garde-fou le long de la route, et, là où il avait plu, elle était glissante et dangereuse. Des débris de roches, tombés de la falaise et dispersés sur le macadam, l'obligèrent encore à ralentir. Vers la fin de la gorge, la voie grimpait en pente raide pendant une dizaine de minutes, longeant un motel déserté et quelques bosquets de cotonniers fantomatiques qui abritaient de vieilles demeures et menaient au plateau qu'il suivrait jusqu'à Milagro.

C'était une sensation agréable; il avait toujours aimé surgir des ténèbres de la gorge et jaillir sur cette étendue plate, avec sa route en ligne droite, dans l'axe parfait du nord. Ce paysage désolé, sans un arbre, était l'un des spectacles les plus époustouflants de tout l'Etat, même dans une telle obscurité. A gauche, au-delà des pentes douces recouvertes d'armoises, la gorge s'ouvrait, causant une frayeur momentanée. A droite s'étendaient les montagnes de Minuit, toujours encapuchonnées de neige, sauf pendant les brefs mois d'été, les plus hautes montagnes de l'Etat, avec le Hija Negrita qui, de ses trois mille neuf cent cinquante mètres, abritait dans son ombre les lumières de Chamisaville, étoiles étincelantes disséminées dans la plaine sombre.

Les pneus tambourinèrent sur un garde-fou à vaches, et Kyril Montana appuya sur le champignon. Posée sur une charogne sur le bas-côté, immense et noire, avec de grands yeux jaunes qui scintillèrent brièvement dans les faisceaux des phares, une chouette s'envola, traversant directement le chemin de la voiture. Le chauffeur ne leva pas le pied, ne fit pas d'écart, tandis que l'oiseau, dans un chuintement de battement d'ailes, balaya le pare-brise et passa sur le toit, frôlant la mort de quelques centimètres. Un peu plus près de Chamisaville, sur une portion de route mouillée, de minuscules crapauds sautillaient sur la voie. Plus loin, la voiture siffla aux oreilles d'une colonie de rats-kangourous, en en tuant quelques-uns au passage. A l'ouest, des éclairs éclataient en une série de lignes brisées. Et, en chemin pour El Paso, un bus Trailways le croisa.

A trois kilomètres de Chamisaville, l'agent s'arrêta au commissariat central. Bien que les lumières soient allumées, les portes étaient fermées. Il entra avec son passe-partout et appela Doña Luz.

— Pacheco est toujours vivant, l'informa l'opérateur qu'il ne connaissait pas. En fait, il paraît que son état s'améliore. Apparemment, il est coriace, le vieux.

— Où est Trucho?

— Toujours à Milagro en train de se ronger les ongles. Lui, Bruno Martínez et Bill Koontz. Sal Bugbee, aussi. Je crois qu'ils interrogent toujours la population. C'est plutôt tranquille par là-bas. Il y a une battue d'organisée, demain matin, à l'aube.

L'agent raccrocha, alla voir la pompe à essence à l'extérieur, mais elle était verrouillée et il n'avait pas la clé, si bien que cinq minutes plus tard, il s'arrêta à une station service dans la banlieue nord de Chamisaville et fit le plein en payant avec sa carte de crédit.

Ensuite, il parcourut les trente kilomètres qui le séparaient de Doña Luz sans penser à rien. Il grêla pendant une minute, puis le ciel luminescent se découvrit; les grappes d'armoises brillaient comme des torches. Bientôt, les éclairs se mirent à scintiller à l'ouest, tandis qu'une légère brise se levait des canyons montagneux tout proches, à l'est. Il dépassa un groupe de grands chevaux efflanqués à la tête basse, qui marchaient stupidement les uns derrière les autres sur le bas-côté... Des chevaux indiens, supposa l'agent. Ensuite, il traversa le Rio Colorado et entra à Doña Luz.

Une voiture de police et un fourgon étaient garés devant le petit bâtiment. A l'intérieur, trois hommes buvaient du café tout en papotant: le radio avec lequel Kyril Montana avait parlé, un beau gosse, très jeune, Emilio Cisneros; le sheriff du comté, homme jovial aux cheveux grisonnants, Ernie Maestas; et un homme de patrouille aux cheveux courts que l'agent connaissait déjà, bien qu'assez mal, Bill Koontz.

— Ce petit salopard de José Mondragón! dit Ernie Maestas en riant. Je savais bien qu'il finirait par tuer quelqu'un! Vous savez ce qu'il m'a fait un jour? Je l'avais mis au trou, il y a trois ans peut-être, deux..., ah, je sais plus, enfin, il y a un moment tout de même. C'est Johnny Roop qui l'avait amené, vous vous souvenez de Johnny Roop?

— C'est pas lui qui s'est tué en jouant avec le fusil de quelqu'un d'autre en prison, il y a quelques années?

— Un mauvais chahut! ricana Maestas. Il a prit le fusil de Pete Lujan dans son étui, et on ne sait pas comment, il s'est tiré un coup dans l'estomac, et l'assistant du juge d'instruction, cet andouille de Robertson, vous savez à quoi il a conclu? Mort par chahut!

— Qui a le rapport sur l'affaire Pacheco? demanda impatiemment Kyril Montana. Il est déjà fait?

— Qui va appeler Tina à une heure du matin pour lui demander de taper un rapport? plaisanta sèchement Koontz.

— Taper? Il faudrait déjà que quelqu'un le rédige! A une heure du matin!

— Bon, donnez-moi quand même les premiers éléments, dit l'agent d'un ton épuisé, tandis que Ernie Maestas continuait son histoire.

— Comme je vous le disais, je l'avais fichu au frigo. Je me rappelle plus pourquoi. Je crois qu'il s'en était pris à un vieil ivrogne. Enfin, plus personne ne sait. Ce qui est sûr, c'est qu'il m'avait demandé une couverture, parce qu'il se gelait les couilles. Alors, je lui ai dit de se sucer la quéquette pour la garder au chaud. Et vous savez ce que ce sale petit rat a fait... ?

Agacé, bien que ses traits demeuraient impavides, Kyril Montana feuilleta rapidement les quelques pages manuscrites du dossier Pacheco-Mondragón, mais n'y trouva aucune information nouvelle.

— Il a ôté son froc, il l'a foutu dans les chiottes, et s'est mis à tirer la chasse comme un fou. Il avait inondé toute sa cellule et la moitié de la prison avant qu'on ait eu le temps de couper l'eau...

— Comment ça se fait que toutes les huiles du Sud rappliquent ici? demanda Koontz en offrant une cigarette à Kyril Montana.

— On avait un peu perdu le contact, plaisanta l'agent sans humour en se dirigeant vers la porte. De temps en temps, M. Trucho aime bien qu'on participe à un truc sur le vif, juste pour garder la main.

— Ouais, ça serait sacrément dommage, que vous perdiez le contact avec nous autres, les pauvres Chicanos! dit Ernie Maestas, en donnant une claque sur l'épaule de l'agent qui passait devant lui. Il faut que vous veniez vous payer une chèvre ici de temps en temps pour savoir si vous êtes aussi forts que vous le croyez, pas vrai? Dans le sud, vos truands, ils font pas la différence entre un meurtre et un trou dans le mur, *qué no*? C'est aussi facile de les attraper que de tirer à un stand de foire, hein? Mais ici, ça se corse un peu...

Kyril Montana ferma doucement la porte, reprit sa voiture et parcourut les vingt derniers kilomètres qui le séparaient de Milagro en moins de dix minutes. A un kilomètre de son but, il s'arrêta au poste de garde tenu par deux membres de l'équipe de Chamisaville, Loren McKay et Buddy Namath, qui n'ajoutèrent rien à la pléthore de non-informations qu'il possédait déjà. Puis, au lieu de s'arrêter directement à Milagro, l'agent alla au nord de la ville, à l'autre poste tenu par un sheriff-adjoint et un policier du comté, Sal Bugbee, qui, eux non plus, n'avaient rien à signaler.

Ensuite, il fit demi-tour et alla chez Bud Gleason.

Quand Joe Mondragón tira sur Seferino Pacheco, Charley Bloom hurla de joie. *Sauvé!* s'écria-t-il intérieurement, hors de vue de tous. Il défendrait Joe pour attaque à main armée ou assassinat, et, dans le processus, le champ de haricots serait oublié. C'était ce que tout le monde voulait, *qué no*? Il aurait souhaité avoir le courage de demander à Bernabé Montoya ou aux flics de Doña Luz de fixer une caution si élevée que Joe serait hors circuit pendant que ses haricots se dessècheraient sur pied. Mais après ce premier sursaut de soulagement, son enthousiasme s'écroula. Il se méprisait d'avoir une réaction aussi vile devant le dilemme de Joe, il ne supportait pas sa lâcheté. Et puis, il savait que les haricots ne se dessècheraient pas sur pied. Avec ou sans Joe, ils s'épanouiraient, et maintenant plus que jamais.

Sur ce, en homme condamné, il appela Bernabé Montoya.

— Bernie? C'est Charley. Charley Bloom. Ecoute, Je ne sais pas exactement ce que Joe a fait, je ne suis même pas sûr qu'il ait fait quelque chose, et je ne sais pas où il se cache, s'il se cache. Mais je veux que tu comprennes bien, je suis son avocat, et il a certains droits que tu connais sûrement. Et si toi et tes adjoints, vous allez à sa recherche avec une bande de chiens sauvages, et que vous le tuez de sang-froid, ou même si vous vous contentez de le bousculer un peu, je te dis tout de suite que je ferai tout ce que je peux pour vous faire pendre par les couilles, tous autant que vous êtes, même si je dois aller jusqu'à la cour suprême pour ça, compris? Je ne sais pas comment je m'y prendrai, mais tu ferais bien de t'assurer qu'il y a pas de cinglé de la gâchette dans la battue que tu vas organiser. S'il a tiré sur Pacheco, c'était un acte de légitime défense, de la manière dont on m'a raconté les choses. Et s'il ne descend pas des collines sain et sauf, je te considérerai comme personnellement responsable. Et comme je l'ai dit, ça va chauffer pour tes fesses. Je m'arrangerai pour te faire cogner avec tous les objets possible et imaginable, y compris l'évier de la cuisine.

— Hé, calme-toi, calme-toi, répondit nerveusement Bernabé. Ne t'énerves pas comme ça. Personne ne va jouer de la gâchette.

— Je voulais simplement que tu saches que c'est une situation délicate qui pourrait avoir des conséquences très graves.

— Comme si je ne le savais pas! Oh, mon Dieu, grogna Bernabé.

Il raccrocha.

Bloom reposa le récepteur, et, tête baissée, les mains devant les yeux, il versa quelques larmes paisibles.

Linda venait de mettre les enfants au lit. Assise en face de lui de l'autre côté de la pièce, elle le regardait d'un air désespéré.

— Je ne sais pas comment m'y prendre, marmonna Bloom. Je ne sais pas quoi faire. Je suis trop ambigu. Je suis une vraie lavette, ou quoi?

— T'y prendre avec quoi?

— Ça. Tout. Rien. Tout. Je ne veux pas être impliqué dans les affaires de Joe. Il a tiré sur un homme, bon sang! Je suis comme toi, je n'ai jamais eu envie de passer ma vie dans un monde de violence. Je ne veux pas être associé à un homme qui a tué. Je n'ai pas envie de défendre ce genre de cause...

Il avait l'air tendu, les traits tirés.

— J'ai peur, murmura-t-il d'une voix fatiguée. J'ai peur de perdre, j'ai peur de gagner, j'ai peur de me battre. J'ai toujours eu peur. Je veux qu'on me laisse tranquille. Toi aussi, non? J'ai passé toute ma vie à chercher des montagnes paisibles. Je ne supporte pas que le Père Noël n'existe pas. Ici, les gens...

Il se leva soudain, en faisant un grand geste de la main.

— Les gens ici, s'ils avaient rencontré le Père Noël, ils auraient été chercher leur fusil pour avoir un peu de viande de renne dans leur frigo! J'en ai marre de ces demeurés! J'en ai marre de faire tout leur sale boulot! Et de ne pas le faire aussi! Pourquoi tu leur apprendrais pas à être avocat! Pourquoi ils ne veulent pas apprendre à lire et à écrire? Tous les vendredis, quand je reviens de Chamisaville avec le *New York Times* de la semaine précédente, je me sens coupable! Et j'en ai marre de me sentir coupable!

Il se frotta les tempes, se passa les doigts dans les cheveux, fit les cent pas, s'arrêta devant la fenêtre et baissa la voix.

— On devrait acheter une arme, dit-il. Apprendre à s'en servir. Un fusil, un revolver pour la boîte à gant. Cette automne, je prends une licence de chasse. Je vais aller chasser le cerf.

Bloom s'assit.

— Je ne veux pas d'armes. Je n'ai pas envie de sentir que j'ai besoin de me protéger. J'ai quitté l'Ouest à cause de ça. Alors, qu'est-ce qu'on fiche dans ce village moyenâgeux, ou tout le monde se cure les dents à la bayonnette à longueur de journée? Tu sais comment les gosses font pour s'intoxiquer au plomb ici? Ils avalent des cartouches.30-30, voilà comment! Et tu sais pourquoi je suis épuisé? Parce que chaque fois que je monte à l'arrière d'un camion, il y a une saloperie de fusil accroché contre la vitre arrière!

Silence. C'était son discours à elle, dans sa bouche à lui. Linda regardait ses mains posées sur ses genoux, avec une impression de catastrophe imminente qui lui glaçait les os.

— Je ne sais pas, dit Bloom en secouant la tête. Je ne sais pas. Je n'aurais peut-être jamais dû quitter la côte Est. Je n'aurais jamais dû être avocat. Je n'étais pas fait pour ça. Je ne suis pas assez blindé. Je n'ai pas un sens de l'abnégation suffisant pour bien faire mon métier. Je ne sais pas pourquoi j'étais fait, si tu veux savoir la vérité. On n'aurait sans doute jamais dû se marier. Qu'est-ce qui va se passer si tout s'écroule encore une fois? Où iras-tu? Que deviendront les enfants? Comment on se supportera, comment on élèvera les filles, quand on sera séparés?

Silencieusement, sans bouger, Linda se mit à pleurer.

— Oh, merde!

Bloom se leva, tourna bêtement en rond, s'affaissa sur une chaise, prit un crayon sur son bureau et le brisa en deux. Ensuite, il en prit un autre dans un pot de cuir et le cassa également. Il aligna les morceaux sur le grand buvard vert, et prit un autre crayon pour le casser. Et un autre...

Il les cassa tous, disposa soigneusement les morceaux en ligne et resta là, les coudes sur le bureau, les mains sur le visage, la respiration haletante.

— Je ne fais aucun exercice, murmura-t-il, malheureux. Je suis un gros plein de soupe. Tous mes bourrelets se trémoussent quand je marche. Je bois trop. Deux bières avant le déjeuner. Du bourbon avant le dîner. Du vin à table. Dès que je me réveille, je me mets à grignoter. J'arrête pas de bouffer. J'allume une cigarette, je la fume, j'en allume une autre. Je bois café sur café. J'ai les mains qui tremblent; j'ai les nerfs à fleur de peau. J'ai les veines qui gonflent. Toute ma graisse tremblote à cause de la caféine, et je ne peux pas m'arrêter ! Qu'est-ce qui ne va pas chez moi ? Pourquoi tu ne fais rien pour m'aider ? Pourquoi tu ne m'empêches pas de me tuer à petit feu ? Tu comptes les minutes jusqu'à ce que je meure et que tu sois enfin libre ?

L'avocat rit amèrement. Ses veines étaient toutes gonflées, ses yeux le brûlaient, il avait mal à la tête ; en langage vernaculaire, il était complètement à plat. Peut-être qu'il se tuait vraiment à petit feu ; c'est vrai qu'il avait du mal à respirer. De s'apitoyer ainsi sur son sort lui bouchait tous les pores.

— Avant, je voyais la vie en rose, grommela Bloom. Dans ma famille, tout le monde voyait la vie en rose. On souriait le matin, à midi, le soir... Des vrais sourires de publicité Gibbs ! Personne ne se fâchait jamais, la vie était un bouquet de violettes !

De nouveau, il secouait la tête d'avant en arrière.

— Toute ma vie, j'ai attendu de grandir. Et au lieu de ça, je deviens vieux, c'est tout. J'ai horreur de vieillir. Demain, je vais aller à la capitale m'acheter une perruque, et cette crème magique qui enlève les tavelures et vous fait paraître plus jeune. Comment ça se fait qu'il n'y en a pas dans l'armoire à pharmacie ? Quand va-t-on enfin s'acheter une télévision couleur ?

Linda renifla et se frotta le nez avec le dos de la main.

— On ne baise plus, explosa soudain Bloom. Je me branle au moins deux fois par semaine. Qu'est-ce que tu dis de ça ? Et à part le jour où on est allé dans les montagnes, on fait toujours l'amour dans le noir, toujours de la même façon, c'est rasoir. J'ai envie de baiser ! Ah si seulement j'étais marié avec quelqu'un qui se débrouillait mieux au lit ! Avant, on avait une vraie vie érotique. On riait et on plaisantait dans le foin. Je crois que je ne supporterais plus longtemps ces zozoteries qui ne mènent à rien et ces baisouillages à la noix. Oh, mon Dieu !

Bloom se leva et erra dans la pièce, étourdi, touchant à tout, évitant la chaise de Linda, s'arrêtant pour tousser. Il alla à la cuisine, repéra un cure-dents, et se cura les dents. De là, il la voyait, avec ses cheveux qui blanchissaient déjà. Autrefois, c'était une fille d'une beauté sombre et sensuelle — il ne l'avait jamais considérée comme une femme — qui avait eu deux enfants par césarienne. Il l'aimait sûrement mais cela n'avait jamais été comme avec sa première femme, qu'il haïssait, mais qu'il désirait comme un forcené.

Bloom fouilla dans un pot de terre cuite, trouva une barre de chocolat qu'il engloutit.

— Oublie ce que je viens de dire, dit-il doucement. Excuse-moi, je ne vaux rien.

Linda ne bougea pas, ne dit rien. Il ne l'entendait pas pleurer — il espérait qu'elle pleurait, mais il n'osait pas entrer dans la pièce pour vérifier.

— Oublie tout, murmura-t-il en mangeant un biscuit, l'engloutissant comme un affamé. J'aurais mieux fait de me taire. Quand on devient vieux, on ferait mieux de se taire.

Mais il eut un rire ironique.

— Toute ma vie, j'ai fermé ma gueule. Quand on m'enterrera, on a intérêt à me faire rire, parce que sinon, je me mettrai à cracher tout ce que je n'ai jamais dit.

— Oh, tais-toi, dit-elle d'une voix tremblante. Va-t'en.

— Je n'ai pas envie de partir. Où irai-je ? Il y a sûrement un cinglé qui m'attend dehors pour me tirer dessus. Et de toute façon, j'ai envie de te faire mal.

— Si ça se trouve, personne ne t'attend dehors, parce que tu n'es pas aussi important que tu le crois, dit Linda.

— Oh, va te faire foutre ! cracha-t-il avant de sortir.

Dans le clair de lune, des larmes lui roulant sur les joues, il se promena autour de la maison qui n'était pas un foyer. Avait-il jamais eu un foyer ? Et à présent ? Qu'est-ce qui attendait Charley Bloom ? Il soupira. Les poneys hennissaient doucement en trottinant vers lui pour voir s'il n'avait pas un sucre, une carotte, ou autre friandise. Il caressa Sunflower sur l'échine, tout en observant les montagnes dans leur sérénité calme et fantomatique. Un jour, il s'était juré de ne jamais quitter l'océan, convaicu que son âme avait besoin de sable et des grandes étendues vertes qui s'étendaient jusqu'aux pays de ses ancêtres, en Europe. Mais les montagnes étaient aussi apaisantes pour l'âme que la mer, et elles étaient plus mystiques, plus vivantes, plus accessibles aussi.

Bloom alla dans son arrière-cour. L'herbe argentée scintillait de rosée. La vallée alentour, du moins ce qu'il pouvait en voir, était sombre et secrète, magnifique et sereine.

Demain, il partirait. Au revoir Linda, adieu les enfants ; salut Joe..., allez tous pourrir en enfer, les gosses.

Non, il ne partirait pas. Il était épuisé.

Ses filles rêvaient d'arc-en-ciel, comme tous les enfants heureux. Il les aimait. Il aimait sa femme. Et puis merde ! Les aventures dont il avait toujours rêvé, comme la paix et la tranquillité, faisaient déjà partie du passé..., un désir impossible. S'il avait joui d'une certaine liberté, il ne s'en était jamais aperçu. Joe Mondragón comptait beaucoup pour le moment, il aurait besoin d'un avocat s'il survivait, et Bloom était sans doute capable de faire un boulot correct, alors, il ferait son boulot.

Quelle importance?

Il rentra. Dans sa robe de chambre gonflante, les yeux rouges, Linda, appuyée sur le comptoir attendait que l'eau bout. Il lui fit un signe. Elle le lui rendit, en baissant les yeux. Bloom alla chercher un pull dans la chambre et l'enfila. Elle mit une cuillérée de café instantané dans les deux tasses et versa de l'eau. Appuyé contre le réfrigérateur, Charley but son café. Des chiens se mirent à aboyer pendant quelques minutes..., le vacarme cessa. Une faible odeur de putois s'engouffra dans la maison.

— Excuse-moi de me mettre si en colère, dit Bloom lentement.

Elle haussa les épaules et émit un petit son.

— Je ne sais pas..., je ne sais pas...

— Moi non plus, murmura-t-elle, les yeux rivés au sol.

— Tout ira bien demain matin..., enfin, tout ira mieux.

Après un long silence, il ajouta:

— Je t'aime.

Beaucoup plus tard dans la nuit, Bloom se réveilla après un cauchemar et vit Linda le regarder, appuyée sur un coude.

— Oh, merde! murmura-t-il désespéré..., je me sens..., je me sens si..., mortel...

— Alors, soupira Bernabé Montoya, le cochon de Pacheco a essayé de manger les haricots de José, et José a tiré sur le cochon de Pacheco. Et après, Pacheco a tiré sur José, du coup José a tiré sur Pacheco. Et moi, à cause de ce foutu cochon et de ce vieil alcolo, il faut que j'aille chercher José dans les montagnes, mais José ne voudra jamais revenir, et quelqu'un va sûrement se faire tuer, moi de préférence!

Carolina, assise sur sa chaise près de la fenêtre arrière répondit d'un air vague:

— Voyons, *querido*, ça pourrait être pire.

— Oh, que oui! murmura Bernabé d'un ton morose, en appliquant une couche de cirage sur ses chaussures.

— La balle que José a flanqué dans la poitrine de Pacheco aurait pu rebondir sur une côte, traverser la grand-route, entrer dans une oreille de Mercedes Rael et resssortir par l'autre au moment où elle lançait un caillou à Harlan Betchel, et s'enfoncer ensuite dans les gouttières du Frontier, traverser la vitre près de laquelle tu es assise, et te toucher entre les deux yeux. Oui, comme tu dis, ça aurait pu être pire.

— Je ne voulais pas..., commença Carolina, inquiète de l'amertume de son mari. Je ne pensais pas...

— Bon, bon... Excuse moi.

Bernabé chercha ses mots mais garda le silence. Soudain, il lâcha ce qu'il n'avait jamais voulu admettre:

— Je crois que j'ai peur, c'est tout.

Il sourit faiblement et haussa modestement les épaules.

Il régnait une ambiance curieuse, luminescente, dans la maison. Une averse de fin d'après-midi avait soulevé la poussière, et à présent, la brise légère semblait radieuse de poussière, de parfum de pin et d'armoise.

La pièce s'assombrissait; il s'était passé quelque chose. Ils se sentaient à vif, fragiles, à découvert. Une fissure, une fêlure s'ouvraient entre eux. Retenant son souffle, Carolina caressait ses vergetures; le soir brumeux était trop chargé de souvenirs.

— Moi aussi, j'ai peur, admit Carolina dans un chuchotement.

Ils attendaient. Ils avaient beaucoup à dire, parce qu'ils s'aimaient, qu'ils avaient failli à leurs devoirs l'un envers l'autre, qu'ils avaient du mal à articuler leurs pensées, que leur vie était à moitié terminée. Parce que, parce que, parce que...

Bernabé la piñata humaine; Carolina avec ses petites cicatrices, ses rêves de Benjamin, ses corvées quotidiennes dans la maison parmi les murmures sacrés...

La nuit dernière, aux toilettes, Bernabé avait remarqué une araignée qui tissait sa toile dans un coin à quelques pas de lui. Il l'avait observée, passivement, jusqu'à ce qu'il remarque qu'il s'agissait d'une veuve noire qui travaillait tout près de son pied. Après avoir remonté son pantalon et bouclé sa ceinture, Bernabé s'agenouilla sur le sol pour la voir œuvrer. Des centaines et des centaines de fois, il avait vu des veuves noires, et d'un revers de la main, comme tous les hommes et les femmes de Milagro, il avait éliminé la vermine. Mais, la nuit précédente, agenouillé, il avait été fasciné par cette araignée splendide qui tissait sa toile. Il resta en arrière pendant un instant, impressionné par les figures géométriques que la créature mortelle fabriquait pour survivre.

Puis, sur une de ces impulsions qui font partie des mystères les plus impénétrables et pourtant les plus réjouissants, il tendit le bras et interrompit le travail de l'araignée de son doigt, la figeant sur place dans une posture défensive. Il prit l'insecte intrigué dans la paume de la main, et l'araignée resta dans ce bol tout ridé de peau brune, haut perchée sur ses pattes d'aristocrate, terriblement dangereuse et immobile. Avec soin, Bernabé souleva la bête venimeuse jusqu'à ce que le fil qui descendait de son abdomen se brise. Il s'assit sur le bord de la baignoire et regarda l'animal d'ébène qui, d'une seule morsure, pourrait sans doute lui causer plus de désagréments qu'il n'en avait jamais connus, qui, d'une seule morsure, pouvait tuer un enfant, une vieille femme, un veillard. Et il se souvint....

Adolescent, il travaillait à la Truite Sauteuse. A cette époque, le vieux, Ladd Devine Senior, entretenait une petite serre. A une certaine période, Seferino Pacheco avait été son jardinier, et Bernabé son assistant. Chaque fois qu'ils transplantaient des graines de leur lit dans des pots de fleurs, ils tombaient sur des veuves noires qui nichaient dans une sombre remise près de la serre. La première fois que Bernabé nettoya les pots pour les transplants, Pacheco lui ordonna :

— Mets toutes ces araignées dans un bidon de lait et je te montrerais quelque chose.

Bernabé enferma les araignées femelles dans une bouteille, et quand il y en eu une trentaine, Pacheco lui annonça :

— Regarde bien.

Sur ce, l'alcoolique, qui ne l'était pas encore à l'époque, retourna la bouteille, et, comme s'il n'avait rien versé de plus dangereux que du lait, il vida les araignées sur son bras nu. Elles rampèrent, tombèrent, sautèrent sur son muscle puissant et poilu, et tremblèrent, effrayées, dangereuses... Puis elles se mirent à marcher sur son bras tandis qu'il souriait tranquillement à Bernabé, sans même daigner regarder les créatures qui ornaient sa chair vulnérable et se promenaient prudemment, se cognant les unes dans les autres, mortelles mais affolées, sans aucun désir de tuer.

— Mon Dieu ! s'exclama Bernabé.

— Tu as déjà entendu parler d'Orozco ? demanda Pacheco.

Bernabé hocha la tête.

— Et de Diego Rivera[1] ?

Toujours non.

— Et Garcia Lorca ?

Non. Non. Non.

— Ouais, c'est juste une sorte d'exercice littéraire, lui dit Pacheco, la voix pleine de mépris, adressant enfin aux insectes un regard hautain. Elles pourraient me tuer, mais elles ne le feront probablement pas. Toutes les questions sur l'âme, la mortalité, la vie et la mort, la religion, l'art, la banalité se résument dans ce jeu. Et moi ? Je leur dis simplement d'aller se faire foutre, à ces araignées !

Et Bernabé ? La nuit précédente, avec l'araignée dans sa main, il avait fini par murmurer :

— Va te faire foutre, sale araignée !

Sur ce, presque submergé par un sentiment de tristesse exacerbé, il avait claqué les mains l'une contre l'autre, tuant l'animal.

1. Peintre mexicain de la même école qu'Orozco, 1886-1957 (N.d.T.)

Près de sa fenêtre, à caresser ses vergetures, Carolina aurait aimé parler d'un souvenir, mais elle en était incapable. Ils étaient jeunes, elle et Bernabé. Ils se faisaient la cour. Il travaillait à la Truite Sauteuse, pour Pacheco, le fleuriste. Un dimanche, ils partirent en pique-nique près des lacs de l'Ours Chauve. Bernabé se mit immédiatement à pêcher. Carolina n'aimait pas spécialement la pêche, mais comme elle était amoureuse, elle lança une ligne avec son futur mari. Il se trouvait en amont, tandis qu'en aval, elle ramassait les framboises sauvages d'un rouge flamboyant et des poignées de menthe fraîche qui poussaient près des rives. D'autres bosquets croulaient sous les cassis; les papillons voletaient partout. A chaque pas, des sauterelles s'envolaient, crissant des ailes commes des gosses qui jouent avec un bâton dans les rayons de leur bicyclette.

Plus tard dans l'après-midi, les nuages s'amoncelèrent sur le lac; la grêle se mit à tomber. Ils mangèrent des tortillas, des haricots, et burent du vin de cerise; ils pique-niquèrent à l'abri, sous les épicéas et les pins. Tout autour d'eux, les grêlons rebondissaient, formant une couche blanche qui ressemblait à de la neige. Comme ils étaient amoureux et seuls, ils firent l'amour. Bernabé sentait le poisson, elle, la menthe fraîche, et leurs mains étaient toutes rouges de framboises. Ensuite, tandis que la grêle avait fait place à la pluie, ils s'allongèrent dans les eaux basses, riant et chahutant, se lavant des taches rouges qu'avaient laissées les framboises...

Trente ans plus tard, alors que Carolina dorlotait ses cicatrices et que Bernabé cirait ses chaussures avant de se rendre chez Bud Gleason, ils arrêtèrent un instant leurs activités effrénées, capturés et emprisonnés dans leurs souvenirs, pendant la durée d'un souffle. Soudain l'air devint lourd et humide du besoin de parler, de révéler les secrets, de communiquer, enfin...

Hélas, ce moment de chaleur ne dura pas et se refroidit, en même temps que l'atmosphère. La pièce sombre n'était plus embaumée que par l'odeur humide des armoises mouillées de pluie. Bernabé et Carolina, qui avaient tous deux envie de se toucher, de se cajoler, de se soutenir, voire de pleurer dans les bras l'un de l'autre en ce moment de crise, regardèrent ensemble par la fenêtre, en silence, jusqu'à ce que l'un ou l'autre commente la beauté du paysage...

Après un long silence Carolina se sentit obligée de dire:

— Il fait toujours plus sombre avant l'aube.

Bernabé roula les yeux, à demi frustré, à demi amoureux, et répondit d'un ton sarcastique :

— Bonjour les amis, bienvenue au grand bal des ténèbres !

Carolina, bien qu'un peu troublée par cette tendre moquerie, sourit tranquillement.

Presque tous ceux qui étaient impliqués dans l'affaire et le seraient encore plus le lendemain se trouvaient rassemblés dans le salon de Bud Gleason. Ils étaient sur le point de se préparer pour la nuit quand Kyril Montana arriva. Xavier Trucho, un grand maigre, abattu, cynique, à l'apparence pourtant délicate, fumait une cigarette d'un air désespéré, enfoncé dans un fauteuil. Bernabé Montoya et son adjoint, Meliton Naranjo, se tenaient appuyés contre la cheminée. Dispersés dans la pièce se trouvaient également Granny Smith, Bruno Martínez, le maire, Nick Rael, Harlan Betchel, Eusebio Lavadie et quatre hommes, deux Anglos, un Chicano qui avaient été chargés de conduire la battue, et le pilote d'hélicoptère, Mel Willard. La pièce était enfumée, quelques boîtes de bière traînaient çà et là.

— Ce vieux cinglé de Pacheco va s'en tirer, dit Trucho, d'une voix fluette, aigu, presque efféminée.

— Je sais.

— Tout est tranquille, pourtant, ajouta Trucho. Merci mon Dieu. C'est même si tranquille qu'on entendrait une gorge se faire trancher, pas vrai, monsieur Cantú?

Le maire hocha la tête, désespréré. Tout ce qu'il désirait dans la vie, c'était sa part de ce qu'écrémait les autres, et peut-être aussi passer du bon temps.

— Personne ne bouge, pas même un souriceau, dit Trucho en souriant. La seule chose à faire, c'est attendre que le jour se lève. La presse n'est pas ici, tout est calme. Silencieux. On entendrait du sang couler...

Il sourit encore.

— Qu'en pensent les gens? demanda Kyril Montana.

— Nos gens, ou les leurs? demanda Trucho.

— Je ne présenterais pas exactement les choses de cette façon.

— Ah, oui? Et qu'est-ce que vous auriez dit alors? voulut savoir Trucho.

— Et cette battue? Combien d'hommes se sont enrôlés?

Trucho fit un signe à Bernabé Montoya.

— Monsieur Montoya, de combien d'hommes disposez-vous pour demain matin?

— Trente, trente-cinq. Tous armés, dit Bernabé.

— Salut, Mel, dit Kyril Montana au pilote, excuse-moi, je ne t'avais pas vu.

Mel lui rendit son signe et sourit.

— Ici, les gens, commença Trucho après un silence, mal à l'aise, ils pensent que ça fait longtemps que Joe n'était pas retourné dans les montagnes. Ils croient qu'il ne s'écartera pas des sentiers battus. Il y a une poignée de petits lacs dans la direction où il est parti.

— Les lacs de l'Ours Chauve, dit Kyril Montana.

— Ouais, comment vous les appelez par ici, monsieur Montoya?

— Osito Calvo.

— Les lacs Osito Calvo, dit Trucho en se penchant pour écraser sa cigarette. Il est possible qu'il aille par là, mais rien n'est moins sûr. On n'en sait rien, personne ne peut dire, en fait, personne ne sait rien. Il aurait pu faire demi- tour et rentrer en ville, d'après ce qu'on sait. Ou aller à Juarez en stop. Ou à Denver. Toutes les directions sont ouvertes...

Bud Gleason éternua.

— Je ne pense pas qu'il quitte son territoire natal, dit Eusebio Lavadie.

— Ce que veut dire M. Lavadie, c'est que c'est là que se trouve son peuple. Les siens. Vous comprenez? Alors on peut imaginer qu'il ne va pas trop s'éloigner. Pete Gillian garde un œil sur sa maison et sur celle de l'avocat aussi. M. Martínez et M. Smith ici présents vont sans doute aller parler à sa femme demain, et peut-être aussi rendre une petite visite à l'avocat, M. Bloom, histoire de s'assurer qu'ils n'ont pas d'invité imprévu. Mais j'en doute. Pour moi, Joe Mondragón est toujours en train de se geler les fesses dans les montagnes. Et même si cela fait longtemps qu'il n'y est pas allé, il les connaît comme ses poches. Et on ne va pas le faire sortir des buissons en cinq minutes comme un vulgaire lapin, dit Trucho avant de se lever brusquement. Bon, j'ai des choses à faire à la capitale. Je dois rentrer. Kyril, vois avec M. Montoya, Granny et Bruno, ils vont t'informer.

Il fit un vague salut, haussa les épaules et sortit.

— Où allez-vous vous retrouver demain matin ?

— Ici, dit Bernabé, nous avons donné rendez-vous à tout le monde ici.

— Ouais, confirma Bud Gleason, fort nerveux. Ça devrait aller...

— Je suppose que cette histoire va être traitée comme un incident local avant tout ? dit l'agent.

Bruno Martínez hocha la tête.

— Ouais, c'est ce qu'on nous a demandé. Bernie, c'est sur ton terrain, ta juridiction, comme on dit, pas vrai, Bernie ?

— Ça en a tout l'air, j'ai bien peur..., dit Bernie d'un ton morose.

— Qui est chargé de recencer les armes ?

— Hein ?

— Demain matin, quand les hommes arriveront pour la battue, il faudra relever la description de l'arme, le numéro de série, la quantité, la marque et le calibre des munitions. S'il y a un accident malheureux, cela ne fera pas de mal de savoir qui est responsable. Je n'ai sans doute pas besoin d'insister sur le fait que la meilleure chose qui puisse arriver, c'est qu'on retrouve Joe Mondragón sain et sauf, et bien vivant.

— N'oubliez pas que ce petit salopard est armé, dit Bruno Martínez.

L'agent s'assit. Tranquillement, se sentant soudain fatigué, il voulait dire ce qu'il avait à dire devant le plus grand nombre de témoins possible :

— Si l'un de vos trente-cinq fusils tue Joe demain, les ennuis sérieux vont commencer. Ça fera une mauvaise publicité et cette petite ville connaîtra vraiment un sale quart d'heure, vous voyez ce que je veux dire ? Est-ce que quelqu'un a déjà parlé avec sa femme ?

— Elle a claqué la porte au nez de Trucho.

— Et l'avocat ?

Personne ne dit rien pendant un instant. Granny Smith finit par prendre la parole.

— Trucho pensait qu'à ce point, cela ne servirait à rien. Demain, peut-être.

— Alors, qui fait quoi, avant le lever du jour ?

— Les gars sur la grand-route vont rester jusqu'à l'aube, et ensuite, Bruno et moi, on relayera l'équipe située au nord, et je ne sais pas qui viendra de Chamisaville, mais ils nous enverrons deux hommes pour remplacer McKay et Buddy. Trucho a dit de monter la garde jusqu'à midi et de laisser tomber.

— Et Mel? Il ne va pas voler tout seul?

L'adjoint au sheriff de Milagro, Meliton Naranjo, leva la main jusqu'au niveau de la taille et murmura des propos inintelligibles.

— Il vient avec moi, expliqua Mel. A moins que tu ne veuilles modifier les décisions de Trucho.

— Non, ça me convient parfaitement. Bon, je suppose qu'on ferait aussi bien de fermer un œil.

— Si vous voulez, il y a quelqu'un qui peut dormir sur le divan, il y a aussi une chambre d'amis, et je peux installer des matelas dans la chambre de Katie, ma fille.

Les deux policiers en civils et Kyril Montana hochèrent la tête.

— Nous retournons à Doña Luz, dit Bruno. Il y a des matelas au fond, alors on va sans doute rester au commissariat, au cas où l'on apprenne quelque chose.

— Merci, Bud, mais je crois que je vais aller faire un tour. Je ferai un somme dans ma voiture.

— Ky, Tu es chez toi..., commença Bud, mais l'agent l'interrompit.

— Non, je vais faire un tour avant. Je reviendrai plus tard et je me garerai dans ta cour, si tu n'y vois pas d'inconvénients. Mais je finirai sûrement avec une des équipes sur la grand-route.

Mal à l'aise, ils se séparèrent. Kyril Montana attendit dans sa voiture jusqu'à ce que les autres fussent partis, mais, au lieu d'aller vers l'est en direction de la grand-route, il tourna à droite, vers les montagnes, et, une fois encore, il grimpa le chemin sinueux de la colline Capulin jusqu'au château d'eau, sur lequel nombre de collégiens avaient gravé leur nom.

Là, la radio éteinte pour que les crachotements ne troublent pas sa concentration, il observa la ville par la fenêtre ouverte. De grands écrans d'orage lumineux s'allumaient de temps à autre sur la gorge, à l'ouest. De sombres nuages, qui pourtant n'annonçaient pas l'orage, restaient suspendus sur les sommets à l'est derrière lui. Kyril Montana se demandait s'il avait grêlé ou neigé en hauteur, événement assez fréquent, même en juillet, à quatre mille mètres d'altitude.

Au-dessus de Milagro, la lune claire, presque pleine, brillait dans le ciel; dans la ville, plongée dans une obscure clarté, les arbres et les maisons projetaient des ombres noires. Seules quelques lumières brûlaient; d'une demi-douzaine de cheminées s'échappait une fumée de pin, presque phosphorescente, qui se dissipait en un plat nuage et s'infiltrait dans le feuillage des cotonniers. Dans les champs, les vaches reposaient sur le flanc: ailleurs, des chevaux flânaient paisiblement. Sur la route les voitures de police étaient visibles de loin. Toutes les dix ou quinze minutes, une voiture solitaire longeait la grand-route; à ce moment, les girophares des voitures de patrouille s'allumaient, et on faisait un signe pour que le véhicule s'arrête. Des étincelles scintillaient sur la route pendant un instant, puis la voiture démarrait, et tout s'éteignait pour replonger dans l'immobilité.

Etrangement, aucun insecte ne chantait; chiens et coyotes gardaient le silence. L'agent épiait, à l'affût d'un mouvement dans les maisons, d'une ombre mouvante entre les bâtiments ou les cotonniers sur les rives sombres de l'Indian Creek. A tout moment, il s'attendait à voir, tous phares éteints, une voiture surgir d'un chemin boueux, prenant subrepticement la fuite. Mais rien ne se produisit. Rien dans le cœur de la ville miniature, rien dans les champs alentours, rien du côté de chez Mondragón ou de chez Bloom.

Des chauves-souris voletèrent près de la voiture, poussant leurs cris suraigus avant de disparaître. Une vache meugla, quelque chose toussa; un mouton fit tinter sa cloche en bougeant. Sans un instant de répit, l'agent scrutait la ville, les routes, les arbres, marquant une pause pour inspecter de plus près tout ce qui lui paraissait le plus légèrement déplacé, disséquant la ville et ses environs, pour la disséquer encore à l'affut d'un incident, attendant que Joe Mondragón apparaisse, en route pour la maison ou la grand-route. Qu'allait-il faire? L'agent ne le savait pas, n'avait aucun moyen de le savoir.

A un moment donné, sans relâcher sa veille, l'agent se servit un café du thermos et mangea les sandwiches au poulet de Marilyn. Ensuite, il sortit se dégourdir les jambes. La nuit était froide, presque assez froide pour le givre. Il devait geler en hauteur.

Vers trois heures et demie, il se rendit soudain compte qu'il avait oublié d'appeler sa femme. Ce genre de lapsus le troublait énormément, et pendant cinq minutes, il fut incapable de ce concentrer sur le paysage à ses pieds. Ce n'était pas son genre de commettre des impairs. Mais c'était encore moins son genre de se laisser abattre par des détails, il se força donc à n'y plus penser et but un autre café. Il s'aperçut qu'il était épuisé. Il remonta à demi la fenêtre du chauffeur, s'enfonça sous le volant et s'endormit.

Il se réveilla en sursaut une heure plus tard, juste avant l'aube. Le paysage était plein d'activité à présent; le bétail, les chevaux et les moutons se déplaçaient, les clochettes tintaient, les oiseaux, pies, oiseaux bleus et pluviers voletaient partout. L'air s'emplissait de sons, et, dans la vallée, les cheminées crachaient leurs fumées blanches et odorantes.

Déjà plusieurs voitures et chevaux se trouvaient dans la cour de Bud Gleason. L'agent alluma sa radio, et, tout en regardant les véhicules arriver, il contacta Doña Luz et les postes sur la grand-route, pour voir s'il s'était passé quelque chose. On l'informa qu'à deux heures quarante-cinq il y avait eu un accident sur le pont de Chamisaville. Un camion avait heurté un cheval et était tombé dans le Pueblo Creek, tuant les passagers, une vieille femme de soixante ans, sa fille de vingt-deux ans, et sa petite fille de cinq mois. C'était tout.

Kyril Montana profita encore d'un instant de paix sur la colline surplombant Milagro, à écouter le bavardage des pies et le chant des coqs. Puis, sous le ciel translucide qui se teintait de rose et d'azur, avec la lune qui brillait toujours intensément, il se rendit chez Bud Gleason.

Il y avait déjà cinq voitures garées dans la cour. Huit hommes rassemblés en un seul groupe fumaient et bavardaient tranquillement, l'un d'eux avait une bouteille à la main. Dès que l'agent arriva, Bernabé se détacha du groupe et se dirigea vers la voiture banalisée. Se penchant à la fenêtre pour être au même niveau que son interlocuteur, il annonça:

— Ce champ, là-bas..., quelqu'un l'a irrigué cette nuit.

— Celui de Joe?

— Bravo, bien deviné!

— Qui?

— Comment je saurais? Il y a encore quelque chose...

— Quoi?

— Ils ont pris le cochon. Le cochon de Pacheco. On l'avait laissé là. Alors, ils l'ont pris. Ils l'ont sans doute découpé, je ne sais pas. Mais il a disparu.

Kyril Montana ouvrit sa porte et sortit.

— Personne n'a rien vu?

— Vous plaisantez!

— C'est Joe qui l'a irrigué?

— Je suis sûr que non, dit Bernabé.

— Comment le savez-vous?

— Ça se sent, dit le sheriff d'un ton morose. C'est tout.

Puis, après un instant de silence presque désespéré, il ajouta:

— Vous pensez que ça vaut vraiment la peine d'aller dans la montagne?

— Oui.

Kyril Montana regarda le ciel. Déjà, les lueurs roses s'étaient évanouies, remplacées par des mauves délicats entrelacés de nuages cotonneux. Il entendit l'hélicoptère arriver du sud, et quelques minutes plus tard, Mel Willard avait posé son appareil dans un champ de luzerne derrière l'opulente demeure de Bud Gleason. A ce moment, une vingtaine d'hommes se trouvaient dans la cour; certains étudiaient des cartes d'état major étalées sur les capots de voiture.

C'était l'aube: le moment de se lancer à la chasse de Joe Mondragón.

Tandis que la battue avançait tranquillement à pied vers les montagnes de Minuit, Milagro s'éveillait, comme à son habitude. Dans une centaine de maisons, les feux commencèrent à crépiter dans les poêles mixtes des cuisines, et les hommes, portant déjà leurs cuissardes, déjeunaient tranquillement avec leurs femmes et leurs enfants. Le camion du laitier s'arrêta devant le magasin de Rael avant même que le grand jour baigne la petite communauté, et le chauffeur, Johnnie Gomez, descendit les caisses de lait sur le porche, tandis que Jerry, le fils de Rael les rentrait à l'intérieur. Avant que le laitier ne fût reparti, Tim Goldhorn arrêta son camion chargé de bière devant le magasin, et pendant que les cartons de packs de six s'entassaient dans le réfrigérateur du magasin, le bus Trailways arriva.

En garant son véhicule encombrant sur la place, qui fut immédiatement assailli par les gravillons de Mercedes Rael, Bill Thorpe annonça : « Milagro » dans le micro. Un petit homme pâle, nerveux, portant un chapeau de cow-boy tout déformé et taché de sueur, une vilaine valise de carton fermée par des bouts de ficelle grasse à la main, avança à travers le nuage de fumée et les ronflements des voyageurs exténués et descendit d'un pas chancelant les marches qui menaient à sa terre natale. Là, il resta un moment, éberlué à côté de sa valise, tandis que Bill Thorpe ouvrait les coffres latéraux, pour que Nick puisse y ranger un paquet. Ensuite, Bill jeta sur le sol un tas de *Reporter* de Capital City sur le sol. Au même instant, un homme aux cheveux en brosse, en T-shirt, salopette et chaussures de tennis se propulsa maladroitement sous le porche et prit le lourd fardeau dans ses bras.

Cet homme d'âge mûr n'était autre qu'Onofre Jesus Martínez,

le fils demeuré du manchot, Onofre Martínez; c'était aussi le distributeur de journaux de la ville.

Il hissa le paquet sur le porche, sortit un canif, coupa les ficelles, et, les sourcils froncés, il compta laborieusement les dix exemplaires destinés au magasin.

— Alors, comment ça va? demanda Bill Thorpe en tirant joyeusement la langue à Mercedes et en prenant le ticket de bagage de Nick.

— Oh, y a pas à se plaindre, y a pas à se plaindre.

— Ah, tu peux remercier ta bonne étoile, de vivre dans une petite ville tranquille où tout ce que tu risques, c'est de tomber sur un maniaque de la hache et de te recevoir des gravillons d'une vieille cinglée, plaisanta Bill. Si t'avais vu ce brouillard ce matin! Et ça puait!

Nick sourit en fourrant dans sa poche les reçus que lui avait donné Bill. Le chauffeur fit un signe en direction du passager qui venait de descendre.

— Tu le connais, celui-là? Il est d'ici? Il parle pas un mot d'anglais. C'est peut-être un clandestin. Il est monté à la capitale...

— Oui, c'est Snuffy Ledoux, dit Nick. Il est du coin. Ça fait un moment qu'on n'avait pas entendu parler de lui, et, en espagnol, il dit à Snuffy: Salut, cousin, bon retour chez nous!

— Tu crois qu'il est normal? demanda Bill. J'aimerais pas te laisser un autre maniaque...

— Oh, tu sais, dit Nick en souriant, il est aussi normal que les gens du coin.

Bill se mit à rire et remonta dans son bus.

— A la prochaine, cria-t-il tandis que les portes se fermaient dans un sifflement.

Il avait commençé son voyage trois heures et demie plus tôt, et conduirait encore pendant une heure vers le nord, jusqu'à Fort Dempsey, Colorado, avalerait un deuxième petit déjeuner à la gare routière, se promènerait pendant quelques heures, reprendrait la route du Sud et arriverait à El Paso vers une heure.

Quand le nuage bleu des fumées du bus délabré se fût dissipé, Snuffy Ledoux sortit de sa torpeur. Il laissa la valise là où elle était, traversa le porche, et, faisant un signe à O.J. qui le regarda à peine, il entra dans le magasin.

— Ça faisait un bail..., dit-il en espagnol à Nick.

— Ouais, pour ça..., je ne t'ai pas vu depuis je ne sais plus combien d'années.

— Neuf ans. Je travaillais à la capitale. J'étais gardien du terrain de base-ball.

— Eh ben, t'en avais de la veine, tu pouvais regarder tous les matches à l'œil.

— Je gagnais pas grand-chose, dit Snuffy tristement. D'ailleurs, je n'ai pas un sou vaillant. Alors, il me faudrait deux ou trois bricoles à crédit.

Nick haussa les épaules.

— Pas de problèmes. Tu as un chèque de l'Etat?

— Ça devrait arriver lundi.

— Parfait, ça ira comme ça. Prends ce que tu veux.

— D'accord. Donne-moi un paquet de Camel et une Coors. Non, attends, on boycotte la Coors en ce moment, donne-moi plutôt des Hamms.

— Prends-les dans le frigo.

Nick posa les cigarettes sur le comptoir, prit son registre à la lettre L, ouvrit une page au nom de Snuffy avec la liste des articles et leur prix. Il posa le registre sur le comptoir, prêta un stylo à bille à Snuffy qui signa d'une croix tremblante à côté de laquelle Nick écrivit son nom.

— Ça va?

— C'est parfait.

— Bon, merci alors...

Dehors, Snuffy s'assit sur les marches, fuma une cigarette, et savourait sa bière pendant que O.J. comptait et recomptait ses journaux. Le Frontier était toujours fermé; des papillons dansaient frénétiquement dans l'air, zizaguaient à travers la place. De l'autre côté, dans la poussière, des hirondelles à queue fourchue s'abreuvaient du nectar des lilas en fleurs près du Pilar. Harlan Betchel n'avait pas encore ouvert; derrière la vitrine, Brutus, le chien de garde, observait O.J. et Snuffy Ledoux d'un œil alerte. Comme à l'accoutumée, la place était jonchée de centaines de fragments de contraventions récemment déchirées qui ressemblaient à des étoiles de boue.

En lui faisant signe avec sa bière, Snuffy demanda à O.J.:

— Le vieux Tranquilino Jeantete, c'est toujours lui qui tient le bar?

Le marchand de journaux de quarante ans qui ne parlait pas un mot d'espagnol se contenta de le regarder d'un air suspicieux.

— C'est drôlement tranquille par ici, remarqua Snuffy gaiement. Qu'est-ce qui se passe, mon gars? Qui a fait quoi et à qui?

O.J. fronça les sourcils et pencha la tête.

— Ça fait neuf ans que j'étais parti, dit Snuffy en levant neuf doigts en l'air pour que le demeuré le comprenne. Neuf ans, ça fait un bail ! Qu'est-ce qui s'est passé depuis ? S'il s'est passé quelque chose ?

— Parle anglais, dit O.J.

Snuffy haussa les épaules, écrasa la boîte d'aluminium, la jeta dans les mauvaises herbes près du porche, se leva et s'étira, toujours en souriant.

— Neuf ans, espèce d'andouille. Neuf ans, tu te rends compte ? Pendant neuf ans, j'ai travaillé et j'ai pas un sou de côté.

Il retourna ses poches pour prouver ses dires.

— Pas un peso ! Tu vois ?

Il sorti un portefeuille de sa poche arrière et montra qu'il était vide.

Le marchand de journaux haussa les épaules et détourna son regard hostile.

— Bon, roucoula joyeusement Snuffy. Je suis de retour, pas vrai ? Ouais, je suis de retour.

Il alluma une cigarette, et, avec un grand sourire qui lui fendait le visage, il se mit à rire pour rien, en extase devant la ville, devant la beauté de la matinée cristalline.

— Ah, non, pour ça, j'ai pas fait fortune là-bas. Je ne suis pas revenu chez moi avec une Cadillac en or, oh, non m'sieur. J'ai pas fait fortune !

Il retourna au magasin et signa d'une autre croix pour une nouvelle bière.

Avec trente journaux sous son bras puissant, O.J. Martínez s'enfonça dans les allées de terre battue pour apporter la bonne nouvelle à Milagro. Partout où l'emmenaient ses talons, les chiens aboyaient ; O.J. grognait ou parfois même leur crachait dessus, ce qui ne faisait qu'enrager un peu plus les corniauds dévorés par les mouches. Hommes et enfants qui étaient déjà dans les champs levaient les yeux et riaient ; les femmes le regardaient s'approcher de leur perron ou de leur véranda. Fronçant les sourcils, sérieux comme un pape, tremblant de peur de se tromper, le demeuré parcourait la ville, sans s'occuper des colibris qui sifflotaient autour des abondantes roses trémières, jetant des regards féroces aux pies étincelantes, se recroquevillant presque de douleur quand les poules, les oies, les dindes ajoutaient leurs cris, leurs gloussements pointus à la cacophonie canine, qui, tous les jours sauf le samedi (où le *Reporter* ne sortait pas) traînait à ses talons, où qu'il aille.

O.J. revint au magasin vers huit heures, sa tâche accomplie. La ville se calma. Exténué, le demeuré s'acheta un soda à l'orange et une barre de beurre de cacahuète dans le distributeur du porche et s'assit aussi loin que possible de Snuffy Ledoux qui sirotait allègrement sa quatrième bière.

— Mon Dieu, t'en fais un raffut en livrant tes journaux! dit Snuffy en riant. On dirait un chat avec une batterie de casseroles attachées à la queue.

Un camion d'un jaune délavé s'arrêta tout près de là. Esquipula Gurulé, sa femme, Fructosa, et leurs enfants, Emma Jean, Filiberto et Bobby, tous armés de sacs de patates, sautèrent du camion pour ratisser les boîtes de bière vide. De bon matin déjà, ils avaient une douzaine de sacs remplis à l'arrière; au milieu de la matinée, quand ils avaient drainé les rives de l'Indian Creek où tout le monde allait boire ou baiser, leur camion serait bien chargé. Ensuite, ils prendraient la route du centre de recyclage de Capital City, complétant leur quota en chemin, généralement grâce aux coins des amoureux sur la route de Doña Luz. Tous les jours de la semaine, de six heures du matin à midi, ils collectaient les boîtes d'aluminium, et arrivaient toujours au centre avec un camion plein. En effectuant ce travail à temps plein, la famille gagnait sa vie.

Tandis que les Gurulé fouinaient du regard les mauvaises herbes, les coins et les recoins, Snuffy Ledoux leur cria soudain:

— Hé, les gars, je suis de retour! Regardez, regardez! C'est moi!

Fructosa Gurulé se redressa, et, les mains sur les hanches, demanda d'un ton neutre:

— Comment ça se fait que t'es revenu?

— J'avais le mal du pays.

— Eh bien, gémit amèrement Fructosa, c'est pire qu'avant. Enfin, bienvenue quand même, mais t'arrive nulle part.

— Qu'est-ce qui se passe? demanda Snuffy, impatient. Qui est vivant, qui est mort depuis que je suis parti? Combien de fric le Zopilote a gagné sur le dos de mes sœurs et de mes frères?

— Seferino Pacheco va mourir. Hier, Joe Mondragón a trouvé son cochon dans le carré où il fait du haricot, du côté ouest, là où on a pas le droit d'irriguer. Alors, il l'a tué. Et Seferino, pour se venger, il a tiré sur Joe. Et Joe Mondragón, eh ben, il a tiré aussi.

— Ne me dites rien, laissez-moi deviner, ricana Snuffy. Ils ont emmené José à la prison de Chamisaville, et ils l'ont pendu au plafond en lui accrochant des hameçons plein les oreilles.

— Il n'y a pas de quoi rire, soupira Fructosa. Il s'est sauvé dans les montagnes. Ils font une battue, et quand ils le trouveront, ils le tueront.

— Non, ils ne vont pas le tuer, dit Esquipula. Ils ne feraient pas ça. C'est l'un des nôtres.

— Oh si, qu'ils le tueront, déclara Fructosa. Il paraît que le Zopi Devine, ils les a payés pour tuer Joe. Tu verras. Tu verras bien, menaça-t-elle d'un ton sombre, en reprenant son travail.

— Ne l'écoute pas, ils vont pas le tuer, répéta Esquipula sur un ton d'excuse. Mais de toute façon, quoi qu'il arrive, la situation n'est pas brillante. On va avoir des sacrés emmerdes!

— Tout ce que j'espère, grommela Fructosa, c'est que tu restes en dehors de tout ça.

— Pourquoi? Il va y avoir la guerre? demanda Snuffy d'un ton incrédule.

— La guerre? C'est quoi la guerre? se plaignit Fructosa. Tous les jours, c'est la guerre. Rien que pour survivre, c'est la guerre. Regarde ce qu'on est obligé de faire pour gagner notre vie! Et il vaudrait mieux que tu n'aies plus besoin de sculpter des Ours Smokey!

— Je vais faire des santons et les vendre aux touristes dans le canyon, dit Snuffy en riant. J'en ai plein la valise, des petites merveilles!

— T'as pas de honte! gémit Fructosa.

— Quoi, c'est la reine des canettes qui me dit que j'ai pas de honte! Attends un peu de voir ça, répondit Snuffy en se penchant pour ramasser sa valise.

Avec dextérité, il ouvrit la lame de son canif, coupa les cordes qui fermaient la valise et les deux moitiés s'ouvrirent. Il y avait une demi-douzaine de paquets emballés dans du papier journal. Snuffy en défit un et prit une sculpture grossière d'une vierge efflanquée aux yeux creux, serrant un gros bébé hurlant dans ses bras.

— *Ai Chihuahua!* s'exclama Fructosa pleine de dédain. C'est horrible! Qu'est-ce que c'est que ça? Un santon aussi irreligieux!

Esquipula plissa les yeux, pencha la tête et tordit la lèvre supérieure.

— C'est complètement fou, finit-il par murmurer. Qui va acheter un truc aussi débile? C'est affreux! Qu'est-ce qui t'es arrivé à la capitale?

— Bon, dit Snuffy. D'accord, je vais me remettre aux ours.

— Il manquait plus que ça! gémit Fructosa en roulant les

yeux. Comme si cela n'allait pas déjà assez mal, il faut que tu viennes pour empirer les choses!

Amarante Córdova apparut, chancelant sous le poids de son six coups archaïque. Ignorant les présents, il traversa la scène sans même un bonjour, poussa la porte du bar et plongea à l'intérieur.

Snuffy remballa ses santons et referma la valise.

— Amarante Córdova est toujours en vie, murmura-t-il, incrédule, avant de se mettre à hurler joyeusement: Amarante Córdova est toujours vivant!

— Les voies du Seigneur sont impénétrables, murmura Fructosa d'un ton malheureux. Mon frère, Doñald, c'était un bon travailleur, il buvait pas, il prenait soin de sa famille, il sortait jamais la nuit, il n'a jamais eu d'accident de voiture ni d'opération, on lui a même pas enlevé les amygdales, mais il s'est étouffé avec un os de poulet l'an dernier à Nouvel An, et il en est mort. Et ce vieux hibou est toujours vivant! Saoul du matin au soir, été comme hiver, à faire peur aux enfants avec ses trois dents pourries. J'y comprends rien.

Les Gurulé se regroupèrent autour du camion et balancèrent leurs sacs par-dessus le hayon; les enfants grimpèrent à l'arrière, tandis que Esquipula et la sombre Fructosa se hissèrent dans la cabine en faisant un signe distant à Snuffy. Alors que le camion s'éloignait en cahotant vers la grand-route, Amarante Córdova sortit du Frontier, un pack de six serré contre sa poitrine.

— Hé, le vieux, où tu vas avec toute cette bière? demanda Snuffy. Tu ne vas pas boire ça à toi tout seul?

Feignant de ne rien entendre, Amarante se hâta aussi vite que le lui permettait ses jambes arquées et malades, terrifiant quelques sauterelles jaune et vert sur son chemin.

— Hé, m'sieur Amarante, m'sieur! s'écria Snuffy, mais le vieux fit la sourde oreille.

Snuffy entreprit des contorsions compliquées pour se remettre sur pieds, chancela pendant un moment, puis retourna au magasin signer une ardoise pour un pack de six, des saucisses Slim Jim, et des pignons grillés. Dehors, il passa cinq longues minutes à rattacher mollement les ficelles pour fermer sa valise, puis, cette tâche plus ou moins accomplie, il souleva la valise dans un grognement et se dirigea vers l'ouest.

Quelques minutes plus tard, Snuffy se retrouva près du fossé longeant le champ de Joe Mondragón.

— Qui aurait pensé? s'exclama-t-il en riant et en s'éventant son visage en sueur avec son chapeau crasseux. Regardez-moi un peu ça, les amis!

Assis par terre, il alluma une cigarette, et, pendant, près de cinq minutes, il ne put détacher son regard du champ. Tout était tranquille; sous le soleil brûlant, les pies perchées dans les cotonniers gardaient le silence. Au sud, un faucon à queue rouge qui tournoyait dans le ciel piqua sur un groupe de chiens de prairie, mais revint bredouille. Les montagnes, les sommets à l'est, et les lointains plateaux au sud n'avaient pas des contours aussi nets que dans le souvenir de Snuffy: une brume basse et parcheminée les obscursissait par endroits; ailleurs, tout s'estompait dans une blancheur laiteuse. La vue s'étendait jusqu'à près de quatre-vingt kilomètres, mais on disait que plus jamais, il ne serait possible de voir au-delà de cent cinquante kilomètres. La plupart des déchets en suspension dans l'air, affirmaient les spécialistes, provenaient des usines alimentées au charbon, à deux cents kilomètres à l'ouest de Milagro. Un jour, prétendaient ces prêchi-prêcha de l'écologie qui connaissaient bien la question, les plateaux déserts et les villages verdoyants comme Milagro disparaîtraient sous des nuages de pollution aussi denses que ceux qui flottaient au-dessus de Los Angeles et New York.

Snuffy qui ne voyait guère la différence entre la pollution et un canard à bec plat se leva, déboutonna sa braguette et laissant errer son regard sensuellement sur les pentes verdoyantes, pissa dans le champ de Joe. Le lendemain, ou le surlendemain, pensa-t-il, quand les flics et les joyeux lurons de la gâchette descendraient de la colline, il irait passer quelques jours dans la montagne avec son sac de couchage, une petite dose de marijuana, une canne à pêche et quelques mouches artificielles. Des années auparavant, c'était un enfant de la montagne, comme presque tous les gamins de Milagro. Il y passait l'été à garder les moutons, les chèvres, le bétail, à s'amuser avec le pistolet d'alarme de son oncle. Couché sous les étoiles, il écoutait les détonations du pistolet et les stupides bruits animaliers...

Tout d'un coup, Snuffy fut submergé par une vague de tristesse et de remords paralysante; il caressa sa petite bedaine, tordit ses doigts tachés de nicotine. Mais qu'il soit damné s'il se complaisait dans les gloires ou les échecs passés; Snuffy n'arrivait pas à se lamenter sur les opportunités perdues, pas plus que sur l'immense insécurité du moment présent. En fait, il se fichait pas mal de l'avenir aussi. Pourquoi s'en faire pour des occasions qu'il n'aurait jamais? La vie était la vie, les jours se suivaient l'un après l'autre, et il les prenaient comme ils venaient.

Avec un dernier regard affectueux sur le champ de haricots, le sculpteur repris son chemin, trébuchant çà et là sur le chemin de terre, laissant derrière lui les sauterelles agitées et les papillons affolés. Il passa devant la maison en ruines d'Amarante Córdova, et longea une bâtisse délabrée qui avait autrefois appartenue aux Ledoux, aujourd'hui presque tous employés dans les aciéries de Pueblo, Colorado.

Le toit s'était écroulé depuis le jour où Tommy Bascomb était sorti avec cent dix statuettes de Smokey; des mauvaises herbes poussaient dans toutes les pièces. Les cabinets extérieurs s'étaient effondrés; l'abri du puits penchait dangereusement, mais y avait-t-il de neuf? Les remises à outils, la grange, n'étaient plus qu'un tas de pierres et de clous rouillés. Une charrue, un tracteur enrayé, un van à chevaux sans panneaux de côté ni pneus gisaient alentour. Aussi vieux que les collines, ricana Snuffy, mais en bien plus mauvais état!

Il déposa sa valise dans la cuisine près d'une glacière sans couvercle, et passa devant les outils et machines délabrés pour aller au champ où l'on voyait encore les traces de fossés, autrefois remplis d'eau, artères vitales de la terre. Il traversa un champ, puis un autre, passant par-dessus les fils barbelés, ses bières et ses saucisses dans un sac sous le bras, et après deux kilomètres d'herbes jaunes d'une zone autrefois irriguée, il arriva dans une étendue d'armoise.

Content, presque joyeux, Snuffy pénétra dans les hautes herbes et continua vers l'est, en direction des gorges. Dans un coin idéal au milieu de nulle part, baigné du parfum de lavande, il s'installa et ouvrit une bière. Au-dessus des gorges, des busards tournoyaient. Un corbeau plana à la verticale. Snuffy se sentait immergé dans un silence religieux, immobile. Cela faisait plus de dix ans qu'il n'avait été si heureux : une sérénité étincelante, éblouissante, miraculeuse. Snuffy rayonnait; le plateau respirait à peine, le jour restait suspendu, retenant son souffle, comme un lapin terrifié. Un lézard à queue bleue se faufila à ses pieds. Des fourmis rampaient tout autour de lui; elles avaient construit de hautes fourmilières de sable dans la lavande.

Après un séjour pacifique, Snuffy se leva et se fraya lentement un chemin vers l'ouest jusqu'à la crête des gorges. Deux cent cinquante mètres plus bas coulait le fleuve qui descendait des montagnes du Colorado pour se jeter dans le Golfe du Mexique. Snuffy jeta une boîte de bière en l'air, fasciné par sa trajectoire. Des hirondelles s'envolèrent du flanc de la falaise; en contrebas, leurs dos verts et leurs queues blanches mouchetées scintillaient au soleil. Snuffy fit encore une centaine de mètres vers le nord, pour atteindre un sentier qu'il savait là, une piste étroite qui descendait jusqu'à la rive, là où jaillissaient deux sources chaudes.

Par instant, pendant la descente, on aurait cru que Snuffy allait glisser et voguer entre les parois silencieuses, tel un rêveur suicidaire et romantique, planant vers le ruban vert. Mais il ne perdait jamais totalement l'équilibre, dix ans n'avaient pas suffi pour lui faire tout oublier et, un quart d'heure plus tard, il parvint à la rive.

Un serpent à sonnettes siffla; Snuffy ramassa un bâton et l'écrasa.

Entouré d'immenses blocs de pierre, il y avait un bassin peu profond, d'une vingtaine de mètres, tout près de la rive. L'autre bassin, à peine plus grand qu'une baignoire jouxtait la rive, au même niveau que le fleuve. On pouvait se baigner parmi les bulles pétillantes, le nez au niveau de la rivière glacée, à quelques centimètres du courant rapide qui grondait derrière un fragile mur de pierre volcanique.

Snuffy se déshabilla, et, une bière dans une main, un joint dans l'autre, il plongea dans la baignoire, la tête appuyée sur un rocher aux formes souples, avec le Rio Grande qui roulait ses eaux à quelques centimètres de ses doigts de pieds en éventail. Et, savourant sa bière, il se souvenait des fêtes d'antan, où la jeunesse de Milagro flirtait dans les buissons, plongeait ensemble, se défiait mutuellement de sauter dans les eaux noires et de nager dans le courant meurtrier qui abritait en son sein sorcières et autres monstres aquatiques.

Un jour, il y avait bien longtemps, alors que Snuffy pêchait près de la source chaude, il avait entendu des voix venir du plus grand des bassins. C'était Joe Mondragón qui batifolait avec une jeune fille, Nancy Quintana. En silence, Snuffy rampa dans les buissons et les vit se baigner nus, Joe mordant avidement les chairs rondes de Nancy; la fraîche brise d'automne sifflait sur la rivière. Snuffy les regarda faire l'amour dans ce bol de sable, leurs corps tout fumants dans l'obscurité glacée; ils claquaient des dents malgré l'eau chaude qui bouillonnait autour de leurs jeunes corps... Il se mit à neiger. Ils continuèrent à faire l'amour jusqu'à épuisement, et restèrent allongés dans l'eau, totalement immergés, seules leurs têtes et l'érection persistante de Joe dépassant de l'eau, et regardèrent descendre lentement le sombre ciel d'octobre.

C'était l'un des plus beaux spectacles que Snuffy ait jamais vus. Soudain, ce souvenir lui donna les larmes aux yeux, non de tristesse mais de joie car, enfin, il était de retour parmi les siens.

La brume planait encore entre les arbres, mais il s'imaginait qu'elle allait bientôt se dissiper. Pour le moment, comme l'hélicoptère était inutile, Mel Willard était resté au village. Le pilote ne connaissait pas bien la région, mais le sheriff-adjoint, Meliton Naranjo, la connaissait aussi bien que tous ceux qui étaient nés à Milagro. Finalement, l'hélicoptère aurait peut-être une certaine utilité, pensait Kyril Montana en grimpant lentement à travers les arbres, si Joe était allé dans une zone découverte, ce qui était difficile à croire. Il était sans doute resté dans les canyons boisés, près de l'endroit où il avait abandonné son camion, et où il faudrait pratiquement lui marcher dessus pour le trouver. Ou alors, il avait fait demi-tour et était retourné en ville, s'abriter chez quelqu'un, bien qu'on soit sûr que ce ne soit ni chez lui ni chez l'avocat. C'était à parier qu'il ne s'était pas éloigné beaucoup, ni vers l'est, l'ouest ou le nord, car il devait être presque impossible d'avancer dans ces bosquets touffus la nuit. Donc, si Joe se dirigeait vers les hauteurs, il n'avait guère qu'une demi-heure d'avance sur eux, et cela se rattrapait facilement.

Au bord d'un ruisselet moussu, il marqua une pause pour écouter. De chaque côté, hors de vue, mais à portée d'oreille, les hommes se déplaçaient bruyamment, s'interpelant les uns les autres, en espagnol. Il riaient, plaisantaient de bon cœur, tout joyeux. Tout comme l'agent, certains étaient munis de talkies-walkies. Montana avait également une radio pour communiquer avec Doña Luz et l'hélicoptère une fois qu'il serait en route.

Kyril Montana n'aimait pas travailler en équipe. Il n'avait pas confiance dans les autres et croyait (ce qui c'était souvent vérifié par les faits) que très peu étaient aussi consciencieux que lui dans leur travail. Les hommes, y compris, et peut-être surtout, les policiers, étaient irréguliers, parfois bons, souvent mauvais, toujours imprévisibles. En équipe, on était plus ou moins responsable des erreurs des autres, en tout cas, on en subissait toujours les conséquences. Et l'agent n'aimait pas que quelqu'un avec qui on l'avait forcé de collaborer fasse dérailler le train. Il n'avait jamais rencontré quelqu'un en qui il eût une confiance absolue. Ce jour-là, il se sentait particulièrement mal à l'aise, dans ce groupe de Chicanos du Nord qui parlait une langue qu'il ne comprenait pas, parti en chasse contre un individu armé, bien capable d'ouvrir le feu dans une situation qui deviendrait facilement explosive.

Et, en grimpant les collines boisées, scrutant d'un œil expert la forêt tout autour de lui, Kyril Montana regrettait de ne pas être seul dans ces étendues sauvages et paisibles. Seul, un contre un, comme il se devait dans toute bonne partie de chasse, il aurait eu des chances infiniment meilleures de tomber sur sa proie. Ces joyeux lurons, ces cinglés de la gâchette étaient sûrement de connivence avec Joe Mondragón, et de toute façon, ils faisaient assez de raffut pour annoncer leur présence à des lieues à la ronde, gâchant tout espoir de succès.

Des geais bleu indigo surgissaient brièvement de l'ombre pour disparaître dans la brume. Pendant quelques mètres, ce fut le silence, puis, les cris à sa gauche et les rires à sa droite reprirent. Un homme en chapeau de cow-boy et veste de mouton surgit devant lui et fit de grands signes, avant de disparaître, et de mitrailler des propos en espagnol dans son talkie-walkie. L'agent se demanda s'il n'était pas ivre.

D'une lenteur frustrante, la battue avançait. Avec précaution, Kyril Montana s'enfonçait dans le sous-bois, évitant instinctivement de faire craquer les feuilles mortes et les brindilles. Mais, à sa droite ou à sa gauche, des branches mortes craquaient dans un crépitement de mitraillette; l'agent se recroquevillait et jurait intérieurement. C'était une entreprise désespérée, Trucho n'avait rien compris, mais il n'y pouvait rien. Sans un miracle, cela continuerait ainsi toute la journée, et peut-être le lendemain. Ensuite, on annulerait tout. Alors, peut-être, Kyril Montana pourrait reprendre les choses en main et chasser Joe Mondragón, d'homme à homme, comme il se devait, à moins qu'il ne l'épie sur une crête surplombant une piste, comme on chasse un cerf à l'affût, ou qu'il l'attende patiemment en ville. Joe finirait bien par se découvrir. C'est ainsi que Kyril Montana aurait opéré, et s'il avait eu besoin d'aide, il se serait contenté d'un homme qui surveille la maison des Mondragón, celle de l'avocat aussi, peut-être... bien qu'il commence à penser que l'avocat ne comprenait rien à rien à ce champ de haricots.

Ce champ que quelqu'un avait irrigué la nuit précédente à la place de Joe (à moins qu'ils ne s'y soient mis à plusieurs?) et irriguerait encore et encore jusqu'à ce que l'affaire soit résolue!

Kyril Montana se sentait mal à l'aise. Depuis longtemps, il s'était avoué que, bien qu'il saisît les grandes lignes de cette affaire et qu'il fût plus que familier avec le nord et ses habitants, il y avait pas mal de choses qui lui échappaient dans cette situation particulière, ou, du moins, vis-à-vis desquelles il ne savait comment réagir. Dès le début, lors de cette conférence avec le gouverneur, Bookman et Noyes, il lui avait semblé que la méthode la plus logique consistait à se servir des moyens juridiques: traîner Joe Mondragón devant le tribunal, l'empêcher d'irriguer, ou, s'il refusait, le jeter en prison et se préparer à en affronter les conséquences. Il était clair pourtant qu'aucun des présents, intimement liés à toutes les querelles concernant les terres et les eaux et forêts, familiers avec le projet de zone de loisirs de Ladd Devine, n'était en faveur de cette solution. Si on devait poursuivre Joe Mondragón, il fallait que ce soit par l'intermédiaire d'un incident sans relation avec les droits d'irrigation de ce champ. D'une certaine manière, l'agent avait compris leur raisonnement, car la dernière chose à faire, dans ce genre de situation, c'était de présenter un martyr sur un plateau d'argent. Le seul ennui étant évidemment que, quelle que soit la manière de traiter le problème, on courait toujours le risque de provoquer une situation plus grave encore. En théorie, pour le moment, ils tenaient Mondragón plus ou moins de la manière qu'ils le voulaient. Bien sûr, d'après les deux témoins, Joe avait tiré sous le coup de la légitime défense; il n'y avait donc aucun moyen de retenir une inculpation sérieuse, à moins qu'on force les témoins à modifier leur versions des faits si nécessaire, ce qui était sans doute plus que possible. En fait, Joe était malgré tout plus ou moins tiré d'affaire. D'un point de vue juridique, on n'avait rien contre lui, bien qu'on puisse sans doute le retenir prisonnier en attendant le procès. Que ce soit judicieux ou non, d'autant plus qu'apparemment tout le monde était prêt à irriguer son champ à sa place, était une autre question. Quelles que soient les éventualités envisageables, il n'y avait aucune solution qui assurait un succès sans risques.

Kyril Montana se mit à raisonner d'une autre manière. Si Joe Mondragón ne descendait pas vivant des montagnes de Minuit, l'affaire serait peut-être close. Si, par exemple, Joe tirait et qu'une balle perdue blesse l'un de ses joyeux lurons de la gâchette de compatriotes, et que ce dernier le faisait sombrer dans l'éternité en rendant le tir, les Charley Bloom et libéraux de tout poil auraient beau hurler, ils n'auraient rien de tangible sur quoi s'appuyer. Et puis, la mort était sûrement la seule leçon que comprenaient ces pauvres gens; quand la tuerie commencerait, et peut-être seulement si la tuerie commençait, il ne serait plus question d'irriguer le champ.

Pourtant, il restait une question: pourraient-ils, eux, les policiers, calmer l'orage après la mort de Joe Mondragón? Comment les gens de Milagro, les militants chicanos de tous bords, et les groupuscules politiques en dehors de l'Etat prendraient-ils la mort de Joe Mondragón? Supposons que cet avocat parle ouvertement de la précédente visite de Kyril Montana à Milagro? Supposons qu'il y ait une fuite à la capitale...

A l'est, l'hélicoptère s'approchait. La brume se dissipait rapidement, laissant percer des rayons de soleil éblouisssants. L'agent prit contact avec Mel Willard, lui donna leur position, et indiqua au pilote la région à écrémer. L'hélicoptère était inutile dans ces régions boisées. Willard avait donc reçut l'ordre de survoler les prairies et les zones rocailleuses ainsi que les pentes découvertes près des lacs. En en rien de temps, ils aurait un rapport complet sur cette zone d'environ cinq mille mètres carrés.

Kyril Montana, en homme méthodique, patient, non-émotif, continuait à chercher Joe Mondragón dans le matin lumineux. Bien qu'il soit conscient des mouvements autour de lui, du vacarme et des gestes maladroits, des techniques stupides (ou plutôt du manque de technique) des hommes inexpérimentés, qui le pertubaient de temps à autre, l'agent se concentrait la plupart du temps sur ses méthodes pondérées et efficaces. Il s'assurait doublement de ne rien laisser derrière lui sans l'avoir passé au peigne fin; il balayait du regard les branches au-dessus de lui, bien décidé à ne pas se laisser rouler. Quand de petits écureuils se faufilaient dans les buissons devant lui, il ne sourcillait pas, ne levait pas son arme. Quand la voix endolorie de Bernabé Montoya crachotait dans le talkie-walkie, l'agent répondait succintement, consciencieusement, absorbait les informations données, ou plutôt le manque d'information, avec un aplomb identique. Et, bien que, pas un instant, il ne crut que cette bande de clowns braillards allait dénicher Joe Mondragón, il ne laissa jamais cette certitude troubler sa concentration.

Vers huit heures, ils avaient passé au crible le premier des cinq cercles qui les conduiraient ensuite le long du canyon et vers le premier des lacs de l'Ours Chauve. La brume s'était totalement levée. Ils se trouvaient à cent vingt mètres plus haut et avaient atteint une forêt de peupliers, bien au-dessus de la zone des pins. Des petites clairières ils apercevaient au loin les pics rocheux qui s'élevaient au-dessus des lacs. Parfois, quelques plaques de neiges parsemaient encore les vallons. Le ciel resplendissait d'un bleu étincelant, mais tout le monde savait que, vers midi, les nuages commenceraient à s'amonceler, et que, vers trois heures, il se mettrait à pleuvoir, à grêler, ou même à neiger, qui sait!

Rassemblés, ils se reposèrent un moment. Kyril Montana déploya une carte; quelques hommes s'approchèrent. Il leur indiqua leur position et la direction à prendre pour couvrir le prochain cercle. Pendant qu'il parlait, l'hélicoptère bourdonnait à un kilomètre d'eux, à basse altitude, dérivant soudain sur le côté vers des zones découvertes, tandis que Meliton Naranjo scrutait le paysage à la jumelle, à l'affût de quelque mouvement furtif.

Bernabé Montoya, adossé contre un arbre fumait une cigarette, en essayant de prendre un air austère et sérieux, bien que son esprit embrumé fût plus que perturbé par cette battue inutile et bâclée.

— Si jamais on le retrouve dans une opération comme ça, c'est qu'il a vraiment envie de se faire épingler! dit-il prudemment.

— Comment s'y prendre, d'après vous? demanda Kyril Montana.

— Oh, je sais pas. Je suppose que rien ne presse. Il y a qu'à attendre.

— Où?

— Je rentrerais à la maison, et j'attendrais, dit le sheriff. Tôt ou tard, il finira bien par rentrer pour bouffer ou pour baiser. Il va pas tarder à se fatiguer des montagnes. On s'ennuie ici. José n'est pas le modèle du parfait boy-scout.

— Combien de temps il faudra attendre avant qu'il retourne chez lui?

— Oh, deux ou trois jours.

— C'est tout?

— Hé, merde! Ça caille ici la nuit, cria un jeune homme qui les avait entendus.

— Et puis? Qu'est-ce qu'il va manger? Des fruits? Des truites? Il n'a même pas de canne à pêche.

— Ouais, et si on tire sur une truite avec un .30-30, il ne reste plus de poisson! dit le jeune homme en riant.

— Il ne va pas tuer de cerf non plus, ajouta Bernabé. Ni faire frire des moineaux. Tu parles, il a sûrement un frigo plein de viande congelée de ce supermarché du Colorado. Il a une femme qui sait préparer les tortillas et les enchiladas. Pauvre José, il doit déjà crever de faim...

— Il est sans doute déjà avec Nancy à s'empiffrer de haricots, intervint encore joyeusement le jeune homme, pendant que nous on s'esquinte à le chercher dans les collines!

Kyril Montana regarda les hommes qui se reposaient tout autour de lui. Ils étaient vêtus d'un assortiment de vestes de toiles rapées et de vieux manteaux militaires. Certains portaient des chapeaux de paille, la plupart étaient en bottes et jeans. Tous portaient leur fusil personnel, des .30-06, des .270, et des .30-30; quelques-uns avaient un revolver au ceinturon. La moitié ou les trois quart d'entre eux fumaient des cigarettes roulées à la main. Pour la plupart, ils étaient d'âge mûr, ou carrément vieux, avec des visages burinés, des dents en moins, et des sourires bêtes, ou carrément sournois.

— Si tout le monde est sûr qu'on ne trouvera pas Joe Mondragón, qu'est-ce qu'on fait ici? demanda Kyril Montana.

Bernabé haussa les épaules.

— C'est ce que vous vouliez!

— C'est vous, le sheriff. Qu'est-ce que vous vouliez, vous?

— Je sais pas. Il y a eu des coups de feu. Il faut bien que justice se fasse. Au moins, il faut sauver les apparences, *qué no*?

A cet instant, Kyril Montana éprouva un sentiment très rare chez lui. Tous ces hommes étaient chicanos, et lui était blanc, lui, le responsable théorique de cette battue. C'était tout, rien de plus, mais néanmoins, cela le plongea dans un profond malaise. Rarement, sinon jamais, il avait eu le sentiment que ces gens, ces Chicanos, appartenaient à une race différente de la sienne. La plupart de ses collègues, de ses supérieurs et subordonnés dans la capitale étaient des Chicanos, mais cela ne l'avait jamais gêné. Mais là, dans les terres sauvages derrière Milagro, avec cette équipe colorée et joyeuse, il prit pour la première fois conscience de sa race, d'une manière terrifiante. C'était un étranger, un parfait inconnu, un intrus sur leur territoire.

L'agent se leva pour indiquer que la pause était terminée. Obéissants, les hommes se levèrent en même temps que lui et écrasèrent leurs mégots dans les buissons humides avant de se disperser pour battre la campagne.

Je vais voir Nancy, dit Bloom à sa femme, tu ferais peut-être bien de m'accompagner.

— Non, j'ai pas envie, mais vas-y, toi.

— C'est ton amie.

— Ce sont tes clients.

— Ouais, mais...

Bloom se retint de claquer la porte, la ferma très doucement. Il sentait l'odeur du foin coupé et de la luzerne. Leur voisin immédiat, Eusebio Lavadie, sur son tracteur entamait son deuxième passage. Bloom fit un signe à l'homme qu'il détestait cordialement, et Lavadie le salua avec un grand sourire. Le calme bucolique, ce salaud de Lavadie qui coupait paisiblement son foin pendant que Joe devait prendre la fuite, c'était profondément injuste.

Bloom se pencha expertement entre des fils barbelés, et traversa un champ détrempé et clairsemé, parsemé de mottes de terre glissantes et de touffes d'herbe mouillées. Quelques chevaux de trait crasseux s'enfonçaient dans la boue jusqu'aux jarrets, parmi de denses cannes de jonc où des milliers de merles à queue rouge batifolaient bruyamment. Les pluviers aux ailes faussement cassées couraient et s'agitaient devant lui sur la terre nue. Dans le champ suivant, des sauterelles sautaient sous ses pieds comme des mines, et, d'un revers de la main, Bloom en attrapa une en plein vol.Il s'arrêta.

Oh! Mon Dieu! pensa-t-il, malheureux. Il avança légèrement dans une herbe somptueuse, à hauteur de taille et fit face à la montagne vert tendre, là où poussaient les pins et les genévriers d'un vert sombre et riche, un peu plus haut, là où les épicéas se mêlaient à quelques charmants peupliers, et plus haut encore, un gris de roche nue, parsemé de taches de neige. Ce jour-là, le lendemain de la nuit précédente, ce n'était pas mieux que la veille contrairement à ce qu'il avait promis à Linda : c'était même pire.

Il se sentait mal. Il avait trente sept ans, et sa vie allait s'écrouler une fois encore. Il ne connaîtrait jamais plus la sécurité, il ne s'abandonnerait jamais voluptueusement dans le corps de sa femme. Sa fille aînée, Miranda, ne lui écrivait plus de joyeuses lettres illustrées comme elle l'avait fait régulièrement pendant toute son enfance. Il ne l'avait pas vue depuis huit ans. Il ne supportait pas même la pensée d'une éventuelle rencontre, mais il l'aimait désespérément, et il aimait sa première femme, et avait envie de faire une dernière fois l'amour avec elle avant de mourir, bien qu'il fût persuadé qu'il la tuerait si elle lui accordait une telle faveur.

Bloom s'apitoyait sur son sort. Il était supposé être un homme, avec une bonne profession, en possession de tous ses moyens. Mais ce n'était qu'un enfant, toujours au bord de la dépression nerveuse. C'était malsain, pathétique, presque criminel pour un homme qui approchait la quarantaine de se sentir si inadapté, si honteux de son corps, de son cœur, de sa déontologie, de son âme de pacotille. Il aurait voulu prendre la voiture à s'enfuir à des centaines de kilomètres de là, là où on ne le connaissait pas, de finir avec une jeune femme sexy, et une pléthore d'alcools..., de connaître enfin le succès (il ricana d'un air misérable), et non plus ce sac de jérémiades qu'il se trimballait nuit et jour.

Il avait envie de s'allonger dans ces champs odorants, de s'enrouler dans les entrailles et l'aura de la montagne, de se réchauffer et de s'assoupir au soleil, renonçant à toute ses responsabilités, envie de dormir... Au lieu de cela, il devait continuer, aller voir Nancy, la consoler, lui donner des conseils et se montrer fort.

Une bande de chiens joyeux, aux jambes arquées, à moitié infirmes aboyèrent et sautillèrent furieusement dans la cour; Nancy lui ouvrit avant qu'il ait eu le temps de frapper.

— Salut, Charley, dit-elle gaiement, en reculant tandis qu'il s'essuyait les pieds sur le paillasson métallique en demi-lune enfoncé dans le sol avant d'entrer dans la cuisine chaleureuse. Comment ça va, ce matin?

— Oh, ça va. Merci. Joe n'est sans doute pas là? Je ne peux pas lui parler?

— Il est dans les montagnes.

— Oui, je sais, j'en ai entendu parler, mais j'ai tendance à ne pas croire tout ce qu'on raconte ici, dit Bloom avec ce qu'il espérait être un grand sourire décontracté.

Il s'arrêta soudain au milieu du salon. Dix vieux, en chapeaux de cow-boy, jeans délavés, bottes de travail ou santiag, un fusil entre les genoux au canon pointé vers le sol, regardaient un jeu télévisé. A côté, les trois gosses Mondragón, allongés sur des tapis rapés, buvaient les images.

— Bonjour Sparky, salut, Panky. Comment ça va, Onofre?

Les hommes grommelèrent un bonjour.

— Qu'est-ce que ce sera pour toi, demanda Nancy, thé ou café? A moins que tu préfères une bière?

— Non, non, rien. Je ne peux pas rester. Je voulais simplement savoir s'il y avait moyen d'entrer en contact avec Joe.

— Pas pour le moment, que je sache. Il a filé comme un Bip Bip, la nuit dernière.

— Comme quoi?

— Tu sais ce coureur des routes que Vil Coyote poursuit à longueur de temps mais n'arrive jamais à rattraper. Tu ne regardes jamais la télévision?

Dans la pièce, les hommes silencieux ne sourirent pas mais avaient malgré tout l'air amusé.

— Pas très souvent, je reconnais, dit Bloom en riant maladroitement.

Les fusils, le calme, l'émission idiote, les gosses fascinés par l'image qui se fichaient de tout le reste..., la scène le troublait et il ne savait comment se comporter.

— Comme je suis l'avocat de Joe, j'aurais aimé lui dire un mot.

— Tu n'as qu'à me le dire à moi. Je lui enverrai un télégramme ou quelque chose comme ça.

— Quelque chose comme ça?

Elle hocha joyeusement la tête. Deux ou trois hommes ricanèrent à voix haute.

Bloom leva la main d'un geste qu'il voulait insouciant, nonchalant.

— Qu'est-ce qui se passe ici? C'est une réunion de la 101e Cavalerie?

— José pense que moi et les enfants, on doit se protéger, au cas où il se passerait quelque chose de bizarre, dit-elle, dans un grand sourire illuminé de soleil.

— Nancy, ce n'est pas drôle. Il y a trente ou quarante

hommes armés jusqu'aux dents qui cherchent Joe dans la montagne. Et je parie que la moitié d'entre eux sont capables de tirer s'ils le voient. Qu'il soit armé ou pas, qu'il tire le premier ou pas, ils tireront à vue, et diront que c'était de la légitime défense. Et en plus, ils auront gain de cause car tout le monde connaît le sale caractère de Joe.

Nancy était assise sur le divan à côté d'un veillard bossu aux yeux humides, Tranky Apodaca, l'oncle de Betty,la serveuse du Pilar.

— Le seul problème, répondit-elle d'un ton léger en allumant une cigarette, c'est qu'ils ne le retrouveront jamais. Ça, tu peux en être sûr.

— Il ne peut pas se cacher indéfiniment.

— Qu'est-ce qu'on parie ?

Cette fois, le sourire de Nancy avait perdu son caractère moqueur, il était dur et se propageait froidement dans toute la pièce.

— S'il n'a pas envie de se faire prendre, personne ne l'attrapera. On a vécu toute notre vie ici.

— Plus longtemps il sera parti, pire ce sera. Tu as peut-être raison, mais rien n'est moin sûr. N'oublie pas que ceux qui sont à sa recherche ont vécu toute leur vie ici aussi. Dans quelques heures, un type du genre de Ladd Devine va offrir mille dollars, peut-être plus, à tous ceux qui fourniront des informations. Avec une telle mise à prix, il y en a qui vont se mettre à creuser des trous comme des chiens de prairie et à retourner la terre du camposanto pour le retrouver. Et ces gens-là, ils savent bien qu'on ne va pas arrêter Joe sain et sauf, alors ils seraient bien capables de faire sauter toute la baraque avant de frapper à la porte et de lui laisser une chance de sortir les mains en l'air.

— Et qu'est-ce se passerait s'il se rendait ? demanda Nancy en colère. Les flics le tueraient.

— Pas s'il est avec moi.

— Excuse-moi, mais tu me fais rigoler. Ils te cracheront à la figure !

— Je suis son avocat. J'essaie de vous aider tous les deux. Pour le moment, juridiquement, il a toutes les chances de son côté. La légitime défense ne fait aucun doute. Mais plus longtemps il se cachera, plus les gens s'énerveront, et ça multipliera les risques de courir à la tragédie.

— Le Zopilote a déjà mis sa tête à prix ?

— Non, pas pour le moment. Mais il a aussi peur que vous. On ne peut pas s'attendre à ce qu'il réagisse rationnellement beaucoup plus longtemps. Ça fait longtemps que ça mijote, cette histoire. La situation est affreusement compliquée.

— Qui a dit qu'on avait peur? répondit-elle avec une grimace méprisante.

— Nancy, qu'est-ce que tu veux que je fasse? Que je me mette à genoux pour te supplier? Je suis votre avocat, je crois savoir comment m'y prendre dans cette affaire. J'ai peur que la violence explose rapidement. Je n'ai pas envie que Joe ou qui que ce soit d'autre se fasse tuer. Au point où on en est, tout le monde a peur. Même Ladd Devine est sûrement en train de chercher une sortie honorable. Mais si lui ou Joe, les fédéraux ou Bernie Montoya..., s'il y en a un ou deux qui s'excitent un peu trop ou qui ont les nerfs qui craquent, on risque bien d'atteindre un point de non-retour.

— Charley, je ne dis pas ça pour t'embêter, mais pendant trop longtemps, les gens du coin se sont laissé mener par le bout du nez par des Devine, des Jimmy Hirsshorn, des Bill Koontz et des Bruno Martínez. Il est temps qu'on prenne les choses en mains. Qu'on impose nos conditions. Et au moment qu'on choisira, nous.

— C'est du suicide, dit Bloom.

— Se battre pour les choses auxquelles on croit, ce n'est pas du suicide.

— Oh, ça suffit, avec tes envolées patriotiques.

Bloom se sentait au bord des larmes. C'était désespéré. Ces gens étaient bien déterminés à se faire trancher la gorge.

En silence, tout le monde observa l'écran scintillant.

— Et puis, comment tu sais tout ça, d'ailleurs? finit par demander Nancy.

— Mais j'en sais rien, tu le sais très bien. Je le devine. Ecoute, pour le moment, si personne n'est mort, ça tient du miracle. Pacheco s'en remettra sûrement; on a décapité une dizaine de truites, et brûlé une pancarte...

— Viens avec moi, Charley, dit-elle en ouvrant la porte de la cuisine. Je vais te montrer quelque chose.

Bloom la suivit et elle lui indiqua le château d'eau de la colline Capulin. Un camion de la Truite Sauteuse et un autre appartenant au service des forêts étaient là. De la fumée de cigarette s'échappait par la vitre du véhicule du ranch.

— C'est Horsethief Shorty, Carl Abeyta et le nouveau, Floyd

je sais-plus-quoi. Ils ont une radio, un téléscope, des jumelles, tout le bazar. Ils attendent que José pointe son nez si jamais il lui prenait l'idée de revenir en ville, ils enverront un message aux flics, et les flics le zigouilleront. Ils ont deux voitures sur la grand-route, et il y a toute une bande au ranch qui plaisante en buvant du champagne, et encore les zozos de l'usine à poulets de Doña Luz. Et puis à la Floresta aussi, ils attendent tous José. Et tu voudrais que je lui dise de sortir de sa cachette : « Coucou, me voilà, allez-y, tuez-moi ! » Tu voudrais que je fasse une chose pareille ?

— Si je suis avec lui, personne n'osera tirer.

— Tu crois ça !

Nancy ramassa un caillou qu'elle lança à un pie perchée sur un piquet de clôture.

— J'en ai entendu de toutes les couleurs dernièrement, Charley, je ferais peut-être mieux de te raconter les choses de leur point de vue. Il y a pas longtemps, un type de la capitale est venu. Un agent secret. Il a parlé avec des gens du coin. Et il a parlé de ta première femme, de ton divorce, et puis de ce qu'on a raconté que tu avais fait à ta fille, dans l'Est. Il a dit que c'était de ta faute si Joe irriguait le champ de son père. Il a dit que c'était un complot. Il a dit que t'étais un gauchiste parce que t'avais défendu César Pacheco.

Bloom chancela et s'appuya sur le comptoir.

— Un agent secret ? Un type du F.B.I. ? Comment ça se fait qu'il ne savait pas que...

— Je ne sais pas ce qu'ils savent, ni ce qui est vrai ou faux. D'ailleurs je m'en moque. Je ne crois pas un mot de ce que racontent ces sagouins. Et j'ai confiance en toi. Mais c'est ce que ce type a raconté, et c'est lui qui dirige la battue dans la montagne. Il n'y a pas que José, Charley. Il n'y a pas que José...

Bloom se sentait au bord de l'évanouissement. Il se retourna, se servit un verre d'eau au robinet de la cuisine et le but lentement. Puis, penché sur un tabouret, il regarda l'émission sans rien voir et sans rien entendre. Son visage le brûlait. Il avait l'estomac noué. Ses oreilles aussi le brûlaient. Ses jambes flageolaient. Il restait assis, au milieu des hommes et des enfants, plus terrifié qu'il ne l'avait jamais été de toute sa vie, plus terrifié qu'à la fin de son divorce quand la situation était devenue si abominable qu'il avait eu envie de tuer sa femme.

Nancy était installée tout près de lui, et buvait un café par petites gorgées, ses yeux vifs rivés à la télévision.

— Alors, on attend, dit-elle sans quitter l'émission des yeux. On attend qu'ils bougent les premiers, qu'ils se lassent et qu'ils s'en aillent. S'il faut attendre un an, on attendra un an. Qui est le plus pressé? Pas nous en tout cas.

Elle avait une force et un courage surprenants. Bloom se leva.

— Je dois rentrer. Si jamais tu changes d'avis, appelle-moi.

Dehors, dans la sérénité pastorale, Bloom se sentait exposé. C'était une cible vivante. Là-haut, ils avaient tous leurs jumelles fixées sur lui, sur cette maison, sur la sienne aussi, probablement. Ils avaient des fusils à viseurs télescopiques qui pouvaient tuer même à une telle distance…, et lui n'avait rien. Il n'avait pas même la quarantaine, et il était rondouillet, avec un gros derrière qu'il n'avait jamais réellement voulu fourrer là-dedans. C'était un blanc de l'Est, au cœur faible, bien élevé, qu'on pouvait faire tomber avec une simple plume d'oie, un misérable être humain terrifié qui avait toujours voulu se conduire correctement sans jamais vouloir en payer le prix. Et maintenant, dans le village où il avait espéré échapper à tout ça, tout lui retombait dessus. Ils le feraient rayer du barreau; Bud Gleason s'arrangerait sûrement pour que Hirsshorn l'expulse de sa maison.

Sous le soleil d'été, Bloom observa en silence les deux camions garés près du réservoir. Un homme, pas Horsethief Shorty, quelqu'un d'autre, sortit pour faire pipi.

Dans une sorte de transe, Bloom se pencha entre les fils barbelés pour se rendre dans le premier champ. De loin, il avait toujours admiré Horsethief Shorty. L'homme avait du caractère et de l'énergie, et Bloom le considérait comme un original plutôt séduisant, un vrai héros. Bloom avait entendu des centaines d'histoires sur les fiesta de Shorty, toujours racontées avec force admiration et rires, parfois avec jalousie. D'autant que Bloom puisse en juger, personne n'en voulait sérieusement à Shorty. Les hommes et les femmes qui haïssaient Devine, qui n'éprouvaient que dédain et mépris pour Flossie, Jerry Grindstaff et Emerson Lapp, respectaient Shorty, peut-être même qu'ils l'aimaient. Sa personnalité bouillonnante lui avait gagné une niche de bienvenue, ou du moins de respect, des deux côtés. Shorty connaissait toutes les histoires, avait de la personnalité, un œil meurtrier avec un fusil à la main pendant la saison de la chasse. Shorty parlait espagnol et comprenaient les Blancs, les Chicanos et les Indiens. Il savait tout réparer, il pouvait installer une plomberie, faire les plans d'une maison, fabriquer de l'adobé, il savait lire et écrire, il pouvait parler moisson ou politique, et, grâce à ses multiples talents, il s'était taillé une bonne place dans l'empire Devine. Mais les gens ne lui en voulaient pas, parce qu'il s'était débattu comme un forcené pour en arriver là. Il n'était pas né dans ce milieu, il avait été élevé à la dure et il n'avait jamais vraiment abandonné les siens.

Mais à présent, il était là à chercher Joe Mondragón ses jumelles braquées sur la vallée, sur la ville, une radio à côté de lui.

Soudain, Bloom fut pris de rage. Il leva un bras et fit un geste exagérément obscène et emphatique à l'adresse des camions. Pendant longtemps, il ne se passa rien, les autres ne le remarquèrent pas, ils ne regardaient pas. Des oiseaux bleus survolaient les champs en rase-motte, une fumée bleutée sortait par saccades du tracteur d'Eusebio Lavadie qui coupait le foin. Quelques chats, dont un d'un blanc immaculé, trottinaient dans l'herbe rase pour détrousser les souris affolées et dévorer leurs bébés dans les nids ravagés.

Soudain, Bloom le vit. Il aperçut le mouvement par la fenêtre du camion de la Truite Sauteuse. La main de Shorty, levée, pas dans un geste obscène mais dans un salut amical.

— Va te faire foutre, murmura Bloom en baissant le bras.

Il reprit la direction de la maison, où les yeux angoissés de sa femme l'attendaient et où les grands sourires des enfants illuminaient les pièces ensoleillées comme de jolis papillons d'été.

Vers midi ce jour-là, un bulldozer conduit par Jerry Grindstaff sortit de l'allée de gravillons blancs de la Truite Sauteuse, tourna à droite, emprunta la route cabossée où les chevaux de Morgan broutaient dans de verts pâturages, longea les courts de tennis où des Bostoniens et des touristes de Dallas s'entraînaient, vêtus de blanc immaculé. L'engin cahota le long des vergers qui finissaient par laisser place à la vallée aux champs clairsemés, parsemés de bouses de vache et de crottin et fortement parfumés à l'ammoniaque. Il poursuivit sa route parmi les maisons qui formaient le cœur de la ville, dépassa le magasin de Rael, le Frontier, le bureau du service des forêts, le Pilar, et s'engagea sur la grand-route du contrefort Milagro-García. Jerry G. freina devant le champ de haricots de Joe Mondragón, et, observant la scène, moteur au ralenti, il alluma une cigarette.

Il n'y avait personne. Jerry G. était venu sur les ordres du patron qui pressentait que la diplomatie n'avait fait qu'attirer des ennuis et qu'on aurait mieux fait d'en finir avec ce champ et d'arrêter Joe depuis longtemps. Il y aurait peut-être eu de sévères bagarres par ci par là, mais au moins l'affaire aurait été réglée une fois pour toutes et serait déjà définitivement enterrée. Les choses étaient allées beaucoup trop loin. La politique pacifique se retournait contre eux, les insurgés rassemblaient leurs forces. Et, avec Joe en cavale, la moitié de la ville à ses trousses, l'autre moitié bien à l'abri derrière leurs barricades, sans consulter l'ingénieur d'Etat, ni les fédéraux, ni même ses associés, Jim Hirsshorn ou Horsethief Shorty, Ladd Devine avait décidé de s'attaquer au cœur de la controverse, c'est-à-dire à ce maudit carré de haricots.

Jerry G. laissa errer son regard sur le paysage et fuma sa

cigarette sans se presser. Des rafales de vent agitaient les branches des cotonniers, des nuages de poussière tournoyaient sur la route, soulevant des sauterelles rouges aux cris perçants. A l'est, dans un champ d'armoises, une poussière du diable tourbillonante emportait des racines qu'elle laissait rebondir et retomber un peu plus loin parmi les maisons en ruines et les carcasses rouillées de voitures..., parfaite image de désolation.

De plus en plus, ce champ de haricots tapait sur les nerfs de Jerry G. Il n'était pas allé au fond du problème, mais ce maudit carré menaçait ce pour quoi il s'était battu pendant toute sa vie, il mettait un couteau sous la gorge de l'ordre établi. D'une certaine manière, ces plants minables, qui n'apporteraient pas un sou dans la poche de qui que ce soit menaçaient l'avenir de Jerry G. Si bien que, quand Ladd Devine lui avait demandé d'aller le démolir, il ne s'était pas fait prier, d'ailleurs, il ne se faisait jamais prier. En fait, pour la première fois en presque une semaine, il avait souri.

Jerry G. jeta sa cigarette, passa la première, escalada le bas-côté de la route, longea le fossé, et sauta de sa machine pour ouvrir la porte de fils barbelés du champ de Joe.

Quand il se retourna, un petit vieillard à lunettes qu'il avait souvent vu dans les parages, saoul le plus souvent, mais dont le nom lui échappait pour le moment, se tenait près de la roue arrière du bulldozer et brandissait le plus gigantesque pistolet que Jerry G. ait jamais vu.

— Hé... Qu'est-ce... ?

— Un pas de plus, dit Amarante Córdova en espagnol, et je te fais sauter la cervelle comme une vieille citrouille toute pourrie.

Le contremaître ne comprit pas les mots, mais il y avait suffisamment d'autorité dans la voix du vieillard de quatre-vingt-treize ans et dans l'énorme canon du Peacemaker pour que Jerry G. tremble sur place.

— Referme cette porte, ordonna Amarante. Tout de suite!

Amarante agita son pistolet, et Jerry G. pigea immédiatement. Il s'empressa de s'exécuter.

— Bon, maintenant, retourne chez toi, sinon je te fais un trou dans la poitrine assez gros pour qu'une chouette y fasse son nid.

Ça aussi, Jerry G. s'arrangea pour le comprendre. Les mains levées, il contourna précautionneusement le vieil homme, retourna vers le fossé et avança vers la route. Là, il s'arrêta, inquiet pour son bulldozer, mais il reprit sa retraite hâtive dans un sursaut quand le vieillard lui cria:

— Fous-le camp! Allez, ouste! Dégage!

A toute vitesse, Jerry G. se précipita sur la grand-route.

Amarante sourit, ricana, rengaina son mastodonte, et, en faisant la grimace, tremblant sous l'effort, s'accrochant comme un homme qui tombe d'une falaise, il parvint à hisser sa vieille carcasse sur le siège du chauffeur de la puissante machine jaune.

En son temps, Amarante avait souvent conduit des bulldozers, mais à présent il avait du mal à appuyer sur l'embrayage assez longtemps pour passer les vitesses. Finalement, maudissant ses vieux os et grognant comme un cochon affamé, il réussit; le bulldozer bondit en avant et, du même mouvement, le chapeau déglingué d'Amarante s'envola.

Ce n'était pas une partie de plaisir pour ce vieux décati de se débattre avec le volant de la machine, mais les anges étaient de son côté et le saluaient de leur rire tout en donnant à son cœur et ses membres affaiblis la force et la détermination d'un héros légendaire tel Emiliano Zapata. Accroché au volant de toutes ses forces, Amarante prit la direction de l'ouest. Les clôtures s'écroulaient dans une mélodieuse symphonie d'éclat de bois, qui lui sifflaient aux oreilles. La machine cahotait, toussait, bondissait. Amarante sautillait hors de son siège et s'accrochait à la vie. Les poteaux éclataient. Un mur d'adobé s'effondra comme un château de cartes; le bulldozer repoussa de son chemin une épave de voiture, puis se creusa un chemin dans une succession de champs plats, pour arracher une dernière barrière avant d'atteindre les étendues d'armoises.

Bondissant, sautillant, penchant de droite et de gauche, Amarante conduisait son dinosaure à travers le magnifique plateau. Les lièvres détalaient pour sauver leur peau. Le vieil homme se cogna le menton contre le volant et faillit s'évanouir. Mais il avait pris sa décision, son orgueil de vieillard ne lui permettait pas l'échec. Il avait sans doute les doigts brisés, les côtes écrasées; les secousses et le soleil de plomb lui donnaient mal à la tête, mais il refusait de mourir. Le gigantesque pistolet de son père sortit de son étui et disparut pour l'éternité dans les armoises. Amarante ne s'en aperçut même pas. Ses trois dernières dents (mais par miracle, pas ses lunettes!) tombèrent. Il en avala une et les deux autres se perdirent sur le sol... Il pissa dans son pantalon, mais il jubilait, ricanait d'une voix rauque, gloutonne, joyeuse, en conduisant la gigantesque machine jaune de Ladd Devine vers l'ouest, toujours vers l'ouest. Vers la gorge.

Il apercevait la crête, loin devant lui, puis de plus en plus proche, ensuite, il vit le mur illuminé de soleil qui tombait brusquement. Devant la gorge, il pressa sur le champignon, et l'enfer se déchaîna. Ah, mais quelle merveilleuse façon d'en finir, pensa-t-il à travers ses lèvres parcheminées qui riaient et postillonnaient. *Quelle merveilleuse façon d'en finir!*

Les entrailles ouvertes de la terre s'élargissaient. Le terrain descendait, se faisait plus lisse. Tout près de là, se trouvait le chemin qui menait aux sources chaudes où Amarante, il y avait bien des années, était allé courtiser les filles, se baigner, pêcher, ou conduire les moutons pour qu'il puisse brouter l'herbe grasse des rives.

La mort de Betita. Il s'en souvint soudain, et oublia immédiatement. Le bulldozer heurta un rocher, Amarante fut éjecté de la machine jaune, atterrit dans les armoises, et rebondit contre un cactus. Et puis, brusquement, incroyablement, les secousses, les cahots, la violence, le bruit..., tout était fini. Amarante se dressa sur ses pieds pour ses adieux fantastiques et regarda le nez de la machine sombrer dans le vide, et disparaître. Rassemblant ses dernières forces, le vieil homme s'approcha de la crête pour mieux voir.

Sur le flanc, la masse jaune vola dans les airs, heurta un arbre, se retourna, fit plusieurs sursauts avant d'exploser en flammes et de voguer dans une magnifique traînée d'étincelles. Elle tomba sur une pente et continua à rouler, ou plutôt à ricocher vers la rivière. La boule de feu heurta une terre sablonneuse à quelques mètres au sud de la source principale, puis vola à dix pieds au-dessus de la tête de Snuffy Ledoux, toujours allongé dans le petit bassin, sirotant les dernières gorgées de sa dernière bière, et tomba dans le Rio Grande, sombrant dans un énorme splach, laissant une fumée grise planer à la surface de l'eau bouillonante, telle une mère inquiète penchée sur un berceau.

Snuffy se redressa.

— Espèce de salaud, tu vas voir!

Il chercha ses vêtements, les passa en moins de quinze secondes, mit ses bottes aux mauvais pieds, et s'engouffra dans le sentier, assoiffé de vengeance.

A Milagro, personne n'avait jamais grimpé cette pente ne serait-ce qu'en trois fois plus de temps que Snuffy Ledoux, qui, pour la première fois de sa vie, se trouvait en paix avec le monde entier quand la boule de feu était venu l'agresser. Et à Milagro, personne n'avait jamais été aussi surpris que Snuffy Ledoux, quand, pantelant, au lieu de découvrir un saligaud, aux yeux pervers et aux bacchantes féroces qui en voulait à sa vie, il vit le vieil Amarante Córdova qui avait l'air de s'être battu avec tout un nid de vautours, zigzaguant et chancelant, essouflé, marmonnant des sons idiots, seul sur le plateau.

Snuffy s'approcha d'Amarante, lui fit un petit salut et s'évanouit. Le vieillard s'assit. Tout soufflants et suants, ils se firent face, bouche bée.

Ce fut Amarante qui parla le premier.

— Je ne peux plus marcher. Je vais faire une crise cardiaque. Je vais mourir. Je suis vieux.

Sans réfléchir, Snuffy répondit;

— Je te porterai sur mon dos.

— Merci, dit Amarante. Tu es un brave garçon. T'es revenu depuis quand?

— Ce matin. Je t'ai déjà vu. C'était quoi, le truc avec lequel t'as essayé de me tuer?

— Je n'essayais pas de te tuer. Je savais même pas que t'étais là.

Snuffy écarta les mains comme un homme qui décrit un poisson de dix centimètres.

— Tu m'as raté de ça!

— Excuse-moi.

— C'était quoi? insista Snuffy.

— Un bulldozer!

— *Ai Chihuahua!*

Ils restèrent assis un instant en silence, attendant tous deux la crise cardiaque. Il ne se passa rien. Le soleil voguait vers l'ouest; les ombres des armoises et des cactus se déplaçaient lentement; des fourmis leur grimpaient sur les jambes.

— On ferait aussi bien de se mettre en route, dit Snuffy, dépliant ses membres douloureux pour se lever.

Il aida Amarante à se mettre sur pied, se tourna, s'accroupit et hissa le vieillard sur son dos.

Oscillant de droite et de gauche, s'arrêtant, penchés en avant, ils firent un premier pas. Snuffy avait lui aussi un sourire édenté, et sa tête allait éclater. Il se mordit la lèvre inférieure jusqu'au sang, porta le vieil homme pendant une centaine de mètres, s'arrêta pour se reposer pendant cinq longues minutes, et reprit son chemin.

Cahin-caha, ils progressaient à travers les pâles lavandes.

Amarante se mit à chanter d'une voix haute et rugueuse, un chant sans véritable mélodie, une sorte de mélopée indienne, aux paroles incompréhensibles, haut perchée, merveilleuse. Les yeux fixés sur le ciel bleu, Amarante avait un visage radieux, le visage d'un jeune garçon ou d'un très vieil homme, aussi puissant que Dieu. Il admirait l'arc-en-ciel permanent, délicatement suspendu sur sa terre natale. Et, bien qu'il eût des ampoules aux pieds, et qu'il commençât à saigner, Snuffy avançait plus vite entre les pauses, le vieil homme se faisait de plus en plus léger au rythme de la musique. Et, lorsqu'ils arrivèrent près du champ de haricots déserté du côté ouest, le soleil inondait le ciel d'une lueur orange. Snuffy Ledoux se mit à entonner lui aussi le chant de la victoire.

La nuit précédente, quand on avait doucement frappé à sa porte, et qu'il s'était retrouvé face au large sourire et aux poings serrés à la Viva Zapata de Joe Mondragón, Herbie Goldfarb s'était imaginé qu'il allait finir dans une mort prochaine et sanglante. Mais Joe s'était contenté de sourire et de ricaner:

— Salut, Goldy. Alors, qu'est-ce qui se passe par là? dit-il en franchissant le seuil pour s'abriter de l'orage.

Le lendemain, après avoir vidé la dernière bière du pack de six de Herbie, Joe annonça:

— Il faut aller faire des provisions.

— Si je vais acheter de la bière, protesta Herbie, ils vont avoir des soupçons.

Il s'imaginait déjà la scène: sa misérable demeure entourée de voitures de police et de la Garde Nationale, au son des sirènes, ébloui par les girophares, avec des caméras de télévision partout et un mégaphone qui hurle: « Joe, on sait que t'es là! » Et Joe répondant: « Venez donc me chercher, bande d'enfoirés, couilles molles, crétins, fils de putes! » tout en tirant par la petite fenêtre tandis que Herbie se couvrait derrière le poêle. Et soudain, ils seraient tous là, avec leurs fusils et leurs mitraillettes, à démolir les murs de torchis, et à y faire des trous assez gros pour laisser passer un tank.

— Des soupçons? Qui? Tranky Jeantete? Tu déconnes, mec, s'il savait que j'étais là, il te la filerait à l'œil, ta bière!

Herbie se recroquevilla. Si jamais je me sors de là sain et sauf, ou simplement gravement blessé, et que je prends le premier avion pour rentrer chez moi, je ne serai jamais plus tranquille. Ils me poursuivront, ils défonceront la porte de mon appartement pourri au moment où je serai sur le point de baiser avec une fille somptueuse, et ils me jetteront au trou pendant une semaine, et si j'en sors vivant, si jamais j'ai la chance de ne pas me faire tabasser ou violer, ils m'extraderont ici, et ils m'inculperont pour recel de malfaiteur, complicité de meurtre, entrave à la justice...

— Et puis, ajouta Joe, qui viendrait me chercher ici? Personne ne sait que tu existes!

Merci! pensa Herbie, c'est exactement ce qu'il faut pour me remonter le moral!

D'un clin d'œil, Joe se débarassa de la mousse de bière qui faisait des traînées bleues sur ses yeux et dit:

— Tu ne sais même pas de quoi il s'agit.

— Quoi? Tu as tiré sur un homme, tu l'as tué...

— Oh, nom d'une pipe, grommela Joe d'une voix impatiente. Ce vieux cinglé n'a rien à voir là-dedans.

— Rien à voir? demanda Herbie timidement.

— Ecoute, dit Joe. Laisse-moi te raconter comment ça se passe ici. Je vais te raconter l'histoire de mon père.

Herbie n'avait pas le choix, alors, il s'assit et laissa parler Joe.

— Mon père a été berger pendant presque toute sa vie. Il louait ses bêtes au Zopilote, au vieux Devine, il achetait à crédit dans le magasin du Zopilote.

Bien sûr, à cause des coyotes, des ours, du mauvais temps, c'est le cas de le dire, Esequiel Mondragón n'a jamais pu rendre le nombre d'agneaux que demandait le Zopilote par brebis empruntée, et puis, c'est là qu'il y a eu l'accord sur les eaux. Et comme il ne disposait plus des jardins avec lesquels il pouvait au moins se nourrir, il a failli s'effondrer. Il avait soixante-trois ans, se souvenait Joe, et il était mourant. Sylvia, sa mère, avait la tuberculose. Elle est morte. Esequiel en eut le cœur brisé. Il était trop fier pour vivre de la charité du gouvernement, alors, il a pris la route. Il était saisonnier dans les champs de laitues ou de patates, au nord. Au bout de quelques années, il est resté à la maison, avec sa famille, il a essayé de garder sa cahute, du côté ouest. Mais la famille s'est dispersée pour aller chercher du travail ailleurs, entrer dans l'armée, et Esequiel s'est retrouvé tout seul. La pluie avait lavé l'amalgame de boue des murs, et il n'avait plus la force d'en fabriquer pour les réparer. Tous les voisins s'en allaient à l'époque, la mort dans l'âme, pour recommencer une autre vie. Mais Esequiel est resté. Il refusait d'aller à Chamisaville pour remplir les formulaires et avoir des bons d'alimentation. Pendant deux ans, il a fait pousser des haricots, sans irriguer. Mais il ne pleuvait jamais, ou alors, trop tard, et il n'avait jamais de récolte. Souvent, il allait à la pêche, dans l'Indian Creek, tout près de chez lui. Mais on lui a collé des amendes parce qu'il n'avait pas de permis, alors, il a renoncé.

Il n'y avait plus rien sur ses terres, les chiens de prairies se sont installés. Pour les gens de Milagro, les chiens de prairie, c'est un véritable anathème. Et en général, ils tuaient, empoisonnaient, battaient ces perceurs de tunnels par tous les moyens possible, parce que cette vermine vous détruit un champ avant qu'on ait le temps de s'en apercevoir. Esequiel, lui, il avait un peu perdu la boule et il les a laissé faire. En fait, il les a accueillis à bras ouverts. Il aimait bien tailler des santons sur le pas de sa porte en les regardant.

Les voisins qui n'étaient pas encore partis en ont pris ombrage. Bientôt, ça a été la guerre des chiens de prairie de Milagro. Les voitures et les camions s'arrêtaient en face du champ sur le contrefort Milagro-García, un fusil pointait d'une fenêtre, et bang ! Un de moins ! La troisième fois que ça s'est passé, le vieux, il a répondu avec son .22. Après, les gens ont commencé à se méfier, et à tirer de loin avec des fusils à viseur télescopique. Esequiel est devenu fou. Il a commencé à rester dehors toute la journée et une bonne partie de la nuit, et un jour, une balle perdue s'est retrouvée dans un camion innocent qui passait par là. Bernabé Montoya est arrivé, il l'a arrêté, et il l'a conduit à la prison de Chamisaville, en lui donnant des coups de pied au cul. Il y est resté une semaine, et il s'est sauvé avec une clé volée en sortant par la grande porte. Personne ne l'a empêché de partir, parce qu'il n'y avait personne de garde ce jour-là.

Il est mort un mois plus tard, en plein soleil, dans un champ de pommes de terre, près de Saguache, dans le Colorado, termina Joe d'un ton paisible.

Il y eut un silence, un instant de paix dans l'antre sombre de Herbie. Soudain, Joe écrasa sa boîte et l'envoya sur la pile de bières vides, dans un coin.

— Voilà, c'est pour ça, dit Joe, d'un ton morose.

— Pour ça, quoi, ça ? eut l'audace, ou la bêtise de demander Herbie.

— C'est pour ça, c'est pour ça que je suis ici à boire de la bière avec une poule mouillée, un crétin de juif de la côte Est qui chie dans son froc comme toi.

— Oh !

Oui, Joe avait l'art et la manière de s'empêtrer dans des explications vaseuses, pensa Herbie, aussi vaseuses que la boue de Milagro, même! Et malgré la situation tendue, Herbie se surprit à esquisser un sourire niais.

A une heure de l'après-midi, la battue atteignit le plus bas des lacs de l'Ours Chauve. Essouflés, crevés, les hommes avancèrent dans la clairière herbue du bassin avec son lac en demi-lune au centre, et s'écroulèrent sur place.

Mel Willard avait posé son hélicoptère entre la forêt et le lac. Meliton Naranjo, assis sur le rebord de la porte, nonchalamment penché en avant, fumait une cigarette; le pilote s'était allongé dans l'herbe près de l'appareil. La plupart des hommes s'effrondrèrent à l'ombre des arbres sur le sol moussu parmi les rochers. Quelques-uns, après avoir posé leurs fusils pour se soulager la vessie, chancelants, allèrent s'agenouiller près du lac pour étancher leur soif. Kyril Montana déposa son fusil contre un arbre, se déchargea de son sac, et s'assit sur un rocher. Il essaya de lancer un appel radio à Chamisaville; la communication était si mauvaise qu'il ne comprit pas la réponse, mais réussit malgré tout à décrypter que personne n'avait trouvé Joe et qu'ils pouvaient continuer à fouiller la montagne si le temps le permettait, sinon, ils n'avaient qu'à rentrer chez eux.

Il y avait plusieurs sacs remplis de sandwichs. Un vieux en distribuait un à chaque homme avec un petit paquet de raisins secs. Certains avaient apportés des tortillas et des haricots froids; dans l'hélicoptère, il y avait de grands thermos de café chaud. Les hommes bavardaient tranquillement en mangeant, exténués.

Bernabé Montoya détacha son ceinturon et s'installa sur un tronc pourri près de l'agent. Il mangea un burrito qu'il mâcha consciencieusement pendant un instant en observant les premiers nuages gris et menaçants de l'après-midi.

— Alors, qu'est-ce que vous en pensez? finit-il par demander à l'agent.

— Je crois que vous aviez raison. On aurait pu marcher sur Joe Mondragón sans s'en apercevoir.

— S'il était là, un des hommes l'aurait vu.

— D'après vous, il n'aurait pas pu nous échapper?

Le sheriff haussa les épaules, sourit vaguement, et indiqua la montagne de son burrito entamé.

— Il peut être n'importe où, mais il n'est pas en grand forme. Il ne serait jamais monté jusque-là.

— Et de l'autre côté de la crête, entre la montagne de l'Ours Chauve et le Latir?

— Il y a une piste qui descend jusqu'au lac Truchas. Si on la suit jusqu'au bout, on arrive à Dixonburgh. Quand j'avais vingt-cinq ans, Joe devait en avoir seize ou dix-sept, on faisait souvent des randonnées à cheval par ici. On allait chasser tout au long de l'année. A l'époque, il n'y avait pas besoin de permis, et il n'y avait pas de saison fixée. Le père de Joe, il avait des moutons, et parfois, on les emmenait ici. On s'est trimballé partout avec ces moutons. Et vous savez quoi? Ça fait dix ans que je n'y étais pas revenu. On avait même tué un loup une fois.

— Est-ce que vous aviez un endroit favori où il pourrait aller?

Bernabé sourit encore.

— C'était toute la montagne, notre endroit favori. Vous n'imaginez pas à quel point on a fait les quatre cents coups ici. Il y avait un fermier, un Chicano, qui avait un ranch à Dixonburgh, il avait un permis pour faire paître ses troupeaux ici; on en tuait toujours deux ou trois, on les ramenait à la maison, et on les fumait. Ce qu'on faisait, c'était pas toujours très correct, mais on était pauvres, vous comprenez...

— Vous croyez qu'il pourrait aller à Dixonburgh?

— Je ne sais pas, je ne sais pas ce qu'il a en tête. Ça fait longtemps qu'on ne se fréquente plus. Lui et moi, on détestait les flics... Lui, il n'a pas changé.

Kyril Montana alla vers l'hélicoptère et revint avec deux tasses de café en carton, une pour lui, une pour le sheriff. Bernabé ricanait tout seul. Il indiqua le lac.

— Un jour, José et moi, on est venu ici au printemps, avec de la dynamite. On a fait exploser un bâton dans le lac et cinq minutes plus tard, il y avait cinq cents truites, le ventre à l'air à la surface. On a marché dans l'eau et on les a mises dans des sacs de toile, et après on les a ramenées au village sur les deux ânes qu'on avait pris avec nous. Des fois, on venait avec des bâtons, la nuit; et on faisait des feux sur les rives, et on attrapait une centaine de poissons en quelques heures. La plupart du temps, on venait juste après que la Floresta ait rempli le lac pour les touristes de la Truite Sauteuse.

— On dirait qu'il va pleuvoir, dit Kyril Montana.

— Pour moi, ça ressemble plutôt à de la grêle.

Mel Willard s'approcha :

— Quels sont les projets ?

— Je vais escalader le sommet de l'Ours Chauve, et ensuite, j'irai vers le nord, sur la crête qui domine le canyon de Deerhair. Je redescendrai sans doute par le mont Grande et je reviendrai là d'où on est parti ce matin. En ce qui me concerne, vous pouvez tous rentrer chez vous. Empruntez la piste qui descend droit au canyon. Il va pleuvoir ou grêler, je ne sais pas, mais ça va se gâter. Je crois que Bernie a raison, on ferait aussi bien d'attendre que Joe rentre chez lui. Il ne tiendra pas plus de quelques jours ici.

Bernabé se leva et rattacha son ceinturon.

— Tôt ou tard, quelqu'un finira par le contacter et par lui dire que ce n'est pas si grave qu'il le pense. Ça le fera revenir. Et tout s'arrangera au mieux pour tout le monde.

Bernabé souleva son chapeau pour saluer Kyril Montana et se mêla aux hommes, hochant la tête, prononçant quelques mots, donnant une tape amicale par ci, indiquant le nord-est par là, et donna les consignes pour le chemin du retour.

— Et moi ? demanda Mel Willard.

— Rentre aussi, dit Kyril Montana, presque gentiment. C'est vraiment la plus mauvaise méthode qui soit. On pouvait pas faire pire.

— Et mon collègue, ce sombre crétin ?

— Renvoie-le avec Montoya.

— Excellente idée ! dit Mel en souriant. Je pense que je vais y aller maintenant, si ça ne te dérange pas. J'aimerais sortir de ce tunnel avant que les nuages se mettent à dégringoler.

Kyril Montana regarda l'hélicoptère décoller de la prairie dans une série de secousses, s'élever maladroitement dans les airs et longer le canyon, arrachant presque la cime des arbres.

Il parla brièvement avec Bernabé et Meliton Naranjo, pour mettre au point le message qu'ils allaient envoyer à Doña Luz et le style de rapport qu'ils présenteraient à Trucho.

— Finalement, l'essentiel, c'est de rester discrets. Quand vous serez redescendus, je veux que vous parliez à sa femme. Et puis, assurez-vous que tout le monde sache bien que les deux témoins affirment qu'il s'agissait de légitime défense. Je pense que tôt ou tard, le téléphone arabe finira par transmettre l'information à Joe Mondragón. Surtout, il faut éviter qu'il rentre chez lui en ouvrant le feu. D'une façon ou d'une autre, il faut qu'il comprenne qu'il ne risque pas grand-chose.

— Excusez-moi, mais les gens vont être un peu méfiants vis-à-vis de ce genre de déclaration, dit Bernabé. On fera toujours courir le bruit, on verra bien.

Kyril Montana et Bernabé se serrèrent la main; le sheriff rassembla ses hommes qui disparurent soudain dans la forêt. L'agent était seul.

Il avait prévu de se mettre en route aussitôt. Mais, pendant un instant, il fut retenu par la beauté et la solitude de ce paysage alpin. C'est là qu'il aurait aimé vivre. C'était dans ce pays, dans ce climat fluctuant, qu'il avait éprouvé pour la première fois un profond sentiment de respect, d'humilité peut-être. Une marmotte siffla, il la chercha parmi les roches grises autour du lac, mais on ne les dénichait jamais dans ce genre d'endroit. Tandis que les nuages s'étendaient au-dessus de la montagne menaçant de masquer le soleil, un léger vent balaya les pentes du Caballo, frissonna sur le lac, et fut arrêté quelques secondes plus tard par le corps de l'agent. Quelques geais gris, si apprivoisés qu'ils vous auraient mangé dans la main, se posèrent pour grignoter les miettes de sandwiches dans l'herbe.

Soudain, l'agent fut frappé par le tas d'ordures laissé par la battue, papier parafiné, boîtes de conserves, assiettes d'aluminium, paquets de cigarettes vides et tasses de café. Ce manque de respect envers la nature le rendit furieux. Jurant légèrement dans sa barbe, il parcourut la zone et ramassa les déchets qu'il écrasa et fourra dans son sac. Il rentra l'antenne de sa radio et la mit elle aussi dans le sac. A présent, qu'il avait rompu toute communication avec le monde extérieur, il se retrouvait vraiment seul. Un sorte de légèreté envahissait son corps, tandis que les petits cyclones d'un vent glacé tourbillonnaient à la surface de l'eau et dans l'herbe luxuriante. Il avait l'après-midi pour lui, seul dans le paysage magnificent de cette contrée sauvage.

Kyril Montana ouvrit la culasse de son fusil pour s'assurer qu'il n'était pas chargé, et vérifia deux fois qu'il avait bien mis le cran de sécurité. Ses jumelles autour du cou, qui rebondissaient légèrement contre sa poitrine, il se mit en route, longea le lac où, pendant quelques instants, il admira les truites minces et charmantes qui évoluaient lentement dans les eaux basses, surgissant parfois à la surface pour gober une mouche..., de charmants poissons..., muets...

Kyril Montana avança rapidement dans la prairie humide sous le regard curieux de quelques vaches. Cinq minutes plus tard, en escaladant des rochers et en empruntant une étroite piste de moutons, il remarqua une cinquantaine de bêtes sur les pentes du mont de l'Ours Chauve. Du bétail paissait près des rives du cinquième et plus grand des lacs. Deux corbeaux rasèrent les cimes lointaines et planèrent au-dessus du neuvième lac, avant de plonger dans la prairie, vers le canyon Deerhair, là où la battue rebroussait chemin.

L'agent fit les trois quarts du chemin qui le séparait de la crête et s'arrêta encore. Le vent soufflait régulièrement; les nuages obscursissaient le soleil. A deux cents mètres, de l'autre côté de la vallée, le pic de l'Antilope et le mont Cabresto étaient toujours illuminés. Kyril Montana posa son fusil, s'appuya contre un rocher et scruta la région à la jumelle. Il apercevait les neuf lacs, et, sur le lac supérieur, des campeurs pêchaient dans un canot de plastique jaune. Déserts, les autres lacs étaient paisibles. Lentement, s'arrêtant de temps à autre à un endroit qui, d'après son instinct pourrait être une entrée ou une sortie possible de la forêt, il regardait à la jumelle la ligne des arbres autour des lacs. A un moment donné, il observa pendant une longue minute ce qui ressemblait à de la fumée d'un récent feu de camp près du cinquième lac, mais après une inspection plus minutieuse, il s'aperçut que ce n'était qu'une vapeur d'une configuration étrange, provenant peut-être d'une source chaude, dans le sol boueux.

En faisant défiler ses jumelles sur l'horizon et la ligne des arbres en haut du canyon Deerhair, il vit un homme, à environ deux cents mètres de lui, qui braquait un fusil droit sur lui. Au moment précis où les jumelles repérèrent l'homme, l'agent remarqua immédiatement la stature imposante et vit aussi une petite bouffée de fumée blanche qui sortait du fusil. Instinctivement, il se plaqua au sol, et un éclat du rocher contre lequel il s'était appuyé explosa dans une détonation, suivie du gémissement d'un ricochet. Il s'était si violemment jeté par terre qu'il roula trois ou quatre fois sur lui-même. Simultanément, il entendit l'écho du coup qui aurait pu le tuer. Il s'arrêta, abrité derrière un petit rocher, et entendit résonner deux autres coups qu'on avait dû tirer pendant qu'il roulait à terre.

A Milagro, les vieux aimaient traîner sous le porche du magasin de Rael. Parmi ceux qui fréquentaient le plus souvent et le plus longuement cet endroit, on comptait Amarante Córdova, cet oiseau de mauvais augure de Juan F. Mondragón, Onofre Martínez, le gardien de l'église, Panky Mondragón, Sparky Pacheco et aussi Tranquilino Jeantete quand il n'abreuvait pas les ivrognes du Frontier. Ces membres de la brigade sénile, qui discutaient inlassablement des dernières rumeurs, scandales politiques, adultères, et autres orgies charnelles ne formaient évidemment que le noyau nucléaire de ceux qui passaient par là. Car personne, ni homme ni femme, ne passait une journée sans venir y boire un soda, grignoter quelques pignons ou avaler une bière tandis que les nouvelles se transmettaient, étaient chéries, embellies si nécessaire, exagérées chaque fois que possible, et déformées si l'occasion s'y prêtait.

Sous ce porche, souvent, les gens s'écoutaient d'une oreille tout en tendant l'autre vers la radio toujours allumée à l'intérieur du magasin et branchée sur la KKCV de Chamisaville. Et, quand, disons, le « Club des anniversaires » passait, tout le monde se taisait pour savoir qui avait pris un an de plus ce jour-là. De même, à l'heure de la « Parade des animaux », le silence régnait, et ainsi on ne manquait pas une occasion d'apprendre qu'il y avait un chien à donner gratuitement à la fourrière de Chamisaville, ou qu'un hippy quelconque se débarrassait d'une brebis laitière encore nubile. A moins que Marvin LaBlue traînât dans les parages, personne n'écoutait jamais la musique country ou western. Pourtant, beaucoup s'intéressaient aux opinions d'Edward Morgan, et au « Marché aux affaires »; pour le « Bonjour l'Amérique » de Paul

Harvey, c'était littéralement le calme avant la tempête car tout le monde se taisait. Ensuite, l'après-midi s'étirait au son de la musique mexicaine, pop et traditionnelle, que les gens toléraient avec un perplexité chaleureuse. Les airs mexicains était sans cesse ponctués d'informations incongrues, que personne n'écoutait comme la « Revue de Presse d'Allemagne de l'Ouest », ou d'une interview d'une reine de beauté bien connue qui conseillait un régime ou un traitement pour l'acné aux adolescentes.

Les gens s'installaient aussi sous le porche de Rael, car c'était là qu'arrivait le courrier et qu'on encaissait les divers chèques des pensions d'Etat. Le bureau de poste, une cage à l'allure des plus officielles au fond du magasin, était ornée d'environ vingt-cinq coffres à combinaison sur un des côtés. Nick Rael faisait office de postier. Autrefois, Nick avait la sale manie d'extorquer aux gens leurs chèques gouvernementaux, en refusant de leur faire crédit tant que leurs précédentes dettes n'étaient pas entièrement couvertes. Mais, trois ans auparavant, Onofre Martínez, avec l'aide de Charley Bloom, y avait mis le holà en menaçant Nick, non seulement de le traîner devant les tribunaux, mais aussi de le mettre sur le pavé.

Donc, pour une raison ou une autre, le porche de Rael était le cœur social de la ville et abritait le plus souvent une foule nombreuse et animée.

Pourtant, vers une heure, le lendemain du jour où Joe Mondragón avait planté une unique balle de .30-06 dans la poitrine de Seferino Pacheco, il n'y avait pas un chat. En fait, le centre ville était si désert et si calme qu'on pouvait presque entendre battre le cœur de Mercedes Rael qui, derrière son buisson de lilas, les mains pleines de gravillons, attendait qu'un ennemi éventuel traverse la place.

Nick Rael était assis derrière son comptoir, à essayer de lire un vieil exemplaire de *Prairies et Rivières* et, de l'autre côté de la rue, Harlan Betchel, dans le café Pilar vide, à une table du fond, feignait de s'intéresser aux mots croisés du *Reporter* de Capital City. Au quartier général du service des forêts, Carl Abeyta passait en revue les projets d'usages multiples de son bout de forêt.

Soudain, une sauterelle chanta sur la place désertée et fit sursauter les trois hommes et la mère de Rael, comme s'ils venaient de se faire mordre par un serpent à sonnettes.

Toc toc.

Quand Charley Bloom alla ouvrir, il vit deux fédéraux en uniforme et lunettes de soleil sur le seuil.

— Charley Bloom? demanda Granny Smith.

— Oui, répondit Bloom, et, avant d'avoir pu se retenir, il ajouta un « monsieur ».

— Où est Joe Mondragón? demanda Bruno Martínez.

— Ah, parce que je suis censé le savoir?

Granny Smith leva un doigt menaçant.

— S'il vous plaît, ne jouez pas au mariole avec nous. Nous vous avons posé une question.

— Vous pourriez la répéter, s'il vous plaît?

— Avec plaisir. Où est Joe Mondragón, bordel de merde!

— Je ne sais pas.

— Ça vous dérangerait si on entrait un instant?

— Oui, énormément, répondit Bloom au moment ou Linda arriva derrière lui.

— Euh..., vous êtes vraiment sûr qu'on ne peut pas entrer? insista Granny.

— Je n'ai rien à vous dire.

Bloom avait le cœur battant, tambourinant. Ses jambes flageolaient; ses mains dégoulinaient presque de sueur.

— Vous allez laisser deux policiers sur le pas de la porte? dit Bruno Martínez d'un air incrédule.

— Oui.

Ils se regardèrent et haussèrent les épaules en esquissant un sourire. Bruno sortit un bloc-notes et un crayon.

— Bon, monsieur Bloom, quand avez vous vu Joe Mondragón pour la dernière fois?

— Je ne sais pas. Peut-être hier, ou avant-hier. Je ne m'en souviens plus. Vous savez, je l'ai peut-être rencontré chez Rael ou aperçu de loin dans son camion.

— Et toi, Linda?

— Madame Bloom, pour vous, dit l'avocat furieux.

— Et toi, madame Bloom?

— Je n'ai rien à dire.

— Je vois..., euh..., monsieur Bloom, vous avez écrit sur Milagro, j'ai lu un de vos articles. Je ne l'ai pas trop aimé, d'ailleurs, vous savez. Voyez, c'est un peu délicat quand un étranger se met à parler de mon peuple, parce que moi, je suis né ici, dit Bruno. Mais vous avez parlé de Milagro, et de ce foutu champ de haricots de José, alors, vous devez en connaître un rayon.

Bloom haussa les épaules.

— Je ne sais pas. Je connais peut-être un peu la région..., pas tant que ça, finalement.

— Voyons, ne jouez pas les modestes. Hé, je vous ai vu, l'autre jour à la réunion, avec toutes ces cartes. Vous incitiez les gens à la révolte, alors, pas de fausse modestie, hein? En vous voyant là-bas, j'ai même pensé que vous étiez un des meneurs dans toute cette histoire, vous comprenez de quoi je parle?

— Non, pas du tout.

— Où est Joe Mondragón? aboya soudain Granny Smith.

— Je vous ai dit que je ne savais pas.

— Il était là la nuit dernière, quelqu'un l'a vu.

— C'est des conneries.

— Qu'est-ce que vous venez de dire? dit Granny Smith en penchant la tête. Qu'est-ce que vous venez de dire à un représentant de la loi?

— Vous m'avez parfaitement compris. Je n'ai pas besoin de répéter. Et, selon la cour surprême, il n'y a rien d'illégal à...

Bruno Martínez l'interrompit.

— Personne ne vous a jamais dit que vous n'étiez pas si intelligent que ça?

Bloom explosa.

— Personne ne vous a jamais dit que...

— Chut, dit Linda en le prenant par le bras.

— Allez-y donc, monsieur Bloom. Personne ne m'a jamais dit quoi?

— Rien, rien, murmura-t-il.

— Quand Joe a tiré sur ce pauvre type, il est venu ici, vous a demandé de cacher le fusil. Il vous a emprunté une lampe de poche, des provisions, et hop, dans les montagnes!

— Nom d'un chien, de quoi vous parlez?

— Ecoutez, monsieur Bloom, surveillez un peu votre langage. Vous vous adressez à des policiers, pigé?

— Oui, je comprends parfaitement.

— Il a toujours aussi mauvais caractère, Linda? demanda Granny Smith.

— Madame Bloom, répondit l'avocat d'un ton pincé.

— Oui, oui, m'dame Bloom. Excusez-moi. Alors, *monsieur* Bloom, vous feriez mieux d'essayer de vous souvenir quand vous avez vu Joe pour la dernière fois, parce que comme je l'ai dit, je vous ai à l'œil et..., vous êtes un homme de droit, vous comprenez bien que ce ne serait pas malin de mentir. Tout ce qu'on veut, c'est un peu de coopération. On a peur que quelqu'un d'autre se fasse blesser, disons une balle dans la cervelle, vous savez, ça nous gâche le boulot. Ça gâche tout, d'ailleurs, vous voyez ce que je veux dire?

— Ecoutez, répondit Bloom en tendant la main vers la porte, nous ne savons rien, nous n'avons rien ...

— Ouais, c'est ça, claquez-nous la porte au nez, hurla Bruno Martínez, et je la défonce, avocat ou pas! Alors, maintenant, écoutez-moi, on a pas de temps à perdre à jouer à cache-cache avec un snobinard de l'Est qui a un diplôme de droit dans la poche, O.K.? Vous êtes mouillé jusqu'au cou, arrêtez de tourner autour du pot avant que les ennuis sérieux commencent, d'accord? On veut des faits.

Sur ce, un camion Chevrolet vert moucheté avec un berger allemand à trois pattes sur le toit de la cabine cahota sur la route dans un grand fracas et s'arrêta juste derrière la voiture de police. Trois membres de la brigade sénile, portant des chapeaux de cow-boy éculés étaient installés à l'avant. Il y avait un homme plus jeune à l'arrière que ni Bloom ni Linda ne reconnurent. Ils ne bougèrent pas. Ils n'ouvrirent pas leur porte, et se contentèrent de fixer la maison de l'avocat.

— Qui est-ce? demanda Granny.

— Je ne sais pas, dit Bloom. Des gens, je suppose.

— Des gens! C'est le chien de mon père, et c'est son camion! Qu'est-ce qu'ils foutent derrière notre voiture? murmura sombrement Bruno.

— Je vais voir.

— Pas question! dit Bruno en lui attrapant le bras. Ce camion ne me dit rien qui vaille. Reste ici.

Pendant un instant, Granny Smith et Bruno Martínez observèrent le camion vert déglingué.

— Tu crois qu'ils sont armés?

— Tu crois que les lapins ont des oreilles? ricana Bruno.

— Ils ont tous un fusil?

— C'est sans doute une assertion des plus exactes.

— Ton propre père te tirerait dessus? demanda Granny d'un ton incrédule.

— C'est à parier, il a toujours détesté les flics.

— Oh, merde!

— Il est temps de rentrer, dit Bruno amèrement. Autant sortir nos culs de là.

— Tout le monde devient fou dans ce patelin! marmona Granny en détachant la lanière qui fermait l'étui de son revolver. Je vais demander ma mutation. Tu ferais mieux de dégager ton arme.

— Tout le monde a toujours été fou ici. Ne t'inquiète pas, c'est déjà fait.

— Mon Dieu! Tu tuerais ton propre père?

— Je ne sais pas. Je ne me suis jamais trouvé dans cette situation, mais je crois que oui.

— Tu crois qu'ils savent quelque chose, ce connard et sa femme?

— Sans doute pas. J'en sais rien. Pour qui tu me prends? Un superman avec une vision laser?

Les deux policiers avancèrent lentement dans l'allée boueuse et entrèrent dans leur voiture. Granny signala le numéro du camion d'Onofre au Q.G., donna leur position et annonça qu'ils s'en allaient parce que les ennuis commençaient. Dans la cabine du camion, les hommes avaient leurs chapeaux bien enfoncés sur la tête et, avec le nuage de fumée et le pare-brise craquelé, Bruno n'arrivait pas à reconnaître les deux autres. Ils étaient simplement assez vieux pour ressembler à des momies égyptiennes. Les armes étaient sans doute des fusils tenus canons en l'air entre leurs genoux. Le berger allemand qui l'avait regardé de ses yeux opaques mais menaçants, se mit soudain à grogner.

— Mon Dieu, murmura Bruno, en faisant un geste obscène à l'adresse de son père et des vieux cinglés, mon Dieu, mon Dieu...

— Il va nous falloir des renforts, dit Granny. Tu crois pas qu'on devrait demander des renforts?

— Pourquoi? Parce qu'un type a essayé d'en tuer un autre pour venger son cochon et que l'autre s'est défendu et a fichu le camp dans les montagnes? Pour eux, c'est de la rigolade. Et puis, Trucho n'en a rien à foutre qu'on se fasse tous tuer.

Granny Smith s'éloigna lentement du camion vert.

— Regarde bien derrière. On ne sait jamais, si l'avocat allait leur parler.

— Pas pour le moment.

— On aurait dû prendre un mandat et bousculer un peu ses meubles.

— Oh, pas la peine. Ils avaient la trouille. Tout juste s'il arrivait à parler. Elle, elle avait l'air d'avoir moins peur.

— Moi, j'ai eu la trouille. Quand ton vieux est arrivé, j'ai bien cru que ces cinglés allaient tirer. J'ai quarante-six ans, et je n'ai jamais tiré sur personne.

— Moi si, une fois, sur un camé, répondit Bruno. A la capitale. Il voulait échapper à une arrestation.

— Qu'est-ce qui s'est passé?

— Je l'ai tué. Je voulais pas. Ce devait être un tir de sommation, mais j'étais tellement furax que je l'ai touché à la tête. Oh, c'était il y a dix, onze ans. Avant que tu sois arrivé ici.

— Le Texas, c'est une partie de plaisir, à côté d'ici, se plaignit Granny. Au Texas, les Mexicains sont différents. Ici, ils sont bizarres, tous aussi maboules les uns que les autres.

— Ouais, dit Bruno. Ils sont bizarres. Tu crois qu'on devrait aller voir la femme à José?

— Je sais pas, j'en ai pas vraiment envie pour le moment. J'ai entendu dire que tout le monde à part l'avocat avait acheté des armes. C'est Nick qui me l'a dit. Sans parler du cambriolage, pour lequel Bernabé nous a fait une si jolie enquête! Personne ne m'a jamais tiré dessus. Si seulement je pouvais me sortir d'ici avant que ces andouilles perdent complètement la boule et commencent à s'entretuer. Qu'ils aillent se faire foutre, les Ladd Devine et compagnie. Pourquoi risquer sa peau? Pour qu'ils puissent empocher cinquante millions de dollars de plus?

— Qu'est-ce qui va se passer si jamais ils zigouillent Joe là-haut, je me le demande, dit Bruno.

— Il faudra faire venir la Garde Nationale. Parole d'évangile !

— Je vais sûrement en faire un ulcère, se lamenta Bruno. Ah, si je pouvais trouver un boulot aussi bien payé, je filerai ma démission demain.

Accroupi bien accroché à son rocher, Kyril Montana attendit sans bouger. Son fusil était à dix mètres au-dessus de lui, toujours appuyé contre son roc, inutile. Les jumelles gisaient sur le sol à trois mètres à droite du fusil. Son chapeau se trouvait à mi-chemin entre son arme et sa position actuelle. Il n'osait pas bouger.

Bien que l'agent ressentît de profondes douleurs dans les jambes, dans une hanche et sous les côtes, il ne pouvait dire s'il avait été touché ou non. Il s'imagina, dès que son esprit s'éclaircit un peu après que le premier choc se fut dissipé, qu'il souffrait pour avoir roulé sur les rochers rugueux. Il s'efforça, toujours sans bouger, de tourner son esprit vers l'intérieur, de retracer mentalement les schémas physiques de ses membres et de son torse, d'analyser l'ampleur éventuelle des dégâts et, une minute plus tard, il sut qu'il n'avait pas été touché.

Kyril Montana tourna légèrement la tête pour observer les alentours immédiats et voir quelle couverture ils offraient. Il y avait de gros rochers et quelques buissons épars à huit ou neuf mètres d'un côté: de l'autre, ce n'était que terrain ouvert. Le seul véritable abri était encore le rocher sur lequel il s'était appuyé un moment plus tôt.

Soudain, son chapeau kaki à large bord, fit un bond de cinquante centimètres dans les airs, et quand il retomba, l'agent entendit un autre coup de feu. « Ah, très très drôle, connard! » Quelques secondes plus tard, un éclat du rocher contre lequel était posé son fusil explosa, et, au moment où il entendit l'écho de ce coup de feu, l'arme tomba. Le viseur se brisa, et un autre coup retentit dans la vallée.

— Salaud, murmura-t-il, espèce de salaud!

Jamais il ne s'était trouvé dans une position aussi délicate.

Il fallait qu'il puisse voir. Mais sûr comme Baptiste, le tirailleur, lui, avait parfaitement compris la situation et savait déjà dans quelle direction il irait ! Ce crétin était sans doute assis quelque part, son viseur télescopique braqué sur la zone entre le rocher et les bosquets au nord, attendant patiemment que l'agent s'y réfugie.

Mais l'homme se fatiguerait, sa vue se troublerait, il relâcherait son attention. Son bras lui ferait mal, il faudrait qu'il se repose pendant quelques secondes de temps à autre. Donc, plus longtemps l'agent resterait immobile, plus il multipliait ses chances. Il bougea légèrement, sans exposer une seule partie de son corps, pour s'accroupir, en position, prêt à bondir. Il attendit encore pendant deux minutes, puis s'élança soudain ; à toutes jambes, il plongea derrière le groupe de rochers, se cognant si violemment la main qu'il en cria. Il n'entendit aucun coup de feu, l'homme n'avait pas tiré.

Il avait toujours sa radio. Kyril dégagea ses bras des lanières, mais à en juger d'après l'état du sac, déchiré en plusieurs endroits, il sut avant même de l'ouvrir que la radio serait en fort mauvais état. Il avait raison bien sûr ; elle était abîmée, écrabouillée, inutile...

Kyril Montana était pantelant. Son cœur tambourinait, il avait la nausée, le tournis. Il lui fallut un grand effort de volonté et une bonne dizaine d'inspirations profondes pour se calmer. Un peu détendu, respirant plus régulièrement, il s'aventura à regarder l'autre crête, entre deux rochers et un entrelacement de branches mortes. Plissant les yeux dans la lumière grise et le vent qui le faisait pleurer, il scruta la ligne des arbres, mais ne vit rien. Il avait une bonne vue, mais à cette distance, il était difficile de repérer un homme parmi les rochers, les pins et les buissons verdoyants.

Il lui fallait ses jumelles.

Elle se trouvaient à sa gauche, un peu plus haut. Une des lentilles scintillait légèrement. S'il allait les chercher, il s'exposerait à découvert. Il faudrait qu'il les attrape en courant, et continue encore pendant deux ou trois mètres pour parvenir jusqu'au rocher où il s'appuyait lors du premier coup de feu.

Il étudia le terrain, planifiant sa course, mémorisant les pierres et les souches qui pourraient le faire trébucher, l'esprit soudain envahi par la pensée absolument irréfutable qu'on lui avait tendu un piège. Au même moment, il se rendit compte qu'il y avait de fortes chances pour que le tirailleur de l'autre côté de la vallée ne soit pas seul.

En fait, il jugeait d'instinct, il n'avait aucune preuve, mais il pensait qu'ils devaient bien être cinq ou six à proximité de lui ou dans le canyon Deerhair, bien déterminés à le tuer. Kyril Montana frissonna.

Il se frotta les yeux et ce concentra sur les jumelles. Grâce au vent, qui rendait le tir plus délicat, il pouvait sans doute se permettre de courir assez lentement pour les ramasser au passage. Il compta jusqu'à cinq et bondit en avant, prit exactement le chemin qu'il avait prévu, en zigzag, penché en deux, évitant tous les obstacles. Il attrapa les jumelles et se réfugia derrière le rocher. Là, essoufflé, il s'accroupit, attendant le bruit d'une détonation pendant une longue minute avant de décider qu'il ferait mieux de se servir de ses jumelles, de localiser le tireur et d'envisager un moyen de se sortir de là.

Le rocher était assez grand et large, mais offrait une silhouette fort régulière. Il n'y avait aucun endroit où il pouvait sortir la tête sans se faire immédiatement remarquer. Finalement, il s'allongea à plat ventre et, se hissant légèrement sur les coudes, il regarda par-dessous la courbe du rocher naissant. La ligne des arbres sembla lui sauter à la figure, mais il n'y avait personne. Lentement, très lentement, il balaya les arbres, centimètre par centimètre, scruta les rochers, mais ne vit rien. L'homme avait dû s'enfoncer dans la forêt et s'éloigner.

L'agent braqua ses jumelles vers l'ouest et se concentra sur le plus haut des lacs de l'Ours Chauve, où les deux pêcheurs, qui n'avaient probablement rien entendu, voguaient toujours sur la surface argentée; ils avaient remonté leur capuchon de parka et lançaient des lignes dans l'eau.

Kyril Montana dirigea ses jumelles vers la vaste prairie. Un cavalier longeait lentement la rive est du lac où la battue avait déjeuné. Il lui semblait reconnaître le cheval, un grand gris pommelé. L'avait-il vu dans un champ la nuit dernière? Ou alors au cours de sa première visite? Le cavalier aurait pu être n'importe qui: petit, l'air sournois, le visage complètement obscurci par le chapeau de cow-boy. Il portait une veste de jean, un pantalon délavé et des santiags marron. Et un ceinturon. Il avait aussi un fusil dans la sacoche de selle.

Pendant que l'agent l'observait, l'homme fit un salut de la main. Kyril Montana regarda de l'autre côté du lac et vit une autre silhouette arriver: l'homme qui lui avait tiré dessus sortait des bois en guidant un petit poney par la bride. Il fit un signe de la main et monta sur le dos du poney. Les deux cavaliers se rejoignirent là où l'hélicoptère s'était posé. Ils échangèrent quelques mots, puis le plus grand fixa ses jumelles sur Kyril Montana. Il sembla regarder l'agent droit dans les yeux pendant une longue minute. Il abaissa ses jumelles, dit quelque chose à son partenaire, et, faisant demi-tour sur lui-même, sortit son fusil de la sacoche, d'un geste neutre. Prenant tout son temps, il leva son arme et visa l'agent qui l'observait, hypnotisé, vit le nuage de fumée blanche vite dissipé par le vent mais fut incapable de bouger. Le rocher explosa au-dessus de sa tête, lui projetant de la poussière et des éclats pointus sur le visage et sur les bras. Et, à ce moment seulement, hurlant de douleur, n'en revenant pas de sa propre stupidité, il se jeta en arrière. Il n'entendit pas le coup, le vent avait emporté le son vers le canyon Deerhair.

Une petite déchirure sur sa manche indiquait l'endroit par où avait pénétré le plus gros éclat. En la remontant, il découvrit une trou bleuâtre qui saignait légèrement, et, comme il ne pouvait rien y faire, il la redescendit et essuya ce qu'il croyait être de la sueur sur son front. Sa main était toute rouge. Son estomac se noua, lui donnant encore envie de vomir. Avait-il été touché à la tête? Allait-il mourir?

Rapidement, il ôta sa veste, puis sa chemise. Il eut immédiatement la chair de poule et renfila sa veste. Prudemment, il pressa sa chemise de flanelle sur son front, et la tint pressée doucement, les yeux brouillés par le sang. Quand il pensa que le tissu avait absorbé suffisamment de sang, il s'essuya le visage, et passa tendrement la main sur ses traits, s'attendant plus ou moins à trouver un énorme trou, mais il n'y avait que des égratignures provoquées par les fragments de roche.

Prudemment, toujours à plat ventre, il regarda les deux cavaliers. Le plus petit se dirigeait vers la crête, hors de portée de tir. Le plus grand resta à sa place, descendit de sa monture, s'agenouilla derrière un rocher, son arme braquée sur Kyril Montana.

Inutile d'être un génie pour deviner leur plan. Sans arme, l'agent était dans une position désespérée. En longeant ainsi la crête, le petit cavalier finirait par arriver par derrière. L'agent pourrait toujours essayer de contourner son rocher, mais cela ne lui laissait qu'une faible marge de manœuvre. Tôt ou tard, il se découvrirait et offrirait une cible idéale au cavalier en contrebas, qui, de toute évidence, possédait un viseur télescopique et avait manifesté une précision de tir fort impressionnante à une distance beaucoup plus grande que celle que lui donnait sa position actuelle.

La vallée s'assombrissait, dans une grisaille immobile et un froid de glace.

Kyril Montana avait deux solutions. Se ruer vers son deuxième abri, vider son chargeur sur le cavalier, et, s'il avait la chance de provoquer une confusion relative, il pourrait courir jusqu'à la ligne des arbres qui commençait à soixante-dix mètres en contrebas. Seul un miracle lui permettrait d'atteindre la forêt.

Ou alors, il pouvait se diriger vers le sommet de la crête à une cinquantaine de mètres au-dessus de lui. C'était une montée escarpée, emcombrée de pierres, de buissons. Ce serait l'enfer, et cela laisserait aux deux cavaliers tout le temps de vider leurs armes.

D'un côté comme de l'autre, ses chances étaient nulles.

Son fusil était chargé mais il s'en assura encore, ouvrant et repoussant le chien plusieurs fois. Il ne savait pas quoi faire, il était pris au piège. Il gémit, n'arrivant pas à imaginer qu'il était incapable de trouver une solution. Ce serait stupide de rester là et d'attendre. Ces hommes voulaient sa mort, et s'il ne trouvait pas une échappatoire, ils l'élimineraient avec une facilité incroyable.

L'agent s'aplatit contre le rocher, repoussa le chien de son revolver et attendit que les cavaliers fassent leur apparition. Comme une minute plus tard ils n'étaient toujours pas là, il posa son arme et retira les cartouches de son ceinturon qu'il mit dans sa poche droite où elles seraient plus accesssibles. Il en avait dix-huit, plus six dans son pistolet. Il enfila ses jumelles autour de son cou pour être sûr d'avoir une bonne vision de loin s'il parvenait à s'échapper. Sa vie pouvait en dépendre.

Par hasard ou presque, il leva les yeux vers la crête et vit apparaître juste à temps un troisième homme, à pied, à moins de cent mètres de lui, portant lui aussi un fusil. Avant même d'avoir regardé à la jumelle, il savait que c'était un adolescent, grand, maigre, gauche. Et ses jumelles ne lui permettaient pas de l'identifier, car son visage se dissimulait sous le rebord de son chapeau de paille. C'était un môme, dix-huit ans, pas plus, vêtu d'une vieille veste militaire, d'un pantalon de toile et de bottes. Son fusil n'avait pas de viseur et le jeune homme était assez proche pour que l'agent le touche, pourtant, il lui faudrait quand même compter sur la chance. Le garçon n'avait pas encore vu Kyril Montana ; il s'arrêta, sa silhouette se détachant sur le ciel, et fit un signe de la main au cavalier en contrebas. Fasciné, l'observant à travers ses lentilles, l'agent vit les traits du garçon changer, car le cavalier lui fit un signe pour lui indiquer la position de l'agent. Le gamin tourna la tête.

Kyril Montana abaissa ses jumelles et cligna les yeux. Il les frotta pour se débarrasser des larmes causées par le vent, leva son pistolet, assura son tir en se tenant le poignet avec l'autre main, visa à environ trente centimètres de la silhouette, un peu au-dessus de la tête, remit le chien en place d'un mouvement du pouce, et appuya sur la détente. La détonation lui sauta au visage avec la force d'un coup de poing, mais en haut de la crête, il ne se passa rien. L'adolescent ne bougea pas, ne leva pas même son arme, et Kyril Montana n'avait aucun moyen de savoir où son tir avait frappé : pas un nuage de poussière, pas d'éclat de roche, absolument rien. Il poussa le chien, visa directement droit sur sa cible. Cette fois, le garçon fit un étrange pas de côté et se déplaça de quelques mètres sur la droite. Là, il s'arrêta et leva son arme. L'agent ne pouvait rien faire d'autre que tirer à nouveau; il se mit en position et visa.

Soudain, le garçon tira à toute vitesse, coup sur coup, les deux premiers étaient trop hauts et éraillèrent le sommet du rocher, un troisième arracha un énorme fragment de granit à près d'un mètre de l'épaule de l'agent, le quatrième souleva un nuage de poussière et d'éclat de roche à quelques pas de là, et le cinquième se perdit dans le vide sur le terrain dégagé. Pendant cette volée meurtrière, l'agent s'applatit contre le rocher, les bras croisés, son propre pistolet devant le visage, les yeux fermés, attendant la mort. Quand la sérénade fut terminée, voyant qu'il n'était pas blessé, Kyril Montana tendit le bras, remit le chien en place d'un pouce tremblant, et tira un autre coup inefficace sur la silhouette étrangement immobile, là-haut, en position assise à présent, en train de recharger son arme. Ensuite, le garçon agita le bras vers la droite, car le plus petit des cavaliers arrivait. Comme un sauvage, l'agent tira son dernier coup.

Sans attendre de voir le résultat, certain qu'il n'avait pas touché sa cible, l'agent ouvrit la culasse, vida les douilles usées et, tranquillement, calmement, rechargea son pistolet. Quand il eut terminé, il leva les yeux et vit le jeune homme, se lever; le cavalier descendit de sa monture du mauvais côté, pour s'abriter derrière son cheval, et à ce même moment, il se mit à grêler.

Tout se passa si vite qu'au début, l'agent se recroquevilla et se courba en deux, croyant que les grêlons n'étaient que des balles tirées par un autre adversaire, derrière lui. Dès qu'il vit les centaines de petites billes rondes rebondir sur le sol et sous ses pieds, il comprit ce qui se passait, se retourna et se mit à courir vers les arbres. La grêle était si dense qu'il apercevait à peine une ligne grise en contrebas. En quelques secondes, le sol devint tout blanc sous les gravillons de glace. L'agent glissa, tomba sur le côté, se blessa, fit un soubresaut et se retrouva sur ses pieds, en dégringolant la colline, assailli par la pluie de grêlons. Il tomba, se releva, retomba, roula sur lui-même, rampa comme un fou pendant quelques mètres, s'écorchant les genoux, puis se redressa à nouveau, et galopa pendant les derniers mètres pour s'enfoncer dans les arbres si denses et si touffus, qu'il ne grêlait même plus.

Il se jeta derrière un tronc d'arbre et cria un « ouf » de soulagement, triomphant, et, la poitrine serrée de douleur, se mit à ricaner, à sangloter, tout pantelant.

Kyril Montana regarda ses mains : elles étaient égratignées et saignaient. Son pantalon était déchiré aux genoux, tout ensanglantés, eux aussi. Une de ses bottes s'était fendue. Mais il était en vie, toujours valide, et là, à l'abri, sous les arbres, la règle du jeu avait changé.

Mais il avait perdu son arme.

Il l'avait perdue dans sa course folle à travers l'espace ouvert. Ses jumelles aussi avaient disparu.

Kyril Montana observa un instant la fureur de l'orage, l'écran blanc qui le séparait des hommes, et, au moment où il regardait, la tempête s'apaisa, l'écran de blancheur se fit translucide, si bien qu'il voyait de nouveau la pente, faiblement au début, puis de plus en plus clairement.

Il se retourna et plongea dans la forêt, s'accrochant aux arbres, glissant sur l'épais tapis de feuilles mortes et humides, s'enfonça maladroitement dans les buissons, chancelant dans le méli-mélo de la forêt, pendant les six kilomètres qui le séparaient de sa voiture.

Eliu Archuleta, abasourdi par le soudain assaut de la grêle, en tomba presque au sol. Quand il vit l'agent se retourner et s'arrêter, il était en train de tirer et de repousser le levier, et comme il avait déjà le doigt sur la détente, le coup partit automatiquement au moment où l'agent disparaissait dans l'écran blanc. Dirigeant son fusil vers l'endroit par où s'échappait Kyril Montana, il tira encore trois fois, repoussa la barrette dans la chambre vide, et se mit à trottiner sous la grêle vers le grand rocher en criant en espagnol :

— Alors, qu'est-ce que t'en dis ? Qu'est-ce que t'en dis ?

Il s'adressait à sa mère qui était descendue de cheval une seconde avant le premier éclair, au moment où Eliu déchaînait son tir de barrage.

Ruby guida son cheval vers le rocher et rejoignit son fils. Et, tandis que la femme se trouvait en haut de la colline, les épaules courbées sous la pluie, son fils inspectait nerveusement le rocher, caressant du doigt les cicatrices laissées par les balles, et secouait la tête, feignant d'être honteux d'avoir si souvent raté sa cible.

— Oh, j'aurais dû m'approcher, dit-il en haussant les épaules tout en regardant en direction du bois. Je l'ai raté de trop loin à chaque fois.

— T'étais bien assez près. En fait, j'ai même eu peur que tu le blesses.

Eliu s'agenouilla et, sortant une veille blague à tabac, fermée par un vieux bout de scotch, il mit cinq cartouches dans le creux de sa main, replaça la boîte dans sa poche et chargea soigneusement son arme.

— Mais tu tires quand même comme un pied, dit Ruby en souriant.

— Hé, il me tirait dessus, il savait pas qu'on voulait pas le tuer!

— Il tire comme un pied, lui aussi, encore une chance! Vous tirez tous les deux comme des pieds, et vous êtes tous les deux en vie, Dieu nous sourit. Mais pas moi. Je ne suis pas contente du tout, parce Claudio a tiré de trop près et qu'il l'a peut-être blessé. Bon, on va lui foutre la paix maintenant, parce qu'il va faire un froid de canard cette nuit, et c'est pas la peine qu'il meure gelé.

— Et s'il en mourait... ?

— On a déjà assez d'ennuis comme ça, dit-elle tristement, toujours l'échine courbée comme un cheval, les yeux plissés, à demi fermés.

Une fois qu'il eut rechargé, Eliu se redressa et marcha le long de la pente d'un pas nerveux, ramassa le sac et la radio et les déposa au pied du grand rocher. Il prit également le fusil et le chapeau de l'agent. Il y avait un trou de balle très net; il y passa le doigt en souriant.

— Ça au moins, c'était rigolo! dit sa mère. Claudio a le sens de l'humour!

Eliu indiqua le fusil de Montana, avec la culasse ouverte et le viseur éclaté:

— Et ça?

— C'était bien visé, et ça nous a bien rendu service. Claudio a eu de la chance que le vent ne souffle pas trop fort quand il a tiré.

La grêle s'apaisa. Ils regardèrent tous deux vers le bas de la pente où Claudio García, qui bottait ferme, arrivait à cheval. Au moment où il descendit de sa monture, juste à côté d'eux, l'orage cessa. Le ciel restait gris, menaçant; dans la sombre vallée, le neuvième lac et les prairies avoisinantes luisaient d'un blanc terne.

— Bravo! grogna Claudio en observant le sac, la radio, le fusil, le chapeau.

Il retourna le sac et dispersa son contenu, les paquets de nourriture déshydratée, les chaussettes, une chemise de rechange et les ordures du pique-nique.

— Remets tout ça là-dedans, dit Ruby. Et ensuite, on fourrera tout ça dans les sacoches et on l'enterrera dans la terre fraîche. Inutile de se faire piquer avec ce matériel.

Elle mit une cigarette entre ses lèvres et l'alluma avec une allumette de bois qu'elle souffla et remit dans sa poche. Rapidement, elle fit le tour du rocher et fouilla dans la grêle pour s'assurer que l'agent n'avait rien laissé d'autre et en profita pour ramasser les douilles qu'elle trouva au passage. Satisfaite de ne rien avoir oublié, elle se dirigea vers le plus petit rocher derrière lequel l'agent s'était accroupi un instant, et, traînant les pieds en chemin, retourna vers le grand rocher et remua la terre pour vérifier qu'il ne restait rien.

Claudio bourra le chapeau dans le sac, et, avec l'aide d'Eliu, attacha le sac et le fusil inutile à la selle.

— Tu as vu par où il est entré dans la forêt? demanda Ruby.

— Tu rigoles, répondit Claudio en riant. Je ne voyais même pas le bout de mon nez.

— On ferait mieux d'y aller, dit-elle en les guidant vers la crête dans la direction opposée à celle que Kyril Montana avait empruntée. Je n'ai pas envie de mourir de froid ici cette nuit.

— Je crois qu'on a réussi à lui faire peur, dit Claudio, mal à l'aise, en jetant son mégot de cigarette.

Il était fatigué et tremblait un peu. Il avait peur que l'agent les ait reconnus, ou, qu'involontairement, ils l'aient touché. Ils s'y étaient peut-être mal pris, ils auraient dû le tuer. Claudio, lui, avait très envie de le tuer, et il tremblait encore en se souvenant à quel point il lui avait été difficile de le rater.

— Je me demande si on aurait pas mieux fait de le zigouiller, dit Eliu calmement.

Ruby lui passa la main dans les cheveux.

— Non, mais, t'es complètement idiot ou quoi ? dit-elle d'un air malheureux. Si on avait tué ce flic, ils auraient pris tous les hommes de la ville, ils les auraient décapités, et ils auraient accrochés les têtes aux antennes de leurs bagnoles.

— Euh..., dit Eliu d'un ton hésitant, mal à l'aise. Enfin, je pense qu'il a compris la leçon.

Claudio García haussa les épaules d'un air las.

— Oui, il a sans doute compris la leçon.

Ils longeaient la crête. Avec un sourire triste, Ruby enfourcha son cheval.

— Allez, bande d'idiots, murmura-t-elle, tranquillement, d'un ton affectueux. Rentrons à la maison, il fera plus chaud.

A deux heures, l'après-midi du premier jour de la battue, l'objet des recherches, Joe Mondragón, accompagné de sa femme, d'un beau-frère, Eloy Quintana et de Jimmy Ortega, se rendit au commissariat central de Doña Luz. Seul le radio, Emilio Cisneros, gardait le fort.

— Il paraît qu'on me cherche? dit Joe d'un ton moqueur. Où ils sont tous passés?

— On te croyait dans les montagne.

— J'ai une tête à être dans la montagne?

— Non.

— Bon, alors pourquoi tu lancerais pas un appel à un de tes joyeux lurons de la gâchette, que je sache enfin ce que je risque?

— Oui, bien sûr. Ecoute, dit le radio, un peu confus, Bill Koontz est là, chez Louie, au café. Pourquoi vous n'iriez pas...

— Excellente idée.

Joe et son entourage quittèrent le commissariat, s'entassèrent dans le camion déglingué d'Eloy Quintana et, dans un nuage de fumée d'échappement violette, reprirent la route en direction de chez Louie.

Lorsque la bande à Joe entra, Bill Koontz, installé au comptoir, ramassait des miettes de tostada avec l'index et les léchait.

Joe s'assit à côté de lui.

— A ton commissariat à la con, Emilio m'a dit que tu étais ici, c'est pour ça que je suis venu. Qu'est-ce que qu'il faut que je fasse maintenant?

— Oh, merde, qu'est-ce...

Après avoir levé le menton, le flic demanda:

— Mais tu ne devais pas être dans les montagnes? Il y a

trente-cinq gars là-haut qui te recherchent depuis le début de la matinée, et ils ne sont pas encore rentrés.

— Ecoute, dit Joe impatiemment, tout ce que je te demande, c'est ce que je dois faire maintenant, O.K. ?

— Ton type, Pacheco, il va s'en tirer...

— Ce connard m'a tiré dessus, il a perdu la boule...

— Ouais, je sais, il y a même deux témoins...

Koontz sortit un dollar de sa poche et paya la serveuse.

— Mieux vaut retourner au commissariat, dit-il en ajustant sa casquette. Il y a tout un tas de paperasse à remplir. Après, je suppose qu'on te remettra entre les mains de Bernie quand il redescendra, je ne sais pas...

— Et on va m'accuser de quoi ? demanda Joe nerveusement.

— Je ne sais pas. Où est l'arme avec laquelle tu as tiré ?

— Là, dans le camion d'Eloy.

— Tu ferais mieux de me la donner, dit Bill Koontz.

Joe alla chercher le fusil dans le camion de son beau-frère et le donna à Koontz qui le rangea à l'arrière de sa voiture de patrouille. Le camion de Quintana suivit le véhicule de police jusqu'au commissariat. Là, Koontz appela Xavier Trucho.

— On a Mondragón, dit-il. Qu'est ce qu'on en fait ?

— Comment vous l'avez pris ? La battue a foutu le feu pour qu'il sorte de la forêt ? Il est vivant ?

— Il est venu au commissariat vers deux heures et quart. Je n'étais pas là, j'étais parti manger un morceau chez Louie, alors Emilio me l'a envoyé. Il est entré et s'est assis à côté de moi, on a bavardé un moment et il m'a donné le fusil.

— Quel fusil ?

— Celui avec lequel il a tiré sur Pacheco.

— Et maintenant, où il est ?

— Là, à côté de moi, il lit un magazine sur un banc.

— Si c'est une plaisanterie...

— Non, non, je vous jure. Il est là. Je le jure sur ma tête.

— Il est inculpé de tentative de meurtre, non ? Ce crétin de Pacheco ne veut pas mourir !

— Euh, je n'en suis pas sûr. Il faut que je vérifie auprès de Bernie ou de Maestas, à Chamisaville. C'est ce qui a été décidé ? Dans ce cas, c'est complètement idiot...

— C'est moi qui décide ce qui est idiot ou pas, dit Trucho. Montana est revenu ?

— Non, pas que je sache. Il doit toujours être avec la battue.

— Pourquoi tu n'essaies pas de lui lancer un appel?

— D'accord, je m'en occupe tout de suite.

— Bon, retiens-le un moment. S'il essaie de s'échapper, n'hésite pas à tirer. Je veux que tout soit bien clair et j'ai besoin de consulter quelques personnes.

— Comme vous voulez, dit Koontz. Mais qu'est-ce que je dois dire à Mondragón?

— Parle-lui de violence aggravée, reste vague. Comme je t'ai dit, ce crétin de Pacheco va s'en tirer. Mais ne quitte pas ce saligaud des yeux. Je rappellerai bientôt, reste près du téléphone, si je dois encore avoir affaire à ce crétin de Cisneros, je vais en faire une crise cardiaque. Et ne va pas chez Louie pour t'empiffrer de gâteaux ou de je ne sais quoi, *comprendes*?

— Oui, comme vous voulez, dit Koontz.

Il raccrocha.

— Il faut que tu restes ici, jusqu'à ce qu'on tire les choses au clair.

— Je suis en état d'arrestation?

— Disons que pour le moment, on a besoin de ta coopération.

— Je ne suis pas en état d'arrestation?

— Je viens de te dire...

— Si je ne suis pas en état d'arrestation, je me tire.

— Alors, dans ce cas, tu es en état d'arrestation.

— Et pourquoi?

— Coups et blessures volontaires, entrave à l'exercice de la justice, résistance à l'arrestation, complot, tentative de meurtre, irrigation illégale d'un champ, coups de feu dans l'enceinte de la ville, et destruction du bien d'autrui... le cochon de Pacheco pour être précis. Ça suffira comme ça, ou bien il faut aussi que je te fasse la liste de toutes les inculpations secondaires qui vont avec les premières?

— Il n'y a rien que vous puissiez retenir contre moi.

Koontz qui était presque aussi soupe au lait que Joe éclata:

— On peut te découper en morceaux en cinq secondes et te jeter aux corbeaux sur la route, alors, tu la fermes et tu restes ici jusqu'à ce qu'on ait éclairci la situation. O.K.?

Eloy Quintana haussa les épaules et mit la main sur l'épaule de Joe.

— *Sientaté, primo*. Qu'est-ce que ça peut foutre!

Nancy alla vers le comptoir derrière lequel se tenait Bill Koontz et, les yeux plissés, siffla:

— Ecoute-moi, toi le flic, t'as pas le droit de parler comme ça à mon mari.

— Bon, bon, dit Bill Koontz en indiquant successivement Nancy, Eloy Quintana et Jimmy Ortega. Toi, toi, et toi, sortez de là. Si vous voulez attendre dans le camion, attendez dans le camion. Mais fichez-moi le camp. Et en vitesse. Pigé? Si vous restez là, je vous arrête pour désobéissance à un représentant de la loi.

— Il a droit à un coup de fil.

— Ouais, je veux téléphoner, dit Joe.

— Ouais, eh ben tu téléphoneras quand j'aurais envie de te laisser téléphoner! Alors, dis à ta femme et à ces deux zozos de ficher le camp d'ici, sinon, tu n'auras même pas droit à une mouche sur le cul d'un âne, compris?

— Hé, dis, je t'interdis de parler comme ça devant ma femme.

Eloy Quintana prit sa sœur par l'épaule, fit signe à l'adolescent de les suivre et se dirigea vers la sortie. Jimmy Ortega se leva lentement, d'un air arrogant; les yeux plissés, la bouche tordue dans un sourire méprisant, il jeta un coup d'œil amer vers le policier, puis, à pas d'escargot, sortit insolemment. Joe observa Koontz pendant une dizaine de secondes, puis marmona un « hum » avant de s'asseoir et de reprendre un magazine. Bill Koontz alla vers la porte pour s'assurer que Nancy, le beau-frère et le gosse retournaient bien dans le camion.

Ce qu'ils firent effectivement. Mais ils avaient à peine fermé la porte qu'un autre camion, puis un autre, débouchèrent de la grand-route et se garèrent à côté du véhicule d'Eloy Quintana. Il y avait quelques vieux dans les cabines, quelques hommes plus jeunes, ainsi qu'une grosse femme à l'air belliqueux. Ils saluèrent d'un signe de tête les passagers du véhicule de Quintana, puis la femme et deux hommes sortirent et allèrent leur parler. Deux autres camions, dont un une tonne à plateau transportant des planches de pins brut, déboulèrent presque au même moment, et plusieurs vieux en sortirent pour bavarder. L'un deux, en veste de peau de mouton crasseuse et rapée, portait un ceinturon. Dans tous les camions, on voyait des fusils accrochés contre la vitre.

Bill Koontz ferma la porte à clé et se tourna vers Joe:

— Ce sont des potes à toi?

Joe leva les yeux et regarda par la fenêtre d'un air nonchalant. Il haussa les épaules avec une indifférence exaspérante.

— Ouais, ce sont des potes à moi.
— Qu'est-ce qu'ils veulent?
— Comment veux-tu que je sache? Ils trouvent peut-être que ce commissariat à la con est le spectacle le plus fascinant du coin.
— Pour ton propre bien, j'espère qu'ils ne vont pas commencer à faire des conneries.
— T'as qu'à leur dire de s'en aller, dit Joe en élaborant un sourire insolent un peu étrange.
— Ouais, et s'ils refusent...?
Joe ne put se retenir plus longtemps. Il leva la tête et laissa un sourire de petit merdeux insolent, heureux comme un roi, froid comme l'acier, illuminer son visage.
L'épave de la Reine de la Carrosserie et de la Plomberie, conduite par Marvin LaBlue, et deux nouveaux camions boueux se garèrent. Ensuite, un vieil Oldmobile 1957 sans pare-chocs, sautillant sur ses amortisseurs s'arrêta et six jeunes d'âge scolaire, parmi lesquels Benny Maestas, en sortirent et commencèrent à chahuter bruyamment en se passant un peigne dans les cheveux, ajustant l'entrejambe de leurs pantalons, tout en jetant des regards menaçants sur le quartier général de la police.
Bill Koontz dit au radio:
— Contacte Chamisaville. Dis-leur de nous envoyer tous les gens dont ils disposent. Explique la situation.
Ensuite, il appela Bernabé Montoya à Milagro. Ce fut Carolina qui répondit.
— Ecoute, Carolina, c'est Bill Koontz de Doña Luz. Bernie est rentré?
— A la seconde. Tu veux lui parler?
— Et comment!
— Qu'est-ce qui se passe? demanda Bernabé, sa voix résonnant le long des vingt kilomètres de ligne comme une marche funèbre.
— Il y a Joe Mondragón qui lit un magazine à côté de moi, et une douzaine de voitures et de camions garés dehors. Tout Milagro a décidé de sortir du bois et ça ne me dit rien de bon. Je suis tout seul ici avec Emilio, alors il me semble que si toi et Naranjo, vous veniez en renfort, et à toute berzingue, ce serait pas du luxe.
Bernabé soupira.
— Oui, d'accord, j'arrive.
Il raccrocha.
La plus grande partie de la brigade sénile, avec dans les rôles

principaux, Onofre Martínez et Tranquilino Jeantete dans la cabine du Chevrolet 1953, le berger allemand à trois pattes sur le toit, l'oncle sinistre de Joe Mondragón, Juan F. Mondragón, avec son ami Panky Mondragón à l'arrière, arrivèrent au même instant. Le camion n'avait pas plus tôt trouvé une place, que Ray Gusdorf, accompagné de Sparky Pacheco, Fred Quintana, Gomersindo Leyba et Tobías Arguello vint lui aussi. Et Ray avait à peine coupé le contact, que le camion de Betty Apodaca, avec la serveuse du Frontier, Teofila Chacón, et le fils mourant d'Amarante Córdova, Ricardo, se gara le long du trottoir.

Bouche bée, Bill Koontz regardait les nouveaux venus.

— Oh, mon Dieu, ils sont armés jusqu'aux dents, pire qu'au Viêt-nam!

— Et mon coup de fil? dit Joe.

— Quand je serai décidé, tu l'auras. Emilio, essaie de joindre Bruno. Où est sa voiture en ce moment?

— Il est allé à Dixonburgh pour parler avec Carl Murphy, tu sais bien. Ils avaient pensé envoyer des gars du ranch jusqu'au lac de ce côté-là. Mais ça fait vingt minutes qu'il n'est plus dans sa bagnole.

Koontz composa le numéro de Carl Murphy.

— Carl?

— Non, c'est Scotty Cotton. Carl est occupé.

— C'est Bill Koontz, de la police fédérale à Doña Luz, Scotty, passez-moi Bruno Martínez, c'est urgent...

— Oui, monsieur.

Le policier attendit nerveusement pendant une longue minute.

— Bill?

— Ouais. Ecoute, on a pris Mondragón, il lit un magazine à côté de moi.

— Fantastique!

— Ne te réjouis pas trop vite! On a un problème. Il y a une trentaine ou une quarantaine de ses voisins qui sont dehors dans leurs camions et apparemment, faudrait pas grand-chose pour que ça tourne mal. Si tu rappliquais en quatrième?

— J'arrive tout de suite. Bill, défends le fort!

Deux autres camions rouillés s'arrêtèrent devant le commissariat.

Koontz appela Granny Smith chez lui.

— Granny? On a Joe Mondragón. Ouais, je sais, mais on a des ennuis. Il y a deux douzaines de camions campés dehors, et je suis tout seul avec Emilio. J'ai fermé la porte à clé, mais ils sont armés jusqu'aux dents.

— Mon Dieu ! Bill, surtout, pas de panique ! J'arrive aussi vite que possible. T'as prévenu Bernie ? Il est revenu ?

— Il arrive. A moins qu'il tombe dans une flaque de boue en chemin ou je ne sais quoi.

— Bon, je te vois dans cinq minutes. Surtout, reste calme. Quoi qu'il arrive, ne tire pas !

— Je ne tirerai pas, sauf si je suis forcé.

— Sal Bugbee, Buddy Namath et Ernie Maestas sont en route, annonça le radio.

— Il leur faut plus d'une demi-heure pour venir !

— Et mon coup de fil ? demanda Joe.

— Quand je serai décidé, tu l'auras, ton coup de fil.

— J'ai envie de faire pipi, ricana Joe.

— Tu sais où sont les toilettes.

— Oui, dit Joe avec un sourire princier.

Il jeta un clin d'œil lourd de sens en faisant le tour du comptoir. Bill Koontz le suivit.

— Hé ! j'ai pas droit à un peu d'intimité ?

— Cette porte reste ouverte.

— De quoi t'as peur ? Que je me sauve par la lucarne ?

— Pisse si tu en as envie, mais dépêche-toi.

Joe prit tout son temps, dispersa des goutelettes d'urine sur le sol, remonta sa fermeture à glissière, et se retourna sans tirer la chasse.

— Tire la chasse, ordonna Bill Koontz.

— Tire-la toi-même. Ce sont tes toilettes, *qué no* ?

Ils se regardèrent immobiles.

— Tu vas tirer la chasse, espèce de petit merdeux, dit Bill Koontz, en défaisant la lanière de sécurité de son étui à revolver et en caressant le canon du doigt. Sinon, je te fais sauter ta cervelle de mariole.

— Hé, appela Emilio Cisneros. L'avocat vient d'arriver.

— Oh, mon Dieu !

Koontz tourna la tête.

— Allez, avance !

— Tu m'as l'air bien nerveux, dit Joe, plein de sollicitude.

Koontz ne répondit pas. Il suivit Joe et se dirigea vers la porte ouverte. Charley Bloom avança et Koontz referma la porte à clé derrière lui.

— Je suis l'avocat de M. Mondragón, dit-il.

Il sortit une cigarette, en offrit une à Joe qui déclina la proposition et une à Koontz qui balaya l'air des mains d'un geste irrité en signe de refus.

— Sous quelle inculpation retenez-vous Joe ?

— Oh, rien de précis, il est là, c'est tout.

— Eh bien, s'il n'est pas inculpé, officier Koontz, je ne pense pas que vous ayez le droit de le retenir ici.

Un véhicule de police avec son girophare rouge allumé bondit furieusement hors de la grand-route, contourna les camions déglingués et s'arrêta dans un grand crissement de pneus, le parechoc contre la porte. Bruno Martínez se précipita à l'extérieur, laissant le signal d'urgence allumé, et se cogna bruyamment contre la porte fermée.

— Hé, hurla-t-il en trébuchant en arrière et en se frottant le front.

— Du calme ! dit Koontz en traversant la pièce pour aller ouvrir.

Bruno s'engouffra à l'intérieur, en regardant tout autour de lui, essoufflé.

— C'est M. Bloom, dit Koontz. L'avocat de M. Mondragón.

— Ouais, dit Bruno en faisant un signe distant à Bloom. Tu as pris contact avec Trucho ?

— On a parlé au téléphone il y a dix minutes environ.

Un autre camion, rempli de balles de foin vert approcha et Bernabé Montoya en sortit. Le sheriff salua une femme par ci, un homme par là, donna une claque sur l'épaule d'un adolescent, sourit, accepta une cigarette et du feu et plaisanta avec plusieurs vieux tout en se dirigeant vers le commissariat. Il saisit la poignée et se heurta contre la porte fermée.

— Hé, ouvrez la porte !

Bruno Martínez poussa le verrou, et Bernabé entra, courbé en deux, se frottant les genoux.

— Si j'étais vous, dit le sheriff, la première chose à faire, ce serait d'éteindre ces lumières, à moins que tu ne veuilles inciter les gens à la révolte.

— Oh oui, j'ai oublié.

Ecarlate, Bruno alla réparer son erreur.

— Et puis, dit le sheriff en allant déposer ses cendres dans un cendrier sur le comptoir, la deuxième chose, ce serait d'arrêter José pour violence ou pour avoir tiré à l'intérieur des limites de la ville, de le relâcher après sa déposition, ou de le remettre sous la responsabilité de son avocat ici présent.

Bill Koontz, sur le point de dire quelque chose, se ravisa et se tourna vers Emilio Cisneros et murmura :

— Tu as entendu ? Sors les formulaires.

Le radio se dirigea vers la machine à écrire, inséra un formulaire et des papiers carbone et attendit. Koontz fit avancer Joe, lui demanda de vider ses poches sur le comptoir et de défaire sa ceinture. Puis, en établissant la liste de ses possessions, il mentionna l'heure de l'arrestation ainsi que d'autres informations au radio qui les tapa rapidement, avec deux doigts. Quand il eut terminé, il passa un exemplaire à Joe pour qu'il puisse vérifier son identité :

— Dites, là, dans ce carré, vous dites que je suis blanc, je suis pas blanc, je suis Chicano.

— Tu es Blanc, tu es Noir ou tu es Oriental, dit Koontz.

— Je suis Chicano, bande de crétins !

— Bon, je pense qu'on peut en rester là, *qué no* ? dit Bernabé Montoya, mal à l'aise, s'interposant entre eux et lançant un regard noir à Joe. Il me semble que M. Bloom et M. Mondragón peuvent rentrer chez eux. Mais, soyez prudents en route, les garçons ! Hé ! José ?

Joe se retourna juste devant la porte.

— Ouais ?

— Reste dans les parages, d'accord ? Tout n'est pas encore terminé.

— Bien sûr, répondit Joe en souriant d'un air méchant. C'est là que j'ai vécu pendant toute ma vie, non ?

Quand ils furent sortis, Koontz dit :

— Je me demande si c'était vraiment la chose à faire. J'aurai dû l'embarquer et le conduire à Chamisaville.

— Non, il ne va nulle part, dit Bernabé.

— J'ai quand même l'impression qu'on ne devrait pas le laisser dehors avec les autres.

— La situation était prête à exploser, dit le sheriff. Vous étiez assis sur un paquet de dynamite.

— Et s'ils ne s'en vont pas ?

— Ils s'en iront. Ils ne sont pas fous. Et puis, ils ont gagné.

Les policiers regardèrent Joe bavarder avec un groupe d'une dizaine de personnes. Les autres restèrent dans leurs camions, à demi dissimulés derrière les pare-brise poussiéreux et craquelés. Un exemplaire de la pétition du Comité de défense des terres et des eaux de Milagro passait de main en main, et, dans des rires triomphants, les gens signaient comme des fous. Bloom se tenait en arrière tandis que Joe hurlait à qui voulait l'entendre ce qu'il aurait fait à Koontz et aux autres s'ils avaient essayé de le coincer; pourtant, l'avocat jetait des coups d'œil nerveux vers le commissariat s'attendant à ce qu'un flic ne reprenne la liberté de son client trop bruyant. Finalement, il ne tint plus et interrompit l'oraison aussi obscène qu'animée et suggéra que tout le monde rentre chez soi.

— Ce salopard d'avocat, j'aimerais bien le pendre par les couilles, dit Bruno Martínez.

— Fiche-lui la paix, dit Bernabé. Les choses ne vont pas marcher comme vous l'espériez. Enfin, vous pouvez encore tout gâcher, je suppose, mais c'est tout ce que vous gagnerez. Le moindre geste, et on va se retrouver dans une marmite prête à exploser.

Koontz s'assit et alluma une cigarette.

— Tu penses vraiment qu'ils n'avaient pas l'intention de rigoler?

— J'en suis sûr. Quelqu'un a appelé le juge d'instruction?

— Je lui ai parlé hier, dit Bruno. Lui et Trucho ont discuté ensemble. Ils voulaient accuser Joe de meurtre, mais ce salaud de Pacheco va s'en tirer.

— Moi, si on me pose la question, dit le sheriff bien que personne ne lui ait rien demandé, je l'aurais inculpé pour destruction du bien d'autrui, pour tapage sur la voie publique, et pour avoir tiré dans les limites de la ville. L'inculpation de meurtre ne tient pas debout, pas avec deux témoins.

— Point, à la ligne? demanda Koontz d'un ton morose.

Bernabé écrasa son mégot de cigarette, inspira et expira profondément; jamais, il ne s'était senti si sûr de lui.

— Ecoutez, j'étais là le jour où votre type, ce Montana, a expliqué son plan, mais aujourd'hui, je sais qu'il n'avait pas mis ça au point simplement pour la rigolade. De toute façon, ça n'a pas marché. Et même si j'ai eu plusieurs fois l'occasion de conduire Joe Mondragón ici à coup de pieds dans le derrière, je me rends compte que les temps changent. Maintenant, il n'y a plus de place pour les gens qui étaient là quand nous on était gosses. Ce flic, il ne comprend rien à rien. Et d'ailleurs, vous non plus, vous ne comprenez rien à rien. Et vous allez vous attirer de sacrés ennuis si vous laissez Trucho, votre patron, continuez avec ses théories à la con. Je sais que le Zopilote peut encore gagner, mais après ce qui s'est passé ces derniers jours, je sais qu'il gagnera pas sans qu'il y ait la guerre. Et d'où que viennent ces ordres à propos de José, ils ont été donnés pour éviter la guerre, ou la révolution, ou le mot qui est à la mode en ce moment.

Sur ce, Bernabé sortit, et faillit abasourdir toute l'assemblée en signant la pétition de Ruby Archuleta. Mais au moment où il allait inscrire son nom sur la page froissée, son salaire de sheriff lui revint à l'esprit comme un coup de tonnerre; il se contenta donc de la lire en faisant un signe approbateur, peu compromettant, et, avec un soupir audible, la passa au suivant.

Bientôt, les hommes et les femmes et quelques gosses, des paysans avec une acre de terre et des vergers de dix arbres stériles, des chevaux qu'ils ne montaient jamais, des troupeaux de trois têtes et pas de pâturages pour les faire brouter, retournèrent vers leurs véhicules délabrés, firent demi-tour, et prirent la direction du nord pour rentrer chez eux. Un instant plus tard, il ne restait plus que les deux voitures de police et le camion de Bernabé Montoya sur le parking.

A cet instant, le sheriff du comté, Ernie Maestas arriva, acompagné de ses deux adjoints. Granny Smith, tout feux d'urgence allumés, le suivait de près. Puis, Sal Bugbee et Buddy Namath apparurent, chacun dans leur voiture.

— Que s'est-il passé? demanda Ernie Maestas. Comment ça se fait que vous soyez tous encore en vie?

— Oh, la ferme! dit Bill Koontz.

Ernie lui donna une claque sur le dos.

— Quand est-ce que tu vas apprendre à jurer en espagnol? Espèce de sagouin d'étranger!

— Quand je crèverai, enterrez-moi dans un de vos camposanto pourri, et les squelettes m'apprendront!

Le téléphone sonna. C'était Trucho.

— Ecoutez, ne faites rien à Mondragón. Arrêtez-le sur un motif mineur, et puis relâchez-le après sa déposition. La situation est encore plus proche de l'explosion qu'on ne le pensait.

— C'est exactement ce qu'on vient de faire, dit Bill Koontz d'une voix lasse.

— Parfait, passez-moi Montana.

— Il n'est pas encore rentré.

— Il n'est pas revenu avec le reste de la battue?

— Pas que je sache.

— Bon, ben quand ce crétin arrivera, dites-lui de m'appeler. Et pas dix ou même cinq minutes après qu'il soit arrivé. Je le veux au bout du fil dès qu'il franchit la porte. Qui est en contact radio avec lui ?

— Personne. Il y a pas mal de perturbations atmosphériques. On n'arrive plus à le contacter depuis midi.

— Essayez quand même ! Il faut que je lui parle.

— Oui, monsieur.

Bill Koontz raccrocha et se frotta les sourcils. Dans une heure, grâce à Dieu, il ne serait plus de service. Il retourna aux toilettes et tira cette maudite chasse.

Sixième partie

Personne ne serait venu ce soir... si on ne les aimait pas autant, ces imbéciles d'anges coyotes!

Onofre Martínez

— Ils ont peur, dit Bloom d'un ton calme. Devine a peur, les flics ont peur, à la capitale, ils ont peur. Ils ont encore plus la trouille que nous.

Linda était assise en face de lui à la table de la cuisine, elle portait une vieille chemise de flanelle et avait attaché ses cheveux en queue de cheval. Ses yeux noirs étincelaient, mais elle avait un sourire triste.

— Personne ne s'est fait tuer. C'est incroyable. Au commissariat, j'ai bien cru que tout aller exploser, mais il ne s'est rien passé. Je ne comprends pas pourquoi. Je suppose qu'ils avaient trop la trouille, et qu'ils se sont dégonflés.

— Tu as ramassé les œufs? demanda Linda.

— Tu plaisantes?

— Il faut aller ramasser les œufs.

Ils se rendirent au poulailler. Une oie qui préférait dormir à la belle étoile plutôt qu'à l'intérieur cacarda gentiment pour saluer leur entrée. Linda ouvrit la porte de la cage à poules qui penchait dramatiquement.

— Je remplacerai les charnières demain, dit Bloom.

Le foin des paillasses et des boîtes à œufs sentaient bon la poussière. La réincarnation rouquine et dépenaillée de Cleofes Apodaca, l'avaleur de serpents aux grosses couilles, ronronnait, enroulée dans une boîte à œuf. Sur le sol, les deux dindes recevaient les fientes des poulets juchés sur les perchoirs.

Les deux boîtes à œufs à cinq compartiments étaient posées par terre. Bloom s'assit sur l'une d'elle; Linda s'installa sur l'autre, de l'autre côté du poulailler. Bloom alluma une cigarette et fuma lentement tout en écoutant les poules ébouriffer leurs plumes et glousser de temps à autre. Les rayons de lune se réfléchissaient doucement sur les vitres poussiéreuses.

— Je commence à me plaire ici, dit Bloom gentiment. Tout d'un coup, je me mets à aimer Milagro. Pour de vrai.

— Qu'est-ce qui va se passer maintenant? demanda Linda.

— Je ne sais pas. Mais ils ne s'en prendront plus à Joe. Ils n'oseront pas. J'en suis persuadé. Je ne suis même pas sûr qu'ils l'empêcheront d'irriguer. On n'ira peut-être jamais au tribunal.

— Et Ladd Devine? Le plan d'aménagement et le barrage?

— Ils sont refroidis, dit Bloom simplement. On ne sera sans doute jamais convoqués à une audience. Enfin, pas pour le moment. Ça nous laisse du temps, et on a besoin de temps pour organiser le combat, pour nous trouver des alliés, même en dehors de la ville. Tu as vu tous ces gens qui ont signé la pétition aujourd'hui?

— Charlie, tu crois sincèrement à tout ce que tu dis?

— Oui, je crois. Ecoute, pendant trois cents ans, d'une manière ou d'une autre, ils ont essayé de chasser les autochtones de la vallée, mais je ne sais pourquoi, il y en a toujours qui parviennent à résister. Et ils ne peuvent pas vendre des bungalows dans le canyon, ni attirer les skieurs sur les pistes, ni agrandir le ranch à touristes, s'il y a tout un tas de paysans furieux qui se baladent avec des fusils chargés et des regards hostiles c'est impossible.

— Toute ma vie, j'ai fait des rêves de paix.

Bloom alla ramasser deux œufs, dont l'un sous le chat, et tint les coquilles chaudes contre sa joue.

— Pendant toute ma vie, les gens se sont toujours battu autour de moi. Tout le monde était toujours en colère, tout le monde criait..., hurlait, chantait.. ; je me réfugiais sur mon lit, avec mes mains sur les oreilles. C'étaient des durs, des grandes gueules. Complètement fous! Les voitures n'avaient jamais de pots d'échappement. Tous les vendredis soirs, le bal se terminait en bagarre. Il fallait toujours que j'aille à la prison, pour payer la caution d'un frère, d'un cousin, de mon père. Ma mère ne se plaignait jamais, même pas quand elle était mourante. Elle avait un cancer et elle a bredouillé des « Je vous salue, Marie... » à longeur de journée pendant un mois mais elle ne s'est jamais plainte. Des coups de feu, la chasse, la mort, les accidents de voitures, l'angoisse permanente. La police était toujours sur notre dos. Dans le village, même l'air qu'on respirait était une menace. On était tous entassés dans des pièces minuscules, et il y avait toujours quelqu'un pour frapper du poing sur la table, pour crier sa haine... On détestait tout le monde. Et on en avait marre de se nourrir que de haine. Je ne sais pas d'où mon père, mes frères et mes sœurs tiraient toute leur énergie. Toujours à bavarder, à crier, à rire, à pleurer, à dire des conneries. Il y avait toujours un imbécile qui connaissait deux accords pour gratouiller une guitare. La radio était allumée sans arrêt, et la télé aussi quand elle marchait. Tout le monde parlait d'argent, se disputait pour trois francs six sous. On était jaloux de ceux qui en avaient, on sanglotait dans les bras de ceux qui n'en avaient pas. Du bruit, toujours du bruit. Quand on allait au cinéma, tout ce que les gens faisaient, c'était plaisanter, péter comme des malpropres, et boire de la bière. Et ils parlaient tellement que personne ne comprenait ce qui se passait sur l'écran. C'était toujours la bagarre. Tout le monde était armé. Et quand je suis venue ici, c'était pour échapper à tout cela.

— Je suis désolé..., dit Bloom.

Linda pleurait.

— Je n'ai plus envie de me battre! Ah, si seulement je pouvais fondre!

— Qu'est-ce que tu veux dire?

— Je sais pas, comme de la neige...

Elle leva les yeux.

— Quand il neige, il y a un tapis sur le sol, tout frais, lisse, immaculé... Eh bien, tous ceux que je connais, ils n'ont qu'une envie, marcher dans la neige, faire des marques partout, écrire leur nom, tout briser..., moi pas. Moi, je voudrais rester au bord d'un champ et regarder le blanc immaculé. Je ne veux pas laisser de traces. Je veux juste regarder, profiter du calme, de la sérénité. Je veux la laisser fondre doucement, sans qu'elle soit dérangée sauf par des petites souris qui ne s'enfoncent jamais vraiment dans la croûte, ou par des lapins, des pies qui se posent et s'envolent en y frottant légèrement la queue. Il n'y a aucune tension dans ces champs. Charlie, j'en ai marre de toutes ses tensions. Je n'ai que vingt-neuf ans, mais je me sens épuisée. Fragile, comme un verre de cristal qui va éclater s'il y a trop de bruit ou trop de bagarre, qui va exploser au moindre décibel de trop. Je n'ai pas peur, je ne crois pas. J'attends...

— Amen. C'est drôle. J'ai décidé d'aller cher Rael demain et d'acheter une arme.

Linda ne répondit pas.

Ils restaient assis l'un en face de l'autre dans le poulailler parfumé. Une dinde lança quelques trilles. Une chouette qui poursuivait des souris près de la rivière poussa son hululement étouffé.

Bloom se leva et sortit. L'air était moite et lourd, chargé de fragrances d'herbe fraîchement coupée. Les poneys se promenaient dans le corral, leur robe illuminée par les rayons de soleil. Les montagnes planaient sur le paysages, telles des éléphants sereins et bienveillants.

Soudain, l'avocat jeta un œuf droit dans les airs. il s'éleva d'une vingtaine de mètres en scintillant, puis retomba sur le sol à quelques pas dans un bruit sourd, mais il ne se brisa pas.

Bloom n'en croyait pas ses yeux. Il observa l'œuf. Il s'approcha et le ramassa. Il n'était même pas fendu. Longtemps, il tint l'œuf dans sa main, abasourdi, terrifié, incapable de bouger, les yeux fixés sur la lune.

Amarante Córdova était assis sur le pas de sa porte. Snuffy Ledoux se tenait à quelques pas, fumant d'un air songeur dans le crépuscule. Pendant un instant, les montagnes s'illuminèrent de vermeil, puis la lumière du jour se dissipa, et des ombres d'un bleu profond s'étirèrent sur les collines jusqu'à ce que seuls les sommets fussent encore baignés dans des lueurs rouges. En quelques secondes, la nuit tomba.

— Eh bien, je suis de retour, dit Snuffy d'un ton fatigué en jetant son mégot. Et pour toujours.

— Tu es revenu au bon moment, dit le vieil homme.

— Ouais, peut-être, dit Snuffy en s'asseyant sur la terre chaude. C'est pas sûr. Maintenant, il faut que je fasse des projets, que je trouve un moyen de gagner ma vie. Il faudra que je sculpte des figurines de saints et que je les vende à Chamisaville, quelque chose comme ça. Je ne sais pas, mais je suis fauché.

— La maison de tes parents ? Elle est encore à toi ? demanda le vieux.

— Tu plaisantes !

Snuffy ramassa un caillou et, sans raison, le jeta sur le tas de bois.

— Avant de partir, je l'ai vendue à Devine. J'avais besoin de fric.

— Tu peux vivre ici.

— Comment ça ?

— Tu peux habiter là, dans cette maison. On la réparera.

Snuffy tourna la tête et regarda la maison délabrée d'un œil sceptique.

— Il y a du pain sur la planche ! dit-il sans enthousiasme.

— A ma mort, tu hériteras de la maison et de la terre, dit Amarante. Les autres vont revenir ici et vont se mettre à irriguer. Tu verras. On va racheter toutes les terres, d'une façon ou d'une autre.

— A ta mort! Tu te fiches de moi! s'exclama Snuffy d'un ton sarcastique. Je ferais mieux de fendre du bois pour ton poêle! ajouta-t-il en se levant.

La hache à la main, il s'approcha du tas.

Avant qu'il eut le temps de prendre une bûche, les lueurs argentées des plants de haricots à quelques champs de là attirèrent son attention. Et bien qu'à quarante-cinq ans il soit déjà exténué, solitaire, et se demandait comment gagner un sou le lendemain, il sourit, s'égarant dans une vision à laquelle il croyait à demi (au quart, pour être plus honnête!). Ce n'était pas une vision d'un avenir totalement inconnu, mais plutôt une vision d'un avenir constitué de ce qu'il y avait de meilleur, dans le passé. Il vit les maisons du côté ouest, à nouveau vivantes, avec une fumée odorante sortant de toutes les cheminées, habitées par une nouvelle génération d'hommes, de femmes et d'enfants dont les pères, les oncles, les tantes, les grands-parents avaient été chassés de la terre, et dont les racines racornies avaient péri. S'il y avait un carré de haricots, pourquoi pas trois? Une douzaine? Et les gens reviendraient de leurs contrées lointaines; les fayots et les citrouilles pousseraient dans les champs et partout, on humerait la bonne odeur du pain qui cuit...

— Ah, puis merde! dit Snuffy en prenant un rondin.

Qu'est-ce que c'étaient que ces rêves à la noix? Et pourquoi tant idéaliser le bon vieux temps? Personne ne savait ni lire ni écrire, les gens mouraient de la tuberculose. Tiens, j'aimerais bien avoir une voiture, je n'ai jamais eu envie de passer toute ma vie à dos de cheval. Et puis, je vois pas ce qu'il y a de marrant à faire pousser trois rangs de haricots, et à s'asseoir dans les toilettes à ciel ouvert, avec le vent qui siffle sur la tête par moins trente!

Sur le plateau, un coyote hurla. Cela faisait longtemps que Snuffy n'avait pas entendu ce bruit. Il se retourna, une petite bûche à la main. Amarante fit une aimable grimace.

— Ces foutus coyotes! coassa le vieil homme, on n'a même plus le droit de les empoisonner!

— Il n'y en a plus assez pour gâcher son poison, dit Snuffy, en faisant tomber sa bûche à ses pieds.

Et, dans un cri sauvage et furieux, qui contenait en lui toutes les malédictions de toutes les heures de tous les jours de sa vie qu'il avait passées à fendre du bois, il fit éclater le rondin en deux, avec une précision exquise.

Sa voiture était toujours là, exactement à l'endroit où il l'avait laissée. Pantelant, Kyril Montana s'appuya sur le capot, de grosses gouttes de sueur lui roulant sur le front et dégoulinant sur la surface métallique. Il resta ainsi pendant près de cinq minutes, essayant de reprendre son souffle, de se calmer. Il se mit à avoir froid dans le vent de fin d'après-midi qui descendait des montagnes. Epuisé, il s'installa derrière le volant, mit le contact et alluma le chauffage. Aussitôt, la radio se mit à couiner, lui demandant sa position. Inspirant profondément, l'agent souleva le micro, bascula le bouton en position émetteur, et, après avoir annoncé son matricule d'un ton morne, il informa le radio :

— Tout va bien, je viens de rentrer. Je n'ai pas eu de contact avec Mondragón. La battue n'a donné aucun résultat.

— On l'a, Mondragón ! Vous m'entendez ? Joe Mondragón est venu ici et il est reparti. Tout va bien. Mais vous avez intérêt à rappliquer, et à prendre contact avec Trucho, ça va chauffer pour vos fesses !

— Merci, dit Montana en reposant le micro.

Sous la lumière intérieure, il se regarda dans le rétroviseur : il avait le visage égratigné, mais pas si rouge que ça, pas en trop mauvais état. L'agent se passa la main dans les cheveux, se recoiffant du mieux possible. Il sortit du véhicule, ouvrit le coffre où il avait en permanence un pantalon et une veste propre, une chemise blanche et une cravate, en cas d'urgence. Il se déshabilla rapidement, enfila les vêtements frais et s'en alla.

Katie ouvrit la porte en souriant comme un derviche et courut à la cuisine en criant :

— Hé, voilà Lucifer Dakota, euh, non, Lucifer Texas, ah, je veux dire Lucifer Montana !

Allongé sur le divan, un masque vert sur les yeux, Bud qui écoutait la symphonie du soir d'une radio de Capital City en F.M. demanda :

— Ky ? C'est toi ? Où t'étais passé, nom d'un chien ?

Bertha sortit de la cuisine au moment, où, chancelant, en chaussettes, Bud quittait le salon.

— Qu'est-ce que tu as fait ? La fête avec une bandes de lutins ? demanda Bertha. Ça fait des heures que tout le monde est rentré. Joe s'est rendu au commissariat de Doña Luz vers midi, et ils l'ont laissé partir une heure plus tard, parce que la moitié de la ville était dehors, prête à faire sauter la baraque. T'as raté le feu d'artifice, mon vieux. Tu veux un café ? On dirait que t'en as bien besoin.

— Il paraît que Pacheco va s'en sortir. Il est encore plus indestructible que son cochon !

— Parfait, dit l'agent. Je peux téléphoner ?

— Fais comme chez toi.

Montana appela sa femme.

— Tout va bien. Je viens de rentrer. J'avais simplement envie de rester un peu dans la montagne, au cas où... Oui, j'en ai entendu parler. Je passerai à Doña Luz pour avoir les détails. Je rentrerai sans doute vers onze heures, à moins qu'ils n'aient besoin de moi là-bas. Ne t'inquiète pas pour ça, oui, je mangerai en route, O.K. ? Oui,oui, tout va bien. A tout de suite.

Il raccrocha, attendit un instant afin de s'assurer qu'il avait retrouvé tout son calme et appela Trucho.

— Il est rentré chez lui, lui dit le policer de service.

Montana appela Trucho chez lui.

— Il est encore au bureau, répondit Mme Trucho.

— On m'a dit qu'il était rentré.

— Dans ce cas, il n'est pas encore arrivé.

— Dites-lui que j'ai appelé et que je vais passer à Doña Luz avant de retourner chez moi. Il n'a qu'à me laisser un message, sinon, je rappellerai demain matin.

— D'accord. Mais je crois que vous feriez mieux de rappeler plus tard, monsieur Montana. C'est urgent.

L'agent raccrocha, retourna à la cuisine, s'installa en face de Bud et savoura avec gratitude le café que Bertha lui avait préparé.

— Euh, dit-il, absolument exténué, mais luttant pour garder les yeux ouverts et pour éviter de bredouiller. Je n'ai plus de cigarettes.

— Katie ! dit Bud, va me chercher un paquet de cigarettes dans le coffret en argent sur la table basse du salon.

— Vas-y toi-même, je suis pas ta bonne. Et puis, je regarde la télé.

— Dis-donc, sale petite punaise, fais ce que ton père te dit! hurla Bertha en se penchant pour surveiller son rôti et des pommes de terre au four.

— Pourquoi? Papa sait plus marcher? Il est dans un fauteuil roulant?

— Oh, nom de Dieu! grogna Bud en se levant. Je vais y aller moi-même.

— Si tu cèdes toujours, dit Bertha, comment veux-tu qu'elle apprenne quelque chose?

— Oui, je sais, c'est une solution de facilité.

— Dans ce cas, ce n'est pas la peine de te mettre en colère si elle désobéit sans arrêt! aboya Bertha en ajoutant de la farine à une sauce dans une casserole.

Kyril Montana buvait son café, et son corps douloureux tremblait tant le goût lui paraissait délicieux. Les odeurs de cuisine, le rôti, le fromage cuit, la sauce, le mélange d'ail et d'oignon lui montaient à la tête. Il mourrait de faim.

Bud jeta un paquet de cigarettes filtres neuf sur la table. Kyril Montana le prit et déchira soigneusement l'enveloppe de cellophane.

— Qu'est-ce que tu t'es fait aux mains? demanda Bud.

— Oh, tu sais, j'ai marché dans les buissons. J'ai trébuché et je suis tombé sur les rochers, rien de grave, répondit l'agent avec un sourire rassurant. Rien qu'une invitation à partager ce que Bertha a mis dans le four ne saurait guérir.

Bud baissa les yeux sur ses propres mains crispées.

— Non, tu ne peux pas rester à dîner, Ky. Bois ton café, prends les cigarettes si tu veux, mais va-t'en, s'il te plaît. D'ailleurs, ce n'est pas une prière, c'est un ordre, tu comprends?

D'humeur égale, Kyril Montana observa le haut de la tête de son ami, dans l'espoir de l'obliger à lever les yeux.

— Bud, tu n'es pas dans une position idéale pour m'envoyer balader comme ça.

— Eh bien, dans ce cas, c'est moi qui te le demande..., commença Bertha.

— Oh, ta gueule! aboya Bud, en jetant un coup d'œil à l'agent pour rebaisser les yeux immédiatement.

— Je ne tiens pas à rester si ma présence est indésirable, mais vous devez comprendre que votre réaction me surprend un peu. Je suis épuisé, j'ai passé une longue après-midi dans la montagne, alors..., ça me déçoit...

— Je m'en fiche, Ky. Fais ce que tu veux, venge-toi si tu veux, mais bois ton café et fous le camp. Quoi qu'il arrive, à partir de maintenant, je ne suis plus dans le coup. Et je parle aussi de tes réunions à la noix chez moi. Oh, c'est pas parce que j'ai des scrupules moraux sur ce que tu fais, comprends bien. Je n'ai pas tourné ma veste. J'ai simplement plus peur d'eux que je n'ai peur de toi.

— Eh bien, mon salaud!

— T'as raison, t'as raison. Je ne cherche pas une médaille du mérite. Tu as absolument raison, je tiens à ma peau, c'est tout. Alors, rends-moi service, bois ton café, et fiche le camp, et à partir de maintenant, reste en dehors de ma vie.

Soudain, Katie surgit dans la cuisine en criant:

— L'émisssion est finie!

Puis, remarquant les yeux baissés et la fureur de l'agent, elle ajouta:

— Euh, vous savez avec quoi on fait les sous...?

Pendant un instant, Kyril Montana eut assez d'instinct meurtrier pour se retourner et frapper cette sale mioche. Il avait envie de lui arracher la tête et de l'envoyer valdinguer contre le mur de la cuisine comme une tomate pourrie.

Au lieu de cela, il se contenta de tirer une cigarette du paquet que Bud lui avait donné, de la placer entre ses lèvres et de l'allumer... La flamme scintilla devant ses yeux.

— Hé, dit Bud, étonné, puis ricanant bêtement. *Tu l'as allumée par le filtre, mon vieux!*

C'était une belle nuit, très claire. Perturbé, mal dans sa peau, se sentant un peu bizarre, Horsethief Shorty errait. Il contourna la sombre piscine dans laquelle il ne s'était jamais baigné, traversa les champs argentés et humides jusqu'aux courts de tennis, s'appuya sur le filet, les mains dans les mailles d'acier, au-dessus de sa tête. Il avait oublié de rentrer les filets ce soir-là et de nettoyer les lignes. Il le ferait le lendemain avec un garçon chicano, et aplanirait les courts.

Mais pour le moment, Shorty avait envie de ne rien faire. Détendu, appuyé sur la barrière, il regardait les vapeurs de mercure s'échapper des lampes que son patron avait installées autour du magasin, du café et du Motel Enchanté, de l'autre côté de la ville. Derrière la grand-route, dans la ville fantôme, la lumière d'Amarante Córdova scintillait faiblement par la porte ouverte de sa maison en ruines.

Shorty roula une cigarette, l'alluma, la fuma tranquillement et jeta le mégot sur le court attenant.

— J'ai passé ma vie à lécher des culs, bredouilla-t-il d'un ton épuisé. Et en plus, j'ai sûrement mal choisi mon clan.

C'était une pensée qui le titillait depuis un certain temps déjà, et elle lui était revenue à l'esprit avec la force d'un coup de tonnerre quand Bloom lui avait fait signe d'aller se faire foutre, cet après-midi-là ; sans qu'il comprenne pourquoi ce geste obscène lui avait donné envie de pleurer.

Enfin, cette nuit, tout le rendait triste. Mais merde ! Il avait été seul toute sa vie ; la solitude faisait partie de son existence depuis qu'enfant, en ouvrant les yeux, il restait immobile pendant un instant à écouter les coqs chanter dans le petit poulailler. Une minute plus tard, songeait-il à l'époque, il faudrait qu'il se lève et qu'il se jette dans la guerre qui était son école de vie.

Oui, Shorty avait partagé le rêve de Ladd Devine, sur le terrain de golf, là-bas, du côté ouest, et sur tout le projet de la vallée des Miracles. Il avait porté le regard vers cette forme de progrès, il avait parié sur les gens qui viendraient grossir la ville, et il jouerait un rôle non négligeable dans cette extension. Oh bien sûr, on ne le retrouverait jamais raide mort sur un terrain de golf, mais il possédait une partie des terrains, des lopins de choix, il serait un des associés de la société qui l'exploiterait et ce genre de vie l'attirait.

Mais ils étaient encore là, ces espingouins, le fond du panier légendaire, avec leurs petites chandelles qui scintillaient, et qu'il soit pendu s'il n'avait pas envie de s'enfiler quelques enchiladas et quelques verres de vin de cerise avec Joe Mondragón, Pancho Armijo, ou même ce vieux miracle décrépi de quatre-vingt-treize ans d'Amarante Córdova.

— Shorty? C'est toi?

Flossie se tenait près de la piscine en maillot de bain. Elle avait détaché ses cheveux longs qui scintillaient comme des cheveux d'ange sur un sapin de Noël.

— Ouais, c'est moi.

Shorty s'approcha de la piscine en roulant une cigarette.

Là, il s'installa sur une chaise-longue et alluma sa tige.

— Je vais me baigner toute nue.

— Vas-y, ne te gêne pas pour moi.

Sans avoir conscience d'être observée, elle défit la fermeture à glissière du côté, laissa tomber le haut et fit glisser le maillot le long des jambes. Sa poitrine lourde tombait passablement, et son ventre s'arrondissait, mais elle avait de longues jambes bien galbées. Mélancolique, elle souleva ses seins dans les paumes de la main avant de les laisser retomber. Elle se retourna et se glissa lentement dans l'eau fraîche.

Flossie fit quelques brasses avant de s'approcher du bord où se tenait Shorty et de se reposer, les bras pliés sur le rebord du carrelage, le menton sur les mains.

— Elle est bonne? demanda Shorty.

— Je crois qu'elle est plutôt fraîche, mais je suis tellement saoule que c'est difficile à dire. Tu ne sais pas nager, toi, Shorty?

— Non, je nage comme un caillou.

— Qu'est-ce qui va se passer maintenant? demanda-t-elle après un moment de silence.

— Je ne sais pas vraiment. Ils ont remporté une petite victoire, mais ils ne sauront pas comment en tirer avantage. Cela peut retarder la construction du barrage et l'aménagement de la zone de loisirs et du terrain de golf sur le côté ouest, et tout le bordel de la vallée des Miracles aussi.

— Je me demande... Shorty, c'est mal que je sois de leur côté?

— Je sais pas. Je ne suis pas très clair non plus.

— Il va y avoir de la bagarre, non?

— Ouais, et une sacrée bagarre, pour sûr!

— Shorty, je suis complètement saoule, je bois depuis que la battue s'est mise en route ce matin. Ladd ne veut pas m'adresser la parole. Il est nerveux. Il s'est engueulé avec Jerry G. à propos d'un tracteur perdu ou je ne sais quoi et il s'est enfermé dans son bureau pendant une heure. Après, il a pris la Lincoln et il a foncé à la capitale. Je ne sais pas comment ça va tourner. Tu sais quoi?

— Quoi?

— J'aimerais savoir piloter, dit Flossie d'un ton traînant.

— Et alors?

— Je me saoulerai comme aujourd'hui, je prendrai l'avion de Devine, je survolerai la montagne et je m'écraserais sur une prairie ou dans un des canyons où personne ne va jamais.

— Moi, je sais le piloter, cet avion, répondit calmement Shorty.

Pendant un instant, Flossie avala quelques bulles chlorées sans rien dire. Elle ferma les yeux et demanda:

— Tu veux qu'on y aille?

— Pourquoi pas? C'est fini pour moi, ici, Flossie. Je n'ai pas envie de me trouver ni d'un côté ni de l'autre dans ce qui se prépare.

— Tu crois vraiment que t'es fini?

— J'en suis sûr. J'étais près du réservoir, cet après-midi, j'attendais Joe Mondragón quand son avocat est arrivé et m'a fait signe d'aller me faire enculer. C'était comme s'il m'avait tiré en plein cœur. Tout d'un coup, j'ai eu l'impression d'être un saligaud. Je comprends pas pourquoi ça m'est pas arrivé quand j'avais vingt ans, un truc pareil.

— Je n'ai pas envie de mourir à l'hôpital dans une camisole de force, en pleine crise de *delirium tremens,* dit Flossie. Et puis, Shorty, j'en ai marre de cette vie facile. J'en ai marre.

— Ouais, sans doute.

— On y va maintenant?

— Pourquoi pas ?

Comme si elle avait vingt ans de moins, agile comme une truite, elle nagea vers le petit bassin ; les gouttelettes ruisselaient sur son corps grassouillet, pareilles à des étoiles de lune liquides. Elle se redressa, de profil par rapport à Shorty, et regarda le ciel. La brise bruissait dans le vergers, murmurait dans les peupliers, frissonait sur la pelouse et sur la surface de l'eau.

Flossie se sécha et renfila son maillot.

— Allons-y, dit-elle.

Ils gravirent la colline, Shorty la suivait, admirant son arrière-train. Au coin du ranch, un break était garé dans l'allée. Shorty conduisit. Lentement, ils s'éloignèrent de la demeure, en direction du canyon et de la vallée. Flossie alluma la radio pour l'éteindre aussitôt. Sur la grand-route, ils tournèrent vers le sud.

Pendant le trajet de quarante-cinq minutes, ils gardèrent presque le silence. Flossie se tenait les mains sur les genoux, ses longs cheveux décolorés descendant luxurieusement sur ses épaules nues. Elle humait l'odeur de Shorty, une odeur de bête sauvage, de tabac, et de quelque chose qu'elle ne parvenait pas à définir, une senteur d'armoise peut-être ? Shorty conduisait lentement, respirant l'odeur de cette femme triste et déprimée qu'il connaissait depuis si longtemps, de ses cheveux, de l'eau chlorée, des faibles relents d'un parfum de lilas, du rouge à lèvres cerise de ses lèvres. Ils se dirigeaient vers le sud dans la voiture puissante tandis qu'à l'extérieur s'étendait la plaine d'armoise, et qu'à leur gauche se dressaient les montagnes, sombres et luisantes.

L'aérodrome était fermé pendant la nuit. Chet Premminger était chez lui dans la banlieue de Chamisaville. Shorty défit les cables d'attache et aida Flossie à monter.

Une fois dans les airs, Flossie demanda timidement :

— Comment tu te sens, Shorty ?

— Je vais bien, répondit-il, songeur. Puis il ajouta en souriant : j'ai eu la belle vie.

— Moi, j'ai eu une vie morne, dit Flossie sans rancœur, sans ressentiment. Tu vois, tout a toujours été trop facile.

Il guida l'avion au-dessus des montagnes. Dans le canyon, l'obscurité semblait riche et profonde. Ils gardèrent le silence. Flossie regardait en bas, regardait en l'air ou droit devant elle, laissait ses yeux errer, se couvrir d'un voile, s'endormir. Sur une crête nue, un cerf s'arrêta et leva la tête vers le ciel. Shorty lui fit un signe amical. Il se détendait lui aussi, somnolait presque. Il coupa le moteur et s'enfonça dans son siège, les yeux hagards fixés sur le paysage en contrebas. Ils survolaient une forêt épaisse dans un canyon profond, pratiquement inaccessible.

L'avion planait en silence. Soudain, le nez commença à plonger vers la forêt mystérieuse où personne ne les découvrirait avant des années.

Laconiquement, presque trop lentement. Shorty remit le moteur en marche, ricana, secoua la tête et sorti de la glissade. Il vira et s'éloigna de la montagne pour survoler le plateau, en direction de l'aéroport. Tout brillait, réfléchissait si violemment les rayons de lune qu'il n'eut pas besoin de lumière pour atterrir. L'avion rebondit sur la piste, se redressa, ralentit et s'arrêta. Il coupa le moteur.

Flossie se réveilla.

— Hé? Que s'est-il passé? murmura-t-elle.

— Rien, dit Shorty avec un large sourire. Rien du tout.

— Espèce de salaud! chuchota-t-elle en se blottissant contre lui.

— J'ai eu le temps de réfléchir à ma vie, dit Shorty d'un ton neutre en lui posant la main sur le sein. J'ai réfléchi à ce que j'avais fait et à ce que je voulais vraiment au fond de moi-même, et j'en ai tiré des conclusions.

— Lesquelles? murmura-t-elle ensommeillée.

— Je ne sais pas. Je me suis simplement rendu compte que j'étais toujours curieux. Tu comprends? Je suis trop vieux et trop salaud pour changer de camp maintenant, mais j'aimerais rester dans les parages un peu plus longtemps pour voir comment les choses vont tourner.

Il n'y avait jamais eu une telle fiesta au Frontier Bar. le juke-box hurlait sa musique mariachi, tout le monde était ivre, et comme il s'y trouvait plus de femmes que d'habitude, les gens essayèrent de danser. Joe et Nancy Mondragón étaient si ronds qu'ils tenaient à peine debout, quant à marcher, danser la raspa, un fox-trot... ! Néanmoins, ils avaient décidé de se lancer dans un flamenco accompagné par un trio d'accordéons délabrés, de guitares désaccordées et de violons élimés, et des sanglots hystériques de voix cassées et éraillées. Ils dégagèrent la piste en poussant tout le monde du coude, et, Nancy tenant entre les dents une rose imaginaire, Joe le poing serré sur une veste gitane inexistante, ils se mirent à « danser ». Tandis qu'ils martelaient le sol de manière insensée et d'un pas mal assuré, près de cinquante bouffons pris de boisson commençèrent à taper des mains, à contretemps, tout en criant, hurlant, faisant des grands gestes, se jetant dans les bras les uns des autres, et commentèrent vulgairement les prouesses du couple Mondragón. Joe tapa du pied, toisant le monde de sa hauteur; Nancy tapa du pied, lançant une main serpentine et sensuelle dans les airs avant de perdre l'équilibre et de zigzaguer vers la foule en liesse, qui la repoussa au centre de la piste. Le disque s'arrêta. Qu'à cela ne tienne! Personne n'avait entendu la musique, personne ne remarqua qu'elle s'était arrêtée. Ils battaient des mains, et criaient tandis que Joe trépignait et se cognait dans Nancy, clopin-clopan, cahin-caha, le couple tombait, se relevait et trépignait encore. Encore et encore, jusqu'à ce que Joe tombe à la renverse sur les genoux, se heurte le crâne contre le sol dans un bang terrifiant. Les étoiles dansaient la bamba dans sa tête. Quand il reprit connaissance, il se retrouva abandonné dans un coin, les cheveux ensanglantés. Tranquilino Jeantete se lançait dans une drôle de gigue avec Nancy, qui rota bruyamment avant de plonger une fois de plus dans la horde en délire. Instantanément, une autre femme, bien éméchée elle aussi, reprit la place qu'avait libérée la cabriole de Nancy.

Joe revint sous les feux de la rampe et étendit les bras, exigeant le silence.

— Eteignez-moi ce juke-box! Je vais chanter une chanson.

Sur ce, Dieu se boucha les oreilles, et Joe s'assit dans un bruit grossier. L'assemblée huait impitoyablement. Quelqu'un débrancha le juke-box. Joe leva les bras en agitant les doigts jusqu'à ce que tout le monde finisse par la fermer. Pendant un instant, on n'entendit plus que les respirations laborieuses, les gargouillis intestinaux des ventres pleins de bière, le bourdonnement du réfrigérateur à bière et les glaçons qui descendaient dans la machine en aluminium.

Joe avait l'intention de chanter « Malaguena Salerosa » avec tant d'âme, tant d'émotion, de beauté et de tristesse qu'il aurait besoin d'une barque dès le deuxième vers pour voguer sur les larmes de la foule.

Pourtant, dès qu'il ouvrit la bouche, le premier vers sortit comme le couinement d'une souris qui se fait étrangler par un serpent. Ce qui fit ricaner Joe de concert avec une vingtaine d'hommes et de femmes. Etouffant bêtement sous son propre fou-rire, Joe leva le bras et agita frénétiquement les doigts pour obtenir le silence. Ce qui produisit une réaction en chaîne et bientôt, dix-huit ivrognes levèrent le bras et agitèrent leurs gros doigts tout moites. Et quand Joe rouvrit la bouche, au lieu de chanter comme Antonio Aguilar, il éructa.

Cela mit fin à son solo. Ils ricanèrent, rigolèrent, postillonnèrent, bavardèrent, jacassèrent..., une demi-douzaine de voix éraillées assassinèrent en règle « Malaguena Salerosa », et l'envoyèrent valdinguer dans les toiles d'araignées et bien au-delà encore. Les mots s'entrechoquaient, les gargouillis s'entrechoquaient et la magie du roman à l'eau de rose que voulait créer Joe s'en alla pour de bon.

Nancy tenta de relever Joe, mais elle tomba sur lui.

— Allez, on s'en va, murmura Joe d'une voix pâteuse, je vais gerber.

Péniblement, se soutenant mutuellement, ils ne parvinrent qu'à s'empêtrer un peu plus. Finalement ils se remirent sur pieds, et, bras dessus, bras dessous, ils titubèrent jusqu'à un mur, où, croyaient-ils, se trouvait la porte. Ils durent reprendre à deux fois leurs recherches erratiques avant de se retrouver à l'air frais.

Joe plongea à une dizaine de pas en avant, et, plié en deux, les mains autour des genoux, il explosa. Brutus, le chien de garde de Harlan Betchel, dansait nerveusement derrière la vitrine du Pilar, aboyant et découvrant les dents, tandis que Joe vomissait. Nancy chancela jusqu'au café, pressa le nez contre la vitre, déclenchant la fureur du chien.

— Ta gueule, Brutus, sinon, on va te transformer en saucisse, *comprendes*? Une grosse saucisse à frire.

Chancelant, Joe s'approcha, appuya son nez contre la devanture et tapa joyeusement les poings contre la vitre. Le chien battit en retraite, tous poils hérissés et renversa la salière et le poivrier d'une table.

Joe aboyait et grognait; Nancy découvrait les dents et jappait. Brutus aboyait et grognait, jappait, battait en retraite, repartait à l'assaut, tournait en rond, à demi-fou.

Onofre Martínez sortit élégamment du vacarme du Frontier, s'empêtra, retrouva son équilibre et sa dignité de manchot et, navigant vers le café, drappa son bras gauche autour de l'épaule de Nancy et son bras droit invisible autour de Joe et se mit à aboyer, à grogner et à japper avec eux. Brutus fit un bond en avant, s'arrêta brutalement, et renversa une chaise en reculant.

Bientôt, huit nouveaux trouble-fêtes pompettes se joignirent à la liesse. Bras dessus, bras dessous, alignés devant la vitre, ils aboyèrent et grognèrent, miaulèrent, roucoulèrent, pendant que le chien en furie dansait comme un diable en folie, sautait, bondissait, grommelait, la bave aux lèvres. Il renversa une autre fournée de salières; il jappait de terreur, et tous crocs dehors, chargait les déments.

Joe rugissait comme un lion; Nancy bêlait comme une chèvre; Snuffy Ledoux coassait, croassait et pépillait; Amarante Córdova brâmait comme un mulet. Benny Maestas grognait et sifflait; Sparky Pacheco martelait du poing; Jimmy Ortega hennissait; Betty Apodaca grimaçait, claquait des dents et gonflait les joues. Terrifié et affolé, le chien de garde enragé trépignait; il renversa une table et trois autres chaises. Le porte-serviettes s'écrasa par terre; un sucrier explosa. Brutus se blessa à la patte et aspergea la salle de sang. La congrégation de joyeux lurons et de ruffians riait aux larmes tout en poursuivant leur imitation de l'Arche de Noé et en faisant des gestes obscènes.

Bernabé Montoya, un pantalon passé sur son pyjama, le revolver de travers dans son étui, sortit de l'ombre d'un pas las suivi de Harlan Betchel qui portait un imperméable sur son pyjama.

Bernabé jeta son mégot dans la poussière et, après avoir inspiré tristement, hurla :

— C'est pas bientôt fini ce bordel ?

Ils firent le silence, se retournèrent, et s'éloignèrent timidement de la devanture, ricanant en voyant le revolver du sheriff et le fusil tremblant de Harlan Betchel.

— Bon, murmura Bernabé, d'un ton morne. Est-ce que quelqu'un voudrait prendre la peine de m'expliquer ce qui se passe ?

Personne ne répondit. Il y eut plusieurs hoquets. Les fauteurs de trouble firent deux pas de côté, un pas en arrière.

Bernabé s'approcha pour aller voir ce qui se passait au Pilar ; son revolver tomba de l'étui dans un bruit sourd. Tandis qu'il se baissait pour le ramasser, les pochards se lancèrent dans un chœur de ricanements.

— La ferme ! grogna Bernabé.

Il regarda par la vitre. Allongé dans le chaos, Brutus léchait ses plaies.

Bernabé fit face aux coupables et soupira : *Ai Chihuahua* ! et sortit un bloc-notes de sa poche.

— Bon, très bien. Donnez-moi vos noms. Vous allez payer les dégâts !

— Euh, Bernie, pas si vite ! dit Harlan. Il y a pas l'air d'avoir grand mal. Ils s'amusaient, c'est tout. Je ne porte pas plainte.

— Dis donc, tu pourrais pas pointer ton fusil ailleurs ? aboya une voix furieuse.

Harlan abaissa son arme, et se lança dans de plates excuses interminables.

— J'aime mieux ça, répondit la même voix rauque.

Une autre voix émit des petits « hi, hi » moqueurs.

— Harlan, tu parles sérieusement ? demanda Bernabé.

— Tout à fait. Ce n'est rien, je t'assure. Ces meubles, ça ne risque rien. Et puis, c'est le chien qui a tout cassé. Je ne vois pas le problème. Ce n'est rien.

— T'as perdu la tête ou quoi ? demanda Bernabé en regardant Harlan de travers, incapable de croire qu'il allait s'en sortir si facilement.

— Non, non, pas du tout, insista Harlan en souriant aux fauteurs de trouble. C'était pour rire, pas vrai?

— Ouais, c'était pour rire, ça tu peux le dire!

Ils postillonnaient et ricanaient, fiers de leur pouvoir qu'ils voyaient se refléter sur les traits de Harlan Betchel.

On aurait pu deviner l'empreinte des plants de haricots dans l'humilité de son attitude.

— Bon, d'accord, puisque tu le dis.

Bernabé haussa les épaules et rangea son carnet.

— Allez, retournez donc au bar, vous tous.

— Ouais...

Tout le monde, à l'exception de Joe et de Nancy, trébucha en avant, et d'une manière ou d'une autre, à quatre pattes, cahin-caha ou traînant la savate, se dirigea vers le Frontier.

— Allez, Joe, dit Bernabé, épuisé. La vie est bien assez dure comme ça. Ne cours pas après les emmerdes!

— Quels emmerdes? J'ai envie d'aller me balader. Il y a une loi qui interdit de faire une petite promenade?

— Non, mais il y en a une qui interdit de foutre la merde.

— Oh, tu me connais, dit Joe en riant. Je ferais un détour de deux kilomètres pour éviter le plus petit ennui au monde.

Sur ses gardes,Bernabé hocha la tête, souriant d'un sourire sans joie.

Joe passa le bras autour de la taille de Nancy, lui fit faire un brusque demi-tour, et ils reprirent la route de l'ouest, vers chez eux.

— Tu vois, lança Joe, ce n'est qu'un couple de tourtereaux qui se promène au clair de lune.

Bernabé sortit son mouchoir de sa poche et se moucha. Pendant que Harlan allait voir son chien au café, le sheriff dressa une contravention au camion vert moucheté d'Onofre Martínez garé à sa place habituelle. Il traversa la rue et s'assit lourdement sous le porche de Rael. Du Frontier, les rires et la musique rocailleuse dérivaient dans la nuit paisible. « Bonjour les amis, bienvenue au grand bal des poivrots! » murmura-t-il. Il tira son revolver de l'étui, ouvrit le barillet et fit ce qu'il avait oublié de faire quand Harlan avait tiré la sonnette d'alarme: lentement, timidement, il chargea son arme.

Une nuit comme celle-ci, surtout après les récents événements pouvait conduire à la réflexion, et c'est à cette activité que Bernabé se livra tandis qu'il profitait d'un moment de répit. Et sa réflexion pouvait se résumer ainsi : tout allait changer désormais, la vie dans la vallée. Les gens allaient se voir autrement, considérer d'une autre manière les Ladd Devine, les Jim Hirsshorn, les Harlan Betchel et même les Bernabé Montoya. Plus rien ne serait jamais comme hier, mais cela ne pouvait pas continuer comme aujourd'hui. Longtemps, les gens s'étaient tenus à l'écart les uns des autres, et maintenant, il se formait une petite communauté..., mais qu'adviendrait-il de ceux qui avaient survécu, dans cet avenir que personne ne pouvait prédire ? Bernabé connaissait bien la vallée, il comprenait les gens, et il se plaisait ici, peut-être même qu'il aimait étrangement Milagro. Mais il était cynique, et rude, et parfois, il souhaitait que tous les Joe Mondragón soient réduits à de pauvres infirmes ou qu'au moins ils avalent des champignons vénéneux qui leur détruiraient les cordes vocales ; il n'aurait plus à écouter leurs stupides jérémiades. Mais Bernabé comprenait les racines de cette civilisation éclatée, il respectait ce qui était appréciable dans le passé, tout en refusant de l'idéaliser, et en même temps, il admirait ces têtes de mules de voisins qui avaient survécu grâce à l'espoir et la prière, quelques bouteilles d'alcool, une demi-douzaine de cerfs par an chassés illégalement et quelques champs de luzerne clairsemés. Et, dans la Bible personnelle de Bernabé, tout homme ou toute femme, ou même tout adolescent qui, contre vents et marées et contre les Ladd Devine, s'accrochait à son lopin de terre, son fusil et son espagnol était quelqu'un de bien. En fait, il enviait parfois ses voisins, quel que soit le peu qu'ils possèdent... il enviait leur reste d'intégrité culturelle et, en acceptant cet emploi de sheriff, il les avait presque trahis.

Qu'importe ! Bernabé se sentait tout triste, là sous le porche, à frotter ses talons contre le plancher de bois. Il se leva et acheta un coca dans le distributeur de boissons, se rassit et observa à travers le rectangle jaune de la porte du Frontier les longues ombres qui dansaient allégrement.

Il n'y avait aucun chef. Bernabé ne comprenait pas comment les gens pouvaient ainsi se rassembler pour créer une nouvelle vie plus viable. S'il avait vu un moyen, ou s'il avait eu un peu plus confiance en sa capacité à maîtriser leur confusion et leurs désordres internes, il aurait rendu son étoile dès le lendemain, aurait pris la pioche, enfilé ses bottes d'irrigation, aurait oublié la sécurité de son salaire et aurait plongé au cœur de ses propres racines, tel un rat affamé, dans l'espoir de créer un meilleur compromis pour cet avenir insondable.

Comment faire, pourtant? Les amis d'un soir qui dansaient au Frontier, ces clowns, se jetteraient à la gorge les uns des autres le lendemain. Dès le matin, avec toute la hargne de leur gueule de bois, ils s'en prendraient à leurs femmes et leurs enfants ou leurs chevaux inutiles, et comprendraient que la victoire ne durait guère plus que le temps d'un orgasme. Le triomphe de la veille se dissoudrait au lever du soleil, et il faudrait dessiner de nouvelles lignes de bataille; le combat n'aurait jamais de fin.

Qu'ils aillent se faire foutre! Il était fatigué. Bernabé se leva de nouveau, traversa la rue, sortit ses clés et ouvrit le seul parcmètre qui, *Que milagro!* contenait une unique pièce de dix cents. Bernabé transporta cette pièce rarissime de l'autre côté de la rue, et la glissa dans le téléphone public près du distributeur de boissons pour appeler chez lui.

— Carolina? Tout va bien, pas de problème. Ils chahutaient avec le chien de Betchel. Je vais rester un peu sous le porche de Rael, au cas où..., juste pour m'assurer qu'il ne se passe rien d'autre avant qu'ils soient tous ivres morts. Puis, comme pris d'une arrière-pensée, il ajouta: Il fait drôlement beau ce soir. On entend même les grenouilles.

Sur ce, Onofre Martínez, autrefois le barde le plus célèbre de la ville, sortit du Frontier en chancelant. Titubant jusqu'au milieu de la place, son unique bras brandissant un poing tremblant vers le ciel, il se lança immédiatement — et bruyamment — dans un poème épique aux louanges de cette après-midi victorieuse:

En ce siècle de notre âge,
Au mois d'août de notre année,
Un voisin du village,
Au flic, du petit lait a fait cracher.

Don José de Milagro,
Dernier du nom des Mondragón,
Célèbre planteur de haricots
Nous a fait combattre le dragon.

Et quand de Pacheco, l'affreux porcin
A osé violer le champ béni,
Don José en furie,
L'a fait danser sur le chemin.

Pour venger son protégé,
Pacheco a tiré le premier.
D'une seule balle, José a répondu
Que Milagro! Pacheco a survécu.

La forêt, la police a parcourue,
Mais Don José avait disparu.
Et même pour l'hélicoptère,
Sa cachette est restée un mystère.

Rapide comme un félin,
Futé comme un renard,
Il a devancé ces connards,
Et leur a posé un lapin.

Mais le moment venu,
Au commissariat, il s'est rendu.
Et devant William Koontz béat,
Il a ri aux éclats.

Les flics voulaient le battre comme plâtre
Et derrière les barreaux l'enfermer
Mais dans leurs camions jaunâtres,
Les Anges de Milagro sont arrivés.

William Koontz au teint livide,
En fut pris de colique.
A genoux, il s'écroula
Et à voix haute, il pria...

Comme un tambour son cœur battait,
Dans sa tête, une cloche tintait,
Et ses sales traits de poulet,
Devinrent encore plus laids.

Pitié, pitié, implora-t-il,
Mais Don José, que fit-il?
Il ricana et hurla de joie,
En voyant le flic avoir les foies!

Quand finalement José sortit,

Et vers le ciel son poing leva,
Toute la foule applaudit,
Et sa femme l'embrassa.

C'est ainsi que Don José de Milagro,
Avec ses pauvres haricots,
A remporté la victoire,
Et au village donné la gloire.

Onofre s'arrêta et lança au sheriff un coup d'œil oblique et farouche. Il fit deux pas chancelants en direction de l'homme de loi, et oscillant comme un peuplier dans la bourrasque, il gargouilla :

— Tu sais quoi, Bernabé ? Tu sais qui veille sur nous, les gens de Milagro ?

Bernabé fronça les sourcils, sentant venir les ennuis et essaya de donner une réponse peu compromettante, à demi amicale :

— Non, quoi ?

— Tu veux dire « qui ? »

— Oui, qui ?

— L'ange de la Boue, c'est lui qui nous protège, dit Onofre en tombant presque à la renverse. L'ange des Vaches Maigres. L'ange de la Cervoise à quatre-vingt neuf cents le pack de six. L'ange de la Dysenterie. Et l'ange aux Yeux de Ginguois et aux Mains pleines de Graisse des Camions Délabrés. Et puis l'ange de la Malchance...

Onofre marqua une pause, et cligna les yeux pour se concentrer sur Bernabé.

— Oh, mon frère, personne n'a jamais vu autant d'anges disparates que ceux qui planent sur la ville, coassa Onofre. Et au fait, tu sais quoi ? Si Jésus-Christ en personne était venu ici, il aurait eu des chardons plein la barbe, et des cicatrices de balles plein le ventre. Il n'aurait plus que trois doigts et demi à la main droite et trois ou quatre dents dans la bouche.

Bernabé avait envie de rire ; pourtant, il prit une expression austère, dans l'espoir de renvoyer le poète manchot à sa beuverie, sa véritable place.

Mais Onofre ne faisait que commencer. Levant son bras visible vers les étoiles, il poursuivit :

— Il y a aussi l'ange des Toits qui Fuient, l'ange des Pâturages Déplumés, et l'ange des Eternels Fauchés. On en a tellement, des anges dépenaillés, déglingués dans ce patelin, que parfois, cela me rend claustrophobe d'entendre toutes ces ailes bruisser, enfin, pour ceux qui ont encore des plumes je veux dire. Et qu'est-ce qu'ils puent! Ouh, je parierais qu'y a pas une ville sur terre avec autant d'anges tout suants et soufflants qui se trimbalent dans le ciel. Il y a l'ange des Infirmes, et l'ange de la Folie. Si tu veux mon avis, ce bled, c'est qu'un vulgaire tas de crottin qui attire tous les insectes du voisinage, mais nous, ce qu'on a à la place des mouches, c'est toutes sortes de croquemitaines à plumes qui descendent du ciel pour veiller sur nos gens et sur leurs problèmes terre-à-terre. Boiteux, à moitié aveugles, manchots, comme moi..., des demeurés, tu l'as dit. Cet endroit, ça pue la gloire estropiée!

— Euh, oui, t'as sans doute raison, répondit Bernabé, en se dandinant, mal à l'aise.

— Il y a tout un chœur d'anges borgnes, boiteux et manchots, là-haut! lui cria Onofre.

Bernabé hocha la tête en silence, tout en faisant sa prière. Marie, mère de Dieu, renvoie ce lunatique dans son bistrot!

— Et aujourd'hui, poursuivit Onofre de sa voix rocailleuse, il y en a un autre qui s'est joint au troupeau.

— Ah oui? dit Bernabé en poussant un profond soupir. Lequel?

— L'ange des Haricots de Quatre Sous, hulula Onofre comme un dément, maculant la terre de traces de bottes.

— Tu ferais peut-être mieux de retourner à la fête, suggéra Bernabé d'un ton malheureux.

Le manchot ignora cette remarque.

— *Hijo Madre!* Ce n'est qu'une bande d'anges coyotes inutiles, ivrognes, aveugles, rongés aux mites, la queue entre les jambes...

Bernabé hocha de nouveau la tête et marmonna des propos incompréhensibles.

— Tu sais quoi? ajouta soudainement Onofre, plongé dans son sentimentalisme. Personne ne serait venu ce soir..., si on les aimait pas autant, ces imbéciles d'anges coyotes.

Sur ce, Onofre changea totalement d'attitude et se dirigea vers son camion. Délicatement, il extirpa la dernière contravention des essuie-glace, et la RÉDUISIT EN CONFETTIS!

Il laissait les bouts de papier s'écouler joyeusement entre ses doigts, puis, de son bras invisible, souleva son chapeau de cowboy et retourna gaiement au bar.

— Ah, dit Bernabé à personne en particulier, on est peut-être une ville de poètes minables, mais nous, au moins, on a des sentiments.

Les confettis de contraventions soulevés dans une rafale de brise atterrirent aux bottes du sheriff, enfilées aux mauvais pieds. Un camion de la Truite Sauteuse arriva, dansa devant le service des forêts, et s'arrêta au beau milieu de la place. Jerry Grindstaff, saoul pour la première fois depuis au moins quinze ans, sortit de la cabine, replaça maladroitement la tige dans la chambre de son .30-30 et se mit à chanceler vers le Frontier.

— Hé, cria Bernabé. Où tu vas avec ce fusil?

Surpris, Jerry G. se retourna si vite qu'il en perdit l'équilibre et s'assit par terre. Mais, avant que Bernabé ait eu le temps de songer à sortir son arme, Jerry G. pointait la sienne vers lui. Il clignait les yeux pour essayer de viser.

— Qui est-ce?

— C'est moi, le sheriff, Bernabé Montoya.

— Le sheriff? dit Jerry G. en roulant les yeux comme s'il ne comprenait pas la signification de ce mot.

— Dis donc, si tu pointais ton fusil ailleurs?

Sur ce, le regard du contremaître s'illumina d'une lueur précise et mauvaise.

— Je vais tous vous faire la peau! Ah, vous croyez avoir gagné la bataille, mais laisse-moi te dire quelque chose: votre victoire, c'est de la merde!

— Tu es ivre, dit Bernabé.

Soudain tout son corps se raidit de terreur, car il y avait plus de haine et de fureur meurtrière dans le regard de Jerry G. que le sheriff n'en avait jamais vu. Soudain, tous les muscles de son estomac se crispèrent, comme s'ils s'attendaient à recevoir une balle.

— Oui, eh bien tue-moi, et je te traîne à la prison de Chamisaville à coups de pieds au cul et je te fais enfermer par Benny Maestas.

— Oh, vous les Mexicains..., grommela le contremaître d'une voix pâteuse. Vous n'avez pas la moindre chance...

— On verra bien.

— Oh oui, pour ça vous verrez! Vous verrez qu'on vous pendra tous par les couilles. On coupera les seins de toutes vos salopes de femmes et on les accrochera à la porte des granges. Si c'est la guerre que vous voulez, on va vous apprendre ce que c'est qu'une guerre...

— On verra, répéta Bernabé, d'une voix étouffée, la terreur lui sifflant aux oreilles, l'estomac noué.

— Pour commencer, je vais te tuer, toi et ce vieux zigoto édenté qui a bousillé le bulldozer. Après, j'irai chier dans ce champ de haricots et après..., et après...

Sans prévenir, ses yeux se remirent à rouler dans le vague; puis il prit une expression d'ivrogne ahuri.

— Tu verras, tu verras, gémit-il en se mettant à pleurer.

Et dans un mouvement saccadé d'automate, il se hissa sur ses pieds, fit demi-tour, plongea dans son camion, tourna autour de la place et reprit la direction du ranch.

Bernabé resta un instant immobile, incapable de bouger, les yeux rivés au sol, terrifié, nerveux, faible, sur le point de vomir. Il y avait en lui un tel sens du danger inévitable, un tel poids du destin qu'il en avait le souffle coupé. Tous ces gens au bistrot, ils n'avaient pas de vrais ennemis, pas au sens où les Jerrry G., les Ladd Devine et les politicards avaient leurs tueurs. Le fric, les chiffres, le mode de vie à l'américaine étaient de l'autre côté! Bordel de merde, ces salauds avaient même des bombes atomiques!

Bernabé savait la situation désespérée.

Puis, se calmant un peu, il espéra le contraire.

Finalement, je devrais peut-être signer leur pétition!

— Pourquoi tu ne te tires pas une balle dans la tête? gémit-il à voix haute. Ça serait plus simple.

Peu à peu, sa fureur se dissipa, sa peur devint plus maîtrisable. Il se remit à penser, son estomac se dénoua. Ses aisselles sentaient la sueur. Soudain il comprit que, pour le moment, lui tout comme ses compatriotes éméchés, étaient hors de danger. Jerry G. était parti, et, une fois de plus, il n'y avait pas eu de morts.

Le soulagement grimpait comme une marée montante, et Bernabé se mit à croire qu'il s'était brillamment sorti de la situation.

En fait, il avait fait face à un fou qui avait l'intention de le tuer.

Oui, il avait regardé la mort « droit dans les yeux », et avait envoyé ce connard au diable!

Un silence mystérieux planait sur le cœur de la ville. Au Frontier, les voix des ivrognes s'éteignaient doucement, se dissipaient comme une brume matinale. Un instant plus tard, en dépit de tout, Bernabé sourit, car, gaffeur ou pas, il se sentait dans la peau d'un fantastique baby-sitter..., ou à la rigueur, dans celle d'un ange gardien.

Ils arrivèrent chez eux un peu après la tombée de la nuit, épuisés, groggys d'avoir mené leurs chevaux dans la forêt obscure. Marvin LaBlue qui écoutait tranquillement la radio et fumait une cigarette assis dehors leur fit un signe de bienvenue et les regarda descendre de leurs montures, les desseller et les conduire dans le corral. Eliu Archuleta prit une pince pour détacher des balles de foin qu'il jeta aux chevaux, tandis que Claudio García entrait dans la maison et en ressortait les bras chargés de bières fraîches. Il leur donna une boîte à chacun, engloutit la sienne en une seule gorgée et en ouvrit une deuxième. Eliu et Ruby burent la leur à peu près de la même façon et tendirent le bras pour en avoir une seconde. Ils se souriaient.

— J'ai emmené la pétition avec moi à Doña Luz. Joe est allé se rendre et toute la ville l'a suivi. Il y a presque une centaine de personnes qui ont signé. Et une heure plus tard, les flics l'ont relâché..., libre comme l'air...

— Quels flics?

— Oh, Billy Koontz, Granny, et Bruno Martínez. Ils chiaient dans leurs frocs les poulets, on les entendait glousser!

— Comment ça se fait qu'il est sorti si vite?

— Tout d'un coup, tout le monde a débarqué, dit Marvin LaBlue. Ils avaient entendu dire que Joe était là-bas, alors, ils sont allés faire un tour pour être bien sûrs qu'il se ferait pas tabasser. Et pendant qu'ils étaient là-bas, tout le monde a signé la pétition.

Marvin lui passa la feuille.

Une cigarette et une bière à la main, Ruby parcourut la liste de noms. Eliu s'assit avec une nouvelle bière et regarda les bâtiments de la Reine de la Carrosserie et de la Plomberie au bas de la colline.

Les carcasses scintillaient au clair de lune, tels les alambics d'un magicien. Claudio s'assit lourdement. Courbé en deux, la tête tombante, il fixait le sol, écoutait les chevaux brouter le foin, percevant les bribes de musique country de la radio de Marvin.

Tous les noms. Ruby lut tous les noms de la liste, un par un, et pourtant, elle n'en tira aucun enthousiasme. Elle était trop fatiguée pour cela. Et puis, ce n'était qu'un premier pas. Bientôt, il faudrait organiser une autre réunion. Elle devrait parler à Bloom et le convaincre de travailler pour eux, elle devrait parler à José; et il faudrait faire de cette récolte un acte symbolique: tous ceux qui auraient signé ramasseraient une poignée de grains. Ils feraient la récolte comme autrefois on construisait les églises, chacun apportant sa pierre, si bien qu'elles étaient le fruit d'un labeur collectif. Et il faudrait qu'ils définissent leurs exigences, qu'ils se confrontent à Ladd Devine; tôt ou tard, ils devraient informer la presse, ils auraient besoin de journalistes à leurs côtés; ils auraient besoin d'un leader, de plusieurs même, et ils devraient trouver un moyen de rassembler des fonds pour leur Comité. Oui, d'ailleurs, il faudrait de l'argent pour élaborer leur défense et peut-être auraient-ils besoin d'un autre avocat. Bloom ne suffirait pas..., s'il restait avec eux. Comment savoir? Il était toujours si ambigu!

Ruby se demandait si ceux qui avaient signé aujourd'hui n'avaient pas agi dans un moment d'euphorie. Demain matin, comprendraient-ils ce qu'ils avaient fait, et viendraient-ils la supplier de rayer leurs noms? Ou au contraire arriveraient-ils en force, fusil au poing, criant des alleluia, lui ordonnant d'emmener le papier à la capitale et de le foutre elle-même au cul du gouverneur?

Ruby laissa tomber la feuille à terre près de la radio de Marvin LaBlue, avala sa deuxième bière, en ouvrit une troisième, s'éloigna d'une quinzaine de mètres et regarda la Reine de la Carrosserie et de la Plomberie, les carcasses brillantes, la ligne blanche en pointillé sur la grand-route, juste derrière.

Ils se reposaient tous, dans le silence absolu, buvant plus lentement maintenant que leur soif était étanchée, les yeux vaguement fixés sur les ombres de la colline. Ruby écrasa sa troisième boîte d'aluminium et alla chercher une serviette à l'intérieur en disant:

— Je vais me baigner.

Quelques instants plus tard, elle sortit, fit le tour de la maison, et se dirigea à travers le champ d'armoise vers les cotonniers argentés et les roseaux qui poussaient le long du rio Lucero.

Dans le clair de lune, des chauves-souris voletaient, se détachant sur les nuages doux et phosphorescents, hauts dans le ciel. Ruby se tenait sur un rocher de granit aux formes souples, surplombant un bassin écumant. Ses muscles courbatus et ses os lui faisaient mal, son esprit sommeillait comme un gros chat. Une fois ou deux, elle hocha la tête, et faillit tomber dans l'eau. Jamais elle ne s'était sentie aussi exténuée.

Elle ôta ses bottes, son jean, ses sous-vêtements de coton, son soutien-gorge et se glissa nue dans l'écume luxuriante. Rejetant sa tête en arrière, elle admira les étoiles. Ruby soupira et prit ses seins dans ses mains, caressant nonchalamment les mamelons jusqu'à ce qu'ils se raidissent, laissant son corps voguer et tournoyer au rythme du courant, effleurant les rochers de la pointe des pieds. Elle se détendit, se laissa entraîner là où le courant voulait l'emporter, se retourna une fois, jouissant de la caresse des mèches de cheveux sur son visage. L'eau était glacée, mais depuis longtemps, elle ne prêtait plus attention au froid mordant. Elle avait la chair de poule, c'était tout. Elle dériva dans le bassin, sur le dos, sur le ventre, courbée en deux au niveau de la taille, ses pieds trottinant paresseusement sur le fond, ses membres décontractés, flottant sereinement, comme s'ils avaient leur propre indépendance.

Claudio apparut, se déshabilla et se glissa dans le bassin. Il lui caressa le ventre, les seins, ses grosses mains pareilles aux pattes d'un cougar à peine apprivoisé. Sa chevelure ébouriffée masqua les étoiles tandis qu'ils s'embrassaient. Il s'enfonça sous l'eau et vogua dans les eaux violacées, les yeux grand ouverts, essayant de percer l'obscurité, mais ne voyant finalement que le corps blanc, les mains, le cou et le visage bronzés et la tête de Ruby coupée par le niveau de l'eau. Il surgit à la surface, il sortit du bassin, se sécha les mains avec sa chemise, se roula une cigarette et s'assit sur un banc de sable entre les rochers. Tout en fumant, il la regardait flotter sans but dans le bassin d'écume, se détendre, se calmer, presque comme dans un demi-sommeil.

Cinq minutes plus tard, Ruby sortit de l'eau et se blottit dans ses bras.

— Roule-moi une cigarette, murmura-t-elle, en restant lovée près de lui tandis qu'il la préparait, l'allumait et la lui plaçait entre les lèvres.

Il la souleva du sol sans effort, elle enroula les jambes autour de son corps et calmement, elle le glissa en elle. Ils souriaient, exhalant la fumée dans le visage l'un de l'autre tout en faisant l'amour. Claudio s'éloigna de la rive, la porta ainsi vers le champ d'armoise, là où ils n'entendaient plus même le bruissement du courant, là où tout, la terre, la montagne, le plateau qui menait aux gorges, se plongeait dans le silence.

— Ecoute, dit-elle.

Tous deux tendirent l'oreille, tout en fumant, tandis que Ruby se mouvait presque imperceptiblement sur son corps. Ils entendait les bribes de la fête à Milagro, les vagues échos du juke-box du Frontier, les chants… Ils étaient seuls pourtant, et Claudio se mit à marcher sur le plateau immobile, sans un souffle de vent, la soutenant sous les fesses. Leurs corps blancs et fatigués baignés dans la fumée de cigarette, ils continuèrent à faire l'amour calmement.

Le gouverneur en personne servit les deux derniers arrivants, un double scotch on the rocks et un cognac, respectivement pour Ladd Devine III et Jim Hirsshorn, et leur apporta les verres de l'autre côté du salon de sa propre demeure. Parmi les présents à cette réunion nocturne convoquée de toute urgence, figuraient aussi Nelson Bookman et Rudy Noyes, le chef de district du bureau de l'aménagement du territoire, Roland Kyburz; un jeune assistant du gouverneur chargé des relations avec les Chicanos, Keith Trujilo; un célèbre professeur de sociologie à l'université d'Etat, le professeur E. Clarence Boonam, auteur de longs articles sur la façon dont l'aménagement du territoire dans le Sud-Ouest avait depuis toujours détérioré l'agriculture de subsistance du petit fermier; la responsable des services d'hygiène et des services sociaux, Ursula Bernal, et la femme du gouverneur, Peggy. Une certaine mélancolie, une tristesse particulière, une pesanteur nostalgique s'accrochaient aux lourdes draperies d'or suspendues à la demi-douzaine de portes-fenêtres; elles se manifestaient dans la délicate fumée de cigarette qui se dissipait presque sensuellement au-dessus des deux immenses chandeliers de bronze.

Après avoir servi les deux derniers verres, le gouverneur s'assit sur un tabouret de piano devant un Steinway d'un noir brillant, et appuya sur une unique note pensive.

— Je crois comprendre, dit le gouverneur, allant droit au cœur du problème, que les choses ne sont pas aussi roses qu'on le croyait à Milagro.

— C'est une assez bonne analyse de la situation, répondit Ladd Devine avec un sourire qui se voulait railleur mais manqua son but. Je me demande ce que vont raconter les journaux sur cette affaire.

— Rien du tout, affirma le gouverneur, à part ce que pourrait écrire cet avocat dans son journal qui ne verra sans doute jamais le jour, à moins qu'il arrive à le ressusciter par enchantement.

— Et Pacheco va s'en tirer? demanda Jim Hirsshorn.

— A ce qu'il paraît.

— Qu'est-ce qui est arrivé au tracteur? demanda Nelson Bookman.

— C'était un bulldozer, corrigea Devine. Il y a un vieux, Amarante Córdova qui habite tout près...

— Un vieux, de quatre-vingt douze, quatre-vingt treize ans..., précisa Jim Hirsshorn, d'un air dégoûté.

— Il était armé, mon homme ne pouvait rien faire, poursuivit Devine. Il ne parle pas l'espagnol, enfin, mon contremaître, mais il a compris le plus gros... Il m'a raconté qu'au moindre faux pas, ce vieux cinglé n'aurait pas hésité à tirer. Et après, quand Jerry, Jerry Grindstaff, c'est un des contremaîtres de la Truite Sauteuse, quand mon homme est parti, le vieux Córdova a conduit le bulldozer sur le plateau et l'a fait tomber dans la gorge. Enfin, c'est ce que sembleraient prouver les traces... Nous ne sommes pas descendus car on ne voyait rien de la crête. Il a dû tomber dans la rivière.

Keith Trujillo souffla doucement:

— Et c'est un vieillard de quatre-vingt treize ans qui a fait ça?

— D'après ce qu'on en sait, oui. Jerry a bien reconnu Amarante Córdova. Et il n'y avait personne d'autre aux alentours.

Nelson Bookman consulta un carnet de notes:

— Donc, pas forcément dans l'ordre, mais les événements se résument plus ou moins ainsi. Ils ont fait brûler la pancarte. Ils ont lâché les moutons de Lavadie dans un champ de luzerne verte. Ils ont nettoyé l'alevinier de toutes les truites. Ils ont menacé votre contremaître à main armée, et ils ont détruit l'un de vos véhicules, un bulldozer. Quand Joe Mondragón s'est rendu cet après-midi, trente ou quarante personnes armées jusqu'aux dents se sont postées devant le commissariat dans une attitude peu accueillante. On a tiré sur les fenêtres de Joe Mondragón. Et, apparemment, les gens parlent de réparer les maisons du côté ouest, dans la ville fantôme, et de s'y réinstaller...

— Vous oubliez le match de soft-ball qui a failli se terminer en pugilat, dit Jim Hirsshorn. Il a fallu l'interrompre avant le premier tour de batte.

— De toute évidence, les gens se serrent les coudes et n'ont pas la moindre intention de se laisser intimider, remarqua Nelson Bookman d'un ton pensif.

— C'est le moins qu'on puisse dire, marmonna Jim Hirsshorn d'un air malheureux.

— Il fallait être aveugle pour ne pas avoir pressenti quelque chose comme ça, dit Ursula Bernal. Mis à part le comté d'Algodon, le comté de Chamisa est le plus pauvre de l'Etat. Quinze, vingt, parfois vingt-cinq pour cent de chômeurs, soixante pour cent de gens qui vivent grâce aux bons d'alimentation, un revenu par tête à peine égal à mille dollars par an. Nous sommes dans les années soixante-dix, ajouta-t-elle, la voix pleine d'émotion, et dans le reste de l'Etat, le revenu par tête est de deux mille neuf cents dollars; sur l'ensemble du pays, il atteint trois mille sept cents. Le revenu moyen d'un ménage de quatre personnes est de dix mille dollars par an...

Elle s'arrêta, mal à l'aise, rougissante, car ses mots prenaient une étrange résonance dans la pièce trop décorée. Femme très correcte, surchargée de travail, Ursula Bernal dirigeait un organisme aux mains liées, qui distribuait de temps à autre quelques sous à des hommes, des femmes qui auraient bien eu besoin de quelques liasses de cent dollars, de paniers entiers de produits de première nécessité, de programmes scolaires complètement différents, de beaucoup de compréhension, de gentillesse et de tas d'autres choses à l'infini.

— Qui ne connaît pas ces chiffres? demanda Keith Trujillo, agacé.

— Le problème, c'est qu'ils n'ont pas changé depuis que je suis née, et ça, ça remonte à quarante-huit ans! répondit Ursula Bernal, excédée.

— Hum hum, dit Roland Kyburz, histoire de s'éclaircir la gorge avant de changer de sujet. Ce qui m'intéresse ce soir, c'est l'avenir du plan d'aménagement de l'Indian Creek et du barrage.

— Si l'on veut traiter l'affaire sur le plan légal, il n'y a pratiquement aucun problème? dit Jim Hirsshorn.

— Absolument aucun, répondit Rudy Noyes. Vous ne pouvez pas perdre.

— Mais quelqu'un pourrait faire sauter le barrage, saboter le matériel de construction, terroriser les touristes, et j'en passe, gémit tristement Devine.

— Oui, ça commence à apparaître comme une possibilité, dit Nelson Bookman en terminant son verre.

Et avant même qu'il ait eu le temps de le reposer, la maîtresse de maison, avec un large sourire et un frou-frou de jupe digne d'une professionnelle, traversa le sol de moquette spongieuse et lui retira gentiment mais fermement, le verre des mains. Il n'eut pas besoin de lui rappeler ce qu'il buvait, elle le savait. Elle avait mémorisé les boissons favorites d'un millier de personnages importants.

— On ne peut plus reculer, dit Jim Hirsshorn, on a commencé à construire des espaces de loisirs; on a passé des contrats on a investi des fortunes pour faire dresser les plans des remonte-pentes et on a entamé les travaux d'excavation. Je ne sais pas combien nous ont coûté les premiers plans du terrain de golf... Ladd, tu as une idée du chiffre? Et la publicité dans l'Est, pour le centre de loisirs de la vallée des Miracles?

— Une fortune. Des centaines de milliers de dollars.

— Sans parler de ce que les services d'aménagement ont dépensé en rapports, études hydrologiques, cartes, analyses de rentabilité et je ne sais quoi, ajouta Roland Kyburz. L'Etat a un droit sur cette eau, et si on se retire, il ne sera pas si facile que cela de trouver une région propice.

— Mais c'est une mauvaise plaisanterie! dit Ursula Bernal. Vous prétendez que cette eau est destinée aux habitants de la vallée, qui n'en veulent pas, n'en ont pas besoin, ne savent pas l'utiliser, mais payeront quand même pour ça, pendant que M. Hirsshorn et M. Devine s'en mettront plein les poches!

— Cela dépend comment on regarde les choses, dit Ronald Kyburz d'un ton pincé.

— Tout le monde aura sa part des bénéfices, ajouta Nelson.

— Foutaises!

Bookman jeta un coup d'œil mauvais à la responsable des services sociaux. Pendant un instant, tout le monde garda le silence.

— Si on doit tout retarder de six mois, on pourrait perdre des tas de financements pour lesquels nous avons déjà des promesses. Et au train où vont les taux d'intérêts, un retard important nous coûterait une fortune.

— Et si on y renonçait une bonne fois pour toutes? lança le gouverneur, en tapant sur une autre touche du piano.

Devine devint tout vert.

— Euh...! Excusez-moi, mais on n'en est tout de même pas là!

— Je ne sais pas, répondit le gouverneur.

— Voyez-vous, si la situation explosait à Milagro, cela pourrait se propager dans cinq ou six comtés au Nord, et nous nous retrouverions dans de sérieux ennuis, dit Keith Trujillo. Ce sont de sacrées têtes de mules, il faut les manier avec des gants de velours.

— Mais ce projet bénéficiera à toute la région! se lamenta presque Devine. Sans mon grand-père et moi, il y a belle lurette que ces fermiers auraient quitté la région!

Personne ne répondit.

— Apparemment, le problème, c'est qu'on s'y est mal pris, dit Nelson Bookman. C'est autant de ma faute que de celle des autres. J'ai mesuré les risques, j'ai fait appel à Kyril Montana, et maintenant, je ne suis pas sûr que cela ait été la bonne solution, bien que je ne sache pas comment on aurait pu s'y prendre pour éviter ce qui s'est passé. On aurait sans doute dû traîner Joe en justice dès le début, aller droit au but, et au diable les commentaires! Je ne sais pas. En fait, le problème, c'était que si on leur avait posé un défi et qu'ils l'aient relevé, on aurait été obligés de mettre toute la ville en prison. On a essayé d'avancer sur la pointe des pieds, pour que le projet — ton barrage, Ladd — puisse se faire. On a sous-estimé leur capacité à comprendre la complexité des faits, et à réagir à quelque chose qu'ils ne comprennent guère que d'instinct, pour le moment. Je crois que tout se serait bien passé, sans ce champ de haricots. Cela a été un coup de chance pour eux, un signe de ralliement, ou je ne sais quoi. Appelons ça un Waterloo temporaire, si vous voulez bien. Maintenant, il faut prendre des décisions difficiles, changer notre tactique, pour ainsi dire, sans allumer des incendies dans lesquels tout le monde serait perdant.

— Ah, ces péquenots, c'est vraiment la plaie!

— Encore heureux! explosa Ursula Bernal, ses yeux noirs étincelants.

— Je voulais dire..., commença Kyburz qui se contenta de hausser les épaules.

— Je crois que, d'une façon comme de l'autre, il y aura des problèmes, dit Devine. Il y en a toujours eu. On ne peut pas y échapper. Il faut continuer, et réagir aux incidents, les uns après les autres. En fait, il ne s'agit que de cela, un incident. Ils n'ont aucune force réelle et n'en auront jamais. Les gens ne sont pas vraiment unis.

— Ils ont des racines profondément ancrées, dit Ursula Bernal.

Bêtement fixés sur la moquette, les petits yeux du gouverneur ne semblaient rien voir. Pourtant, il comprenait certaines choses.

C'était un démocrate, et il avait une certaine représentativité au Nord. Milagro, en soi, n'avait pas assez de voix pour faire basculer un vote, mais s'il y avait trop de publicité autour de cette affaire et que cela se transforme en scandale politique, lui et son entourage se retrouveraient dans une situation fort délicate aux prochaines élections. Les projets épineux, comme celui-ci, étaient connus dans tout le pays; la construction des barrages, pour le plaisir de faire des barrages, se trouvait remise en question. Le bureau d'aménagement du territoire ne pouvait plus s'attendre à être accueilli partout à bras ouverts. D'un autre côté, les projets d'aménagement attiraient des voix: le « progrès » était encore la meilleure carte politique, et le projet de la vallée des Miracles de Ladd Devine représentait un « progrès » aux yeux des électeurs; cela amènerait de l'argent frais dans l'Etat. Et si cet argent ne profitait que peu ou pas du tout aux petits fermiers destitués, après tout ce n'était que le cours normal des choses! Les plus entreprenants récolteraient leur part, et s'ils étaient intelligents et avaient envie de profiter de l'existence, ils apprendraient à faire du ski et à jouer au golf. Les autres ne méritaient pas de profiter d'une entreprise à laquelle ils ne voulaient pas participer.

Mais, supposons que quelqu'un, un flic peut-être, se fasse tuer là-bas? Supposons que ces illettrés à demi demeurés, essaient de se lancer dans une rébellion, aussi mal organisée soit-elle? Cela ne serait pas la première fois que cela se produirait, et cela avait coûté sa tête à un gouverneur cent ans plus tôt, et son poste à un autre, il y avait seulement vingt ans.

Et s'il se produisait quelque chose dans ce style et que les militants gauchistes en entendent parler, ce qui ne manquerait pas d'arriver, et se ramènent de Denver et d'ailleurs, les choses deviendraient véritablement explosives. Une fois déjà, le gouverneur avait été obligé de faire appel à la Garde Nationale pendant son mandat pour mater une révolte des bidonvilles de la capitale. Et il ne tenait pas à recommencer, s'il pouvait l'éviter.

— A quelle date le bureau d'aménagement devait-il convoquer une audience? demanda le gouverneur.

— Euh, Nate Jaramillo, le juge de district, n'a pas encore pris sa décision, répondit Bookman. Quand il s'en est occupé, il y avait déjà beaucoup trop d'affaires qui attendaient à cause de la mort d'Alexander, d'autant plus que vous avez tardé à nommer son remplaçant. Alors, pour le moment, aucune date n'est fixée, mais cela devrait avoir lieu dans les trois mois malgré tout.

— Il me semble qu'on ferait mieux de renoncer à cela pour le moment. Je dirai à Nate de faire traîner les choses jusqu'à nouvel ordre. Je lui expliquerai la situation.

— S'il y a des retards supplémentaires, je vais être empêtré dans les procès jusqu'au cou, dit Ladd Devine, tout blanc à présent.

— Ladd, vous tirez des conclusions hâtives, répondit le gouverneur. Moi aussi, j'ai tiré mes conclusions, mais à partir de maintenant, il va falloir avancer beaucoup plus prudemment.

— Je n'ai tiré que les conclusions que votre bureau et celui de Nelson m'ont soufflées.

— *Monsieur* Devine, dit le gouverneur en se levant et en commençant à faire les cent pas, vous n'avez pu mener ce projet là où il en est aujourd'hui que grâce à certains arrangements que moi et mes collègues avons pu effectuer en votre nom. Et je peux briser, anéantir tout comme un vulgaire château de cartes si vous commencez à me causer des ennuis. Pour le moment, je ne vois pas pourquoi il faudrait y renoncer définitivement, mais je suis tout à fait prêt à attendre que nous comprenions mieux la situation, ou alors, que la situation change radicalement. Entre-temps, si vous vous cassez la figure, ce n'est pas comme s'il n'y avait personne avec vous. J'espère que vous comprenez la complexité des investissements financiers du gouvernement et des fonds privés. En tout cas, moi, je saisis parfaitement. Vous l'oubliez peut-être, mais j'ai investi dans ce projet et je ne suis pas homme à jeter l'argent par les fenêtres. Mais, en même temps, je ne suis pas homme à me passer moi-même la corde au cou. Je sais me défausser quand je n'ai aucun jeu en main et attendre le tour suivant. Est-ce que je me fais bien comprendre ?

Le gouverneur s'arrêta et baissa les yeux, sa colère retomba d'un ton :

— On a bien fonctionné tous les deux, Ladd, ne me trahissez pas maintenant.

Une fois son discours terminé, le gouverneur se retira sur son tabouret, s'assit et tapa sur une autre touche.

Comme mû par une arrière-pensée tardive, il ajouta :

— Ce n'est pas spécialement un moment agréable, pour aucun de nous.

Ce fut à ce moment que le célèbre sociologue, E. Clarence Boonam, prit enfin la parole :

— Ursula, dit-il joyeusement à la responsable des services sociaux, si on allait faire un tour en ville pour fêter ça ?

Joe Mondragón était assis sur le bord du fossé, près de son champ. Nancy était installée sur une souche de cotonnier toute proche. Joe avait les yeux et l'esprit si brouillés qu'il y voyait à peine, quant à pouvoir réfléchir… Pourtant, il ressentait beaucoup de choses, mais ses sentiments n'étaient qu'une boule qui se tortillait dans son estomac, comme les vers dans les boîtes de carton que Nick vendait dans son magasin. Et, parmi tous ses sentiments enchevêtrés, malgré sa confusion, Joe pouvait isoler une ou deux considérations particulières: d'abord, son propre triomphe, le sentiment de son importance, mais aussi une autre émotion, que l'on pouvait définir comme une trouille bleue.

C'était ce champ, ce carré de haricots véreux: il les aimait, il aimait les enchiladas et les burritos, et il en péterait comme un fou de manger ces haricots de Milagro, pure race. Quand il les avait plantés, il n'avait pas bien compris ce qu'il faisait, et n'avait certainement pas prévu les conséquences que cela produirait. A présent, il pressentait les conséquences futures, à présent que ce champ ne lui appartenait plus à lui seul, et ça, ça ne lui plaisait pas du tout.

Joe n'avait jamais envisagé, même dans ses pires cauchemars, qu'un jour, il deviendrait une sorte de leader. Ce qui, dans ce cas, s'imaginait Joe, revenait à peu près à être la cible humaine privilégiée de tous les flics de la capitale. Ou si on préférait, c'était un peu comme si on l'avait déguisé en cerf et qu'on le lâchait d'un hélicoptère près des lacs de l'Ours Chauve, le jour de l'ouverture de la chasse.

Et puis, Joe le savait, il n'avait pas le tempérament d'un leader. Un battant, peut-être, mais pas un leader. Il ne s'exprimait pas assez bien, il n'avait pas les idées assez claires. Son esprit fonctionnait un peu comme son tracteur: on lui tapait dessus, on le trempait dans l'huile, on lui donnait quelques coups de pieds, on le maudissait, on le menaçait, et ensuite, il marchait de nouveau, labourait la moitié d'un champ avant de retomber en panne.

Et demain... ? Il se l'imaginait déjà: cinq, dix, quinze hommes débarqueraient chez lui, et, installés au salon après avoir siroté une bière ou avalé un café, ils lui demanderaient avec de grands sourires torves et édentés sur le visage:

— Alors, José, qu'est-ce qu'on va faire maintenant?

Et il les regarderait, la tête croulant sous le poids d'une gueule de bois carabinée, et répondrait:

— Et vous, qu'est-ce que vous en pensez, les gars?

Ils n'auraient pas même à réfléchir, ils hausseraient les épaules, et hocheraient la tête en souriant:

— On sait pas, c'est à toi de décider.

L'un dirait ceci, l'autre cela, un troisième les traiterait d'ânes bâtés, un quatrième serait d'accord avec le premier, un cinquième émettrait une autre opinion, un sixième sortirait en claquant la porte pour ne plus jamais revenir, un septième discuterait avec le premier, soulignant les erreurs du projet, si bien que seul le quatrième serait encore d'accord avec le plan du premier, auquel son géniteur ne croirait déjà plus, et finalement quelqu'un déclarerait:

— José, toi et l'avocat, Bloom, il faut que vous alliez parler à Devine.

Ou encore:

— Il faut que t'ailles voir ces saligauds de la capitale.

Nancy s'approcha, s'assit à côté de lui en lui passant le bras autour de l'épaule.

— Alors, José, mon amour..., murmura-t-elle, d'une voix alcoolisée en lui embrassant tendrement l'épaule.

Sur le plateau, les coyotes hurlaient, s'appelaient les uns les autres, défiaient la lune. Et bien sûr, il y en avait bien d'autres dans les parages, silencieux, chassant quelques lapins à leur manière, d'un seul bond. Peu importe qu'on les empoisonne, qu'on les tue, qu'on les effraie, qu'on les prenne au piège, qu'on les encage, qu'on détruise leur habitat, on ne pouvait jamais éliminer la race des coyotes, pensait Joe. Les feuilles de cotonniers étaient si immobiles qu'on entendait l'Indian Creek bouillonner sur les pierres rondes, de l'autre côté de la route. Ils entendaient même la musique du juke-box du Frontier, lointaine, comme le souvenir d'une fête du temps passé.

— Tu sais ce que je ferai quand Pacheco reviendra ? murmura Joe.

— J'ai peur de poser la question, répondit Nancy, en se penchant vers lui, lui effleurant le lobe de l'oreille de sa langue.

— Je lui donnerai un de nos petits porcelets. En cadeau.

— *Ai Chihuahua* ! Pourquoi tu veux encore chercher les emmerdes ?

— Comme ça, quand le cochon grandira, je pourrai lui tirer dessus ! lança-t-il joyeusement.

Il s'arracha de ses bras, dégringola la petite pente vers son champ en riant aux éclats...

Au début, ce son lui évoqua un tir de mitraillette ; ensuite, cela grossit en un coup de tonnerre... Herbie Goldfarb se retourna dans son sommeil agité, rêvant de serpents et de pluie. Bientôt il revit Papillon d'Amour, ses gros seins qui lui souriaient avant de se faire dévorer par les moustiques piranhas... Le soleil et les seins charnus illuminaient toujours son rêve, pourtant le tonnerre grondait encore. Il se rendit compte que ce vacarme venait de l'extérieur, du monde réel, annonçant sans aucun doute une nouvelle calamité, et, dans un soupir fataliste, le volontaire se réveilla...

— J'arrive ! Un instant, j'arrive, nom d'une pipe !

Joe Mondragón se tenait sur le seuil, souriant comme une hyène, un diable de Tasmanie, le chat d'*Alice au Pays des Merveilles*. Derrière lui, assise sur le capot de la Chevrolet accordéon 1956 (qui n'avait pas bougé depuis que la dépanneuse l'avait amenée), Nancy souriait aussi comme une hyène, comme un diable de Tasmanie, comme le chat d'*Alice*. « Dieu, aie pitié de moi, pensa Herbie, ils sont venus m'assassiner ! »

Mais Joe lui passa le bras autour des épaules.

— Salut, le môme. Qu'est-ce que tu fais à dormir à cette heure-là ? C'est la fête ce soir, *on a gagné !*

— Oh, dit Herbie en se grattant derrière l'oreille.

— Allez, mets tes chaussures et un pantalon ! On va rigoler un coup !

Oh, Seigneur, tout mais pas ça ! Pourtant, s'il n'obéissait pas, impossible de prévoir ce que ce petit bagarreur était capable de faire à un pauvre citadin de l'Est au corps mollasson ! Herbie enfila un pantalon, une chemise et des tennis, accepta une gorgée du tord-boyaux que Joe lui offrit et haussa les épaules quand Nancy lui passa le bras autour de la taille en disant :

— Allez, on y va!

Prisonnier entre eux deux, disant au revoir à son univers, Herbie quitta son arrière-cour en chancelant.

Ce fut un peu avant minuit qu'un Charley Bloom engourdi de sommeil ouvrit sa porte pour voir Joe et Nancy Mondragón lui adresser les sourires les plus niais du monde, retenant toujours leur prisonnier, Herbie Goldfarb, saoul à présent, ressemblant à un canard qu'on venait de sortir d'une mare de cambouis, et qui lui adressa un sorte de regard en coin, plein d'excuses, disons même, franchement honteux.

— On est venu monter ton bourrin, dit Joe.

Et, se cognant dans Herbie, oscillant de droite et de gauche, Joe et Nancy ricanèrent. Herbie eut une vague expression « Je n'y peux rien! » et haussa les épaules.

— Allez-y! répondit Bloom, mais ne me mêlez pas à vos histoires.

— Il faut que tu viennes! Je ne pourrai jamais monter sur cette bestiole si tu ne la tiens pas.

— Oh, merde! Bon, bon...

Bloom enfila un imperméable sur son pyjama, enfila ses pieds dans des bottes de caoutchouc boueuses, et suivit la petite compagnie enivrée. La lune brillait dans la nuit fraîche et paisible; déjà, une odeur d'automne parfumait l'air. Bloom attrapa Sunflower, lui attacha une corde autour de l'encolure, et le conduisit dans le champ. Sans autre cérémonie, Joe sauta sur son dos. Bloom lâcha l'animal et, aussitôt, Joe vola dans les airs comme une fusée tandis que Sunflower trottinait calmement.

Joe resta assis dans la luzerne, assommé pour un instant, tandis que Bloom et Nancy se tordaient dans une crise de fou rire aussi idiote que merveilleuse. Herbie Goldfarb regardait bêtement la scène.

— T'arriveras jamais à le monter ce cheval! cria Bloom. Jamais, jamais, jamais!

— Peut-être bien, dit Joe avec un sourire vexé, mais c'est pas ça qui m'empêchera d'essayer.

Sur ce, Herbie pencha la bouteille, la termina en une gorgée, s'essuya les lèvres d'un revers de main, et ne fut pas qu'un peu surpris de s'entendre hurler:

— Moi, je peux le monter!

Nancy éructa; Joe hurla:

— Tu peux le monter, mon cul!

Soudain inquiet, Bloom cessa de ricaner pour observer Herbie de plus près, se demandant si le volontaire n'avait pas perdu la tête ou ne souffrait pas d'une dépression nerveuse.

Herbie claqua des mains haut dans l'air du soir.

— Je peux le monter, déclara-t-il à nouveau.

— Tu ne sais même pas conduire une voiture, comment tu pourrais monter à cheval? demanda Joe.

— S'il veut se suicider, c'est son problème, ricana Nancy.

— Charley, va chercher cette vieille rosse, dit Joe.

— Hé, là, les plaisanteries les meilleures sont les plus courtes...

— Je vais monter ce cheval, insista Herbie d'un ton neutre.

Soudain, il ne s'était jamais senti si calme de toute sa vie.

— Bon, ce cheval, tu vas le chercher, répéta Joe. Il dit qu'il peut le monter.

— Hé, si vous rentriez tous à la maison, suggéra Bloom, terrifié par la méchanceté de la voix de Joe. Je ne vois pas quel intérêt...

— Charley, va chercher le cheval.

— Ouais, reprit Herbie, allez me chercher ce cheval.

Il ricana en regardant Joe qui refusa cette complicité.

Se maudissant d'avoir ouvert la porte, Bloom alla chercher Sunflower et tint le poney tandis que le volontaire montait et que Joe l'aidait à ajuster la corde lâche. Bloom continua à maintenir l'animal jusqu'à ce que Joe crie d'une voix impatiente:

— Allez, c'est parti.

Sur ce, l'avocat lâcha Sunflower, et l'enfer se déchaîna!

Sunflower se cabra à la verticale, rua, et, tandis que ses sabots effleuraient les étoiles, il se retourna en volte-face, qu'en termes de rodéo certains appellent des sauts de carpe. Herbie glissait d'un côté et de l'autre, mais non seulement il s'accrochait à sa corde, mais il gardait les jambes bien serrées sur le flanc rondouillet de l'animal. Sunflower bondissait d'avant en arrière, de droite à gauche, bottait, se cabrait, hennissait furieusement, mais n'arrivait pas à vider son cavalier. Il s'accrochait à la corde comme si c'était un chèque de un million de dollars, et bien qu'il ait l'impression d'avoir la colonne vertébrale brisée, les couilles éclatées comme des raisins trop mûrs et qu'il lui semblait avoir perdu toutes ses dents, il restait sur sa monture, avec les étoiles qui bouillonnaient dans ses yeux comme les étincelles de la bouche d'un canon. Il voyait Joe, Nancy et Bloom sur sa droite, sur sa gauche, la tête en bas, mais il ne tombait pas, car dès l'instant où il avait vidé la bouteille, Herbie avait su qu'il réussirait à monter ce poney ou qu'il mourrait dans l'effort.

Sunflower usa de toutes les astuces possibles et imaginables, il tourna même la tête pour essayer de mordre le bras du cavalier, mais Herbie chevauchait dans le petit champ de Bloom et, en quelques minutes, le poney furieux s'épuisa. Il retomba d'une cabriole, s'arrêta net, se tortilla pendant un instant, et lança une série de hennissements indignés, puis se tint immobile, Herbie toujours sur son dos, heureux comme un roi.

D'une certaine manière, que Dieu garde le volontaire de se demander pourquoi, il s'était produit un miracle.

Qui aurait pu prononcer un mot? Quel être humain aurait été assez grandiose pour trouver les mots adaptés à la situation? Nancy regardait dans le vide, Bloom regardait dans le vide, Joe regardait dans le vide. Quand la cervelle de Herbie cessa enfin de tinter, il comprit qu'il n'avait pas seulement réussi à maîtriser un cheval capricieux, mais qu'il avait réussi quelque chose que personne n'avait jamais accompli avant lui. Il comprit aussi que c'était sans doute l'instant le plus précieux de toute sa vie, un triomphe qu'il chérirait toujours, un acte de folle témérité qui s'était transformé en victoire stupéfiante, légendaire, un moment d'héroïsme qui rachetait tout son été. Il pourrait s'en vanter pour l'éternité, auprès de ses futures maîtresses, de ses femmes, de ses enfants, de ses petits-enfants. Sur sa tombe on écrirait cet épitaphe: « Herbert Goldfarb, 1948-? L'homme qui a maté Sunflower ».

D'une manière que l'on ne peut pas qualifier autrement que de paternaliste, Herbie flatta l'encolure de l'animal. Puis, lâchant la corde, il descendit de sa monture. Sunflower avait les oreilles basses, il était vaincu, incapable de bouger. Et, la main sur ses testicules en bouillie, Herbie regarda Joe, Nancy et Bloom, leur souriant comme une vedette de cinéma.

Un silence exceptionnel régna sur la vallée des Miracles. Les criquets et les grenouilles cessèrent leur vacarme nocturne en hommage à ce grand événement; les chouettes ébouriffèrent leurs plumes et gardèrent le silence; les chiens et les coyotes du plateau mirent fin à leurs cris assoiffés de sang; en silence, le monde regardait naître une étoile juive.

Puis, chancelant, plus sous l'effet de la surprise que sous celui de l'alcool qu'il avait absorbé, Joe Mondragón s'approcha de Herbie Goldfarb et lança une splendide droite dans la gueule de ce petit mariole non-violent de la côte Est.

Endormi, la respiration rauque, Pacheco se débattait pour survivre et rêvait.

Il était cinq heures, par un beau soir d'hiver. Les abeilles bourdonnaient; une lourde fragrance d'abricot parfumait l'air. Sa femme jouait du piano, un prélude de Chopin. Dans les champs, les hommes qui irriguaient les plants argentés s'arrêtèrent pour écouter, appuyés sur leurs bêches dans une posture contemplative. Une cloche sourde tinta..., les animaux rentraient au bercail d'un pas lent. La poussière de la route restait suspendue dans l'air en une brume légère, couleur d'ivoire. Melvin, le fils mort en Corée, voguait dans le paysage d'été, à la chasse aux papillons. Les rires des enfants résonnaient à travers champs, rappelant des souvenirs d'ébats amoureux, tôt le matin, au son des haches des voisins qui, déjà, fendaient le bois dans la petite vallée.

La Mort, en sombrero, poncho coloré et éperons d'argent, image de carnaval pétillante, dansait sur le village, roucoulait comme une colombe; elle fit un clin d'œil amical à Pacheco, et sautilla calmement à l'horizon resplendissant illuminé de milliers d'étoiles...

Epilogue

Il souffle un vent mauvais qui n'apporte rien de bon.

Carolina Montoya

Tous les ans, le trente et un décembre à minuit, il était de tradition pour les habitants de Milagro de sortir dans leurs arrière-cours et de décharger diverses armes à feu sur les étoiles en honneur de la nouvelle année.

Bien sûr, cet été-là, il n'y avait pas de Nouvel An qui soit, mais malgré tout, vers une heure du matin, le lendemain du jour où Joe Mondragón sortit du commissariat de Doña Luz en homme libre, il y eut quelques coups de feu, qui se propagèrent de maison en maison, de champ en champ. Nus comme des oisillons, en pyjama, ou habillés, ivres morts, brandissant leurs canettes, les poches arrières bourrées de provisions, l'un après l'autre, les gens tiraient dans le cosmos, ou visaient plus précisément dans l'espoir de perforer la lune. Soudain, aussi soudainement qu'il avait commencé, le tir de barrage cessa. Les citoyens rentrèrent chez eux et reposèrent leurs fusils; certains se mirent à faire l'amour tandis que d'autres continuèrent à boire, ou ressassèrent les événements de la veille en s'inquiétant du lendemain.

Au château Martínez, le baron de la Staurolite s'installa sur son tabouret de piano et entonna la partition des basses d'un boogie-woogie de sa main gauche, tandis que sa main droite inexistante, faisait chanter des trilles syncopées. Le fantôme du cochon de Pacheco, dont la forme intangible avait fini par violer la clôture de piquets blancs qui protégeait le domaine, se mit à dévorer la pelouse en Astroturf et le jardin de fleurs en plastique.

Non loin de là, chez les Mondragón, Joe grattait nonchalamment les cordes de la guitare de Herbie Goldfarb, en chantant d'une voix éraillée un air de Tiny Morrie, tandis que Nancy libérait les hirondelles emprisonnées dans la jarre de verre que Joe avait capturées pour fêter sa sortie triomphante de l'usine à poulets. Et, mains sur les hanches, penchant dangereusement à tribord, Nancy regarda les minuscules oisillons s'agiter confusément et s'enfuir dans la nuit.

De l'autre côté de la grand-route, Snuffy Ledoux sculptait un Ours Smokey, en souvenir du bon vieux temps, et, tout près de lui, Amarante Córdova, en larmes, assis sur le lit, pleurait la perte de son antique Peacemaker.

Sur le plateau, Claudio García et Ruby Archuleta étaient endormis, mais Marvin LaBlue était allé au garage, et, allongé sur le dos, il réparait un axe de transmission tout en écoutant de la musique country sur la WBAP.

Bud Gleason éternua, et Bertha lui enfonça sa grosse jambe dans l'estomac et, le chatouillant sous le menton, lui dit d'un ton jovial :

— Quelqu'un pense à toi.

— Qui ? demanda Bud à demi endormi.

— Kyril Montana.

— Merci, répondit l'agent immobilier, c'est vraiment ce dont j'avais besoin pour me remonter le moral.

— Tu sais, j'ai failli signer leur pétition, confia Bernabé Montoya à sa femme. A vrai dire, je le ferai peut-être, même si Pancho Armijo doit gagner les prochaines élections haut la main. En fait, je suis sûr qu'il est déjà amoureux de moi, rien que pour avoir pensé à une idée pareille.

— Oh, ça, tu peux en être sûr, répondit Carolina en bâillant à s'en décrocher la mâchoire. Il souffle un vent mauvais qui n'apporte rien de bon.

— *Ai Chihuahua !*

Et, à présent qu'il avait dévoré tous les serpents d'eau de la ville, la chat jaune miteux, réincarnation de Cleofes Apodaca, déambulait le long des fossés, à la chasse aux grenouilles. C'est étrange comme l'histoire se répète !

Enfin, très tard, ou plutôt tôt le matin, Onofre Martínez s'écroula sur son piano ; Joe Mondragón sombra, insensible, près de la guitare de Herbie Goldfarb ; Marvin LaBlue perdit connaissance avec deux clés à tubes sur le ventre et un sourire graisseux sur son visage de péquenot.

Un petit ours brun se promena au cœur de la ville soulevant quelques confettis de contraventions au passage, mais rien de plus : au café Pilar, le doberman, Brutus, était bien trop épuisé pour aboyer. Quelques instants plus tard, l'ours alla se promener dans la cour de Herbie Goldfarb, mais cette fois, le pacifiste, objecteur de conscience, volontaire Vista, n'y prêta pas attention tant il était occupé à rêver de guillotiner, étrangler, électrocuter, massacrer, en un mot, crucifier Joe Mondragón qui avait osé lui donner un coup de poing.

Là-bas, près du champ de haricots, caché dans l'obscurité, toussant de temps à autre, une cigarette à la main, le misérable ange-coyote d'Amarante Córdova essayait de se rouler une cigarette et de profiter d'un peu de tranquillité avant que la cloche n'annonçât le round suivant.

Les coqs se mirent à chanter.

— Je suis tellement crevé que je pourrais dormir pendant dix ans, dit Bernabé Montoya en roulant sur le ventre.

Et là, il comprit qu'il ne se lèverait pas à cinq heures, pas ce matin-là. D'ailleurs, personne ne se lèverait à cinq heures à Milagro. Les citoyens de la ville étaient tous si ivres, si épuisés, si soulagés aussi après toutes les tensions des dernières semaines que tous, jusqu'au dernier, dormiraient probablement jusqu'à midi.

A la lumière de cette révélation, juste avant de se rendormir, un bras passé sur les épaules de Carolina, Bernabé murmura joyeusement :

— Bonjour les amis, bienvenue au grand bal de la Paix.

Le téléphone sonna.

— Bernie ? cria Nick Rael, hoquetant comme un fou. Maman s'est encore sauvée. Je crois qu'elle est partie dans les montagnes. *Il faut organiser une autre battue. Tout de suite !*

Cet ouvrage a été réalisé sur
Système Cameron
par la SOCIÉTÉ NOUVELLE FIRMIN-DIDOT
Mesnil-sur-l'Estrée
pour le compte des Éditions Londreys
le 1er juin 1988

Imprimé en France
Dépôt légal : juin 1988
N° d'impression 9631